달빛조각사

달빛 조각사 24

ⓒ 남희성, 2007

발행일 2025년 3월 1일 | **발행인** 김명국 | **발행처** 주식회사 인타임 | **출판 등록** 107-88-06434 (2013년 11월 11일) | 주소 서울시 구로구 디지털로31길 38-21 이앤씨벤처드림타워 3차 507호 | **전화** 070-7732-2790 | **팩스** 02-855-4572 | **이메일** in-time@nate.com | **ISBN** 979-11-03-99780-9 (04810) 979-11-03-32686-9 (세트) | 이 책은 주식회사 인타임이 저작권자와의 계약에 따라 발행한 것이므로 내용의 전부 또는 일부를 사용하려면 반드시 양측의 동의를 받으셔야 합니다. 잘못된 책은 구매처에서 바꿔 드립니다.

달빛조각사 24

남희성 게임 판타지 소설
The Legendary Moonlight Sculptor

INTIME

contents

건설 현장 ··· 7
퀘스트의 끝 ··· 39
모라타에서 ··· 70
최후의 날 ·· 98
케이베른의 분노 ································· 138
대격전 ·· 170
레드 드래곤 랜도니 ····························· 202
블루 드래곤 라투아스 ························ 233
조각 생명체들의 결의 ························· 279

대륙 통일	335
꿈의 인생	369
달라진 인생	405
반려	429
〈로열 로드〉의 사람들	463
그리고……	499
마지막 용사	534
위드와 바드레이	568

건설 현장

 모라타에 사는 주민들은 간편한 복장으로 갈아입고 인부로 변했다.
 "작업장은 성벽 너머에서 자리를 잡도록 해요. 확장을 계속해야 되니까요."
 "농지는 갈아엎습니다. 나중에 아르펜 제국에서 보상을 해 드릴 거예요."
 "위대한 건축물은 성벽을 다섯 겹으로 갖추세요. 대도서관에는 대륙 전체에 하나뿐인 자료들도 있으니 절대로 부서져선 안 됩니다."
 뚝딱뚝딱!
 모라타 전역에 드래곤의 공격을 막기 위한 장벽들이 건설되고 있었다.
 아침부터 시작한 공사는 오후가 되자 더욱 규모가 커졌다.
 북부 대륙의 건설자재들과 사람들이 끝도 없이 모여들고 있었다.

"오늘 저녁 정도가 되면 석재가 부족해집니다."

"북서쪽의 산에서 화강암을 채굴해 옵시다."

"운송 팀이랑 계획은… 젠장. 그냥 산을 다 옮겨 와요."

인근의 목장으로부터 황소들도 수천 마리씩 지원이 왔다.

음머어어어어.

근육질의 튼튼하고 힘 좋은 소들이 수레를 끌며 돌들을 실어 날라서 여기저기 산처럼 쌓아 두었다.

석공이나 건축가들은 그것들을 쪼개서 장벽을 쌓기 위한 기본 재료로 만들었다.

"시간을 단축하기 위해 이음새 부분을 끼워 넣는 방식으로 합시다. 바위도 좀 부서졌더라도 그냥 써요."

"내구도는요?"

"지금 공성 무기 막는 거 아닙니다. 드래곤이 몸으로 부딪치면 한 번이나 버틸까 싶으니 현장에서 빨리 조립할 수 있도록 해요."

모라타에 넘치는 초보 유저들은 석재들로 위대한 건축물과 주요 시설들의 주변에 장벽들을 세웠다.

예술가들!

로디움에서도 찾아온 예술가들은 나름의 자부심이 있었다.

〈로열 로드〉 초창기부터 예술을 위한 외길을 걸으며 살아온 그들.

무능력하다고 무시당하는 일이 일상이었지만 조각사 출신의 위드가 황제가 되었다.

모라타를 새로운 거점으로 활동하는 예술가들이 빛의 탑 앞에 모였다.

"이제부터 우리가 할 일은 모라타를 지키는 것입니다!"

뎁스가 연단에서 외쳤을 때, 화가와 조각사 들은 침묵을 지켰다.

그들 중 사냥으로 전투 능력을 가진 이들도 있긴 했지만 극소수에 불과했다.

모라타를 지키고 싶어도 싸울 수가 없다. 직업적인 특징을 포기하고 초보들처럼 돌이나 나르려고 하던 그들이었다.

"우리가 왜 못 합니까! 예술이란 불가능을 인정하지 않아야 합니다."

말은 좋지만 아직까진 설득력 제로.

"케이베른과는 못 싸우지만 모라타는 지킵시다."

마음만으로 되는 일도 아니다.

예술가들이 그렇게 좌절하고 있을 때였다.

뎁스가 큰 소리로 선언했다.

"그러니까 우린 표절을 합시다!"

"……?"

"으응?"

예술가들에게는 절대적인 금기인 표절!

뎁스는 연단에서 자신의 아이디어를 설명했다.

"바웰 성에서 건축가들이 부실 공사를 하는 걸 보며 느낀 것이 없습니까? 모라타에는 귀중한 예술품들이 즐비합니다. 여기 빛의 탑만 해도 그렇죠. 지금은 모라타의 풍경처럼 모두에게 익숙해졌지만 초창기만 해도 얼마나 파격이었습니까? 도시 옆에 빛으로 세워진 탑이 있다니요."

예술가들이 고개를 끄덕였다.

모라타의 멋진 거리 풍경이 더욱 가치 있게 보이는 것은 건축 기술만이 아니었다. 빛의 탑이나 프레야 여신상 같은 초대형 조각품 때문이리라.

"빛의 탑은 모라타의 이름을 유명하게 만든 작품이기도 했죠. 어쨌든 이것과 비슷한 예술품들을 잔뜩 만드는 겁니다."

"으응?"

"막 표절하는 겁니다. 보고 베껴요! 그리고 원작보다도 시선을 더 끌 수 있는 조각품이나 그림이면 더 좋습니다. 케이베른이 파괴하는 동안에 모라타는 안전해질 테니까요!"

케이베른이 주요한 예술품들을 파괴하지 못하게 비슷한 것들을 잔뜩 만들어 놓는다!

자신의 일을 찾지 못하던 예술가들의 눈과 귀가 번쩍 뜨이게 하는 발언이었다.

"뭐야, 대단한데!"

"대단히 창조적인 표절이다. 표절이 아이디어야. 진짜 예술에는 한계가 없구나."

"표절을 부추기다니 미치겠다. 진짜 미쳤어."

"우리가 솔직히 안 해서 그렇지. 조각으로 벌어먹고 산 보리빵이 몇 갠데. 위드 님의 조각품을 비슷하게 따라 하는 건 얼마든지 할 수 있지."

"케이베른의 관심을 끄는 것도 어렵지 않아. 케이베른이 입으로 똥을 싸는 대형 나무 조각상이라도 만들어 놓으면 되는 거 아니야?"

"그림이야말로 욕하기에는 더 적합한 거 아닌가? 제대로 엉망진창인 그림을 그려 주면 되는 건데."

발상의 전환!

예술가들은 자신의 할 일을 찾았다.

그들은 돈이 안 되는 일에도 일단 빠지면 몰두하는, 별별 인간들이 다 모여 있었다.

아르펜 제국은 공식적으로 선언했다.

> 부족한 금액이지만 모라타 방어전에 도움을 주신 분들께는 일당을 지급하도록 하겠어요.
> 따로 집계하는 것이 힘드니 모라타의 모든 주민들에게 매일 3골드씩을 드립니다.
> 식사는 모라타 내의 모든 식당이 무료입니다.
> 새벽에는 축제가 개최됩니다.

"역시 위드 님이네."

"캬… 이 세심한 배려 보소."

"고생하지 말라고 베풀잖아. 초보를 아끼는 건 위드 님이야."

"황제가 되고 나서도 어떻게 변한 게 하나도 없냐."

유저들의 참여로 고마운 마음에 서윤이 적극적으로 밀어붙인 정책.

건축가, 예술가들이 전면에 나서고 유저들이 벌떼처럼 달라붙으며 모라타의 요새화가 시작되었다.

헤르메스 길드의 선발대도 모라타에 도착했다.

"이쪽에는 기사들의 매복이 가능할 것 같군요. 드래곤을 가까이 끌어들이면 기습 공격을 할 수 있겠습니다."

"복잡한 건물들 때문에 시가전이 펼쳐진다면 우리에게 유리할 것으로 보입니다. 위드 님이나 지역 주민들이 허락해 주지 않을 수 있지만 말입니다."

"드래곤의 활동 범위를 줄이려면 방호벽들을 미로처럼 설치해야지요. 높이는 3, 4미터 정도? 건물들을 보호하는 것만이 아니라, 마법사나 궁수 부대를 지킬 수 있는 장벽이나 이동 경로들이 만들어져야 됩니다. 가능할까요?"

헤르메스 길드의 요구 사항은 건축가 조합을 통해서 대부분 받아들여졌다.

모라타를 지켜야 한다는 절대적인 목표 앞에 과거의 원한 정도는 잠시 눈감을 수 있었다.

"유저들이 생각보다 우릴 싫어하지 않네."

"사인을 해 달라는 사람도 있었어."

"그보다도… 드래곤과 전투를 치르기에 전력이 충분할지 모르겠군."

헤르메스 길드의 수뇌부는 과거에 케이베른과 싸웠을 때가 떠올랐다.

전율적인 블랙 드래곤의 전투력!

현재 유저들의 수준으로는 버거운 것이 사실이었다.

라미프터가 말했다.

"위드 님에게 생각이 있긴 하겠지요. 우리 헤르메스 길드의 전투력이 핵심이 되겠지만. 그렇더라도 승리를 하려면 좀 더 준비가 필요할 것으로 보입니다."

칼쿠스가 슬며시 다가왔다.

"좋은 계획이라도 있습니까?"

"가르나프 평원에서는 쓰지 못했지만, 마법공학 대포를 가져오는 건 어떨까요?"

"대포요?"

"1급 보안이 걸려 있었는데. 고대의 유물, 마법 장비인데 해상전의 대포와는 좀 달라요. 마법사들의 마력을 기반으로 쏘아 내는 것이죠."

"쾅쾅 막 터집니까?"

"…아쉽지만 폭발형은 아닙니다. 마력으로 이루어진 두꺼운 빛을 쏘아 내는 방식이라 공성전으로 적합한 무기는 아니죠. 그래도 명중률과 관통력이 좋아서 초대형 생명체를 사냥하는 용도로 쓸지 몰라 쌓아 둔 게 있습니다. 드래곤에게도 써먹을 수 있을 듯한데 말입니다."

헤르메스 길드원들은 보스급 몬스터의 사냥 경험이 많은 만큼 다양한 아이디어들을 쏟아 냈다.

"며칠 안에 르블뢰 상단이 가져올 호랑이 가죽 의자는 성벽 위에 설치해 주세요."

학살자 칼쿠스가 내놓은 이색적인 제안이 약간의 관심을 끌기도 했다.

"도대체 왜요?"

해당 지역 건설을 전담하던 프레임이 물었다.

레벨로는 까마득히 높은 상대였지만 그래도 시설물 배치의 중간 책임자는 자신이었다.

칼쿠스가 고개를 뻣뻣하게 들고 당연하다는 듯이 설명했다.

"위드 님이 오실지도 모르잖습니까. 이쪽에서 앉아서 보면 준비하고 있는 방어선이 한눈에 들어오실 겁니다."

"……."

아르펜 제국과 화해하기로 한 이상 적극적으로 변한 칼쿠스.

실상 헤르메스 길드의 전반적인 분위기는 모라타에서 더욱 바뀌고 있었다.

나중에라도 위드를 죽여야 한다면서 복수에 불타오르는 이들은 찾아보기 힘들다.

모라타에서 힘의 대세가 바뀐 것을 확인하자마자 말을 갈아타려는 이들이 넘쳐 나고 있었다.

알고 보면 그들의 태도가 이상한 건 아니었다.

처음부터 힘과 권력을 좇았기에 지금의 자리에 올랐으며, 마찬가지로 위드를 따를 뿐.

―모이자. 모라타로!
―공사판이 벌어졌다. 풀죽신교 총집결!
―성지 수호 갑시다.

푸홀 워터파크에서도 유저들이 밀려오고 있었으며, 중앙 대륙에서도 거대한 움직임이 시작되었다.

헤르메스 길드원들은 모라타를 돌아다니는 많은 유저들에

압박감을 느꼈다.

"도시에 사람이 끝도 없어."

"성문으로 분당 수천 명씩 들어온다."

"여긴 진짜 대도시야. 판자촌 지역이 석조 건물로 바뀐다면 아렌 성보다도 발전한 곳이었을걸."

대부분 초보 유저들임에도 불구하고 경이로운 인파.

물론 초보들의 입장에서도 드래곤의 전투에 끼려는 것은 아니었다.

모라타를 지키기 위한 건설에 참여하고, 베르사 대륙의 운명을 건 전투를 구경하기 위한 것.

성문으로 줄지어 들어오는 초보들이 신나서 떠들었다.

"클레타를 막기 위해서 다들 뭉친 것을 보니 놀랍고 대단하긴 해."

"위드 님이 중심을 단단히 잡아 주는 덕분이지."

"위드 님과 바드레이가 함께 싸운다는 거지?"

"응. 케이베른을 과연 누가 사냥하느냐도 좋은 구경거리가 되겠다."

"설마 다 죽으면……."

"……."

"크흠."

위드와 헤르메스 길드가 본격적으로 나섰기 때문에 케이베른과도 싸워 볼 수 있다고 여겼다.

그렇게 모여든 유저들은 모라타의 요새화에 적극 참여했다.

"이게 다 무슨 일이야."

리버스가 접속한 건 그 무렵이었다.

고작해야 하루 만에 모라타는 완전한 공사판으로 바뀌었다.

"알고는 있었지만 위드의 영향력이 이 정도란 말인가?"

어제까지만 해도 평온하던 성문 앞은 난리도 아니었다.

"지나갑니다. 비켜 주세요!"

사람들이나 황소가 바쁘게 드나들며 건축자재를 운반했다.

성벽에는 건축가들이 달라붙어서 구조 보강과 장벽 추가가 이루어지고 있었다.

매 시간 공사의 규모가 확대되어 드래곤이 도착할 때에는 완전히 모습이 바뀌어 있을 것으로 예상.

가르나프 평원은 허허벌판이었지만 모라타는 대도시라서 참여할 유저도 많고, 보급의 문제도 없다.

단순 활동 유저들의 숫자만 놓고 보면 베르사 대륙 최대의 도시!

"우린 어서 다녀옵시다. 오늘만 다섯 차례 이상 왕복을 하려면 시간이 없어요!"

동시에 예술회관이나 대도서관에 있는 귀중한 자료들은 주변 도시들로 빼돌리고 있기도 했다.

모라타를 배수진으로 두고 싸울 테지만 브레스나 광역 마법으로 보물들이 파괴되는 것을 막기 위한 비상 보존 계획.

멍하니 성문 근처에 서 있던 리버스의 귓가에 들리는 소리가 있었다.

"풀죽 드실 분은 오세요!"

공사 현장에는 커다란 솥들이 부글부글 끓었다.

북부의 대규모 공사판에는 어김없이 출현하는 풀죽!

공사에 참여하는 유저들이 줄을 서서 풀죽을 한 그릇씩 받아 가는 모습이 보였다.

"이번 풀죽은 맛있네."

"떫은 느낌도 덜하고… 고소하기도 한데… 열매도 몇 개 정도 보여."

"사치네, 사치."

리버스의 발길 역시 자연스럽게 줄 서 있는 유저들에게로 향했다.

'진짜 풀죽. 그걸 먹어 볼 기회구나.'

로자임 왕국의 피라미드 건축을 할 때부터 맛이 궁금했던 풀죽이었다.

"맛있게 드세요."

"고맙습니다."

"열심히 일해 주세요."

"허리가 부러질 때까지 할 겁니다."

초보 요리사들이 끓이는 풀죽!

그들은 대량 요리로 스킬 숙련도도 얻을 수 있는 기회였다.

리버스는 풀죽 한 그릇을 받아 든 채 근처 바닥에 대충 주저앉았다.

모라타 성문 인근에는 유저들로 가득 차 있었고, 평소보다도 몇 배나 되는 이들이 보였다.
"음. 맛을 볼까."
나무로 된 수저로 풀죽을 듬뿍 떠서 입에 넣었다.
"뜨헙!"
혓바닥이 델 정도로 뜨거운 풀죽이었다.
"뭐가 이렇게 뜨겁지? 너무 뜨거워서 맛을 잘 모르겠어."
리버스는 풀죽을 윗부분만 살짝 떠서 식힌 후에 먹어 봤다.
떫고 쓰고, 그러면서도 달짝지근하며 짜고 매운맛도 뒤섞인 미묘한 맛이었다.
풀과 나무 열매들을 마구 넣어서 삶은 다음에 소금과 설탕, 간장에 고추장 약간을 넣은 그런 맛.
"이게 맛있다고?"
도무지 이해가 안 되어서 몇 숟가락을 더 먹어 봤다.
"……."
싱싱한 풀이 건져졌다.
멀건 죽에는 밥알이 몇 개 보이고 고기 조각도 보인다.
"어, 그냥 아무거나 막 넣고 끓인 거 아닌가. 특히 풀을 많이 넣고……."
리버스는 요리에는 문외한이었다. 별생각 없이 말했지만 그것이 정답!
대규모 공사판에서 풀죽의 비결은 대충 끓이는 데 있었다.
"이건 정말 맛이 없어."
리버스는 절반 정도를 남긴 채 유저들을 따라나섰다.
평소라면 귀찮아서 안 할 테지만 이런 이벤트는 소소한 일이라도 참여해 보고 싶었다.

"초보시죠? 석재는 너무 무거우실 텐데… 황소 마차를 몰아 주실래요?"

"석재나 주시오."

"힘드실 텐데……."

"괜찮으니 주기나 하시오. 나는 다른 초보들과는 다르니까."

리버스는 각종 강화 마법이 걸린 장비들을 믿었다.

"힘드시면 주변 유저들에게 도움을 요청하셔야 됩니다."

"걱정하지 말라니깐. 끙차!"

저절로 한숨이 나올 정도의 무게.

등에서부터 머리까지 짓누르는 엄청난 무게에 다리가 후들거렸다.

그다음에는 개미 떼가 움직이는 것처럼 석재를 지고 공사 현장으로 걸어가야 했다.

'이 짓을 도대체 왜 하지?'

리버스는 후회와 의문이 동시에 들었다.

다른 유저들도 다 하는데, 얼굴에는 피로와 동시에 활기가 넘친다.

무언가를 해낸다는 성취감!

석재를 한번 옮겨 보니 조금은 알 것도 같았다.

"이런 것이 위드의 힘인가. 군중을 이끌고 다니는……."

리버스는 〈로열 로드〉를 하면서 실감했다.

사람들은 냄비처럼 금방 끓고, 금방 식는다.

아무리 좋은 일이라고 해도 오래 하지는 못하고, 남들을 욕

할 때도 마찬가지다.

그러나 무언가 의미를 부여해서 그들을 열광적으로 참여시키면 불가능을 극복하는 기적을 이루어 내기도 한다.

모니터로 보던 것과 직접 참여하는 건 느껴지는 분위기가 달랐다.

"위드는 힘으로 황제가 된 게 아니라… 세상을 바꾸었기에 황제가 되었단 말인가."

리버스는 저녁에 공사가 2배로 확대된 것을 보며 경악했다.

다음 날에는 온갖 지역에서 도착한 유저들에 의해 5배 이상으로 늘어나는 것이었다.

"미쳤네. 정신이 나간 것 같기도 한데… 그게 위드란 말이야. 그러면 무시할 수도 없고."

미헬은 칼리스, 로암 등과 같이 20명의 대영주을 모아서 비밀 회동을 가졌다.

아르펜 제국의 영주들끼리 친목을 도모하자는 명목이었지만, 저마다 세력 확장의 욕심이 가득하단 걸 모르지 않았다.

"느닷없이 헤르메스 길드를 포섭할 줄이야. 과연 누가 알았을까."

로암이 가벼운 탄식을 내뱉었다.

그들의 뒤통수를 강하게 치는 위드의 행보였다.

자신들은 대영주가 되고 나서 몬스터들을 물리치며 세력 확대의 기회를 얻었다.

 케이베른 사태에서도 조용히 뒷짐을 지고 지켜보려는 생각만을 하고 있었는데, 전격적으로 결정된 케이베른 사냥이라니!

"최소한 준비 기간만 1년은 걸릴 줄 알았습니다. 과연 이길 수 있을까요?"

 칼리스가 고민거리를 털어놓았다.

 이 자리에 모인 대영주들 모두가 공통적으로 갖고 있는 의문이었다.

 '그 강대한 드래곤을… 벌써 잡는다고? 만약 실패한다면?'

 의심은 해도 드래곤 사냥에는 적극 협력하기로 뜻을 모았다. 아르펜 제국의 그늘이 필요하기도 했고, 드래곤 사냥에 빠져서는 안 된다는 여론을 의식한 때문이었다.

"상대는 드래곤입니다. 간단하게 생각할 수 없는 존재예요. 헤르메스 길드가 합류했고, 희생의 화로가 있다지만 쉽진 않을 겁니다."

 미헬은 타격대에 속한 길드원들에게 희생의 화로를 써서는 안 된다는 말을 비밀리에 전달했다는 이야기는 밝히지 않았다.

 그것은 다른 길드들도 마찬가지일 테니까.

 그들은 철저히 이번 전투에서는 전력을 보존하기로 했다.

 만약 드래곤을 잡지 못하면 전투력이야말로 가장 중요한 시대가 올 수 있기 때문이다.

 샤우드가 인상을 쓰며 말했다.

"어떻게 싸우느냐가 관건이고, 어느 쪽이든 이길 수 있으리라 봐야겠지요. 우린 드래곤을 잘 모릅니다. 하지만 헤르메스 길드가 잘 싸운다는 건 알지요. 위드도 마찬가지고요."

대영주들은 지금 벌어지는 일들이 탐탁지 않았다.

길드 간의 전투는 익숙하기도 했고, 비슷한 세력전의 양상으로 펼쳐지지만, 드래곤이란 차원이 다른 존재다.

로암은 앞으로의 일을 전망했다.

"위드가 드래곤을 이긴다면 현재의 인기에 더불어 절대적인 권위까지 부여됩니다. 바드레이가 가지고 있던 무신? 그것도 우습게 여길 정도로 말이지요."

위드가 드래곤을 이기면 최소한 자신들이 고개를 숙이며 살아야 하는 기간이 2년은 추가되리라고.

'나라면 실패한다. 승산을 따지기 힘든 위험한 모험이야. 하지만 위드라서… 가능성이 있을지도 모른다.'

'어떻게 싸울지조차 짐작할 수도 없는 전투다. 베르사 대륙의 주력이 총동원되는 거고… 위드와 헤르메스 길드가 전격적으로 나선다는데, 전투의 규모도 예상 밖일 거야.'

'위드다. 그리고 바드레이까지 직접 참여할 가능성이 크고. 희생의 화로를 쓰고 헤르메스 길드까지 나선다면… 으음.'

대영주들은 마냥 실패를 바랄 수도 없는 처지였다.

위드가 나서서 해결하지 못한다면 결국 자신들로서도 감당이 안 되는 존재.

케이베른이 계속 도시를 파괴하고, 몬스터들을 퍼뜨리면 분명히 자신들의 차례도 온다.

모두가 망하느냐.

아니면 고개를 숙이며 열심히 아부를 떨며 살아가야 하느냐.

어느 쪽으로든 나쁜 결과물들일 수밖에 없었고, 가장 안 좋은 건 그들에게는 말로 떠드는 것 외에 할 수 있는 선택권이 존재하지 않는다는 점이었다.

"자네, 몸이 무척 단단하군."
"고맙습니다."
바드레이는 마침내 바바리안들로부터의 인정을 받아 냈다.
전투에 나설 때마다 나름 혁혁한 전공을 세웠고, 부족을 위해 사냥감들을 넉넉하게 벌어 왔다.
바드레이도 바바리안들과 어울리는 법을 조금은 터득했다.
저녁에 모닥불을 피워 놓고 음식을 나눠 먹으며, 전투에 대한 이야기를 하면 됐다.
'이렇게 쉬운 걸⋯ 지금까지 헤맸나?'
바드레이는 만약 위드였다면 친밀도를 높이는 데 이삼일이면 충분했으리란 생각이 들 정도로 허무했다.
실제로는 하루도 안 걸려서 끝나 버렸겠지만!
"아무도 가지 않는 땅이 있다네. 혹시 북서쪽의 빙벽 너머를 보았나?"
"얼음밖에는 없는 곳이 아닙니까?"
"거친 대자연이 있지. 그곳에 묻혀 있는 전설을 꺼낸다면 부족 최고의 전사라고 불릴 만할 것이네."
띠링!

> **철혈의 워리어가 되기 위한 자격 증명!**
> 북서쪽의 빙벽을 기어올라서 끝없이 걸어가라. 전사의 심장은 고난과 추위에도 멈추지 않을 것이며, 대지를 내딛는 발걸음은 바바리안들의 새로운 이정표가 되리라.
> 육체의 고통과 피로를 이겨 내야 한다. 한계를 초월한 이후에 쓰러지면 철혈의 워리어로 태어나게 되며, 죽음으로도 레벨과 스킬 숙련도는 하락하지 않는다. 오랫동안 멀리 이동할수록 맷집과 인내력, 방어 기술이 향상되고, 이동한 거리만큼 바바리안 부족의 영토가 확장된다.
> 5일 이상을 버티고 걸으면 전설이 깃든 빙하의 검이 묻혀 있는 장소에 도착할 수 있다. 도착하지 못하면 빙하가 무너져서 검은 아득한 얼음 바다 아래로 사라지게 된다.
> 난이도: S
> 보상: 철혈의 워리어로의 전직. 빙하의 검.

드디어 뜨게 된 전직 퀘스트.

"철혈의 워리어가 나타났다. 그리고 빙하의 검이라."

바드레이는 헤르메스 길드가 아닌, 스스로 퀘스트를 하며 전설을 일깨운 건 처음이었다.

"더 강해질 수 있다."

헤르메스 길드가 아르펜 제국의 깃발 아래로 들어간다는 연락을 받았지만, 중요하게 여기지 않았다.

하벤 지역의 안정이나 길드의 생존은 그에게 중요한 문제가 아니다.

'위드. 황제의 자리는 너에게 주마. 그러나 무신의 자리는 영원히 나의 것이다.'

바드레이는 곧바로 북서쪽의 빙벽을 향해 걸었다. 케이베른의 사냥 일정에 반드시 맞추려면 마음이 급했다.

헤르메스 길드가 하벤 지역을 유지하기 위한 조건이기도 했지만, 희생의 화로를 사용한 이후에 약해진 위드를 이긴다고 해도 누구도 인정하지 않을 것이기 때문이다.

페일은 파이톤, 오베론과 함께 타격대를 이끌었다.

중앙 대륙에 넘쳐 나는 몬스터들을 상대로 하루 종일 사냥하는 그들이었다.

"파이톤 님의 검술은 언제 봐도 굉장히 호쾌하십니다."

"하하하. 몬스터를 날려 버리는 재미로 익힌 전투법이라서… 그보다, 페일 님은 어떻게 궁수가 되었죠?"

"퀘스트 때문에요."

"오… 궁수의 스킬이나 직업을 얻기 위한 특수 퀘스트?"

"아니요. 활로 토끼를 잡아 달란 의뢰를 진행하다 보니 궁수가 되었어요."

"……"

파이톤과 오베론은 이거 호구 아니냐는 시선을 듬뿍 던졌다.

페일은 무슨 생각을 하는지 느끼면서 미소를 머금었다.

"저는 그래도 궁수가 된 것을 후회해 본 적이 한 번도 없으니까요."

파이톤과 오베론이 고개를 끄덕였다.

'물론 그렇겠지. 근데 저 성격을 보니 검사가 되어도 후회는

안 했을걸.'

'뭘 해도 잘했겠지, 어떻게 살아도 자기 인생이니까…….'

페일의 삶의 방식에 대해서는 〈로열 로드〉의 수많은 유저들이 알면서도 인정했다.

위드의 전투 노예 1호.

그럼에도 아르펜 제국의 넓은 땅을 다스리는 대영주가 되었으며, 명성도 비할 바 없이 높다.

페일보다 레벨이 높은 이들도 이만큼의 영향력이나 인기를 가지고 있진 못했으니.

성공한 전투 노예, 혹은 호구에 대해서는 비판할 수 없었다.

"근데 오베론 님은 성격이 현실과 좀 다르다는 이야기를 들었습니다."

페일이 신기하다는 듯이 물었다.

〈로열 로드〉에서는 헌신적인 워리어!

현실에서는 대부호의 자손이며 자신감이 넘치는 매력적인 남자.

사람들을 이끌고 다니는 것은 마찬가지였지만 그래도 그렇게 무작정 퍼 주는 성향은 아니었다.

위드의 말을 그대로 옮기자면 '양심 없는 7봉 사내'였고.

오베론은 싱긋 웃으며 말했다.

"이상하게 〈로열 로드〉만 오면 사람들을 지켜 주고 싶습니다. 첫 던전 사냥에 처참하게 실패한 이유 때문인 것 같기도 하고요."

〈로열 로드〉의 초창기, 마을 근처 사냥을 하다가 레벨 50이 되었을 무렵, 친한 이들과 던전 사냥을 떠났다.

모두 어설펐던 시절이라 자신들의 실력도 발휘하지 못하고 전멸해 버렸다. 그리고 그때부터 동료들을 지켜야 한다는 사명감에 불타올랐다.

페일이 조심스럽게 말했다.

"그게 적당히… 조절되는 감정은 아닌 모양이죠?"

오베론이 동료들을 어떻게 지키려고 하는지를 보았다. 무척이나 감동적인 모습이었지만, 그 이후에도 괜히 나섰다가 죽었다고 하니 좀 오지랖이라고 할까.

"이게 맘대로 안 됩니다. 사람들을 지키려는 마음도 있지만 저절로 저도 모르게 그냥 나서게 되고 말아서요."

"그렇군요."

페일은 잠시 여운을 두다가 말했다.

"혹시 모라타의 전투에서 희생의 화로를 또다시 쓰실 생각입니까?"

"당연히 써야지요. 멋진 전투가 될 테니까요."

페일은 한숨을 쉬었다.

어째서 사람들이 자신을 보며 그토록 걱정하는지를 깨달았다고 할까.

'호구를 보는 느낌이 이런 거구나.'

오베론의 시야에 퀘스트 창이 떴다.

띠링!

> **악룡 케이베른의 퇴치**
> 모든 드워프들이 힘을 합쳐야 할 순간이 찾아왔다. 날카로운 무기를 들어라! 거친 함성을 질러라! 케이베른에게 돌격해야 할 시간이다.
> 한 달 내로 케이베른과 전투를 치러야 한다. 승리한다면 드워프들은 잃었던 긍지를 되찾을 수 있으리라.
> 난이도: 종족 퀘스트.
> 제한: 드워프. 종족 내 레벨 상위 3%
> 보상: 드워프의 종족 특성 긍지.

"어… 방금 드워프들에게 종족 퀘스트가 발생했습니다."

"종족 퀘스트요?"

"위드핸드라는 드워프와 함께 케이베른을 퇴치하라는 의뢰네요."

위드는 드워프 전사들과 함께 케이베른과의 전투를 펼치기로 결정했다.

그 순간, 상위 3%에 해당하는 드워프 유저들에게 일제히 발생한 의뢰.

"기꺼이 케이베른과 싸우겠습니다."

오베론이 퀘스트를 수락한 다음에 말했다.

"모라타에서 싸울 날이 벌써 기다려지네요."

파이톤과 페일도 그 심정은 비슷했다.

"흥분되지요. 정말 멋진 전투가 벌어질 것 같습니다."

"네. 실컷 싸워 보죠."

위드는 헤르메스 길드를 다녀오고 드래곤을 잡기 전에 할 일이 남아 있었다.

"도끼를 쓰는 법을 배우고 싶다고?"

"예."

하일라야 숲의 동쪽.

나무꾼 파틴을 만나서 도끼의 비기를 익혀야 했다.

파틴은 긴 다리에 우람한 근육질의 어깨가 인상적인 나무꾼이었다.

"난 귀족이나 왕족은 잘 몰라. 그래도 자넨 굉장히 유명해서 이름은 들어 봤어."

"악당들과 싸우다 보니 좀 유명해졌습니다. 대륙의 평화를 위해 몬스터들을 퇴치하기도 했고요."

"자넨 악당이 아니야. 좋은 일을 많이 한 모험가이고 조각사란 이야기를 들었어. 난 예술도 잘 모르지만."

나무꾼 파틴은 악명이 높은 유저를 만나기만 하면 바로 머리에 도끼를 내려찍어서 죽이는 습성이 있었다.

지위나 명예가 통하지도 않고, 그냥 나쁜 놈들을 싫어하는 단순한 나무꾼.

파틴은 잘 익혀서 기름이 뚝뚝 흐르는 멧돼지 뒷다리를 모닥불에서 꺼냈다.

"내가 멧돼지 고기를 좋아해. 정말 잘 구웠군."

"산에서 구워 먹는 멧돼지가 제맛이죠. 소금은 깊은 광산에서 캐낸 겁니다."

"짭짤하고 맛있어."

사전에 마판으로부터 파틴에 대한 정보들을 들었다.

"파틴은 정해진 형식이라는 게 없습니다. 도끼술을 익힌 유저들이 몽땅 달려갔지만… 퀘스트를 내주는 게 아니라 친해져야 합니다. 요리를 좋아하는데, 그렇다고 고급 요리를 즐긴다기보다는 평범한 음식들을 즐겨 먹습니다. 일정 수준 이상의 친분이 다져지면 도끼술의 비기를 배울 수 있는 기회를 줍니다. 친절하게 직접 가르쳐 주지 않고 나무에 도끼질을 하는 걸 옆에서 볼 수 있게 해 주는 것이죠. 도끼의 비기는 눈으로 보면서 터득해야 합니다. 지금까지 익힌 사람은 6명인데. 위드 님이라면 충분히 하실 수 있으리라 믿습니다."

위드는 도끼를 다루는 기본적인 방법은 알고 있었다.

'검에 비해 압도적인 무게감이 있다. 강력한 파괴력을 발휘하며 순간적인 변화는 적은 무기.'

검이나 창을 다룰 때보다는 복잡하지 않았다.

그렇지만 제자리에서 도끼만 휘두른다면 제대로 위력이 나오지 않는다.

마구 움직이면서 체중을 힘껏 실어야 도끼의 장점을 살릴 수 있다.

"맥주 한잔하시겠습니까?"

"맥주도 있나?"

"흠뻑 취할 정도로 있습니다. 드워프들도 없어서 못 먹는 모라타의 맥주죠."

"모라타의 맥주라… 벌써 침이 고이는군."

4시간.

고기와 맥주, 사탕발림으로 파틴을 구워삶는 데 걸린 시간이었다.

"설명은 못 하겠어. 보고 배울 수 있다면 알아서 배우게."

"예. 그걸로 충분합니다."

파틴은 일어서서 굵은 나무에 도끼질을 시작했다.

콰앙! 쾅! 쾅!

도끼질 한 번에 굵은 아름드리나무들이 그대로 쓰러졌다.

'위력은 끝내주네. 과연 공격력 몰빵 스킬.'

처음에는 결 검술을 떠올렸지만 몇 번 만에 다르다는 걸 알 수 있었다.

'약점을 베어 내는 게 아니다. 그보단 강하게 찍어 내는 느낌인데.'

힘이 집중된 도끼가 속도와 탄력을 받아 거목을 강타했다. 잘라진 나무는 칼로 베어 낸 듯이 깔끔했다.

"2명의 유저는 일주일 정도 파틴과 함께 다녔습니다. 케이베른과 싸워야 하지만 급할수록 천천히 하세요."

역시 마판이 알려준 정보였다.

'대충 요령은 알 것 같은데. 검과는 결국 형태가 다른 무기일

뿐이니.'
위드는 무지하게 단단한 대형 도끼를 꺼냈다.
용을 죽이는 도끼는 스탯 감소의 제한이 있어서 함부로 다룰 물건은 아니었다.
쿠웅!
무거운 도끼로 거목을 옆으로 후려쳤다.
두 번째에는 쓰러뜨리긴 했지만, 절단면이 파틴처럼 깔끔하진 않았다.
'힘과 속도는 비슷하게 한 것 같은데… 이게 전부는 아니란 의미겠지.'
위드는 몇 번의 도끼질을 통해 거목을 한 방에 쓰러뜨릴 수 있었다.
"대단하군."
"아직 멀었습니다."
그다음부터의 도끼질은 파틴과 점점 닮아 갔다.
콰앙! 쾅! 쾅!
손목과 어깨의 움직임, 도끼의 궤적까지도 비슷해졌다.
'대략 이런 방식이군. 나무를 할 때는 상당히 최적화된 방식이다.'
힘을 힘껏 실은 도끼가 간결하게 나무를 쳐 낸다.
그 와중에 느껴지는 끝내주는 손맛!
위드는 하루 정도 지켜보면 파틴의 비법을 알 수 있을 것도 같았다.
지금까지 검술을 체계적으로 익혀 왔고, 험한 사냥터를 전전하며 숨 가쁜 시간들을 보냈다.

무기를 다루는 건 이미 몸처럼 익숙해져 있었다.

'근데 머리로 생각하며 익혀야 하나?'

얼마 전부터 검술을 머리에서 지워 버렸다.

필요할 때면 고정된 형태의 검술을 응용하기도 하지만, 마음이 가는 대로 휘두르면 그것이 정답이 되었다.

전투가 벌어지고 0.1초의 짧은 시간에 최적의 답이란 생각에서 나오는 것이 아니니까.

'무기가 달라졌다고 해도 완전히 처음부터 익혀야 할 정도로 새로울까.'

위드는 도끼질의 시작은 파틴의 모습을 참고하면서 더 이상 깊이 생각하지 않았다.

머리로 생각하고 맞춰 가지 않고, 의식과 몸이 알아서 하도록 했다. 도끼를 느끼고, 나무를 베어 가는 최적의 방식을 스스로 찾아 갔다.

30분 정도가 지났을 때였다.

띠링!

나무꾼 파틴의 도끼질을 터득하였습니다.
도끼의 비기, 도끼 강타를 배웠습니다. 파틴은 평생 나무를 베며 도끼를 다루어 왔습니다. 그는 도끼의 위력을 진정으로 이끌어 낼 수 있었습니다.
도끼 강타가 500%의 공격력을 발휘합니다. 파괴력이 250%의 위력으로 30미터 반경으로 퍼집니다. 생명체가 아닌, 바위나 지형도 부서질 것입니다. 생명력과 방어력이 낮은 적은 일격에 제압합니다. 스킬 레벨이 오를 때마다 최대 공격력과 공격 반경이 증가합니다.

도끼술에 대한 이해가 대폭 늘어났습니다.
도끼술의 레벨이 초급 9레벨이 되었습니다. 파괴력이 15% 증가합니다. 방어력을 4% 추가로 관통합니다.

힘이 10 증가합니다.

전사의 업적으로 모든 스탯이 2씩 늘어납니다.

시간이 약간 걸렸지만 쉽게 익혀 버린 도끼술의 비기!

파틴이 감탄하며 말했다.

"내가 평생 동안 휘둘러 온 도끼질을 금방 배웠군. 자네처럼 뛰어난 사람은 처음이야."

"감사합니다."

"도끼질을 하고 나니 배가 출출해져서 그러는데, 남는 고기가 좀 있는가?"

위드의 배낭에는 따로 챙겨 온 고기들이 아주 많았다. 도끼의 비기를 익히는 데 사흘 정도 걸릴 것으로 생각했던 것이다.

"있습니다. 드릴까요?"

"음. 좀 주게."

위드는 배낭에서 고기를 꺼내 다시 한 번 구워 주었다.

도끼의 비기는 익혔으니 무시하고 바쁜 길을 떠나도 그만이긴 했다. 그래도 도끼 마스터라면 훗날 어떻게 부려 먹을지 모르기에 친밀도를 유지해야 했다.

"와구와구. 자넨 정말 좋은 사람 같군."

"아닙니다. 이렇게 도끼술을 가르쳐 주셔서 고맙습니다."

"자네가 잘 익힌 거지. 정말 천재야."

"훌륭한 도끼술이었기 때문에 오히려 빨리 배울 수가 있었습니다."

"지난번에 온 두 놈은 내 도끼술을 배우자마자 고마움을 표시하지도 않고 떠나 버리지 않았던가."

"아주 나쁜 놈들이었군요."

위드는 적당히 맞장구를 쳐 주면서 고기를 뜯어 먹었다.

"맥주는 떨어졌나?"

"여기 더 있습니다. 실컷 드시죠."

슬슬 배도 채우고 떠나려는 순간이었다.

파틴이 진지한 목소리로 말했다.

"자네, 내 도끼술을 배워 볼 생각이 없나?"

"도끼술이요? 방금 익혔습니다만."

"그건 가르쳐 주지 않아도 배운 도끼술이지."

위드의 머릿속이 빠르게 회전했다.

'뭔가가 더 있다.'

파틴에게서 배울 수 있는 스킬은 도끼 강타가 끝이 아닌 것이다.

"자네가 익힌 도끼질로 만든 기술이 하나 더 있다네. 산에서 나무를 하다가 멧돼지라도 나오면 싸우려고 만든 것이네. 잘 보게."

검사들이 전투를 치르듯이 도끼를 들고 선 파틴!

"이야하아아아압!"

좌우로 번갈아 가며 여섯 번을 휘둘렀다.

파틴이 움직일 때마다 바람을 가르는 위협적인 파공성이 들렸다. 도끼를 휘두르고 내려찍을 때마다 무시무시한 위력이 퍼져서 주변 땅이 파이고 나무들이 쓰러졌다.

"의리야하압!"

마지막에는 파틴이 힘껏 고함을 지르고 도끼를 던졌다.

초고속으로 회전하며 쏘아진 도끼가 정면에 있던 바위를 산산조각 내며 다시 돌아왔다.

"헉헉. 어떤가, 헉. 이것이 멧돼지 도살법이라네. 배워 보겠는가?"

띠링!

> 도끼 마스터 파틴이 기술을 전수해 주려고 합니다.
>
> * 멧돼지 도살법
> 도끼 강타를 익히고 나서 배울 수 있는 연속 공격술입니다. 극단적인 위력의 일곱 번 연속 공격. 매번 공격마다 치명적인 일격이 발동되며, 방어력을 뚫고 상대의 뼈를 으스러뜨릴 것입니다. 스킬의 사용을 위해 경이로운 체력과 힘을 필요로 합니다.

"물론 배우겠습니다."

위드는 정신없이 고개를 끄덕였다.

예정된 그날.

케이베른은 미스트리스 성에 나타나서 모든 것을 파괴했다.

그동안 수차례나 벌어졌던 일이기에 익숙해질 때도 되었지만, 모든 유저들의 관심사는 그다음의 일에 있었다.

건물들이 불타오르고 무너진다.

미스트리스 성이 완전히 폐허로 변한 다음에야 메시지 창이 떴다.

> 드래곤의 복수!
> 악룡 케이베른이 인간들의 문명을 파괴하기 위해 움직이고 있습니다.
> 정령과 요정 들이 경고합니다.
> —일주일 후에 케이베른이 모라타로 향하게 될 거예요.

대륙 전역, 모라타에서 공사를 하던 유저들도 메시지를 확인했다.

> —으아악! 진짜 모라타다.
> —정말 모라타······.
> —예상 적중! 세기의 전투가 벌어지고야 말겠네요.
> —모라타 같은 대도시에서 싸우다니··· 위드 님한테 너무 불리한 거 아님?
> —이틀 전까지는 그랬죠. 지금은 완전 요새로 변하고 있습니다. 7중 성벽 보셨나요? 강철 10단 함정은요? 난공불락의 대명사이던 오데인 요새를 비웃을 정도랍니다.
> —죄송하지만, 성벽이 무슨 의미가 있나요. 드래곤은 하늘을 날아다니는데.
> —주요 건물들마다 두꺼운 성벽을 세우고 있죠. 부딪쳐도 쉽게 파괴되지 않도록요. 드래곤이 지상에 착륙할 때를 대비해서 참호도 파고 있음.
> —발리스타 같은 공성 무기도 대량으로 제작되고 있던데요.
> —화재 발생에 대비해서 건물들을 부수고 길도 내고 있습니다.
> —상단들이 하벤 지역에서부터 대형 공성 무기를 해체해서 운송하고 있답니다. 미친 듯이 달려오는 중.

케이베른이 모라타를 공격하기로 예정되니 게시판마다 난리가 나고 있었다.

 동영상도 수없이 올라왔는데 모라타가 요새처럼 바뀌어 가는 모습들과 각 상단의 움직임들이었다.

 베르사 대륙 전역에서 전투 물자와 공성 무기들이 소집되고 있었다.

―엄청난 승부가 벌어지긴 하겠네요.
―유저들과 드래곤 1마리…….
―향후 4, 5년 내에 없을 대전투이긴 하네요.
―위드 님이니까 이런 전투도 이끄는 겁니다. 초대박이죠.
―근데요. 만약에 지면?
―다음 일은 생각하지 말도록 합시다…….
―베르사 대륙 대파멸. 덜덜덜…….
―아, 생각하지 말자니까요.

퀘스트의 끝

"역시 다음은 모라타인가."

위드는 아골디아의 비밀 창고로 돌아왔다.

지금부터는 1분 1초도 시간을 아껴서 써야 할 상황!

드워프 전사들은 충분한 휴식을 취한 후라 준비되어 있었고, 던전의 최종 보스인 크라코어만을 남겨 두었다.

마판 상단의 추가 보급으로 크라코어를 제압하는 데 도움을 주는 물품도 전달되었다.

위드는 녹색 약병을 꺼내 로아의 명검에 발랐다.

"이 액체를 무기에 바르도록 하세요. 많이 바를수록 좋을 겁니다."

"이게 뭔가?"

"지독한 냄새. 독 아닌가? 전투에 독을 사용하는 건 드워프의 수치네."

브록핸드와 드워프들이 바로 반발했다.

드워프 전사들의 자부심에, 독을 쓰자는 건 도저히 받아들일 수 없는 제안이었다.

보급을 위해 달려온 마판 상단의 유저들은 긴장한 채로 지켜봤다.

드워프들의 고집이란 쉽게 꺾을 수 있는 게 아니었으므로.

위드는 싱긋 웃었다.

"독이 아닙니다."

"그럼?"

"유풀레치카 꽃잎으로 만든 겁니다. 크라코어의 세포 재생을 막고 파괴하는 역할을 하죠."

"아, 꽃이었나?"

드워프들은 쉽게 수긍하며 무기에 녹색 액체를 발랐다.

"저것만으로 설득이 돼?"

"뭐야, 도대체 독이랑 뭐가 다른 건데? 그 말이 그 말 아냐?"

유풀레치카는 아름답지만 지독한 독초였다.

토르 지역에는 없고, 툴렌의 깊은 늪지대에서만 자라는 식물이었다.

보통의 몬스터들에게는 약한 마비 효과 정도만을 주지만, 특정 괴물들에게는 크게 작용을 했다.

"그래도 듣다 보니 나도 잠깐 납득할 뻔했어."

"사실은 나 역시. 당연하다는 목소리로 말하니까 그냥 받아들여지게 되더라."

"저게 위드 님이지. 마판 님도 위드 님한테 장사의 기초를 배웠다는 소문이 있잖아."

위드는 드워프들을 데리고 빠르게 크라코어가 있는 방으로 향했다.

"위험해지면 언제든 동료를 믿고 뒤로 빠져 주십시오. 우린 케이베른을 상대해야 합니다. 이런 하찮은 곳에서 죽어서는 안 됩니다."

"알겠네."

"모두 단단히 조심하셔야 합니다."

최종 보스!

위드가 잔뜩 긴장한 드워프들을 데리고 최종 보스의 방으로 들어갔다.

크라코어는 55미터짜리 세포 덩어리였다.

광장처럼 넓은 공간에 드워프제 장비들이 널려 있었다.

> 원초적인 공포!
> 생명체의 종말에 있는 적과 조우하였습니다.

> 크나큰 위협을 느낍니다.
> 정신에 두려움이 깃들었습니다. 정신력과 투지가 이를 견뎌 냅니다.

위드의 투지는 드래곤 정도가 아니라면 위축되지 않았는데, 특별함은 느껴지지 않았다.

드워프들은 여전히 두려워하고 있었지만.

'그냥 덩어리로 보이는데, 엄청난 녀석이란 말이지. 그래도 며칠 후에 케이베른을 상대해야 하는 마당에…….'

둥그런 분홍색 세포 덩어리가 귀엽기까지 해 보였다.

―오랫동안 기다려 왔다. 새로운 방문자들이구나. 너희는 내 몸의 일부가 될 것이다.

크라코어의 몸에서 손가락 한 마디 정도의 세포들이 떨어져 나오더니 빠르게 성장하며 아골디아에 돌아다니는 맹수들의 형태가 되었다.

―가라!

크라코어의 명령에 따라 땅을 박차며 덤벼드는 맹수들!

4, 5미터짜리 맹수들이 사납게 뛰어왔다.

"수비 진형으로!"

위드는 드워프들에게 명령을 내려 입구를 등지고 방어 진형을 펼쳤다.

"후랴!"

"방패를 들어라! 망치로 내려쳐라!"

드워프들이 방패를 내세우며 단단한 방진을 형성했다. 그 직후 맹수들의 날카로운 발톱과 몸통 부딪치기가 이어졌다.

"드워프들이여, 검과 창, 방패를 들어라!"

"우리 종족의 위대함을!"

"크라코어, 너에게 희생된 동족들의 복수를 하겠다!"

드워프 전사들이 검과 방패를 탕탕 부딪치며 고함을 질렀다. 동료들에게 부여하는 강력한 버프!

"1마리씩 끌어들여서 처치한다."

"동료들과 함께 막아! 방패 부대!"

위드는 드워프들의 상태를 지켜보았지만 세세하게 지휘하지 않아도 아골디아의 맹수들 정도는 잘 막아 내는 모습이었다.

크라코어에 의해 강화된 맹수들은 진화하고 있었다.

몸집이 계속 커지고 있었고 힘도 강해지지만, 이 정도는 드워프들이 무난하게 사냥했다.

캬웅!

꾸우우우악!

드워프들의 무기에 당할 때마다 맹수들이 비명을 질렀다.

크라코어의 세포로부터 생성된 맹수들이라 방어력과 회복 능력이 탁월했지만, 약점인 독에 타격을 받고 있었다.

'크라코어. 세포형의 몬스터. 자신의 세포들을 떼어 내서 몬스터를 만든다. 본체에 입은 타격은 대부분 흡수해 버리지.'

한 번이라도 흡수한 몬스터들은 전부 제작이 가능하다는 속설도 있었다.

와이번, 그리폰, 거인까지도 만들어 내는 데 그치지 않는다.

적을 무력화시키면 상대의 몸에 달라붙는다. 육체를 빼앗고 지배하는 끔찍함!

크라코어는 아골디아의 지배자였던 만큼 자료가 많이 남아 있었다.

"우리 레벤체 길드가 최초로 크라코어를 사냥하겠습니다!"

헤르메스 길드가 중앙 대륙을 통일하기 전의 일이었다.

그럭저럭 인지도를 가진 레벤체 길드가 아골디아를 탐험하던 중에 도전해서 몰살당했다.

크라코어가 강한 몬스터인 줄을 몰랐기 때문이었는데, 엄청난 맹수와 몬스터들에 유저들이 질질 끌려가서 본체에 잡아먹혔다.

실은 크라코어가 일부러 적을 끌어들이려고 약한 척을 해서 레벤체 길드가 도전했다는 의심도 있었다.

'영악한 놈이다. 그리고 웬만해서는 죽지 않기 때문에 까다로워.'

크라코어의 위험은 이제부터였다.

몸을 약간만 떼어 내더라도 세포를 증식시켜서 엄청난 병력을 만들 수 있었다.

55미터의 크기는 쉬지 않고 투입할 수 있는 끝이 없는 병력이 된다.

더구나 좀 더 세포들을 많이 떼어 내면 훨씬 고급 몬스터들도 만들어 낼 수 있었다.

'괜히 아골디아의 보스급 몬스터가 아니다. 지금은 드워프들을 무시하기 때문에 장기전으로 지치게 만들려는 거겠지.'

크라코어의 노림수는 뻔히 보였다.

자신의 세포들을 떼어 내기 싫기 때문에 드워프들을 지치게 해서 하나씩 잡아먹으려는 것이리라.

'이길 방법은 두 가지. 세포로 만드는 병력을 계속 제거해서 놈을 약화시키거나, 아니면 본체를 쳐야 한다.'

위드는 케이베른까지 상대해야 하는 마당에 언제까지 여기서 시간을 버릴 수는 없다고 생각했다.

"광휘의 검술!"

드워프 사이를 빠져나와 빛을 줄기줄기 뿜어내며 전진했다.

"위드핸드!"

"위험하네. 어서 돌아오게!"

위드는 드워프들의 염려를 무시하면서 빠르게 전진했다.

크릉!

크와아아앙!

맹수들이 사방에서 동시에 덤벼들었다.

서걱!

위드는 차원의 문을 통과하며 검을 휘둘렀다. 조각 파괴술로 모든 예술 스탯을 힘으로 몰아넣었고, 맹독까지 적용되었다.

발열, 마비, 혼란, 출혈의 4종 세트!

드워프들에게 준 독보다도 훨씬 강한 것이었다.

"1, 2, 3, 4조 방어 진형으로 돌진!"

방패를 앞세운 드워프들이 앞으로 내달렸다.

"5조부터 20조까지, 산개하여 전투를 펼친다. 목표물은 크라코어의 본체!"

"후아!"

방어 진형으로 뭉쳐 있던 드워프들이 일제히 퍼져 나갔다.

맹수들이나, 보호 병력을 많이 만들지 않은 지금이 기회.

위드는 사막의 대제왕 시절을 떠올렸다.

'방어력이 좋은 드워프들이다. 웬만해선 살아남겠지.'

전장의 한복판으로 부하들을 내던진다. 이겨 낸 자들은 강해지기 마련!

> 세포 로거를 베었습니다.

로아의 명검은 깔끔하게 맹수들을 처치했다. 하지만 죽은 시체들은 세포의 핵을 파괴하지 않는 한 더 작고 약한 녀석이 되어서 다시 일어났다.

크라코어의 세포들은 고블린과 드워프로 변했다.

"우릴 이길 순 없다."

"크라코어 님은 너희를 다 흡수하여 더 강해질 것이다."

위드는 그들을 보며 혀를 찼다.

"두세 번씩 죽여야 되나. 귀찮게."

고블린과 드워프들의 모습을 하고 있긴 하지만, 몸이 시퍼렇게 물들어 있었다.

맹독의 효과가 발생한 것이다.

"너희와 보낼 시간 따윈 없다."

위드는 차원 문을 통과하면서 가볍게 적들의 경계를 뛰어넘었다.

공간 이동을 할 때마다 빠르게 달려온 맹수들이 공격을 했지만 무시하거나 받아치며 크라코어에게 전력으로 뛰었다.

—모두 막아라!

사실, 크라코어는 겁이 많았다.

가능하면 직접 싸우지 않으려 하고, 또한 공격을 받아 세포를 잃는 것을 무엇보다 무서워하는 유형!

55미터나 되는 방대한 몸 때문에 도망치지도 못했다.

"검의 돌진!"

위드는 전사의 스킬을 발휘하며 맹수들을 힘으로 뚫어 냈다.

단숨에 맹수들을 지나쳐서 크라코어의 앞에 도착했다.

"분검술!"

위드의 몸이 50개로 늘어나면서 스킬이 발동되었다.

"신성한 불."

화르륵.

분신들까지 불타는 검으로 크라코어의 육체를 마구 베었다.

큐우아아아아아악!

거대한 세포 덩어리가 불에 타며 비명을 질렀다.

"광휘의 검술!"

위드는 맹수들에 의해 분신들이 소멸될 때에도 아랑곳하지 않고 활활 타오르는 검으로 크라코어의 몸체를 베었다.

—이 고통은… 도저히 참을 수 없다!

거대한 크라코어의 세포들이 뭉텅이로 떨어져 나와서 검게 변했다.

무언가 엄청난 몬스터들을 생성하려는 조짐!

"절대 분열하지 못하도록 조각조각 부숴 주마."

—드워프들! 너희 모두 내 몸의 일부가 될 것이다!

"위드와 크라코어의 대결!"

"굉장합니다. 위드가 이렇게 강했나요?"

방송국들은 위드의 전투를 생중계하고 있었다.

대륙의 운명이 결정될 모라타에 모든 관심이 쏠린 상황이었다. 게다가 위드의 모험은 기본 시청률 정도는 보장해 준다.

크라코어는 아골디아에서도 까다롭기로 소문난 32개의 다리를 가진 거미를 7마리나 만들어 냈다.

위드는 거미줄을 베어 가며, 거대 거미들과 전투를 펼치고 있었다.

"오주완 씨, 위드 님이 불의 검을 휘두르는 모습이 매우 멋진 것 같아요."

"필요에 따라 스킬도 사용하지만, 기본 검술만으로도 훌륭하게 잘 싸우죠. 이게 위드 님의 특기입니다."

"무기를 잘 다루는 게 고레벨 유저들의 공통점이 아닐까요?"

"위드는 수준이 다릅니다. 극한까지의 실력을 보여 주죠. 전투에 대한 높은 이해도와 공략은 가장 정점이라고 할 수 있겠습니다."

"바드레이 님도 이겼으니 공식적으로 위드 님이 최강이죠."

"기본적인 전투 능력에서는 아직까지도 무신 바드레이가 위라고 봅니다만, 잠깐의 허점을 놓치지 않고 공략하고 말았죠."

오주완은 평소처럼 위드의 전투를 해설하려고 했다. 하지만 미묘하게 무언가가 거슬렸다.

쉽게 검을 휘두르고, 쉽게 움직이는데도 전투가 훨씬 편해 보인다.

거미들의 날렵한 움직임과 독과 거미줄을 뿜어내는 공격들을 잘도 빠져나가면서 반격을 가하고 있었다.

도찬미도 그 느낌을 알아차리고 말했다.

"이런 말 하면 이상할지 모르지만, 검술이 정말 아름답네요. 위드 님에게 여유가 보여요. 크라코어조차도 쉬운 걸까요?"

"그런 건 아닙니다. 크라코어는 정말 강한 보스 몬스터죠. 그리고 벌써 1시간째 싸우고 있는 걸 보면 말입니다."

"앗! 지금 파도처럼 공격이……."

"크라코어의 몸에서 세포들이 떨어져 나가서 또다시 몬스터로 변했습니다. 형용하기가 어려운 수준입니다. 코뿔소처럼 커다란 바퀴벌레? 그것들이 일제히 위드에게 돌진합니다!"

진행자들이 영상을 집중해서 해설했다.

크라코어가 만들어 낸 병력들의 공격이 엄청난 것 같았지만, 위드는 절묘하게 잘 빠져나가고 있었다.

───

크라코어와의 전투는 쉬지 않고 진행되었다.

끈질기고 지독한 녀석이었지만 싸울 때마다 세포를 잃어버렸다. 위드가 공격할 때에도, 병력과 몸의 일부를 상실하면서 점점 약해졌다.

—육체를 잃어버리다니… 분하다! 그래도 이런 곳에서 너 따위에게 죽을 수는 없어!

"끈질기긴 했어. 그래도 넌 안 돼."

오랫동안 싸우면서 크라코어의 약점을 찾아냈다.

불과 독과 신성력 그리고 마지막으로 스스로 움직이게 만드는 것.

위드는 모든 준비들을 갖추고 있었고, 검으로 공격할 때마다 크라코어의 세포 일부는 영원히 타 버리게 되었다.

드워프들도 뒤로 물러나고, 바닥은 크라코어의 떨어진 세포들로 미끈거렸다.

 —폭멸!

 위기의 순간, 바닥에 떨어진 세포들이 그를 붙잡고 흡수하려 할 때는 거침없이 스킬을 터트렸다.

 "대파멸의 모래 폭풍!"

 사막 전사 최후의 스킬. 최종 보스의 방이라 꽤 넓긴 했지만, 던전 내에서 쓰기에는 극단적으로 위험한 스킬이었다.

 "모두 수비!"

 "물러나!"

 드워프들은 방패를 세우고 뭉치며 몸을 웅크렸다. 그들의 장비들은 드래곤과의 전투에 대비하여 마법 저항력이 높은 것들로 맞춰 놓았다.

 그럼에도 피해가 생길 수 있지만, 감수할 수밖에 없는 노릇.

 땅이 갈라지면서 모래 폭풍이 일어나기 시작했다.

 크라코어를 중심으로 사방을 휩쓰는 모래의 폭풍에 세포로 만든 몬스터들이 튕겨 나갔다.

 "재생의 검!"

 위드는 대파멸의 모래 폭풍이 끝나면 재생의 검을 쓰며 드워프들과 함께 방어와 생명력 회복에 힘을 썼다.

> 투신 바탈리의 축복이 부여됩니다.
> 소모된 체력의 20%가 회복됩니다. 생명력의 재생 속도가 빨라지고, 고통에 면역이 됩니다. 적에게 입힌 피해만큼 방어력을 무시!

투신 바탈리의 축복도 틈틈이 부여.

 그렇게 크라코어는 무려 10시간에 걸친 전투 끝에 서서히 죽어 갔다.

 위드는 전투가 끝나자마자 반성했다.

 '공격력이 확실히 부족했다. 크라코어 자체가 극단적으로 물리 방어력이 뛰어나고, 드워프들이 제대로 공격할 수 없긴 했지만… 전투를 극단적으로 길게 끌 수밖에는 없었어. 신의 축복과 장비발로 이긴 거야.'

 마법사 부대를 이끌고 크라코어와 싸웠더라면 훨씬 쉽게 이겼으리라. 마법적인 타격은 세포들을 얼리고 태우면서 제대로 피해를 입힐 테니까.

 네크로맨서 스킬을 쓰지 못했지만, 전반적으로 더 많은 유형의 전투 기술들을 연마할 필요성도 느꼈다.

 '그런 면에서 본다면 헤르메스 길드가 전반적으로 강한 건 사실이다.'

 드래곤과의 전투는 검과 마법. 양쪽 모두가 최고 수준에서 동원될 것이다.

 드워프 전사들 외에도 벌떼처럼 몰려들어서 공격할 유저들이 많았으니 기나긴 장기전은 되지 않을 듯싶었다.

 '드래곤과도 이렇게 오래 싸운다면 모라타는 아예 형태도 남아나지 않겠군.'

 위드는 크라코어에게 최후의 안식을 주었다.

> 아골디아의 옛 지배자, 크라코어가 영원한 안식에 들어갔습니다.

레벨이 올랐습니다.

위대한 전투 업적으로 인하여 명성이 5,230 올랐습니다.

카리스마가 2 상승하였습니다.

힘이 2 상승하였습니다.

인내가 3 상승하였습니다.

"끄응. 너무 힘든 전투였어."
"그래도 대단하군, 위드핸드!"
"자네가 해낼 줄 알았어."

위드는 전투를 마치고 드워프들을 수습했다.

크라코어가 만들어 낸 몬스터들과 싸우느라 무려 15명이나 사망!

그들 중 넷이나 크라코어에게 빨려 먹혀서 생명력과 힘을 잃기도 했다.

"부상이 심하신 분들부터 돌보죠."

위드는 드워프들과 함께 붕대를 열심히 감았다.

강인한 전사들이라 전투가 끝날 때까지 죽지 않았다면 어지간하면 살아남을 수 있었다.

크라코어는 영구적으로 생명력을 3,000 올려 줄 수 있는 비약의 재료를 남겼다.

다른 전리품들은 없었지만 그것만으로도 충분!

드워프들이 만들어 놓은 장비들도 되찾을 수 있었다.

띠링!

날벼락의 왕관 퀘스트 완료
훗날을 대비하여 만들어 놓은 아골디아의 비밀 창고는 다시 드워프들의 손에 들어왔다. 중무장한 드워프들은 이제 케이베른을 두려워하지 않으리라.

드워프들이 15명 사망했습니다.
추가 보상이 부여됩니다! 모든 드워프들의 최대 생명력이 7% 늘어납니다.

위드의 시선은 보석이 알알이 박힌 왕관으로 향했다.

크라코어의 뒤에 있었고, 전투를 펼치면서도 자꾸만 눈이 가던 왕관이었다.

드디어 날벼락의 왕관도 입수.

"후… 이제 됐군. 감정!"

벼락의 왕관
드워프들은 지하의 가장 깊은 곳에서 힘과 벼락, 지배의 보석을 발굴해 냈다.
"이건 가지고 있기에 위험한 힘이다."
"아니, 우리에게 드래곤의 억압으로부터 벗어날 기회가 주어졌다."
대장장이들은 보석에 봉인된 힘을 모아 왕관을 제작하였다.
"케이베른과 이제 싸울 수 있을까?"
"부족해. 일족의 보물인 희생의 화로가 필요하다."
"희생의 화로는… 우리의 손에 닿지 않는다."

"아쉽지만 그날이 올 때까지 이 왕관은 케이.베른의 눈에 띄지 않도록 우리 드워프들로부터 떠나 있어야 한다."
"어디에 숨기지?"
"깊숙한 곳에."
드워프들이 감춰 놓은 날벼락의 왕관을 되찾았다.
내구력: 110/110
방어: 79
제한: 드워프 전용. 레벨 1,190. 일족의 영웅.
옵션: 생명력, 마나, 체력의 최대치 2배로 증가. 전투 중 신체 회복 속도 300%. 심한 부상에도 전투 능력이 감소하지 않는다. 최초의 착용자에게 영구적으로 모든 스탯이 30씩 증가. 원거리 공격을 80만까지 막아 내는 방어막 생성. 호칭 '드워프를 이끄는 자' 획득. 드래곤 피어를 반경 30미터까지 무효화.

*왕관에 박힌 세 종류의 보석을 소모하여 새로운 능력들을 이끌어 낼 수 있다.
힘의 보석: 하루 동안 힘을 2,000만큼 늘려 준다. 모든 스킬의 최대 피해를 50% 향상시킨다.
벼락의 보석: 생명력을 대가로 가장 강력한 벼락을 떨어뜨릴 수 있다. 움직임이 2.5배 빨라진다.
지배의 보석: 자신과 주변에 있는 드워프들의 신체 능력을 30% 강화한다. 드워프에 대한 통솔력이 최대가 된다. 드래곤에게 위축되지 않는다.

"역시 끝내주는구나."

위드는 날벼락의 왕관을 구한 보람이 있었다.

드워프의 상태로만 착용할 수 있다는 제한이 없다면 그야말로 최고의 아이템.

드워프 전사 중 1명이 말했다.

"위드핸드. 전사들은 전투를 기다리고 있을 것이네. 자네라면 충분히 우릴 이끌 자격이 있어. 존경받는 장로 바인핸드 님이 반격의 깃발을 가지고 있을 것이야. 그분을 찾아가 보게."

> **반격의 깃발을 얻어라!**
> 오래도록 기다리고 있는 드워프 장로 바인핸드를 찾아가서, 67개의 봉우리가 그려진 깃발을 구하라. 케이베른과의 전투를 위해 대륙에 있는 모든 드워프들을 모아야 한다.
> 난이도: 종족 퀘스트
> 제한: 드워프.
> 보상: 반격의 깃발.

"알겠습니다."

위드는 가볍게 퀘스트를 받아들였다. 그렇지만 종족 퀘스트를 더 이상 진행할 생각은 없었다.

간단한 것이라면 해낼 수 있었지만 시간이 오래 걸리는 건 그만두어야 했다.

드워프 마을들을 하나씩 다니면서 전사들을 소집하는 건 너무 긴 시간을 필요로 하리라.

때마침 마판으로부터 귓속말이 왔다.

―위드 님, 퀘스트 완료를 축하드립니다. 크나툴과 말린의 정보를 확인했습니다.
―어딘가요?
―우선 크나툴은 북쪽 설원 지대에 있습니다.

위드는 드워프의 비밀 창고를 나와서 유린의 그림 이동술을

사용했다.

최대한 북쪽으로 이동해서 미리 기다리고 있던 와삼이의 등에 탔다.

"빨리 가 보자."

"꾸에에엣. 어디로 가면 되나?"

"북쪽으로 계속 날면 돼. 아무것도 생각할 필요 없어."

"왜 그러는가?"

"힘들어 죽기 직전까지 날아야 할 테니까. 걱정은 안 해도 돼. 앞으로 더 부려 먹어야 하는데, 이곳에서 진짜 죽게 하진 않을 테니까."

꾸에에엣!

와삼이는 거꾸로 부는 찬 바람과 싸우면서 쏜살같이 북쪽으로 날아갔다.

와삼이의 체력이 떨어져서 중간에는 빙룡으로 갈아타야만 했다.

> —드워프들을 잘 부탁드립니다, 페일 님.
> —예. 모라타에서 기다리도록 하겠습니다.

비밀 창고에 있는 드워프들은 타격대와 마판 상단이 모라타로 데려가도록 했다.

추운 설원 지대의 하늘에 도착하니 길을 인도하는 조인족들이 날아다니고 있었다.

"이쪽입니다, 위드 님!"

두툼한 털옷을 입은 참새 보담이 길을 안내했다.

새하얀 눈밭을 터전으로 살아가는 바바리안의 얼음 마을을 발견.

"여기로군."

위드는 빙룡을 타고 바바리안의 마을 상공에 도착했다.

지상에는 바바리안들이 창을 들고 놀라서 당황하는 모습이 보였다.

"적당히 시원하고 매우 마음에 드는 장소다."

빙룡은 설원 지대를 보며 만족하고 있었다.

"동쪽으로 가면 빙설의 폭풍도 분다더라."

"가 보고 싶다. 추운 곳이 좋다."

"일이 끝나면 다녀와. 시원하게 몸 좀 얼려."

"고맙다, 주인."

바바리안들은 거대한 할버드와 망치, 투척용 창을 들고 경계하고 있었다.

위드는 빙룡과 함께 마을의 입구로 서서히 내려갔다.

"인간! 여긴 와선 안 되는 장소다."

외부인에 대한 배타적인 태도.

바바리안들은 전투라도 벌일 기세였지만, 잠시 후에 하프엘프 비슈르가 와일이와 함께 나타나자 들고 있던 무기들을 아래로 내렸다.

꾸에에엣!

비슈르를 데려온 와일이는 털옷을 입고도 깃털이 살얼음으로 덮여 있었다.

"주인. 죽을 것 같다."

"내가 있잖아. 이런 곳에서는 안 죽어."

위드가 신성한 불로 모닥불을 크게 피워 주었다. 와일이가 뒤뚱거리며 모닥불에 가까이 와서 몸을 녹였다.

"역시 널 아껴 주는 건 나밖에 없지?"

"고맙다. 진짜 죽는 줄 알았다."

"정말 힘들 때 챙겨 주는 사람이 은인이야. 나한테 앞으로 잘해라."

"알겠다. 꾸우웃."

와일이가 몸을 비비면서 애교까지 부렸다.

그사이에 비슈르는 바바리안들과 이야기를 나누었다.

"오래전의 맹약에 따라서 케이베른을 상대하기 위한 힘을 합치길 원해요."

"우리 부족의 족쇄는……."

"케이베른을 물리친 다음에 어떤 희생을 치르더라도 제가 도와줄게요."

"그렇다면 좋다."

키가 3미터에 달하는 바바리안 영웅 크나툴은 간단히 합류 의사를 밝혔다.

요정 기사 말린에 대한 정보는 부족했지만, 그쪽 바닥이 또 상당히 좁은 편이었다.

요정족 모험가 스테인의 제보를 바탕으로 하루나가 확인을 해 주었다.

"경치가 기가 막히게 좋은 장소에서 특별한 비법으로 담근 맛있는 꽃술을 마시고 있으면 나타나요. 향이 깊을수록 가능성이 더 커지지요. 정직하고 평판이 좋은 유저에게는 선물도 준답니다."

위드는 비슈르, 크나툴과 같이 모라타 인근에 있는 작은 호수로 돌아와서 꽃술을 마셨다.

한 잔, 두 잔, 세 잔…….

술을 마시면서 낚시도 하고, 바느질도 하다 보니 들리는 소리가 있었다.

왱왱왱.

"자네, 맛있는 술을 먹고 있군."

파리처럼 날아온 요정족 말린.

"시간의 흐름에도 사라지지 않을 복수를. 케이베른이 활동하고 있어요."

"기꺼이 싸우지."

그도 하프엘프 비슈르의 말에 함께하기로 했다.

함께 싸울 동료를 찾아서 퀘스트 완료

바바리안 크나툴과 요정 기사 말린, 그들은 오래된 약속에 따라 블랙 드래곤 케이베른과 싸우기로 했다.
인간, 하프엘프, 바바리안, 요정 기사.
네 종족의 용사들이 이제부터 운명을 함께할 것이다.

퀘스트에 대한 보상으로 모든 스탯이 4 증가합니다.

명성이 10,000 올랐습니다.

퀘스트의 성공!

쉽게 끝내기는 했지만, 정확한 정보가 있어야만 해결할 수 있는 퀘스트였다.

드래곤을 해치우기 위해 모인 4명의 영웅.

요정 기사 말린이 신비로운 빛을 몸에 휘감고 말했다.

"드래곤을 상대하기 위해서는 놈의 마법을 막아 내야 해."

바바리안 크나툴이 말을 받았다.

"그것이 가능하나?"

"몇 가지 방법이 있지. 요정의 호수에서 만들 수 있는 비약을 먹으면 마법의 피해를 줄일 수 있다."

"그것들을 구해 와야겠군."

"비법은 내가 알고 있어. 하지만 요정의 호수는 악마들에 의해 장악되어 있다. 재료들을 구해서 호수로 가야만 해."

띠링!

사브리나 호수의 비약

호기심 많은 요정들은 수많은 신비로운 물품들을 만들어 냈다. 그들이 자랑하는 물건 중의 하나가 마법을 견디게 만드는 비약! 이것만 만들 수 있다면 강력한 마법을 견뎌 낼 수 있다.

비약의 재료로 서른두 가지가 필요하다. 바니의 붉은 약초, 알락시움의 돌, 초록 해골의 이끼, 거북이 섬의 산호초, 쿤단의 초승달, 흰 여우 꼬리, 네모의 달팽이 껍질……. 이 재료들을 전부 구해서 요정의 호수에 있는 악마들을 쫓아내라. 말린이 비약을 만들어 낼 것이다.

난이도: 제작 퀘스트

보상: 마법 저항의 비약.

제한: 요정계의 출입. 요정 기사의 안내를 받아야 한다.

위드는 바로 귓속말을 보냈다.

> —마판 님, 우선 이 재료들 얼마나 구할 수 있습니까?
> —거북이 섬의 산호초? 이건 해적들과 해녀들을 동원하면 구할 수 있습니다. 달팽이 껍질은 굉장히 희귀하다고 하는데… 재고는 1~2개 있습니다. 잠시만요. 더 구할 수 있는지 물어보고요.

마판은 상인으로서 온갖 종류의 수많은 재료템들을 다 파악하고 있었다.

> —초록 해골의 이끼는 중독된 시체들에서 나옵니다. 바하밤 던전인데. 여긴 안개가 가장 짙은 날에만 열린다네요. 한 달에 한 번? 그리고 다른 재료들은 3개월은 잡아야 될 것 같습니다.
> —유저들에게서 구매한다면요?
> —헤르메스 길드가 몇 개는 보유하고 있을까요? 그래도 쿤단의 초승달 같은 건 알려지지도 않은 재료템이고, 몇 가지는 보스급 몬스터를 사냥해도 희박한 확률로 떨어집니다. 아예 출처를 모르는 것도 섞여 있네요.
> —일주일 안에 구하진 못하겠군요.
> —3개월이면 대륙을 철저히 수색할 수는 있을 겁니다. 타격대의 도움도 받고요.

위드는 아쉽지만 더 이상의 용사 퀘스트도 진행하기 어렵다고 판단했다.

'있다면 큰 도움이 되겠지만, 없으면 어쩔 수 없지.'

재료를 구하더라도 요정의 호수를 악마들과 싸워 빼앗아야 한다.

이제부터는 용사 퀘스트는 중단하고 케이베른과의 전투에 집중하기로 했다.

대지의그림자 파티는 세계수를 중앙 대륙으로 가져오는 데 성공했다.

"고맙습니다, 페일 님."

"뭘요. 당연한 도움을 드렸을 뿐입니다."

페일이 이끄는 타격대가 하늘에서 그들을 보호해 주었다.

대지의그림자 파티를 목표로 엄청난 몬스터 떼가 몰리기도 했지만, 위드의 요청이 있었다.

—퀘스트를 성공시킬 수 있도록 해 주세요.

케이베른은 엘프 종족 퀘스트와 관련이 있을 가능성이 컸다.

물론 엘프 전사들이 합류한다고 해도 모라타를 지키기에는 날짜를 맞추기 힘들 것이다.

그럼에도 세계수가 자리를 잡고 대륙에 엘프가 많아지면 그 혜택이 엄청났다.

숲이 풍성해지고 맛있는 과일의 수확량만 늘어나도 대박!

엘릭스가 세계수를 다시 심기로 했는데, 그 위치는 10대 금역 중의 한 곳인 아베리안 숲의 인근이었다.

툴렌과 라살 지역의 접경!

엘릭스는 땅을 삽으로 깊게 팠다.

"이제 심겠습니다."

"아, 잠시만! 굳이 필요할지 모르지만 그래도 나무를 심는 거니까."

벤은 상인들에게 구입한 특제 거름을 구덩이에 듬뿍 뿌렸다.

"넉넉하게 뿌렸습니다."

세계수의 묘목이 그다음에 심어졌다.

몇 초 동안은 아무 반응이 없었지만, 나무줄기가 하늘로 솟아 올라가기 시작했다. 나뭇가지들이 풍성하게 옆으로 퍼지고, 땅이 들썩거리면서 뿌리들이 깊게 자리를 잡아 갔다.

주변의 풍경도 변화가 있었다.

말라 있던 풀이 자라고 꽃들이 활짝 피었다.

살랑대는 부드러운 바람을 타고 싱그럽고 향긋한 냄새들이 맡아졌다.

붉고, 하얗고, 푸르고.

각양각색의 꽃들이 피어나고, 나무들이 자라나서 숲을 더욱 무성하게 가꾸었다.

"우와아아앗!"

"세상에……."

"계절의 변화를 한꺼번에 보는 기분이에요."

대지의그림자 파티와 타격대의 유저들은 눈이 호강하는 기분을 만끽했다.

꽃들이 지고, 낙엽이 졌지만 금방 다시 피어나면서 울창한 수림을 이루었다.

세계수를 지켜라 퀘스트 완료
세계수가 본래의 자리로 돌아왔다. 숲을 지키는 엘프들은 잃어버린 힘을 되찾을 것이다.

> 엘프들의 고대 마법이 개방됩니다.
> 정령과 요정들과의 친화력이 높아져서, 정령왕과 요정왕의 소환이 가능해졌습니다. 새로운 직업, 숲지기, 숲의 사냥꾼, 세계수의 전사, 숲의 주인을 얻을 수 있게 되었습니다. 세계수의 영향에 있는 식물들의 성장이 빨라져서, 숲의 영역이 빠르게 확대될 것입니다.
> 모든 엘프들이 세계수의 축복을 받아서 숲에서의 능력이 강화됩니다. 시력이 100% 향상됩니다. 이동속도가 30% 빨라집니다. 최대 생명력이 50% 증가합니다. 식물과 대지 계열의 마법이 강해집니다.
> 세계수가 성장할수록 엘프들은 더 많은 능력 강화 효과를 받을 수 있습니다.

아베리안 숲에도 변화가 생겼다.

몬스터들이 치열하게 살아가는 아베리안의 숲.

세계수의 초록 기운이 나무를 뒤덮으며, 아베리안 숲으로 끝없이 밀려갔다.

시들어서 죽어 가던 잿빛 풀들이 되살아나고, 나무는 새로운 가지를 뻗어 내며 풍성함을 더했다.

초식동물들이 뛰어놀기 시작했으며, 사라진 줄 알았던 하이엘프들이 돌아왔다.

그들은 땅에 떨어진 나뭇가지들을 주워서 뚝딱뚝딱 허름한 오두막을 지었다.

하이엘프의 마을이 형성되고 있었다.

10대 금역이던 아베리안 숲을 정화하는 세계수의 힘!

세계수가 무럭무럭 자라나서 과거의 힘을 완전히 되찾으면, 그 나뭇가지와 뿌리를 퍼뜨려서 엘프들은 대륙의 어디든 숲을 만들어 낼 수 있었다.

숲의 풍성함.

엘프들이 대부흥을 이루어 내리라는 사실을 누구나 알 수 있었다.

> ─지금 엘프 하러 갑니다.
> ─엘프네. 답은 엘프였어.
> ─엘프로 쭉 살아오던 분들은 복권 당첨됐네요.
> ─안 그래도 장점이 많은 엘프인데… 세계수라니!

방송을 통해 지켜보던 시청자들은 떠들기 바빴다.

세계수를 원래대로 되돌려 놨지만 세계수의 퀘스트는 끝난 게 아니었다.

─숲을 일구기 위해서는 더 많은 땅의 에너지가 필요합니다. 몬스터들도 정리해야 해요.

세계수가 인근 몬스터들을 하이엘프들과 함께 토벌하라는 퀘스트를 냈다.

타격대 유저들이 받아들였지만, 한 가지가 더 있었다.

세계수가 대지의그림자 파티에게 말했다.

─드래곤 라투아스를 만나야 해요.

은링은 깜짝 놀랐다.

"블루 드래곤 라투아스요?"

─맞습니다. 한 가지 물건을 구해서 그에게 전해야 할 말이 있습니다.

엘릭스가 옅게 한숨을 내쉬었다.

"모두들, 이건 무조건 받아들일 거지?"

드래곤과 관련된 퀘스트.

고생문이 훤히 열려 있었지만, 그의 동료들이라면 거절할 까닭이 없다.

"당연하죠."

"무조건 합니다."

엘릭스도 마찬가지였다. 그저 아쉬움이 있다면 모라타에서 케이베른과 싸우는 걸 못 볼 수도 있다는 점이었다.

···

위드는 용사 퀘스트를 중단한 날부터 모라타에 머물렀다.

사냥하고, 드워프들을 이끄는 일도 중요하지만 드래곤과의 전투를 기획해야만 했다.

'최대한 많은 상황을 고려해야 해. 드래곤을 원하는 전장에 끌어들여서 싸워야 한다.'

최악은 드래곤이 지상으로 내려오지 않는 것이었다.

하늘에서만 브레스와 마법 공격을 한다면 그 누가 막을 수 있을까.

'답이 없지. 공중전은 필패다. 그땐 전부 철수다. 지상에 내려와야 승산이 있어.'

어떻게든 케이베른을 끌어들일 수 있도록 지상에서 유혹할 필요가 있었다.

헤르메스 길드에서도 파견대를 보내서 방어 진지를 건설하는 일을 도왔다.

아크힘이 모라타의 지도를 보며 건의했다.

"도시의 몇 곳에 마법병단을 배치해야겠습니다."

"원래 마법 저항력이 높은 드래곤에게 마법 공격이 효과가 있을까요?"

"피해가 대부분 감소하긴 하겠지만… 그래도 마법사들이 쓸 수 있는 마법은 다양합니다. 비행이나 가속 마법으로 전사들을 도울 수도 있을 테고요. 우리 길드에서 참여를 결정한 마법사들이 정말 많습니다."

헤르메스 길드의 마법사, 소환사, 정령사들이 머물 건물들이 지정되었다.

가르나프 평원 전투에서 활약했던 가우슈, 하일러, 칼쿠스, 그로스, 크레볼타 등등.

군단장 출신들이 자신의 직속 부대들을 데리고 도착했다.

위드가 헤르메스 길드에 요청했던 건 희생의 화로를 쓸 1만의 병력. 하지만 그보다도 훨씬 많은 길드원들이 준비를 갖추는 모습이었다.

"이렇게까지 하는 이유가 있나요?"

"저도 참여율이 높은 것이 의외이긴 했습니다."

아크힘은 쓴웃음을 지었다.

"드래곤 사냥의 업적을 갖고 싶다고 했습니다. 마법사들은 영혼력을 한 단계 높일 수 있다고요."

"영혼력?"

"상위의 마법사가 되면 마법력이 높아지면서 영혼의 힘에 눈을 뜬다고 하더군요. 마법의 단계가 상승하고, 마법을 더 빠르게 구현할 수도 있다는데……."

"영혼력을 쌓으려면 강한 몬스터들을 사냥해야 하는 모양이군요."

"맞습니다. 평범한 몬스터들로는 얻지 못합니다. 마법사들에게 드래곤은 최고의 제물이 되는 셈이죠. 드래곤이 가까운 곳에서 죽으면 마나까지도 일부 흡수할 수 있어서요."

〈로열 로드〉의 초창기에 최강의 직업으로 기대를 모았던 것이 마법사!

유저들의 정보가 부족했을 당시에는 산이나 평원을 한 방에 날려 버릴 수도 있다는 뜬소문이 퍼지며 열광하지 않는 이들이 드물었다.

실제로 마법사는 레벨이 낮을 때는 개고생을 하지만 공격력만큼은 최고였다.

마법 주문을 익히기 까다롭고, 장비들이 비싸다는 점도 압도적인 공격력 앞에 모두 용서가 되는 직업이었다.

현재 마법사들의 인기는 그리 높진 않았지만 헤르메스 길드의 마법병단은 단연 대륙 최고였다.

"아무튼 헤르메스 길드가 발 벗고 나서 주면 큰 도움이 되겠군요."

"그렇게 생각해 주셔서 고맙습니다."

아크힘과 군단장 출신들은 모라타에 와서 대중 앞에 공개적으로 사과도 했다.

케이베른을 깨운 것은 자신들의 잘못이었음을 인정하고, 드래곤을 막기 위해 최선을 다하겠다는 입장도 밝혔다.

중앙 대륙, 북부 대륙에서도 적극적으로 활동하려는 헤르메스 길드의 입장에서는 당연한 선택.

위드는 사과를 마음에 담아 두지 않았다.

'일을 저질러 놓고 하는 사과가 무슨 의미가 있을까.'

나쁜 놈은 나쁜 놈이다.

그럼에도 필요하면 이용해 먹어야 한다. 따지고 보면 세상에 나쁜 놈이 얼마나 많던가.

"헤르메스 길드가 있어서 든든합니다."

"하하. 과거는 잊고 새롭게 출발해 보죠."

위드와 아크힘은 서로의 눈을 마주 보며 웃었다.

'내 밥상 엎으려고 한 놈들…….'

'헤르메스 길드 최대의 적!'

모라타에서

KMC미디어는 철혈의 워리어가 되기 위한 바드레이의 모험을 독점으로 중계했다.

―빙벽을 올라서 빙하 지대를 걸으면 새로운 직업을 얻을 수 있다고 합니다. 철혈의 워리어. 이미 알고 계신 분들도 많으실 텐데요.

―전투 계열의 특별한 직업이죠. 강철 같은 맷집을 바탕으로 아무리 맞아도 죽지 않는다는…….

―하하, 그건 과장이 좀 있고요. 철혈의 워리어가 굉장한 방어력을 가졌다는 건 사실입니다. 혹독한 환경에서 태어나는 직업이죠.

―위드 님이 사막에서 폭풍을 제압하고 태양의 전사가 된 것과 비슷한 상황인가요?

―그렇게 볼 수도 있겠습니다.

헤르메스 길드의 전성기는 지났지만 바드레이의 직업에 대해서는 시청률이 높게 기록되었다.

방송 화면에는 빙벽을 타고 오르는 바드레이의 모습이 멀리서 잡히고 있었다.

―얼어붙은 빙벽을 오르는 것만으로도 보통이 아닌 것으로 보입니다.

―발을 디딜 곳이 마땅치 않은 모양이에요.

―날카로우면서도 미끄럽겠지요. 길을 만들면서 가야 하는데, 옷이 휘날리는 걸 보니 바람도 거친 것 같습니다.

―보기만 해도 추워서 몸이 다 떨리네요.

―저곳을 맨손으로 올라야 하는데, 힘이나 인내력이 높지 않으면 떨어져서 죽으라는 위험한 퀘스트입니다. 고소공포증이 있는 사람은 도전도 못 할 테죠.

바드레이의 망토가 빙벽의 삼분의 일 지점에서부터 미친 듯이 펄럭였다. 그때부터는 망토를 벗어 버려서 영상으로는 확인이 안 되었지만 세찬 바람에 몸을 가누기도 어려웠다.

'까딱하면 죽겠군.'

바드레이는 거울처럼 매끈한 빙벽을 조금씩 전진했다.

체력을 소모하고, 미끄러지지 않도록 집중력을 유지해야 한다. 그렇게 빙벽을 간신히 오르면서 가장 어려운 단계는 지났다고 생각했다.

'됐어, 해냈다.'

손가락은 얼어붙어서 감각이 없었고 다리 역시 마찬가지의 상태.

'이제부턴 최대한 멀리 가야 한다.'

모험으로 얻게 되는 빙하의 검은 반드시 갖고 싶었다.

바드레이는 칼날처럼 거센 바람에 고개를 숙이고 걷기 시작했다.

얼어붙은 몸으로 한 걸음씩 떼어 내는 것이 이렇게 힘들 줄이야.

철혈의 워리어라는 직업이 극한의 인내력을 필요로 한다는 점은 충분히 알 수 있을 것 같았다.

'방송으로 사람들이 보고 있을 텐데… 여기서 죽으면 무슨 개망신이란 말인가.'

모라타의 요새화!

미블로스, 파보가 협력하고 북부의 건축가 조합이 합세했다. 건축가들은 모라타의 도면을 놓고 장고를 거듭했다.

"도시 보호와 드래곤 공략을 동시에 해야 합니다. 그러니 둘 다 달성하기에는 정말 어려운 목표입니다."

"도심이 아니라 성벽 외곽에서 싸우면 그나마 좋을 텐데요."

"그러면 더할 나위 없이 좋겠지만… 지금까지의 사례를 보면 드래곤이 도시 한복판에 내려올 가능성이 가장 큽니다."

"주변 건축물들을 고려하면 빙룡 광장이 피해가 가장 적습니다. 여기로 드래곤을 끌어들인다면 어떨까요."

"와이번 광장도 나쁘지 않지요. 시장이 가깝지만 재건축을 하기는 수월한 장소입니다."

건축가들은 머리를 싸매고 설계와 시공을 동시에 해냈다.

모라타에 성벽을 세우고 건물들의 벽을 두껍게 보강해도 얼마나 더 오래 버틸 수 있을까.

어떤 대규모 마법이라도 터트린다면 건물들은 우수수 쓰러져 버리고 말리라.

건축가들에게는 극단적이면서 최악의 조건이었지만 그렇기에 더 열정에 불타올랐다.

미블로스가 뚫어져라 모라타의 지도를 살펴보며 고개를 들었다.

"위드 님의 최종 의견은 어떻습니까?"

파보가 담담히 대답했다.

"우리의 결정을 무엇이든 지지한다고 했습니다."

"만약 모라타가 전부 파괴된다고 해도요?"

"건축가들에게는 어떤 책임도 묻지 않기로 했습니다. 전쟁 준비에 필요한 모든 것을 지원하며, 그 과정과 결과에 있어서는 위드 님이 책임진다고 했습니다."

"허. 그렇게까지 우릴 믿어 주다니."

미블로스는 나이가 지긋함에도 불구하고 자신을 믿어 주는 위드 때문에 눈물이 찔끔 흘러나왔다.

중앙 대륙에서 지내면서 하청 공사를 할 때와는 차원이 다른 존중을 받고 있었다.

다른 건축가들도 고개를 끄덕였다.

"역시 위드 님이군."

"정말 어려운 결정이야. 건축의 중요성을 알아주기 때문에 저렇게까지 믿고 맡긴다는 거야."

"다른 거 다 필요 없어. 딱 한 사람을 보면 아르펜 제국이 왜 흥하는지를 알 수 있어."

위드에 대한 평가는 전체적으로 높았지만, 특히 상인과 건축가들에게 절대적인 존경을 받았다.

"대장장이 조합의 협력은요?"

"드워프 대장장이들이 적극적으로 참여하고 있습니다."

"철의 보급은······."

"넉넉하진 않지만 부족한 수준도 아닙니다. 그날이 올 때까지 3,000채 정도의 강철 건물들을 세울 수 있을 정도입니다."

건축가들은 심사숙고해서 몇 가지의 방안들을 만들었다.

예술가들이 드래곤의 관심을 끄는 짝퉁 조각품들을 세우는 것에 착안하여, 그들은 강철 건물들을 지을 작정이었다.

드래곤의 관심을 끌고, 웬만한 마법이나 물리적인 타격에도 견디는 건축물.

케이베른이 몇 번이나 손을 쓰게 만들어서 다른 건물들을 파괴하지 못하도록 적당히 시간을 버는 용도다.

미블로스가 모라타의 주요 지점들을 선으로 이어서 보여 주었다.

"이곳이 최종 방어선입니다. 어떻게든 지키려고 노력합시다. 전투가 끝나고 난 이후에도 모라타의 빠른 재건을 위해서는 적어도 삼분의 일은 남아 있어야 합니다."

"동의합니다."

"대도서관 부근에는 드래곤의 관심을 끌지 않기 위해 성벽을 세우는 것 외엔 아무것도 하지 맙시다. 다른 곳들이 우선 목표가 되어야 하니 말입니다."

"그렇게 하죠. 그리고 모라타의 정확한 지도와 건물들의 모습들을 남겨 놓아야 합니다. 최악을 위해서요."

건축가들 사이에 숙연한 분위기가 흘렀다.

케이베른이 전투에서 승리하고 모라타가 폐허가 되는 상황까지 염두에 두어야 했다.

미블로스가 말했다.

"우리가 할 수 있는 건 사실 많지 않습니다. 도시의 피해를 조금 줄이고, 드래곤과의 전투에 참여하는 유저들을 편하게 해 줄 수 있는 정도죠. 그리고 모든 노력들이 실패로 돌아가더라도 포기하지 맙시다."

위드는 마판으로부터 대지의그림자 파티의 소식을 들었다.

—고생 좀 하겠군요.
—라투아스의 퀘스트라니 상당히 힘들 겁니다. 그래도 워낙 뛰어난 모험가 분들이라 시간이 걸려도 도전해 볼 만하겠지만요.
—마판 님도 틈틈이 도와주세요.
—옛! 상단에서 적극적으로 지원하도록 하겠습니다.
—그리고 만약 모라타 방어전이 실패로 돌아갈 때를 대비해서 비약의 재료도 구해야 될 겁니다.
—그런 일이 벌어져선 안 되겠지만… 최악은 대비해야 하겠죠.

위드는 세계수와 관련된 보고도 받았는데, 엘프들에게 일제히 퀘스트가 발생했다는 내용이었다.

새로운 직업을 얻고, 퀘스트를 진행하고 재료를 구해서 세계수를 키우는 일.

세계수의 성장이 단계를 거듭할수록 엘프들은 더 강한 힘을 갖게 된다.
　엘프 종족 전체에 세계수의 성장이라는 목표가 생성된 것이었다.
　'엘프들도 개고생을 하겠군.'
　위드는 〈로열 로드〉의 퀘스트 난이도에 대해서는 몸으로 느끼고 있었다.
　엘프들은 아름다운 외모와 특유의 장점들에도 불구하고 유저들의 폭발적인 관심에서는 멀어져 있었다.
　생명력과 체력이 평균보다 낮았다.
　사냥꾼으로서 인간과 비교할 수 없는 활 솜씨를 가졌는데, 과도한 살생을 하면 현기증을 느끼거나 하는 페널티가 있었다.
　물론 숲을 지킬 때에는 그런 페널티가 적용되지 않았지만.
　'세계수가 단계를 거듭하며 성장하고 엘프들이 강해진다는 건, 음… 그만큼 커다란 위험이 찾아오겠지.'
　공짜로 얻는 건 없다.
　세계수가 1단계씩 성장할 때마다 막대한 자원을 필요로 할 테고, 그것들이 또 다른 위기를 불러오게 되리라.
　'케이베른이 세계수를 태워 버렸듯이, 다른 몬스터나 악마들의 목표가 되겠지. 뭐, 그래도 당장은 엘프들이 좋아하겠지만.'
　세계수를 키운다는 목적에는 보상이 확실했다.
　엘프들은 어차피 식물을 좋아하는 유저들이 선택하는 종족이라서 나름의 보람도 느낄 수 있으리라.
　"강철 벽이 너무 부실해! 이거 어느 건축 조합이 만든 거야!"

"이쪽 건물들? 그냥 다 포기하라고, 멍청아. 일일이 다 지킨다는 건 무리야. 그리고 넌 왜 판자촌을 지키려고 하고 있냐!"

"철재 가져왔습니다. 필요하신 분들은 받아 가세요!"

"풀죽이요, 풀죽! 꽃게 풀죽입니다!"

모라타에는 유저들이 계속 유입되고 있었다.

대공사가 벌어지고 있었지만, 일부의 초보 유저들은 도시 안에 남기로 했다.

베르사 대륙의 역사에 남을 케이베른과의 전투를 최대한 가까이에서 보기 위함이었다.

위드는 위험하다고 생각은 했지만 말리진 않았다.

'만약 패한다고 해도 우리가 어떻게 싸웠는지를 봐 줘야지.'

구경꾼이 없으면 심심한 법!

지더라도 무력하게 질 생각은 없었다.

풀죽신교와 헤르메스 길드의 주요 수뇌부와 함께 매일 밤마다 케이베른 상대법을 연구했다.

처음에는 서먹한 관계이긴 했지만 이내 드래곤과 싸운다는 목표 때문에 집중할 수 있었다.

위드는 아크힘과 군단장들을 이끌고 모라타를 돌아다녔다.

"아시다시피 전투에 변수는 많습니다. 모라타는 대도시이고 드래곤이 어느 곳으로 날아오느냐에 따라서 싸우는 위치와 방식까지 달라져야 합니다."

케이베른을 도시로 끌어들이긴 해도 반드시 정해진 장소에서 싸운다는 건 기적에 가깝다. 그렇기에 미끼들이 필요했고 전술적으로도 복잡할 수밖에 없었다.

"기회는 한 번. 어쩌면 두 번 정도입니다. 지상에서 전투가 벌어지면 다신 날아오르지 못하도록 해야 할 것입니다."

"명심하겠습니다."

군단장들은 모라타의 모습을 눈에 새겼다.

그들이 매복해야 할 장소도, 상황에 따라 옮겨야 할 위치들도 확실하게 기억했다.

가르나프 평원에서의 전투는 정말 갑자기 벌어진 것이기에 대책 없이 싸웠다.

'이번엔 다르겠지.'

'헤르메스 길드. 그리고 위드라……. 희생의 화로를 쓰는 유저들도 있으니 이만하면 해 볼 만하지 않은가?'

군단장들은 패배를 원하지 않았고, 명예를 회복하길 바랐다.

위드와는 깊은 앙금이 있음에도 불구하고 모라타에서 협력하며 군단장들도 생각이 많이 바뀌었다.

'대놓고 적대할 필요는 없다. 상황에 따라 다시 적이 된다고 하더라도.'

'헤르메스 길드가 그랬듯이 아르펜 제국이라고 영원할까. 이쪽도 기반이 부실한 건 마찬가지일 텐데. 넉넉한 마음으로 기다리는 편이 낫겠지?'

'드래곤 전투에서 혁혁한 전공을 세우면 모두가 알아줄 것이다. 그것이 중요해.'

군단장들은 모라타를 돌아다니며 위드의 인기를 절실하게 느꼈다. 그럼에도 〈로열 로드〉에서는 어떤 일이든 벌어진다는 걸 자신들이 더 잘 겪어 봤다.

절대적인 힘을 가졌던 헤르메스 길드도 무너져 버리지 않았던가.

언젠가 아르펜 제국이 무너지며 다시 난세가 찾아온다면, 드래곤과의 전투에서 대활약을 한 건 큰 도움이 되리라 여겼다.

한번 불붙은 야망은 쉽게 꺼지지 않는다.

위드는 그런 군단장들을 보며 싱긋 웃었다.

'속에 욕심들이 가득 차 있네. 그래선지 말을 더 잘 들어.'

훗날을 기약하며 지금은 열심히 이용해 먹기로 했다.

바드레이는 철혈의 워리어 직업을 얻기 위해 매서운 찬 바람과 맞섰다.

빙하를 건너고, 몬스터들의 공격을 몸으로 견뎠다.

철혈의 워리어의 특징은 극한의 환경에서 강한 적과 싸울수록 튼튼해진다는 점이다.

'그만두고 싶다.'

바드레이는 수없이 포기하고 싶었지만 묵묵히 걸었다.

위드가 사막을 걸어 태양의 전사가 되었던 광경을 떠올렸다.

자신의 경쟁자도 해낸 일.

육체는 수백 마리의 쥐 떼가 갉아 먹는 것처럼 고통스러웠지만, 자존심은 사라지지 않고 남아 있었다.

유저들에게 추앙받으며 무신으로 살아온 기나긴 시간도 생각했다.

'해낸다. 죽어도, 해내고 죽어야 된다.'

철혈의 워리어가 되기 위해 걷는 길.

한계에 도달했다고 생각했지만, 한 줌의 힘이 몸에 남아 있어 걸음을 옮기게 했다.

굵은 눈송이가 하늘에서 내릴 때에는 정말 절망스러웠다.

'미치겠군. 이건……'

바드레이는 고개를 숙인 채 걸었다.

머리와 어깨에 두껍게 쌓인 눈을 털지도 못하고 걸었다.

처음에는 발목까지 오던 눈이 점점 차올라서 허리를 넘자 또다시 절망이 찾아왔다.

'미친 짓이구나. 사막은 이보다 쉬웠을까?'

생살을 베어 내는 칼날 같은 바람이 추위를 안고 뼛속까지 파고들었다.

뜨거운 사막을 걷는 위드의 퀘스트가 이보다는 더 쉬웠을 거라는 생각이 들었다.

'그래도 걷는다. 한 걸음, 또 한 걸음. 죽는 한이 있더라도 여기서 쓰러질 수는 없다.'

방송국에서 생중계하는 것이 차라리 다행스럽단 생각도 들었다.

그게 아니었다면 진작 포기해 버렸을 테니.

강한 적과 싸우는 게 아니라 한계까지 느끼고 초월하게 하는 퀘스트는 바드레이에게도 처음이었다.

인내가 1 증가했습니다.

철혈의 워리어로 전직하는 길이라서 잊을 만하면 가끔씩 스 탯이 상승한다는 창이 떴다.

'조금만 더… 오늘까지만…….'

바드레이는 이제 다리를 질질 끌면서 움직이고 있었다.

방송국에서도 진행자들이 열을 올렸다.

―역시 바드레이입니다. 저렇게 지독한 환경에서 웬만한 유저들은 더 이상 걷지 못했을 것인데요.

―다 얼어붙었어요. 먹을 수 있는 것이라고는 눈밖에 없습니다.

―제대로 걷지도 못하네요. 무신 바드레이, 우린 언제나 멋진 모습들만 봤지만 가슴속에는 이런 의지가 있었습니다.

바드레이의 새로운 모습이라며 시청자들의 반응도 좋았다.

헤르메스 길드의 정점에서 군림하던 바드레이의 인간적인 의지를 엿볼 수 있다고.

―굉장하네. 난 저렇게까진 못할 거 같다.
―푸홀 워터파크에서 따뜻한 물에 몸을 담그고 시청하고 있습니다. 왠지 몬스터라도 1마리 때려잡아야 될 것 같네요.
―크… 역시 로열 로드 최상위권에 있는 사람들이란 보통 각오로는 안 되는 거.
―어제만 해도 잘 걸었는데, 지금은 발을 질질 끄네. 부상이라도 당한 거 아닌가?
―완전히 지친 듯. 갑옷도 다 얼어붙었고.
―저 앞쪽 풍경 보세요! 얼음 호수 나타남. 그다음에는 얼음 산!

시청자들은 바드레이의 지극한 노력을 보면서 감동받기도 했다.

방송국들은 크게 기대도 하지 않았던 생중계가 의외의 대박을 치자 쾌재를 외쳤다.

모라타의 전쟁 준비와 바드레이의 모험이 시청률을 양분하는 상황!
　아침, 점심, 저녁, 늦은 밤과 새벽까지.
　바드레이는 멈추지 않고 걸었다.
　한 걸음이라도 쉬었다가는 다시 움직이지 못할 것만 같았기 때문이다.
　'위드, 위드, 위드, 위드…….'
　만약 위드가 없었더라면 진작에 그만두고 말았으리라.
　그리고 기적처럼 5일째 되는 날.
　먼바다에 거대한 빙하들이 떠다니고 있었다.
　바드레이는 의식조차 멍해진 채로 걷던 중에 무언가에 부딪혔다.
　툭.
　지쳐서 아무 생각 없이 발을 내민 것이었다.
　띠링!

> 빙하의 검이 꽂혀 있는 장소에 도착했습니다.
> 전설적인 발견! 빙하의 검이 바다에 가라앉기 전에 찾아냈습니다. 오래전부터 꽂혀 있던 이 검은 천년의 세월 동안 얼음의 기운을 받아들였습니다. 빙하의 검은 오직 1명의 주인만을 인정합니다.
> 모험 발견으로 인해 명성이 8,500 증가합니다. 모든 스탯이 4 늘어났습니다. 정신력이 10 증가합니다.

　바드레이는 빙하의 검을 손에 쥐었다. 팔과 어깨, 몸통이 그대로 얼어붙었다.
　쩌저저적!

머릿속이 새하얗게 변할 정도의 극심한 고통.

―나를 놓아라.

빙하의 검에서 소리가 전달되었다.

바드레이는 고통 속에서도 판단을 내릴 수 있었다.

'손을 놔선 안 된다!'

한 걸음 또 한 걸음이 모여서 도착한 장소.

손을 놓는 순간 여기까지 걸어온 것의 의미가 없어지리라.

의식은 이미 가물가물해지고 있었지만 그럼에도 포기할 마음은 갖지 않았다.

위드에게 패배한 순간 사라져 버린 영광, 스스로에 대한 자부심을 되찾기 위해서!

짧지만 긴 시간이 흘렀다.

방송 화면으로는 1분 정도가 지났을 따름이지만, 바드레이는 수많은 갈등을 했다. 얼음으로 몸이 뒤덮이고, 얼어 죽겠다는 생각까지 들었다. 헤르메스 길드에서 사냥의 소득으로 장비를 얻을 때와는 느낌부터 달랐다.

'이 검은, 영광은 다시 나의 것이다.'

베르사 대륙의 최강이 되기 위해서라면 그 어떤 희생도 아깝지 않았다.

마침내…….

> 검이 새로운 주인을 선택했습니다.
> 체력이 회복되었습니다. 과로, 몸살, 결빙이 해제되었습니다.

피로가 사라졌다.

몸에 두껍게 달라붙어 있던 얼음들이 녹아내리면서 단단한 근육질로 바뀌었다.

> 철혈의 워리어가 되었습니다.
> 극한의 환경에서도 살아남으며, 무너지지 않는 정신을 소유한 그대는 철혈의 워리어로의 전직을 마쳤습니다.
> 아군을 지키고 전투를 승리로 이끄십시오. 모든 전장을 압도해야 합니다.
> 신체적인 능력이 20% 강화됩니다. 현재의 힘 스탯에 따라 추가적으로 맷집이 크게 향상됩니다. 상대하는 적이 강할수록 그에 비례하여 추가적으로 강해집니다.
> 상태 이상을 빠르게 극복합니다. 회복 속도가 빨라집니다. 정신력으로 마법 저항을 높일 수 있습니다.
> 아군의 전투 효과를 일정하게 상승시킵니다.

바드레이는 옅은 한숨을 내쉬었다.

그제야 모험이 완전히 성공했다는 것을 느낄 수 있었다.

케이베른의 모라타 공격 이틀 전!

바드레이는 텔레포트 게이트를 통해 모라타의 북쪽 성문에 도착했다.

"믿을 수 없게 바뀌었군."

아크힘으로부터 소식을 듣긴 했지만 방송을 볼 시간이 모자랐다.

그가 철혈의 워리어가 되기 위해 성문을 나설 때와는 모든 풍경이 달라져 있었다.

성벽은 이중, 삼중으로 강화되었고, 일부가 허물어지고 남았던 건물들은 단단하게 강철과 돌로 덧대어져 보강되었다.
 멀리서 여신상과 빛의 탑, 그와 비슷하게 생긴 수많은 구조물들이 보였다.
 "바드레이다!"
 "어, 진짜 바드레이가 왔다!"
 그를 보며 유저들이 환호했다.
 그들도 바드레이가 도착할 날만을 기다리고 있었다.
 케이베른과의 전투에 바드레이가 빠진다면 상당히 허전할 테니까.
 위드에게 한 번 패배하긴 했지만, 무신이라는 명예는 다 사라지지 않았다.
 일부 유저들은 여전히 객관적 위드보단 바드레이가 더 강할 것이라고 추측하기도 했다.
 "어서 오십시오. 모라타가 어떻게 변했는지를 보여 드리겠습니다."
 바드레이는 아크힘의 안내를 받으며 모라타를 돌아다녔다.
 "정말 많이 바뀌었군요. 잠깐 보긴 했지만 그때와는 전혀 다른 요새가 되었습니다."
 "북부 유저들의 결속력과 더불어 무언가를 빠르게 짓는 능력은 정말로 인정해야 될 것 같습니다."
 전투를 위한 은신처, 방어벽을 쌓는 건 하루도 안 걸린다.
 아침을 먹고 나서 점심쯤에 가 보면 완공!
 재료 운반이나, 설계, 시공이 다 제각각 이루어지는 것 같지만 결과물은 어떻게든 제대로 나왔다.

대충대충 하면서도 빠르게 만들어 내는 능력이 있었다.

"우리가 싸우게 될 예상 지역은 어디지요?"

"드래곤의 레어가 남쪽에 있으니 남쪽에서 날아오는 걸 염두에 두고 있습니다. 하지만 기왕이면 빙룡 광장이나 와이번 광장에서 전투를 치르려고 합니다. 미끼도 만들어 두었죠."

"미끼요?"

"눈에 띄고, 가치가 높은 것을 드래곤은 우선적으로 파괴합니다. 그래서 여러 미끼들을 제작해 두었습니다."

"가서 보도록 하죠."

바드레이는 빙룡 광장을 살펴보고는 납득할 수 있었다.

수백 미터에 달하는 흉악한 케이베른의 조각상!

아직 완성 전이었지만, 실물처럼 정교하면서도 어딘가 좀 더 못생겼다.

더군다나 드래곤들이 생명체로 취급도 하지 않는 고블린에게 엉덩이를 두들겨 맞고 있는 모습이었다.

"이건… 확실히 드래곤의 화를 북돋을 수 있겠군요. 먼 거리에서 마법이나 브레스로 날려 버리면 어떻게 하죠?"

"그게 문제이긴 합니다만… 마판 상단과 북부의 상단들이 연합해서 도와주기로 했습니다."

"어떤 방식으로요?"

"광장에 황금을 잔뜩 쌓아 놓는다고 하더군요."

드래곤은 보물을 보면 절대 부수지 않으리라.

빛의 탑과 예술회관과 여신상의 부근에도 일부러 황금을 붙여 놓아서 드래곤의 공격을 회피하려는 꼼수가 진행될 예정이었다.

"아마도 자신을 조롱하는 조각상은 직접 부술 겁니다. 뜻대로만 된다면 빙룡 광장이나 와이번 광장에서 우린 기회를 잡는 겁니다."

"광장에서 모두가 덤벼드는 것이군요."

"예. 다행히 협상을 통해 우리 길드의 전투 지휘권을 넘겨주지 않았습니다."

아크힘은 전투가 벌어지면 자신들이 먼저 독자적으로 싸우도록 해 달라고 요청했다.

위드도 그 점에 대해서는 선뜻 동의했다.

헤르메스 길드원들을 지휘하면 그 모습이 멋있긴 하겠지만 효율적으로 다스리기가 어렵다.

북부 유저들처럼 인해전술을 벌일 때와는 다르게, 제대로 싸울 줄 아는 최정예 유저들.

헤르메스 길드에서 가능하면 자체적으로 드래곤을 사냥하는 것이 유리하다고 봤다.

"하지만 드래곤은 위기에 빠지면 날아오를 텐데요."

"하늘로 날지 못하게 하는 것이 핵심입니다만, 최악으로는 뮬의 그리폰 군단의 공중전까지 염두에 두고는 있습니다. 어떻게든 이틀 후에는 끝내야 하니까요."

바드레이는 모라타에서의 준비를 눈으로 보면서 드래곤과 싸울 날이 벌써부터 기다려졌다.

아르펜 제국의 대영주들은 전투 하루 전날에 모라타에 도착했다.

헤르메스 길드가 핵심 전력을 투입했고 바드레이까지 온 이상, 그들도 병력을 잔뜩 끌고 왔다.

"최선을 다하겠습니다."

"흑사자 길드는 아르펜 왕국을 위해 항상 노력한다는 점을 잊지 말아 주셨으면 합니다."

"이번 전투에 모든 걸 걸겠습니다."

"저희 사자성은 주력이 전부 출정했습니다. 성을 완전히 비우다시피 했는데, 케이베른을 소탕하는 일이 무엇보다 중요하기 때문입니다."

대영주들은 여론을 신경 쓰며 경쟁적으로 위드에게 충성을 맹세했다.

"강철 화살이 좀 모자랍니다."

"예. 전투 규모가 크니 당연히 그렇겠… 아! 저희가 채워 놓도록 하겠습니다. 다행히 창고에 재고가 있을 겁니다."

"음식 지원도 필요한데요. 모라타에 있는 유저들이 배불리 먹어야 되지 않겠습니까?"

"그, 그렇죠?"

"멀리서 음식까지 가져오긴 힘드실 테니 돈이라도 내면 좋을 건데……."

"클라우드 길드에서 책임지겠습니다."

대영주들은 이래서 모라타에 오기 싫었다.

위드를 만나면 밑천을 탈탈 털릴 것 같은 느낌!

그들은 모라타를 돌아다니면서 헤르메스 길드의 엄청난 전력이 투입된 것에 또 한 번 놀랐다.

방송국들이 중계도 하고 있었다.

―파괴자 트리스탄입니다. 지난 가르나프 평원의 전투에서는 주목을 받지 못했지만, 사실 1군단에 속해서 최소 1,000명의 유저들을 죽인 것으로 알려져 있죠.

―석궁 전사 울타르! 위드와의 일대일에 패배하긴 했어도 그를 무시할 수 있는 이는 아무도 없을 겁니다.

―네, 정말 대단하죠. 늑대 기사단도 다시 정비한 모양이네요.

―마법사 프렉커도 보입니다. 마법사 캐들러와 함께 비행 마법으로 하늘을 날며 모라타를 둘러보고 있습니다.

〈로열 로드〉의 최상위 랭커들이 속속 도착하고, 3만의 마법 병단이 모라타의 주요 위치에 자리 잡았다.

공성 무기, 마법 함정 등등을 설치하는 규모도 상상 이상이었다.

아르펜 제국이 모라타를 요새화시켰지만, 헤르메스 길드도 두 팔을 걷고 나서면서 진정한 드래곤 사냥의 준비를 갖춰 가는 모습이었다.

아르펜 제국의 대영주들은 그 광경을 보며 헤르메스 길드의 저력에 놀라고, 위기감도 느끼고 있었다.

샤우드가 말했다.

"왜 이렇게까지 하는지는 모르겠는데, 만약 이대로 케이베른을 이긴다면 헤르메스 길드에 대한 안 좋은 여론은 많이 사라질 겁니다."

"하지만 위기가 사라지면 아르펜 제국이 강해질 텐데요. 퇴보하던 헤르메스 길드가 10미터를 나아갈 때, 아르펜 제국은 200미터쯤은 달릴 겁니다."

칼리스가 반박했지만, 다른 대영주들의 생각은 달랐다.

로암이 신중하게 설명했다.

"어려움을 겪던 헤르메스 길드의 입장에서 봐야죠. 드래곤과의 전투를 주도하면 위드를 도운 핵심 세력으로 부각됩니다. 그리고 최강의 단일 세력으로서의 명성을 지킬 수 있습니다. 우리에게는 매우 강력한 경쟁자가 되는 것이지요."

"우리의 경쟁자라고요?"

"헤르메스 길드는 당분간 위드나 아르펜 제국을 적대하는 것을 포기한 것으로 보이니까요."

대륙을 장악했던 헤르메스 길드의 몰락.

라페이의 우려를 전해 들은 수뇌부는 자신들의 이익을 유지하기 위해 아르펜 제국과 협력하기로 했지만, 그래도 한편으론 헤르메스 길드의 미래를 준비했다.

과거 하벤 제국군을 이끌고 북부 대륙을 침략했던 드라카가 발언권을 얻어서 말했다.

"지금은 모든 이권이나 영광을 위드에게 몰아줍시다. 적이었지만 위드는 불가능이라 불리던 퀘스트들을 성공시켰고, 다양한 업적들을 세웠습니다. 사람들에게 그 영향이 고스란히 남아 있는 현재로써는 그를 끌어내리지 못합니다."

"위드의 눈치만 보며 살자는 얘깁니까?"

"아르펜 제국이 더 높은 곳으로 올라가야 무너질 기회가 생길 겁니다. 대세를 거스르지 말고, 당장은 우리가 뭘 하려고 하지 맙시다. 위드가 스스로 추락할 때까지, 아르펜 제국이 스스로 분열되어 기회가 생길 때까지 적극적으로 도웁시다."

그렇게 고개를 숙이면서 적극적으로 협력하자는 전략이 헤르메스 길드의 방침이 되었다.

수치스럽기는 하지만 역사를 보면 때때로 그것이 가장 효과적일 수도 있다.

헤르메스 길드의 태도가 바뀌니 대영주들에게는 가장 강력한 경쟁자가 되어 버리고 만 것이다.

칼리스가 탁자를 손으로 내려쳤다.

"이건 좋지 않군요. 헤르메스 길드가 살아나는 건 오래된 적으로서도 안 좋은 일이고, 세력 확대를 해야 하는 우리 입장으로도 곤란합니다."

아르펜 제국 내에서 최강의 길드 세력은 자신들이었다.

그들끼리 경쟁하며 나눠 먹으려고 했는데 헤르메스 길드가 강하게 비집고 들어온 상황이었다.

케이베른의 공격까지 11시간이 남은 시점.

모라타는 수많은 유저들이 참여해서 철저히 요새화가 되었고, 헤르메스 길드나 타격대의 유저들도 곳곳에 포진했다.

위드는 흑색 거성의 탑에서 마지막이 될지도 모를 모라타의 모습을 눈에 새겼다.

"도시락 있어요."

"고구마 받아 가세요."

유저들이 음식을 나눠 주는 광경도 보였다.

"이젠 물러설 수가 없지."

헤르메스 길드도, 타격대도.

드래곤을 상대로 할 수 있는 건 급한 대로 뭐든 다 해 놓았다. 그럼에도 결과는 싸움이 벌어지고 난 이후에나 알 수 있으리라.

"이걸로 베르사 대륙의 강한 유저들은 전부 다 모인 셈이군."

위드는 후회 없는 승부가 되리라고 생각했다.

헤르메스 길드까지 참여했는데 패배한다면 그건 정말 어쩔 수 없는 일.

"평화의 끝인가, 아니면 새로운 시작인가."

역사적이 될 마지막 날이지만 솔직히 별생각은 없었다.

고생도 어쩌다 가끔 해야 힘든 법.

"준비 끝났어?"

위드의 곁에는 서윤이 있었다.

그녀도 모라타에서 꽤 오랜 시간을 보냈다.

이번 방어전을 준비하기도 했지만, 위드가 모험을 한다면서 대륙을 돌아다닐 때에도 모라타의 발전에 신경 썼던 그녀.

대도시라서 크게 눈에 띄진 않았어도 모라타에 직접 꽃을 심고 나무도 가꾸었다.

"네."

"이제 데이트하러 가자."

위드는 드래곤이 오기 전날 밤은 서윤과 데이트하기로 계획을 세워 놓았다.

단 몇 시간을 초조하게 보낸다고 해서 케이베른을 막을 수 있는 건 아니다. 모라타의 마지막 밤이 될지도 모를 이 순간을 즐겁게 보내기 위한 최고의 방법!

그것은 서윤과 노는 것이었다.

모라타의 으슥한 뒷골목.

가장 들싸고 허름한 동네에 맥주만 파는 선술집이 있었다.

"지금도 결정을 내리지 못하셨습니까?"

"난 모르겠군."

"우리까지 나서야 할 필요가 있을지 의문이 드네."

볼크의 말에 사내들은 고개를 저었다.

〈로열 로드〉로 돈을 버는 다크 게이머들!

이번 케이베른 사냥은 일주일 전부터 그들 사이에서도 대단한 화제였다.

―위드가 모라타에서 케이베른 사냥에 나선다고 합니다.
―그거 모르는 사람 없음.
―다크 게이머라면 정보가 빨라야지.

―될까요? 안 될까요?
―안 된다는 데 걸고 싶은데… 이거 참. 위드라서 어쩌면 가능할 것도 싶고.
―솔직히 우린 잘 모르지 않나요. 사냥은 많이 하지만 그런 보스 몬스터들은 효율이 떨어져서 잘 안 잡죠.
―위드도 〈로열 로드〉로 돈을 번 우리 동료라고 할 수 있는데, 성공하면 좋겠네요.
―편의점 알바가 그룹 회장 걱정하는 격. 덜덜.

다크 게이머 연합에는 쉬지 않고 글이 올라왔다.

모라타가 과연 전장으로 적절한지부터 논쟁이 붙었다.

―넓은 도시입니다. 드래곤은 어디라도 날아다닐 수 있고, 유저들은 건물들 때문에 불편할 겁니다.
―드래곤의 마법 공격을 감당하기에는 까다로운 장소죠. 도대체 화염 공격은 어쩔 생각인지.
―저도 1표. 차라리 레어로 공격대를 운용하는 편이 낫다고 봄.
―아무리 혼자 다니는 다크 게이머라지만 상식이 없네요. 레어에는 마법 함정이 즐비할 겁니다. 더구나 득실거리는 몬스터들은요? 울타 산맥이 몬스터로 뒤덮였어요.
―레어는 진심으로 가능성 없음. 모라타에서는 마음 놓고 준비도 할 수 있고, 유저들의 지원이 있음.
―초보들이 지원이 되나요. 어디… 드래곤 피어에 다 죽지.

모라타를 전투 장소로 선택한 판단은 최선인지는 몰라도 나쁘지 않다는 반응들이 주를 이루었다.

다음 도시나 그다음 도시에서 방어전을 치르더라도 현실적으로 특별한 대응책을 만들기는 어려울 수 있었기 때문.

제목: 이베른의 몸값은? 시세로 얼마까지 나올까 계산해 봤습니다.

> **제목: 위기에 빠진 대륙, 최악의 상황에도 우리가 살 수 있는 길**

> **제목: 돈이 최고다. 요즘 가장 효율적인 사냥터는?**

정성이 담긴 분석이나 정보 글도 많았다.

그 와중에도 최상층의 다크 게이머들만 접속할 수 있는 등급 A 게시판이 가장 뜨거웠다.

> —케이베른 사냥, 그대로 지켜볼 것인가?
> —몬스터들이 늘어나면서 전반적으로 장비들의 시세가 하락하고 있습니다.
> —도시들의 파괴, 이건 두고 볼 수만은 없는 문제인데. 도시 건설이 하루아침에 이루어지는 게 아님.
> —로열 로드는 우리의 직장이다. 내 새끼 분윳값 벌어야 돼.
> —만약 우리도 케이베른 사냥에 나선다면 어떨까요?

최근에는 다크 게이머들의 숫자만 100만이 훨씬 넘었다.

무서운 것은 그들 대부분이 고레벨이라는 점!

헤르메스 길드와 다크 게이머들이 정면으로 붙는다고 해도 화끈하게 싸워 볼 수 있으리라.

물론 다크 게이머들은 뭉치는 것 자체가 불가능했지만.

> —케이베른 사냥이라니, 다크 게이머들의 기본 법칙을 잊으셨습니까?
> —1번, 아무도 믿지 마라. 2번, 받은 만큼은 베풀어라. 3번, 믿을 건 돈밖에 없다.
> —그 법칙들이 우릴 지켜 왔습니다. 우리가 전면에 나서는 건 다른 유저들이 좋아하지 않습니다.
> —위드는 믿을 만하지 않습니까? 우리에게 베푼 것들도 있고.

―정확히 말하죠. 아르펜 제국이 활동하기 편하고 좋은 건 사실입니다만, 우리도 사냥하고 퀘스트를 완료하며 도움을 줍니다.
―저 역시 받은 만큼은 베풀고 있다고 생각합니다. 심지어 헤르메스 길드와의 전투에도 참여하지 않았습니까?
―그건 참여했다기보다는… 이기고 있으니 아르펜 제국에 섞여서 헤르메스 길드원들을 사냥한 거죠.

다크 게이머들은 케이베른 사냥에서 입장이 갈렸다. 하지만 위드와 함께 싸우자는 의견보다는 그저 상황을 지켜보자는 의견이 압도적이었다.

드래곤이라는 위험한 존재와 맞서 싸우기에는 먹고사는 문제가 걸려 있었다.

"케이베른만 치우면 돼요. 케이베른. 아르펜 제국이 조만간 대륙도 통일할 텐데… 사냥과 여행의 붐이 불 수도 있어요."

"글쎄, 우린 잘 모르겠네."

선술집에서는 볼크가 아르펜 제국에 힘이 되어 주자고 다크 게이머들을 설득했지만 계속 실패했다.

"이보게, 볼크."

"예, 말씀하세요."

"대륙 전역에 흩어진 이들이 많아. 그들은 모라타에 오지도 않았어."

"몇 명이나 와 있는지도 모르죠."

"그래, 정처 없이 떠도는 게 우리지. 도시보다는 사냥터가 어울리고."

다크 게이머들은 넓은 의미에서 같은 일을 하는 사람들일 뿐, 누구에게도 오고 가는 것을 알리지 않았다.

"모라타에 그들이 왔다고 해도 몇만이야. 우리 중에서 대륙의 평화를 위해 희생의 화로까지 써 줄 사람은 없어."

"저도 압니다."

"그럼 얼마나 도움이 되겠나? 헤르메스 길드도 있는데 말이야. 그리고 싸운다고 해도… 위드가 자리를 내줄지도 의문이지. 위드와 헤르메스 길드가 다 알아서 할 거네. 우린 구경이나 하는 게 맞아. 하이에나가 될 수도 있겠지만."

모라타에 온 다크 게이머들 역시 목적이 있었다.

강대한 케이베른이 힘을 잃고 쓰러지려는 그 순간을 노리고 덤벼들 작정이었다.

"하아. 케이베른 사냥에 적극 동참하면 좋을 텐데."

"아무리 설득해도 안 될 거네. 그냥 포기하고, 지켜보기만 하자고."

최후의 날

헤겔, 벨라, 르미, 셀시아.

가상현실학과를 다니는 그들은 신입생들을 잔뜩 데리고 모라타에 왔다.

"모두 잘 알고 있겠지만, 이곳이 아르펜 제국의 발상지야."

헤겔이 턱을 치켜들며 설명했다.

"흑색 거성에서부터 반경 2, 3킬로미터 정도? 역사적인 구역이지. 여긴 폐허 시절부터 있던 장소라고. 지금처럼 대도시가 되기 전에 말이야."

가상현실학과의 신입생 80명은 눈을 초롱초롱 빛내고 설명을 듣고 있었다.

〈로열 로드〉를 모라타에서 시작한 신입생들도 많아서 도시에 대해 잘 알지만 그들이 바라는 목적은 따로 있었다.

찰랑거리는 긴 머리카락을 등까지 기른 파엘라가 손을 번쩍 들었다.

"거기, 말해 봐."

"헤겔 선배님, 그럼 오늘 위드 선배님도 볼 수 있는 건가요?"

"어… 그건 말이지."

헤겔은 선뜻 대답하지 못하고 당황했다.

위드와 친분이 있는 것도 사실이었고 수업도 같이 들었지만 지금은 연락하기가 쉽지 않았으니까.

'솔직히 전화를 맨날 걸고 문자도 남기는데 안 받는 걸 어떻게 해.'

위드의 주가가 치솟아서 방송국들도 함부로 연락을 못 했다.

용건이 있더라도 PD급은 감히 전화도 하지 못하고 이사급으로 올리는 수준이었으니, 연락이 힘들었다.

사실은 헤겔이 수시로 전화하고 문자를 보내서 이미 차단된 상태였지만.

"으이그. 그럴 줄 알았다."

"우리도 오빠를 본 게 언젠데 신입생들까지 데려와서는. 내일이 전쟁인데 오빠한테 시간 내 달라고 할 수 있겠어? 그냥 모라타나 구경하자."

벨라와 르미가 바로 구박을 하며 그렇게 넘어가려던 순간이었다.

파엘라가 다시 손을 들고 말했다.

"그럼… 나이드 선배님은 볼 수 있나요?"

"나이드?"

헤겔은 자신의 친구 이름이 들려오자 제법 놀랐다.

"그 자식은 왜?"

"요즘 학과 최고의 인기인이잖아요!"

"그놈이?"

"네. 나이드 선배님 보고 싶어요!"

나이드는 위드와 함께 케이베른의 레어를 털면서 일약 도둑 영웅으로 떠올랐다.

신입생들에게 위드는 대단하고 전설적인 존재였고, 그의 동료 역시 마찬가지였다.

"농담이 아니라 진짜 나이드를 보고 싶다고?"

"네! 선배님."

"너희도 다 그래?"

"그럼요! 꼭 만나고 싶어요."

"보고 싶어요!"

신입생들이 이구동성으로 외치고 있었다.

헤겔은 한숨을 푹 쉬고 나서 나이드에게 귓속말을 보냈다.

> ─어디냐.
> ─응? 내일이 케이베른과 싸우는 날이라서 모라타에 있어.
> ─여기 와라.
> ─어딘데? 너도 모라타야?
> ─흑색 거성 앞. 나 번쩍이는 날개 갑옷 입어서 금방 눈에 띌 거다.
> ─금방 나갈게.

헤겔은 대화를 나누고 나서도 어딘가 답답함에 한숨을 푹 쉬었다. 무언가 자신이 가져야 할 당연한 권리들을 다 빼앗긴 느낌이랄까.

잠시 후에, 흑색 거성의 입구에서 나이드가 걸어 나왔다.

"헤겔아!"

"꺅!"

"진짜 나이드 선배님이다."

신입생들은 멀리서부터 나이드를 보고 좋아했다.

나이드가 착용하고 있는 망토는 신입생들만이 아니라, 헤겔도 깜짝 놀라게 만들었다.

저절로 펄럭이는 신비로운 소재에는 묘하게 시선을 뺏는 검은색 광택이 흐른다.

헤겔은 왠지 물어서는 안 될 것만 같은 예감을 느끼면서도 궁금증을 해결하고 싶었다.

원래 나이드는 자신보다 레벨도 높았고, 도둑이라서 좋은 장비들을 많이 가졌지만 이번에 처음 보는 건 어떤 건지 궁금했던 것이다.

"그 망토 뭐야? 나도 요즘 돈 좀 모아 놨는데 얼마면 살 수 있어?"

"가격? 판매하는 물건이 아니야."

"그럼 어디서 구하는데?"

"위드 형이랑 드래곤 레어 빈집 털이 도와주면서 받은 물건이거든."

"허엇."

"처음에는 무난해서 선택했는데, 이게 은근히 사람들의 시선을 끌더라. 그래도 이동속도 상승이랑 비행 기능이 있어서 좋아. 방어력, 마법 저항력도 높고."

"설마 이거 재질이?"

"응. 블랙 드래곤의 비늘로 만들어졌어."

나이드의 솔직한 말 한마디, 한마디가 헤겔의 뒤통수를 후려갈기는 느낌이었다.

"선배님!"

"저희 사인 좀 해 주세요."

"혹시 모험하셨던 이야기 좀 들려주실 수 있을까요?"

마음에 들어 했던 신입생들이 헤겔의 곁을 떠나서 나이드에게로 달려가고 있었다.

"오늘은 특제 요리입니다. 모라타의 모든 고급 재료들을 몽땅 써 봅시다!"

"우아아아앗!"

황소 광장에는 요리사들이 모였다.

풀코스의 바르베로타, 해산물의 미하엘, 고기 굽기의 산젤리, 디저트의 모쿠.

요리의 전문 분야가 다르기 때문에 누가 최고라고 부르기 힘들었지만, 대륙에서 유명한 요리사들이 모라타에 집결했다.

대륙제일요리대회

주최: 아르펜 제국

후원: 마판 상단, 가몽 상단, 불패 상단, 뭐든싸게 상단

이른바 요리대회.

우승 상금만 500만 골드에 아르펜 제국의 영주 자리까지 수여가 된다.

미심쩍은 입맛을 가진 심사위원들에 의해 진행되는 요리대회들이야 수없이 많았지만, 이번에는 규칙이 간단했다.

케이베른이 공격해 오기 전날 밤에 개최함.
대회 시간은 해가 저물면 시작해서, 다음 날 아침까지.
음식을 먹어 본 손님이 1점에서 5점까지 점수를 줄 수 있음.
가장 많은 점수를 얻은 요리사가 승리!

요리사들은 제공되는 식자재로 맛있는 음식을 만들기만 하면 되었다.

"밤새도록 요리를 해서, 가장 많은 인기를 끌면 되는 건가?"

"어. 근데 많이 팔수록 유리하니까 인기 순서 같은데."

"인기도 실력이잖아. 그리고 유명하다고 해도 먹어 봤는데 맛없으면 표 안 줄 거야."

"맛집이라고 해서 갔는데 실망하는 것처럼?"

"맞아. 인기는 초반 잠깐만 차이가 날 거야. 옆에 맛있는 거 두고 굳이 맛없는 걸 먹으려는 사람은 없을 테니까."

"그 말이 맞겠네."

유저들은 요리사들이 만든 음식을 얼마든지 내키는 대로 사 먹을 수 있었다.

베르사 대륙의 산해진미들이 일제히 요리되었다.

요리사들이 벌이는 화려한 불 쇼에 유저들이 몰려들었다.

"엄청난 향기군."

"아렌 성에서도 이 정도 수준의 요리들은 못 먹어 봤는데."

드래곤과의 전투를 앞두고 헤르메스 길드에서도 자유롭게 돌아다녔다.

헤르메스 길드원만 하더라도 30만 명은 훌쩍 넘는 인원들이었다.

수백 골드 정도 하는 최고급 요리라도 금전적인 부담이 갈 정도는 아니었고, 그들에게 식사는 매우 중요했다.

맛있고, 영양가가 높은 식사는 전투 시에 힘과 체력을 크게 높여 주니까.

보에몽이 양념을 바른 멧돼지 꼬치구이를 뜯었다.

"설마… 우리가 잘 먹고 잘 싸우라고 위드가 행사를 주최한 건가?"

학살자 칼쿠스도 고기 요리를 좋아했다. 그는 입안에서 녹아내리는 모라타의 소고기볶음을 맛봤다.

"그런 것 같지요. 요리사들에게 돈과 명예를 얻을 수 있는 기회를 주고. 우리에게는 최고의 음식을 제공하고."

가르나프 전투에서 7군단을 이끌었던 크레볼타 역시 그들과 함께 있었다.

"크으. 맛있기는 합니다. 기분이 좋아지는군요. 하지만 이런다고 드래곤을 상대로 승산이 1%나 높아질까요? 거의 의미가 없어 보이는데."

군단장들은 보통의 몬스터가 아니기 때문에 효과는 미약하리라고 봤다. 하지만 사기를 높이는 면에서는 긍정적이었다.

자신들부터 얼마 후면 벌어질 드래곤과의 전투에 대한 긴장감을 조금이나마 해소할 수 있었으니.

보에몽이 멧돼지 꼬치구이를 하나 더 집으며 말했다.

"근데 여기 물가가 꽤 비싸지 않습니까? 꼬치구이 하나에 10골드라니요?"

크레볼타가 웃으며 말했다.

"전쟁을 앞두고 있지 않습니까. 상인들이 비싸게 팔 수도 있지요."

헤르메스 길드원들은 비싸게 느껴지긴 했지만 그래도 받아들일 수 있는 수준이라 납득하며 지갑을 열었다.

모라타의 거리마다 횃불과 마법 등불이 환하게 밝혀졌다.

판자촌에서도 어쩌면 마지막이 될지도 모를 축제를 열고, 자신들의 집에 있는 물품들을 정리했다.

"휴. 손때가 묻은 건데……."

"오랫동안 쓴 거야?"

"아니, 중고로 사서 전 주인 손때가 묻었다고. 아직 얼마 쓰지도 못했는데."

판자촌마다 유저들이 가구들과 살림 도구들을 실어 가거나 팔고 있었다.

활짝 열린 성문으로는 아직까지 모라타에 와 본 적이 없던 유저들이 들어왔다.

"정말 멋진 도시잖아. 이제야 여길 와 보다니… 집이라도 한 채 사 놓을걸."

"광장마다 열리는 축제가 다 달라."

"어디든 빨리 가 보자."

유저들은 밤을 바쁘게 즐겼다.

빛의 광장에서는 바드들에 의해 가면무도회가 열렸다.

대륙 최고의 바드로 인정받는 마레이!

그가 1,000명의 유저들과 함께 악기를 연주하였다.

한쪽에서는 마법사와 사제들이 하늘로 빛을 뿜어냈다. 빛과 음악만 있으면 그곳이 놀 수 있는 무대였다.

"신나게 놀아 봅시다!"

유저들이 몸을 흔들며 춤을 추었다.

몇 시간 후에 벌어질 전투를 앞두고 있기에 더욱 광란의 밤을 보내는 유저들.

그동안 남부 사막에서 사냥했던 타격대의 유저들이나 헤르메스 길드원들까지 뒤섞여서 밤을 즐겼다.

"흠흠! 미안합니다."

"거 주변 사람 조심 좀… 안녕하십니까, 칼리스 님."

"네. 렌슬럿 님도 오셨군요."

"그냥 기다리기는 좀 아쉬워서요."

"재밌게 노시기를…….'

"칼리스 님도."

광장에 사람이 북적이다 보니 실수로 발을 밟기도 했다.

원한이 깊은 흑사자 길드의 대표와, 헤르메스 길드의 군단장의 부딪침이었지만 그들은 그냥 슬쩍 자리를 피했다.

　아르펜 제국의 질서 아래 감정을 내세울 시점도 아니었고, 이 밤에는 긴장을 풀고 실컷 즐기고 싶었던 것이다.

　모라타에 모인 유저들을 마법에 걸린 것처럼 즐겁게 만드는 빛의 광장.

　"우리도 한 곡 출까?"

　"이렇게 사람들이 많은데요?"

　광장의 한쪽 구석에는 이빨이 툭 튀어나온 오크 가면의 남자와 고양이 가면을 쓴 여자가 있었다.

　위드와 서윤.

　그들은 가면을 착용하고 모라타 거리를 돌아다녔다.

　"아무도 우릴 못 알아볼걸."

　"춤은 춰 본 적이 없어요."

　"대충 음악에 몸을 맡기면 될 거야. 운동신경이 좋은 편이라서 금방 따라 할 수 있지 않을까?"

　"운동도 못 해요."

　"잘할 거야. 몬스터 때려잡던 걸 보면 충분히……."

　"뭐라구요?"

　"몸이 가볍고 날렵하더라고."

　위드는 서윤의 손을 잡고 광장으로 들어왔다.

　빛과 음악에 몸을 맡긴 사람들.

　그들과 섞여서 어설프지만 마음대로 춤을 추니 세상에서 가장 행복한 순간이었다.

위드는 서윤의 손을 잡고 이끌고, 때론 몸을 바싹 붙이며 끌어안았다.

"어때?"

"나쁘지 않아요."

"가끔 이런 시간도 가질까?"

서윤은 말없이 고개를 끄덕이기만 했다.

악사들의 연주가 멈추지 않았지만 상대의 심장이 두근거리는 소리를 듣고 있는 기분.

서윤은 흔한 여행복을 입었고, 얼굴의 절반을 가리는 고양이 가면을 썼다. 그럼에도 드러난 입가와 표정으로 얼마나 즐거워하는지를 알 수 있었다.

'이런 게 사랑인가.'

위드는 감정을 배워 간다고 생각했다.

처음 그녀를 알던 때와는 다르게, 목소리와 표정, 행동에서도 감정들이 물씬 전해진다.

행복을 누군가 알려 주지 않아도, 지금이 행복하단 걸 깨닫게 만드는 시간.

케이베른에 의해 모라타가 파괴되어 버릴지라도 이 순간만은 영원히 기억에 남으리라.

위드는 그녀의 허리를 가볍게 안고 춤을 추었다.

'얼굴을 못 보는 게 다행이구나.'

서윤의 눈동자가 불빛에 비쳐서 보석처럼 빛나고 있었다. 그 아름다움에 빠져 버리면 정신이 몽롱하게 되어 버릴 테니까.

한 곡, 또 한 곡······.

두 사람은 서로의 손을 잡고, 시간을 잊은 것처럼 계속해서 춤을 추었다.

빛의 광장에 사람들이 몰려들어서 슬슬 춤을 출 공간도 부족해졌다.

"다른 곳에도 놀러 가자."

"좋아요."

요리가 펼쳐지는 황소 광장에 가서 다양한 음식으로 배를 채웠다.

"정말 맛있어요."

"문어 요리가 좋네. 여기 투표하자."

"그래요."

사람들 틈에 줄을 서서 요리들을 먹고 투표도 했다.

"저기, 대회의 공정성 때문에 익명으로 투표하시는 것은 곤란합니다."

대회를 주관하는 마판 상단의 상인이 제지하기도 했다.

"이름을 말씀해 주십쇼."

"위드. 그리고 이쪽은 서윤."

"다시 말씀해 주시겠어요?"

"위드랑 서윤이라고요."

"이 사람들이 지금 장난을……."

발끈하려던 상인은 위드가 가면을 들어 올리자 얼굴을 보고는 조용해졌다.

"헙. 화, 황제 폐하."

서윤은 굳이 가면을 들지 않아도 되는데, 위드를 따라서 얼굴을 보여 주었다.

"전 서윤이에요."

"으으윽."

가까이에서 서윤의 얼굴을 본 상인은 기절 직전의 상태가 되고 말았다.

"뭐야, 무슨 일인데?"

"뭐가 있어?"

뒤에서 투표를 위해 줄 서서 기다리던 사람들이 웅성거렸다.

상인의 주변에서 서윤의 얼굴을 본 사람들은 그냥 입만 크게 벌렸다.

"으헉."

"여, 여신님……."

모라타 방어전을 준비하면서 서윤을 본 사람들은 많이 있었지만, 이렇게 가까운 곳에서 보게 되니 비현실적으로 느껴지는 외모였다.

위드는 서윤의 가면을 다시 씌워 주었다.

"우리 인증됐죠?"

"네, 네."

"그럼."

위드는 더 소란이 벌어지기 전에 서윤과 재빨리 빠져나왔다.

으슥한 뒷골목 구경도 하고, 시장에서 기념품도 구입.

예술의 언덕에 올랐을 때는 사람들이 안 보이는 사이, 진하게 키스도 했다.

해가 떠오르고, 마침내 모라타 방어전이 시작되는 시간.

위드와 서윤은 흑색 거성에서 밤새도록 이야기를 나누다가 손을 꼭 잡았다.

"드디어 오늘이네."

"꼭 이길 수 있을 거예요. 모든 사람들이 힘을 모았잖아요."

위드는 고개를 끄덕였다.

물론 그런 낭만적인 이야기는 전혀 믿지 않았다.

> 날쌘찬바람: 케이베른이 레어에서 날아올랐습니다. 방향은 예상대로 북쪽입니다.

첫 번째 보고가 들어왔다.

조인족이 케이베른의 레어에서부터 관찰하고 있었다.

> 페일: 타격대 준비 완료입니다.
> 아크힘: 헤르메스 길드도 전원 배치 끝. 언제라도 싸울 수 있습니다.

드래곤을 상대로 성벽을 지키는 공성전이란 의미가 없기 때문에, 유저들은 건물들과 참호에 숨어 있었다.

특히 헤르메스 길드에서는 25만 명의 길드원이 전투에 동원되었다.

1만 명이 조금 넘는 인원이 희생의 화로를 쓰기로 하고, 드래곤이 도착할 때까지 기다리고 있는 상태.

"모두 떠나세요! 드래곤이 출발했습니다!"

모라타에서는 긴급 대피를 알리는 길고 날카로운 뿔피리 소리가 울려 퍼졌다.

"드래곤이 곧 오겠네."

"진짜 조마조마하다."

축제를 즐기며 머물던 유저들이 성문을 급하게 빠져나가고 있었다. 또한 일부는 죽음을 각오하고 구경을 위해 들어왔다.

"우리 오늘 살 수 있을까?"

"몰라. 밟혀서 죽을지, 불에 타서 죽을지."

"건물이 무너져서 죽을 수도 있겠다."

아르펜 제국은 공식적으로 대피령을 내렸고, 전투에 참여하지 않는 유저들에게 모라타를 떠나도록 적극적으로 권고했다.

그럼에도 수많은 유저들이 도시 내의 건물들에 머물렀다.

구경꾼들의 목숨은 모라타가 완전히 파괴되기 전에 케이베른을 물리치는 데 달려 있었다.

"마법공학 대포 최종 점검!"

"공성 무기들도 확인하고, 각자 위치 보고도 해!"

케이베른이 북부까지 날아오기 전에 헤르메스 길드가 가장 바빴다.

장비 점검도 하고, 전술에 맞춰서 드래곤을 공격할 준비도 갖췄다.

창과, 대검, 도끼, 철퇴 같은 대형 무기들을 장비한 부대도 있었는데, 이것이야말로 헤르메스 길드만이 가능한 대비 태세.

"발리스타에는 성수를 바른 은작살을 장전해 놨어."

"드래곤에게도 은작살이 효과가 있나?"

"모르지. 쏴 본 사람이 없잖아. 오늘 쏴 보면 알 거야."

방어 탑마다 대형 발리스타에 다양한 종류의 화살들을 장전했다.

드래곤을 향해 공성 무기들을 실컷 쏴 댈 계획이었는데, 도시의 건물들이 파괴되는 피해를 감수해야 했다.

> 날쌘찬바람: 도착까지 20분 예상합니다. 계속 추적하겠습니다.

드워프와 타격대, 헤르메스 길드!

그 외에 독자적으로 도움을 주기 위해 참여한 유저들.

모두가 숨을 죽이며 드래곤이 나타나기만을 기다렸다.

그리고…….

마침내 케이베른이 모라타의 남쪽 하늘에 모습을 드러냈다.

─크라롸라라라락! 모두 죽어라!

블랙 드래곤이 모라타를 향해 고함을 질렀다.

레어를 털리고 나서부터 더욱 사납게 변한 케이베른이었다.

> 드래곤 피어에 의해서 신체 능력이 제약을 받습니다.
> 절대적인 위엄과 두려움을 느낍니다. 생명력이 41% 감소합니다. 일시 신체의 마비 증상이 일어납니다. 이동 제약! 11초 동안 움직일 수 없습니다. 부족한 지혜로 스킬 사용이 89% 제약을 받습니다. 더 많은 마나를 소모하며 실패 확률이 상승합니다.

드래곤 피어의 작렬!

드래곤의 광량한 목소리가 도시로 넓게 퍼져 나갔다.

> 아크힘: 군단장들, 피해 상황 보고하라.

> 보에몽: 전투단 피해는 거의 없습니다. 조금 마비 증상이 있는 이들이 있지만 금방 풀릴 정돕니다.
> 가우슈: 끄떡없습니다.
> 라미프터: 3분에서 5분 정도. 마법사들이 완전한 정신력을 회복하는 데 시간이 필요합니다.

 헤르메스 길드원들은 장비와 액세서리들을 맞춰 놓았기 때문에 드래곤 피어를 견뎌 냈다.
 아르펜 제국의 편에 선 타격대 유저들은 대체로 전투력 상실이 심했다.
 "크흠, 괜찮습니까?"
 "시끄럽긴 하군요."
 "아직도 우리가 헤르메스 길드보다 약하긴 한 것 같습니다."
 "저놈들이야 워낙 오랫동안 해 먹었으니……."
 멋진 전투를 기대하며 도시에 남은 구경꾼들은 꽤나 많이 목숨을 잃었다.
 "꽥!"
 "으악!"
 드래곤 피어가 도시의 넓은 지역을 휩쓸었다.
 판자촌, 뒷골목, 상가 건물에서 유저들이 떼죽음을 당해야 했다.
 "살려 주세요!"
 "치료 좀. 곧 죽어요!"
 죽기 직전일 정도로 큰 피해를 입은 초보 유저들은 뛰쳐나와서 치료를 요청했다.

어떤 이들은 사제가 있는 건물로 들어가고, 붕대를 빌려서 몸에 칭칭 감았다.

> 오베론: 위드 님! 유저들의 피해가 큽니다!

"에휴."

위드는 한숨을 쉬었다.

이런 점을 우려해서 대피령을 내렸던 것이지만 대도시인 모라타에 사람들이 숨어 있는 걸 강제로 집집마다 수색하면서 전부 쫓아낼 수가 없었다.

> 오베론: 구조대를 보내겠습니다.
> 위드: 어쩔 수 없죠. 그렇게 하세요.

미리 대기하고 있던 사제들이 거리로 나가서 유저들을 구하면서 초보 유저들은 회복 마법 한두 번에 완전히 몸이 나았다.

하늘에 떠 있는 블랙 드래곤의 눈에 띄지 않게 허리를 바싹 숙이고 돌아다녔다.

케이베른은 다른 도시에서처럼 원을 그리며 유유히 모라타의 상공을 날아다니고 있었다.

―인간들! 쥐새끼처럼 숨어 있었구나.

결국은 발각되고야 말았다.

수만 명이 넘는 인원들이 도시에서 움직이고 있었기에, 케이베른의 눈에 보이고 말았다.

블랙 드래곤 케이베른!

인간과 드워프들을 저주하고 있는 가장 위험한 드래곤이다.

케이베른이 도시의 끝에서 끝까지 닿는 거대한 포효를 터트렸다.

―너희를 기다리는 건 파멸과 죽음뿐이다.

몬스터들이 가끔 내뱉는 말임에도 불구하고, 그 주체가 드래곤이다 보니 엄청난 위압감이 유저들에게 전달되었다.

"으어어어!"

"망했다. 우리… 이제 죽는 거야?"

지상에 있던 유저들이 떨리는 눈동자로 하늘을 올려다봤다.

케이베른의 말은 단순한 협박이 아니었다.

블랙 드래곤이 숨을 크게 들이마시면서 거대한 몸을 부풀리기 시작했다.

"브레스다!"

"모두 도망쳐!"

거리에 나와 있던 유저들이 공황 상태에 빠져서 사방으로 달려가기 시작했다.

전투를 위해 기다리던 헤르메스 길드원들은 고개를 저었다.

"시작부터 브레스야. 이렇게 되면 플랜B네."

"변수가 큰 대도시라는 점을 감안하긴 했지만, 이런 방식으로 진행되다니."

위드도 그냥 한숨을 푹 쉴 따름이었다.

"브레스는 피해가 너무 클 텐데."

도시를 향해 브레스를 쏘는 것을 꼭 초보 유저들 탓이라고 할 수는 없었다. 케이베른이 전투를 시작하는 몇 가지 방식 중 하나였으니까.

그럼에도 마법 공격이 아니라 브레스라면 직격당하는 쪽은 누구라도 살아남기 힘들다.

위드도 그것은 마찬가지.

쿠와아아아앗!

케이베른의 입에서 칠흑처럼 어두운 브레스가 쏟아져서 도시를 강타했다. 폭풍이 일어난 것처럼 바람마저 빨려 들어가고, 건물들과 대지를 한꺼번에 휩쓸었다.

모라타에 있는 유저들은 지진이 일어난 것처럼 땅이 흔들리는 것을 느꼈다.

"어디야, 어느 쪽이지?"

"북서쪽으로 날아간 것 같았는데."

"대도서관이 당한 건가?"

"정확히 그쪽 방향은 아닌 느낌이었는데……."

잠시 후에 조인족 유저가 상황을 보고했다.

> 삼비둘: 야단맞는 케이베른 조각상이 파괴되었습니다. 그 주변에 있는 건물들도 녹았고 불이 번지고 있습니다.

케이베른의 관심을 끌기 위해 만들어 놓은 초대형 조각상.

블랙 드래곤이 드워프에게 꿀밤을 얻어맞는 조각상이 첫 번째 목표가 되어 주었다.

조각상과 함께 도시의 일부가 날아가기는 했지만 그래도 예상보다는 경미한 피해였다.

> 아크힘: 미끼를 물면 그때부터 전투가 시작된다. 모두 철저히 준비!

헤르메스 길드원들은 은신처에서 나올 준비를 했다.

케이베른이 지상에 내려오는 순간부터 그들의 공격이 시작되리라.

빙룡 광장, 와이번 광장에 상단들이 보물을 엄청나게 쌓아 놓으면서 케이베른의 착륙을 유도했다.

북부만이 아니라, 중앙 대륙의 상단들도 조금씩 모아서 만들어 놓은 번쩍번쩍한 황금의 산.

빙룡 광장과 와이번 광장에는 드래곤이 도착하기 직전까지 보물을 구경하기 위해 많은 구경꾼들이 몰리기도 했다.

'미끼만 물어라.'

'드래곤이라면 보는 순간 빨려 들걸.'

'빙룡 광장이 좋다. 거기라면 헤르메스 길드가 총공격하기 가장 유리한 장소야.'

'지상으로만 내려오면 단숨에……'

헤르메스 길드원들이 투지를 잔뜩 일으켰다.

그동안 드래곤을 상대하기 위해 보스 몬스터 사냥으로 연습하며 철저히 준비하고 있었다.

> 삼비둘: 케이베른이 마법을 준비하고 있습니다!

이어지는 두 번째 나쁜 소식.

케이베른이 땅으로 내려와서 건물을 부수지 않고, 하늘에서 마법 주문을 외우고 있었다.

그것도 보통의 마법이 아니라 화염 계열의 궁극 마법이었다.

창문을 통해 하늘에 떠 있는 케이베른이 마법 주문을 외우는 것을 보던 위드에게 페일의 귓속말이 들어왔다.

> ─위드 님, 어떻게 하죠? 도시의 피해가 엄청날 텐데…….

화염의 줄기들이 뒤섞이며 드래곤의 주변에서 소용돌이치듯이 엮이고 있었다.

> ─답답하지만 기다리는 수밖에요.
> ─타격대가 출동하면 마법 주문을 취소시킬 수 있을지 모릅니다. 어쩌면 공격 대상을 바꿀 수도 있고요.
> ─그건 안 됩니다.
> ─모라타가 타격을 당하면 사람들의 피해도 더 클 수 있어요.
> ─정해진 계획에 따라 움직이세요. 타격대는 기다립니다. 시작부터 드래곤과 공중전을 펼치면 승산이 줄어들어요.

위드는 싸우기 전에도 이 정도 상황을 감안하고 있었다.

케이베른쯤 되는 드래곤이 발휘할 수 있는 공격 수단이란 워낙에 다양하기에 변수의 폭도 넓게 잡았다.

"그래도 시작부터 잘못되어 가는 느낌이 있긴 한데……."

화염 계열의 궁극 마법이 모라타에 입힐 피해를 떠올리면 끔찍하기만 했다.

케이베른이 지금까지 파괴한 도시들만 봐도 웬만한 재난 영화를 능가하는 모습들이 펼쳐졌었다.

그나마 그때는 사람들이 없는 도시였지만, 이번에는 유저들이 건물마다 숨어 있었다.

─절대 태양!

짧은 시간이 흐른 후에 케이베른은 화염 계열의 궁극 마법을 발동시켰다.

태양을 하나 더 만들어 내는 마법.

모라타의 하늘에 이글거리는 붉은 태양이 생성되었다. 공기가 후끈하게 달아오르고, 극도로 뜨거운 열기가 지상에 강력하게 내리쬐었다.

활짝 피어 있던 꽃과 풀이 빠르게 메말라 갔다.

모라타의 냇물과 개천이 바싹 마르며 바닥을 드러내고, 판잣집들이 열기에 못 이겨 불이 붙었다.

판자촌을 중심으로 불이 번지면서 거침없이 확산되어 갔다.

"불이다! 불!"

"화재다! 여기서 어서 빠져나가야 돼요!"

"도망쳐요. 안전한 석조 건물로요!"

판자촌에서 전투를 구경하려던 유저들에게는 대재난 같은 상황이었다. 집이 타오르면서 거리로 나올 수밖에 없었고, 대부분은 열기를 직접 몸으로 접하며 목숨을 잃어야 했다.

> 절대 태양!
> 피부를 태우고, 숨을 옥죄는 열기에 휩싸였습니다. 마법 저항력을 무시합니다. 화염 피해로 매초 생명력이 1,340씩 감소합니다. 피해량은 지속적으로 증가하게 될 것입니다.

화염 계열의 궁극 마법을 견뎌 내는 초보 유저는 드물었다.

건물과 벽에 바싹 붙어서 움직이면 피해를 덜 수 있었지만, 그럼에도 레벨 200 이하의 유저들에게는 무의미한 수준.

"꺄아아아악!"

"몸이 탄다, 불에 탄다!"

유저들이 숱하게 거리에서 타 죽었다.

타격대 소속의 사제들이 출동해서 치료 마법을 써서 살리긴 했지만 극소수에 불과했다.

> 파보: 방재 작업을 한다고 했는데… 판자촌까지는 미처 신경 쓰지 못했군. 미안하네.

파보가 지역 채팅 창을 통해 사과했다.

건축가들과 유저들의 도움을 받아서 주요 건축물마다 불이 붙지 않도록 물을 뿌려 놓거나 모래를 쌓아 두었다.

판자촌은 부수고 새로 짓는 편이 낫기에 돌보지 않았는데, 그것들이 먼저 피해를 입으며 대형 화재를 일으켰다.

"대피, 대피해."

유저들이 그나마 안전하리라 믿었던 장소가 판자촌이었다.

다른 건축물들에 비해서 드래곤의 관심을 덜 끌 거라고 생각했는데, 넓은 범위에 피해를 미치는 궁극 마법에 의해 초토화가 되었다.

화염은 건물들을 태우며 세력을 키워 나갔다.

모라타의 도시의 약 10% 정도가 불에 타고 있었다.

그나마 화재 방지를 위해 정해진 구역의 건축물들을 미리 파괴해 놔서 불이 나도 도시 전체로 번지지 않도록 조치를 취해 놨던 것이 다행이었다.

―인간들아, 나에게 죽는 것을 영광으로 알아라.

케이베른이 검은빛의 창을 무수히 많이 만들어서 지상에 돌아다니는 유저들에게 쏘았다.

―창의 쇄도!

하늘에서 폭격이 이루어지듯이 마법 공격이 이루어졌다.

건물과 도로를 꿰뚫는 검은 창에 유저들이 목숨을 잃었다.

"사, 살려 줘!"

"아무 데로나 도망치면 안 됩니다! 우리가 방해가 되지는 말아야지요!"

거리마다 일대 혼란이 벌어지고 있었다.

드래곤을 피해서 성문을 향해 달리는 유저들, 큰 건축물이나 참호로 찾아 들어가는 유저들.

〈로열 로드〉를 하면서 목숨을 잃는 경우야 흔했지만, 드래곤의 엄청난 존재감과 마법 공격에 의해 전부 공포에 빠진 모습들이었다.

어떤 이들은 자신들이 전투에 방해될 것을 우려해서 제자리에서 담담하게 죽음을 맞이했다.

검은빛 창들이 계속해서 도시로 쏟아져 내렸다.

> 페일: 모두 자리를 지키십시오! 아직은 싸울 때가 아닙니다.

타격대를 이끄는 페일이 급하게 채팅 창에서 외쳤다.

그 역시 유저들을 구하고 싶었지만 드래곤을 사냥하기 위해 계획을 따라야 한다는 점에 동의했다.

더구나 거리에 극심한 혼란이 벌어지면서 도저히 병력을 끌고 나갈 수가 없었다.

> 파이톤: 오베론 님! 특히 오베론 님 못 움직이게 막아요!

웬만하면 나서기 좋아하는 드워프!

오베론의 몸을 타격대의 유저들이 단단히 붙잡았다.

그사이에도 거리의 유저들은 목숨을 잃었다.

건물들이 파괴되고, 화재가 커지면서 숨어 있던 헤르메스 길드원들도 은신처를 벗어나서 움직여야 했다.

지하 동굴과 참호를 이용할 수 있었지만 모두가 그럴 수 있는 건 아니었다.

"젠장! 자리를 잘못 잡았어."

렌슬럿은 판자촌을 나오며 주위를 살폈다.

그의 부대는 후방 지원과 기습을 맡았기에 조금 떨어진 구역의 판자촌에 숨었다. 걷잡을 수 없이 화재가 커지면서 어쩔 수 없이 도로로 나왔다.

"안전지대로 간다. 서둘러서 움직여."

1,000명의 헤르메스 길드원들이 판자촌을 나와서 상업 지역으로 이동하려고 했지만 케이베른의 눈에 띄었다.

─거기에도 있었구나. 모두 죽어라!

케이베른이 판자촌을 향해 급강하를 시작했다.

렌슬럿은 그 모습을 보며 눈을 부릅떴다.

"놈이 날아온다!"

"전투, 전투준비!"

헤르메스 길드원들이 주변으로 퍼지며 무기를 뽑았다.

수많은 보스 몬스터 전투 경험이 바탕이 된 매우 빠른 대응이긴 했지만, 곧 하늘에서 날아드는 드래곤이 그들을 덮쳤다.

―크롸라라라라라라락! 인간들 따위가 저항할 셈이더냐!

드래곤이 두 발로 유저들을 밟고, 꼬리를 휘둘렀다.

"큭. 막지 말고 피해라."

"하필이면 제대로 준비도 못 한 지금……."

렌슬럿의 부대는 자신들만으로는 역부족이란 사실을 잘 알고 있었다.

드래곤에게 물리고, 밟히고, 차이고.

헤르메스 길드원들은 꼬리에 맞은 충격으로 날아가 불타는 판자촌 구역에 떨어졌다.

크오오와아아아아아아!

케이베른이 신이 나는지 지상에 서서 날개를 활짝 펼친 채 포효했다.

"젠장. 이렇게 된 이상은 반격해!"

렌슬럿의 부대는 무기를 휘두르며 저항을 시작했다. 그렇지만 거대한 드래곤의 몸이 움직일 때마다 여기저기 처박히거나 죽어 갈 뿐.

그런데 아크힘의 귓속말이 전달되었다.

> ―힘든 건 알지만 버티면서 빙룡 광장으로 물러나야 합니다. 빙룡 광장이 가장 가깝습니다.

렌슬럿의 부대가 흩어져서 도망치게 되면 드래곤이 어느 쪽으로 가게 될지 몰랐다.

헤르메스 길드의 입장에 모라타가 초토화되는 것은 관심이 없지만, 케이베른과의 전투 승리가 달려 있었다.
 "놈의 관심을 끌며 빙룡 광장까지만 가면 된다. 그러면 전투조에 맡기는 것으로 우리 임무는 끝난다."
 렌슬럿은 부대원들을 격려하며 드래곤의 관심을 끌어오려 애썼다.
 "벼락의 검!"
 쿠르르릉!
 검에서 번개가 치며 뻗어 나가 드래곤의 몸을 강타.
 케이베른의 시커먼 광택이 흐르는 비늘에 미세한 흔적이 새겨지게 되었다.
 ─인간 주제에 별것도 아닌 저항을 하는구나.
 드래곤의 맷집과 마법 저항력이 워낙 높기 때문에 피해의 대부분이 흡수되었다.
 "관심을 끌었다. 공격하면서 서서히 물러나자."
 렌슬럿을 시작으로 헤르메스 길드원들이 일제히 스킬을 발동시켰다.
 "방패 방벽!"
 "경계자의 수호!"
 "바람 사격!"
 헤르메스 길드원들은 저마다 자신 있는 스킬들을 활용했다.
 초보들을 대량 학살할 수도 있는 그들의 공격이 드래곤을 향해 날아갔지만 대부분은 가벼운 타격에 그칠 뿐이었다.
 ─인간들은 약하면서도 어리석지. 감히 위대한 이 몸에게 도

전할 셈이냐!

케이베른이 날개를 좌우로 펼치며 걸어왔다.

땅이 흔들리고, 불붙은 판자촌 건물들이 힘없이 무너졌다.

화살이나 마법 공격을 몸으로 받아 내면서 걸어오는 드래곤.

거대한 생명체답게 가볍게 걷는데도 사람이 달리는 것보다는 훨씬 빨랐다.

"마, 망할!"

"이거 무슨 괴수 영화야? 이런 크기의 드래곤을 상대로 어떻게 싸우라고!"

"미치겠네, 이거!"

헤르메스 길드원들은 두려워하면서도 스킬을 발동시켰다.

그들의 무기나 원거리 공격은 케이베른의 단단한 비늘을 깨뜨리지 못했다.

애초에 지원 부대에 속해서 희생의 화로를 쓰지도 않았고, 현재는 안전하게 빙룡 광장까지 철수하는 것이 목적.

―고통스럽게 죽여 주마.

케이베른은 뒤쫓으며 입으로 헤르메스 길드원들을 하나씩 물어서 땅바닥에 내뱉었다.

"크억!"

갑옷과 방패를 꿰뚫는 이빨은 헤르메스 길드원들을 전투 불능으로 몰아넣었다.

> 극심한 부상!
> 맹독이 온몸에 퍼지고 있습니다. 3분 내로 치유하지 않으면 사망합니다.

드래곤의 독까지 결합되어서 죽음 직전에 이르렀다.

쿵쿵!

달려오는 케이베른에 의해 1명씩 집어삼켜지는 광경은 지켜보는 유저들에게도 끔찍한 일.

당하는 입장에서는 언제 자신의 차례가 될지 몰라서 보고 싶지도 않았다.

"젠장!"

"관심은 끌었으니 이동 스킬을 사용해!"

"신속한 달리기!"

"빛의 쇄도!"

렌슬럿과 헤르메스 길드원들은 이동 스킬까지 발동시키며 빙룡 광장이 있는 방향으로 달렸다.

―죽어라, 죽어. 나에게 거스른 인간들은 마땅히 죽어야 할 것이다!

케이베른이 뒷발로 땅을 강하게 내리치자, 대지가 물결처럼 출렁거리며 퍼졌다.

―가시 지옥!

두꺼운 가시들이 벽처럼 튀어나와서 헤르메스 길드원들의 몸을 꿰뚫었다.

가시에 박힌 채로 수십 미터 공중에 매달린 헤르메스 길드원들이 비명을 질렀다.

"살려 줘!"

"저주를 해소해 주면… 20초는 버틸 수 있다고!"

그들은 최소 대여섯 가지씩의 상태 이상을 한꺼번에 당해야 했다.

매초 생명력도 빠져나가기 때문에 간절하게 외쳤지만 살아남은 이들은 도망치기 바빴다.

"제기랄, 이건 너무 강하잖아!"

숲처럼 자라난 가시들이 장애물이 되어 제대로 도망치기도 힘들었다.

렌슬럿의 부대는 케이베른에 의해 1명씩 사냥당했다.

> 아크힘: 판자촌에서 전투가 계속됩니다. 저곳은 위치가 너무 안 좋은데.
> 슬래터: 우리가 가선 안 됩니다. 저긴 언덕 지형이라서 싸우기가 나쁩니다.
> 라미프터: 저들을 다 잃더라도 기다리는 쪽이 낫습니다. 섣불리 구원을 나가려다가는 대계를 망치게 됩니다.

헤르메스 길드는 버리는 쪽을 선택했다.

"무자비한 반격!"

렌슬럿은 메시지 창을 보고는 케이베른에게 돌진했다.

상대의 공격이 강할수록 더 강하게 받아치는 스킬!

"내 이름이 바로 렌슬럿이다!"

렌슬럿은 케이베른이 휘두르는 꼬리를 검으로 튕겨 내고 이어서 따라붙었다. 2개의 검으로 베고 찌르면서 드래곤의 몸에 상처를 입혔다.

> 상상할 수 없는 최악의 존재를 만났습니다.
> 무자비한 반격이 3,200%의 공격력을 발휘하고 있습니다.

렌슬럿은 죽음을 각오했다.

케이베른을 피해서 달아나려면 부대원들을 버려야 했고, 헤르메스 길드가 구원을 오리라고는 생각하지도 않았다.

'나는 적어도 무의미하게 죽진 않겠다.'

헤르메스 길드의 군단장답게 최후까지 실력을 발휘하는 쪽을 선택했다.

> 오베론: 무자비한 반격. 저건 원래 워리어 스킬인데. 특수 퀘스트를 수행하면 검사도 익힐 수 있습니다. 하지만 워리어들이라고 해도 오래 유지하지 못합니다.

오베론이 지역 채팅 창에 설명하는 것처럼, 무자비한 반격은 렌슬럿의 체력과 생명력을 사정없이 쥐어짜 내고 있었다.

"나 렌슬럿의 이름을 똑바로 기억해라, 이 도마뱀아!"

케이베른은 거센 공격을 당하며 한 발자국 뒤로 물러났지만 곧이어 분노했다.

―비탄의 사슬로부터, 영겁의 저주에 옭매여라.

무려 열두 가지의 저주가 렌슬럿을 덮쳤다.

고통, 중독, 약화, 쇠약, 혼란, 마비, 부패 등등…….

케이베른은 입을 크게 벌려서 마지막까지 날뛰던 렌슬럿을 잡아먹었다.

―◇―

위드는 조각 변신술을 쓴 채로 드워프 전사들과 기다리고 있었다.

"우리 종족의 미래를 위해 드래곤을 반드시 잡아야 해!"

"암. 꾹꾹 참아 왔던 드워프들의 분노가 무엇인지를 보여 주자고."

드워프 전사들이 무기를 점검하며 자신에 차서 떠들어 댔다.

'사기는 높군. 장비발도 세워 놨으니 잘 버텨 주겠지.'

위드는 드워프들과 함께 빙룡 광장 근처의 건물로 들어가 대기했다.

바바리안 크나툴, 요정 말린, 하프엘프 비슈르.

세 종족의 영웅들은 타격대에 배치해 두었다.

드워프들이 자부심으로 똘똘 뭉쳐 있는 데다, 하이엘프나 바바리안들과 사이가 별로 좋지 않았기 때문이다.

"브레스다!"

케이베른이 브레스를 쏠 때에는 드워프들과 함께 몸을 바짝 엎드렸다.

다행히 대형 조각품과 그 일대를 파괴!

"휴, 한숨 돌렸군."

위드는 가슴이 철렁했다.

위대한 건축물이 부서졌다면 시작도 전에 그 피해가 엄청났을 테니까.

"건물보다는 차라리 여신상이나 빛의 탑을 부수는 게 낫지. 조각술 마스터가 되었으니 새로 만들어도 될 테니까."

조금 전까지만 해도 강인하고 용맹한 드워프들은 여전히 고개를 들지 못했다.

드워프들이 머리를 감싸 쥐고 두려움에 떨었다.

"우리 아직 살아 있나?"

"아아, 대지가 흔들려. 역시 드래곤이란······."

"너무 무섭다. 심장이 진정되지 않아."

"케이베른이 우리에게 화가 많이 나 있겠지?"

"틀림없어. 난 오래전에 할아버지에게 직접 드래곤을 본 이야기를 들은 적이 있어."

"어땠는데?"

"당장이라도 잡아먹힐 것 같았다더군. 스스로 심장을 파내고 싶을 정도로 두려웠다고 해."

"으으음. 우리 드워프의 팔다리를 뚝뚝 끊어 내고 잡아먹을 거야."

겁쟁이가 되어 버린 드워프 전사들!

용감한 드워프들에게 있어 지상에서 두려움을 주는 존재가 하필이면 드래곤이었다.

'사기를 높이는 건 우선 좀 나중에 하고······.'

위드는 계속 자리를 지켰다.

하늘에 절대 태양이 만들어지고, 렌슬럿의 부대가 전투를 시작했지만 기다려야 했다.

광장까지 드래곤을 끌어들이면 모든 병력들이 공격에 나서는 것이 전투 계획.

드래곤이 모라타의 어디로 내려올지 몰라서 어설프긴 하지만 현실적으로 더 꼼꼼한 계획을 만들 수 없었다.

'드래곤이 상대인 만큼 우리에게 유리한 장소에서 싸워야 해. 광장이 아닌 곳에서는 건물들 때문에라도 제대로 싸우지

못한다.'

렌슬럿의 부대를 상대로 케이베른이 날뛰는 소리가 계속 들렸다.

―미개하고 비천한 인간들아, 너희가 감히 나에게 덤벼들고 있느냐!

인간 혐오는 기본!

헤르메스 길드원들이 죽어 나가고, 건물들이 여기저기서 붕괴되었다.

나쁜 소식도 계속 들어왔다.

> 날쌘찬바람: 위드 님, 모라타에 일어난 화재가 너무 큽니다.
> 위드: 어느 정도인데요?
> 날쌘찬바람: 정확한 피해 규모는 모르지만 멀리서는 모라타가 불타는 것처럼 보입니다. 연기도 무시무시하고요.

절대 태양의 영향으로 인해 수십 군데에서 화재가 발생해 번지고 있었다.

건축가들이 방재선을 만들어 놓긴 했지만, 새로운 건물들이 계속 화염에 휩싸였다.

> 날쌘찬바람: 조인족들이 열기와 호흡 곤란으로 하늘에서 픽픽 떨어지고 있습니다.
> 위드: 판자촌이 다 타 버리면 금방 꺼지긴 할 텐데…….
> 로뮤나: 위드 님, 절대 태양은 마력에 따라 유지 시간이 달라져요. 아마 5분 정도 더 지나면 사라질 거예요. 아, 진짜 익히고 싶은 마법인데.

화염 계열의 마법사인 로뮤나에게는 케이베른의 마법 하나하나가 탐나는 것이었다.

> 위드: 날쌘찬바람 님, 모라타의 예상 피해는요?
> 날쌘찬바람: 연기로 시야가 가려져서 확인이 안 됩니다. 나무로 지은 건물이
>   나 가로수는 다 타 버리지 않을까요? 일반 건물들도 꽤 많이 타
>   고요.
> 레몬: 예술회관 근처가 위험해요. 몇몇 건물들이 타고 있어요.

석조 건물이라고 해도 부분적으로는 나무를 쓰기도 했다.

내부의 집기와 가구들에 불이 붙기도 할 테고, 무엇보다 역사가 짧은 모라타는 다른 대도시들과는 다르게 판자촌이 아주 넓었다.

언덕을 뒤덮은 판자촌만 하더라도 엄청난 면적이었다.

> 서윤: 흑색 거성에서 보고 있어요. 불을 멈추지 못하는 이상 모라타의 삼분
>   의 일 이상은 탈 것 같아요.
> 위드: 그렇게나 많이?
> 서윤: 지금 보이는 모습으로는 그래요.

사태의 심각성에 대한 인식이 위드만이 아니라 모라타의 유저들 사이에 퍼져 나갔다.

> 페일: 세상에… 너무 심각한 거 아닙니까?
> 이리엔: 엄청난 피해예요. 고작 마법 한 번인데요.
> 마판: 불에 타서 사라지는 건물들의 가치를 돈으로 환산하면 천문학적일 겁
>   니다. 아무리 목조 건물이라도요.
> 미블로스: 손을 쓸 수 없다는 점이 안타깝군.
> 파보: 이게 다 철저히 준비하지 못한 내 잘못 같네.

건축가들은 구역별로 쉽게 파괴되지 않도록 성벽을 세우고, 방재선을 세웠다. 그러나 절대 태양은 도시 전역을 대상으로

하는 마법인 것이다.

 모라타라는 대도시에서 드래곤을 상대로 시가전을 펼치며 받은 아픈 대가였다.

> 레몬: 집집마다 구경하고 있는 분들. 여유가 있다면 케이베른이 없는 지역에서는 화재를 끄도록 해요.
> 프레임: 알겠습니다.
> 톳쿵: 주요 건물들로 불이 옮겨붙지 않도록 합시다. 드래곤을 도발하지 않도록 먼 구역에 있는 유저들만 움직여요.

 모라타에 남아 있던 유저들이 활동을 시작했다.

 케이베른이 지상에서 렌슬럿의 부대를 뒤쫓고 있는 이상, 가까이 있는 건물의 불을 끄는 작업을 시작한 것이다.

 '북부 유저들이 도움이 안 될 줄 알았는데…….'

 위드는 모라타가 버텨 줄 수 있을 것 같아서 조금 더 기다릴 수 있는 여유를 되찾았다.

> 날쌘찬바람: 모라타의 하늘까지 날아왔습니다. 깃털이 그을릴 정도로 뜨거운데… 아무튼 지금 드래곤의 모습이 보입니다.
> 위드: 렌슬럿은요?
> 날쌘찬바람: 부대 전멸! 전투가 벌어지면서 주변 지역의 파괴가 확산되고 있습니다. 건물이 부서질 때마다 유저들이 도망치며 케이베른이 쫓아가고 있습니다.
> 위드: 방향은 어디죠?
> 날쌘찬바람: 어느 한곳으로 뛰어가지 않고, 판자촌 근처를 여기저기 파괴하고 있습니다.

 하지만 케이베른이 빙룡 광장이나 와이번 광장으로 유인되지 않았다.

조각품과 그림, 탐나는 보물들까지 놓아두고 함정을 팠는데 미처 발견하지 못한 모양이었다

지금은 오직 파괴와 학살에 푹 빠져 있었다.

"곤란한데……."

위드는 하늘을 올려다봤다.

모라타의 맑고 푸르던 하늘은 시커먼 연기로 뒤덮였다.

케이베른은 닥치는 대로 유저들을 학살하고, 대규모 마법을 도시로 퍼붓고 있었다.

높이만 200미터가 넘는 드래곤의 거대한 몸이 움직일 때마다 도시의 건물들이 짓밟히고 무너졌다.

헤르메스 길드의 채팅 창을 보니, 그쪽도 분위기가 심상치 않았다.

아크힘: 케이베른은 피와 제물을 바쳐서 흑마법을 사용합니다. 더 이상 유저들이 죽으면 안 좋습니다.
헤로이드: 기왕이면 유저들에게도 빙룡 광장으로 도망치라고 전달합시다. 아무 곳이나 흩어지면 제대로 싸우지도 못하고 초토화가 된다고 말입니다.
보에몽: 어차피 죽을 것, 매복 장소로나 달려오라고!

헤르메스 길드는 명백히 조급해져 있었다.

케이베른이 날뛰면서 퍼붓는 마법이 도시의 건물들과 함께 무작위로 헤르메스 길드원들도 덮쳤던 것이다.

마법 폭발, 진동, 비명.

모라타에서 벌어지는 모든 일들이 전쟁터처럼 느껴지는 상황이었다.

> **날쌘찬바람**: 케이베른이 예술가의 언덕을 올라가서 파괴하고 있습니다. 하늘에서 보니 예술가의 언덕을 블랙 드래곤이 부수는 대단한 장관이… 흠흠. 죄송합니다. 아무튼 도시에 심각한 피해를 입히고 있습니다.

위드의 머릿속에도 그려지는 장면이 있었다.

블랙 드래곤이 꼬리를 휘둘러서 건물들을 부수고, 마법으로 파괴한다.

단순하기 짝이 없지만 그 속도란 도시 하나를 1, 2시간이면 없애 버릴 정도로 어마어마하다.

모라타가 파괴되고, 유저들이 연달아 죽어 나가고, 흑마법이 충전되어서 무작위로 터트리는 모습들이 연상되었다.

흑마법을 주특기로 삼는 케이베른의 공격은 이제부터였다.

"에휴, 이놈의 세상… 왜 쉽게 풀리는 것이 없냐. 미끼도 많이 만들어 놓았는데 오지도 않고."

헤르메스 길드는 이번 전투에서 독자적인 작전권을 보유하고 있었다.

바드레이나 아크힘이 있는 이상 무시하고 병력을 지시하기는 곤란했고, 손발을 자주 맞춰 본 이들끼리 더 잘 싸우리라고 믿었기 때문이다.

하지만 매복 장소로 와 줘야 헤르메스 길드가 마음 놓고 드래곤을 덮칠 게 아닌가.

"이렇게 된 이상 누구 나서 줄 사람이… 그래, 나밖에 없겠지. 모두 여기서 기다려요."

위드는 드워프들을 대기시켜 놓고 거리로 나갔다.

"꺄아악, 살려 줘요!"

"도망쳐! 케이베른이 마법을 쓴다."

"대피, 대피!"

예술가의 언덕 방향에서 들리는 비명들이 상황의 긴박함을 알려 주고 있었다.

위드는 사자후를 터트리며 케이베른이 있는 지역으로 달려갔다.

"이 시커먼 도마뱀 놈아, 여기 네 집을 털어 간 위드핸드가 왔다!"

케이베른의 분노

―하찮은 인간들아, 더욱 저항해 보아라!

케이베른이 모라타에 세워진 건물들을 꼬리를 휘두르고 발로 걷어차면서 파괴했다.

"꺄아악!"

"뛰, 뛰어!"

건물들이 부서질 때마다 사람들이 뛰쳐나왔.

그들은 케이베른을 보자마자 다리가 굳어서 움직이지도 못했다.

―죄악의 씨앗을 타고난 인간들아, 죽는 순간까지 위대한 존재를 추앙하라.

케이베른이 인간들이 겁에 질린 것을 보며 즐겼다.

―중력 강화!

일시에 모든 것들의 무게가 5배가 되었다.

유저들은 땅에 짓눌려야 했고, 건물들은 와장창 소리를 내며 일시에 붕괴. 기둥이 무너지고, 파편이 사방으로 튀었다.

"마, 마법이 여기까지……."

"어서 나가!"

베르사 대륙에서 최대의 인구를 가진 모라타였다.

인구의 대부분을 구성하는 초보 유저들이 도시를 떠나지 않았다.

위드와 바드레이의 활약까지 동시에 볼 수 있으리란 기대감에 중앙 대륙과 로자임 왕국의 구경꾼들까지 가세한 상태였다.

며칠 동안 모인 유저들은 성문 밖으로 조금 빠져나가긴 했지만, 대피령을 무시한 엄청난 인원이 남았던 것이다.

"우앗!"

"비, 빙룡 광장으로……."

"내 집! 아직 할부도 끝나지 않았는데."

"이게 뭐야, 도대체!"

―플레임 쇼크!

케이베른의 마법이 휩쓸고 지나가며 1,000여 명에 가까운 유저들이 사망했고, 충격파에 수백 채의 건물들이 주저앉았다.

마법 범위에 포함되지 않은 유저들은 미친 듯이 도망치기 시작했다.

―인간들, 재미있구나. 더 열심히 달려 봐라!

케이베른은 불의 장벽을 쳐서 유저들을 가두었다. 그러고는 앞발과 꼬리를 휘두르며 학살을 계속했다.

―피의 연쇄 화염!

유저들의 몸에 불이 붙으면서 터져 나간다.

거리의 유저들이 줄어들면 그다음에는 가까운 건물들을 부수며 튀어나오는 사람들을 학살하는 블랙 드래곤!

모라타는 재난 영화의 한복판처럼 황폐화되고 있었다.

"들키겠어!"

"이건 아니잖아."

"일단 빠져나가!"

유저들도 자신들 때문에 전투가 잘못되고 있다는 것을 느끼기 시작했다.

영리하게 빙룡 광장으로 방향을 트는 이들도 있었지만 대부분은 멀리 도망가지도 못하고 케이베른에게 붙잡혔다.

―마력 폭풍!

드래곤의 마법에 의해 마나의 힘이 회오리를 일으켰다.

중급 수준의 마법임에도 불구하고 반경 수십 미터에 달하는 마력 폭풍이 건물을 파괴하며 돌아다녔다.

"이런 망할!"

리버스도 자신이 숨어 있던 건물이 위태롭게 흔들리자 잔해에 깔리지 않기 위해 바로 뛰쳐나왔다.

"모라타가 얼마나 넓은데. 하필이면 내 집을 부수는 거야!"

원래대로라면 그는 현실에서 달짝지근한 코코아라도 한 잔 마시며 모니터로 전투를 구경했으리라.

그렇지만 〈로열 로드〉를 모라타에서 시작했으니, 거대한 전투를 실감 나게 보고 싶었다.

그 결과 전망이 탁 트인 예술가의 언덕 근처에 있는 집을 사 들였다.

집을 가지고 있어야 모라타의 주민으로서 소속감이 더 느껴진다는 말도 실감되었다.

 케이베른의 마법 공격에 의해 시장에서 물건을 사서 꾸며 가던 집이 파괴되었고, 이젠 생존을 걱정해야 할 처지가 되었다.

 "도망은 칠 수 있겠지?"

 현질로 장만한 몇 가지 장비들을 믿었다.

 경매 사이트에서 산 야생마의 신발은 달리기 시작하면 가속도를 크게 높여 주었다.

 "눈에만 안 띄면 되니까. 그리고 멀리 도망쳐야지."

 다른 유저들도 있는 이상 근처 골목으로라도 들어가면 안전해지리라고 믿었다.

 하지만 드래곤이 멀리 떨어져 있음에도 불구하고 자신이 얼마나 저렙인지를 알게 되었다.

> 영혼을 마비시키는 절대적인 공포를 마주하였습니다.
> 생명력이 94% 감소했습니다. 마나 사용이 불가능합니다. 모든 스킬을 쓰지 못합니다. 몸이 굳어서 움직일 수 없습니다. 무시무시한 압박감이 전달되고 있습니다. 매초 540의 생명력이 감소합니다.

 "이게 뭐야."

 고양이 앞의 쥐라는 표현이 어울렸다.

 드래곤이 근처에만 있어도 알아서 죽어 버리는 저렙!

 "죽어도 어떻게 이렇게 죽을 수가……."

 리버스는 몸부림을 쳐 보다가 꼼짝도 하지 않자 금방 삶을 포기했다.

 케이베른이 다른 유저들에게 마법을 던지더라도 자신은 그냥 가만히 서 있다가 휩쓸려서 죽어야 하는 처지. 주변을 보니 다른 초보 유저들도 상황이 크게 다르진 않았다.

"하하하. 드래곤이 진짜 세네."

"동감이에요. 구해 달란 말도 못 하겠네요."

달려서 도망이라도 가는 유저들은 완전 초보는 아니고 한가락씩은 하는 이들이다.

몸이 굳은 채로 서 있거나, 하품이 나올 정도로 느릿느릿 발걸음을 떼는 이들은 영락없이 초보들.

리버스와 초보들은 서로 눈을 마주치고는 쓴웃음을 지었다. 마법이 휩쓸고 있었으니 아무리 봐도 살아남기는 틀렸다.

"지난번에 뵌 적이 있는데, 옆집 어르신이시죠?"

"맞습니다."

"이렇게 죽게 되네요."

"모라타에서 직접 구경하고 싶었는데 말이죠. 방송이나 봐야겠습니다."

다 포기하고 이웃들과 대화나 나누고 있던 그때!

"이 시커먼 도마뱀 놈아, 여기 네 집을 털어 간 위드핸드가 왔다!"

멀리서부터 들리는 우렁찬 포효!

케이베른이 앞발로 건물을 부수다가 고개를 돌렸다.

─내 집을 털어 갔다고? 드워프!

블랙 드래곤이 거대한 날개를 펼쳤다. 거센 바람이 주위를 휩쓸고 지나가며 주변에 붙은 불이 조금 꺼졌다.

─세상의 드워프들을 다 죽여서라도 널 찾으려고 했다. 드

디어 네놈을 만났구나!

드래곤은 방금까지 학살하던 유저들에게 조금의 미련도 두지 않았다. 즉시 수백 미터의 높이로 솟구치더니 목소리가 들려오는 장소로 날아가는 것이었다.

> 신체를 짓누르던 압박감이 사라졌습니다.
> 생명력이 매초 34씩 회복되고 있습니다.

초보 유저들은 숨을 돌리고 간신히 말했다.

"우리 살아 있는 거야?"

"드래곤이 떠났어."

"진짜네. 겨우 살아남았다."

리버스는 아직 몸을 움직일 수는 없었지만 그래도 죽음의 위기를 넘겼다. 조만간 마비도 풀리리라.

그보다도 건물마다 숨어 있던 유저들이 지붕 위로 올라오는 모습들이 보였다.

어떻게든 숨고 도망치려고 했던 유저들이 거리로도 뛰쳐나왔다.

"위드 님이다! 위드 님이 케이베른을 불렀어."

"대박! 케이베른이 공격하려 해."

"위드 대 케이베른이다!"

위드는 케이베른이 아마도 반응할 거라고 예상은 했다.

'레어를 털어 간 도둑이 나타났으니 당연히 관심을 쏟겠지.'

그렇게 생각하며 사자후까지 써서 외쳤다.

"이 시커먼 도마뱀아, 네 집을 털어 간 위드핸드 님이 오셨다! 어서 나와라!"

유저들의 비명이나 무너지는 건물, 작렬하는 마법들.

온갖 소음들이 뒤섞인 난전이 벌어지고 있으니 잘 들리지 않을 수도 있었다.

"케이베른. 네놈의 볼기짝을……."

위드가 예술가의 언덕까지 절반도 가지 않았는데, 하늘에서 날아오르는 케이베른이 보였다.

―드워프!

모라타 전역에서 들을 수 있을 정도로 분노에 찬 커다란 목소리.

드넓은 도시, 수많은 유저들이 도망 다녔다.

케이베른의 분노에 찬 검은 눈동자가 위드를 정확히 쳐다보고 있었다.

―드디어 너를 찾아냈구나!

깊은 땅속에서 울리는 듯한 드래곤의 목소리는 공포 영화의 소리를 크게 키워 놓은 것처럼 살벌했다.

드래곤이 불타는 모라타의 건물들을 아래로 둔 채 검은 날개를 펼친 채 말하고 있었다.

그 무지막지한 위압감!

―드래곤의 이름을 걸고 너를 만 갈래로 찢어 죽일 것이다, 드워프!

케이베른이 그렇게 선언한 후에 날아오기 시작했다. 당연히 무척이나 빠른 속도였다.

"관심을 받을 줄은 알았지만, 이러면 완전 쪽박인데."

위드는 빠르게 눈동자를 굴렸다.

예술가의 언덕은 한참 남아 있었고, 빙룡 광장도 마찬가지. 어중간하게 중간에 끼어 버린 상태에서 케이베른이 날아오고 있었다.

"케이베른, 나도 너를 기다리고 있었다!"

위드가 일단은 호기롭게 외치며 로아의 명검을 뽑아 들었다.

'병력을 준비시켜 놓고 혼자 여기서 싸우는 건 미친 짓이다. 어떻게든 도망쳐서 빙룡 광장으로 유인해 간다.'

가볍게 호흡을 고르고, 몸에 긴장을 풀었다.

약한 유저들은 드래곤을 가까이에서 보는 것만으로 얼어붙지만 그 수준은 크게 벗어났다.

드래곤 피어에 맞서는 자란 호칭도 갖고 있었으며, 날벼락의 왕관도 도움을 주리라.

'레벨과 장비들은 충분히 갖췄다. 그러니…….'

위드가 더 이상 차분히 생각할 시간은 주어지지 않았다.

케이베른의 그림자가 어느새 그를 덮고 있었던 것이다.

—끔찍한 고통을 안겨 주마.

하늘에서 그대로 내려찍어 오는 드래곤의 뒷발!

위드는 앞으로 날렵하게 몸을 날려서 땅을 굴렀다.

쑤왜애애액!

발톱이 스치며 지나가는 소리가 무시무시하다.

목표를 빗나간 뒷발 공격은 3층짜리 석조 건축물을 그대로 부숴 버렸다.

'하나는 피했… 이크!'

위드는 즉시 차원 문을 통과하며 땅을 박차고 이동했다.

이번에도 아슬아슬하게 꼬리가 대지를 내려쳤다.

도로의 석판들이 부서지면서 튀어 올랐고, 한숨을 돌릴 사이는 당연히 없었다.

―널 잡을 것이다.

케이베른이 땅에 내려오더니 그대로 질주하며 쫓아오고 있었다.

―납작하게 눌러 주마!

위드는 네발로 힘껏 달렸다.

드래곤도 날개를 펼친 채로 건물을 마구 부수며 쫓아왔다.

사람이나 몬스터와의 전투는 익숙했다.

그렇지만 케이베른이 너무 크다 보니 눈에 다 들어오질 않아서, 어떤 공격이 들어올지 확인이 늦었다.

> 날쌘찬바람: 꼬리입니다! 높이 뛰세요!

콰아아앙!

위드가 몸을 날리자마자 꼬리가 땅을 스치며 지나갔다.

> 날쌘찬바람: 이번에는 주둥이!

눈으로 보긴 했지만 도망치기에도 정신이 없는 와중이었다.

절묘하게 상황을 알려 주는 조인족의 도움.

"타핫!"

위드는 공중에서 몸을 회전하며 차원 문을 통과했다.

딱!

케이베른의 이빨이 바로 뒤에서 맞부딪쳤다.

'드래곤 피어의 영향을 벗어난다면 피할 수 있어.'

드래곤의 육체 능력이란 어마어마하지만, 동작이 크고 단순해서 빨리 움직여서 피하는 것이 가능하다.

수천 명 이상의 유저들이 드래곤을 상대로 싸울 때에는 공격 한 번에 쓸려 나가지만 혼자라면 도망칠 수 있었다.

—도망치지 마라! 얼음 창살!

쩌저적!

위드의 주위에 얼음의 기둥들이 솟구치기 시작했다.

"이런, 젠장!"

도로가 갈라지고 얼음 기둥이 튀어나와서 연속으로 폭발했다. 반경 300미터가 빙판으로 변하면서 얼음의 잔해들이 땅에 깔렸다.

> 얼음 창살이 몸을 얼립니다.
> 움직임이 36% 느려집니다. 흑마법의 저주에 의해 몸이 얼어붙고, 썩기 시작합니다. 전투력이 22% 감소합니다. 생명력이 25초 동안 매초 740씩 줄어듭니다.

위드는 몇 발자국 걸어가긴 했지만, 발이 땅에 달라붙으면서 이동속도가 감소했다. 어쩔 수 없이 얼음 기둥을 밟고 높게 도약했다.

—이번엔 걸렸다!

> 날쌘찬바람: 바로 뒤로 올 거 같습니다.

 설명은 없었지만, 직감적으로 무슨 일이 벌어질지 알 수 있었다.

 콰과광!

 케이베른이 대지를 박찼다. 그리고 주둥이를 벌린 채 위드를 향해 몸을 날렸다.

 절대적인 위기!

 "콜 데스 나이트 반 호크, 콜 뱀파이어 토리도!"

 "불렀는……."

 "부름을 받고……."

 "드래곤을 막아!"

 위드는 반 호크를 케이베른의 입안으로 던졌다.

 고위급 언데드라고 하지만 어비스 나이트였더라도 단독으로 드래곤에게 대적하는 건 불가능했다.

 하지만 위드에게는 노림수가 있었다.

 푸휀!

 케이베른이 입안으로 들어온 반 호크를 내뱉으며 길길이 날뛰었다.

 ─하찮은 언데드 주제에 내 입을 더럽히다니!

 드래곤이 매우 싫어하는 언데드!

 데스 나이트나 스켈레톤이나 드래곤의 입장에서는 마찬가지, 잠깐이라도 입안에 들어온 것을 불쾌해했다.

 "주인을… 지켜야 한다."

반 호크는 땅바닥에 내뱉어진 후에도 충직하게 검을 들었다.

거대한 블랙 드래곤에 맞서는 데스 나이트!

오래된 망토는 갈기갈기 찢어져서 휘날리고 있었고, 투구와 갑옷마저도 온전하지 않았어도 결의가 느껴졌다.

"암흑 투기!"

반 호크는 시커먼 투기를 일으키면서 공격력을 증가시켰다.

"파탄의 돌격!"

콰직!

용감하게 케이베른에게 달려든 반 호크는 밟히는 것으로 역소환을 당했다.

그사이에 위드는 박쥐로 변한 토리도의 발에 매달려 얼음 창살 지대를 무사히 벗어날 수 있었다.

─도망치도록 놔두지 않는다!

케이베른은 얼음 기둥을 몸으로 부수면서 다시 쫓아왔다.

미끄러운 빙판이 바닥에 형성되어 있었지만, 그것을 밟아서 모조리 파괴하며 추적하는 광경.

"토리도, 너도 할 일이 있다."

"드래곤에게 덤비라는 것 빼고는 뭐든 말해라, 주인."

"그걸 해."

"차라리 내 송곳니를 뽑아라."

"송곳니 뽑고 드래곤한테 던질까."

박쥐로 변해서 날던 토리도는 뱀파이어로 모습을 바꾸었다.

"피의 폭주!"

─뱀파이어 따위가… 연쇄 폭발!

케이베른을 2초 정도 지연시켰지만 마법 공격에 의해 산산이 타 버리고 말았다.

―드워프 주제에 잘도 도망치는구나! 붕괴! 붕괴! 붕괴!

위드가 도망치는 길이 30미터씩 아래로 푹 꺼지기 시작했다.

건물들과 함께 무너지는 땅!

장애물 경기를 하는 것 같았지만 등 뒤에서는 케이베른이 바짝 뛰어오고 있었다.

"네발 뛰기!"

방향을 바꿔 가며 공중으로 뛰며, 연속으로 차원 문을 통과하며 혼란을 일으켰다.

케이베른은 미꾸라지처럼 도망치는 위드를 보며 표적형 화염 마법을 사용했다.

―불이여, 응답하라. 나의 적을 태워라!

사방에서 불의 기운이 밀려들어 와서 위드의 몸을 태웠다.

"끄아아아아아악!"

―더 고통스러워해라. 이 미천한 드워프!

"꺅꺅. 우와아아아아악!"

위드는 몸에 불이 붙은 상태에서도 정면을 주시하며 힘차게 달렸다.

> 불의 정화에 의한 피해를 입습니다.
> 생명력이 매초 570씩 감소합니다.

'이 정도면 크게 남는 장사지.'

불꽃의 성배 때문에 화염 피해를 별로 안 입었다. 일부러 아픈 척을 하면서 빙룡 광장을 향해 달리고 있었다.

 연기 대상을 탈 정도로 리얼한 모습.

 불덩어리가 되어 고통스러운 듯이 발을 휘청거리고 땅을 한 바퀴 구르기까지 했다. 그러면서도 교묘하게 차원 문을 통과하며 열심히 달렸다.

 ―이제 그만 거기 서라! 영혼 속박!

> 영혼이 강제로 속박됩니다.
> 이동속도가 85% 감소합니다. 현재의 위치에서 멀어질수록 전투 능력과 생명력이 감소합니다.

 빙룡 광장을 고작 400미터 정도 남겨 놓고 걸린 속박 마법!

 얼음 창살의 영향도 완전히 풀리지 않은 상태에서였다.

 위드는 차원 문을 이용하며 달렸지만 속도가 거북이처럼 느려졌다.

> 날쌘찬바람: 케이베른이 빠르게 접근하고 있습니다.

 땅의 흔들림을 통해서도 케이베른이 다가오는 기척을 느낄 수 있었다.

 모라타의 도로가 깨지고, 건물들이 드래곤의 몸에 부딪쳐서 마구 부서졌다.

 '어떻게 한다… 찰나의 조각술로 빠져나간다면?'

 드래곤과의 전투가 이제 막 시작되려고 하는데, 벌써부터 시간 조각술을 사용하기에는 아까웠다.

 ―드디어 잡혔구나!

잠깐 망설이는 동안 어느새 케이베른이 다시 뒤까지 쫓아오고야 말았다.

거대한 드래곤의 돌진이 지상이라고 해도 무시할 수 없을 정도로 빨랐다.

> 날쌘찬바람: 케, 케이베른이… 어서 피하셔야 됩니다!

"이렇게 되면 이판사판인데……."

위드가 뒤를 돌아보니 케이베른의 주둥이가 쩍 하고 벌어져서 빠르게 다가오고 있었다.

입술 사이로 송곳니가 선명하게 보이고, 역겨운 입냄새까지 퍼져 왔다.

> 오베론: 위드 님! 접니다!

그 순간, 구원처럼 들리는 목소리가 있었다.

슈유유우우욱!

바람을 가르며 날아오는 강철의 창!

오베론이 던진 창이 드래곤의 왼쪽 눈을 아슬아슬하게 빗나가며 얼굴을 맞혔다.

—드워프! 또 드워프로구나!

케이베른이 얼굴에 상처를 입고 분노를 터트렸다.

빙룡 광장에서 기다리던 헤르메스 길드도 어느새 건물의 지붕마다 배치되어 있었다.

"여기서부터는 우리가 맡지."

바드레이가 선언하듯이 말했다.

아르펜 제국으로 합류하게 된 헤르메스 길드.

하지만 〈로열 로드〉 최강의 전사들이라는 자부심은 그대로 남아 있었다.

'대륙 전부와 싸워서 졌다. 그것은 다른 어떤 길드도 할 수 없는 일.'

'아르펜 제국의 대영주들이라고? 그들이 뭔데? 하벤 제국 시절에는 우리 앞에서 고개도 들지 못하던 자들이 좋은 세상을 만났군.'

'헤르메스 길드는 최강이다. 다시 우리의 세상은 온다. 오게 만들고야 만다.'

바드레이를 중심으로 아크힘, 보에몽, 그로비듄, 가우슈, 라미프터 등등.

대륙 전역에 이름을 날리는 유저들이 헤르메스 길드에는 흔하다.

하벤 지역을 지키며, 자신들의 세력을 유지하기 위해 아르펜 제국으로의 합류를 선택했다.

헤르메스 길드가 찢기고 약해지리라는 라페이의 우려는 충분히 들었다. 나름 이해가 가는 부분도 없지 않았다.

'그래도 모든 일이 예상대로만 재미없게 흘러가는 건 좀 아니지.'

'칼을 쥐고 있으면 무슨 일이 벌어지더라도 대처할 수 있다. 우리가 무너졌던 것처럼 아르펜 제국이 그렇게 되지 말란 법도

없고.'

'우리가 최고다. 아르펜 제국 내에서 세력을 확대하고 다음 기회를 노린다.'

헤르메스 길드의 군단장들, 영주들은 포기하지 않았다.

가르나프 평원에서 지고 난 이후에는 좌절하기도 했지만, 자신들의 상황이 그렇게까지 나쁜 것도 아니었다.

최고의 실력자들이 즐비하게 모여 있는 최강의 세력.

드래곤 사냥에서 모든 유저들이 열광할 수밖에 없는 힘을 보여 준다면 헤르메스 길드의 이름이 다시 빛날 수 있다.

당분간 아르펜 제국의 영향력 아래에 있어야 하지만, 다른 대영주들과의 경쟁은 우습기만 했던 것이다.

"모두 출격 준비."

바드레이의 말이 떨어졌을 때에는, 헤르메스 길드원들은 전투준비가 끝나 있던 상태였다.

드래곤이 엄청난 파괴를 할 때에도 두려움보다는 숨을 죽인 채 기다려 왔다. 완벽한 포위망만 갖춰진다면 충분히 해 볼 만하다고 생각했다.

가우슈는 죽음의 창을 손에 들었다.

"렌슬럿에게는 미안하지만… 그와 위드는 존재감이 다르지. 위드를 살리기 위해 빙룡 광장에서 조금 움직인 정도야 이해해 주겠지."

학살자 칼쿠스도 양손에 2개의 검을 뽑아 들고 있었다.

하나의 검은 드래곤의 몸에 박아 놓기 위한 것. 꾸준히 상대의 피와 생명력을 흡수해서 공격력이 강해지는 마검이다.

창고에 오랫동안 봉인해 놓았던 무기인데 드래곤과의 전투를 위해 꺼내 왔다.

"렌슬럿은 버릴 수 있지만, 우리 헤르메스 길드의 미래를 위해 위드 님은 아니죠."

드래곤과의 전투에서 위드가 죽고 헤르메스 길드가 이긴다면 어떻게 될까. 그렇지 않아도 비호감인 그들은 온갖 흉흉한 소문에 휩싸이게 될 것이다.

> 바드레이: 누구도 의문을 갖지 못하도록 힘으로 증명한다. 그게 내가 이끄는 우리 길드의 방식. 모두 동의하는가?

헤르메스 길드원들의 뜻은 드래곤을 상대로 싸워서 승리하는 것으로 모였다.

어떤 가능성도 그 외에는 생각하지 않는다.

물론 드래곤과 싸워서 이긴다는 확신도 가지고 있었다.

자신들은 〈로열 로드〉 최강의 전사들이었으니까.

'믿을 수 있는 건 나의 검이다.'

무신 바드레이가 그들을 이끈다.

정치나 세력 확대, 여러 가지를 생각하긴 해도 그들은 언제나 패도의 길을 걸어왔다.

―――

위드는 헤르메스 길드가 공격을 개시하면서부터 슬그머니 벗어날 수 있었다.

"싸움 구경이란 언제나 재미있는 법이지."

헤르메스 길드와 블랙 드래곤 케이베른!

얼마나 흥미진진한 승부란 말인가.

목표로 했던 빙룡 광장이 아닌 상가들이 밀집한 번화가이긴 했지만 전투가 벌어지는 순간에 평지로 변해 버리고 말리라.

"기사단 돌격!"

헤르메스 길드의 기사단이 창을 들고 달리기 시작했다.

푸힝!

전투마에는 안대와 귀마개가 덮여 있었다.

드래곤의 위압을 느끼지 못하도록 하고, 기사의 명령에 따라 돌격하도록 되어 있었다.

골목마다 내달리는 기사들이 큰길로 모여서 드래곤에게 돌진했다.

"전원 거창!"

"던져!"

기사들이 힘껏 드래곤에게 창을 날렸다.

―휘몰아치는 불길, 전역 천둥!

케이베른도 화염, 벼락, 흑마법, 얼음, 바람 계열의 고위 마법들을 마구 터트렸다.

최소 수십 미터에서 수백 미터 반경에 이르는 광역 마법들이 엄청난 파괴를 일으켰다.

쿠르르르.

모라타의 건물들이 모래성처럼 무너지고, 기사들이 튕겨지고 쓰러져 나갔다.

번개가 떨어질 때마다 도로가 깊게 파이고, 흙더미가 자욱하게 날렸다.

감전된 유저들은 수십 명씩 쓰러지기도 했다.

"위험하더라도 가까이 달라붙어!"

"날개가 우선 목표야. 몸은 때리지 말고 날개를 노려."

건물 지붕마다 수만 명의 헤르메스 길드원들이 모여들고 있었다.

땅에서 무기를 휘두르고, 하늘을 날아서도 드래곤의 몸에 올라탔다.

"힘의 내려치기!"

"어디 맛 좀 봐라. 고통의 꿰뚫기!"

헤르메스 길드원들이 사용하는 스킬들은 화려하기 짝이 없었다.

대륙 전역에 명성을 떨친 랭커들이 흔히 보인다.

드래곤의 몸에 올라간 유저들이 두세 가지의 스킬들만 쓴다는 것도 눈에 띄는 점이었다.

헤르메스 길드는 중앙 대륙을 정복하며 강력한 전투 스킬들을 마음껏 익혔다.

드래곤을 표적으로 관통력이 높은 스킬들을 위주로 쓰고 있었다.

위드는 멀찌감치 떨어져서 구경하며 감탄했다.

"잘 싸우긴 하네. 확실히 준비도 잘한 모양이고… 모범생들이 작정하고 시험 준비를 한 느낌이랄까. 저러니 중앙 대륙을 해 먹었지."

케이베른의 마법이 작렬할 때마다 100명이 넘는 이들이 죽어 나갔다.

―인간들 주제에… 바람의 절단!

그럼에도 몸을 사리지 않는 모습은 헤르메스 길드의 명성이 괜히 붙은 게 아니라는 걸 증명해 보였다.

"해 볼 만하다. 모두 덤벼!"

"드래곤을 죽이자! 그 영광은 내가 가질 것이다!"

가르나프 평원에서는 전투가 벌어지기도 전부터 사기가 최악을 넘나들었지만 준비가 갖춰진 지금은 달랐다.

아르펜 제국 1,000명의 영주!

한 번의 전투에서만 잘 활약하면 꿈에 그리던 영주의 자리를 차지할 수 있다. 충분히 목숨을 걸어 볼 만한 일이었다.

방송사들 역시 중계에 열을 올렸고 시청자들의 반응도 뜨거웠다.

> ―저게 바로 진짜 헤르메스 길드의 참모습이다.
> ―베르사 대륙을 제패하던 시절이 보이는 거 같음.
> ―그래도 북부는 못 먹었죠. 탈탈 털림.
> ―소수 정예… 그러니까 소수도 아니지만 아무튼 최강의 집단인 건 확실함. 드래곤을 상대로 저 정도로 싸우는 건 아무나 못 하죠.
> ―중앙 대륙 유저들로 구성된 타격대도 잘 싸워요.
> ―에이… 그래도 수준 차이는 있음. 헤르메스 길드는 보스 몬스터 레이드만 수천 번은 했을걸요.

시청자들의 환호까지 자아낼 정도로 드래곤을 상대로 멋지게 싸웠다.

마법에 휩쓸리거나, 꼬리에 차여서 죽는 헤르메스 길드원들이 보일 때마다 전투의 열기가 한층 뜨거워졌다.

―하찮고, 미련하구나! 인간들 따위가 나를 이길 수 있을 것 같으냐!

케이베른의 발길에 차이는 모라타의 건물들. 제법 멀리 떨어진 건물들도 충격과 마법의 여파로 연달아 허물어졌다.

"크으. 내 피 같은 건물들이……."

위드는 돈이 공중으로 사라진다는 것을 느끼며 절규했다.

전투 구경이 세상에서 제일 재밌다지만 하필이면 그곳이 모라타!

―정말 가소롭기 짝이 없구나! 모두 죽어라!

집중 공격을 받던 케이베른이 포효하며 드래곤 피어를 터트렸다.

> 드래곤 피어에 의해서 신체 능력이 제약을 받습니다.
> 절대적인 위엄과 두려움을 느낍니다. 생명력이 36% 감소합니다. 일시 신체의 마비 증상이 일어납니다. 이동 제약! 9초 동안 움직일 수 없습니다. 부족한 지혜로 스킬 사용이 87% 제약을 받습니다. 더 많은 마나를 소모하며 실패 확률이 상승합니다.

잘 싸우던 헤르메스 길드원들이 일시에 마비와 공포 상태에 빠져들었다.

도로가 줄줄이 밀려나면서 파괴되고, 건물들은 또다시 일제히 주저앉았다.

"드, 드래곤 피어……."

"와… 이거 엄청나네!"

모라타에 있는 구경꾼들은 멀리에서도 숨이 답답해져 오는 것을 느끼고 그대로 쓰러져서 목숨을 잃었다.

미처 대피하지 못한 반경 1킬로미터 정도의 초보 유저들이 떼죽음을 당했다.

헤르메스 길드원들도 생명력이 상당히 줄어들었다. 그럼에도 처음 당하는 것도 아니라서 대비가 되어 있었다.

투지를 높여 주는 장비들을 사전에 갖춰 놓았고, 사제들의 축복 마법에 의해 빠르게 몸을 움직였다.

"드래곤이 마나를 회복할 여유를 주지 말고 계속 공격해!"

군단장들의 지휘로 헤르메스 길드원들은 계속 덤벼들었다.

이미 시작된 전투.

드래곤이라는 대적을 상대로 전력을 다하고 있었다.

방어 탑에 설치된 마법공학 대포도 작동을 시작했다.

"발사해!"

빛의 포탄들이 날아와서 드래곤의 거대한 몸에 박혔다.

"궁수 부대. 사격!"

가까이 접근해서 직접 싸우는 이들과, 지붕마다 배치된 궁수들의 일제 화살 공격.

마법사들도 주문을 외우면서 드래곤에게 매초 수백여 개의 마법들을 쏘아 댔다.

블랙 드래곤을 향해 무서울 정도의 화력이 집중되고 있었다.

"이 정도면 전쟁이네. 하필이면 모라타가 전투 장소라서 아쉽기는 하지만."

위드는 파괴되는 건물들을 보며 마음이 아팠다.

도시 곳곳의 판자촌이 불타서 검은 연기를 뿜어내고 있었다.

드래곤 주변의 건물들도 전부 무너져 내렸고, 마법들이 연달아 터지고 있었으니 눈에 보이는 건물들 중 멀쩡한 곳은 거의 없었다.

"드래곤만 이긴다면 뼈를 팔아서라도 복구할 수 있겠지."

가장 단단한 무기 재료가 되는 드래곤의 뼈.

헤르메스 길드와의 협상을 통해 드래곤의 시체에서 얻을 수 있는 재료들은 도시 복구에 먼저 쓰기로 했다.

"순진한 인간들… 어디 가서 사기라도 당하는 건 아닌지 모르겠군."

물론 그 과정에서 공사비 부풀리기 등으로 상당히 많이 빼돌리는 것은 인지상정!

중앙 대륙을 정복했던 헤르메스 길드라고 해도 어디서 예산 빼돌리기 같은 걸 당해 본 적은 없었으리라.

> 페일: 타격대는 전투 대기 중입니다. 헤르메스 길드는 희생의 화로를 안 쓰고도 진짜 잘 싸우네요.

페일이 전설급의 궁수 갑옷과 세계수로 만든 하이엘프의 활을 착용하고 타격대의 원거리 부대를 이끌었다. 세계수의 활은 이번에 엘프들을 구해 주고 나서 얻은 것이었다.

위드는 케이베른에게서 눈을 떼지 않고 말했다.

> 위드: 음. 타격대를 꾸준히 성장시키긴 했지만 헤르메스 길드가 여전히 전투력이 월등해 보이는군요. 보스급 몬스터를 저들보다 더 잘 잡을 수 있는 이들은 없을 겁니다.

헤르메스 길드원들이 죽을 때마다 속이 시원하긴 했지만, 케이베른을 빨리 사냥하는 것도 원했다.

> 페일: 슬슬 희생의 화로를 쓰는 2단계로 넘어가야 할 때가 아닌가요?
> 위드: 그건 바드레이나 아크힘이 판단할 겁니다.

헤르메스 길드는 아직 희생의 화로를 쓰지 않았다. 어디까지나 현장에서 직접 판단해야 할 문제.

> 위드: 드래곤의 마나를 소모시켜 놓는 것도 괜찮겠죠. 전투 규모가 좀 크긴 하지만요.
> 페일: 케이베른이 계속 지상에서 싸워 줄까요?
> 위드: 지금까지의 상태로 봐서는 계속 싸울 것 같습니다. 흑마법을 믿고 있을 테니까요.

헤르메스 길드의 공격이 거세지만, 드래곤이란 워낙에 강대한 생명체.

마법 공격은 화려함에 비해 위력이 거의 전달되지 않았다.

케이베른이 여전히 지상에서 싸우는 데는 여유가 있기 때문이리라.

―어둠의 해일!

케이베른이 궁극의 흑마법을 사용했다.

전투를 치르면서 잃어버린 생명력과 죽은 이들을 제물로 발동시킨 흑마법.

어둠이 물결치듯이 퍼져 나가면서 헤르메스 길드원들의 생명력을 빨아들였다.

"신성 장벽!"

"거룩한 보살핌!"

"마법 반사!"

헤르메스 길드는 어둠의 해일에 대비가 되어 있었다. 사제들의 축복과 보호 마법으로 견뎌 냈지만 1,000여 명이 넘는 유저들이 죽어 나갔다.

무지막지한 흑마법에 의해 병력이 크게 줄어들었다.

"물러서지 말고 달라붙어!"

"몸을 타고 올라가."

헤르메스 길드의 전사들은 마법 공격을 보고서도 과감하기 짝이 없었다.

대형 마법이 발동된 직후를 기회로 삼아서 드래곤의 다리와 날개를 타고 기어 올라갔다.

"내가 슬래터다! 충격 분쇄!"

"어디 이 울타르의 섬광의 꿰뚫기도 받아 봐라!"

ㅡ꺼져라!

케이베른이 몸을 뒤틀고 날개를 펄럭여도 매달린 전사들의 공격은 멈추지 않았다.

거머리처럼 떨어지지 않는 유저들. 드래곤이 잠시만 빈틈을 드러내도 헤르메스 길드원들이 공격하며 몸을 타고 올라갔다.

ㅡ지긋지긋하다. 절대 폭발!

케이베른이 이번에는 화염 계열의 궁극 마법을 터트렸다.

바로 가까운 곳에서 작은 붉은 점이 생성되더니, 급속도로 퍼지면서 대폭발을 일으켰다.

헤르메스 길드원 수백 명이 슬래터, 울타르와 함께 잿더미가 되었지만 그보다 더 많은 이들이 다시 덤벼들었다.
"바람의 길!"
"검의 수호자!"
"별의 기원!"
사제들의 축복을 받은 유저들이 창을 던지고 검을 휘둘렀다.
케이베른이 한 번의 공격을 할 때마다, 땅과 하늘에서 수백 명이 피해를 입고 있었다.

"크음. 굉장하군."
"역시 헤르메스 길드입니다."
미블로스와 드라고어, 미레타스는 멀리 떨어진 황소 광장의 마탑에서 전투를 구경하고 있었다.
건축가, 재봉사, 농부의 정점을 찍은 이들.
넉넉하게 3, 4킬로는 떨어진 장소였지만, 드래곤의 크기가 워낙 커서 잘 보였다.
"뭐가 날아온다."
"피해요!"
가끔은 마법도 날아와서 인근 지역을 타격했다.
10여 채의 건물이 무너지며 화재가 크게 일어나긴 했지만 금방 유저들이 몰려들어서 꺼 버리는 모습.
미레타스가 궁금하다는 듯이 물었다.
"사람 많네요. 모라타에 대체 몇 명이나 남아 있는 겁니까?"

"잘은 모르지만… 제 주변의 사람들은 대부분 남았습니다."

드라고어는 모라타가 주요 활동 무대였다.

많은 유저들을 알고 있었는데, 그들은 거의 가까운 곳에서의 구경을 포기하지 못했다.

"죽을 수도 있을 텐데……."

"이런 구경은 돈 주고도 보기 힘든 것이잖습니까. 언제 다시 드래곤과 싸울지도 모르고요."

미블로스는 내내 이마를 찌푸리고 있었다.

"케이베른을 정해진 장소로 끌어들이지 못했습니다. 빙룡 광장에 만들어 놓은 함정은 쓰지 못하겠군요."

건축가들은 이번 전투에 많은 준비들을 해 놓았다.

시가전이 벌어질 때를 대비하여 건물들을 보강하고 방어 시설들을 만들어 놓기도 했지만, 빙룡 광장에는 특별한 함정을 팠다.

케이베른이 오기만 한다면 광장 전체를 무너뜨릴 것이다.

지하에는 뾰족한 작살들이 거꾸로 꽂혀 있었는데, 모라타의 대장장이들이 협력해서 만든 초고강도 합금!

대륙 전역에서 구해 온 저주받은 유물들을 가지고 주술사들이 대형 몬스터들을 약화시키는 의식도 치러 놓았다.

건축가들과 대장장이들이 마련한 회심의 작품이었는데 유감스럽게도 쓸 수 없을 것으로 보였다.

"오. 다시 쏜다!"

"발사다."

모라타에서 구경하는 유저들은 볼 수 있었다.

도시의 각 지역에 설치해 놓은 마법공학 대포!

마나를 충전해서 쏘는 대포들이 일제히 케이베른을 향해서 눈부신 빛을 뿜어냈다.

―쿠와아아악! 인간들. 쥐새끼처럼 준비해 놓았구나.

케이베른의 몸에 마법공학 대포들이 적중했다.

> **마법공학 대포**
> 마법사들의 마나를 충전하여 무속성의 원거리 발사체를 쏠 수 있다. 물리 피해는 약하지만, 매우 강력한 관통력을 가짐.

마법공학 대포의 빛이 적중할 때마다 거대한 드래곤의 몸이 휘청하며 밀려났다.

보석을 펼쳐 놓은 것 같은 드래곤의 비늘도 일부가 깨졌다.

헤르메스 길드가 고대 유물이 있는 던전에서 발굴한 물건.

지금까지 꺼내지 않았던 이유는 별다른 게 아니었다. 굳이 사용할 필요가 없어서였다.

전쟁에서는 마법사들의 마법 공격이 훨씬 효과적이었고, 다양한 용도로 운용할 수 있었다.

마법공학 대포는 고정된 위치에 설치해야 했고, 무거워서 운반도 까다로웠으며, 운용에도 막대한 마나를 소모한다.

장점이 있다면 강력한 적의 방어력을 꿰뚫는 것이었는데, 지금까지 일반 몬스터에는 쓸 일이 없었다.

"4포대, 5포대. 발사!"

아크힘의 지휘 아래 마법사들이 연신 마나가 충전된 대포를 발사했다.

―다 죽여 주마!

케이베른이 마법공학 대포가 있는 곳으로 발걸음을 옮겼다.

지상의 헤르메스 길드원들이 계속 공격을 하고, 다리와 등을 타고 오르기도 했다.

전쟁!

드래곤을 상대로 완벽한 전쟁이 펼쳐지고 있었다.

"드래곤의 연기력이 대단하군. 처음 싸우는 거라면 속아 넘어갔겠지만."

바드레이는 헤르메스 길드원들이 싸우는 모습을 냉정하게 지켜보았다.

케이베른이 지상에서 싸우는 이유가 무엇인가.

지독하게 공격적인 성향을 가진 블랙 드래곤답게 스스로의 상처까지 제물로 바치면서 흑마법을 빠르게 충전하기 위함이었다.

"어느 순간이 되면 피해를 되돌려 주는 운명의 거울이나, 생명력을 흡수하는 마법을 쓸 테지."

헤르메스 길드는 드래곤과 흑마법을 철저하게 분석했다.

희생자의 생명 흡수.

시체들로부터 생명력을 빨아들이는 흑마법.

드래곤의 막대한 생명력을 단숨에 채워 줄 수 있는 궁극의 흑마법이다.

네크로맨서들이 언데드로부터 조금씩 생명력을 전달받는 것과는 차원이 다른 위력을 가졌지만 제약도 있었다.

모든 역사서들을 찾아보았고, 발동 조건들을 확인해 보니 매우 많은 시체들이 필요하고, 엄청난 마나를 소모하게 된다.

"움트고 있는 생명력. 그 전부를 보여 다오. 뷰 라이프 포스!"

네크로맨서 그로비듄은 가장 먼저 스스로의 레벨과 생명력을 희생의 화로에 바쳤다.

레벨을 1,000으로 맞추고, 흑마법의 의식으로 제물까지 바치며 드래곤의 생명력을 강제로 확인했다.

블랙 드래곤 케이베른
심연에서 태어난… 죽음으로… 왕… 성에서…….
—…….
—인간…….
—…….
…파괴… 피가…….
케이베른…….
생명력: 86%/100%
마나: 71%/100%

그로비듄은 드래곤의 상태를 확인하고 길드 채널에 말했다.

그로비듄: 생명력 86%, 마나는 71%가 남았습니다!

몇 개의 궁극 마법을 터트렸는데도 삼분의 이 이상이 남아 있는 마나!

헤르메스 길드의 전사들과 마법사들이 공격을 퍼부었음에도 생명력을 조금밖에 줄여 놓지 못했다.

드래곤의 마법이 전장을 휩쓸고 있는 데다 높은 물리, 마법 저항 때문이었다.

바드레이나 헤르메스 길드도 당연히 그러리라 짐작했다.

레벨 500대의 유저들도 드래곤을 이기기는 불가능에 가깝다는 것을 가르나프 평원에서 이미 확인했다.

대격전

 헤르메스 길드에서 따로 추려 놓은 최정예들.
 희생의 화로를 쓰기로 한 길드원들이 황소 광장에 함께 모여 있었다.
 "희생의 화로여, 레벨 50개와 생명력 10,000을 태울 테니 힘을 다오!"
 "희생의 화로여……."
 "희생……."
 헤르메스 길드원들의 몸에 찬란한 불이 붙었다.
 막대한 힘을 안겨 주는 희생의 화로!
 레벨 500이 넘는 헤르메스 길드의 주력이 레벨과 생명력을 태우고 있었다.
 "몸이 가볍네. 깃털처럼 가벼우면서도 뭔가 힘이 넘치고 강력한 느낌?"
 "적응이 안 된다. 그냥 걸었는데도 훨씬 빨라져서. 스킬을 쓰면 어떤 느낌일까?"

"레벨의 격차를 고려하면 5~6배는 강해졌다고 봐야지?"

"무조건 드래곤에게 돌격이다. 이 정도면 제대로 싸울 수 있겠어."

희생의 화로를 쓴 유저들은 단단히 결의를 다졌다.

50개의 레벨을 태운다는 것은 그들에게도 보통 결정이 아니었다.

전투에서 승리를 하든, 패배를 하든 잃어버린 손해는 되돌아오지 않는다. 그렇기에 반드시 드래곤을 잡아야 했다.

"그래도 모두 조심하자. 드래곤의 마법을 몸으로 견뎌 내기란 힘드니까."

"직접 맞지만 않으면 괜찮겠지?"

"난 워리어니까, 물리적인 타격에는 견딜 수 있겠어."

거인 기사 보에몽이 그들을 이끌었다.

"아직 기다린다. 모두 알고 있겠지만, 우린 케이베른의 흑마법이 빠지는 순간 투입된다."

1만 명의 정예들이 가볍게 몸을 움직이면서 전장에 투입될 순간을 기다렸다.

"이걸 입으십시오."

그때 마판 상단의 상인들이 와서 장비들을 늘어놓았다.

케이베른의 레어에서 입수한 물품들 중 인간이 착용 가능한 레벨 800대 이상의 장비들!

"저희에게 주는 겁니까?"

"그럴 리가요. 전투가 끝나면 반납해야 됩니다. 자, 여기 인수중에 서명도 하시고요. 나중에 다시 빌리고 싶으시면 마판 상단으로 문의해 주세요."

"장비를 빌릴 수 있나요?"

"공짜는 아니고요. 가격이 정해져 있습니다."

헤르메스 길드원들은 마판 상단의 장비들을 입으면서 감탄했다.

어떤 것들은 레벨 제한이 900대에 달하는 것도 있었고, 무엇보다 인기가 높은 건 무기류였다.

가장 강력한 무기와 공격력에 대한 갈증은 전사들이라면 누구에게나 있었다.

그사이에 빙룡 광장 인근에서는 케이베른의 흑마법이 발동되었다.

―운명의 거울!

"자자, 나가자. 이제부터 우리가 싸울 시간이다."

"출격!"

운명의 거울.

10분 동안 받은 피해만큼을 주위의 모든 이들에게 되돌려 주는 궁극의 흑마법!

전투를 벌이던 수많은 헤르메스 길드원들이 회색으로 변해서 한꺼번에 사라져 갔다.

그 직후였다.

예상대로 자신의 생명력을 보충하기 위한 마법을 사용했다.

―희생자의 생명 흡수!

케이베른은 전장에서 죽은 이들의 생명력을 한꺼번에 빨아들였다.

모라타의 구석구석에서 잿빛 기운들이 솟구쳐서 일제히 드래곤의 몸에 흡수되었다.

상처투성이의 몸이 거짓말처럼 빠르게 회복되고, 깨진 비늘까지도 원래대로 돌아왔다.

지금까지 열심히 전투를 펼치던 이들에게는 깊은 절망감을 안겨 줄 정도의 완벽한 회복.

―인간들, 나의 위대함에 경배하라!

케이베른이 멀쩡해진 모습으로 포효를 터트렸다.

흑마법의 절대적인 위력이란 일반적인 마법의 기준으로는 설명할 수 없는 것.

블랙 드래곤은 공격력과 회복력을 동시에 가졌으니 그만큼 더 사냥하기 어려운 존재였다.

하지만 헤르메스 길드에서도 지금 이 순간을 무척이나 기다려 왔다.

"모두 잘 참았다. 드디어 제대로 싸울 시간이 왔다."

바드레이가 고함을 터트렸다. 그러자 헤르메스 길드원들이 응답하며 일제히 무기를 들어 올렸다.

"우리 손으로 드래곤을 끝낸다!"

모라타의 건물마다 숨어 있던 헤르메스 길드원들이 튀어나오기 시작했다.

초반에 동원된 전력은 헤르메스 길드의 평균적인 수준. 화려한 기술들로 열심히 싸웠지만 모든 것을 다 내보이진 않았다.

모라타라는 대도시, 이미 많은 유저들이 목숨을 잃었다.

드래곤의 흑마법으로 생명력을 흡수할 수 있기에 탐색전을 하면서 시체들과 마나가 소비되기만을 기다렸다.

"돌격해!"

"이젠 드래곤의 최후다."

황소 광장에서 희생의 화로를 쓴 유저들이 비행 마법의 도움을 받아서 날아왔다.

바드레이가 검을 뽑아 들었다.

전설이 깃든 빙하의 검!

> 빙하의 검을 무장하였습니다.
> 검에서 전달되는 차가운 기운으로 생명력이 매초 100씩 감소합니다. 얼음 속성의 공격력이 120 추가됩니다. 연속 적중 시에 적의 마법 저항력을 약화시키고 완전히 얼릴 수 있습니다. 얼어붙은 적은 움직이지 못합니다. 대형 몬스터에게 4배의 피해를 입힙니다. 모든 스탯 +52. 5미터 반경의 적을 느리게 만듭니다. 인내력이 20% 향상됩니다. 스킬, 서리 지역, 눈바람, 빙설의 폭풍, 빙하 충격, 빙하의 숨을 사용할 수 있습니다.

> 빙하의 검이 잠들어 있습니다.
> 거친 전투로 검을 깨우게 되면 적을 향해 얼음 계열의 마법이 무작위로 발동합니다.

철혈의 워리어가 되면서 얻은 검.

헤르메스 길드의 창고에서도 이보다 더 좋은 검은 찾을 수 없었다.

빙하의 검을 잡은 손이 가볍게 얼어붙었다.

바드레이가 새하얀 서리가 낀 빙하의 검을 들고 외쳤다.

"총공격이다!"

헤르메스 길드원들이 내지르는 함성으로 모라타가 떠들썩해졌다.

"가볍게… 빙설의 폭풍!"

바드레이가 본격적인 전투의 시작을 위해 검에 봉인된 스킬을 시전했다.

대륙의 북부 지역에 불던 빙설의 폭풍을 불러일으키는 기술을 케이베른을 대상으로 사용했다.

콰콰콰콰!

땅에서부터 시작된 폭풍의 바람이 케이베른을 타고 돌았다.

반경 500미터에서 얼음 조각들이 회전하며 드래곤의 육체에 상처를 입혔다.

"자연의 검!"

이번에는 검술의 비기로 하늘이 갈라진다.

쿠르르르르르!

하늘에서 심상치 않은 소리가 나더니, 수천여 개의 벼락이 케이베른에게 내리꽂혔다.

―인간이 이런 힘을 가지고 있다니. 그러나 감히 건방지게 나에게!

케이베른조차도 깜짝 놀랄 정도로 강력한 공격 기술!

바드레이가 희생의 화로를 쓰고 난 이후에 레벨 1,100을 넘긴 상태에서 검술의 비기를 사용했다.

물론 자연의 힘을 강화하는 액세서리와 장비들도 모두 착용하고 있었다.

여기에 희생의 화로를 쓴 1만 명이 전투를 위해 덤벼들었다.

드래곤을 정말 사냥할 수 있으리라 기대해도 될 만한 전력!

"나도 밀릴 수 없다."

"드래곤은 아무한테도 양보 못 해!"

"영주 자리가 눈앞에 보인다."

희생의 화로를 쓴 길드원들은 드래곤에게 거세게 돌진했다.

앞발로 후려치고, 꼬리를 휘둘러도 막아 내거나 뛰어넘으면서 물러나지 않았다.

"그럭저럭 견딜 만해."

"아프긴 하지만 한 대쯤 맞아 줘도 안 죽는다고!"

빙설의 폭풍과 천둥 벼락이 드래곤을 휩쓸었지만 어떻게든 버텨 내고 공격을 이어 나갔다.

둥! 둥! 둥!

마레이가 이끄는 바드들도 도시의 반대쪽에 자리를 잡았다.

우리는 노래하네

승리와, 영광과, 사랑과, 미래를

밝고, 즐거움으로

내가 가진 용기로 일어서네

높은 건물들 사이에 무대를 숨기듯이 꾸며 놓았고 악기들도 설치되어 있었다.

광야의 연주.

바드의 비기를 사용하며 맑고 깨끗한 연주를 퍼뜨렸다.

세상을 파멸로 이끄는

어리석은 드래곤에 맞서는 이들이여

전사의 힘과 용기를

모든 이들이 노래하네

엄선하여 뽑은 1,000명의 바드들.

그들은 합동 연주로 헤르메스 길드원들을 격려했다.

"모든 고통과 부상을 낫게 하라. 신성한 회복!"

"치료의 손길!"

"천상의 빛!"

"소생!"

사제들의 지원도 사방에서 이루어졌다.

드래곤과 싸우는 헤르메스 길드원들의 몸에서 계속 빛이 번쩍이며 생명력과 체력이 보충되었다.

"피의 불꽃!"

"암흑 갑옷!"

"광란의 움직임!"

"어둠의 반격!"

샤먼이나 주술사들의 강화 주문도 뒤따랐다.

드래곤을 묶어 놓기만 한다면 모라타 전역에서 최상의 지원을 받을 수 있었다.

"케이베른!"

바드레이는 빙설의 폭풍과 내려치는 벼락을 뚫고 케이베른에게 달려갔다.

갑옷을 포함하여 모든 장비들을 드래곤을 사냥하기 위해 착용한 상태였다.

"탄생의 힘, 흑기사의 일격, 다른 하나의 검!"

바드레이의 전용 기술과 마찬가지인 스킬들도 사용하며 드래곤에게 덤벼들었다.

"섬멸의 창!"

"강화된 율법!"

"추적자의 화살!"

"꿰뚫는 섬광!"

그 순간에 맞춰 케이베른에게 무수히 많은 원거리 공격들까지 작렬했다.

바드레이와 그의 친위대.

케이베른이 있는 모든 방향에서 헤르메스 길드원들이 한꺼번에 뛰어들었다.

—인간들 따위가. 대파열!

케이베른도 당황하며 이번에는 화염 계열의 궁극 마법을 터트렸다.

거센 폭발과 불길이 수백 미터의 범위에 일어나며 헤르메스 길드원들이 그 불길에 휩싸였다.

그렇지만 몸에 불이 붙은 채로 뚫고 들어오는 전사들. 생명력의 피해가 크긴 해도 죽진 않았다.

철혈의 피가 지독한 불길에 저항합니다.
생명력이 31,397 감소합니다. 궁극의 인내로 86%의 피해가 줄어들었습니다. 화염의 추가 피해가 사라집니다.

바드레이는 케이베른의 앞다리를 검으로 찍으며 등에 올라탔다.

"일점공격술!"

단 한 곳만을 노리는 기술!

위드가 사용하는 것을 본 이후 대형 몬스터에게 사용하는 기술이었다.

"혼신의 타격!"

체력과 생명력을 소모하여 일시적으로 공격력을 4배 이상 끌어 올리는 스킬까지 썼다.

철혈의 워리어가 되고 나서 더 많은 생명력과 체력을 보유했기에 주저함이 없었다.

바드레이가 검을 내려찍을 때마다 그 주변이 얼어붙었다.

"바드레이 님을 지켜라!"

"드래곤의 관심을 끌어야 하니 무조건 공격해!"

헤르메스 길드원들은 지상에서 거세게 공격하고, 하늘에서도 바드레이를 따라 등과 머리에 많은 사람들이 달라붙었다.

―저리 꺼져라! 암흑 분출!

블랙 드래곤의 몸에 어둠이 자라나서 뒤덮었다.

케이베른 자신의 생명력은 회복하고, 적들은 공격하는 마법이었다.

아크힘: 저 흑마법을 없애 버려!

"심판의 빛!"
"고결한 정화!"
"천사의 칼날!"

케이베른의 몸에는 헤르메스 길드의 성기사들도 달라붙어 있었기에 즉시 신성 마법을 사용하며 흑마법을 약화시켰다.

수백 개의 신성 마법이 케이베른의 어둠을 약화시켰다.

—떨어져라!

케이베른이 몸을 흔들고 날개를 펄럭였지만 추락하는 이들보다도 더 많이 뛰어오르는 헤르메스 길드원들.

"다음 흑마법을 쓸 시간을 주지 말아야 한다."

"무조건 때려. 다른 사람이 공격할 수 있도록 마나가 떨어진 사람은 물러나!"

드래곤의 주변에서 사투가 벌어지고 있었다.

희생의 화로를 쓴 전사들은 날개를 집중적으로 공격했다.

먼 거리에서 날아오는 마법과 화살들은 케이베른의 몸에 적중되어 폭발했다.

드래곤에게 쏜 원거리 공격은 큰 피해를 주지 못했지만, 어쩌다가 빗나가는 공격이 건물들을 무너뜨리고, 땅을 짓이겨 놓았다.

헤르메스 길드 소속 마법사들 역시 마나를 쏟아붓고 있었다.

바드레이는 빙하의 검으로 케이베른의 등을 내려찍으며 고함을 질렀다.

"우리가 승리한다. 멈추지 말고 공격하라!"

그들이 칼질을 하고 창을 찌를 때마다 케이베른의 피해는 몇 배가 되었다.

희생의 화로를 쓴 헤르메스 길드원의 공격에 드래곤의 비늘이 부서지며 체액이 터져 나왔다.

그럼에도 케이베른이 날뛰자 그 발길에 차이고 꼬리에 얻어맞았다.

쿵! 쿵! 쿵!

또한 케이베른이 달리면 수백 명이 마구 짓밟혔다.

> 가우슈: 희생의 화로를 사용한 유저들은 정면에서 막지 마라. 우리에게 필요한 건 방어력이 아니라 공격력이야!

희생의 화로를 쓴 이들은 좌우와 뒤로 돌아갔다.

정면을 막는 건 일반 길드원들이었다.

그들은 가장 위험한 전장으로 내몰리긴 했지만, 방패를 겹쳐 세우면서 쉬지 않고 전진했다.

쿠우와아아아아!

케이베른이 또다시 드래곤 피어를 터트렸다. 하지만 이번에는 바드들의 노래가 드래곤 피어의 효과를 약하게 했다.

희생의 화로를 쓴 이들은 약간의 두려움만을 느끼면서 금방 스킬을 사용할 수 있을 정도로 회복되었다.

"됐어! 충분히 사냥할 수 있어."

"드래곤을 처치하자. 내 몫이다."

1,000명의 영주는 희생의 화로를 쓴 1만 명 중에서 뽑힐 가

능성이 컸다.

 헤르메스 길드를 떠나지 못할 수뇌부들을 제외한다면 확률은 그보다도 훨씬 높아졌다.

> 아크힘: 마지막 순간까지 방심은 금물이다! 공격을 계속해!

 모라타 방어전에 참여한 유저들은 알고 있었다.

 희생자의 생명 흡수는 시체에서 강제로 생명력을 빼앗는 마법이었다!

 역으로 바꿔서 생각하면 시체가 없는 지금은 케이베른이 생명력을 회복하지 못하게 된다는 뜻.

 "구경하시는 분들은 모두 물러나세요!"

 "이 지역을 완전히 벗어나 주십시오!"

 건물마다 숨어서 구경하던 유저들은 재빨리 철수했다.

 지금까지는 죽더라도 본인의 문제였지만, 이젠 전투에 휘말려서 죽으면 도리어 케이베른을 도와주는 셈이 되었다.

 "어서 성물들을 설치해!"

 마판 상단에서 고용한 레벨 400대 이상의 유저들도 부지런히 뛰어다녔다.

 아르펜 제국은 지금까지 쌓은 공헌도를 바탕으로 프레야 교단을 비롯하여 베르사 대륙에 있는 22개 교단에서 성물들을 빌려 왔다.

 목적은 케이베른이 사용하는 흑마법의 위력을 약화시키기 위한 것!

 드래곤의 주변에 성물들을 설치하여 신성한 힘을 높이려고 했다.

―인간들이 이 정도로 준비를 했다니!

케이베른은 더더욱 분노했다. 마법을 연달아 쓰고 꼬리를 휘둘렀지만 전사들의 돌진은 거침이 없다.

드래곤의 강함은 절대적이었지만, 모라타라는 도시의 한복판에 내려온 것은 최악의 전투 장소를 스스로 선택한, 명백한 잘못이었다.

헤르메스 길드원들도 죽어 가긴 했어도 케이베른의 생명력 또한 확실히 줄어들고 있었다.

―인간들에게 숨겨 둔 힘이 있었구나! 그러나 나를 이길 수는 없다. 이젠 모두 사라질 것이다.

케이베른이 숨을 크게 들이마시기 시작했다.

인간들의 저항에 최강의 공격 기술인 브레스를 사용하려는 모습.

"지금이다!"

"모두 끝까지 노립시다."

헤르메스 길드원들에게는 약속된 시간이기도 했다.

브레스를 정면에서 맞는 것은 희생의 화로로 레벨을 좀 높였다고 해도 생존을 장담하지 못한다. 하지만 도망을 친다고 해서 살아남을 수 있는 것도 아니다.

"공격을, 최선의 공격을!"

보에몽이 미친 듯이 소리치며 양날 도끼를 휘둘러 드래곤의 발목을 내려찍었다.

흑마법을 쓴 직후와 브레스를 준비하는 짧은 시간이 가장 무방비한 상태.

바드레이와 전사들도 가지고 있는 검을 들어 드래곤의 몸을 힘껏 베었다.

"날개를 잘라 버려!"

드래곤의 거대한 육체를 일제히 공격하는 1,000명이 넘는 전사들.

헤르메스 길드원들이 마구 내지르는 공격이 브레스를 준비하는 드래곤을 만신창이로 만들어 갔다.

위드는 멀리서 전투를 구경하며 연신 감탄했다.

"정말 기가 막히게 잘 싸우네."

헤르메스 길드의 전투는 보면 볼수록 멋진 장면들이 많이 나왔다.

드래곤을 상대로 몰아치는 전투를 그 어느 집단이 할 수 있을까.

바드레이를 절대적으로 따르면서 사기도 높았다. 갑옷이 깨지고 심한 부상을 입고서도 계속 싸운다.

물론 희생의 화로를 사용한 것이 결정적으로 작용하기는 했으리라.

"전투 계획도 잘 짰고… 여기까진 생각대로 잘 굴러왔어."

모라타를 미끼로 드래곤을 지상으로 끌어들인다.

드래곤이 흑마법을 사용할 정도로 적당히 힘을 빼 놓은 후에 진정한 병력을 투입!

희생의 화로를 쓴 전사들이 중심이 되어 드래곤을 처치하는 것이었다.

"확실히 드래곤을 상대하는 방식으로는 이보다 더 나은 걸 찾기도 어렵겠지."

위드라면 저런 식의 전투를 준비하긴 어려웠으리라.

상당히 많은 헤르메스 길드원들이 목숨을 바쳐야 했는데, 지휘 체계를 확고하게 갖춰 놓아야만 가능한 일이었으니까.

잃을 것이 적은 초보 유저들이 군중심리에 휘말려서 돌격하는 것과는 의미가 달랐다.

"드워프들만 이끌고 드래곤과 싸웠다면 이기기 힘든 어려운 싸움이 되었을 거야."

헤르메스 길드는 10배나 되는 병력이 희생의 화로를 썼고, 후방 지원도 넉넉했다.

"이대로면 모라타가 케이베른의 무덤이 될 가능성이 커 보이는군."

위드는 한편으론 아쉬움도 느꼈다.

드래곤이 함정에 쉽게 빠져서 전투력을 제대로 발휘하지 못하는 모습이었다.

인간들과 비교할 때 견줄 수 없을 정도로 막강한 마법사이자 초대형 생명체!

그럼에도 자신이 가진 능력을 제대로 발휘하지 못했다.

―위드 님, 헤르메스 길드가 드래곤 사냥에 성공할 것 같은데요.

—그렇게 보이기는 하네요. 그래도 드래곤입니다. 일방적으로 당하지만은 않을 거예요.

위드는 페일의 의견에 동의하면서도, 너무 일이 술술 풀려서 꺼림칙한 기분이 강하게 들었다. 인생을 살다 보면 이런 느낌이 들 때가 가장 위험한 일이 벌어진 때였다.

—왠지 뭔가 꺼림칙한데…….
—위드 님이 입버릇처럼 말씀하시던 이놈의 팔자 이론이요?
—아직 잘 모르겠습니다. 제가 아닌 헤르메스 길드가 싸우고 있으니까요.

위드는 헤르메스 길드의 손에서 케이베른이 정리되는 것도 최상의 결과라고 생각했다.

드래곤만 해결되면 당분간 베르사 대륙을 위협하는 존재는 없을 테니까.

—근데 왜 이렇게 찝찝한 것일까.
—케이베른이 브레스를 쏘기 위해 준비하고 있습니다.

위드는 케이베른의 브레스에는 놀라지도 않았다.

당연히 예상했던 공격 방식이었고 지금까지 헤르메스 길드의 대응도 훌륭했으니까.

브레스 공격에도 어떻게든 피해를 줄이면서 싸울 것이다. 그럼에도 이쪽도 구경만 할 수는 없었다.

—드래곤은 아직 한 번도 사냥된 적이 없는 존재입니다. 만약을 위해 타격

> 대도 출동 준비를 해 주세요.
> —알겠습니다.
> —케이베른의 흑마법이 어디까지일지. 그리고 어떤 일이 벌어질지 모르니 방심은 당연히 하면 안 되겠죠.

위드는 가능하면 자신은 희생의 화로를 쓰지 않고 전투를 끝내고 싶다는 생각을 했다.

인간의 욕심이란 끝이 없는 법.

이번 전투로 레벨이 떨어지지 않는다면 얻게 될 이득은 엄청나다.

'바드레이와 헤르메스 길드만 생고생을 하게 되는 거지. 이건 상상할 수 있는 최상의 결과야.'

치사하고 염치없지만, 그럼에도 불구하고 막타를 노리는 건 물론이었다.

───

케이베른의 입에서 시커먼 브레스가 뿜어져 나왔다.

정면의 헤르메스 길드원들을 집어삼키고 모라타의 건물들을 뒤덮었다.

—모두 죽어라!

블랙 드래곤이 고개를 돌리며 브레스를 넓게 뿌렸다.

헤르메스 길드원들은 메뚜기가 튀어 나가듯이 피했지만 그러기엔 너무나 가까이 있었다.

"옆으로 튀어!"

"하늘로 날아라!"

브레스의 반경에서 벗어난 사람들도 무사하기 어려웠다.

대지가 녹아내리고, 건물들이 허물어졌다.

도시의 일부는 흔적조차 없어질 정도로 강력한 드래곤의 브레스.

전투를 위해 가까이 몰려 있던 헤르메스 길드원들의 피해는 환산하기도 어려울 정도였다.

최소 수천 명이 훨씬 넘게 죽이며 드래곤은 위력을 유감없이 발휘했다.

"돌격해라!"

"진격의 뿔피리를!"

하지만 공포도 반복되어 익숙해지면 극복할 수 있는 법.

케이베른의 브레스에 살아남은 자들은 기꺼이 자신의 권리를 누릴 자격이 있었다.

드래곤을 죽이면서 얻을 전투 업적도 탐낼 수 있었고, 최고의 영웅으로 등극하게 된다.

위드와 바드레이조차 해내지 못한 일을 한다면 대륙 전역에 이름을 알릴 수 있는 상황이었다.

희생의 화로를 쓴 이들은 죽음보다도 승리를 원했다.

그로비듄과 쟌.

그 외의 네크로맨서들도 전장에 개입했다.

"모두 피하십시오. 시체 폭발!"

"일어나라. 눈감지 못한, 잠들지 않은 원혼들이여. 여기 살아 있는 그리고 너희를 죽인 자들에게 복수하라! 데드 라이즈."

브레스로 사망한 헤르메스 길드원의 시체가 연달아 폭발하고, 둠 나이트들이 일어났다.
"이게 무슨 짓이야?"
"시체 폭발에 휘말려서 부상자들까지 죽을 수 있는데!"
멀리 물러난 구경꾼들은 의문을 가졌지만, 이것도 케이베른 사냥을 위해 준비된 한 수였다.
희생자의 생명 흡수는 드래곤에게는 최고의 회복 마법이다.
무자비한 공격력으로 인간들을 죽이고, 그 시체로부터 대량의 생명력을 단숨에 빨아들인다.
네크로맨서가 언데드로부터 찔끔찔끔 생명력을 받아들이는 것과는 차원이 다른 마법.
모라타 방어전을 위한 회의에서도 이것에 대한 대책이 논의되었다.

"문제는 드래곤이 생명력을 계속 회복하는 겁니다. 드래곤과 싸우면서 죽지 않을 수는 없어요. 모든 유저들이 희생의 화로를 쓰더라도 불가능할 겁니다."
"공격력을 더 강화해서 드래곤이 회복할 틈도 주지 않고 죽이면 되긴 할 텐데, 집중 공격을 해도 단기간에는 어렵습니다."
"드래곤의 마법 저항이 워낙에 높아서 전사들의 공격에 기대야 하는데, 시간이 걸리죠."
아크힘과 뮬의 우려에 위드는 간단한 해결책을 제시했다.
"흑마법은 결정적인 약점이 있습니다. 공략만 제대로 하면 돼요. 네크로맨서 마법이 그렇듯이 희생자의 생명 흡수는 시체가 필요한 마법이잖습니까? 그럼 시체들을 날려 버리면 되죠."
"아……."

 시체들을 신성 마법으로 정화해도 되지만, 그보다 더 간단한 방법이 있었다.
 드래곤을 상대로 한 전투에서는 모두가 쓸모가 없다고 봤던 네크로맨서들.
 "시체 폭발! 시체 폭발!"
 네크로맨서들은 필수로 시체 폭발 마법을 익히고 있었다.
 기왕이면 주변에 피해를 주지 않기 위해 초보들이 동원되면 더 좋다.
 그들이 바로바로 시체들을 터트려 버리면서 전장에 케이베른이 생명력을 회복할 수 있는 기회를 없애 버렸다.
 케이베른과 가까운 곳에서 헤르메스 길드원들이 죽은 장소는 특별히 위험했다.
 시체들이 많은 곳에는 그로비듄이나 쟌이 언데드 소환으로 둠 나이트를 일으켰다.
 "주인이시여, 명령을."
 "적을 찾고 있다."
 둠 나이트들은 네크로맨서들의 명령을 받아서 케이베른을 공격했다. 물론 가장 위험한 정면에서 관심을 끌며 죽어 가는 역할이었다.
 헤르메스 길드원들은 전투에만 집중했다.
 브레스를 쓰고 난 케이베른에게 바드레이를 위시하여 모두가 덤벼들고 있었다.

'할 수 있다.'

'드래곤 사냥에 성공하는 거야.'

달라붙어 싸우는 헤르메스 길드원이나 지원조.

전투에 투입되지 않은 타격대나 구경하는 유저들의 머릿속에 승리라는 단어가 떠오르려고 할 무렵!

"움트고 있는 생명력. 그 전부를 보여 다오. 뷰 라이프 포스!"

그로비듄은 케이베른의 생명력이 54% 남은 것을 확인했다.

> 그로비듄: 생명력이 절반밖에 남지 않았습니다. 이대로면, 이대로만 치면 우리가 이깁니다!

헤르메스 길드원들의 마음에 투지가 가득 찼다.

강대한 드래곤을 상대로 승리를 거둔다.

모든 화력이 집중됐기 때문에 절반의 생명력을 다 없애는 데도 그리 긴 시간을 필요로 하진 않으리라.

> 바드레이: 모두 잊었는가. 우리가 헤르메스 길드다!

길드 채널에서 전해지는 바드레이의 메시지.

"후우와아아아아아아아!"

"헤르메스 길드 만세!"

드래곤 사냥에 참여한 길드원들이 일제히 함성을 내지르며 싸웠다.

"갑자기 왜 저래?"

"사기가 오른 거 같다. 정말 제대로 분위기 탔어."

타격대나 구경꾼들은 무슨 일인지 알지 못했지만 대충 짐작은 할 수 있었다.

바드레이를 따라서 싸우는 친위대의 모습.

드래곤과 근접전을 펼치며 갑옷이 깨어지고 부서졌음에도, 숱한 화살과 마법 공격에 의해 만신창이가 되어서도 싸우고 있었다.

영웅적인 그 모습은 솔직히 기대도 하지 않았던 장면이다.

―인간들 따위가 도전한 것을 후회하게 해 주마. 울부짖는 분노!

케이베른의 몸이 검붉게 변하더니 압도적인 힘을 발휘하기 시작했다.

정면에서 방패를 들고 압박하는 헤르메스 길드원들이 공격의 대상이었다.

꼬리로 치자 방패와 갑옷이 종잇장처럼 부서지며 레벨 400, 500대의 길드원들이 목숨을 잃었다. 앞발로 차거나 머리로 들이받아도 견디지 못했다.

"뭐지, 이게! 갑자기 터무니없이 강해졌어!"

"큭! 방패병들은 더 달라붙어! 활동할 수 있는 거리를 주면 모두 위험해!"

희생의 화로를 쓴 1,000대 레벨의 전사들마저도 발에 차이면 심각할 정도의 부상을 입거나 전투 불능 상태에 빠지고 말았다.

"너무 강해졌다!"

"막을 수 없으니 부딪치지 마."

케이베른이 발버둥을 칠 때마다 두려움에 방패병 수천 명이 뒤로 밀려나는 모습.

케이베른은 경이로운 육체적인 능력으로 헤르메스 길드를 밀어붙이고 있었다.

위드가 모라타 방어전의 주요 인물들이 들어온 채팅 채널에 물었다.

> 위드: 저게 어떻게 된 거죠?
> 아크힘: 정확하게는 모르겠습니다. 마법을 쓰더니 드래곤이 아주 강력해졌는데…….
> 울타르: 그래도 괜찮습니다. 지금까지처럼 정면은 대충 견디고 좌우로 우회하고 뒤를 노립시다. 이길 수만 있다면 피해는 감수해도 됩니다.
> 그레놀: 정면도 압박해서 막아야 합니다. 드래곤의 앞길을 뚫어 주어서는 안 돼요!
> 막스: 방패병들을 집결시킵시다. 케이베른을 완전히 봉쇄해야 합니다.

군단장들끼리의 대화에서도 어수선한 분위기가 흘렀고, 잠시 후에야 위드의 질문에 대한 답변이 나왔다.

> 다인: 쭉 지켜봤는데 힘을 강화하는 유형의 마법인 것 같아요.

다인도 모라타의 어딘가에서 지켜보고 있었던 모양이다.

위드는 오랜만이라서 약간의 어색함을 느끼며 정중하게 말했다.

> 위드: 신체를 스스로 강화한 건가요?
> 다인: 네. 샤먼의 마법에도 수준은 다르지만 비슷한 게 있는데요. 저런 위력이라면 흑마법이겠죠.

> 위드: 딱히 제물을 바치거나 하지도 않은 것 같은데요.
> 다인: 적의 숫자와 피해를 입은 생명력에 따라 힘이 증가하는 방식 같아요.

 마법으로 강화가 되니 케이베른의 육체적인 능력마저도 끔찍하기 짝이 없었다.
 수백 미터짜리 드래곤이 발광을 할 때마다 인간들이 그대로 깔리고 차여서 목숨을 잃었다.
 이것은 대재난의 현장.
 "으우아아아악!"
 "너무 강해."
 등과 날개에서 유저들이 우수수 떨어지면서 그대로 발길질에 차이기도 했다.
 '그럼에도 어쨌든 죽이기만 하면 돼. 큰 피해가 있더라도 드래곤만 죽인다면……'
 헤르메스 길드는 한 가지 생각만 하고 있었다. 케이베른의 생명력도 대략 절반 정도밖에 남지 않았다.
 50개의 레벨을 소모하는 희생의 화로도 쓴 마당에 한 번쯤 목숨을 잃는 건 중요하지도 않았으니 총력전이 답이었다.
 "우린 공격을 계속한다. 조금도 망설일 필요가 없어."
 바드레이는 여전히 드래곤의 등에 매달려 있었다.
 거친 드래곤의 움직임에도 불구하고 체력과 마나를 있는 대로 소모하면서 스킬을 퍼붓는다.
 100여 명의 길드원들이 같이 공격하고 있었는데, 이들도 절대적인 흥분 상태에 빠져들었다.

그들에게 사제들의 회복과 강화 마법도 집중되고 있었다.

"조금만 더 하면 된다! 드래곤이 죽어 가고 있어."

"끝이 얼마 남지 않았다. 모두 힘을 내라!"

지상에서는 군단장들이 돌아다니며 소리를 질렀다.

날뛰는 드래곤의 몸에 서 있는 유저들은 주위를 돌아볼 겨를도 없었지만 동료들이 내는 소리가 들렸다.

희생의 화로를 쓴 이들도 1명씩 드래곤에게 밟히거나 마법 공격에 의해 죽었다. 하지만 그들은 이미 싸울수록 전투의 광기에 깊게 빠져들었다.

> 슬래터: 이대로면 죽일 수 있습니다.
> 헤로이드: 우리 공격이 제대로 먹힙니다. 무조건 공격입니다. 사냥 성공까지 얼마 안 남았습니다.

여러 생각이 필요하지 않았다.

드래곤을 이기기에는 광기만이 필요하다는 것을 그들 자신이 너무나도 잘 알았다.

전투가 끝날 무렵에는 대도시인 모라타가 심각하게 파괴되고 말리라.

헤르메스 길드원들도 숱하게 죽어 갈 테지만 안타깝지는 않았다.

애초에 동료로서의 정이 부족하기도 했고, 지금은 드래곤을 사냥한다는 대업적이 눈에 보이기 때문이었다.

> 그로비듄: 현재 드래곤의 남은 생명력은 39%입니다.

드래곤의 무지막지한 방어력, 마법 저항력, 그것들을 뚫고 케이베른의 생명력이 떨어지고 있었다.

> 라미프터: 정말로! 우리가 해낼 수 있을 것 같습니다.
> 보에몽: 문제없습니다. 케이베른은 안식으로 돌아갈 겁니다.
> 가우슈: 모두 정해진 위치를 사수! 드래곤을 향한 파상 공세는 전투가 끝날 때까지 계속되어야 한다.
> 그로비듄: 시체는 생기자마자 처리하겠습니다.

모라타의 구경꾼들도 흥분하고 있었다.

"됐어, 헤르메스 길드가 잡는다."

"아마도 그럴 듯. 좋네. 바드레이 진짜 강하다."

"크아아아! 진짜 헤르메스 길드 명불허전이다. 드래곤도 죽이네."

"난 위드 님이 이겨 주길 바랐는데. 그래도 베르사 대륙이 멸망하는 건 걱정 안 해도 되겠다."

"그건 나도 마찬가지지만."

절대 태양 마법은 이미 사라진 후였고, 도처에 발생한 불도 진압이 완료되었다.

남은 것은 드래곤이 최후를 맞이할 때까지 몰아붙이는 것뿐.

위드는 상황을 지켜보면서 조금도 들뜨지 않았다.

'그래도 드래곤이다. 이렇게 끝나는 것은 너무 쉽다는 생각이 들긴 해.'

복잡하게 생각할 필요는 없었다.

헤르메스 길드의 전력이 너무 막강하기 때문이라는 생각은 들었다.

모라타로 끌어들인 위험한 계획도 결국에는 성공이었다.

드래곤을 상대로 원거리 공격은 큰 효과를 못 본다지만 그 피해가 쌓이면 꽤 클 것이다.

전투 불능에 빠질 정도로 커다란 중상을 입은 유저들도 사제들의 치료가 집중되어 금방 회복됐다.

희생의 화로를 쓴 유저들은 허무하게 죽지 않고 전투를 잘 이끌었다.

그들이 없었다면 케이베른이 정말 멋대로 한껏 날뛰었을 것이다.

'드래곤이 최후를 맞이할 때를 대비해야 되겠어. 막타를 치려면 더 가까이 가야 해.'

"취이익!"

세에취.

악마들의 왕 클레타의 존재를 처음 밝혀낸 그녀는 굉장히 유명해졌다.

"혹시 저희가 도울 일이 없겠습니까?"

"취취익!"

오크랜드에 있는 그녀에게 불의 고리에서 돌아온 모험가들이 합류했다.

"투사의 불꽃. 취익! 거길 갈 거예요. 추유잇!"

"알겠습니다. 뭐라도 함께 알아보도록 하죠."

세에취는 모라타에서 케이베른을 사냥한다고 해도 일이 끝나지 않는다는 걸 알았다.

결국 클레타를 막으려면 레드 드래곤까지 치워야 한다.

'케이베른이 사라지면 클레타가 나올 가능성은 거의 없어지겠지만… 봉인석을 랜도니가 혼자서 다 찾긴 어려울 거야.'

세에취는 모라타로 급하게 달려가도 도움이 안 되니 느긋한 마음으로 모험가들과 투사의 불꽃으로 들어갔다.

건장한 오크들이 오가는 대형 성채!

"인간. 췻!"

"너희 냄새 심하다. 취취익!"

세에취와 함께 온 모험가들은 오크들의 견제를 받기도 했지만, 그들은 이런 유형의 경험이 많았다.

"걱정 마세요. 냄새를 좀 지우면 됩니다."

모험가들은 땅을 구르고, 오래된 짐승 가죽을 입으면서 오크들이 싫어하지 않도록 냄새를 바꾸었다.

오크들은 사실 그렇게 예민한 편도 아니었지만.

"혹시 랜도니를…….'

"봉인석에 대해…….'

"이 도시의 기원은 어떤 곳인가요?"

모험가들은 부지런히 움직이면서 정보들을 모았다.

오크 유저들도 세에취의 소식을 듣고 있었으니 합류하여 도움을 주었고, 그들은 의외로 빠르게 소문들을 모을 수 있었다.

투사의 불꽃에 있는 투기장!

2년에 한 번씩 오크들의 왕을 뽑는 대회가 열린다.

오크들이 위기에 빠지면 대족장들이 나타난다.

그들은 바탈리와의 약속대로 투기장에서 특별한 의식을 치를 것이다.

"오크 전사들끼리 싸워서 마지막까지 이기는 자가 왕이 된다고요."

"그 왕은 오크들을 모두 지배한답니다."

"그리고 죽은 오크들의 혼과 싸움에 진 전사들의 힘을 흡수하여 오크 용사가 탄생한다고……."

오크 용사!

오크 부족이 위기에 빠지면 나타나는 왕은 엄청난 강함을 가지게 된다.

그 오크가 바로 랜도니와 싸워 이긴다는 것이었다.

모험가들은 그 사실에 대해 상당히 회의적이었다.

"오크들은 다른 종족들보다도 발전이 느린 편인데요."

"외모가 좀 심하게 생겨서 어쩔 수 없죠. 그나마 위드 님이 카리취로 활동하지 않았으면 더 적었을 거예요."

"전반적인 오크들의 수준이 낮은 편이라 투기장에서 왕을 뽑더라도 랜도니와 싸우는 건 불가능할 것으로 생각됩니다."

"왕을 뽑는 것도 1년 가까이 남았네요. 그사이에 무슨 일이 벌어질지도 모르죠. 그리고 오크 카리취가 있지 않습니까?"

모험가들은 고개를 끄덕였다.

그들이 생각하기에도 오크 카리취가 나타나서 오크랜드를

평정하는 것이 자연스러워 보였다.

"오크들의 경쟁이 치열해지겠네요."

"드래곤 슬레이어의 업적이 걸려 있으니 누구라도 노려 볼 만하지 않겠습니까?"

"엘프, 드워프, 오크까지 전부 신났네. 인간들의 도시는 파괴되기만 했는데."

"종족의 유불리는 따지지 않아도 될 것 같고요. 가장 번성하고 있는 것이 인간 아닙니까?"

모험가들은 추가로 정보를 모으려 하고 있었다.

랜도니에 대한 정보를 얻으면 좋고, 투사의 불꽃에서도 희귀한 퀘스트를 받을지도 모르기 때문이었다.

"취익! 취이익!"

"드래곤! 드래곤이 온다. 취취취익!"

하지만 투사의 불꽃의 오크들이 갑자기 날뛰고 있었다.

"설마……."

"여기로?"

모험가들은 당황하며 오크들이 모이는 성벽으로 달려갔다.

지평선 너머에 거대한 붉은 드래곤이 날아오고 있는 것이 보였다.

"지, 진짜다!"

"랜도니다!"

하늘을 덮고 있는 구름을 뚫으며 이동하는 레드 드래곤.

"취위이이익!"

"큰일, 큰일 났다. 취췻췻!"

성벽에 있는 오크들이 미친 듯이 고함을 지르고 있었다.

모험가들도 심장이 멎을 듯이 놀랐지만 곧 이상함을 느꼈다.

레드 드래곤은 오크의 성채를 향해 날아오는 게 아니었다.

동쪽에서 서북쪽으로.

오크 성채에서 보이기는 하지만 그대로 지나쳐서 날아가는 것이다.

"뭐지? 다른 오크 부족을 쫓기 위해서인가?"

"그럼 다행인데……."

"봉인석을 구하려고 돌아다니는 것이잖아. 근데 저쪽 방향에는 특별한 오크 부족도… 설마……."

모험가 앤돌은 어떤 상상을 해 보고는 전율했다.

레드 드래곤 랜도니

모라타에서 모든 이들이 케이베른에 집중하고 있을 무렵, 충격적인 소식이 전달되었다.

> 마판: 큰일 났습니다. 랜도니가 날아오고 있습니다.

마판의 이야기는 느긋하게 전투를 구경하던 위드를 얼어붙게 만들 정도였다.

> 위드: 설마 레드 드래곤이 여기로요?
> 마판: 100% 확실하진 않습니다. 하지만 대륙의 북쪽으로 향하고 있고, 아마도 이곳이 될 확률이 굉장히 높다는 소식입니다

투사의 불꽃에 있는 오크와 모험가들로부터 소식이 전달되었다.

많은 유저들이 모라타에 모여 있었지만, 대륙의 곳곳에서도 하늘을 날아가는 레드 드래곤을 발견했다.

> 마판: 현재 레드 드래곤의 위치는 리튼의 중앙부를 지나고 있습니다. 그리고 네리아 해를 건너면 북부 대륙입니다.

케이베른과 전투를 치르는 헤르메스 길드원들이 멈칫하는 것이 보였다.

위드도 막타에 대한 욕심이 가득하다가 혼란에 빠졌다.

> 위드: 대륙 북부까지 오크들을 잡으러 오는 건 아닐 것 같고. 도시라고 해 봐야 부술 곳이 몇 개 되지도 않는데…….
> 체이스: 드래곤의 움직임에는 이유가 있을 겁니다. 우리가 다 밝혀내진 못했지만… 그리고 랜도니와 케이베른이 같이 자랐다는 점을 감안하셔야 합니다.
> 위드: 그렇겠네요.

위드는 모험가 체이스의 말에 고개를 끄덕일 수밖에 없었다.

일단 케이베른이 전투를 치르면서 어떤 방식으로든 형제나 다름없는 랜도니를 불렀을 가능성이 컸다.

> 날쌘찬바람: 현재 확인되는 레드 드래곤의 비행 속도라면 네리아 해를 건너서 여기까지 오는 데 짧으면 15분, 길면 20분 정도입니다.
> 아크힘: 케이베른과 랜도니가 합세한다면 아마도 그건 절망적일 가능성이 큽니다.
> 칼쿠스: 드래곤이 1마리인 것과 2마리인 것은 차원이 다릅니다. 다른 드래곤들보다도 레드 드래곤은 훨씬 강합니다.
> 라미프터: 랜도니가 오는데 어떻게 합니까?
> 크레볼타: 바드레이 님, 명령을!

이 순간에도, 바드레이는 열정적으로 병력을 이끌고 케이베른과 싸우고 있었다.

메시지 창을 볼 여유조차 없는 데다, 이미 그의 행동이 뜻을 전달하고 있었다.

전투에 모든 것을 맡겼다.

랜도니가 오건 오지 않건, 케이베른과의 싸움을 멈추지 않을 작정이었다.

"그렇다면……."

위드는 헤르메스 길드의 전투를 구경만 하고 있을 때가 아니라고 생각했다. 시간을 낭비하기 전에 결단을 빠르게 내려야 했다.

헤르메스 길드와 타격대, 모라타에 있는 모든 유저들의 협조를 구할 수 있는 건 위드밖에 없었다.

헤르메스 길드 전사와 기사 들만 싸우고 있는 것이 아니다. 궁수, 마법사, 바드, 사제, 샤먼, 건축가 등 케이베른과의 전투에 수많은 직업을 가진 유저들이 모여 있었다.

그들의 생각을 어떻게 이끄느냐가 현재 가장 중요했다.

"최선의 판단을 내려야 해."

위드는 아르펜 제국의 황제로서 유저들에게 메시지를 전달하기로 했다.

모라타만이 아니라 베르사 대륙에서 아르펜 제국 영토에 있는 모든 유저들이 들을 수 있도록.

> 위드: 먼저 헤르메스 길드에서 지금까지 큰 희생을 치르며 싸워 준 것에 고맙다는 뜻을 전하고 싶습니다.

일단 돈 안 드는 말로 그들의 수고를 치하했다.

> 위드: 아마 모두 알게 되었겠지만, 레드 드래곤 랜도니가 모라타로 올 것 같습니다. 랜도니까지 이곳에 오면 상황이 얼마나 심각해질지 모릅니다.

그리고 전투가 어려워진다는 점을 솔직히 말했다.

드래곤이 1마리인 것과 2마리인 것은 차원이 다르다.

더구나 레드 드래곤은 흑마법은 쓰지 못하지만, 순수하게 강함으로는 드래곤 중에서도 압도적으로 강력했다.

블랙 드래곤과 레드 드래곤이 동시에 마법을 쓰고, 지상을 휘젓고 다니는 건 생각만 해도 끔찍했다.

> 위드: 그렇기에 헤르메스 길드에서 사정을 이해한다면 지금부터 모라타의 모든 유저들이 케이베른 사냥에 합류하겠습니다.

위드는 케이베른 사냥 기회를 놓칠 수 없었다.

모라타는 이미 반쯤 폐허가 된 상태이고, 다시 헤르메스 길드를 전투에 끌어오기도 어려우리라.

헤르메스 길드 역시 물러설 수 없는 건 마찬가지였다.

최초로 드래곤 사냥에 성공하기 직전인데, 랜도니가 온다고 해서 전투를 중단한다는 건 있을 수 없는 일.

> 위드: 우리의 목표는 랜도니가 도착하기 전에 케이베른을 사냥하는 것입니다. 그리고 그다음에는 레드 드래곤까지 잡아내는 겁니다.

위드의 제안은 모든 유저들을 향한 것이었다.

헤르메스 길드에서도 위드의 메시지를 듣고 급하게 논의가 이루어졌다.

> 헤로이드: 여기서 물러나는 건 최악입니다. 위드의 의견도 합리적인 면이 있습니다만.
> 크레볼타: 위드의 제안을 받아들인다면 케이베른은 사냥할 수 있을 것 같습니다. 시간이 아슬아슬하긴 할 겁니다. 레드 드래곤이 오면 어렵습니다. 전멸도 각오해야 돼요.
> 하일러: 여기까지 우리가 다 만들어 놨는데, 다른 유저들과 같이 싸우자고요? 드래곤을 나눠 주잔 말입니까?
> 가우슈: 그러면 대안은요? 싸우거나 철수하거나. 선택지는 둘 중 하나죠.
> 칼쿠스: 우리끼리 사냥을 성공시키는 건요? 얼마 남지 않았습니다.
> 헤로이드: 그렇게 해도 가능은 할 것 같습니다. 시간이 조금 빠듯하기는 하지만…….
> 보에몽: 최대한 빨리 결정을 내려야 될 겁니다. 레드 드래곤은 지금도 날아오고 있어요.

헤르메스 길드에 일대 혼란이 일어났다.

군단장들끼리도 뜻이 하나로 모이지 못했고, 길드원들도 주저했다.

"랜도니까지 오면 망한 거 아냐?"

"그러게. 케이베른을 잡더라도 랜도니가 오면 다 죽은 목숨일 텐데."

희생의 화로를 쓰지 않은 길드원들은 전투에서 빠져나가고 싶은 이들이 꽤 되었다.

반면에 케이베른과 랜도니를 순서대로 잡는다면 가능하다고도 보는 이들도 많았다.

비록 헤르메스 길드 혼자 다 해 먹긴 무리겠지만.

> 아크힘: 바드레이 님, 어떻게 하실 겁니까?

이런 순간에 헤르메스 길드의 방향을 정할 수 있는 건 바드레이밖에 없다.

위드에게 패배하며 영향력이 감소했지만 무신 바드레이의 그림자는 길드 전체에 짙게 드리워져 있었다.

바드레이: 싸운다. 드래곤을 잡는다.

바드레이는 헤르메스 길드를 승리로 이끌어 왔다. 그에게 있어 패배하지 않는 이상 도망친다는 건 있어서는 안 될 일.

헤르메스 길드의 망설임과 주저함이 사라졌다.

군단장들과 길드원들도 바드레이의 의견에 따르기로 했다.

아크힘: 알겠습니다. 저희는 위드 님의 제안에 동의합니다.

위드는 잠시 전투를 지켜봤다.

바드레이나 헤르메스 길드원이나 더욱 미친 듯이 싸우고 있었다. 그동안은 그래도 여유를 가지고 있었다면 이제는 정말 물러설 곳이 없어졌다.

"많이 강해졌네."

명예의 전당에 올라온 바드레이의 전투 영상은 비슷비슷하게 느껴질 정도로 깔끔한 구석이 있었다. 하지만 드래곤의 등에 달라붙어 싸우는 모습에는 격정적인 힘이 느껴질 정도였다.

케이베른의 날개에 얻어맞고, 마법이 작렬하여 갑옷이 절반쯤 깨졌는데도 아랑곳하지 않고 빙하의 검을 휘두르고 있었다.

드래곤의 등이 얼어붙어 있다.

그 모습이 헤르메스 길드에게 얼마나 희망이 되고 있겠는가.

격렬한 드래곤의 움직임에도 매달려 있는 광경이 지켜보는 사람들의 손에 땀을 쥐게 만들었다.

"여러 가지로 욕을 먹긴 했지만… 그래도 저들만 한 전투 집단이 없지. 나도 슬슬 시작해야 되겠군."

위드는 황소 광장으로 와서 드워프들에게 희생의 화로를 사용하도록 했다.

"크으. 기다려 왔던 순간이군."

"동족들이여. 기뻐하라. 케이베른을 사냥할 시간이 왔다."

드워프들은 마지막이 될지도 모르는 한 잔의 흑맥주를 마시고, 희생의 화로를 발동시켰다.

팔다리가 짧은 드워프들의 몸이 타오르고 더욱 단단한 근육질로 변하면서 준비해 둔 무기들을 들었다.

위드도 희생의 화로 앞에 섰다.

"나도 이제 희생의 화로를……."

그 순간 번뜩이는 꼼수!

'근데 꼭 희생의 화로를 최대로 써야만 하는 건가?'

생명의 위기가 닥쳤을 때처럼 인생을 돌이켜 봤다.

서러움을 당하며 살던 어린 시절, 돈벌레가 되어서 살았던 지난 과거들.

숱한 일들이 있었지만 항상 남에게 뒤통수를 맞지 않기 위해 신경을 곤두세우고 살아왔다.

'근데 내가 뒤통수를 친다면? 조금만. 20개나 30개의 레벨만 태운다면 말이야.'

얼마 전까지 케이베른을 막기 위해 희생의 화로를 쓰는 건 당연하다고 생각했다.

레벨이 크게 떨어지겠지만 그럼에도 드래곤을 사냥하기 위해선 어쩔 수 없이 감수해야 할 피해.

헤르메스 길드까지 이번 일에 끌어들였고, 드워프 종족의 운명이 걸렸으며, 베르사 대륙의 미래도 좌우가 된다.

'그러니 내가 희생의 화로를 덜 쓰더라도 아무도 모르겠지.'

케이베른과 싸우면서 약한 모습을 보인다면 모두가 의심을 하리라. 하지만 수만 명이 뒤엉켜서 싸우는데 조금 강하고 약한 것까지 알아차릴 수 있을까.

드래곤의 공격에 휘말리면 어떻게든 위험하겠지만 잘 피하면 문제는 없다.

'방송 화면들이 나를 주목할 거야. 쉽게 이상하다고 생각하긴 힘들 테지.'

위드는 희생의 화로를 완전히 안 쓸 수는 없다고 생각했다. 안타깝게도 드워프들이 남겨 놓은 전설의 장비들을 착용해야 했기 때문이다.

―――◆―――

위드가 사악한 고민을 하는 동안에도 케이베른과 헤르메스 길드의 전투는 계속되고 있었다.

> 페일: 원거리 부대부터 지원합니다. 그리고 타격대는 공중전을 펼칠 수 있도록 해 주세요.

 페일이 이끄는 타격대의 활동이 시작되었다.
 타격대 소속의 마법사, 궁수들의 공격이 잇따랐고, 하늘로 유저들이 날아올랐다.
 전사들은 본래 드래곤과의 전투를 준비하는 동안에 조인족들과 함께했었다.
 드래곤과의 전투에서는 조인족들이 공포에 짓눌려서 가까이 접근도 할 수 없었으니 비행 마법으로 날아왔다.
 "낙하!"
 "작전을 개시한다."
 타격대의 유저들은 헤르메스 길드보다 약하지만, 드래곤 사냥을 오랫동안 준비해 왔다.
 그들은 마법 저항력을 높이는 장비들만 착용했고, 무기와 스킬은 단순화시켰다.
 일격필살!
 모든 생명력과 체력을 동원하여 무기를 휘둘렀다.
 헤르메스 길드의 공격도 강력했지만, 타격대까지 참여하면서 열기가 더해졌다.
 바바리안 크나툴, 요정 기사 말린, 하프엘프 비슈르.
 각 종족의 영웅인 그들도 출격했다.
 "모두가 힘을 내라! 우리의 육체는 한계를 모른다!"
 크나툴이 고함을 지르며 용기와 힘을 북돋아 주었다.

말린은 마법을 써서 동료들의 능력을 강화해 주고, 비슈르는 두 손에 단검을 들고 드래곤을 향해 뛰어들었다.

타격대의 공격도 헤르메스 길드처럼 마법 공격에 휩쓸려 나가더라도 진격을 멈추지 않았다.

"검을 들어라! 더 늦어지면 저놈이 죽어 버릴지도 모른다."

검치와 사범들, 수련생 500명도 활동을 시작했다.

덩치가 우락부락한 이들이 검을 뽑아 들고 드래곤을 공략하기 위해서 모였다.

헤르메스 길드가 싸우는 것을 지금까지 지켜보기만 한 것도 그들에게는 기적과도 같은 일!

이를 위해서는 엄청난 양의 음식과 술이 필요했었다.

"우리가 간다! 늦으면 국물도 없다."

"크하하하핫! 가자, 가자, 가자!"

"드디어 드래곤과 한판 제대로 뜨는 거 아닙니까!"

"축제다!"

그들은 당연하게도 곧바로 희생의 화로를 발동시켰다.

레벨이 좀 떨어지더라도 드래곤과 화끈하게 싸울 수 있다면 만족스러운 일.

검치와 수련생들을 잘 따르는 유저들도 일부가 희생의 화로를 썼다.

"아냐. 이거 나중에 후회할 거 같은데……."

"그래도 해 보자. 잘하면 드래곤을 잡을 수 있잖아."

"어… 그렇긴 해."

대략 1,300명 정도의 유저들이 희생의 화로를 사용하는 데

동참했다.

레벨을 40, 50개씩 낮추기 때문에 쉽게 내리기 힘든 결정이었다.

그들이 먼저 드래곤에게 달라붙으면서 전장의 분위기가 뜨거워졌다.

"토막 내!"

"마법을 돌파하고 멈추지… 쾌액!"

"몸으로 뚫어 버려!"

헤르메스 길드 역시 타격대에 밀릴 수는 없었고, 케이베른과 싸우기 위해 유저들이 모라타 전역에서 날아오르고 있었다.

―인간들. 최후의 저항이 가소롭구나.

케이베른은 폐허 속에 우뚝 서서 수만 명의 공격을 몸으로 감당하고 있었다.

엄청난 피해를 입으면서도 흑마법에 필요한 제물들을 준비했다.

―너희는 영원히 날 이기지 못할 것이다! 악의 분열!

흑마법에서도 가장 악랄한 마법 중의 한 가지.

엄청난 제물과 스스로의 육체를 대가로 희생해야만 시전할 수 있는 마법이 발동되었다.

케이베른의 거대한 몸이 흩어지더니 셋으로 늘어났다. 그리고 폭풍처럼 땅과 하늘에서 시커먼 기운들이 몰려들어서 드래곤들에게 빨려 들어갔다.

바드레이와 헤르메스 길드원들도 튕겨져 나가고, 억지로 붙들려 있던 유저들은 생명력을 강제로 흡수당했다.

"공격이 통하지 않아. 물러나!"

"흑마법에 제물이 되지 마라!"

헤르메스 길드원들은 일정 거리를 두고 물러났다.

그리고 그로비듄의 경악에 찬 목소리가 모라타 방어군의 채팅 창을 울렸다.

> 그로비듄: 악의 분열. 이런 미친. 저 마법에 대해 읽어 본 적이 있습니다.
> 바드레이: 어떤 마법입니까?
> 그로비듄: 간단히 말하자면 분신을 만드는 거라고 보면 됩니다.
> 쟌: 분검술을 마법으로 구현한 것입니까?
> 그로비듄: 분검술과 비슷하지만 차원이 다릅니다. 저건 그냥 자신을 셋으로 만드는 겁니다.
> 아크힘: 셋으로 만든다니요?
> 그로비듄: 저 마법이 끝날 때까지 케이베른은 하나가 아닙니다. 하나하나가 공격력, 방어력, 생명력, 마법 능력. 모든 능력을 그대로 가지고 있습니다.

방어군의 채팅 창에 침묵이 흘렀다. 도저히 믿고 싶지 않은 말이었던 탓.

하지만 곧 마판이 확인해 주었다.

> 마판: 대도서관에서 빼 온 자료들을 훑어봤습니다. 흑마법들은 미리 챙겨 놓고 있었는데요. 악의 분열은 최소 2에서 12개까지의 분신을 만들 수 있다고 합니다.

"……."

헤르메스 길드원들은 얼어붙었고, 희생의 화로 앞에 서 있던 위드도 마찬가지였다.

바드레이: 약점은요? 분신들의 약점이 뭡니까?
그로비듄: 그런 약점은 없습니다. 저 셋을 다 죽여야 합니다.

칼쿠스가 드래곤들의 몸으로 빨려 들어가는 검은 기운의 폭풍을 보며 다급하게 물었다.

칼쿠스: 약점이 아예 없다고요?
그로비듄: 강력한 흑마법의 특성상 부작용은 있죠. 마법이 완전히 끝나고 나서 정신이상이 생기거나, 최대 생명력과 마나가 꽤 감소한다는 내용을 봤습니다. 그러나 당장의 전투와는 관련이 없을 것입니다.

위드는 설명을 들으면서 한숨을 푹 쉬었다.

레드 드래곤이 날아오는 것만 하더라도 설상가상의 사태였는데, 케이베른이 3마리가 되었다.

"이거 완전 개사기 아닌가?"

모라타를 포기한 채로 철수하는 것을 적극 고려해 봐야 할 최악의 사태가 벌어지고 있었다.

―――――――

"진정으로 강합니다. 헤르메스 길드! 박수라도 쳐 주고 싶을 정도예요."

"바드레이가 이끄는 전투단의 위력이 여전하군요. 드래곤에 맞서 포기하지 않고 훌륭하게 잘 싸웁니다."

"레드 드래곤이 도착하기 전에 승부를 걸어 볼 수도 있겠어요. 오주완 씨, 지난번 가르나프 평원의 전투와 다른 점은 무엇일까요?"

"준비가 잘된 것과 되지 않은 것의 차이겠죠. 전사들의 장비가 특히 눈에 띄는데요. 공격력과 마법 저항력. 두 가지에 몰빵을 한 채로 싸우고 있습니다."

"물리 방어력이 떨어져서 안 좋은 거 아닌가요?"

"포기할 부분은 포기했습니다. 대신에 방패병들이 맞아 주는 역할을 맡으며 효율이 극대화가 되어 있죠."

KMC미디어의 진행자들은 케이베른과의 전투 장면을 중계하며 열을 올렸다.

모라타를 배경으로 펼쳐지는 유저들과 드래곤의 전투!

볼거리도 많고, 흥분해서 떠들 만한 소재들도 널려 있었다.

지상의 유저들을 통해 레드 드래곤이 날아오는 모습도 방송국 카메라에 실시간으로 잡히고 있었다.

"레드 드래곤이 날개를 펼치고 비행하는 모습입니다. 예상 목적지는 모라타로 알려져 있습니다."

"케이베른의 생명력도 얼마 남지 않았다는 소식이 들려옵니다. 잘 싸우면 케이베른이라도 잡아낼 수 있어요."

"시청자 여러분들도 알고 계시겠지만 전투의 승리가 문제가 아닙니다. 베르사 대륙의 운명이 걸려 있습니다."

헤르메스 길드가 잘 싸워 줘서 드래곤을 잡을 수 있을 것 같다는 희망이 휩쓸 무렵!

방송 화면에 케이베른이 마법을 사용하고, 암흑의 기운이 하늘과 땅에서 몰려오는 것이 보였다.

"저 마법은 무엇이죠?"

"흑마법의 일종으로 보이는데요. 뭔가 안 좋은 느낌이네요."

"방금 들어온 소식입니다. 취재원의 말에 따르면… 드래곤이 많아지는 마법이라고 합니다."

"많아진다고요?"

"네. 저 마법이 끝날 때까지 케이베른은 3마리랍니다."

"그런 어이없는……."

"마법이나 물리적인 능력… 설마 그런 것까지 동일하진 않겠지요?"

"모두 같다고… 말 그대로 드래곤이 셋으로 늘어난 겁니다."

"3마리의 드래곤이 각자 마법을 쓰고 전투를 벌인다면… 그런 터무니없는."

"마법의 유효기간이 짧을 수 있겠군요."

"전투가 끝날 때까지 유지가 된답니다."

케이베른이 3마리가 되면서 진행자들은 입을 다물었다.

1마리도 만만치 않았는데, 이제는 그 어떤 상황도 짐작할 수 없었다.

시청자 게시판도 폭주했다.

―미쳤다. 세상에…….
―베르사 대륙 망했네요.
―드래곤. 그건 그냥 건드리면 안 되는 존재였음.
―헤르메스 길드가 불러온 최악의 사태입니다. 무조건 드래곤의 알을 깨뜨린 헤르메스 길드 탓입니다.
―지금 그게 중요한가요. 어쨌든 드래곤을 못 막으면 모라타는 끝장임.
―다 끝났어요. 대도시 부동산값 폭락이에요!
―로열 로드가 망하는 거 아님?

―휴양지 벨레노스에 머물고 있습니다. 여긴 그래도 좀 안전하겠죠?
―몬스터가 증식하면 어디든 안전하겠어요?
―오랫동안 버틸 수 있는 항구 마을로 갑시다.
―답은 섬이에요, 섬. 외딴섬에 집을 짓고 혼자 사는 거죠.

절망이 휩쓸고 있는 분위기!

경매 사이트마다 아이템 가격이 폭락하고, 주택의 매매 가격도 덩달아 급락했다.

흑마법의 기운이 걷히고, 케이베른 3마리가 연달아 드래곤 피어를 터트렸다.

―인간들아, 너희에게 주어진 기회는 끝났다.

―살아갈 자격이 없는 자들이여. 멸망하라.

―소멸이 허락되었다.

드래곤이 저마다 돌아다니면서 대규모 마법으로 도시와 유저들을 동시에 공격했다.

화염과 흑마법이 시전될 때마다 헤르메스 길드원들도 물러나기 바빴다.

"이런……."

바드레이조차 이를 악물며 낭패라고 생각했다. 그렇지만 여기까지 발을 깊게 담근 이상 철수는 있을 수 없었다.

"헤르메스 길드 전원 공격! 물러서지 마라."

헤르메스 길드가 모든 것을 걸고 시간과의 싸움에 임했다.

모라타에 있는 30만여 명의 길드원들이 일제히 전투에 가담했다.

"우리도 헤르메스 길드를 돕습니다."

페일이 이끄는 타격대도 적극 참여하며 3마리의 블랙 드래곤과 전투를 펼쳤다.

―――○―――

위드는 3마리의 블랙 드래곤이 나타난 걸 보자 마음이 차분해졌다.

"흠, 역시 만만치 않군. 그래, 뭐든 날로 먹을 수는 없는 법이지."

흑마법이 발동되었을 때는 깜짝 놀라긴 했지만 금세 평정심을 찾았다.

> 마판: 악의 분열. 기록을 찾아보니 이건 흑마법에서도 궁극 마법입니다. 확실한 건 저걸 쓰면서 케이베른도 흑마법에 필요한 제물을 전부 바쳤고, 마나도 많이 고갈되었을 겁니다.
> 그로비듄: 마나는 각자 16% 정도씩 남았습니다.

"드래곤이 이 정도 저항은 해 줘야지. 그냥 죽었다면 섭섭할 뻔했어."

위드는 긍정적으로 생각하며 결국 50개의 레벨을 전부 희생의 화로에 털어 넣고야 말았다.

539의 레벨에서 일시적이나마 1,039개의 레벨을 달성!

> 희생의 화로가 당신의 잠재력을 태웠습니다.
> 불이 완전히 꺼지고 나면 50개의 레벨이 줄어들게 됩니다.

이젠 이판사판이었다.

헤르메스 길드와 타격대가 총력전을 펼치자 아르펜 제국의 황제로서 빠질 수 없는 자리가 되고 말았다.

"그래. 차라리 이제야 좀 재밌어지는 것 같아. 이 정도는 해줘야 드래곤이라고 부를 수 있는 거 아닌가."

위드는 전투가 벌어지는 현장으로 달려갔다.

3마리의 블랙 드래곤이 어마어마한 위용으로 돌아다니고 있었다. 이미 주변 지역은 초토화되어 알아볼 수도 없는 상태였고, 드래곤들은 헤르메스 길드원들과 타격대 유저들을 몰아붙였다.

위드가 사자후를 터트렸다.

"내가 이제부터 전투를 지휘한다!"

헤르메스 길드원들의 관심을 끌고 타격대를 통솔하는 데는 절묘하게 터트린 한 번의 사자후로 충분했다.

주요 지휘관들이 자리 잡은 대화 채널을 이용할 수도 있지만, 일반 길드원들과 타격대까지 한꺼번에 휘어잡아야 한다.

"위드다!"

"전쟁의 신 위드가 나타났다."

모든 전투를 승리로 이끌었던 위드에 대한 기대감!

위드는 노래라도 한 곡 뽑아서 사기를 더 높이고 싶었지만 시간이 없어서 생략하고 연달아 사자후를 터트렸다.

"마나를 많이 소모해서 허약해진 블랙 드래곤이 3마리다. 타격대가 오른쪽을, 헤르메스 길드가 중앙을 맡는다."

간단한 교통정리부터 했다.

타격대와 헤르메스 길드가 뒤섞여서 서로를 신경 쓰다가 전투력을 제대로 발휘하기 힘들 수도 있으니까.

여기에 대중을 활활 타오르게 만들도록 한마디를 덧붙였다.

"타격대여, 승리를! 지금까지 휴식을 취했으니 죽기 직전의 드래곤을 헤르메스 길드보다 먼저 사냥해야 한다."

"가자아아아아아!"

"위드 님이 이끌어 주신다면 얼마든지!"

"우와아아악! 오늘 진짜 죽어 보자!"

지옥 사냥으로 단련된 타격대의 유저들.

위드가 함께한다는 것만으로도 그들은 용기백배하며 드래곤에게 덤벼들었다.

중앙 대륙에서 눈치만 보며 살아왔던 자신들에게 헤르메스 길드를 전투 업적으로 이길 기회가 주어졌으니까.

물론 헤르메스 길드원들의 눈빛도 갑자기 확 바뀌었다.

"우리보다 먼저 드래곤을 잡는다고?"

"위드가 이끈다고 해도 그렇지. 지금까지 쭉 우리가 싸워 왔는데 어디서 저런 것들이······."

최강의 전력을 자랑하는 헤르메스 길드의 자존심을 건드리게 되었다.

유치한 자극이었지만, 가장 민감할 수도 있는 부분.

"전원 공격. 중앙의 드래곤을 바로 잡는다."

"총공격 개시."

헤르메스 길드원들이 일제 공격을 개시.

그들은 모아 놓은 마나와 체력을 쏟아 내며 화끈하게 스킬을 발동시켰다.

사냥을 성공할지 말지에 대해 걱정하는 게 아니라, 상대에게 지지 않기 위해 싸워야 했다.

"드래곤도 지쳤다."

"마법 공격은 머리에 집중!"

케이베른의 체력도 줄어들었고, 마나도 고갈된 상태였다.

헤르메스 길드원들이 거침없이 날개를 타고 오르고, 꼬리와 등도 공격의 대상이 되었다.

"후……."

바드레이는 위드의 지휘에 헤르메스 길드가 따르는 모습이 조금 불편하긴 했지만, 이내 전투에 뛰어들었다.

지금 필요한 건 승리였고, 그보다 중요한 건 무신의 자리를 지키는 것이다.

"반응이 좋아도 너무 좋네."

위드는 헤르메스 길드가 자신의 말을 잘 따르는 것을 보며 꽤나 놀랐다.

"역시 똑똑하고 강한 애들이 말도 잘 들어."

자신이었다면 온갖 꼼수를 부리면서 눈치를 봤을 텐데, 드래곤을 이기겠다고 최선을 다하는 진지한 모습.

"잘못된 인연으로 시작되긴 했지만 그래도 본성까지 나쁜 애들은 아닌 것 같아."

위드는 가장 왼쪽의 드래곤을 드워프들과 함께 맡기로 했다.

"자, 케이베른을 해치울 시간입니다. 하지만 몸조심하세요. 무슨 일이 있더라도 살아남아야 합니다. 집에서 기다릴 처자식들을 위해서도요."

"뭐라고? 험상궂은 와이프랑 속만 썩이는 아이들?"

"살아서 맥주를 실컷 마시기 위해서도요."

"알겠네, 조심하지."

"젠장, 빌어먹을. 염병!"

헤겔은 마구 욕설을 내뱉으며 뛰었다.

콰광! 쾅!

화염탄이 날아와서 그가 달리는 도로를 헤집고 있었다.

"도대체 위드 형은 무슨 생각으로 여기서 싸우겠단 거야!"

아무리 생각해도 미친 짓.

그러나 이미 모라타의 모든 유저들이 움직이고 있었고, 흑사자 길드에도 발동이 걸렸다.

> 칼리스: 모든 흑사자 길드원은 위드 님과 함께 가장 왼쪽 드래곤을 공격한다.

느닷없이 튀어나온 길드 마스터의 명령.

흑사자 길드가 전투를 위해 건물로 나오자마자 블랙 드래곤 3마리가 사이좋게 발광하고 있는 것이 보였다.

거대한 몸으로 날뛰는 드래곤들에게 헤르메스 길드와 타격대, 드워프들이 모조리 덤벼들고 있었다.

> 로암: 로암 길드도 총공격. 절대 지지 마라.
> 샤우드: 우리도 명예를 걸고 싸운다.
> 군트: 드래곤은 우리의 손으로 죽인다. 전사들이여. 검을 들라!
> 미헬: 오늘 드래곤을 잡고 우리가 새로운 역사가 될 것이다!

대영주들 스스로 무기를 들고 드래곤을 향해 달려가는 모습.

전투가 정신없이 흘러갔다. 모든 것을 송두리째 태울 것만 같은 다급함이 그들 사이에 흘렀다.

헤르메스 길드에 다른 명문 길드들은 수년간 자존심이 상해왔다. 참고, 모욕당하고, 자책하며 살았다.

위드가 모라타에 있는 그들의 경쟁심을 자극했던 것이다.

> 위드: 헤르메스 길드가 드래곤을 잡으면 최고의 전투 공적을 세울 겁니다.
> 칼리스: 헤르메스 길드만 신경 쓰시다니, 아르펜 제국에 기여하고 있는 저희 공로를 잊으신 겁니까?
> 위드: 저야 알지만 유저들은 지금도 헤르메스 길드를 우러러보고 있죠. 그들이 얼마나 강한지. 세상은 언제나 경쟁 아니겠습니까?
> 로암: 큽. 저희도 출전할 겁니다.

명문 길드들.

그들의 숙적인 헤르메스 길드가 날뛰는 것을 가만히 지켜본다는 게 이젠 불가능해졌다.

"도대체 왜?"

헤겔 같은 말단 길드원은 이유도 모르고 분위기에 휩쓸려 따라야 했다.

"먼저 갈게."

"나이드!"

그의 눈에 담벼락과 잔해들을 밟고 그림처럼 뛰어가는 도둑 나이드가 보였다.

"도둑 주제에 무슨 싸움에 끼어들겠다고……."

막 비웃으려는데, 나이드의 손에서 단검 3개가 날아가 드래곤의 몸에 박혔다. 나이드는 단검에 연결된 얇은 줄을 타고 드래곤의 몸을 향해 달려갔다.

"젠장. 나 정도면 엄청 강한 편에 드는데. 여기에는 괴물들밖에 없어."

헤겔은 검을 들고 계속 달려갔다.

모라타의 거리는 부서지고 깊게 패었으며, 건물의 잔해들이 흐트러져 있다.

"비켜요, 비켜!"

부상당한 유저들은 기어서라도 움직이며 유저들이 드래곤과 싸우러 갈 수 있도록 길을 터 주었다.

앞으로 달려갈수록 고개를 꺾어야 될 정도로 하늘 높이 보이는 시커먼 드래곤의 모습.

"이건 너무 크잖아."

헤겔은 기가 질리고 말았다.

드래곤과 가까운 주변에는 각 길드의 유저들이 모여들고 있었기에 자신이 활약할 공간도 없어 보였다.

"그렇다면… 에잇!"

헤겔이 뭐라도 해야 한다는 생각에 일단 달렸다.

시커먼 드래곤의 다리가 하필이면 그를 밟기 위해 내려오고 있었다.

> ─위험해. 밧줄을 잡아!

순간, 로이드의 귓속말이 들어왔다.

> ─밧줄이 어디……?

휘릭!
밧줄이 그의 허리에 휘감기더니 그를 공중으로 띄웠다.
"우억. 나 고소공포……."
헤겔은 방금 죽을 뻔한 것조차 모르고 불평을 했다. 그러다가 어둡게 일렁이는 눈동자와 정면에서 마주치고 말았다.
케이베른!
지상을 공격하던 블랙 드래곤의 얼굴 앞으로 헤겔의 몸이 띄워졌던 것이다.
"이게 무슨… 어어어어!"
사뿐.
헤겔은 아무 생각 없이 블랙 드래곤의 콧잔등에 내려앉았다.
"나이드, 이 미친 새끼야! 왜 하필 이곳이야아아아아아!"

"쟤는 왜 저러고 있어?"
위드의 눈에 드래곤의 콧잔등에 앉아서 검을 휘두르는 헤겔

이 비쳤다. 검술이나 장비가 모자라서 드래곤의 두꺼운 피부를 베기에는 솔직히 무리였다.

"타란의 검!"

그럼에도 허둥대면서 열심히 검을 휘두르는 모습이 우스꽝스럽기도 했다.

하지만 그 장면은 유저들에게 엄청난 용기를 주었다.

"겁쟁이 헤겔도 싸우는데."

"저 녀석. 저길 올라갈 줄은……. 천재야, 미친놈이야?"

"조금만 기다려라. 우리도 올라갈 테니까!"

유저들에게 남아 있던 드래곤에 대한 두려움이 사라지는 순간이었다.

흑사자 길드를 비롯한 명문 길드들이 지상을 장악하고, 드워프들이 올 수 있도록 길을 열어 주었다.

"인간들이 도와주는군. 어서 가자고, 아인핸드."

"난 바위 술 저장고의 브록핸드다, 드래곤!"

"레토냐의 빛나는 도끼, 파바핸드도 왔다!"

―드워프들, 여기가 어디라고 감히 네놈들까지!

케이베른이 분노했지만, 드워프들은 짧은 다리로 두려움을 꾹 참으며 달려왔다.

"힘을 내라, 형제들이여!"

> 드워프 파바핸드가 땅울림의 외침을 시전하였습니다.
> 맷집이 강화됩니다. 이동속도가 20% 증가합니다. 모든 속성의 저항력이 증가합니다. 다른 드워프들이 근처에 있을 경우, 방어력이 배가됩니다.

드워프 1명, 1명이 영웅들!

그들이 케이베른을 향해 창을 찌르고 도끼질을 시작했다.

일부는 다리를 타고 올라가다가 걷어차이거나, 꼬리에 차여서 떨어지기도 했다.

—부상당한 드워프들에게 회복과 축복 마법을.

위드는 사제 부대를 이끄는 이리엔에게 부탁했다.

—알겠어요!

이리엔의 대답 직후, 드워프마다 치료와 축복의 빛이 번뜩이면서 사제들의 지원이 잇따랐다.

"예상대로야."

3마리의 블랙 드래곤이 모두 맹렬한 전투에 휩싸인 것을 확인했다.

사람들은 경쟁을 피곤하게 여기지만, 또 그것만큼 미치도록 만드는 게 없다.

'이렇게까지 된 이상 드래곤 사냥을 헤르메스 길드가 다 해먹도록 놔둘 순 없지.'

위드도 직접 전투에 나서야 할 때였다.

드워프들이나 명문 길드의 세력들에게만 맡겨 드래곤을 제압하기에는 부족했다.

"조각 파괴술! 이 모든 것이 힘이 되어라."

위드는 조각 파괴술을 이용해 모든 예술 스탯을 힘으로 바꾸고 사자후를 터트렸다.

이번 전투를 위해서 무려 걸작 하나를 파괴!

"내가 위드핸드다!"

케이베른의 분신이 위드를 보며 즉각 반응했다.

—네놈! 거기에 숨어 있었구나!

이 상황에 와서도 레어를 털린 원한을 고스란히 간직하고 있었다.

—화염 억류!

대지에서부터 뜨거운 열기가 솟구쳤다.

"으아악!"

"불이다. 피해야 돼!"

로암 길드 소속의 유저들이 마구 도망 다녔다.

위드는 불바다를 밟고 다니면서 땅에 떨어져 있는 창을 손에 쥐었다. 로암 길드 유저 중의 누군가가 유품으로 남긴 꽤나 쓸 만한 창.

"창 던지기!"

초급 9레벨의 창 던지기.

"끄악!"

헤겔이 급히 몸을 숙이면서 피했다.

케이베른의 머리를 목표로 날아갔지만, 이마에 맞고 튕겨 나고 말았다.

—쓸모없는 드워프 따위가!

커다란 타격은 못 입혔어도 드래곤의 분노만큼은 제대로 불러일으켰다.

—반드시 널 잡아 죽이겠다.

케이베른이 드워프들과 지상의 유저들을 무시한 채 위드를 향해 달려오기 시작했다.

헤겔도 그사이에 나이드의 밧줄을 잡고 콧잔등에서 뛰어내려 구출되었다.

―고통의 결속!

> 저주 마법에 당했습니다.
> 투지가 고통을 견뎌 냅니다. 생명력이 매초 5,400씩 감소합니다. 날벼락의 왕관이 속박을 막아 냅니다.

이번에는 도망칠 수 없도록 속박 마법부터 사용했다.

어두운 기운이 발목과 다리를 붙잡았지만 날벼락의 왕관이 흘려보냈다.

―아케인 폭격!

케이베른의 몸에서 수십 개의 광선들이 쏟아졌다.

무엇인지 모르지만 위력이 굉장한 마법!

"네발 뛰기."

위드는 건물을 박차고 몸을 날렸다.

콰과과광!

도로와 건물들이 엉망진창으로 부서지는 가운데, 차원 문을 통과하며 재빠르게 피했다.

어떤 공격들은 제대로 막지 못했지만 날벼락의 왕관에서 발동된 방어막으로 튕겨 낼 수 있었다.

"고작 이 정도냐? 드래곤치고는 너무 형편없는데. 사실은 드래곤 중에서 제일 약한 거 아니야?"

틈틈이 입을 털어 주는 것은 필수!

―크루와악! 절대 용서하지 않을 것이다.

케이베른이 땅을 울리며 쫓아오고 있었다.

'드래곤은 효율적인 전투를 하지 않아. 자신을 화나게 만드는 거슬리는 존재를 참지 못한다.'

혼자서 위험하게 유인하던 아까와는 상황이 달랐다.

드워프들이나 지상의 유저들에게 공격을 당하면서도 위드에게만 집중하고 있는 것.

"덤벼라, 까만 똥개야!"

―지옥 불!

화염 계열의 궁극 마법.

대지가 갈라지면서 거친 불길이 솟아올랐다.

얼마나 증오하는지 막대한 마나를 써야 하는 궁극 마법을 터트리고 만 것이다.

'나쁘지 않아.'

위드는 높은 마법 저항력에 신성한 불과 불꽃의 성배까지 보유하고 있었다. 케이베른이 자주 쓰는 화염 계열의 마법이 가장 편안했다. 생명력도 별로 감소하지 않았다.

'그래도 드래곤이라 멍청하진 않다. 화염 마법 패턴을 반복하진 않아. 어차피 느긋하게 간을 볼 시간도 없다.'

위드는 차원 문을 통과하며 등 뒤에서 도끼를 꺼내 손에 쥐었다.

> 용을 죽이는 도끼를 무장하였습니다.

> 스탯이 무작위로 10 감소합니다. 생명력과 마나의 최대치가 3배가 됩니다. 피해량의 5%가 생명력으로 회복됩니다. 일시적으로 모든 스탯이 150 증가합니다. 돌이킬 수 없는 상처! 추가 피해를 입힐 수 있습니다. 도끼가 입히는 피해가 80% 증가합니다. 공격 반경이 증가합니다. 치명적인 공격이 쉽게 발동됩니다. 큰 상처를 입히면 회복 속도를 늦추고, 20초 동안 지속적인 피해를 줍니다. 방어력 관통! 연속으로 공격이 적중할 때마다 방어력을 15씩 낮춥니다. 큰 공격은 때때로 영구적인 방어력 하락이나 방어구의 파괴로 이어지게 됩니다. 몬스터의 투지를 낮춥니다. 암벽 방패 소환 스킬 사용 가능. 도끼 스킬의 위력이 2배로 적용됩니다. 전투 중 스킬을 습득하는 속도가 빨라집니다. 인근의 드워프 전사들의 공격력이 강해집니다. 힘 강화, 체력 강화 스킬이 마스터가 되었습니다.

길게 흘러나오는 메시지 창!

조각 파괴술로 모든 예술 스탯을 힘으로 바꿔 놓았으니 공격력만큼은 사상 최강이었다.

여기에 용을 죽이는 도끼의 추가적인 효과도 부여됐다.

> 드래곤과 전투를 시작했습니다.
> 공격력이 강화됩니다. 마법 저항력이 49% 상승합니다. 피해를 입으면 생명력이 150% 빨리 회복됩니다. 저주, 신체 이상에 면역입니다. 관통, 파괴, 분쇄 공격을 할 수 있습니다. 대지에 서 있으면 뒤로 밀려나지 않습니다.

위드는 이 순간, 드워프들이 희생을 치르며 만들어 낸 가장 멋진 무기를 손에 쥐었다.

"박살을 내 주지."

쿵쿵쿵!

케이베른도 달려오며 주둥이를 내민다.

―단숨에 삼켜 주마!

위드는 가까이 접근한 케이베른을 보며 하늘로 뛰어올랐다.

"후려치기!"

누구나 익힐 수 있는 도끼술.

> 끔찍한 충격!
> 지형을 바꿔 놓을 정도로 가공할 힘이 적에게 가해졌습니다. 원한의 일격!
> 드래곤을 상대로 3배의 공격력이 적용됩니다.

드래곤은 웬만한 공격은 무시하고 상대를 걷어차거나 물어뜯을 수 있었다.

위드의 도끼질은 그대로 드래곤의 머리를 강타해서 밀려나게 만들었다.

―죽인다! 반드시 죽인다!

케이베른의 분노에 찬 절규가 바로 앞에서 들렸다.

위드는 환하게 웃었다.

"바로 이 손맛이지!"

블루 드래곤 라투아스

 헤르메스 길드는 자신들이 가진 전투력을 유감없이 발휘하는 방법을 알고 있었다.
 "바드레이 님을 호위해라!"
 "거침없이 덤벼들어. 우린 헤르메스 길드다!"
 헤르메스 길드원들은 바드레이를 따라서 전투의 광기에 함께 빠져들었다.
 케이베른의 꼬리가 휘둘러져도 더 많은 이들이 달려갔고, 마법 공격을 뒤집어쓰면서도 전진했다. 옷과 얼굴이 그을리고 독에 중독되어서도 전투를 펼쳤다.
 무서운 것은 전투에 대한 집중력!
 혼란의 와중에도 강력한 스킬들을 번갈아 터트리며, 드래곤의 생명력을 조금씩 깎아 놓았다.

> 칼쿠스: 왼쪽 다리가 약합니다.

> 핀데그: 오른쪽 날개 아래의 비늘도 파괴되었습니다. 물리 피해가 고스란히 들어갑니다.

드래곤의 취약점도 공유하면서 유기적으로 전투를 펼쳤다.
―인간들! 너희는 나를 이길 수 없다!
케이베른의 비명에 가까운 포효.
희생의 화로를 쓴 이들이 대활약을 펼치면서 드래곤을 공략해 냈다.
"등은 우리가 맡겠다. 정면에서 버텨 줘!"
"머리를 쳐라. 더 이상 마법을 쓰지 못하게 괴롭혀 줘."
헤르메스 길드는 이권 관계가 얽혀서 출신과 지역에 따라 단합이 잘 되지 않았다. 그러나 이 처절한 순간에는 뜻이 통했다.

> 가우슈: 날개가 손상되어서 확실히 약화되었습니다.
> 라미프터: 어떻게든 집중 공격을 해서 빠르게 처리해야 한다. 마법병단은 현재 위치에서 전진.

마법사들이 은신하던 건물에서 뛰쳐나왔다. 그리고 케이베른을 향해 마법 주문을 외우면서 함께 공격했다.
블랙 드래곤의 몸에서 화려하게 작렬하는 마법들. 드래곤의 마법 저항력이 여전히 높았지만 그럼에도 생명력을 감소시키는 데 도움이 되었다.

> 페일: 우리의 목표는 가장 오른쪽에 있는 드래곤입니다.
> 파이톤: 이 순간만을 기다렸다. 가자!

타격대의 유저들이 드래곤을 향해 우르르 몰려갔다.

그렇지만 건물마다 나오지 않고 남아 있는 타격대 소속 유저들도 꽤 많았다. 그들은 헤르메스 길드가 드래곤과 싸우는 걸 지켜보며 감탄도 했고, 스스로에게 화도 냈다.

"저렇게까지 싸울 자신은 없는데, 솔직히."

"너무 위험해 보인다. 죽기도 많이 죽고."

원래는 드래곤을 상대하는 데 자신들이 주역이 되었어야 했지만, 헤르메스 길드가 싸우는 걸 보고 겁을 집어먹은 이들이 많았다. 그들은 몇 명씩 뭉쳐서 구경하는 쪽을 선택했다.

"헤르메스 길드가 잘 싸우고 있네. 가능하면 사냥 확률이 높은 것이 낫지."

"모라타가 덜 부서져야 되고."

"젠장. 그래도 기분이 나쁘네. 우리도 드래곤을 사냥하려고 그동안 얼마나 노력해 왔냐."

"그건 맞지. 우리의 노력은 대단했어."

"야, 헤르메스 길드가 희생의 화로까지 쓰고 먼저 싸운다는데, 우리가 나서지 않아도 알아서 해결될 거야."

타격대의 유저들은 생각보다 자신들의 전투력이 대단하지 않다는 것을 느꼈다.

헤르메스 길드가 너무 잘 싸우기에, 자신들이 나서는 것이 별 의미 없게 느껴졌다.

"대륙을 내 손으로 구할 줄 알았는데, 구경꾼이 되었네."

"여기가 가장 안전하지. 진짜 위험해지면 도우러 가자."

"그럴까?"

타격대의 유저들이 주저하는 동안에도 전투는 계속되었다.

눈에 띄게 활약하는 비슈르, 크나툴, 말린을 비롯한 수많은 이들.

> 오베론: 벤트 성 소속이신 분들. 모두 출격합시다!

오베론도 희생의 화로를 쓰고 드래곤에게 덤벼들었다. 그를 따르는 드워프들도 함께했다.

전투를 구경하던 유저들은 점점 나설 생각이 사라졌다.

너무나도 위험했고, 실제로도 케이베른의 저항에 무참히 유저들이 죽어 나갔다. 중앙 대륙에 살면서 숱하게 경험했던 패배 의식이 그들을 짓누르고 있었다.

"모라타가 너무 위험해 보이는데 빠져나가자."

"정말? 그래도 될까?"

"응. 초보들도 나가고 있어."

"걸리면 욕 좀 먹을 텐데."

"다들 정신없잖아. 복장만 갈아입으면 몰라."

구경을 위해 도시에 있던 초보자들은 전투가 위험해지자 성문을 나가고 있었다.

타격대 유저들도 결국 저렴한 여행복으로 갈아입고, 모라타의 성문을 빠져나갔다.

위드는 미끼 역할을 하면서도 주위를 쉬지 않고 살폈다.

모라타의 시가지 절반 정도가 전투에 휘말려서 파괴되어 있었다. 멀리 있는 3, 4층짜리 석조 건물들이 굉음과 함께 부서지고, 이제부턴 화재가 나더라도 불을 끈다는 것조차 의미가 없을 정도로 도심이 파괴되었다.

"시체 폭발!"

"시체 폭발!"

네크로맨서들이 정신없이 시체들을 처리하고 있었다.

> 날쌘찬바람: 랜도니가 네리아 해를 넘어 북부 대륙에 도착했습니다. 이동 궤적상 정확히 모라타로 오고 있습니다.

드워프 전사들은 위드를 쫓고 있는 드래곤을 일방적으로 공격했다.

"드래곤이 도망친다!"

"드워프들의 긍지를 위하여!"

케이베른의 등에는 드워프들이 보였고, 머리에는 칼리스와 로암도 보였다. 전투에 참여한 그들은 목숨을 걸고 힘껏 싸우는 중이었다.

의외로 드래곤이 그들을 의식하지 않아서 마음 편히 공격하고 있다는 점도 작용했지만.

―땅 위의 벌레들이 감히……!

케이베른이 제자리에 멈춰서 뒤쫓아 오는 이들에게 꼬리를 휘두르려는 순간.

"네 적은 바로 나 위드핸드다!"

위드는 드래곤의 관심을 돌리기 위해서 달리던 걸음을 조금

멈췄다.

"분검술!"

재빨리 로아의 명검을 뽑아 들고, 50개의 분신을 일으켜 드래곤에게 달려갔다.

―네놈부터 죽인다. 불타는 숨결!

케이베른도 반갑게 맞이하며 불길을 내뿜었다.

브레스는 아니지만, 화염 계열의 최상위 마법 중의 하나!

분신이 소멸되었습니다.

위드는 분신들이 불에 녹아내리는 중에도 지그재그로 전진했다. 날벼락의 왕관이 방어막을 형성하며 화염 마법을 막아주었다.

바윗덩어리를 박차고 뛰어올라서 드래곤의 얼굴 근처까지 도약!

―이번엔 잡혔구나!

케이베른의 앞발이 맹렬한 기세로 날아오고 있었다.

'인간들에게 관심을 가진 것이 어쩌면 날 끌어들이려는 함정이었구나! 과격하긴 하지만 그래도 멍청하진 않군.'

절체절명의 그 순간, 위드는 조각술을 사용했다.

"찰나의 조각술."

조각술 최후의 비기.

세상이 멈춘 가운데 드래곤이라고 해도 다를 건 없었다.

모든 소리가 사라진 고요한 세상.

대도시 모라타의 모든 상황들이 거짓말처럼 정지했다.

폭발과 혼란, 하늘에서 내리는 화염의 비까지도.

멸망을 알리는 것 같은 도시의 모습이 슬프고도 아름다웠지만, 그걸 만끽할 정도의 감성은 없었다.

9만까지 모아 놓은 찰나의 에너지도 급속도로 소모되는 중이었다.

'바드레이와의 싸움에서 이기고 나서 아직 제대로 채워 놓지도 못했는데.'

위드가 20미터를 더 움직여서 드래곤의 얼굴까지 다가갔다.

헤겔은 해내지 못했지만 자신은 다르다.

"옜다, 받아라!"

위드는 이번엔 로아의 명검을 뽑아서 드래곤의 눈동자를 힘껏 찔렀다.

그리고 다시 시간이 흘렀다.

쿠우워어어억!

드래곤의 눈동자를 꿰뚫으며 박힌 로아의 명검!

신성한 불이 적용되어서 화염을 줄기줄기 뿜어내었다.

> 치명적인 일격!
> 드래곤의 한쪽 눈을 파괴하였습니다. 생명력 563,974를 감소시켰습니다.

"계속 덤벼들어라."

"정면에서도 피하지 마! 버티면서 기회를 노려라! 일격에만 죽지 않으면 어떻게든 살려 준다."

"장창 부대 전진!"

아크힘의 지휘 아래 헤르메스 길드는 점점 압도적인 병력으로 드래곤을 밀어붙였다.

지상에서 벌떼처럼 덤벼드는 헤르메스 길드원들.

수만의 병력이 돌격을 기다리고 있었고, 외곽에는 그보다 훨씬 많은 유저들이 지원을 해 주었다.

케이베른의 방어력과 마법 저항력이 엄청난 수준이라지만, 수천 발의 화살과 마법 공격들이 쉬지 않고 적중하고 있었다.

드래곤의 몸에서 처음부터 싸우며 빙하의 검을 휘두른 바드레이는 사람들의 눈에 선명하게 보였다.

누군가의 입에서 한 단어가 흘러나왔다.

"무신!"

하벤 지역을 정복하고 중앙 대륙으로 마구 뻗어 나갈 때.

바드레이가 이끌던 전투에서 그들은 무신을 외쳤었다.

"무신! 무신! 무신!"

그 단어는 전염성을 가진 것처럼 헤르메스 길드 사이에서 퍼져 나갔다.

이윽고 엄청난 함성이 바드레이의 별명을 외치고 있었다.

무신 바드레이!

그가 친위대와 함께 날개가 달린 갑옷을 입고 하늘을 날아 드래곤의 몸을 직접 공격했다.

수많은 마법에 적중당하기도 하고, 화살이 꽂힐 때도 있었지만 사제들의 회복 마법으로 견뎌 냈다.

모든 고통과 부상을 참아 내면서 드래곤을 공격하는 그 광경은 헤르메스 길드원들이 기억하는 독보적이고 절대적인 강함을 가진 바드레이의 모습.

"무신! 무신! 무신!"

헤르메스 길드의 사기는 최고가 되었다.

그들 스스로 모라타에 와서 가장 힘든 전투를 헤쳐 나가고 있었다. 가르나프 전투 이후의 패배 의식을 완전히 날려 버릴 정도로 자신감이 솟구쳤다.

아크힘이 소리를 질렀다.

"모두 죽을 각오로 싸워라! 오늘 우린 전설이 될 것이다!"

헤르메스 길드가 격렬하게 드래곤에게 덤벼들었다.

바드레이만을 보고, 그의 강함을 따르는 절대적인 세력.

드래곤의 몸은 만신창이가 되어 있었다.

―인간들 따위가!

케이베른이 울부짖으며 꼬리를 휘둘렀다.

기사단 중 꼬리에 얻어맞은 수십 명은 쓰러졌지만, 그보다 많은 기사단이 뿔피리를 불며 돌격해 왔다.

모라타의 건물에 숨어서 전투를 구경하던 유저들이 말했다.

"왠지 우리도 무신이라고 외쳐야 될 거 같지 않냐?"

"바드레이의 소문이 그대로잖아. 장난 아니게 싸운다. 미친 듯이 말이야."

헤르메스 길드원들의 마음은 바드레이가 보여 주는 열정으로 타오르고 있었다.

―가시 장벽!

드래곤이 강철로 된 가시 벽을 세워도 몸으로 뚫었고, 꼬리를 후려쳐도 한 걸음 더 나아가서 싸웠다.

헤르메스 길드원이 10명, 20명씩 죽을 때마다 드래곤의 생명력도 착실하게 줄어들었다.

쿠우워어어어!

케이베른이 고통으로 울부짖기 시작했다.

매끈한 흑색으로 빛나던 드래곤의 비늘은 엉망진창으로 부서져서 공격자들의 무기를 제대로 막아 내지 못했다.

마법을 사방으로 퍼붓고 있지만, 바로 죽지 않는 인간들은 금세 회복해서 다시 덤벼들었다.

무적의 헤르메스 신화가 재현되고 있었다.

—인간들! 너희와 이 도시를 저주할 것이다.

케이베른은 생명력이 7% 이하로 떨어지자 오른쪽 날개를 활짝 펼쳤다. 부상이 심한 왼쪽은 절반밖에 펼쳐지지 않았다.

그 순간, 군단장들이 포효를 터트렸다.

"비행이다!"

"드래곤이 하늘로 날아서 도망치려고 한다."

하늘을 날더라도 마법을 써서 쫓아갈 수는 있었다.

그렇지만 지상에서처럼 엄청난 화력을 끊임없이 집중시키기란 어려운 일.

"총공격! 모든 마나를 다 써라."

무기를 든 헤르메스 길드원들이 몸으로 뛰어들었다.

드래곤의 저항이나 마법 공격 따위는 아랑곳하지 않고 공격을 했으며, 미리 준비해 둔 그물을 던졌다.

그동안 전투를 치르며 드래곤의 몸에 수없이 많은 무기들이 꽂혀 있었고, 거기에 걸린 그물들!

쿠우워어어어억!

헤르메스 길드가 구해 온 끊어지지 않는 실로 드라고어가 직접 짠 그물이었다.

낚시꾼인 제피는 전투에 참여하지 않았다.

지상에서 부지런히 돌아다니면서 케이베른의 다리를 그물과 연결, 하늘로 날아오르지 못하도록 방해할 준비를 해 두었다.

케이베른의 등과 머리에는 바드레이와 헤르메스 길드의 전사들이 올라타 있었다.

―인간들 따위가 나를 막을 순 없다.

드래곤은 그물을 붙잡고 있는 수천 명의 유저들을 데리고 공중으로 떠오르고 있었다.

5미터… 10미터… 하늘로 서서히 솟구치는 검은 드래곤!

> 아크힘: 마법병단, 일제 공격!
> 라미프터: 아군들이 너무 많이 붙어 있습니다.
> 바드레이: 상관없다. 쏴!

모라타의 곳곳에서 케이베른을 향해 마법 공격이 날아왔다.

마법공학 대포도 발사되었다.

"죽여!"

"여기가 끝이다."

드래곤의 등에 타고 있던 유저들도 미친 듯이 공격을 해 나갔다. 어떤 마법이 자신들에게 날아오고 있는지 확인할 겨를도 없었다.

"탄생의 힘, 흑기사의 일격!"

바드레이는 스킬을 연달아 사용했다.

케이베른과 유저들의 마법 공격을 몸으로 견뎌 내면서 싸우느라 만신창이가 되었다.

예전이었더라면 생명력이 절반만 줄어들었더라도 물러나서 느긋하게 휴식을 취했으리라.

철혈의 워리어가 된 이후 피해를 더 많이 견딜 수 있었지만, 목숨의 위협을 느낀 것도 오래.

헤르메스 길드원들의 회복 마법이 집중되었지만 드래곤의 꼬리에 얻어맞는 등 숱한 위기들이 있었다.

> 그로비듄: 놈의 생명력이 2%도 남지 않았습니다!

그로비듄의 말이 끝나자마자, 헤르메스 길드의 공격은 광란이라고 불리기에 적합한 것이 되었다. 저마다 체력과 마나를 모조리 쓰는 스킬들을 아낌없이 사용한 것이다.

"고통의 환희!"

철혈의 워리어가 되어 익힌 스킬.

워리어의 비기 중의 하나로 줄어든 생명력만큼 강력한 공격력을 끌어냈다.

많은 체력이 소모된다는 단점을 가졌지만 이럴 때 쓰지 않으면 언제 사용하겠는가.

바드레이는 드래곤의 정수리에서 검을 아래로 꽂았다.

"죽어라, 지긋지긋한 도마뱀아!"

"와우후!"

검치는 드래곤에게 달려들며 신이 났다.

"드디어 저놈과 싸워 보는구나!"

"행복하신 것 같습니다, 스승님!"

검둘치와 사범들이 검을 뽑아 들고 옆을 따랐다.

거대한 드래곤을 상대로 폐허가 된 도시를 달리는 기분은 끝내줬다.

"암. 그렇다마다."

"마법 공격입니다!"

―천둥의 울림!

꽈르르릉!

하늘에서 벼락이 떨어지며 전사들이 죽어 나갔다.

반경 1킬로에 퍼지는 먹구름과 무작위로 쏟아지는 벼락!

전사들만이 아니라, 모라타의 건물들까지 한꺼번에 표적이 되었다.

검치는 그래도 모여서 돌격하는 게 멋있다고 생각됐다.

"흩어지지 말고 달려라!"

"스승님의 말씀이다. 단단히 뭉쳐라!"

검치를 선두로 부채꼴 모양으로 돌격하는 수련생들!

"미쳤어!"

"진짜 무모해."

타격대의 유저들이 깜짝 놀랐지만 그들은 전투의 낭만을 만끽했다.

─뼈의 손! 화염 기둥!

대지에서 일어난 뼈의 손아귀에 사로잡히고, 불기둥이 솟구쳐도 정면으로 달렸다.

"그냥 직진이네."

"드래곤 사냥에서도 저런 미친 짓을 볼 줄이야."

검치와 수련생들은 희생을 치르면서도 드래곤의 몸을 타고 올라갔다.

"죽여!"

"토막 내!"

"찢어 버려!"

희생의 화로를 사용해 레벨은 800대에서 900대에 달하고, 공격력에도 극단적으로 몰빵한 전사들이었다.

치명적인 일격!

치명적인 일격!

치명적인 일격!

무식한 돌격에 이은 공격은 짧은 시간에도 드래곤에게 끔찍할 정도의 피해를 안겨 주었다.

공격력이 높기도 했지만 드래곤의 비늘 사이사이를 정확하게 칼로 내려치고, 균열이 생긴 부위들만 집중해서 베었다.

"이것이 결 검술이다!"

"결 검술!"

"한 곳만 패자!"

블랙 드래곤의 가장 취약한 부위를 공략하면서 단단한 비늘을 부쉈다. 대형 몬스터들을 때려잡는 일점공격술까지!

케이베른은 눈앞에 보이는 타격대를 공격하는 사이, 엄청난 피해를 입었다.

다다다닥!

검삼치가 꼬리에서부터 등을 거쳐서 드래곤의 머리 위로 뛰어서 매달렸다.

"으하하하하하. 내가 여기에 왔다!"

그러고는 검을 사정없이 내리쳤다.

쿠우워어어어어어어!

케이베른이 자신의 머리에 올라간 이에게 분노할 때였다.

"계속 잘라. 단단한 비늘은 다 부수면 돼!"

"우워! 우워! 우워!"

"이 동네의 미친놈은 우리다!"

타격대의 유저들이라고 전부가 소심한 건 아니었다.

헤르메스 길드에 의해 그동안은 얌전했을 뿐, 심하게 말하면 주눅이 들어 있던 거였다.

위드가 남부 사막 지역에서 야성을 기르라고 했을 정도였는데, 검치와 수련생을 따르는 이들은 더욱 적극적으로 싸웠다.

"우린 지원을 합니다. 잘 싸우고 있으니 직접 드래곤을 겨냥하기보단 혼란을 야기하는 데 주력해 주세요."

"옛. 알겠습니다."

페일은 그를 따르는 궁수 부대와 함께 화살을 쐈다.

"발사!"

불화살, 연막 화살, 냄새 화살, 마비 화살, 독화살.

드래곤을 괴롭히는 다양한 화살들이 쏘아졌다.

먼 거리에서 드래곤의 견고한 비늘을 뚫고 피해를 입힐 자신까진 없었다. 그저 견제하는 역할이었다.

단, 페일의 살통에 담긴 몇 개의 화살은 특별했다.

죽음의 화살!
목표를 정확하게 명중할 시, 최대 10만의 피해를 입힌다.

세상에 다섯 대뿐인 화살. 세계수와 관련된 궁수 퀘스트를 통해서 얻은 귀한 것으로 값을 매기기도 힘든 물건이었다.

위드는 전투가 벌어지기 전에 말했다.

"그 화살은 일찍 쓰지 말고 기다리세요. 드래곤을 제가 죽이면 가장 좋겠지만… 페일 님도 막타를 노리셔야 됩니다."

"막타요?"

"마지막 공격 말입니다. 드래곤을 쓰러뜨리면 특별한 전투 업적을 얻을 수 있어요."

드래곤을 잡는 영광.

페일은 거기까지 생각하진 않았지만 그래도 해낸다면 꽤 멋질 것 같았다.

'그 순간을 위해 이 화살은 아껴 둔다.'

위드에 대한 고마움도 있었다. 아낌없이 그런 조언을 해 주는 사람이 또 어디 있단 말인가.

타격대의 전투 방식은 먼저 싸우기 시작한 헤르메스 길드를 많이 참고했다. 마법사와 궁수 부대는 원거리에서 지원하고, 전사들이 주축이 되어 근접전을 쉬지 않고 펼쳤다.

확실히 헤르메스 길드보다는 약했고, 위드가 드워프와 명문 길드들과 함께 싸우는 것보다도 전력이 부족했다.

케이베른이 빛의 궁극 마법을 사용했다.

—빛의 붕괴!

하늘이 폭발하는 것처럼 빛의 줄기들이 지상으로 내려왔다.

멀리 도시 밖에서도 볼 수 있는 찬란한 섬광. 레벨 300~400대의 유저들을 잿더미로 만들어 버리는 궁극의 마법이었다.

"이야아아압!"

"죽여, 죽여!"

"몸에 불이… 아아. 빛에 꿰뚫려서 죽는 것은 처음이야."

"내 멈추지 않는 심장에도 구멍이 생겼다. 크하하핫. 내가 바로 검오백치!"

검치와 수련생들, 타격대의 유저들은 헤르메스 길드처럼 마법 저항력이 높은 장비들을 착용하지 못했다.

위드가 아끼는 장비들이라도 검치와 사형들에게는 내주려고 했지만 그들이 단칼에 거절했다. 방어구를 덕지덕지 걸치고 싸우는 건 적성에 맞지 않는다는 것이었다.

검에 미친 이들은 케이베른의 마법 공격에 우수수 죽어 가면서도 분위기를 이끌고 있었다.

크나툴은 용맹하게 드래곤의 관심을 끌었고, 비슈르는 정령술과 마법 공격, 화살로 피해를 입혔다.

요정 기사는 방어력을 완전히 무시하는 차원을 자르는 검을 휘두르며 케이베른의 몸을 만신창이로 만들었다.

"크하하핫. 드래곤은 우리 손으로 잡는다."

"스승님! 영광의 순간이지 말입니다."

검치와 수련생들은 벌써 절반 정도가 사망했다.

"한 대를 맞고, 두 대를 때리면 우리가 이긴 거지."

"맞습니다, 스승님!"

"일대일의 싸움만이 승부가 아니다."

"역시 싸움은 패싸움이지 말입니다."

오베론은 지상에서 드래곤의 관심을 끌었다.

워리어들을 데리고 정면에서 버티면서 드래곤의 공격을 유도, 많이 밟혀 죽긴 했지만 다른 이들이 마음 편하게 공격하도록 유인하는 역할을 해냈다. 그들이 아니었더라면 검치와 수련생들은 마법 몇 번에 일찌감치 전멸했을지도 모른다.

"우린 승리한다!"

오베론이 함성을 터트리며 격려할 때였다.

헤르메스 길드의 진영에서 고함 소리들이 터져 나왔다.

"드래곤이 죽었다!"

"바드레이 님이 드래곤을 사냥했다!"

모라타에 있는 수많은 유저들이 헤르메스 길드가 맡은 드래곤을 향해 시선을 돌렸다.

바드레이가 드래곤의 머리에 검을 꽂은 채 망토를 휘날리며

서 있었다.

그리고 육중한 검은 드래곤이 서서히 쓰러졌다.

"만세! 드래곤을 이겼다!"

"승리다!"

"이제 둘 남았어!"

대지의그림자 파티.

은링, 벤, 엘릭스로 이루어진 그들은 퀘스트에 필요한 물건을 얻었다.

"서두르자고."

"약속의 목걸이. 이걸 이렇게 빨리 구할 줄은 몰랐지."

"헤르메스 길드가 도와줄 거라고는 생각 못 했는데요."

드래곤 라투아스와 관련된 물품을 구하는 데는 헤르메스 길드가 제공한 정보가 큰 도움이 되었다.

그들은 급한 마음에 유린의 그림 이동술로 단숨에 그레고달 산맥의 초입에 도착했다.

"고맙습니다."

"아니에요. 일부터 해결하러 빨리 가 보세요."

"정말 친절하시군요."

벤이 웃으며 말하고 재빨리 산맥을 뛰어 올라갔다.

드래곤 라투아스를 만나기 위해서는 여기서부터는 직접 걸어서 가야만 한다.

'정말 귀여운 아가씨네.'

급히 산을 달리면서도 아쉬운 마음에 힐끗 뒤를 돌아보니 커다란 늑대 1마리가 유린의 앞에 나타나 있었다.

케이베른의 활동 이후에 몬스터들의 움직임이 활발해지기도 했지만, 그레고달 산맥은 원래 험한 곳.

'구해 줘야 돼.'

벤이 발을 멈추려는데, 유린이 등에서 엄청난 크기의 몽둥이를 꺼내는 것이 보였다.

"어어?"

유린은 검술이나 창술 쪽에는 취미가 없었다. 본격적인 전투에 흥미를 느끼지 못했기 때문. 하지만 그림을 그리는데 나타난 몬스터들을 처리할 정도로는 강해졌다.

늑대가 유린에게 달려들었고, 그 순간 몽둥이가 현란하게 춤을 추었다.

콰직! 깨갱! 깽!

"벤? 빨리 가야지!"

"어. 그, 그래……."

벤은 자신이 본 것은 착각일 거라 생각하며 산을 계속 올라갔다.

해골 지팡이를 들고 있는 리치가 길가에 서 있었다.

"인간들이여. 이곳은 위대한 라투아스 님께서 계신 곳이다."

엘릭스가 한쪽 손을 가슴에 대고 정중하게 인사했다.

"저희는 라투아스 님을 만나기 위해 왔습니다."

"라투아스 님은 하찮은 인간을 만나지 않는다."

"여기… 그분이 원하시는 물건을 가져왔습니다."

엘릭스는 약속의 목걸이를 꺼내서 보여 주었고, 그것으로 리치의 허락을 받아 냈다.

"그분을 만날 수 있을 것이다. 나를 따라와라."

블루 드래곤 라투아스.

다른 드래곤들과는 달리 외부 활동을 하지 않으며 만나는 모험가나 종족도 없다고 알려져 있다.

과거 위드가 만나고 무려 헬리움까지 챙겨서 돌아온 것은 모험가들에게는 전설로 남아 있는 대사건.

"드래곤을 뵙습니다."

대지의그림자 파티는 레어의 내부로 들어가서 거대한 블루 드래곤을 만날 수 있었다.

―인간들이여. 내가 찾는 물건을 가져왔다고?

"그렇습니다."

엘릭스가 공손하게 약속의 목걸이를 바쳤다.

―이것이 어떤 물건인지 아느냐?

"알지 못합니다."

대지의그림자 파티는 순록의 던전에서 약속의 목걸이를 구했다. 보스 몬스터를 사냥한 것도 아니고, 던전의 구석에 숨겨져 있었던 물건.

약속의 목걸이
특수한 마법 처리가 되어 있다. 어떤 약속의 증표로 존재한다.
내구도: 10/10

그들은 퀘스트를 진행하다 보면 비밀을 알 수 있을 거라고만 생각했다.

―이 목걸이는 내 맹세의 증표이다.

파직!

구슬들이 엮여 있던 약속의 목걸이가 산산조각으로 깨졌다.

> **드래곤 라투아스가 찾는 물건 퀘스트 완료**
> 라투아스는 오래전 자신의 친구인 유스켈란타와 약속했다.
> ―너를 봐서 이 땅의 생명들을 지켜 주겠다. 세상이 위기에 닥쳤을 때 나는 그들을 구할 것이다.
> 실버 드래곤 유스켈란타와의 약속.
> 라투아스의 고결한 맹세는 아무리 오랜 시간이 지나도 유지될 것이다.

> 레벨이 올랐습니다.

> 라투아스와의 친밀도가 높아집니다.
> 드래곤의 관심을 받게 되었습니다.

> 명성이 20,000 증가합니다.

그리고 대지의그림자 파티의 눈앞에 알 수 없는 영상이 펼쳐졌다.

어둡고, 붉은 균열에서 끝없이 악마병들이 쏟아져 나오는 것을 실버 드래곤이 마법을 쓰며 막아 내고 있었다.

"드래곤의 피를 마셔라!"

"뼈를 삼키고, 눈알을 파헤쳐라!"

악마병들의 공격을 실버 드래곤은 바람과 방어 계열의 마법으로 상대했다.

균열에서는 점점 더 많은 악마들이 튀어나왔고, 악마 전사들까지 나타나면서 실버 드래곤의 전신이 난도질당했다.

―소생.

실버 드래곤은 위험에 빠질 때마다 스스로 몸을 회복시켰다.

해가 떠오르고, 저물고… 몇 날 며칠의 전투가 이어졌다.

마침내 악마병들은 개미 떼가 코끼리를 무너뜨리듯이 실버 드래곤의 결계를 뚫고 몸속으로 파고들었다.

피를 흘리며 처참하게 쓰러지는 실버 드래곤의 모습을 보여 주며 영상이 끝났다.

"으음."

"아……."

"이건."

대지의그림자 파티는 슬며시 눈을 마주치며 무엇인지를 깨달았다.

실버 드래곤 유스켈란타의 죽음.

드래곤이 죽은 일이 보통이었을 리가 없다.

짐작은 했지만 약속의 목걸이를 가져온 것으로 끝난 게 아니었다.

―내 친구 유스켈란타는 엘프들의 친구이기도 했으며, 드워프들을 아끼고, 인간들을 좋아했다. 그녀는 악마들로부터 세상을 지키려고 했다.

라투아스의 나직한 혼잣말.

3명의 모험가는 아무 말도 하지 않고 듣기만 했다.

―유스켈란타의 부탁은 인간들을 보살펴 달라는 것. 인간들을 위해 너희는 악마들이 이 땅에 뿌려 놓은 위험을 찾아야 할 것이다.

"위험이요?"

―악마들이 세상을 파괴할 음모를 어디선가 진행하고 있다. 그들의 작업은 은밀하여 알아차리기가 어렵지만 일찍 막아 내지 않으면 매우 위험할 것이다.

"……."

대지의그림자 파티는 조용히 눈치를 보았다.

연계 퀘스트가 이어질 거 같은 분위기이긴 했지만, 악마들의 음모라면 요즘 핫한 이슈가 아닌가.

"설마… 말씀하신 악마들의 음모라는 게, 이거 아닙니까?"

벤이 배낭에서 알의 껍데기를 꺼냈다.

케이베른이 만들었던 드래곤의 부서진 알 껍데기였다.

―맞다. 마법으로 만들어진 가짜 알이구나. 건방지게도 악마들이 드래곤을 이용하고 있었다니.

> 퀘스트 '악마들의 비밀'을 완료하였습니다.

퀘스트를 정식으로 받기도 전에 완료!

명성과 라투아스와의 친밀도를 또다시 얻었다.

> 케이베른과 랜도니가 이미 왕성하게 활동하고 있습니다. 연계 퀘스트의 내용이 갱신됩니다.

> 퀘스트 블랙 드래곤 케이베른을 완료하였습니다.

> 퀘스트 레드 드래곤 랜도니를 완료하였습니다.

> 퀘스트 악마들의 지배자를 완료하였습니다.

―케이베른과 랜도니, 그놈들을 막아야 한다. 인간들과 드워프, 오크들을 파괴하고 나면 흑마법으로 지옥의 문을 열 것이다. 악마들이 이 세상으로 나오게 된다.

띠링!

> **블루 드래곤 라투아스의 활동**
> 악마들의 왕 클레타를 강림시키기 위해 케이베른과 랜도니, 어리석은 두 드래곤이 돌아다니고 있다. 라투아스는 오래전의 약속에 따라 전투를 시작할 것이다. 그들을 멈추게 만드는 것은 드래곤으로서 마땅히 해야 할 일. 라투아스가 그들과 싸워서 이긴다면 대륙은 안전해질 것이다.
> 케이베른과 랜도니의 위치를 알아 오라.
> 제한: 악마들의 지배자 완료.
> 난이도: S

퀘스트의 발생.

그것도 드래곤끼리 전투가 발생하게 되는 퀘스트였다.

"이거 원래대로라면 생각해 볼 여지가 많았겠어."

"그렇죠? 퀘스트 문구의 마지막 부분이 좀 수상해요. 라투아스가 아무 때나 나서서 두 드래곤과 싸워 이긴다는 보장이 없어요."

"케이베른이 위험에 빠지니 랜도니도 출격했지. 이거 잘못하면 드래곤 2마리에게 협공을 당해 라투아스가 죽을 수도 있었겠어."

대지의그림자 파티는 퀘스트와 모험에 대한 전문가들.

이 퀘스트는 라투아스를 이용하긴 하지만 단순하게 생각할 수 없었다. 돌이킬 수 없는 실수가 될지도 모르는, 끔찍한 위험이 있는 퀘스트.

"근데 지금은 케이베른이 거의 죽기 직전이고 랜도니가 모라타로 가고 있다고 하니……."

"더 볼 거 있나? 지금보다 나은 기회는 없을 거라고."

"그럼 바로 퀘스트를 시작하는 것에 모두 동의하시는 거죠?"

"응, 당연히."

"동의해."

은링은 두 사람의 의견을 모아서 대표로 말했다.

"케이베른과 랜도니는 북부의 도시 모라타에 있어요."

> 블루 드래곤 라투아스의 출격에 필요한 정보가 전달되었습니다.

라투아스가 거대한 몸을 서서히 일으켰다.

대지의그림자 파티는 끝없이 커지는 것 같은 드래곤의 덩치에 몸을 떨어야 했다.

―드래곤은 이 세상의 균형을 유지하는 힘. 케이베른과 랜

도니는 어리석고 잔혹한 드래곤들이다. 그들이 클레타의 강림을 위해 인간 세상을 파괴하려고 한다면 막아야 한다.

라투아스가 레어의 입구에서 날개를 펼치고 하늘로 날아올랐다.

대지의그림자 파티는 그 모습을 멍하니 바라볼 뿐이었다.

"우리… 뭔가 굉장한 걸 한 거 같은데."

"그러게요. 꽤 엄청난 일을 저지른 거 같죠?"

"아… 모라타. 모라타에서 이걸 구경했어야 하는데."

위드는 드워프들을 이끌다가 바드레이가 먼저 드래곤을 해치웠다는 소식을 들었다.

―드래곤 1마리가 죽었습니다!

마판이었다.

서둘러 고개를 돌려 보니 블랙 드래곤이 쓰러지고 있었다. 악의 분열 마법의 효과가 다한 것인지 드래곤의 육체가 그대로 소멸되었다.

"역시!"

위드는 매의 눈으로 전리품부터 확인했다.

'분명히 없었어.'

먼 거리였지만, 아무것도 없었다.

전투의 승리도 중요하긴 하지만, 드래곤이 죽고 나서 남긴 물품은 반드시 챙겨야 하는 것.

'전리품이나 업적까지 3개가 된 건 아니야. 드래곤을 사냥하는 업적은 마지막 케이베른을 처치한 자가 갖는다.'

—급보입니다.
—위드: 또 뭔가요?

위드는 마판의 연락이 올 때마다 불안감이 마구 치솟았다.

오늘은 계속 심장 건강에 대단히 안 좋은 소식들이 이어지고 있었다.

—라투아스가 레어에서 날아올랐습니다.
—블루 드래곤요?

위드와도 연관이 깊은 드래곤.

퀘스트를 진행했고, 유스켈란타의 조각품을 만들기도 했다. 헬리움을 넉넉하게 챙기면서 상당히 친밀도를 높여 놓은 드래곤이었다.

…두 번 다시 얼굴을 보고 싶진 않지만.

—대지의그림자 파티로부터 연락입니다. 라투아스가 케이베른과 랜도니를 막으려고 한답니다.
—우릴 돕는단 말입니까?
—예. 지금 레어에서 이동하고 있다는데… 잠시만요.

위드는 드워프들을 이끌고 싸우면서도 마판의 소식을 계속 기다렸다.

헤르메스 길드는 1마리의 드래곤을 처치하고, 타격대와 합류해서 드래곤을 공격하기 시작했다.

―쿠으으으으으. 벼락! 벼락! 벼락!

그쪽의 드래곤도 인간들과 싸우면서 맹렬하게 저항했다.

엄청난 난전이 벌어지고 있었다.

―모두 쓸어 줄 것이다. 불의 바다.

케이베른의 자아를 고스란히 가지고 있는 블랙 드래곤.

하나의 육체가 파괴되고, 헤르메스 길드의 공격까지 받자 하늘로 날아오르기 시작했다.

"안 됏!"

"막아요, 어서!"

지상을 불태우며 떠오르는 드래곤을 헤르메스 길드와 타격대가 뒤쫓는 것이 보였다.

―어딜 보느냐!

위드의 적은 바로 앞에도 있었다. 로아의 명검을 눈에 꽂은 대가로 드래곤의 뜨거운 분노를 받고 있는 상태였다.

―공간 폭발!

드래곤은 마나가 모이는 대로 마법을 터트렸다.

위드가 워낙 잘 도망 다니다 보니 광역 공격이 아니라, 피할 수 없도록 대상을 지정하는 마법으로 전환했다.

공간이 압축되더니 빛이 새어 나오면서 강렬한 폭발을 일으켰다.

생명력이 162,381 감소하였습니다.
시공간이 비틀어지며 깨지고 있습니다. 매초 힘이 4.6%씩 감소하며 쇠약해집니다.

위드라고 해도 입을 수밖에 없는 심대한 타격!

레벨 1,000을 넘긴 했지만 궁극 마법을 몸으로 견뎌 내기에는 만만치 않았다.

> 하늘 지배자의 갑옷이 상태 이상에 저항합니다.

날벼락의 왕관에다 생명력과 마법 저항력을 높여 주는 장비들을 몽땅 착용한 게 그나마 다행이었다.

헤르메스 길드의 워리어들은 드래곤과 전투를 위해 체력을 2, 3배 이상 높여 주는 장비들을 착용해서 체력 100만을 유지했다.

위드는 생명력이 워리어들처럼 높진 않았어도 믿는 구석이 또 있었다.

"거룩한 보호!"

"빛의 영광을!"

"치료의 손길!"

"완전 회복!"

아군으로부터 쉴 새 없이 회복 마법을 받아서 생명력을 다시 채운다.

'버틸 수는 있다.'

드워프와 명문 길드의 세력은 온전히 공격에만 집중할 수 있었다.

그사이 타격대가 맡았던 드래곤이 마침내 하늘로 날았다. 다리 하나가 사라진 만신창이 상태였지만, 등에 수많은 유저들을 태운 채로 하늘로 날아오르는 데는 성공했다.

> 물: 모두 출격합니다.

이젠 저쪽은 공중전까지 벌어지게 된 사태!
그리폰 라이더들이 창을 든 채 드래곤을 습격하고 있었다.

> ─대지의그림자 파티에 따르면 라투아스도 모라타로 오는 것 같습니다.

마침내 마판의 소식이 도착했다.

> ─정말인가요?
> ─북쪽으로 날아오는 라투아스의 모습이 도처에서 관찰되고 있습니다. 랜도니와 라투아스가 모두 모라타로 옵니다.

'개판도 이런 개판이 없겠네.'
위드는 케이베른의 상황을 계속 확인했다.
드워프와 명문 길드의 일방적인 공격을 당하며 드래곤은 생명력이 감소하고 있었다.
─반드시 죽인다, 드워프!
위드가 몸을 날릴 때마다 쫓아오는 케이베른의 다리와 날개에 부딪친 건물들이 부서지고, 마법으로 초토화가 되었다.

모라타의 건물마다 숨어 있는 전력이 있었다.
"볼크, 자네 말대로 희망이 보이긴 하는데."
"그러게 말이야. 드래곤을 잡을 수도 있겠어."

다크 게이머들. 어디서든 살아남고, 전리품을 챙기는 그들은 모라타에 남았다.
 물론 승산이 없어 보이면 미련 없이 발을 빼기로 했다. 목숨을 지키는 일은 무엇보다 중요하니까.
 "지금까지 팽팽하게 케이베른과 싸웠어."
 "헤르메스 길드만으로도 몰아붙였고, 3마리가 되어도 하나는 처리했지."
 "랜도니가 오긴 하지만… 라투아스도 온다지 않는가?"
 "선택을 해야 할 시간이군."
 다크 게이머들이 모여 있는 선술집에는 덴타코어도 있었다.
 그는 〈로열 로드〉 초창기부터 사냥을 혼자 다녔다. 모든 시간을 던전에서 보내고 다른 사람들과는 어울리지 않는 다크 게이머.
 최고 수준 유저의 레벨이 100~200이었던 시절에는 이런 말들이 떠돌았다.

 덴타코어는 무엇이든 혼자 해낸다.
 그는 사냥터의 제왕이다.

 헤르메스 길드가 강해지고, 유저들의 평균 수준이 높아지면서 덴타코어에 대한 소문도 줄어들었다.
 그럼에도 항상 사냥터에서 살아온 덴타코어가 강자일 거란 건 누구나 짐작할 수 있는 부분이었다.
 덴타코어는 모라타산 맥주를 한 잔 깨끗하게 비우고는 테이

블에 내려놓았다.

"저는 갑니다. 더 이상 기다릴 수 없겠군요."

케이베른의 목숨이 위태로워지자 덴타코어가 먼저 자리를 떴다.

몇 명의 다크 게이머들도 슬슬 눈치를 보며 일어났다.

"크흠. 남들이 다 먹기 전에 뭐라도 챙기려면 나도 가야지."

"몸이 찌뿌둥하니 한판 싸워 볼까?"

남은 다크 게이머들은 창문 너머로 드래곤의 모습을 보았다. 만신창이가 되어서도 필사적으로 위드를 쫓고 있는 드래곤.

"드래곤이라면 진짜 어마어마한 존재… 하지만 부상이 심한 것도 사실."

"상처 입은 드래곤이라. 거기에 어그로가 제대로 끌렸어."

"운만 좋으면 먼저 먹는 사람이 임자 아닌가?"

다크 게이머들의 계산법은 위드나 헤르메스 길드와는 달랐다. 대륙의 평화나 개인적인 명예 같은 건 상관없다. 당장의 이득만이 문제.

심지어 목숨을 걸더라도, 목숨값만 잘 쳐준다면 만족한다.

"랜도니가 오면 어찌 될지 모르지만, 저놈만큼은 죽일 수 있겠군."

"치고 빠지기에는 정말 적당해. 그다음 일은 모르겠지만."

위드를 뒤쫓는 케이베른의 뒤로 유저들이 대거 달려왔다.

"빛의 추적!"

"날뛰는 피의 분노!"

"각성, 폭주, 광기!"

1만여 명 정도의 유저들.

그들은 흑사자 길드나 다른 명문 길드들보다도 훨씬 빠른 속도로 접근하며 원거리 스킬들을 사용하고 있었다.

"뭐야, 누군데 갑자기?"

"진짜 강한데."

명문 길드 소속 유저들조차도 깜짝 놀랐다.

어디서 나타난 것인지 모르지만, 자신들보다도 월등한 실력들을 보유한 듯했으니까.

그들은 알려지지 않은 스킬을 쓰고, 효율적인 구성을 갖춘 장비들을 착용했다.

'다크 게이머다.'

위드는 고개를 돌려 드래곤을 살피면서 새로 합류한 유저들을 보자마자 알아차렸다.

'그렇다면 역시 시간 싸움인데.'

헤르메스 길드와 타격대가 합류한 채로 공중전이 펼쳐지고 있었다.

유저들의 집요한 저항에 드래곤은 하늘로 떠오르지 못하고 대략 500, 600미터의 높이에서 멈추었다.

'저쪽 케이베른이 먼저 죽어야 된다. 그다음에 이쪽 걸 정리해야……'

위드는 상황을 조율해야 할 필요성을 느꼈다.

> 칼리스: 공격해라! 우리가 승리해야 한다.
> 로암: 로암 길드여, 오늘만 살아라!
> 미헬: 우린 나아갈 수 있다. 모두가 힘을 모아 해낼 수 있어!

대영주들은 유저들을 독려하며 전투를 치르고 있었다.

헤르메스 길드와의 경쟁에 눈이 멀어 버린 모습.

이쪽의 드래곤도 부상이 심하고, 마나 소모가 큰 상태였다.

'저렇게 열심히 싸우는 모습을 의도한 건 아니었는데. 이쪽 드래곤이 먼저 죽으면 업적과 전리품이 날아간다.'

위드가 크게 걱정했지만 정작 전투의 완급을 조절하는 것은 다크 게이머들이었다.

그들은 드래곤에게 접근하면서도 공격 기술을 마구 터트리진 않았다.

간단한 공격을 몇 번 해 보고는 고개를 끄덕이기도 한다.

드래곤의 방어력을 확인하면서 시기를 기다리는 태도.

'속셈이 보이는구나. 헤르메스 길드나 타격대가 저쪽의 드래곤을 사냥한다면 모든 공격을 퍼붓겠지?'

드래곤 사냥보다도 전리품에 눈이 멀어 있는 모습이었다.

케이베른 처치에 도움이 될 만한 이들의 합류로 위드의 승리 가능성이 훨씬 커지기는 했다. 하지만 반대로 생각하면 경쟁자가 굉장히 많아진 것이다.

그 순간!

"와아아아아아! 드래곤이 죽었다."

"명궁 페일 님이 해냈어!"

거대한 함성이 들렸다.

하늘을 날아서 벗어나려고 하는 드래곤. 페일이 다섯 발의 화살을 연달아 쏘아 드래곤을 공중에서 제압했다.

위드의 눈에 추락하는 드래곤의 모습이 보였다.

"좋았어! 투신의 심판!"

다크 게이머 덴타코어가 망치를 들고 강력한 스킬을 터트리며 드래곤을 두들겼다.

"죽음의 보복!"

"어둠 강림!"

"필멸의 장악, 흑마법의 선물!"

"불사조의 주먹!"

분신들의 제거 완료. 다크 게이머들이 저마다 갈고닦은 가장 강력한 스킬들을 발동시켰다.

위드는 저 먼 곳에서부터 수많은 마법 공격이 날아오는 것도 봤다.

'헤르메스 길드의 마법병단이다.'

멀리서 지켜보던 마법사들도 기회를 노리고 있었던 것이다.

2마리의 드래곤이 쓰러지자마자 아껴 두었던 마나를 모조리 쏟아 엄청난 마법을 퍼부었다.

'드래곤의 마법 저항력이 높다고 해도… 생명력은 얼마 안 남았어.'

위드의 마음이 다급해지려는 순간!

─희생자의 생명 흡수!

케이베른이 생명력을 회복하기 위해 남은 마나를 써서 흑마법을 발동시켰다. 그러나 전장에는 시체들이 거의 남아 있지 않은 상태.

쿠오아아아아아아아!

케이베른이 울부짖는 소리에 당황스러움이 역력했다.

지금까지 위드를 맹렬히 쫓아왔지만 이제야 주변을 돌아본 것이다.

> 그로비듄: 드래곤의 남아 있는 생명력은 13%입니다.

그로비듄의 상황 보고에, 모라타의 유저들은 모두가 한마음이 되었다.

'내 손으로 드래곤을 사냥하는 업적을 세우려면 지금 공격해야 한다.'

헤르메스 길드원들이 전속력으로 달려오며 건물과 잔해를 뛰어넘었다.

케이베른의 온몸은 상처투성이였고, 등에는 다크 게이머들과 드워프 전사들까지 타고 있었다.

'잡을 수 있어. 드래곤이 금방 죽는다.'

마침내 기나긴 전투의 끝이 보이는 상황!

모든 이들이 드래곤의 최후를 생각하고 있었다.

위드는 집중력을 불태웠다.

'오늘의 이 한순간을 위해 싸워 온 거야.'

드래곤의 표적이 되어 도망 다니면서 갑옷이나 투구는 내구도가 절반 이하로 부서졌다. 생명력도 20만 정도 남은 상태.

"죽엇!"

"이제 끝이다, 케이베른!"

모라타의 전역에서 수많은 마법 공격과 화살이 케이베른을 향해 날아왔다. 레벨 200~300대 정도의 구경꾼들조차 원거리 공격을 가했다.

바드레이와 헤르메스 길드의 최상위 랭커들도 무기를 들고 마법 공격들 사이로 뛰어들었다.

"드래곤에게 최후를!"

"우리 헤르메스 길드가 마지막을 장식한다."

> 뮬: 우리도 어서 내려가!

뮬이 이끄는 그리폰 기사단은 창을 들고 하늘에서 돌진했다.

〈로열 로드〉에서 강함을 자랑하는 모든 유저들이 드래곤을 제거하는 최후의 영광을 차지하기 위해 움직이고 있었다.

'7%다. 아직 참아야 돼.'

위드는 저절로 움직이려는 몸을 억눌렀다.

"죽어라, 이놈아!"

"크하하하핫. 드디어 드래곤을 죽이는구나!"

적군과 아군을 가리지 않고 쏟아지는 마법 공격이 드래곤의 전신을 타격했다.

> 바드레이: 우리가 접근하고 있다! 마법 공격을 멈춰라!

바드레이의 말은 타격대는 물론이고, 흥분한 헤르메스 길드에도 통하지 않았다.

 궁수와 마법병단의 마법사들은 공격을 멈출 생각이 없어 보였다. 헤르메스 길드의 전사들도 물러나지 않고 몸으로 맞서면서 드래곤을 두들겼다.

 막타를 먹기 위해 모든 이들이 광란에 빠져 있었다.

 케이베른의 생명력이 1%, 2%씩 줄어들고 있는 이 순간!

 '드디어 때가 오고 있구나!'

 위드는 용을 죽이는 도끼를 움켜쥐었다. 드워프 명장들이 대를 이어서 만들어 온 전설급 무기, 그것이 정정당당한 전투보다는 막타를 위해 동원되는 상황!

 너무나도 위험하기에 다른 조각 생명체들은 이번 전투에 동원하지 않았다.

 "조각 소환술!"

 빛날이만 소환해서 등에 매달았다.

 "알겠지만 우리가 드래곤을 처치해야 돼."

 "너무 위험해 보입니다, 주인님. 저 사이를 비집고 들어가면 죽을 가능성이 큽니다."

 "알아. 하지만 이번만 성공하면 몸을 만들어 줄게."

 "몸이요?"

 "맨날 다른 애들을 날게 해 주는 거 귀찮지 않았어?"

 "맞아요. 누렁이는 정말 무거웠어요."

 "그 녀석은 워낙 우람하고 토실토실해서 무척 맛있을 테니 봐줘야 돼. 내가 널 얼마나 아끼는지 알지? 아주 멋진 몸을 만들어 줄게. 죽어도 다시 생명을 부여해 줄 테니 걱정하지 마."

"알겠어요, 주인님."

위드는 두 번의 기회는 없다고 생각했다.

모라타의 모든 원거리 화력이 케이베른에게 집중되었다.

'이 정도의 공격을 처음부터 퍼부었다면 진작 해치울 수도 있지 않았을까?'

믿기 힘들 정도로 많은 유저들의 총공격은 드래곤마저도 견디기 어려운 것!

검치와 수련생들은 케이베른을 죽이러 왔지만 유저들의 마법 공격에 휘말려 남김없이 죽었다. 뮬과 그리폰 부대도 공중 공격을 하다가 마법이나 화살 공격에 속절없이 죽어 나갔다.

"드래곤이 죽어 간다!"

"이젠 마지막이야, 진짜!"

막타가 만들어 낸 광기.

유저들은 더 많이 덤벼들고 있었다. 지상에서 뛰어오르고, 비행 마법을 써서 드래곤에게 달라붙었다.

물론 위드도 기꺼이 뛰어들 작정이었다.

"크하하핫. 베키닌의 3마리 미친 상어님들도 왔다."

"팔자를 고칠 때다!"

"드래곤은 뒤치기의 4인조 것이다."

"프레임! 취업도 안 되고, 여기서 인생을 걸겠습니다."

"이 순간만을 기다렸다! 야호!"

위드는 가만히 숫자를 셌다.

1초, 2초, 3초…….

드래곤의 몸에 수많은 원거리 공격들이 작렬하고, 근접 유저들이 달라붙어 무기를 휘두른다. 그로비듄도 생명력이 얼마 남아 있는지를 더는 알려 주지 않았다.

"시체 폭발! 시체 폭발!"

네크로맨서들은 모두 드래곤의 옆에서 죽은 유저들의 시체를 터트리기 바빴다.

위드는 지금까지의 케이베른의 모습들을 되짚어 봤다.

'보이는 것처럼 모든 공격이 제대로 피해를 입힌 건 아니다. 특히 마법 공격은 드래곤에 타고 있는 아군을 더 많이 맞혔고.'

확실한 건 드래곤의 최후가 10초도 남지 않았다는 점이다.

"이제 가자."

"지금 가면 되나요? 조금 더 기다리는 편이……."

"출발하자."

위드의 등에서 찬란한 빛을 뿜어내는 날개가 활짝 펼쳐졌다.

빛날이는 금인이의 등에 붙어서 꾸준히 성장해 왔다. 단거리 비행이라면 어떤 조각 생명체보다 빛날이가 더 빠를 정도.

"시작해!"

위드의 등에서 빛날이가 힘찬 날갯짓으로 날아올랐다. 유저들을 빠르게 추월하고, 마법 공격들은 아슬아슬하게 피해 내면서 드래곤을 향해 간다.

크우워어어어어!

그때 들리는 케이베른의 울음소리.

거대한 블랙 드래곤의 예술품처럼 아름다운 육체가 온통 상처투성이였다. 개미 떼처럼 달라붙은 유저들에게 수많은 공격들을 당하고 있다.

"더 빨리!"

"최고 속력이에요."

이미 바람을 꿰뚫는 느낌이 들 정도로 빠른 속도였다.

슈와아아악!

드래곤의 모습이 급속도로 가까워졌다.

> 날벼락의 왕관이 거친 화살을 튕겨 냈습니다.

화살비와 마법을 뚫고, 선명한 빛의 궤적을 그리면서 날아가는 위드!

'모든 힘을 다 모아서…….'

여러 종류의 스킬이 필요하지도 않았다.

멧돼지 도살법, 극단적인 공격력을 가진 도끼술의 비기.

위드는 모라타에서 전투를 준비하며 이 스킬의 숙련도만 노가다로 높여 놓았다. 중급 1레벨. 전력을 다한 일곱 번의 연속 공격에 모든 것을 걸어야 하리라.

"머리로!"

케이베른의 머리로 날아간 위드가 마침내 도끼를 휘둘렀다.

콰과광!

> 일격이 적중했습니다.
> 용을 죽이는 도끼의 위력이 극대화되었습니다. 반경 30미터에 충격파가 퍼집니다. 359,371의 피해를 입혔습니다. 드래곤의 비늘을 파괴했습니다.

엄청난 위력의 충격이 주변으로 퍼졌다.

공간을 일그러뜨리며 마법과 화살들까지 날려 버린다.

위드는 휘두른 도끼를 멈추지 않고 그대로 다시 내려쳤다.

> 2격이 적중했습니다.
> 573,034의 피해를 입혔습니다. 드래곤의 뼈를 부러뜨렸습니다. 방어력을 31% 약화시킵니다. 일시적인 충격 상태에 빠뜨렸습니다.

3격, 4격…….

위드는 도끼를 내려치며 몸 전체를 움직였다. 조각 파괴술까지 써서 늘어난 힘으로 사용하는 극단적인 공격 기술.

드래곤에게 수많은 공격이 적중하고 있기에 누가 막타를 먹일지 알 수 없는 상황이었다. 위드의 공격력은 100만을 훌쩍 넘겨서 가능성이 컸지만 그럼에도 장담하진 못했다.

5격, 6격…….

드래곤은 초주검 상태에서 버티고 있었다.

"흑기사의 일격!"

소란을 뚫고 바드레이가 공격 기술을 발동시키는 소리도 들렸다. 어느새 그가 케이베른의 머리 위로 올라와서 검을 내려찍으려 한 것이다.

'어떡할까? 저 공격이 적중한 후를 기다려? 아니면 먼저?'

갈등은 매우 짧았다.

'내가 먼저 친다.'

위드는 온 힘을 모아서 용을 죽이는 도끼를 케이베른의 이마를 겨냥해서 던졌다.

파파파파팟!

도끼가 세찬 원을 그리며 날아갔다.
그리고 케이베른에게 정통으로 꽂히는 순간이었다.
띠링!

울타 산맥과 노른 산맥을 아우르는 지배자, 강대한 블랙 드래곤 케이베른이 영원한 안식에 들어갔습니다.

레벨이 올랐습니다.

레벨이 올랐습니다.

레벨이 올랐습니다.

도끼술의 레벨이 중급 4레벨이 되었습니다.
강한 힘을 실을 수 있습니다. 공격력이 15% 증가합니다. 상대를 밀쳐 냅니다. 방어구를 파괴할 확률이 높아집니다.

놀라운 전투 업적으로 인하여 명성이 219,740 올랐습니다.

힘이 12 상승하였습니다.

모든 스탯이 10 증가합니다.

체력의 최대치가 50,000 늘어났습니다.

달빛 조각사

마나의 최대치가 50,000 늘어났습니다.

호칭 '드래곤을 이긴 용사'를 얻었습니다.

호칭 '세계의 구원자'를 얻었습니다.

호칭 '악룡의 퇴치자'를 얻었습니다.

호칭 '거룩하고 위대한 황제'를 얻었습니다.

빛의 업적을 완성하였습니다.
인간으로서의 격이 상승합니다. 모든 신체적, 정신적 능력들이 10% 높아집니다.

위드는 메시지 창을 보며 도끼를 날린 손맛을 즐겼다.

'드래곤을 잡았다. 수많은 경쟁을 뚫고 해냈어.'

도끼가 꽂히자마자 바드레이의 공격도 적중되었다. 어쩌면 바드레이가 막타를 칠 수도 있었으리라.

남의 것을 뺏어 먹을 때의 즐거움이 더 큰 법.

샤샤샥!

클레타의 뿔을 획득하였습니다.

《죽음의 서》를 획득하였습니다.

> 흑마법의 정수를 얻었습니다.

세 가지의 물건과 어마어마한 재료템들.

> 블랙 드래곤의 심장을 얻었습니다.

> 블랙 드래곤의 비늘을 대량으로 얻었습니다.

> 블랙 드래곤의 뼈를 대량으로 얻었습니다.

> 현재의 힘으로 소유할 수 있는 무게를 넘어섰습니다.

조각 파괴술로 힘을 늘렸는데도 다 들 수가 없었다.
위드는 절로 등이 따뜻해지고 배가 부른 느낌이었다.

조각 생명체들의 결의

케이베른의 최후!

블랙 드래곤의 거대한 몸이 땅에 쓰러졌다.

"드래곤이 죽었다!"

"우리가 다 함께 드래곤을 사냥했다!"

"승리의 함성을 질러라. 드디어 이겨 냈다! 베르사 대륙의 멸망을 막았다!"

모라타에 있는 유저들이 힘껏 함성을 내지르고 있었다.

"드디어 끝났어? 정말?"

"다 끝난 거 맞는 것 같은데."

온 힘을 다해서 싸웠던 헤르메스 길드원들이 기진맥진해서 주저앉았고, 타격대 유저들도 자신의 동료들이 살아 있는지 확인하기 바빴다.

드래곤의 마법이 펼쳐질 때마다 타격대는 100여 명씩이 죽어 갔기에 희생자들이 많았다.

물론 헤르메스 길드의 손실은 막심하다는 말로도 부족할 지경이었다.

특히 마지막 3분여의 시간 동안에는 모든 화력이 집중되면서 피해가 가장 컸다.

마법사 라미프터는 생존자들을 찾았다.

"바드레이 님은 어디에 있죠?"

"대답이 없습니다. 드래곤과 함께 죽은 것 같습니다."

"아크힘 님은?"

"함께 죽음을 맞이하신 것으로 보입니다."

"그런……."

케이베른의 등에서 마지막까지 싸웠던 헤르메스 길드원들도 8할 이상이 목숨을 잃었다.

살아남은 군단장들은 그들끼리 모여서 이야기를 나누었다.

"바드레이 님이 이렇게 허무하게 죽었단 말인가?"

"너무 엄청난 공격들이 드래곤과 아군을 가리지 않고 집중되었던 이유 때문이겠지."

"그건 그렇겠군."

"마지막까지 버틴 것도 대단한 거지. 바드레이 님이 아니었더라면……."

"바드레이 님이 우리를 이끌면서 그렇게 잘 싸우실 줄은 몰랐어."

헤르메스 길드는 자신들의 피해가 크더라도 누구도 원망할 수 없다는 사실을 알고 있었다.

바드레이와 친위대 유저들이 죽은 데는 아군의 공격도 영향을 주었을 테니까.

마법병단의 화력이 가장 강하게 무차별적으로 이루어졌다.

누가 그 순간에 마법 주문을 멈출 수 있었겠는가.

하지만 블랙 드래곤의 시체가 떨어진 잔해 근처에서 2명의 유저가 몸을 일으켰다.

"야! 튀어, 튀어."

"그래. 서둘러 모라타를 떠나자고."

마르고와 그랜.

뒤치기 4인조 중에서 살아남은 두 사람이었다.

"크흐흐흐. 제대로 해내고 말았다."

"쉿. 그건 평생 무덤에 갖고 가야 할 비밀이야."

"어, 그래."

케이베른의 목숨이 경각에 달했을 때, 뒤치기의 4인조는 드래곤을 사냥하겠다고 큰 소리로 외치며 덤벼들었다.

하지만 그것은 속임수!

이틀 전, 그들은 고민에 빠졌다.

"야. 우리 너무 착해진 거 같지 않냐."

"그러게. 그동안 순순히 위드의 말을 듣고 살았지."

"한 번쯤은 반항할 때도 되었어. 모라타에 불을 지르면서 난리를 쳐 보는 건 어떨까."

뒤치기의 4인조는 반란을 꿈꿨지만 실현 가능성은 거의 없었다.

"모라타에 최고 수준의 유저들이 잔뜩 몰려 있을 텐데, 거기서 우리가 뭘 해 봐야 바로 죽지."

"위드가 얼마나 보복할지 몰라? 뒤끝이 아마 끝이 없을 거야. 그건 진짜 두고두고 무섭다."

마르고는 품에서 단검을 하나 꺼냈다.

"나… 솔직히 말하면 독 단검 있는데. 전투 중에 써 보는 거 어때?"

"단검? 드래곤을 상대로 단검은 쓸모가 없을 것 같은데."

"드래곤이 아니라도 먹을 것은 많잖아. 특히 위드나 바드레이라면……."

꿀꺽!

뒤치기의 4인조는 마른침을 삼켰다.

전쟁의 신 위드.

무신 바드레이.

〈로열 로드〉를 하면서 그 엄청난 위명을 귀에 못이 박히도록 듣고 살아온 그들이었다.

마치 악마가 속삭이는 듯, 마르고의 목소리가 동료들을 유혹했다.

"만약 드래곤 사냥이 성공적으로 끝날 때쯤에는 서로 최후의 일격을 가하려고 난장판이 일어날 거야."

"그렇겠지."

"이 단검의 레벨 제한은 700. 과감하게 희생의 화로를 쓴 다음에 단검을 들고 전투에 참여하는 거지. 그리고 위드나 바드레이를 노리는 거야."

"허억! 너무 위험할 것 같은데."

"무지막지하게 위험하지. 그래도 모두가 드래곤에 집중해 있을 테고, 헤르메스 길드원들은 마법 저항력에 중심을 둔 장비들만 입고 있겠지. 그럴 때 다가가서 쓱. 어때?"

뒤치기의 4인조는 그 말에 전율했다.

자신들의 별명 그대로, 완벽한 뒤치기의 기회가 생길 수도 있었다.

마르고의 낮게 깔린 목소리가 결정타를 가했다.

"드래곤은 목숨 걸고 뛰어들어도 누가 잡을지 아무도 몰라. 쟁쟁한 놈들을 제치고 우리한테까지 기회가 올까? 아마 안 오겠지? 하지만 주변에 널려 있는 헤르메스 길드원이라면? 전투에 지쳐 있고, 사방이 마법과 스킬들로 작렬하는 난장판에서 5~6명만 죽인다면… 위드나 바드레이라면 가장 좋고 말이야."

뒤치기의 4인조는 간단한 계산을 해 보고 나서도 확실한 이득이라는 판단이 섰다.

그들이 마지막 순간 노린 것은 드래곤이 아닌 바드레이!

"으헤헤헷."

"룰루루."

마르고와 그랜은 그렇게 바드레이를 죽이는 전투 업적을 달성하고 유유히 모라타를 떠났다.

> 날쌘찬바람: 랜도니 도착까지 3분 정도 남았습니다.

케이베른 사냥에 성공하긴 했지만, 모라타의 위기는 끝나지 않았다.

"모두 전투를 위한 정비를!"

위드가 사자후를 터트리며 타격대와 헤르메스 길드를 지휘했다.

바드레이와 아크힘이 죽은 이후였기 때문에 헤르메스 길드도 말을 따르게 되었다.

라미프터와 가우슈가 대화를 나눴다.

"후아… 오늘 살아남을 수 있을까?"

"랜도니까진 어렵겠군. 부대를 정비할 시간마저 없어."

헤르메스 길드는 피해를 수습할 시간이 없었다.

살아남은 인원이 얼마나 되는지 살펴볼 시간도 없고, 저마다 물과 음식을 먹으며 다음 전투를 대비하기도 바빴다.

"회복 좀 부탁드립니다."

"사제님, 어디 없어요?"

랜도니의 도착 전에 부상을 회복하려는 유저들로 정신이 없었다.

일부는 잔해 속에 우선 몸을 숨기고 습격 기회를 엿보기도 했다.

> 체이스: 랜도니의 전투 방식은 추측하기 어렵습니다. 오크들을 상대로 브레스나 대규모 마법을 터트리진 않았지만, 그건 무언가를 찾기 위함이었으니 말입니다.
> 스펜슨: 위드 님도 아시겠지만, 레드 드래곤이 드래곤 중에서도 전투력으론 최강입니다. 블랙 드래곤이 흑마법을 써서 까다로운 면이 있지만 강함 그 자체로는 랜도니가 훨씬 압도적이리라 예상합니다.

안 좋은 소식들만 가득.

케이베른을 사냥했으니 곧 랜도니의 분노가 모라타를 뒤덮고 말리라.

헤르메스 길드원들은 씩 웃었다.

"끝까지 해 보지 않고는 모르는 거지."

"그래! 여기서 죽더라도, 뭐……."

"마지막까지 싸워 보자는 건가. 이거 진짜 마음에 드네."

지금까지 멋진 전투를 치러 온 헤르메스 길드였기 때문에, 케이베른을 잡고 나서도 사기가 올라 있었다.

위드는 잔해가 널려 있는 땅에 드러누웠다.

'우선 대륙의 위기는 벗어나긴 했어.'

케이베른만 없어지더라도 악마들의 왕 클레타의 위협은 거의 사라지게 되었다.

절반쯤은 폐허가 된 모라타에서 레드 드래곤과의 전투를 준비하는 이들.

> 마판: 라투아스의 도착까지는 15분 정도가 걸릴 것 같다고 합니다. 그마저도 지상에서 본 거라 오차가 있을 수 있습니다.

어디선가 악기 연주 소리들도 들렸는데, 금세 연주가들이 하나둘 늘어나더니 장중한 협주로 변했다.

살아남은 바드들이 전사들을 위한 연주를 시작한 것이다.

바드 마레이 역시 신들린 듯한 바이올린 연주를 선보이고 있었다.

"화령 님이 춤춘대."

"진짜?"

"엄청 이쁘다더라. 옷도 그냥 아주……."

"잠깐이라도 보게 가 보자. 어서."

"볼 건 보고 죽어야지."

미녀의 춤은 죽은 듯이 쓰러져 있던 헤르메스 길드원들을 일으켰다.

위드는 유저들이 모여 있으면 레드 드래곤의 표적이 될 수도 있다는 생각을 했지만 내버려뒀다.

누더기가 된 이들이 도망치지 않는 것만으로도 다행이다.

마지막 전투를 치르는 이들에게 잠깐 쉴 시간이라도 주어야 할 테니까.

> 물: 공중 팀 피해는 20% 정도 됩니다.
> 페일: 타격대 손실은 대략 30% 이상입니다. 전투 불능에 빠졌던 유저들이 회복되면 조금 더 나아질 겁니다.

시간이 지나면서 각 병력을 맡은 이들의 보고도 올라왔다.

위드도 들고 있는 짐 때문에 무거워진 몸을 일으켰다.

"그래. 마지막까지 싸워 봐야지."

> ─위드 님, 저희가 해냈습니다.

뒤치기의 4인조로부터 귓속말이 들려왔다.

> ─뭐요?

위드는 평소라면 무시하고 말았겠지만 무슨 일인가 궁금해서 대꾸했다.

> ─우리 손으로 바드레이를 처치했습니다.
> ─처치…했다고요?

위드는 근처에 있는 헤르메스 길드원들이 듣지 않도록 목소리를 낮췄다.

> ─그… 바드레이를요?
> ─캬하하핫. 할마와 레위스가 죽긴 했지만 진짜 숭고한 죽음 아닙니까. 뒤통수를 멋지게 쳐서 잡아 버렸죠!
> ─에휴.

위드는 바드레이의 죽음에 대해 알게 되었지만 한숨밖에 나오지 않았다.

그가 남아 있었더라면 레드 드래곤과의 전투에서 헤르메스 길드의 힘을 더 집중시킬 수 있었으리라.

'아무튼 이것들은 시도 때도 없이 뒤통수치는 것밖에 모르는 놈들이야.'

경쟁자인 바드레이를 제거하긴 했지만 그래도 애매할 수밖에 없는 상황.

> ─바드레이가 갖고 있던 검은 아쉽게도 못 얻었는데요. 그래도 바지와 부츠는 획득했습니다. 끝내주지 않습니까?

위드는 이미 지나간 일은 어쩔 수 없다고 생각했다.

> ─둘 중 하나는 내놔요.

> —넵?
> —하나는 상납해야죠. 베르사 대륙을 떠나고 싶지 않다면요.
> —아무리 위드 님이라고 해도 솔직히 좀 아까운데요.
> —간단한 질문을 하나만 할게요. 아르펜 제국이랑 헤르메스 길드에 동시에 쫓기게 되면 어떻게 될까요.
> —…….
> —헤르메스 길드는 어차피 타협의 여지가 없게 되었죠. 걔들이 바드레이의 장비를 내놓는다고 해서 보복을 안 할 리가 없어요. 근데 저한테까지 쫓기면 어디로 숨을래요?
> —드리겠습니다.

위드는 악당들을 착취함으로써 바드레이의 죽음을 위로하기로 했다.

그사이에 희생의 화로를 쓴 유저들은 모여서 전투준비에 여념이 없었다.

어떻게든 남아 있는 병력은 마지막까지 싸울 각오를 하고 있었다.

> 날쌘찬바람: 랜도니 도착 1분 전. 남쪽 하늘에 곧 보일 겁니다.

레드 드래곤 랜도니.

케이베른보다도 덩치가 30% 정도는 크고, 훨씬 강력한 파괴력을 가진 드래곤.

남쪽 하늘에서 붉은 점이 보이더니 점점 커지기 시작했다.

'드래곤과 한 번 싸우는 것도 힘든데, 연달아 두 번이나 싸워야 하다니.'

위드는 모라타에 있는 모든 유저들에게 메시지를 전달했다.

"잘 들으세요. 오늘은 참 기나긴 하루라는 점에서 모두 공감

할 겁니다."

나직하게 말하기는 하지만, 모두에게 선명하게 들렸다.

사자후를 터트리지 않아도 황제의 권능으로 모라타에 있는 유저들에게는 충분히 이야기를 전달할 수 있었다.

빙룡 광장을 중심으로 그 주변 지역이 파괴되어서 흑색 거성이나 대도서관, 예술회관도 천만다행으로 아직 건재했다.

모라타의 판자촌이 다 잿더미로 변했고 상업 시설들이 파괴되었고, 대지는 마법의 흔적들로 깊게 파이고 불탔다.

그럼에도 도시의 절반 정도는 기적처럼 건재했다.

"랜도니와의 싸움. 당연히 쉽지 않을 겁니다. 어쩌면 힘이 부족해서 우리가 전멸할 수도 있겠죠."

현실의 어려움에 대해서도 미리 이야기했다.

전투의 열기가 여전히 지배하고 있긴 하지만, 그렇기에 더 무리한 요구를 해선 안 된다고 생각했다.

랜도니에게 일제 돌격하라는 명령.

이런 무모한 짓을 하라고 하는 대장이 있다면 위드는 절대 따르지 않았으리라.

어떤 상황에서도 승리 확률을 높이고, 피해는 줄여야 했다.

"처음에는 무리하지 말고 드래곤을 지켜봅니다. 간단히 말하지만 신호가 떨어지기 전까지 총공격은 금지입니다. 랜도니가 마법을 쓸 수도 있고, 브레스를 뿜어낼 수도 있겠죠. 어떻게든 라투아스가 도착할 때까지 살아남아야 합니다."

이른바 생존 작전.

랜도니의 공격이 어떻게 이루어질지 모르기에 피해를 입더라도 버티고, 전력을 보존하는 쪽을 택했다.

"그게 맞겠군."

"그래. 어떻게든 지켜보고 대응하는 수밖에 없겠지."

헤르메스 길드의 군단장들도 고개를 끄덕이며 합리적인 작전이라고 생각했다.

"레드 드래곤이다."

"너무… 압도적이군."

구름을 뚫고 나오는 거대한 붉은 생명체.

아름답기도 했지만 절대적인 힘의 상징이기도 했다.

케이베른보다도 훨씬 강한 레드 드래곤의 등장은 모라타에 있는 유저들을 질식할 듯한 침묵으로 몰아넣었다.

위드도 꿀꺽하고 마른침을 삼켰다.

'라투아스가 온다는 소식을 안 들었다면 그냥 다 도망치라고 했을 텐데.'

헤르메스 길드와 타격대는 케이베른 사냥에 모든 걸 다 쏟아 부었다.

병력이 남아 있다고 해도 전투력은 처음보다 훨씬 못한 상황이었다.

'어떻게든 살아야 된다. 라투아스가 도착하면 상황은 또 바뀔 테니까.'

모라타에 남은 유저들 모두가 공감하고 있었다.

여기서 죽고 싶진 않다.

케이베른과의 전투에서 살아남았으니, 어떻게든 라투아스가 올 때까지 살아서 끝을 보고 말리라.

"어? 빙룡이다!"

누군가가 외쳤을 때에도 사람들은 레드 드래곤에게서 시선을 떼지 않았다.

위드도 레드 드래곤을 쳐다보고 있었는데, 또다시 고함 소리가 들렸다.

"빙룡! 불사조! 와이번들! 전부 날아오고 있다고요!"

설마 하는 마음에 이번에는 고개를 돌려 봤다.

푸르른 동쪽 하늘이었다.

익숙하다 못해 지겹기까지 한 빙룡과 불사조가 저 멀리서부터 날아오고 있었다.

빙룡, 불사조, 킹 히드라, 백호, 나일이, 데스 웜, 은새, 와이번 등 조각 생명체 군단에는 일찌감치 모라타 출입 금지령이 떨어졌다.

위드가 케이베른과의 전투를 앞두고 그들을 안전한 곳으로 보내 놓은 것이다.

불사조가 무언가를 느끼고 말했다.

"드래곤. 레드 드래곤이 오고 있다."

불의 정화인 불사조에게는 불의 기운이 그대로 전달되었다.

강렬하기 짝이 없는 레드 드래곤은 불사조도 긴장하게 만드는 존재.

"무섭다. 골골."

금인이는 바위 뒤에 숨었다.

지성을 가진 조각 생명체들은 모라타에서 벌어지는 전투를 알고 있었다.

전투의 규모가 워낙 크다 보니 대기가 떨리고, 땅이 울리는 충격이 먼 곳까지도 전달되었다.

"주인은, 위험하니 우리에게 모라타를 떠나라고 한 것이다."

악어 나일이는 개천에 몸을 절반쯤 담그며 헤엄을 쳤다.

조각 생명체들은 겁이 많기도 했지만, 자신들의 생명을 소중하게 여기기도 했다.

"우릴 살리기 위해서……."

누렁이가 커다란 눈에서 맑은 눈물을 주룩주룩 흘렸다.

위드의 입장에서는 조각 생명체들이 아까워서라도 피하도록 했다. 그렇지만 조각 생명체들이 받아들이는 태도는 달랐다.

"주인이 우릴 구박하면서 못났다고 했지만 그건 진심이 아니었던 것 같다."

"맞다. 우릴 누구보다 아껴 준다. 솔직하지 못할 뿐이다."

"강하게 키우기 위해서 거칠게 다뤘던 것이다. 다 이해할 수 있다."

빙룡은 과거 위드의 말과 행동들을 떠올렸다.

부족한 힘에 비해 큰 몸집을 가져서 제대로 걸어 다니지도 못할 때 얼마나 자신을 보며 안타까워했던가.

"주인이 날 만들 때는 정성을 쏟았다. 눈과 얼음의 폭풍을 견디면서 나를 조각했다."

불사조와 금인이, 누렁이도 당연히 할 말이 있었다.

"주인은 내 형제들이 죽을 때도 슬퍼했었다. 그 표정을 잊을 수 없다."

"나를 잊지 않고 되살려 주었다. 골골. 날 위해 비싼 보석도 잔뜩 썼다."

"주인이 나를 제일 자주 데리고 다녔다. 내 몸을 보며 진짜 멋지다고 감탄도 해 줬다."

조각 생명체들끼리 경쟁에 불이 붙었다.

여전사 게르니카, 하이엘프 엘틴, 기사 세빌도 한마디씩 거들었다.

"내 강인한 육체가 가장 아름답다."

"하이엘프만큼 예쁜 종족은 없지요. 주인님께서 가장 정성을 들여서 날 만들었답니다."

"정의를 위해 살아가는 주인님을 상징하는 존재가 바로 저입니다. 마음이 중요하지요."

데스 웜, 백호, 나일이를 비롯한 조각 생명체들은 대부분 내세울 수 있는 자랑거리들이 있었다.

강력함의 상징이라거나 가죽이 비싸고 귀하다거나 하는 우월함!

"난 맨날 주인을 태우고 다녔다."

"그렇다. 우리 와이번들이 가장 부지런했다."

"너희보다 오랫동안 우린 주인과 함께였다."

대충 조각해서 만들었던 와이번들마저 슬쩍 끼어들었다.

조각 생명체 중에서 최강이라고 할 수 있는 불사조가 가장 먼저 날개를 펼치며 날아올랐다.

"우리 주인이 위기에 빠져 있다. 나는 모라타로 가서 싸울 것이다."

"같이 가자."

불의 거인이 날렵하게 몸을 날려 불사조의 등에 탔다.

청개구리처럼 빈둥거리며 말을 안 듣던 빙룡도 오늘만큼은 생각이 달랐다.

"주인을 구해야 한다. 나도 갈 것이다."

빙룡도 날아오르고, 킹 히드라도 움직이기 시작했다.

골골골.

음머어어어어어.

조각 생명체들이 출격하게 된 것이다.

위드는 모라타로 날아오는 불사조와 빙룡을 보고 당황했다.

"아니, 저놈들이 왜?"

모라타에 접근 금지를 시켜 놨음에도 명령을 따르지 않은 부하들.

빙룡이 날아오며 근엄한 목소리로 소리쳤다.

"레드 드래곤이여, 여기 모라타는 나 빙룡의 영역이니 썩 물러가라."

그 소리가 대기를 뚫고 쩌렁쩌렁하게 들려왔다.

"이게 무슨 미친 짓이야!"

위드는 빙룡이 정신이 나갔다고 생각했다.

레드 드래곤도 당연히 그것을 무시하고 모라타로 계속 날아오고 있었다.

점점 커지는 레드 드래곤의 형체.

"빙룡아, 어서 도망쳐라."

위드가 사자후를 터트려 봤지만, 빙룡과 불사조도 모라타로 계속 날아왔다.

불사조에 타고 있는 불의 거인도 보였다.

"어서 떠나라니까!"

"목숨 바쳐서라도 지키고 싶은 것이 있다. 잘 지켜봐라, 나의 힘을. 후으아하아아아압!"

빙룡이 숨을 크게 들이마시자 배가 빵빵하게 불러 왔다.

최강의 무기인 아이스 브레스를 내뿜기 위한 것.

콰아아아아아!

빙룡의 아이스 브레스가 거친 소용돌이를 치며 발사되었다.

정확히 랜도니를 향해 일직선으로 대기를 꿰뚫고 날아가는 아이스 브레스.

"이거다. 빙룡의 브레스야!"

"제대로 맞혔어. 선제공격을 날린 거야."

모라타에 있는 유저들을 기대하게 만들었지만, 랜도니의 앞에서 검붉은 용암으로 된 장벽이 일어났다.

허무하게도 아이스 브레스는 용암의 장벽에 부딪쳐서 수증기로 변해 갔다.

빙룡이 온 힘을 다하기는 했지만 레드 드래곤의 마법을 뚫기에는 너무나도 약했다.

쿠룩?

브레스를 다 토해 낸 빙룡이 큰 눈동자를 데룩 굴리며 당황했다.

평지를 설원으로 바꿔 버리던 아이스 브레스였다.

수십 마리의 몬스터도 한 방에 얼려 버렸는데, 그것이 마법에 의해 완벽하게 차단될 줄이야.

이것이 진짜와 짝퉁의 현격한 차이.

―내 차례다. 화염의 격노!

이번에는 랜도니가 반격했다.

이글거리는 수십 미터짜리 불꽃 덩어리들이 생성되더니 춤을 추듯이 너울거리며 빙룡을 향해 밀려갔다.

무시무시한 열기가 지상까지 전해질 정도였다.

"친구는 내가 지킨다."

불사조가 날개를 활짝 펼친 채 빙룡의 앞에 섰다.

불꽃 덩어리들이 밀려와서 불사조를 불태웠지만 깃털이 일부 흩날릴 뿐 무사히 막아 냈다.

화염의 상성을 바탕으로 거의 피해를 입지 않았다.

"모라타는 나도 같이 지킬 것이다."

불의 기운을 흡수하며 덩치가 20미터 정도는 커진 불사조!

순수한 불의 정화로 원래의 육체가 220미터 정도의 크기를 가지고 있었고, 빙룡은 그보다도 조금 더 컸다.

끝없이 타오르는 재료인 카스탈, 대작 조각품 출신인 불의 거인은 불사조를 타고 있었다. 그 역시 100미터가 넘지만 힘을 쓸 때마다 크기가 더 커지게 된다.

드래곤에 견줄 수 있는 초대형 생명체로서 덩치로는 크게 밀리지 않았다.

"모라타를 파괴하려면 우리부터 이겨야 한다."

불의 거인의 말에 랜도니는 분노했다.

랜도니는 머리에서부터 꼬리까지의 길이가 350미터를 넘는 초대형 드래곤.

─인간들이 위대한 나의 형제를 안식으로 데려갔다. 방해하는 놈들은 모조리 처치한다!

랜도니는 가속 마법을 쓰며 하늘을 날아가 불사조를 덮쳤다.

"나도 있다!"

불의 거인이 함성을 지르며 불의 칼을 휘둘렀고, 빙룡도 옆에서 레드 드래곤의 날개를 노렸다.

4마리의 초대형 생명체들이 하늘에서 뒤엉키며 전투를 벌이기 시작했다.

"이게 무슨 난리냐."

위드는 멍하니 하늘을 쳐다볼 수밖에 없었다.

모라타에서 랜도니를 힘겹게 막아야 할 줄 알았는데, 조각 생명체들이 먼저 나서서 싸우다니.

"든든해 보이네."

"그것도 소문으로만 듣던 불멸의 불사조야. 불사조가 싸우는 걸 보게 될 줄은 몰랐어."

"드래곤과 불사조, 빙룡까지?"

헤르메스 길드나 타격대나 덕분에 휴식을 취하고 잠깐의 여유도 찾을 수 있었다. 하지만 하늘의 상황은 조각 생명체들에게 전혀 유리하지 않았다.

> 페일: 위드 님, 빙룡이 너무 위험합니다.

레드 드래곤은 마법력만이 아니라 육체적인 능력도 월등해서 불사조의 날개를 움켜쥐고, 빙룡의 목덜미를 물어뜯었다.

4마리의 초대형 생명체들이 근접전을 펼치는데 레드 드래곤은 힘이 일방적이라고 할 만큼 압도적이었다.

불사조가 일부러 사이를 비집고 들어가서 훼방을 놓거나, 불의 거인이 주먹과 칼을 휘두르지 않았으면 빙룡의 목숨이 위험할 만한 순간도 여럿 나왔다.

"눈보라!"

빙룡이 마법을 사용했지만 어떠한 피해도 입히지 못하고 공중에서 녹아 버렸다.

마법의 격차가 2, 3단계는 나는 것이다.

쏴아아아아아!

하늘에서는 눈보라 마법의 영향으로 뜨거운 비가 내렸다.

"빙룡, 저 멍청한 놈……."

위드는 빙룡의 몸이 점점 녹아서 작아지는 것을 보며 안타까워했다.

레드 드래곤 앞에서는 정상적으로 육체를 유지할 수 없었고, 사실 극한의 열기를 뿜어내는 불사조와 가까이 붙어 있는 것도 좋은 환경이 아니었다.

'아직 모라타가 끝장난 건 아닌데. 헤르메스 길드가 싸울 수 있는데.'

얼마나 큰 피해를 입느냐의 문제였지, 라투아스가 올 때까지 버틸 가능성은 컸다.

그나마 불사조에게는 유리한 특성도 있었다.

> **꺼지지 않는 불의 속성**
> 체력이 완전히 다 사라지더라도 작은 불길만 있으면 되살아난다. 되살아날 때는 최대 생명력과 마나의 50%씩을 보유한다.

불사조나 불의 거인은 꽤 오랫동안 버틸 수 있다. 그렇지만 레드 드래곤과의 전투에서 빙룡이 살아남을 방법이란 처음부터 없었다.

"꾸에에에엑! 주인. 우리도 왔다."

"와이번 와삼이, 전투를 시작할 것이다."

"우리의 집인 모라타를 지키자."

7마리의 와이번들까지 날아오고 있었다.

"저놈들까지……."

위드는 화가 나면서도 한편으론 감동하려는 순간이었다.

와이번들은 레드 드래곤을 제대로 보고는 몸을 돌렸다.

"저건 우리가 싸울 수 있는 녀석이 아니다."

"급한 일이 생긴 것 같다."

"모라타에 오지 말라던 주인의 말을 따르자."

날갯짓을 파닥파닥하면서 올 때보다도 신속하게 사라지는 와이번들!

일찍이 전투력으로 빙룡이나 불사조에 비할 순 없으니 도망가는 것이 현명한 판단이었다.

"내가 왔다."

"내려와라, 싸우자!"

파괴된 남쪽 성문으로 킹 히드라와 데스 웜도 모라타로 들어왔다.

조각 생명체들 중에서도 엄청난 전투력을 가진 그들이었지만 드래곤에 견줄 수는 없었다.

더군다나 지상 생명체들의 특성에 따라 하늘을 보며 구경밖에 할 수 없는 처지.

위드의 머릿속이 복잡해졌다.

'평범한 전투라면 제법 도움이 되었을 거야. 하지만 드래곤이다. 희생의 화로도 쓰지 않은 상태에서는 전투에 끼는 것도 무리다.'

그렇다고 조각 생명체들을 강제로 떠나보내는 것도 무리가 있었다. 모라타를 지키기 위해 모인 유저들이 배신감을 느끼고 말리라.

'어쩔 수 없지. 죽는 녀석들은 되살려 주는 수밖에.'

위드는 그렇게 생각하니 차라리 마음이 편해졌다. 우선 땅에 떨어진 얼음 조각과 불씨들을 주웠다.

빙룡과 불사조, 불의 거인의 육체의 일부!

'희생의 화로를 썼는데, 조각 생명체들까지 다시 살려야 하다니… 레벨 손해가 막대하겠군.'

그때 랜도니가 마법을 시전했다.

—옥죄는 화염.

불사조와 불의 거인은 내버려두고, 빙룡만을 노려 불태우는 화염 마법.

크롸라라라락!

빙룡이 몸부림을 쳤지만 화염의 구속은 풀리지 않았다. 거대한 수증기를 일으키며 날개가 먼저 녹아내리면서 지상으로 추락하기 시작했다.

"빙룡……."

위드가 애타게 보고 있는데, 모라타에서 수많은 빛들이 솟구쳐서 빙룡을 감쌌다.

그리고 이리엔이 조용하던 평소의 말투와는 다르게 큰 소리로 외쳤다.

"사제 여러분, 모두 빙룡에게 집중해 주세요!"

그녀와 함께 있던 사제들이 빙룡에게 회복 마법을 써 주었던 것이다.

곧 모라타 전역에서 사제들이 그들과 함께했다.

그 순간에 오는 짙은 감동!

녹아내리던 빙룡의 몸이 다시 회복되면서 희미하게 원래의 크기를 갖춰 나가고 있었다.

하지만 랜도니가 숨을 크게 들이마시자 작은 희망마저 사라졌다.

―영혼까지 태워 주마.

랜도니의 강렬하기 짝이 없는 파이어 브레스가 가까운 거리에서 발사.

빙룡을 꿰뚫어서 소멸시킨 브레스는 모라타의 일부분까지 날려 버렸다.

"대피해요, 대피!"

"모두 빠져나갑시다."

모라타의 성문이 활짝 열리고 유저들이 빠져나가고 있었다.

랜도니의 입에서 토해진 브레스는 빙룡을 흔적도 없이 날려 버리고 모라타를 강타했다.

대폭발이 일어나며 대기가 모여들고, 뜨거운 기운이 상승하며 먼지와 연기를 피워 올렸다.

"버섯구름이다."

"브레스 미쳤다, 미쳤어."

> 마판: 라투아스의 도착까지는 7분 정도 남았습니다.

블루 드래곤 라투아스까지도 북부 대륙으로 넘어왔다는 소식에 유저들은 모라타가 초토화될 것을 예상했다.

"와, 진짜 초대박이네."

"불사조도 세다. 레드 드래곤은 말할 것도 없고."

"빙룡이 너무 불쌍해."

유저들은 고개를 돌려 모라타의 하늘에서 벌어지는 전투를 보며 잠깐씩 넋을 놓았다.

드래곤과 불사조가 충돌하는 광경이란 장엄하면서도 아름다웠다. 불사조의 붉은 깃털이 하늘에서 흩날리고 있었다.

"빙룡이 보고 싶어질 거야."

"저 드래곤은 케이베른보다도 훨씬 강한 것 같은데."

유저들은 빙룡의 최후를 안타까워했다.

"어서 가자. 멀리서라도 보게."

모라타를 빠져나가는 유저들의 발걸음은 더욱 빨라졌다.

목숨이 아깝기도 했지만, 이 멋진 전투를 살아남아서 끝까지 보고 싶었기 때문이다.

"후… 드래곤이 저 정도였나?"

리버스는 공포마저 느꼈다.

모니터로 보던 드래곤을 실제로 겪어 보니 그만한 대괴수가 없었다.

빙룡의 죽음.

위드는 땅에 떨어져 있던 얼음 조각을 추가로 배낭에 넣으며 말했다.

"조각 재료는 넉넉하군. 생명을 다시 부여할 수는 있겠는데."

하늘에서는 랜도니와 불사조, 불의 거인이 뒤엉켜서 싸웠다.

전투력으로는 10배 이상 강한 랜도니라서 압도하고 있었지만, 불사조와 불의 거인은 작은 불씨에도 생명력을 회복하며 되살아났다.

"미치겠네."

케이베른과 전투를 펼치며 절반쯤 박살이 났던 모라타.

랜도니의 브레스가 남아 있던 건물들을 삼분의 일쯤 부쉈다. 그것도 지상에서 흔적도 없이 사라질 정도로.

지금은 불사조의 몸 일부분이 잘리며 불덩어리가 되어 모라타로 계속 떨어졌다.
　"이길 필요는 없으니 도망치면서 버티기만 해!"
　"알겠다, 주인!"
　"그렇게 하겠다."
　불사조와 불의 거인은 빙룡이 죽고 나서 오히려 움직임이 편해졌다. 날렵한 움직임으로 공중전을 펼치며 불의 잔재를 사방으로 퍼뜨렸다.

> 라미프터: 보고만 있지 말고, 마법 지원을 해 주지.

　지상의 유저들도 하늘로 화염 마법을 날려 도움을 주었다.
　불의 기운을 흡수할 때마다 생명력과 체력이 회복되는 속성 덕분에 불사조와 불의 거인은 어렵게나마 버틸 수 있었다.
　사제들 역시 보호 마법과 회복 마법으로 그들을 지원했다.
　모두가 알고 있는 것이다. 그들이 죽고 나면 그다음은 모라타의 차례라는 것을.

> 마판: 라투아스 도착 3분 전!

　불사조는 몸이 찢겨도 계속 되살아나며 상당한 시간을 벌어 주었다. 불의 거인의 공격은 어쩌다 적중되더라도 레드 드래곤의 피부에 잠깐 불을 지를 뿐이었지만…….
　―지겨운 것들. 완전히 끝내 주지. 절대 소멸.
　랜도니는 궁극 마법을 발동시켰다.
　불이나 바람 같은 어느 한 종류가 아니라, 마법 그 자체의 정점에 달한 마법.

대상자의 육체를 파괴해 버리는 궁극 마법이었다.

"주인, 힘이 다했다. 더 이상은······."

불사조와 불의 거인이 저항하기는 했지만 결국에는 마법에 집어삼켜지며 소멸되고야 말았다.

―이제 내 형제를 해친 너희 차례다!

랜도니가 지상에 있는 유저들을 향해 포효했다.

―인간과 드워프. 아무 가치 없는 족속들 때문에 형제가 이곳에서 죽게 되다니··· 마땅히 대가를 치러야 하리라!

위드는 용을 죽이는 도끼를 움켜쥐었고, 다른 유저들도 저마다 싸울 준비를 갖췄다.

조각 생명체들이 시간을 벌어 준 덕분에 다행히 생명력과 체력, 마나가 꽤나 회복되어 있었다.

―어리석은 놈들. 무의미한 저항을 하려는 것인가.

랜도니는 지상의 유저들을 보며 조소했다. 그리고 마법의 진이 하늘에 넓게 펼쳐졌다. 드래곤으로서도 많은 마나가 필요한 마법을 사용하려는 것이었다.

―남김없이 멸망하라. 불타는 유성 소환.

"아······."

"저건······."

위드와 지상에 있던 유저들이 가진 희망을 남김없이 짓밟아 버리는 궁극 마법!

헤르메스 길드가 유성을 소환하기도 했지만, 드래곤이 사용하는 마법은 규모부터가 월등했다. 도시 하나를 완전히 잿더미로 만들고도 남아돌 정도의 마력이 사용되고 있었다.

지상까지 내려와 직접 몸을 움직여 전투를 하던 케이베른과는 달랐다. 레드 드래곤은 최강의 공격력으로 완전한 파괴를 즐기는 드래곤인 것이다.

마법이 완성되기 직전이었다.

—랜도니!

남쪽 하늘에서 보이기 시작한 블루 드래곤.

바다처럼 푸른빛을 띤 라투아스가 날아오고 있었다.

—고작 악마의 졸개가 되어 드래곤의 격을 떨어뜨리는구나.

—라투아스. 그대가 낄 곳이 아니다.

—어리석은 놈. 진실에 눈을 떠라. 세상을 파괴하는 건 올바른 길이 아니다.

—헛소리하지 마라. 나는 다 알고 있다. 인간들을 지켜 주는 드래곤들이 어리석다는 것을.

—말이 통하지 않겠군. 내 허락이 없는 한, 인간들을 죽이지 못한다.

라투아스가 숨을 크게 들이마시더니 강하게 내뿜었다.

아쿠아 브레스!

물의 속성을 가진 브레스가 랜도니에게 쏘아져 나갔다.

랜도니는 아까처럼 용암 장벽을 소환해 막아 내긴 했지만 방어벽을 뚫은 브레스에 몸이 멀리 밀쳐졌다.

—라투아스, 인간들을 감싸면 너도 죽인다.

—악마의 졸개는 차라리 죽는 것이 낫다.

라투아스가 브레스로 선제공격을 하긴 했지만 랜도니가 덤벼들면서 곧 치열한 몸싸움이 벌어졌다.

"드래곤끼리의 육탄전이라니."

위드는 전투를 지켜보며 가슴을 졸였다.

천만다행으로, 불타는 유성 소환이 취소되었다.

랜도니는 극단적으로 강력한 힘과 마력을 보유하고 있었다. 일반적으로 다른 드래곤들보다도 훨씬 강하다는 평가를 받는 레드 드래곤인 것.

> 위드: 라투아스가 밀릴 수도 있으니 우리도 싸울 준비를 해 주세요.
> 페일: 알겠습니다.
> 칼쿠스: 병력을 잘 회복시키고, 충분히 대기시켜 놓겠습니다.

지상의 유저들은 출격해서 싸울 준비를 했다.

> 위드: 만약 싸우게 된다면 공중전을 벌여야 할 겁니다.
> 칼쿠스: 우리에게 불리하지 않을까요?
> 위드: 불리하겠죠. 하지만 아까의 상황만 봐도 레드 드래곤이 지상에 내려오지 않을 수 있습니다. 그러니 마법사들이 비행 마법을 사용할 수 있도록 해 주세요.
> 라미프터: 준비되어 있습니다. 마법사들이 총동원되면 5만 명씩은 하늘로 띄울 수 있을 겁니다.

위드는 유저들을 준비시킨 채 라투아스와 랜도니의 전투를 지켜봤다.

2마리의 드래곤이 하늘에서 맞부딪치고 떨어지기를 반복했다. 상대를 발로 차고, 때리고, 꼬리로 후려치며 뒤엉키면서 목덜미를 물어뜯으려고 했다.

랜도니는 강한 힘을 가졌지만 싸우는 건 어설펐다. 무식하게 돌진하고, 상대를 물어뜯으려다가 발에 차이고 날개에 얻어맞았다.

위드: 드래곤끼리 뒤엉키는데, 라투아스가 의외로 더 잘 싸우네요?
페일: 제가 보기에도 그렇습니다. 전투가 더 능숙한 것 같습니다.

두 드래곤은 근거리 마법 공격도 서로 주고받았는데, 나이가 많은 라투아스의 마력이 좀 더 강했다.

—인간들을 죽이기 전에 너부터 찢어 죽여 주마!

—어리석은 아이야, 케이베른이 없는 이상 나를 이기지 못한다.

생명의 바다, 물의 기원, 바다의 수호자 등.

양쪽이 비슷하게 부상을 입어도 회복과 강화 마법까지 쓰는 라투아스는 장기전을 치를 수 있었다.

10여 분 만에 랜도니는 부상을 입은 채 도망가기 시작했다.

—다시 돌아오겠다. 그땐 모조리 멸망시켜 줄 것이다.

—도주를 해? 드래곤으로서 형편없는 짓만 하는구나.

라투아스는 즉시 랜도니를 추격했고, 모라타에서 남쪽으로 이동하며 전투는 계속 이어졌다.

두 드래곤 모두 마법 저항력이 높아서 물리적인 타격이 주가 되었지만, 추격전이 벌어지면서부터는 궁극 마법들의 향연이 되었다.

—아쿠아 웨이브.

—파멸의 손.

―스타 더스트!

―지옥불 연소.

궁극 마법이 지상으로도 떨어지면서 호수가 생기고, 산이 무너져 내렸다. 모라타의 남쪽 지형이 완전히 바뀌고 있었다.

라투아스는 랜도니를 계속 추격했고, 중앙 대륙으로 넘어가는 경계에서 마침내 결정적인 기회를 맞이했다.

―드래곤의 수치여. 이걸로 끝이다.

―아, 안 돼!

라투아스가 부상을 입은 랜도니의 등에 올라탔다. 그리고 목을 물어뜯어 결국 죽음에 이르게 했다.

크롸라라라라라라락!

라투아스의 포효.

길었던 모라타에서의 전투가 끝났음을 알리는 소리였다.

―――

위드는 잔해 속에 우뚝 서서 주위를 둘러보았다.

"하……."

북부 최고의 대도시였던 모라타가 과거의 흔적을 찾아보기 어려울 정도로 폐허가 되었다.

"성도 사라졌네."

흑색 거성도 언제인지 모르지만 무너졌다.

빛의 광장 부근에는 석조 건물들 100여 채가 간신히 남았고, 예술회관도 결국에는 파괴되었다.

도로와 광장, 건물들의 터, 어디에도 잔해들만 남았다.

나무들은 모두 타 버렸고, 부서진 벽돌이나 건물들이 파괴된 흔적들이 광범위하게 흩어져 있었다.

―예술품들은 안전한 곳에 다 옮겨 놨습니다. 재건이 그리 어렵진 않을 겁니다…….

마판이 열심히 보고 중이었다.

―그래요. 대도서관은요?
―기둥이 몇 개 쓰러지고 벽에 금이 가긴 했지만, 미블로스 님이 당분간 버틸 수 있을 거라 했습니다. 보강 공사를 실시하면 괜찮겠죠.
―다행이네요.

위드는 피해 상황을 살펴보는 게 의미가 없을 것 같았다.

"모라타를 다시 지어야 되겠네."

폐허가 된 모라타.

멀쩡한 지역은 오분의 일도 되지 않았다.

과거로 돌아간 것 같은 느낌도 들긴 했지만 잠깐의 감정에 불과했다.

"진짜 승리했다!"

"케이베른을 잡고… 랜도니도 처치했다."

"베르사 대륙에 평화를!"

"전쟁의 신 위드!"

잔해 속에서도 수많은 유저들이 환호하는 목소리가 들렸다.

"이기긴 한 건가."

케이베른의 시체가 마치 산처럼 쓰러져 있었다.

뼈와 피, 살, 모든 것이 귀중한 마법 재료이니 유저들이 달라붙어 해체하기 전에는 사라지지 않으리라.

> 죽은 드래곤을 보는 것으로 몬스터에 대한 두려움이 줄어듭니다.
> 투지가 9 증가합니다. 힘이 5 늘었습니다.

구경하는 이들에게 영구적인 혜택도 부여해 주는 효과.
위드에게는 퀘스트 종료를 알리는 메시지 창도 떴다.
띠링!

> 드워프 종족 퀘스트를 더 이상 진행할 필요가 없게 되었습니다.
> 대륙에 있는 드워프들은 모일 필요가 사라졌습니다. 종족의 자랑거리인 위드핸드와 드워프 전사들이 케이베른을 해치워 버렸기 때문입니다.

> 드워프 종족이 악룡의 핍박으로부터 해방되었습니다.
> 드워프들은 노른 산맥과 울타 산맥의 몬스터들을 정리하고 불과 강철의 왕국을 세울 것입니다. 그들이 잃어버렸던 자긍심을 회복하여, 성장 한계의 잠재력이 개방됩니다. 드워프들의 손재주와 대장장이, 재봉, 조각술, 조선에 10%의 추가 효과가 붙습니다.

> 종족의 영웅!
> 위드핸드의 이름은 1년 동안 드워프들이 만드는 모든 무기와 방어구에 새겨질 것입니다. 위드핸드. 불같은 그의 삶을 추앙하며.

> 명성이 100,000 증가합니다.

> 종족 퀘스트를 해결하며 모든 스탯이 8씩 증가합니다.

보상으로 손재주의 효과가 5% 늘어났습니다.

대장장이 마스터 드워프, 어둠의 대장장이 마스터 드워프들과 교류할 수 있게 되었습니다.

사브리나 호수의 비약 퀘스트가 중단되었습니다.
악룡 케이베른이 영겁의 어둠으로 돌아가면서 용사의 임무도 끝났습니다.
당신의 용기가 케이베른을 해치우면서 대륙을 구했습니다.
악마들의 왕, 클레타의 계획도 실패하고 말았지만 방심해서는 안 됩니다. 교활한 악마들이 남겨 놓은 씨앗이 대륙 어딘가에서 조용히 자라고 있을지도 모르니까요.
대륙을 구한 영웅이여!
당신은 더 많은 전투와 모험을 통해 강해져야 합니다. 짙은 어둠이 몰려올 때, 빛을 세상에 퍼뜨릴 사람은 당신뿐입니다.

업적에 대한 보상으로 모든 스탯이 10씩 증가합니다.

요정들과 엘프, 드워프로부터 환영받을 수 있을 것입니다.

악마들이 남긴 씨앗을 찾아내야 합니다. 신들과 이 세계의 주민들이 지켜보고 있습니다. 당신의 사명은 계속 이어지게 될 것입니다.

위드는 갑자기 극심한 피로를 느꼈다.

처리해야 할 일이 많지만 내일의 자신에게 미루기로 했다.

"따뜻한 물에 몸을 담그고, 치킨부터 1마리 먹어야 되겠어."

위드가 접속을 종료한 후, 모라타에는 어마어마한 인파가 몰려들었다.

집집마다 머물러 있던 구경꾼들이 거리로 나왔고, 도시 밖에서도 사람들이 쉬지 않고 들어왔다.

"이게 케이베른이다."

"이렇게 큰 걸 잡았어? 최고네, 진짜······."

"아르펜 제국에 승리를!"

거리마다 축제의 분위기.

한편으로 전투에 참여했던 헤르메스 길드원들이나 고레벨 유저들은 여유가 생기니 떠들기 시작했다.

"근데 케이베른은 누가 죽인 거야?"

"누구지? 드래곤을 잡은 사람은 엄청난 전투 업적을 쌓았을 텐데."

"KMC미디어에서 분석한 바에 따르면 전투 업적으로 강해지는 효과로 레벨 10, 20개 정도는 문제도 아니라더라."

"용의 피? 용의 심장? 드래곤을 직접 사냥한 사람만 그걸 얻는데, 요리를 해서 먹으면 생명력도 엄청 오르고 맷집도 단단해진다고 하고."

"드래곤의 투지도 생긴대."

"호칭도 많이 생겼겠지."

"그런 건 아무것도 아냐. 생명력과 마나가 증가하니까."

케이베른에게 매 초 수백 개 이상의 마법이 적중했었다.

"헤르메스 길드가 죽인 거 아냐?"

"역시 그렇겠지? 제일 가능성이 큰 이들이라면……."

"먹고 나서 조용히 입 다물고 있겠지. 누가 그걸 소리 내서 떠들겠어."

"마법사 쪽이 더 유력하지 않을까? 바드레이나 헤르메스 길드원들도 드래곤과 같이 죽어 간 마당에 막타를 칠 때까지 살아 있기도 힘들었을 텐데."

"전혀 엉뚱한 사람이었을 가능성도 배제할 수 없지. 레벨 200짜리들도 덤벼들었어."

"확률상 거의 희박하긴 하지만… 뭐, 불가능한 일이라고 할 수도 없겠네."

모라타에서 전투에 참여한 유저들은 악룡에 맞선 영웅이라는 호칭을 얻었다.

전투에 기여한 정도에 따라 힘과 정신력, 생명력, 투지도 큰 폭으로 늘어났다. 안전한 던전 위주로 사냥한 이들에게는 지금까지 얻은 수치보다도 훨씬 높을 정도.

그렇기에 드래곤을 사냥한 이에 대한 조사가 계속되었는데, 곧 소문이 돌았다.

케이베른을 제거한 것은 어둠의 살인자다.
베르사 대륙 최고의 암살자. 그가 드래곤을 해치웠다.
최후의 일격을 가한 그의 정체는 영혼을 파괴하는…….

"암살자?"

"아… 맞네. 원래 막타는 암살자들이 잘 날리잖아."
"상대가 드래곤인데?"
"드래곤이라도 마찬가지지. 치명적인 일격을 펑펑 터트리면서… 정면이라면 몰라도 암살자 공격력은 강하잖아."
"어둠의 살인자, 영혼을 파괴하는… 익숙한 별명인데."
"양념게장이다!"

출처를 알 수 없는 소문이었지만, 유저들이 수긍하기에 충분한 설득력을 가졌다.

양념게장이 드래곤을 죽였다.
드래곤을 죽인 유저는 양념게장이다!

"우리… 얼마나 살아남았지?"
"글쎄요… 많이 죽긴 했습니다. 하지만 드래곤 사냥에는 성공했군요."

헤르메스 길드의 고위 랭커들은 모라타에 제멋대로 널브러져서 휴식을 취했다.

드래곤과의 전투는 그들에게도 극심한 피로와 긴장을 안겨 주었다.

"살아남은 것이 기적이군요."
"그러게 말입니다, 큭큭."
"마지막에 얻었던 전투 업적은… 뭐, 나쁘지 않았습니다."

"멋지게 싸웠으니 되었지요."

가우슈, 칼쿠스, 라미프터, 보에몽.

군단장들은 살아남은 동료가 몇 안 되는 걸 보며 생각했다.

'마지막까지 싸우고, 생존한 내가 승리자지.'

'경쟁자들의 불행만큼 즐거운 일이 또 있을까.'

'오늘은 얻은 게 많았다. 아르펜 제국과의 관계도 당분간 우호적이게 될 것이야. 우리 영지의 특산품인 비취와 수정으로 교역을 적극적으로 해 보는 것도 좋겠지.'

'내일부터의 세상은 달라질 것이다.'

헤르메스 길드의 강함은 또다시 증명되었다.

그렇지만 이번 전투의 승리는 위드의 사전 작업이 없었다면 불가능했다. 모라타에서 모든 것을 거는 승부수를 던지고, 퀘스트로 희생의 화로를 준비한 것이 결정적인 역할을 했다.

대영주들로 구성된 다양한 세력을 아우르는 영향력도 가까이에서 확인했다.

"헤르메스 길드는 당장은 독보적인 강함이 아니라, 조용히 때를 기다리며 아르펜 제국에 협력하는 쪽이 나을 것입니다."

"저도 동감입니다. 애초의 계획이 현명했던 것 같군요."

"희망도 얻었습니다. 위드의 영향력은 강력하지만 아르펜 제국 내에서 헤르메스 길드의 경쟁자는 없어요. 위드는 어떤 면에서는 독불장군이기도 합니다. 직접적인 세력은 약하죠."

"드래곤 사냥은 우리가 해낸 겁니다. 위드가 이끌었다고 해도 헤르메스 길드이기에 가능했던 업적이란 걸 모두가 알아줄 겁니다."

"목표대로 우린 힘을 증명했습니다. 헤르메스 길드의 강력한 힘을요!"

군단장들은 아르펜 제국의 체제라도 당분간 지내기에는 좋을 거라는 점에서 의견이 일치했다.

위드를 따라잡긴 힘들지 몰라도, 경쟁 세력들과 격차를 벌이면서 지내다 보면 기회는 올 수 있으리라는 믿음이 생겼다.

"우리끼리 잘만 뭉친다면……."

"이탈할 필요도 없을 겁니다. 흑사자 길드? 로암 길드? 저들은 무능하니까요. 위드만 아니면 이미 끝났을 겁니다."

"헤르메스 길드의 힘을 계속 기릅시다."

"암요. 우린 더욱 강해질 것입니다."

────────

북부의 건축가들, 미블로스와 파보는 폐허로 변한 모라타를 보며 할 말을 잃었다.

강철의 건축물 몇 개가 건재하긴 했지만 별 의미는 없었고, 도시 전역이 옛 모습을 알아보기 힘들 정도였다.

"예술회관, 대도서관이 남긴 했습니다. 예술회관은 건물 외벽이 좀 부서졌지만 복구하는 건 일도 아니니까요."

"수로가 다 무너져서 흔적마저 사라졌어요. 도시 계획도 다시 짜야 할 판이에요."

"이 잔해들은 언제 다 치웁니까. 그리고 옛 모라타를 재건하려면 건축 재료들은 어디서 구해 오죠?"

건축가들은 절망에 빠지게 되었다.

대도시를 하나 짓는 것은 오랜 역사와 함께 이루어지는 것. 모라타도 북부의 발전과 함께 커지면서 도로와 건물들이 자리를 잡았다.

하지만 드래곤이 날뛴 결과, 대륙에서 손꼽히던 대도시가 처참하게 파괴되었다.

"복구보다는 근처에 새로 짓는 게 빠르겠습니다."

"모라타를 이전한다고요?"

"그게 낫지 않겠습니까? 임시로 만들어 놓은 거주지를 확장하면서 건물들을 올려야지요."

"문제가 정말 한둘이 아니겠네요."

건축가들은 암담한 현실을 맞이했다.

케이베른이 결국 사냥당하고, 대륙에 드리운 위기가 걷히긴 했지만 파괴된 모라타가 그들의 관심사.

건물 1~2개도 아니고 도시 전체의 재개발이 필요했다.

"이건 도무지……."

하벤 제국의 황궁을 지어 봤던 미블로스도 고개를 저었다.

모라타 전체가 잔해로 변해 버렸는데 어쩌해야 하는가!

하지만 북부 유저들이 모라타로 돌아오고 있었다.

"여기가 우리 집인가?"

"모르겠어. 다 타 버려서……."

"잿더미밖에 없네."

집을 잃은 유저들은 잔해를 정리하고, 얇은 나무판자들을 가져다 세웠다. 새로운 판잣집을 건설하기 시작한 것이다.

"우선 식당부터 문을 엽시다."

"그래요. 먹고살자고 하는 짓이잖아요."

"교역소가 만들어지기 전까지 시장도 필요하겠네요."

"우리 상인들이 어떻게든 물자를 공급해 줄 겁니다. 북부의 모든 상단이 동맹을 맺었어요."

유저들과 상인들도 광장과 상업 거리가 있던 잔해 더미에서 대충 좌판을 열고 장사를 시작했다.

"자, 맛있는 요리를 만들어 드리지요."

"줄을 서세요. 그리고 제대로 된 자리가 없지만 어디서든 앉아서 드세요. 오늘은 무료입니다."

드래곤과 전투를 펼치느라 시간이 많이 흘러 곧 밤이 찾아오게 될 것이다.

배가 고플 유저들이 많을 거라 생각한 요리사들이 요리 재료를 지지고 볶으면서 음식을 만들었다.

어제 요리대회에 참가했던 요리사들이 솜씨를 발휘하고 있었다.

폐허로 변한 모라타에는 좌절만이 지배하진 않았다.

유저들은 벌써 새로운 오늘을 준비하고 있었다.

건축가들이 미소를 지었다.

"내일부터는 재건 사업이 확실히 벌어지겠군요."

"예. 모라타의 역사는 사라지지 않을 것 같습니다. 다시 일어나서 더 크게 펼쳐질 겁니다."

"모라타의 밤이 화려하게 빛나는 그날이 오겠죠."

도시를 처음부터 다시 시작하더라도, 그 일은 무척이나 보람

되고 재밌을 것 같았다.

―――※―――

페일은 뜻밖의 소문에 당황했다.
"양념게장 님이 케이베른을 해치웠다고요?"
"역시 암살자라서 제대로 실력 발휘를 한 것 같습니다."
부상자들을 수습하며 파이톤과 대화를 나누던 중이었다.
"하지만 그럴 리가 없는데……."
페일은 고개를 갸웃했다.
사실 그는 화살을 쏘면서 양념게장이 케이베른의 마법에 휘말려 죽는 걸 직접 보았기 때문이다.
양념게장은 죽은 후에도 전투를 펼쳤다. 그림자 암살법! 언데드로 되살아나는 '죽음을 거부할 수 있는 힘'과 달리, 암살자의 비기로 일정 시간 동안 그림자가 일어나서 싸우는 것.
그렇게 그림자가 되어서도 열심히 공격했지만 결국 소멸되고 말았다.
"최소한 10초는 먼저 죽었는데……."
"예?"
"아닙니다."
페일은 입이 무거운 편이었다. 확실히 잘 알지 못하는 사안에 대해 다른 사람에게 말을 하진 않았다.
"정말 힘든 전투였네요."
"아무래도 그렇지요. 이긴 것도 기적이라 생각하는 사람들이 많습니다."

검치와 수련생들은 전투 중 전부 사망. 정면에서 가장 위험한 방식으로 드래곤에게 덤벼들었으니 당연한 결과였다.

타격대의 유저들도 처음부터 싸우지 않았던 것치고는 많은 희생을 치렀다. 케이베른의 죽음이 가까워졌을 때, 막타를 노린 희생이 어마어마했다.

"인간의 욕심이란 끝이 없다던 위드 님의 말씀이 맞았네요."

"가끔이지만 그는 정말 맞는 말을 하지요. 통찰력이라도 있는 것처럼."

파이톤은 살아남은 것에 대한 자책감마저 느꼈다.

세간에서 그를 대단한 전사로 추앙해 주었지만, 헤르메스 길드가 싸우는 걸 보고 느낀 바가 많았다.

"위드 님께 따로 작별 인사는 드리지 않겠습니다. 알아서 전해 주세요."

"가실 겁니까?"

"더 강해져서 오겠습니다. 10대 금역이나 좀 돌아봐야 되겠군요."

파이톤은 그렇게 검을 들고 길을 떠났다.

그리고… 수많은 사람들이 페일을 찾아왔다.

"중앙 대륙의 상인들이 면담을 요청했습니다. 모라타 복구 계획에 참여 의사를 밝혔는데요."

"건축가들이 복귀 계획에 대한 시안을 짜 봤다고 합니다."

"풀죽신교에서 공식적으로 축제 개최에 대한 문의가 왔습니다. 악룡을 해치웠고, 모라타에서 대륙의 평화를 지켰는데, 다

같이 먹고 마셔야 하지 않겠냐고요."

페일은 자신을 찾아오는 사람들을 보며 기겁했다.

"그런 얘기를 왜 저한테 하시죠?"

"위드 님은 쉬러 가셨고, 그동안 모라타 방어전을 준비했던 서윤 님도 휴식을 취해야 합니다."

"……."

뒤처리를 잔뜩 남겨 놓고 떠나 버린 그들.

페일은 모라타의 축제에서부터 복구에 대한 회의까지 개최해야 했다.

"술이 부족합니다."

"고기를 조달해야 하는데요. 북부 상단들에 빨리 의뢰를 넣어야……."

"헤르메스 길드에서 공식 요청이 왔습니다. 대량으로 포도주를 구입해 가고 싶답니다. 정기적으로 구매가 가능한지도 문의가 왔습니다."

어마어마한 업무가 쏟아졌다.

"하… 이러면 진짜 곤란한데."

페일은 잔해 속에 앉아서 업무들을 하나씩 기록하고 검토했다. 어렵고 귀찮은 일이 잔뜩이었지만, 책임을 맡은 이상 꼼꼼하게 처리하는 것이 그의 성격이었다.

위드는 다시 〈로열 로드〉에 접속했다.

밥을 먹고 낮잠도 좀 잤지만, 편히 쉬진 못했다.

"역시 궁금해서 기다릴 수가 없단 말이지."

모라타에서는 하루도 지나지 않았는데 유저들이 모여 재건 작업이 한창이었다.

"더 멋진 집을 위해!"

"기대해라. 이번에는 2층집이다."

"그리스 산토리니처럼 아름다운 집이 모여 있는 곳을 만들어 봐요."

유저들은 멋진 집을 짓기 위한 작업을 시작했고, 건축가들은 잔해들을 정리하며 넓은 도로부터 만들고 있었다.

"새로 만드는 도시는 옛 모라타보단 훨씬 좋아야지."

"모라타의 문화와 정서로 꽉꽉 채우면서도 아르펜 제국의 기원이 되었던 역사를 드러내면 멋지겠어."

"위드 님께 의뢰해서 케이베른의 대형 조각상을 도시 정중앙에 만드는 것은 어떤가?"

"좋은 아이디어로군. 드래곤과 싸운 도시라는 역사도 자랑해야지."

기념관이니, 위대한 건축물이니, 하는 아이디어들을 내놓는 건축가들의 열기가 대단했다. 잠시 좌절하기도 했지만 유저들로부터 기운을 듬뿍 얻은 것이다.

'바람직한 모습이군.'

위드는 주변이 어수선한 틈을 타서 폐허로 향했다.

전투와 관련된 갑옷과 무기들은 눈 깜짝할 사이에 벗어 버리고, 10골드짜리 여행자 복장을 착용했다.

"으음, 아무도 없지?"

위드는 사람이 없는 것을 확인하고 반쯤 파괴된 석조 건물로 들어갔다.

모라타 경비대의 숙소.

일반 유저들에게는 허락되지 않은 곳이지만 아르펜 제국의 황제에게는 당연히 허용된 곳이었다.

"여긴 사람들이 안 올 거야."

모라타의 병사들은 드래곤과의 전투에 전혀 도움이 되지 않기 때문에 어제부터 도시 밖으로 빼놓았다.

"그럼… 먼저 할 일부터."

위드는 배낭에서 불씨가 담긴 재들을 꺼냈다.

이것은 불사조와 불의 거인의 시체!

랜도니와 싸우다가 죽은 그들의 잔해를 챙겨 온 것이었다.

"후후후. 이것만이 아니지."

손을 넣은 배낭에서 그다음에 나온 것은 케이베른의 뼈였다.

블랙 드래곤이 죽는 순간 챙겼던 물건.

드래곤의 뼈
고귀한 생명체에서 비롯된 매우 단단한 물질. 순수한 마나의 결정체이기도 하다. 부수거나 가공하기엔 대단히 힘들지만, 이것으로 만드는 무기나 방어구는 전설적인 작품이 될 것이다. 전설적인 대장장이 재료. 전설적인 조각 재료.
내구력: 800/800
옵션: 제작과 관련된 스킬을 1단계 상승시켜 준다. 완성품에는 드래곤과 관련된 옵션이 일곱 가지 부여된다.

"후후. 이건 그냥 잡템에 불과해!"

드래곤의 뼈마저도 이 순간에는 잡템일 뿐!

"감정!"

> **악룡 케이베른의 심장**
> 지독하게 강대한 마력을 뿜어내는 드래곤의 심장. 흑마법사들이 간절히 바치기를 원하는 제물이며, 영구적으로 작동하는 마법 생명체나 마법진을 만들 수 있다. 혹은 요리사들의 손에 들어가면 어떤 일이 벌어질지 모른다. 튀기거나, 찌거나, 굽고, 조금 태우면, 먹다가 죽어도 모를 만큼 맛있으리라. 전설적인 마법 재료. 전설적인 요리 재료.
> 내구력: 100/100
> 옵션: 성공적으로 요리했을 시, 먹는 이의 신체적인 능력을 크게 강화해 준다.
> 주의: 케이베른의 심장으로 궁극의 요리법을 터득하지 못하면 먹다가 죽을 수 있다.

"음… 흑마법으로 바칠 건 아니니까 이건 어떻게 먹을지 천천히 생각해 봐야 되겠군."

팔 생각은 없는 물품이었다.

예전이었다면 비싼 값만 제시하면 고려를 해 봤겠지만, 아르펜 제국의 황제로서 자신의 몸부터 생각해야 할 때.

"주인님, 저의 몸을 만들어 주겠다는 약속은요?"

"약속은 지켜야지. 아직 다 확인해 본 건 아니지만… 그래, 우선 빛날이 네 몸부터 만들어 보자."

위드는 다양한 크기의 드래곤의 뼈들을 서로 끼워 맞췄다.

작은 뼈들과 중간 크기의 뼈들을 연결하는 방법으로 해골 조각상을 제작하기 시작했다.

"예쁘게 깎아 주면 좋겠지만… 워낙 단단해서 조각칼도 잘 안 들어가니 당장은 조립식으로 하자."

"나중에 더 예쁜 모습으로 만들어 주셔야 합니다."

"그래, 시간 날 때마다 턱도 만져 주고 할게."

뼈의 연결 부위에는 거인들의 땅에서 가져온 황금빛 미그리움을 발라 주었다.

해골의 모습이기는 했지만, 드래곤의 뼈는 보석처럼 환하게 빛났다.

쭉쭉 뻗은 팔다리와 드래곤의 뼈라서 형상이 바바리안처럼 커다란 골격으로 제작되었다.

"생각보다도 멋진걸."

황금처럼 빛나는 미그리움과 드래곤 뼈의 조합은 그 자체로 값비싼 예술품처럼 보였다.

"크흠. 난 처음부터 이렇게 잘 만들어질 줄 알고 있었지."

"저, 정말 고맙습니다, 주인님."

"그래. 내 은혜 잊으면 안 된다."

"절대 안 잊을 겁니다."

"평생, 영원히 잊으면 안 돼."

"네, 주인님."

빛날이가 서서히 드래곤의 재료로 만든 몸으로 스며들었다.

> 조각 생명체 빛날이가 육체를 얻으려 하고 있습니다.
> 새로운 생명을 부여하겠습니까?

불완전한 빛날이에게 육체를 주기 위해서는 생명 부여를 다시 해야 했다.

"그래, 생명을 부여한다."

조각품에 생명을 부여하였습니다.
빛날이가 드래곤의 뼈로 만든 육체를 얻었습니다.
두 가지의 속성이 추가로 부여됩니다. 전율적인 마법의 속성(300%), 완전한 저항력의 속성(300%).
* 전율적인 마법의 속성은 독보적으로 뛰어난 것입니다. 마법을 쉽게 익히고, 불가사의할 정도로 강력한 공격력을 발휘합니다.
* 완전한 저항력의 속성은 마법적인 피해를 대부분 받지 않습니다. 적의 어떠한 정신적인 공격으로부터도 면역을 갖습니다.
강력한 물리 방어력을 갖췄습니다.
예술 스탯이 6, 영구적으로 줄어듭니다. 줄어든 스탯은 조각품이나 다른 예술과 관련된 활동을 통해 보충할 수 있습니다.
레벨이 2 하락합니다. 레벨 하락에 따라서 보유하고 있는 스탯이 10 줄어듭니다. 줄어든 스탯은 레벨을 올리게 되면 다시 부여할 수 있습니다.
생명이 부여된 조각품을 소중히 다루어 주십시오. 목숨을 잃으면 다시 생명을 부여해야 합니다. 완전히 파괴되었을 경우에는 되살릴 수 없습니다.

"고맙습니다, 주인님."

빛의 날개를 가진 드래곤의 뼈로 몸이 이루어진 전사.

조각 생명체 중에서도 단연 최강의 존재가 탄생했다.

바하모르그보다도 튼튼하며, 마법을 난사할 수 있는 존재.

"그리고 이젠……."

남은 전리품들도 확인해야 할 시간이었다.

"잠시 심호흡을 좀 하고……."

위드는 숨을 크게 들이마시고 거칠게 내뱉었다. 그다음에는 더 빠르게 숨을 들이마셨다.

"허억, 헥헥헥헥."

도저히 진정이 되지 않는 상태.

"감정!"

클레타의 불
악마들의 왕 클레타의 마력이 담긴 불. 밝혀지지 않은 무궁무진한 힘이 간직되어 있다.

마법에 대한 지식이 부족해서 정확한 감정이 불가능합니다.

 "이건 정보를 더 확인해서 대장장이 재료로 쓰거나, 마법 지팡이 같은 걸 만들면 될 것 같고… 가격이야 뭐, 너무 비싸서 팔지도 못하겠지?"

대충이나마 이름과 설명에서 짐작되는 효과가 있었다.

흑마법 강화 등이 가능하리라.

어쩌면 온갖 위험한 효과들이 잔뜩 포함되었을 수도 있고.

"이것도… 감정!"

《죽음의 서》
죽음에 대한 비밀이 담겨 있는 책. 흑마법의 기초에서부터 악마들이 사용하는 주문까지 기록되어 있다. 희생, 저주, 소환, 파멸, 계약의 마법이 정리되어 있어서 3배 빠르게 마법을 배울 수 있다. 만약 악마와 계약을 한다면, 그들을 불러올 때마다 보상을 얻는다. 저자 미상.
내구력: 30/30
제한: 악마에게 제물을 바친 자.
옵션: 영혼을 판 흑마법사로 전직이 가능하다. 생명력의 최대치 300% 증가. 마나의 최대치 2,000% 증가. 모든 마법의 위력 400% 강화. 마법 스킬과 지혜가 3배 빨리 증가한다. 악마병을 지배한다. 인간, 드워프, 엘프를 죽일 때마다 특별 보상. 일정 수치 이상의 업보를 쌓으면 악마들의 왕을 강림시킬 수 있다.

위드의 표정이 상당히 떨떠름해졌다.

"이것도 뭐, 엄청난 물건이기는 하지. 근데… 누구한테 팔 수가 없네."

괜히 고레벨 유저에게 팔았다가 클레타라도 강림시키면 큰일 아닌가.

"감정!"

> **흑마법의 정수**
> 초급, 중급 단계를 뛰어넘어 단숨에 고급 흑마법을 익힐 수 있게 해 준다. 인간의 육체를 완벽하게 흑마법사로 개조시킬 수 있다. 육체와 마력을 강화시키고, 만약 큰 충격을 받았을 때에는 악마로 변이시킨다.

케이베른을 처치하고 얻은 전리품에 대해서는 막상 열어 보니 실망할 수밖에 없었다.

직접 사용하거나 팔아먹지도 못할 물품들.

"언젠가 쓸모가 생길지도 모르지만… 뭐, 그렇다고 이게 소득의 전부가 아니긴 하지. 드래곤의 몸에서 좋은 게 안 나왔다고 해도 그게 전 재산은 아니니까."

위드는 조만간에 케이베른의 레어로 다시 가야 한다고 생각했다.

목적은 당연하게도 보물들의 입수!

"양념게장 님이나 나이드. 몇 명의 정예들로만 구성해서 가면 되겠지."

몬스터들이 엄청나게 들끓는 장소지만 케이베른이 죽은 이상, 지금은 좋은 사냥터가 될 수 있었다.

원거리에서 저격하고 덤벼드는 몬스터들을 유인해서 사냥한다면 좋은 기회를 얻을 수 있으리라.

 케이베른의 죽음으로 베르사 대륙에 변화가 시작되었다.
 그룩?
 우워어어!
 대륙을 떠돌던 어마어마한 몬스터들의 군단도 각자의 고향으로 돌아갔다.
 일부는 빈 동굴이나 마을을 점령하여 새로운 서식지를 만들었고, 자연히 던전들도 만들어졌다.

　우리 헤르메스 길드는 아르펜 제국의 일원으로서 책임과
　의무를 다할 것이다.

 헤르메스 길드도 적극적인 개방 정책을 선언했다.
 중앙 대륙 시절에 그들의 통치를 겪었으니 우려하는 사람들도 적진 않았다.
 하지만 드래곤 사냥에 힘을 모았고, 과거처럼 악랄하게 대륙을 지배할 일도 없다는 걸 누구나 알고 있었다.

　팔로스 제국이 건국되었다!

사막 지역에서는 전사들을 주축으로 사막 부족들이 하나가 되었다.

제국이 만들어지는 장대한 퀘스트의 완성.

황제 위드!

전사들이 추앙하는 팔로스 제국의 황제로 등극한 이는 위드! 많은 이들이 노력했지만 결국 최종 과실은 위드의 몫이었다.

사막에서 활약한 수련생들은 전사 부족들을 이끌게 되었다.

위드가 모래 구릉에서 전사들을 내려다보며 소리쳤다.

"팔로스 제국과 아르펜 제국은 하나다!"

아르펜 제국으로의 통합.

북부에서 중앙 대륙을 거쳐 남부 대륙까지. 국경이 전부 이어지게 되었다.

미개척지들이 중간중간 남아 있긴 하지만 제국의 영토는 하나로 합쳐졌다.

"우리도 아르펜 제국이 되어야 하는 거 아니야?"

"그러게. 우리 왕국만 아니네."

동부 지역에 있는 로자임 왕국과 브렌트 왕국의 영주들은 상당한 걱정거리가 생겼다.

"위드가 침공이라도 하는 거 아닐까? 유저들을 잔뜩 데리고 말이야."

"에이, 설마……."

"유저들을 뭐 하러 데려와. 헤르메스 길드에만 맡겨도 우린 금방 정복당하고 말걸."

"헤르메스 길드까진 필요도 없다. 대영주들 한둘만 데려와도 끝나."

"위드가 혼자 온다고 해도… 솔직히 누가 막을 수나 있나?"

왕국의 영주들이 전전긍긍하는 와중에, 아르펜 제국은 군사력이 아닌 방식을 동원했다.

위드에게 대륙 통일에 대한 욕심은 당연히 있었다.

헤르메스 길드를 합류시키면서 밥이 다 익어 버린 상태였는데 당연히 숟가락으로 떠먹어야 하는 것이 아니던가.

굳이 무력을 쓰지 않아도 꼼수는 많았다.

"마판 상단입니다! 아르펜 제국의 특산물을 가져왔습니다."

"문화교류단이에요. 중앙 광장에서 전시회를 열 테니 얼마든지 참석해 주세요."

"바람따라여행사입니다. 신속, 정확하게 여행자분들을 원하는 곳으로 모십니다. 북부 관광을 원하시는 분들은 바람따라여행사를 찾아 주세요."

문화와 상업을 바탕으로 로자임 왕국과 브렌트 왕국에 영향력을 높이는 방식을 취했다.

그들 2개 왕국을 제외하고는 전부 아르펜 제국이기 때문에 영향력은 급속도로 높아졌다.

이것만으로는 통합까지 그래도 몇 달의 시간은 걸리기 마련이었다.

마판은 영주들을 조용히 따로 만났다.

"반란을 일으키고 아르펜 제국으로 합류하시겠습니까?"
"그것은……."
"고민은 되실 줄로 압니다. 뭘 걱정하시는지도 알고요. 아르펜 제국에서 여러분들의 자리가 그대로 보전되기 힘들다는 점이겠죠?"
"……."

헤르메스 길드는 힘이 있어서 세력을 유지할 수 있었다. 대영주들도 나름 대가를 치르고 영토를 얻어 냈다.

그들에 비하면 동부의 영주들은 원래부터 힘도 없고, 돈도 부족했다.

"쉽지 않은 결단이라는 걸 이해합니다. 하지만 더 늦으면 기회는 아예 없습니다. 로자임 왕국과 브렌트 왕국이 언제까지 남아 있을 것으로 보십니까."
"……."
"결국에는 모두 아르펜 제국에 합류하게 될 겁니다. 위드 님은 여러분들을 환영하시겠죠. 아르펜 제국을 위해서 지금부터 노력하는 모습을 보여 주신다면요."

로자임 왕국과 브렌트 왕국의 영주들은 선택을 하지 않을 수 없었다.

> 바란 마을의 영주 토르카가 반역을 일으켰습니다.
> 해당 지역은 아르펜 제국의 소속이 되었습니다.

> 아루드 강의 12개 마을이 함께 반역의 기치를 들어 올렸습니다.

조각 생명체들의 결의 333

> 그들은 아르펜 제국의 영토에 속하게 되었습니다.

로자임 왕국과 브렌트 왕국 영주들의 반역!

두 왕국이 다스리는 영토는 급속도로 줄어들게 되었고, 아르펜 제국의 영향력은 갈수록 커졌다.

대륙 통일

위드는 사냥터에서 아르펜 제국의 영토가 대륙을 통일하기 직전이라는 소식을 들었다.

케이베른과 싸우면서 잃어버린 레벨을 복구하기 위해 조각 생명체들이 총동원된 상태였다.

"나의 힘을 맛보아라!"

블랙 드래곤의 뼈로 만든 육체를 얻어서 강력해진 빛날이!

"누구든 지킨다. 나를 넘지 못한다. 으랴아아아아!"

철혈의 워리어 바하모르그!

"검을 위하여!"

"다 맞히겠어요."

기사 세빌과 하이엘프 엘틴이 동원되어서 무섭게 몬스터들을 돌파하는 중.

―로자임 왕국과 브렌트 왕국의 영토 65%를 흡수했습니다.

마판의 귓속말이 들어왔다.

—꽤 많이 했네요.

위드는 사냥터에 머물며 몬스터를 때려잡으면서도 대륙 통일을 위한 작업은 착실히 진행, 베르사 대륙 전체로 보면 불과 2~3% 땅만이 아르펜 제국의 영토에 포함되지 않았다.

남부 사막에서 북부의 끝까지, 대륙의 거의 모든 지방에서 황제로 인정을 받고 있었다.

던전 베탄은 일찍이 공략된 적이 없는 곳이었지만, 조각 생명체들의 무서운 돌파를 막지 못했다.

그다음에는 언데드들까지 몰려갔다.

—아르펜 제국의 명성이 악화되지 않도록 조심하느라 늦어졌습니다. 영주들이 경계하긴 했어도 대부분은 어쩔 수 없는 일로 생각하고 받아들이고 있습니다.
—흡수하지 못하는 땅들이 문제로군요.
—예, 그렇습니다. 로자임 왕국과 브렌트 왕국에서 직접 지배하는 지역이라서 정복해야 될 것 같습니다.

로자임 왕국의 세라보그 성.

브렌트 왕국의 네할레스.

국왕이 직접 통치하는 수도 부근은 문화로 정복하기에는 오랜 시간이 걸리게 되리라.

'세라보그 성이라…….'

위드는 〈로열 로드〉에 막 접속했을 때가 떠올랐다.

그때만 하더라도 첫 가상현실에 들어와서 모든 것이 신기했었다.

철저히 연구하고 시작하긴 했지만 몸으로 느끼는 건 경이로운 기적 그 자체였으니까.

초보 수련관에서 허수아비를 치고, 성문 밖으로 나가서 몬스터들을 사냥했던 일들이 모두 추억이었다.

'리트바르 마굴에서 조각사로 전직하기도 했지.'

위드는 슬며시 미소를 지었다.

세라보그 성에서 비슷한 시기에 시작했던 유저 중에서 이렇게 출세한 사람이 또 있을까.

'크흠, 그러면 세라보그 성으로 갈 준비를 해 볼까?'

한 달 동안 사냥하면서 레벨은 거의 복구를 해 놓았다.

매일 1.5개 이상의 레벨을 올리는 엄청난 사냥 속도.

케이베른을 처치하고 전투력이 제법 상승하기도 했지만, 결정적인 건 조각 생명체들과 언데드 소환 덕분이었다.

그들을 잘 부려 먹을수록 증가하는 사냥 효율.

"똑바로 싸워. 게으름 피우지 말고."

"알겠다, 주인."

"몸을 가진 건 좋은데 맨날 사냥만 하는 것 같다."

"원래 몸은 고생하라고 있는 거야."

본격적으로 착취당하는 빛날이.

원래 성격이 좋기도 했지만 가끔씩 얼굴을 다듬어 주면 더욱 만족해했다.

—칼리스 님.

—예! 위드 황제 폐하.

흑사자 길드의 칼리스.

툴렌의 대영주이기도 한 그는 소위 군기라 할 만한 태도를 취하고 있었다.

헤르메스 길드까지도 합류한 아르펜 제국의 기세에 잔뜩 자세를 낮추고 눈치를 보는 것일 터.

—로자임 왕국을 정복해야 할 것 같습니다.

위드는 몇 마디의 설명을 더할 수도 있었지만 그냥 생략해 버렸다.

여러 말 꺼내지 않아도 금방 알아들으리라 믿었으니까.

—흑사자 길드가 선봉에 서겠습니다. 당장 병력을 로자임 왕국의 접경 지역으로 출발시키겠습니다.

—로암 님.
—예, 폐하. 말씀만 하시지요.

언제부터인지 모르지만 영주들이 위드에게 폐하라는 칭호를 붙이고 있었다.

헤르메스 길드에서 한때 바드레이가 받긴 했지만, 이제는 아르펜 제국 내에서는 공식적인 칭호.

한두 명이 시작했지만, 어느 순간부터는 하지 않는 쪽이 오히려 이상해졌다.

―로자임 왕국을 쳐야 합니다.
―드디어… 그날이 왔군요. 케이베른 사냥 이후로 로암 길드에서는 대륙을 통일하는 날을 기다리고만 있었습니다.

이번에도 설명하지 않았지만 바로 알아들었다.

―로자임 왕국으로 가죠.

미헬과 군트, 샤우드에게도 귓속말을 보냈다.

―제가 앞장서겠습니다. 대륙 통일을 보게 되어 영광입니다.

―폐하께서 출정하시는 날을 기다리며 황금 마차를 제작해 놨습니다. 소 20마리가 끄는 마차입니다.

―역시… 대륙의 주인이 되실 분은 위드 님뿐입니다.

다들 속마음은 다르겠지만 아부만큼은 확실히 늘었다.

그들도 같이 엮인 시간이 길다 보니 위드가 아부를 좋아한다는 걸 알게 된 것이다.

물론 아부를 잘한다고 해서 어떤 특혜나 호의를 베풀 생각은 추호도 없었지만.

―로자임 왕국으로 갑시다.
―옛! 알겠습니다. 그리폰과 와이번 군단도 출동합니다.

헤르메스 길드 소속이었던 뮬, 그라디안의 영주이기도 한 뮬까지 출동시키기로 했다.

 공중 병력까지 필요한 건 아니었지만, 그래도 기왕이면 멋진 모습을 보여 주는 것이 좋았으니까.

―――――

 로자임 왕국의 국경 부근에 병력이 모이기 시작했다.
 중앙 대륙의 영주들이 군대를 이끌고 왔고, 알카트라가 이끄는 아르펜 제국군도 진열을 갖추었다.
 음머어어어어.
 푸흥!
 말이 아니라 소를 탄 기사들의 모습은 아르펜 제국군만의 독특한 것이었다.
 "저게 아르펜 제국군이구나."
 "나 처음 보는 거 같아."
 구경하는 유저들의 눈빛에 알카트라는 부끄러움을 느꼈다.
 헤르메스 길드 소속으로 북부를 공격하고, 그 이후로 당시에는 아르펜 왕국으로 합류했다.
 왕국군을 맡아서 병력 증강과 훈련에 꾸준히 힘을 쏟았지만 대규모 전투에는 끼어들 수가 없었다.
 헤르메스 길드와 맞붙는다면 반나절도 안 되어서 몰살당하리란 것이 객관적인 수준.
 그럼에도 북부의 유저들 중에는 알카트라의 헌신을 기억하고 있는 이들이 많았다.

케이베른 사태만 하더라도 북부의 각 지역에서 몬스터 군단을 치열하게 막아 내며 숱한 마을들을 구했다.

"고맙습니다, 알카트라 님. 덕분에 살았어요."

"별말씀을요. 저희는 이 부근의 몬스터들을 소탕하고 다른 곳으로 또 가 보겠습니다."

"정말 바쁘게 움직이시네요."

"북부는 저의 마음의 고향이기도 합니다."

아르펜 제국군도 최근에는 병력이 꽤나 확충되어 있었다.

기사 유저들이 많아지면서, 전투가 벌어지면 말이나 소를 타고 와 자유롭게 참전한다.

기사들은 전장에 가는 것만으로도 공헌도와 명성을 많이 얻을 수 있기 때문에 이번에도 많이 모였다.

"로자임 왕국과 브렌트 왕국만 끝내면 아르펜 제국이 대륙을 통일한다!"

"정복이다, 정복! 야호!"

"아르펜 제국이 정복 전쟁에 나설 줄은 몰랐는데 말이지."

"영토가 조금 남았는데 대륙 통일을 안 하기도 무리잖아. 두 왕국의 유저들도 원하고 있고."

"그건 그렇지."

기사들은 아르펜 제국에 속하면서 뿌듯함을 느꼈다.

최초로 대륙 통일의 위업을 달성한다면 그들에게도 특별한 업적이 부여되리라 예상하고 있었다.

꾸우와아아아앗!

하늘에는 뮬의 그리폰 군단이 보였다.

케이베른이 처치되고 위험한 일은 없을 테니, 새끼 그리폰들도 데리고 왔다.

"작은 날개를 펼치고 따라다니는 새끼 그리폰들 좀 봐. 진짜 귀엽네."

"1마리 키우고 싶다. 먹는 거만 해결되면 정말 키우기 좋을 텐데."

브리튼 지역으로 넘어가는 바로크 산맥을 등지고 모여드는 유저들.

수많은 유저들이 아르펜 제국군이 로자임 왕국의 국경을 넘기만을 기다리고 있었다.

"위드 님은 언제 오시는 거지?"

"글쎄… 슬슬 오실 때가 되지 않았나?"

그 순간이었다.

크라라라라라락!

흉포하게 울부짖는 소리가 들리더니, 산맥의 봉우리 위로 드래곤만큼이나 거대한 새들이 나타났다.

바라그 부대!

게이하르 황제가 남긴 조각 생명체들이기도 하며 난폭하기 짝이 없는 전투 병력.

곧 유저들의 눈에 위드가 바라그의 등에 타고 있는 모습이 보였다.

"위드 님이다!"

"드디어 왔어."

지상에 도열해 있는 아르펜 제국군의 기사들이 고함을 지르기 시작했다.

"우리의 황제 폐하께서 오셨다."

"모두 함성을 질러라."

"후아! 후아!"

대략 30만에 달하는 제국군 병력들이 일제히 내지르는 소리에 귀가 먹먹해졌다.

기사 유저들까지 포함하면 그 숫자는 더욱 많아진다.

푸히힝!

소들까지도 투레질을 하면서 그들의 황제를 영접했다.

"한마디만 해 주세요!"

"노래를. 전투를 위한 노래를!"

유저들의 성화도 이만저만이 아니었다.

로자임 왕국과 브렌트 왕국.

전쟁이 남아 있긴 했지만 승패는 결정되어 있었다.

위드가 직접 나서지 않더라도 이겼을 텐데, 이만한 병력까지 끌고 왔으니 멋진 모습을 보여 주기를 원했다.

도시가스가 무엇이냐

겨울에도 추운 밤이 지나면 해가 떠오르지

위드도 흥분에 빠져서 노래를 시작했다.

첫 음부터 옥타브를 잔뜩 올리고, 박자 따위도 무시한 채 내지르는 거친 목소리.

어릴 때부터 꿈을 꾸었네
잘 먹고 잘살리라는 꿈을
등이 따뜻하고 싶어서
배가 부르고 싶어서 서럽게 울었던 것 같아

 노래는 뭔가 엉망진창이었지만 감정 하나는 제대로 전달되었다.
 배고프게 살아온 과거, 막연하지만 무언가를 해내고 싶었던 시절들…….

나는 무엇일까
아무것도 알지 못했지
왜 살아야 하는지도 몰랐어
자존심이 밥을 먹여 주지 않는다는 점만큼은 확실히 알았지.

우는 것도 사치
눈물은 약해지게 만들 뿐
달려라, 달려

몬스터를 때려잡았네
막 두들겨 패
이것은 내 밥줄

두둥! 두둥!

달빛 조각사

누군가 절묘하게 북을 두들겼다.
 아르펜 제국 기사들이 타고 있는 황소들이 꼬리를 흔들며 춤을 추었는데, 위드의 노래에 반응이라도 하는 듯한 모습.

해가 떠오른 모든 땅에 있는 아르펜 제국이여

치킨을 먹고
농사를 지어라

삼겹살을 굽고
물건을 팔아라

시원한 맥주를 마시려면
사냥을 해라

부지런히 살면 좋은 일이 생기지
인생에는 노가다가 필수야

"아……."
"무슨 뜻인지를 모르겠어. 가사가 어렵다."
"정확히는 모르지만 가난했던 과거를 떠올리며 열심히 살자는 의미 아닌가?"
"대략적으로는 그게 맞는 것 같지?"
 위드의 노래를 듣는 유저들은 국어 시간에 주관식 정답을 맞히는 기분이었다.
 하지만 노래는 아직 끝나지 않았다!

 꿀꿀, 꽥꽥, 꼬끼오!
 멋지고, 아름다운 세상이네

 힘이 들어도 같이 걸어가자
 즐겁게 노래하면서
 살아가자

 어리던 나를 보며 안아 주었던 그분들
 그 따뜻한 품을 잊지 말고
 살고, 살고, 살아 보자

위드의 눈에서 맑은 눈물이 툭 떨어졌다.
 하품을 할 때에나 나오던 눈물이, 과거를 떠올렸는데 넘쳐흘렀다.
 고생한 건 아무리 힘들었더라도 견뎌 낼 수 있었다. 하지만 기억에는 선명하더라도 다시 불러낼 수 없는 사람들이 있었다.

아르펜 제국군이 당당히 세라보그 성을 향해 진군했다.
 "전군 진형을 유지하라. 기사들이 앞에서 길을 열어라."

알카트라가 총사령관으로서 부대를 이끌었는데, 국경을 넘어온 이후로도 로자임 왕국의 군대는 보이지도 않았다.

"투란 마을의 영주가 병력을 데리고 왔습니다. 100명의 병사가 합류했습니다."

"베이커스 마을에서도 영주가 찾아왔네요. 250명의 병사들을 이끌고 왔습니다. 기사도 3명 있습니다."

"달탄그라 요새에서 지원 병력이 도착했습니다. 기마병만 1,000명입니다."

로자임 왕국 출신의 영주들이 너도나도 경쟁적으로 병력을 데리고 왔다.

"만나 뵙게 되어서 영광입니다. 위드 황제 폐하."

"로자임에 오신 걸 환영합니다."

영주들이 바짝 긴장해서 고개를 숙였다.

그들에게도 헤르메스 길드를 제압하고 중앙 대륙을 통일한 위드라면 자신들과는 격이 다른 존재처럼 느껴졌다.

일반 유저들과는 위드를 보는 시선이 다를 수밖에 없었다.

"일부러 와 줘서 고맙군요."

"저희가 선봉에 서겠습니다."

"아뇨. 우선 뒤를 따라오도록 하세요. 전투에는 나서지 않아도 됩니다."

위드는 투항한 영주들의 병력은 써먹을 생각이 없었다.

'세라보그 성이 많이 깨져서는 곤란하지.'

중앙 대륙의 대영주들이 이들보다는 훨씬 믿을 만하다.

세라보그 성의 함락전의 목표는 어디까지나 최소한의 피해로 점령하는 것.

아르펜 제국은 지금도 모라타를 복구하는 데에 천문학적인 자금이 들어가고 있었다.

위드는 미헬, 칼리스, 로암 등을 모아 놓고 말했다.

"절대 불을 내면 안 됩니다. 정복도 좋지만 건물에 불이 나면 불부터 끄세요."

"알겠습니다."

"성문도 가능하면 부수지 마세요. 그것도 다 돈이니까요."

"넵?"

"로자임 왕국 병사들도 막 죽이고 그러면 안 됩니다. 정복하고 나면 민심 나빠져요."

"……."

웃으면서 여유롭게 왔던 대영주들의 안색이 딱딱해졌다.

"그럼 어떻게 점령하죠?"

"그건 여러분들이 이제부터 고민해 보셔야죠."

"……."

위드는 황제가 된 후 훨씬 더 편해졌다.

귀찮고 힘든 일이 있으면 유능한 이들에게 맡겨 놓고 뒷짐을 지고 있으면 알아서 해결이 되는 것이다.

"직접 다 관여할 필요는 없지. 열심히 사는 사람들이 알아서 해 주겠지."

권력의 달콤함을 만끽할 수 있었다.

그렇지만 대영주들도 정말 어려운 일은 아니라고 생각했다.

"유저들이 왕국을 지키기 위해 싸우진 않을 것입니다. 그러면 군대를 운용하기가 쉽습니다. 편안하지요."

"성벽은 무시하고 날아서 넘어가거나 하고, 적 병사들은 마법사들을 동원해서 재웁시다."

"좋은 의견이군요. 안 죽이고, 건물 안 부수고 싸워야 되지만… 어렵거나 불가능한 일은 아닙니다."

"왕국 기사들이나 병사들의 수준으로 우릴 해칠 순 없으니 느긋하게 싸워도 될 것입니다."

대영주들은 고레벨의 실력자들을 길드에서 잔뜩 데려왔다.

대륙 통일의 위업이 달성되는 순간이라서 유저들의 관심도 받기 쉬웠다.

희생의 화로를 쓰지 않았던 그들은 어부지리로 〈로열 로드〉에서 최상위권의 레벨들을 갖고 있었다.

"정지!"

"모두 차분하게 전투준비를 하자!"

세라보그 성문 앞의 평원에 병력이 넓게 진을 쳤다.

로자임 왕국의 다른 도시와 성들도 남아 있긴 하지만, 왕성이 정복되면 대부분은 항복하게 되리라.

위드는 바라그의 등에 탄 채로 하늘을 날았다.

세라보그 성에서는 중앙 광장과 훈련소, 분수대, 상업 거리 등지에서 수많은 유저들이 그를 올려다보고 있었다.

"위드 님이 오셨다!"

"오랫동안 기다렸어요, 위드 님!"

"아르펜 제국 만세!"

"풀죽! 풀죽!"

로자임 왕국 유저들도, 구경을 온 북부의 유저들도 뒤섞여 있었다.
　위드는 가볍게 손을 흔들며 환영해 주는 유저들에게 답례를 했다.
　'성문과 성벽에는 꽤 많은 병사들이 배치되어 있군.'
　로자임 왕국의 왕성이 있기에 병사들만 해도 5, 6만은 되어 보인다.
　당연하게도 로자임 왕국의 편에서 성벽을 지키겠다고 나서는 유저는 드물었다.
　"이번 임무는 저에게는 너무 과한 것 같습니다."
　"기사 수행을 다녀오겠습니다."
　"그냥 아르펜 제국에 항복하시지요. 위드 님은 엄청 좋은 분이랍니다."
　로자임 왕국의 기사 유저들도 손을 떼고 나갔고, 그럼에도 수십 명 정도는 충성과 의리를 선택했다.
　"아이고. 죽을 자리더라도 싸워야지. 지금까지 퀘스트 한 번 포기해 본 적이 없는데."
　"적이 국경 안으로 침략했다고? 하필 아르펜 제국이네. 하벤이라면 기꺼이 싸울 텐데… 뭐, 이러나저러나 죽긴 마찬가지겠지만."
　"그냥 한번 죽어 주자."
　기사 유저들은 명예와 충성을 지키지 못하면 악명이 쉽게 붙어서 잘 사라지지 않는데, 그래서 차라리 목숨을 내놓을 작정으로 전투에 나섰다.

위드는 사자후를 터트렸다.

"공격하라. 하지만 아무도 죽지 않게 하고, 무엇도 파괴되지 않도록 해라!"

"응?"

"무슨 말이지?"

자세한 사정을 모르는 유저들은 당황할 수밖에 없는 명령이었다.

구경을 위해 와서 아르펜 제국과 함께 싸우려던 유저들도 마찬가지였다.

"가자. 이젠 우리의 시간이다."

"무기는 꺼내지도 말자고. 괜히 병사들 잡으면 안 되잖아."

레벨 500 이상의 유저들만 먼저 나섰다.

케이베른 사냥을 함께했던 타격대 소속의 유저들도 있었는데, 그들이 먼저 성벽으로 달려갔다.

> 세라보그 성에서 공성전이 발생했습니다.
> 아르펜 제국의 침략! 유저들은 공성전에 참여하여 아르펜 제국이나, 로자임 왕국의 편에 설 수 있습니다. 전투의 결과에 따라 국가 공적치와 명성, 업적이 부여됩니다.

"쏴라!"

"적의 군대가 성벽으로 접근하지 못하도록 해라!"

로자임 왕국군이 화살을 쏘고, 외부로 조준되어 있는 투석기를 발동시켰다.

고레벨 유저들은 거뜬히 피하거나, 그냥 몸으로 맞으면서 전진했다.

성벽에서는 얌전히 사다리를 걸치고 올라갔다. 괜히 공격 스킬을 써서 성벽이 파괴되기라도 하면 위드의 잔소리가 이만저만이 아닐 테니까.

> 물: 우리도 나서겠습니다.

그리폰 부대는 성벽을 단숨에 넘어서 세라보그 성 안에 고레벨 유저들을 투입시켰다.

"힘 조절 잘해."

"조심해서 살짝살짝씩 때려!"

아르펜 제국의 유저들이 로자임 왕국군을 거뜬히 제압했다.

마법사들은 대규모로 수면 마법을 사용해서 푹 재우는 방식을 선택했다.

심지어 흑사자 길드에서는 감기 걸리지 말라고 모포를 꺼내 덮어 주는 매너까지 발휘.

"저것이 아르펜 제국의 병력… 너무나도 무섭군."

"항복입니다, 항복!"

"목숨만 살려 주세요."

전투가 벌어지고 불과 5분도 되지 않아서 성벽 부근의 로자임 왕국군이 무기를 버리고 항복했다.

압도적인 전투력이 있기도 했지만, 바라그 부대가 슬쩍 근처에서 날아다니는 것만으로도 공포에 질려서 싸우려고 들지 않았다.

"아르펜 제국의 황제는 악룡 케이베른도 사냥한 분이야."

"그가 해낸 모험들은 감히 우리로서 감당할 수 없지."

"저분이 아르펜 제국의 황제 위드… 감히 쳐다볼 수도 없을 만큼 무서워."

위드의 카리스마와 투지. 그리고 수많은 전투 업적들이 병사들을 굴복시키는 역할도 했다.

"아, 어쩔 수 없네. 조금은 저항해 보려고 했는데… 저희도 항복입니다."

로자임 왕국 편에 섰던 유저들도 두 손을 들었다.

위드는 바라그를 탄 채로 외쳤다.

"주요 거점들도 정복하고, 오늘 안에 세라보그 성을 정리합시다. 그다음에는……."

다음 정복 지역을 말하려고 하던 찰나.

흑사자 길드의 드워프 전사 빈델이 말했다.

"축제입니까?"

"예?"

"오늘은 존경하는 위드 황제 폐하께서 로자임 왕국을 정복하시는 기쁜 날입니다. 세라보그 성에서 맘껏 마시고 놀아도 될까요?"

"……."

로자임 왕국의 유저들은 두 손을 들어 환호했다.

"만세! 축제다!"

"로자임 왕국에서도 축제가 벌어진다."

"실컷 먹고 마시자. 이제 우린 아르펜 제국 소속이야."

"위드 님 최고예요!"

세라보그 왕성.

드높은 명예와 친밀도를 쌓은 이들만 들어올 수 있는 장소.

왕국 기사들과 왕성의 경비병들은 레벨이 300대에서 400대에 달하는 최정예였다.

"여기서부턴 우리가 맡겠습니다."

아르펜 제국군을 책임지는 알카트라가 길을 열었다.

그가 선두에 서고, 제국군 기사 유저들 중에서 레벨이 높은 이들이 함께 싸웠다.

아무도 죽이지 않도록 하는 데 시간이 걸리긴 했지만 무난하게 정리하고, 대전까지 바로 들어갔다.

국왕과 귀족들, 30명 정도의 기사들이 기다리고 있었다.

"감히 네놈이 이 땅을 침략하다니!"

로자임 왕국의 국왕은 윈스터!

과거에 전대 왕이었던 시오데른의 의뢰를 받아서 피라미드를 만든 적도 있었지만, 현재는 아들에게 왕위를 물려주었다.

위드도 만나 본 적이 있긴 했지만 그다지 좋은 인상은 아니었다.

"침략이라……."

위드는 고개를 끄덕였다.

인정할 것은 가볍게 인정해도 되리라.

"우리가 침략한 거 맞습니다."

"횡포다. 큰 제국이라고 해서 작은 왕국을 짓밟아도 되는가."

띠링!

> 로자임 왕국의 국왕 윈스터 로자임이 반발하고 있습니다.
> 어떤 대답을 하느냐에 따라 지역 주민들의 충성도와 국가 명성에 변화가 생깁니다.

정복 전쟁에 있어서도 명분은 필요했다.

지금까지 대부분의 명문 길드나 헤르메스 길드는 영토를 넓히면서도 명분에 대해서는 신경 쓰지 않았다.

강제로 정복한 이후에 군사력으로 반란을 억제하면 되었고, 치안이 떨어진다고 해도 감당했던 것이다.

아르펜 제국의 입장에서는 대륙 전역을 지배해야 했기 때문에 솔직히 로자임 왕국까지는 신경 쓰기도 어려운 처지.

'바라그 부대를 보내서 초토화시킬 수도 있겠지만, 그런 것들이 다 국가적인 손해란 말이지.'

위드는 독재를 시작한 건 아니었지만 그래도 아르펜 제국은 자신의 소유물이었다. 그렇기에 가볍게 입술에 침부터 발랐다.

"대륙의 평화를 위해서입니다."

"우릴 침략한 것이 평화를 위한 것이라고? 뻔뻔하게도 그런 거짓말을!"

국왕의 반응은 너무나도 당연한 것이었다.

위드는 서글픈 목소리로 말했다.

"드래곤을 물리쳤지만 대륙의 위기는 완전히 사라진 것이 아닙니다. 로자임 왕국보다는 힘이 있는 제국이 사람들을 지켜 줘야 합니다. 악마들의 왕 클레타가 언제 나타날지 모르고 주민들은 불안에 떨고 있습니다."

대륙의 평화를 위한다는, 언제든 먹히는 명분!

띠링!

> 명성과 업적의 영향으로 왕실 기사들의 태도가 긍정적으로 변했습니다.
> 왕실 기사들은 현재의 국왕 윈스터에게 많은 실망을 해 왔습니다. 욕심만 많고 무능한 그보다는 절대적인 명성을 쌓고, 세상을 구한 영웅이 로자임을 지배하는 것도 나쁘지 않다고 생각합니다.

메시지 창이 슬며시 힌트를 주고 있었다.

"로자임 왕국은 우리끼리 충분히 해낼 수 있다."

"엠비뉴 교단에 위기가 생겼을 때에도 망할 뻔했었지요. 케이베른 사태에서도 아무 대응도 하지 못했습니다. 로자임 왕국은 제가 없었더라면 두 번은 멸망했을 것입니다."

"하지만……."

"앞으로는 저에게 맡겨 주시지요. 주민들을 잘 보살피고, 기사들을 명예롭고 강하게 만들 것입니다."

국왕 윈스터는 왕실 기사들의 손에 의해 쓸쓸히 자리에서 끌려 나왔다.

위드가 대전의 왕좌에 앉자 메시지 창이 떴다.

띠링!

> 로자임 왕국이 항복했습니다.
> 세라보그 성과 그 주변 영토가 아르펜 제국으로 합류합니다. 지역 영주들의 일부가 끝까지 저항할 것입니다. 국가 명성이 7 증가했습니다.

저항군이라고 해도 대단하진 않은 수준.

로자임 왕국의 유저들은 이미 아르펜 제국을 받아들이고 있었다.

"알카트라 님."

"옛."

"저항군을 정리해야 되겠습니다. 이번 주 내로 처리하고 브렌트 왕국을 정복하러 가죠."

"알겠습니다."

"근데 1명도 죽여선 안 되고, 건물의 손상도 없어야 됩니다."

"그게……."

"할 수 있겠죠? 못 하겠으면 헤르메스 길드 데려올까요?"

"어떻게든 해내겠습니다."

브렌트 왕국을 정복하기는 더 쉬웠다.

베르사 대륙 통일의 마지막!

전 대륙에서 수많은 유저들이 몰려들었고, 그들이 아르펜 왕국의 편에 서서 브렌트 왕국 기사들을 1명씩 무장해제 시켰다.

"비폭력! 비폭력!"

"마법사들이 재워요. 편안하게요!"

왕성으로 진군하는 마법사 부대만 수만 명이 넘었다.

헤르메스 길드에서도 학살자 칼쿠스의 전사들과 라미프터가 이끄는 마법사들이 참여했다.

"우리까지 와야 합니까?"

"대륙이 통일되는 날인데 그래도 자리는 지켜야지요. 당분간 위드의 눈치를 봐야 하니 말입니다."

헤르메스 길드원들은 불편한 기분을 안고 찾아와서 브렌트 왕국의 네할레스 성 함락을 구경했다.

"내성의 성문을 제압했다!"

"왕궁 기사단 항복!"

"기사들이 일제히 투항하고 있습니다."

브렌트 왕국은 저항조차 할 수 없었다.

병사들이 몇 번의 화살을 쏘기도 했지만, 오베론이 이끌고 온 드워프 전사들이 몸으로 맞으면서 걸어가서 제압.

"황제여. 당신의 뜻에 따를 테니 목숨은 살려 주시오."

브렌트 왕국의 국왕이 선뜻 항복하면서 전투는 30분 만에 종지부를 찍었다.

> 브렌트 왕국이 항복했습니다.
> 네할레스 성이 아르펜 제국의 영토가 되었습니다. 제국의 뜻에 저항하는 국가는 어디에도 없습니다. 국가 명성이 50 증가했습니다.
> 대륙 전역의 교역로가 안전합니다. 상업의 발달을 촉진합니다. 인구가 대대적으로 증가합니다.
> 제국 기사들과 병사들의 충성심이 최대가 됩니다. 현재의 상태가 쉽게 변하지 않을 것입니다. 주민들은 위대한 업적을 이룩한 아르펜 제국의 황제의 위엄을 우러러보고 있습니다.

"아르펜 제국 만세!"

"드디어 베르사 대륙이 하나가 되었다."

"위드 만세!"

"위드 황제 폐하 만세!"

네할레스 성에는 왕성과 광장, 거리에 넘치도록 많은 유저들이 있었다.

중앙 대륙과 북부에서 찾아온 유저들이 꽃가루를 뿌렸다.

"우리도 해 볼까?"

"그러자. 그럼."

빛의 마법사들은 하늘로 마법을 사용했다.

형형색색의 빛들이 아름답게 수를 놓으며 아르펜 제국의 대륙 정복을 축하했다.

위드는 공포를 자아낼 수 있는 바라그보단 와삼이의 등에 탄 채로 그 모습들을 지켜봤다.

"크흠. 드디어 이런 날이 오다니……."

"주인, 울고 있는 건가?"

"아니야. 눈에 조금 먼지가 들어온 것만 같은 기분이야."

사막처럼 메마른 감수성에도 불구하고 눈가에 눈물이 조금 맺혔다.

그동안 고생했기 때문에 우는 게 아니었다.

앞으로 남은 인생을 생각하며 흘리는 기쁨의 눈물이었다.

"세금을 거두기만 해도 먹고살겠어. 열심히 일하지 않아도 부자가 되어서 사는 거야. 매달 월세를 받는 것처럼 세금을 거두면……."

전 대륙의 주민들이 세입자와 마찬가지!

그리고 〈로열 로드〉의 모든 유저들에게 메시지 창이 떴다.

띠링!

> 아르펜 제국이 대륙을 통일했습니다.
> 북부의 작은 마을 모라타에서 시작된 아르펜 제국이 전 대륙을 지배하게 되었습니다.
> 인간, 드워프, 엘프, 오크. 대륙을 주도하는 네 종족들이 아르펜 제국의 지배를 기쁘게 받아들이고 있습니다.
> 베르사 대륙의 모든 영토를 정복했습니다. 사막과 호수, 험한 산맥과 얼어붙은 땅까지 아르펜 제국의 통치력이 구석구석 미치고 있습니다.

그리고 위드에게만 뜬 메시지 창!

> 베르사 대륙을 통일하는 위업을 달성했습니다.
> 아르펜 제국의 황제! 일찍이 없었고, 앞으로도 존재하기 어려운 정복자의 업적을 최초로 달성한 유저입니다.
> 사람들의 존경을 받으십시오. 막강한 권력을 만끽하십시오. 대륙의 전역에서 살아가는 주민들이 당신의 지배를 따릅니다.
> 정복 업적으로 모든 스탯이 100씩 증가합니다. 정신력, 명예, 투지, 기품의 효과가 40%씩 늘어납니다.
> 명성이 알려지는 효과가 더 이상 필요하지 않습니다. 당신은 모든 인간들이 우러러보는 존재입니다. 대륙의 각 종족들이 희귀한 공물들을 가지고 찾아올 것입니다.
> 지배자의 행동 하나하나가 대륙을 바꿔 놓게 될 것입니다. 다른 종족과의 교역이나 새로운 세계로의 탐험, 기술 개발을 주도할 수 있습니다. 신이나 악마의 뜻을 받들 수도 있을 것입니다.
> 당신의 선택과 결정에 따라 베르사 대륙이 움직입니다.

베르사 대륙의 통일.

그 위대한 업적을 달성한 위드는 입가를 끌어 올리며 씩 웃었다.

> ―마판 님.

> —옙!

마판은 아직 모라타에 머물고 있었다.

전후 복구 작업이 한창이기도 했지만, 대륙 통일이 예정되면서 모라타의 엄청난 농작물과 식료품들을 운송하는 업무도 맡았다.

> —상단들은 전부 준비가 되었죠?
> —물론입니다. 북부 상단들을 비롯하여 대륙의 모든 상단들이 동원되어 오늘만을 기다려 왔습니다.
> —지금부터 일주일입니다. 모든 물자들을 푸세요.
> —예, 계획대로 지역의 수도와 대도시에서 동시에 진행하겠습니다.

아르펜 제국의 대륙 통일 축제!

일찍이 없었던 규모로 개최하여 술과 음식을 풀 예정이었다.

물론 특별한 날이니만큼 평소보다 약간의 바가지 정도는 씌워야 마땅하리라.

"아……."

흑기사 길드의 헤겔은 위드가 대륙 통일을 했다는 메시지 창을 보고 아랫배가 심하게 아파 왔다.

"사람 인생 모른다더니 정말 이렇게 되는구나."

대학교에서 봤을 때만 하더라도 별 볼일 없고 만만한 복학생으로 보였다. 지금은 아는 사이라는 것만으로도 사람들이 부러

워한다.

로암 길드의 로암이 헤겔을 찾아왔다.

"위드 님을 안다고요?"

"예. 같은 학과에 다녀서요."

"수업도 같이 들었고요?"

"당연하죠. 밥도 같이 먹었는데. 물론 그 형은 서윤, 그러니까 풀죽여신님이랑 자주 먹었지만요."

헤겔은 진실을 이야기하면서도 기름칠을 잔뜩 했다.

"엠티도 같이 갔고, 모험도 한 적이 있죠."

"위드 님과 모험까지요?"

"네. 뭐, 별건 아니었어요. 멜버른 광산도 사실은 같이 갔었던 거죠. 흑사자 길드에선 다들 알고 있지만요."

형인 드워프 전사 빈델을 통해서 소식이 전해지긴 했지만, 속사정은 그렇게 친하진 않단 점도 알고 있었다.

그렇지만 다른 길드의 사람들에겐 헤겔이 위드를 개인적으로도 안다는 점만 퍼졌다.

"요즘도 연락하세요?"

"서로 바빠서요. 그래도 가끔 안부는 묻고 그러죠. 친구니까요, 친구."

"친구… 힘든 일 있으면 언제든 이야기하세요. 장비 필요한 거 있으면 바로 지원도 해 드리겠습니다."

"하하, 뭘요. 말 나오신 김에 돈이나 좀 주세요."

다른 대영주들로부터 삥을 뜯는 헤겔!

헤겔은 인맥을 바탕으로 여러모로 혜택을 입으면서도 배가 아팠다.

"아… 그 형이 잘돼도 너무 잘됐네."

―위드가 대륙을 통일했습니다.

바드레이는 10대 금역 중의 한 곳인 아베리안의 숲에서 사냥을 하다가 아크힘에게서 소식을 들었다.

"결국에는 그렇게 되었군."

헤르메스 길드가 고개를 숙이고 들어간 이상 아르펜 제국의 대륙 통일은 확정되어 있던 것이었다.

"한잔하시겠습니까?"

보에몽이 붉은 빛깔이 도는 포도주를 가져왔다.

"그윽하게 풍기는 향이 좋은 술 같은데."

"모라타의 것입니다."

"모라타."

"헤르메스 길드원들에게 전부 한 잔씩 돌릴 예정입니다."

바드레이는 아크힘의 마음을 짐작할 수 있었다.

강해지는 것만을 목적으로 살아온 자신보다도 헤르메스 길드를 좋아했던 남자.

"아르펜 제국의 통일을 축하하며 마시는 포도주라. 각별한 맛이 있겠군."

"그렇죠. 평생 잊지 못할 술의 맛입니다."

바드레이는 포도주를 한입에 마셨다.

떫으면서도 부드럽고 쓴 무언가가 느껴진 것도 같았다.

"평생 잊지 못할 술맛이다."

"헤르메스 길드원들 모두에게 그럴 겁니다. 아쉽지만 다음 잔은 모라타에 가서 마셔야 합니다."

"모라타에 가려면 강해져야 한다."

"예. 강해져야 합니다. 모라타에 우리 길드의 검을 꽂으려면 말이지요."

헤르메스 길드의 칼은 무뎌지지 않았다.

더욱 강하고 날카롭게 벼리고 있을 뿐이었다.

라페이는 조용히 북부 여행을 하던 도중에 소식을 들었다.

"아르펜 제국이라……."

하벤 제국 시절이 떠올랐지만 두 제국은 본질적으로 다르다는 걸 알고 있었다.

북부 대륙의 개척과 초보 유저들을 이끄는 위드가 중심이 된 제국.

라페이는 베르사 대륙의 역사가 이대로 멈춰 있지 않으리라고 보았다.

"아직은 신생 제국. 그 힘이 커지고 있지만 정점에 이르면 언젠가는 약해지고 말 것. 헤르메스 길드는……."

헤르메스 길드는 그의 예상보다 견고하게 잘 버티고 있었다.

라페이가 앞에서 이끌어 왔지만, 그가 떠난 이후에도 헤르메스 길드는 건재했다.

"위기가 그들을 내 생각보다도 강하게 만들어 낸 것일까. 더 이상 내가 신경 쓸 필요는 없겠지만."

그래도 베르사 대륙에서 무슨 일이 벌어지게 될지는 기대되었다.

이 거친 대륙의 역사는 아르펜 제국의 통일로 끝나는 것은 아닐 테니까.

헤르메스 길드가 있고, 야심가들이 세력을 확대하고 있었으며, 많은 유저들이 강해지고 있었다.

"전쟁이란 불꽃은 언제든 다시 타오를 것이다."

유니콘 사는 신속하게 보도 자료를 배포했다.

베르사 대륙, 드디어 통일!
전쟁의 신 위드가 대륙의 지배자가 되다.
아르펜 제국의 깃발이 꽂혀 있는 세라보그 성!
유니콘 사, 통일 황제에게 〈로열 로드〉의 초창기 약속을 지키기로 함.
월 매출의 10%. 과연 그 천문학적인 금액의 액수는?

위드가 베르사 대륙을 통일함으로써 유니콘 사로부터 포상을 받게 되었다는 소식이었다.
 언론사들은 포상금의 액수에도 관심이 많았다.

 〈로열 로드〉로 새로운 문화를 만들어 낸 유니콘 사. 한 달 매출액은?
 인수 합병을 통해 초거대 기업 집단이 된 유니콘!
 위드. 게임 분야의 한 달 매출액의 10%를 상금으로.

유병준은 뉴스들을 읽다가 인공지능 베르사에게 물었다.
"요즘 유니콘의 한 달 매출액이 얼마지?"
인공지능 베르사가 빠르게 계산하고 대답했다.
— 73조 정도 됩니다.
 전 세계를 상대로 〈로열 로드〉를 운영하며 4억 명 이상의 이용자를 보유하고 있었다.
 국가마다 요금이 조금씩 다르긴 했지만 1년 매출액은 800조를 넘었다.
 "한 달 매출액에서도 고작 10%. 7조라… 훗."
 유병준은 제법 많은 액수이긴 하지만 자신이 물려줄 재산에 비하면 푼돈이라고 생각했다.
 유니콘 그룹의 수많은 핵심 계열사들과 전 세계에 퍼진 부동산, 금융 자산들에 비하면 고작이라는 말이 어울릴 테니까.
 '7조로도 부자라고 불리기는 충분하다. 하지만 내가 물려주는 돈은 그 정도가 아니야. 경제계를 완전히 뒤흔들어 놓을 수 있는 금액이지.'

그의 능력을 알아주지 못한 세상에 대한 통쾌한 복수!

'그런데 내가 평생 쓴 돈은 얼마일까.'

불현듯 의문이 들기도 했다.

젊어서부터 연구 활동에 매진하면서 밤샘을 밥 먹듯이 했다.

배가 고픈 것도 밥을 먹을 시간이 아까워서 참아 내면서 〈로열 로드〉를 만들어 냈고, 지금은 전 세계에서 압도적인 부를 쌓았다.

'위드의 말대로라면 버는 놈 따로 있고 쓰는 놈 따로 있다고 하지. 생각해 보니 이 모든 자산을 물려준다고.'

유병준은 배가 아파 오긴 했어도 계획대로 진행하기로 결심을 굳혔다.

처음의 생각대로 진행하는 것이 옳으리라. 그렇지 않으면 자신의 수십 년 인생의 의미가 사라지게 되니까.

―위드에게 모든 재산을 물려주시겠습니까?

"그렇게 진행해."

―초인 프로젝트는요?

생명공학을 이용한 개조.

신체 능력까지도 최고로 만들어 주는 과정이 포함되었다.

"그것도 해야지. 그런데 부작용이 있었지?"

―의지가 약한 사람은 뇌 기능 활성화의 과정에서 영영 깨어나지 못할 수 있습니다.

"못 깨어날 가능성은?"

―극한상황에 이른 정신이 스스로 붕괴될 수 있어서, 마지막까지 살아남으려는 의지가 필요합니다.

막대한 재산에 더해서 완벽한 육체와 지능까지도 물려주는 계획.

베르사 대륙을 통일한 이에게 주어지는 보상이었지만 정작 그걸 받아들이지 못할 수도 있었다.

인공지능은 초인 프로젝트를 진행하며 대상자가 스스로 두려워하는 꿈을 꾸게 만들 것이다.

꿈에서조차 의지가 꺾인다면 깨어날 확률은 더욱 줄어든다.

유병준은 모라타에서 본 위드의 모습을 떠올렸다. 수많은 군중 속에서도 단연 영웅처럼 느껴졌다.

"깨어나지 못한다면, 그게 운명이겠지."

꿈의 인생

 이현은 햇빛이 비치는 마당에 앉아 오랜만에 여유로움을 만끽했다.
 그의 옆에는 털에서 윤기가 좔좔 흐르는 개가 누워 있었다.
 "보신아."
 멍멍!
 "요즘 정말 살맛 나지 않냐. 역시 사람은 은행 잔고가 넉넉해야 돼."
 멍멍!
 방송국들로부터 차곡차곡 입금되는 금액.
 〈로열 로드〉에서는 이 순간에도 막대한 세금이 거두어지고 있다.
 "행복은 확실히 돈 순서야. 뭐, 아니라는 사람도 있겠지만 그래도 대체로 맞아."
 부자들은 평균적으로 더 오래 살고, 맛있는 걸 먹으며, 좋은 집에서 살며, 멋진 옷을 입는다.
 돈이 많을수록 행복한 것이 당연할 수밖에 없는 세상!
 "예쁜 여자도 만날 수… 크흠. 반드시 그런 건 아니겠구나."
 서윤을 만나게 된 건 자신이 한참 더 돈이 없을 때였으니까.
 결국 잘 풀리긴 했지만, 한때 이현이 그녀의 마음을 몰라주었던 데는 나름의 이유가 있었다.

 '도대체 왜 내가 좋은 건데?'

 지금 다시 생각해 봐도 납득이 안 간다.
 돈, 학벌, 외모, 성격, 매력.
 어떤 점에서도 서윤이 자신을 좋아할 이유가 없었으니까.
 "보신아, 객관적으로 설명이 안 되는데. 역시 나한테 매력이 있긴 한가 봐."
 멍멍!
 "아니면 역시 내가 잘생겨서 그러는 건지도……."
 으르렁.
 "너 지금 대드냐?"
 이현의 집에서 키우는 동물들의 생활에도 극적인 변화가 있었다.
 작은 웅덩이에서 살던 오리들은 서윤의 집에 있는 수영장에서 마음껏 헤엄쳤다.
 넓은 걸 좋아하는 개들은 여기저기를 오가면서 뛰어놀길 좋아하지만 식사와 잠은 반드시 서윤의 집에 가서 해결했다.

닭이나 고양이들은 하루 종일 건너오지도 않았다.

"개들이 충성심이 강하다는 말도 다 옛날이야기지. 시대가 바뀌었어. 요즘은 밥 잘 주는 주인을 따르지."

이현은 문득 궁금증이 생겼다.

요즘 개들은 무엇을 먹고 지낼까.

몸보신의 새끼들을 비롯해서 과거에는 항상 배고파하던 녀석들이 요즘에는 어째서 느긋해졌을까.

서윤의 집 마당에 있는 개들의 밥그릇을 보니 갈비를 먹은 흔적이 보였다.

"아… 갈비 먹었구나. 근데 나도 오늘 갈비 먹었는데."

서윤은 요리를 하며 이현의 것과 개들의 음식을 함께 만든 것이다.

이현은 유니콘 본사에 찾아가기 위해 외출복을 입었다. 시장에서 구입한 깔끔한 옷이었다.

방송국으로부터 백화점 상품권도 많이 받긴 했지만 아껴 두었다.

훗날 아이가 생기기라도 한다면 가능한 한 좋은 옷을 입히고 싶으니까.

자신이 어릴 때 했던 처절한 고생은 물려줄 생각이 없었다.

"유니콘의 한 달 매출액만 하더라도 엄청난 금액이라고 하던데……."

이현은 감도 잡히지 않았다.

언론에서는 조 단위가 될 거라고 추정하고 있었고, 그 정도의 돈을 가진 부자는 한국에도 많지 않았다.

재벌 회사의 소유자들은 10조, 20조도 가지고 있긴 했지만 일반인들이 생각하기에는 까마득한 금액.

"앞으로 친척들한테 연락 와도 전부 무시해."

"응, 알았어."

이현은 거실에 있던 이혜연에게 단단히 일러두었다.

돈이 생기면 귀신처럼 연락해 오는 사람들이 먼 친척들인 것이다.

"도둑이나 강도가 찾아올 수도 있어. 그러니 집을 잘 지켜야 한다."

"알았어. 사람 잔뜩 와 주기로 했어."

최지훈이 와서 집안일을 거들어 주기로 했다.

집 근처에는 방송국 카메라들이 즐비하니 웬만큼 간이 큰 강도라도 얼씬하지 못하리라.

이현이 대문을 열고 나가자마자 번쩍거리는 카메라 조명들이 마구 작렬했다.

"통일 황제의 위업을 달성하신 소감은요?"

"한마디만 부탁드립니다!"

"어떻게 대륙을 통치하실 건가요?"

"악마들로 인한 위기는 완전히 사라졌나요? 시청자들에게 알려 주실 수 있나요?"

방송국마다 대표로 나온 기자들이 문 앞을 지키고 있었다.

이현은 마치 국회의원에라도 당선된 것 같은 기분이었다.

〈로열 로드〉의 통일 황제라면 국회의원 정도는 부럽지 않겠지만.

'이럴 때일수록 가식적인 이야기를 해 줘야 해.'

담담한 목소리로 마이크에 대고 말했다.

"모두가 여러분들의 덕분입니다. 앞으로 행복한 세상을 만들 겁니다."

가능한 한 짧은 소감만을 말해 주는 게 좋으리라.

이현은 괜히 잘못된 말을 남겨서 대륙 통치를 하며 발목 잡히고 싶지 않았다.

"앞으로 세금을 인상하실 계획인가요?"

"대륙 재건을 위해서 많은 돈이 필요하기에 세금 부담은 가능하면 줄여 보려고 합니다."

세금을 올린다는 말 같기도 하고, 올리지 않는다는 말처럼 들리기도 했다.

전적으로 듣는 사람의 기분에 달린 답!

"클레타의 퇴치 계획은요?"

"〈로열 로드〉는 항상 새로운 도전이 있기에 즐겁습니다. 클레타와의 전투도 언젠가 벌어질 겁니다. 정말 먼 훗날이 되었으면 좋겠지만요."

"경쟁자인 바드레이가 케이베른을 사냥하다가 죽었는데요. 그에 대해 하실 말씀이라도 있나요?"

"정말 용감한 일이었습니다. 그분의 도움을 많은 분들이 고맙게 생각할 겁니다."

"바드레이의 죽음에 대한 의혹이 있는데요."

"저는 아무것도 모릅니다."

"케이베른의 레어에 보물들이 아직 남아 있을 텐데, 가져오실 계획인가요?"

"당연히 챙겨… 흠, 흠, 예정에는 없지만 보물들을 찾아서 모라타와 파괴된 도시들의 재건에 쓰도록 하겠습니다."

이현은 짧은 인터뷰를 마치고 길을 나섰다.

유니콘 본사까지는 전철과 버스를 몇 번 갈아타야 했지만, 수금을 위한 즐거운 길!

사실 택시를 타는 것도 고려를 하긴 했지만 굳이 그럴 필요까진 없을 것 같았다.

"이쪽에 빵 가게가 말이야……."

"컵밥이 더 맛있는데."

"난 자장면!"

동네를 나와서 큰길로 나가면 행인들이 관심을 주지 않았.

어딜 가도 금방 평범해질 수 있는 외모.

'역시 인생은 편한 게 최고야.'

이현은 승객들로 가득 찬 마을버스를 탔는데, 자리에 앉자마자 졸음이 쏟아졌다. 평소와는 다르게 도저히 참지 못할 정도로 졸렸다.

마을버스는 잠든 이현을 태우고 유유히 달려서 동네 근처의

5층짜리 건물로 들어갔다.

초인 프로젝트를 위해 내부 개조가 끝난 건물이었다.

―대상자를 포획했습니다.

최신형 안드로이드 로봇에 의해 이현은 차가운 수술대에 누웠다.

―초인 프로젝트의 준비가 끝났습니다.

유병준도 수술대에 누워 있었다.

대상자의 육체와 두뇌를 강화하는 초인 계획.

원래대로라면 자신의 육체까지도 이현의 완성을 위해 투자할 계획이었다.

'이 얄미운 놈 때문에 목숨까지 바치라고?'

이현을 보고 있자니, 손해를 봐도 크게 손해를 보는 듯한 기분이 들었다.

도박판에서 마지막까지 앉아 있다가 전부 털리는 듯한, 그런 느낌.

―초인 프로젝트를 진행합니다.

로봇 팔에 의해서 큼지막한 주사기가 다가오고 있었다.

"자, 잠깐! 취소하자."

―초인 프로젝트를 취소할까요?

"그건 그대로 진행을 해. 하지만 생명공학에서 일부는 취소하는 게 좋겠어. 신체 개조를 위해 내 육체를 사용하는 걸 포함해서 말이지."

―기능이 조금 떨어질 수 있습니다만.

"얼마나 떨어지는데?"

—15% 정도입니다. 완벽한 초인의 탄생을 위해서는 박사님의 육체 활용이 필요합니다.

"그냥 그건 빼도록 하자."

　—지금까지 오랫동안 꿈꿔 오던 목표였는데 다시 생각해 보시는 건 어떨까요?

"날 죽이고 싶냐? 취소해."

　—알겠습니다.

유병준은 마지막 순간에 생각을 조금 바꾸었다.

인간의 능력을 벗어날 정도의 초인에서, 최대한의 잠재력을 일깨우는 수준으로.

목숨이 아까운 것도 사실이었지만 과거와는 다르게 삶의 소중함을 깨달았다.

역설적이게도 자신이 만들어 낸 세상, 〈로열 로드〉를 통해서 배웠다.

때론 실패하고 어려움을 겪을 수도 있지만 시간이 흐르면 지나가기 마련이다.

인생을 어떤 식으로 즐겁게 사느냐는 자기 자신에게 달린 문제였다.

　—프로젝트를 축소해서 부작용은 줄고 안정성은 상승할 것입니다.

"깨어나지 못할 가능성은?"

　—프로젝트 자체의 불안정성은 거의 사라졌습니다. 그는 긴 꿈을 꿀 것입니다. 마지막까지 살려고 하고, 깨어나려는 마음이 없다면 그것으로 끝입니다.

유병준은 고개를 끄덕였다.

"실시해."

로봇 팔이 이현의 입으로 알약을 가져왔다.

―아, 하십시오.

이현은 잠이 든 상태에서 향긋한 냄새를 맡았다.

한국인 대부분이 좋아하는 음식인 잘 튀긴 치킨 냄새!

"아……."

이현은 들리는 목소리에 따라 자신도 모르게 입을 벌렸다.

꿀꺽!

이현은 길고 긴 꿈을 꾸기 시작했다.

처음에는 부모님이 죽고 나서 어렵게 살아오던 시절에 대한 꿈이었다.

"네 인생? 그런 게 어디 있냐. 적당히 크면 팔려 나갈 거야. 가족? 같이 팔아 줄게."

사채업자들에게 시달리면서 처절한 어린 시절을 보냈다.

때때로 검은 유혹의 손길도 뻗어 왔다.

"간단한 심부름만 하면 돼. 물건만 가져다주고 오면 빚에서 300만 원 빼 줄게."

"더 쉬운 일 시켜 줄까? 1명만 처리해라. 안 걸리면 좋고, 걸려도 잠깐 교도소 다녀오면 2억이야."

이현은 매번 필사적으로 도망쳤다.

악의로 가득한 그들의 제안을 받아들이면 다시는 벗어날 수 없으리란 걸 알기 때문이었다.
"〈마법의 대륙〉?"
그러다가 우연히 알게 된 〈마법의 대륙〉이라는 게임.

게임은 사회악.
게임은 마약이다.

이현은 그러한 말을 떠올리며 〈마법의 대륙〉을 외면했다.
"먹고살기도 바빠."
그렇게 세월이 흘러서 스무 살이 되었다.
"급하게 1명 처리해 줘야 할 녀석이 생겼다. 가족을 생각해서 안 하겠다는 말은 하지 마라. 이번은 큰 건이라 무슨 짓을 벌일지 우리도 몰라."
이현은 사채업자들의 진지한 강요를 받았다.
목표는 상대 조직의 중간 보스였다.
'이걸 해야 하나. 하고 나면 다시는 예전으로 돌아오지 못해.'
자기 자신이 살기 위해서 누군가를 해치고 싶진 않았다.
그러나 할머니와 여동생을 위해서라면…….
'해야 해. 망설이지 말아야 한다.'
원하지 않은 일이지만 반드시 성공시켜야만 했다.
자신이 교도소에 들어가게 되면, 사채업자들이 가족들을 내버려둘 리가 없다.
그들은 법보다는 돈을 따르는 자들이니까.
'상대도 범죄자야. 차라리 다행이라 생각하자.'

이현은 며칠을 따라다니며 염탐을 했다.

'으슥한 밤보다는 점심 무렵을 노리는 게 낫겠어.'

새벽에는 영업장들을 돌면서 관리하니 혼자 있는 시간이 드물다.

점심때쯤에나 깨어나서 해장국을 먹으러 갈 때가 기회.

이현은 식당에서 밥을 먹으면서 기다렸다.

막 문이 열리고 중간 보스가 들어오는 순간이었다. 자연스럽게 밖으로 나가는 척 지나가다가 칼로 배를 찔렀다.

"너……."

영원히 잊지 못할 그 순간.

이현은 상대의 눈을 보며 생각했다.

'가족들만 생각하자.'

상대를 찌르고 또 찔렀다.

주변에서 비명이 들리는 것 같았지만 그것쯤은 무시했다.

'살자. 살아야 한다.'

슬프고, 스스로에 대한 분노와 혐오로 고통스러웠다.

인생이 아무리 비참해지더라도 남아 있는 사람들을 위해 살아야 했다.

또 다른 꿈.

이현에게는 가족이 아무도 없었다.

어릴 때 할머니와 여동생까지 집을 떠나고 나서 그 혼자 남겨졌다.

"우리한테 빌린 돈은 갚아야지. 죽고 싶냐?"

"……."

사채업자들의 협박에도 불구하고 그리 두렵진 않았다.

세상에 혼자 남겨진 것보다 무섭진 않았으니까.

마음 놓고 실컷 〈마법의 대륙〉에 빠졌다.

위드바보똥개: 이 멍청아?

위드바보똥개 님을 죽였습니다.

위드바보똥개: ㅋㅋㅋㅋ 이거 완전 또라이…….

위드바보똥개 님을 죽였습니다.

위드바보똥개: 개놈시키.

위드바보똥개 님을 죽였습니다.

위드바보똥개: 저기요, 님아.

위드바보똥개 님을 죽였습니다.

> 위드바보똥개: 선생님. 지금 오해가 있으신 것 같은데.

> 위드바보똥개 님을 죽였습니다.

거슬리는 이들은 모조리 죽일 뿐.

〈마법의 대륙〉의 명문 길드들을 몽땅 박살 내고, 〈로열 로드〉에 접속했다.

'이곳이 내가 잠시 머물게 될 세상이로군. 과연 내 허전함을 달래 줄 강자들이 있을까?'

위드.

밟혀도 밟혀도 살아나는 잡초라는 의미도 있지만, 누군가와 함께하고 싶다는 이름이었다.

몬스터란 몬스터는 미친 듯이 때려잡았다.

피의 광전사가 되어 몬스터들과 싸우다 보니 눈에 띄게 빨리 강해졌고, 헤르메스 길드의 눈에 띄었다.

"제법 쓸 만한 것 같은데. 〈마법의 대륙〉의 위드였지? 긴말하지 않지. 우리 길드로 들어와라."

"내 심장에는 이글거리는 불꽃이 있어. 함부로 가까이 오지 마라. 나약한 자들은 타 버리고 말 것이다."

"…됐으니까, 그냥 가입할 거냐, 말 거냐."

"잠시 머물겠다."

위드는 헤르메스 길드의 지원을 받으면서 성장해 갔다.

"성장에 필요한 물품들을 말해라."

"말한다면?"

"뭐든 제공해 줄 것이다. 레벨에 맞는 가장 좋은 장비들도 모두 길드 내에 있으니 제공될 거다."

"받아는 주지."

"고맙다는 말은 하지 않을 건가?"

"별로. 공짜로 받을 생각은 없어. 나중에 몇 배로 값을 치러 주지."

"하하. 그날이 오길 기대하도록 하지."

남들보다도 두세 배 빠른 사냥 속도로 레벨 200대에서 400대가 되었다.

헤르메스 길드의 상위권 유저들도 긴장하게 만드는 성장이었고, 하루 종일 사냥만 하는 그에게 거칠 것은 없었다.

"저 녀석이 위드라고?"

"그렇다는군."

숱하게 벌어지는 전투와 보스급 몬스터 사냥.

위드는 헤르메스 길드에서 세력전을 벌일 때에만 참여하고, 거의 대부분의 시간을 사냥터에서 지냈다.

"헤르메스 길드다!"

"저 새끼들 때문에……."

가끔 들르는 도시에서 욕을 먹으면 서슴없이 검을 뽑았다.

> 피의 광전사로서 살육에 눈을 떴습니다.

> 악명에 따라 공격력이 증가합니다.

> 당신의 목에 현상금이 걸렸습니다.
> 현상금: 4,797,213 골드

어느덧 베르사 대륙에서 최악의 명성을 떨치는 학살자가 되었다.

"위드. 저걸 내보내야 하지 않겠습니까?"

"쓸모가 많을 것 같은데 기다려 보죠."

라페이가 이끄는 헤르메스 길드는 위드를 지켜보기만 했다.

전사로서 키워 주면서도 직접 간섭하진 않는다.

헤르메스 길드의 입장에서는 세력을 확대하는 동안 사람들의 관심을 돌리기에 적합한 대상으로 여겼다.

위드도 그런 의도를 알지만 내버려두었다.

"사냥개 취급인가. 내 마음이 머물 곳이 없군."

〈로열 로드〉를 하며 벌어들이는 돈으로는 동네의 아이들에게 옷과 학용품을 사 주었다.

라페이가 헤르메스 길드의 군단장들을 소집했다.

위드도 그들 사이에 끼어서 당당히 한자리를 맡고 있었다.

전쟁의 신, 〈로열 로드〉 최악의 학살자.

헤르메스 길드에는 위드를 따르는 길드원들도 많았기에 그들을 모아서 전투단으로 편성했다.

다른 길드와의 충돌에도 항상 선봉을 서며 악착같이 싸우는 무리.

위드의 직업도 피의 광전사였고, 퀘스트를 주로 하지도 않았기 때문에 레벨이 올라가는 속도가 무척 빨랐다.

헤르메스 길드의 최상위 랭커들도 위드의 전투력만큼은 인정했다.

"우리는 이제 엠비뉴 교단과 싸운다."

엠비뉴 교단.

베르사 대륙을 빠른 속도로 잠식해 들어가는 단체.

여러 왕국들이 위험에 빠졌고, 헤르메스 길드는 이를 막아야 하는 입장이었다.

"출정한다."

헤르메스 길드의 14개 군단이 출격했다.

대륙의 남서쪽, 네스트 왕국과 토르 왕국 사이에 있는 사이고른 산맥이 엠비뉴 교단의 비밀 기지가 숨어 있는 위치.

"위드 님만 따르겠습니다."

"우리가 이번에도 선봉에 섭시다!"

위드는 자신을 따르는 길드원들에게 아무 말도 하지 않았다.

그저 싸우고 싶을 뿐이었고, 그들이 자신을 따르는 건 신경 쓰고 싶지 않았다.

사이고른 산맥은 엠비뉴 교단에서 적들을 몰살시키기 위해 만들어 놓은 미끼.

"함정이다!"

"넘어가. 돌아갈 길이 무너졌으니 계속 진격해라!"

광신도들의 자폭과 엠비뉴의 사제들이 펼치는 신성 마법들.

엠비뉴의 성기사들과도 싸워야 했다.

위드는 헤르메스 길드로부터 받은 마검 드로어부터 뽑아 들었다.

전투가 매일 벌어지기에 마검은 최고의 공격력과 마법을 발동시킬 수 있는 핏빛 상태를 유지했다.

"걸리적거리지 말고 비켜!"

위드는 엠비뉴 교단의 끝을 모를 병력을 보고도 그들을 향하여 달렸다.

가족을 잃은 이후에는 한순간도 주저앉아 있을 수가 없었다.

싸우고, 이긴다.

그는 혼자였지만 동네에서 그가 돌봐 주는 아이들이 떠올랐으니까.

'죽더라도 잡템을 하나라도 더… 응? 잡템…이라고? 그걸 내가 왜 주워야 하지?'

위드는 조금 이상함을 느꼈지만 처절하게 싸웠다.

피의 광전사는 적군과 아군을 가리지 않는다.

아군의 죽음마저도 새로운 힘과 체력을 샘솟게 만들어 주기에 기쁘다.

"위드 님에게 몰아줘."

"그래. 여기서 어떻게든 해내야 한다."

헤르메스 길드원들은 적의 공격을 막아 내며 죽어 갔다.

그들이 목숨을 잃을 때마다 위드는 광기의 눈을 떴다.

"몰살의 검!"

점점 폭주하며 강해지는 공격력은 아군들까지 베었고, 마침내 엠비뉴 교단의 대사제마저 해치웠다.

"승리다!"

"이겼다."

피투성이의 승리.

위드는 전투 업적을 쌓으며 또다시 한 단계 강해졌다.

―――

헤르메스 길드에서 위드의 영향력은 갈수록 커졌다.

위드를 따르는 군단은 전투가 벌어질 때마다 선두로 나서 싸웠다. 무서운 공격력으로 적진을 돌파하며 아무도 물러나지 않았다.

흑사자 길드나 로암 길드도 위드의 군단이 나타났다면 싸움을 회피하기 바빴다.

라페이가 새로운 갑옷을 가지고 왔다.

"피의 광전사 위드… 이 갑옷을 받고, 1군단을 이끌기를 명합니다."

"귀찮은 건 질색인데."

"거절하는 겁니까?"

"딱히 할 일도 없으니 받아들이지."

위드는 1군단장이 되어서도 싸웠다.

강해지는 것이 목적이긴 하지만 적과의 전투를 즐겼다.

"군단장님, 외곽부터 차근차근 무너뜨리는 것이 좋을 것 같습니다."

"내 방식대로 한다."

"어떻게요?"

"적진의 중심까지 뚫고 나간다."

"적진 돌파입니까?"

"적진 한복판까지 뚫는다. 그래서 적 지휘관을 벤다."

"그다음엔요?"

"다 죽인다."

"……!"

위드의 부대에 속하게 된 헤르메스 길드원들은 집단 광기에라도 빠져든 것 같았다.

가장 치열한 접전이 펼쳐지는 곳에서 극강의 공격력을 발휘하며 적들을 부숴 놓았다.

그들의 돌파력이 전투를 결정지었다.

> 아크힘: 1군단을 지원해.
> 라미프터: 길을 여는 것을 도와라. 저들이 적진 한복판에 들어가면 전투는 우리의 승리다.
> 뮬: 그리폰 부대도 지원하겠습니다.

다른 세력들과 싸우는 헤르메스 길드의 전투 방식은 적극적으로 1군단을 지원하는 것이었다.

1군단이 적진을 뚫고 들어가면, 그곳에서부터 균열이 커지게 된다.

조금만 지원을 해 주더라도 적진 전체가 와해되어 버렸다.

미친 광기의 부대.
그들을 막을 수 없다.
헤르메스 길드의 창과 검.
1군단이 20분을 싸운 결과, 무려 20배가 넘는 사상자가 발생했다.
1군단과 로암 길드가 정면충돌! 말도 안 되는 전력 차이였지만 패퇴하는 로암 길드.

1군단은 전투 집단으로서 〈로열 로드〉의 전설이 되었다.
때론 몰살당하기도 했지만, 그런 경우라도 피해 이상의 전투 업적들을 쌓았다.
"저도 1군단에 들어가고 싶습니다."
"어떻게 해야 군단장님처럼 싸울 수 있습니까?"
"가장 명예로운 1군단. 거기에 배속되어 싸운다면 바랄 게 없습니다."
헤르메스 길드의 전쟁 방식까지 바꿔 버리는 1군단.
1군단에 속해 있다는 것만으로도 명예롭고, 뛰어난 전사로 존중을 받았다.
"라페이 님, 위드에게 힘이 너무 실리는 것 같습니다. 길드 내부에서도 말이 많습니다."
아크힘이 라페이를 찾아와서 말했다.
바드레이는 그동안 헤르메스 길드의 강함을 상징하는 존재였다.

그의 존재 때문에라도 강해지고 싶은 유저들이 모여들었다.

최근에는 1군단이 헤르메스 길드의 힘의 상징 역할을 해 주고 있었다.

다른 경쟁 세력들은 위축이 되었고, 외부의 강자들도 1군단의 매력에 빠져서 헤르메스 길드로 들어왔다.

"제 생각은 반대인데, 1군단을 더 키울 필요가 있을 것 같습니다."

"지금보다도 더요?"

"그들을 앞세우면 대륙 정복에 변수가 생기지 않을 겁니다. 어떤 전장이든 투입하면 상황을 바꿔 놓으니 말입니다."

"…아시겠지만 1군단의 영향력이 커지는 건 우려스럽습니다. 특히 위드는 우리 길드 사람도 아니었습니다."

"그를 만나 보면 느끼시겠지만 단순합니다. 길드 내의 권력 다툼에는 관심이 없어요. 싸울 자리만 만들어 준다면 우리의 말을 계속 따를 겁니다."

"대륙을 통일한 다음에는 어떻게 하실 겁니까?"

"그땐……."

라페이는 당연한 걸 물어본다는 듯 싱긋 웃었다.

"사냥개가 먹이를 축내는 정도는 참아 줄 생각입니다."

"그 이상으로 욕심을 부린다면요?"

"사냥개입니다. 사냥개의 운명에 대해서는 따로 이야기할 필요가 없지 않을까요?"

아크힘은 설명에 만족하고 돌아갔지만, 라페이는 위드를 그냥 버릴 패로 쓰진 않을 작정이었다.

'헤르메스 길드가 강해지려면 바드레이와 위드의 경쟁 구도가 되어야 좋지. 위드가 본인의 능력으로나 세력으로나 한참 열세지만… 성장 속도는 빠르다. 바드레이 쪽도 긴장해야 될 거야.'

헤르메스 길드는 중앙 대륙을 통일했다.

다른 세력들과의 모든 전투를 압도적으로 이겨 냈고, 반란군들을 상대로도 인정사정이 없었다.

> —피의 부대.
> —헤르메스 길드에서 바드레이와 친위대가 가장 강하지만, 제일 무서운 건 1군단이다.
> —묘하게… 매력이 넘쳐. 빠져들 수밖에 없을 정도로.
> —사냥 속도 미침.

위드는 사냥터와 전쟁터를 오가며 살았다.

명성이 높아질수록 도전자는 많았고, 그나마 심심하지 않을 수 있었다.

"파이톤이다. 한 수 가르쳐 다오."

"얼마든지."

위드와 파이톤의 대결.

파이톤은 힘을 바탕으로 하는 검술을 사용했지만 역부족이었다.

위드는 헤르메스 길드의 사냥터와 장비 지원을 받아서 레벨이 높았다.

길드 내에서도 5위권 안에 들었고, 스킬들도 최고로 갖추었기에 파이톤은 가볍게 무릎을 꿇었다.

피투성이가 된 파이톤이 말했다.

"멋진 승부였다."

"나에겐 시시했어."

> 파이톤을 살해하였습니다.

양념게장이나 다른 여러 유명인들과도 싸웠다.

중앙 대륙을 통일한 헤르메스 길드의 적은 많았다. 로암, 칼리스와의 승부도 즐기면서 끝없이 싸울 뿐이었다.

1군단의 부하들이 물었다.

"바드레이 님에 대해서 어떻게 생각하십니까?"

"강한 사람이지."

"저희는 위드 님이 더 강하다고 생각합니다."

바드레이는 직접 나서는 일이 드물었다.

대륙 정복 전쟁에서 최고의 무훈을 올린 것이 위드였고, 그의 1군단이었다.

1군단에 속한 유저들은 헤르메스 길드보다도 자신들이 더 위에 있는 존재라고 생각했다.

"바드레이라……."

"싸우고 싶지 않으십니까? 저희는 싸우면 위드 님이 이길 거라고 봅니다."

위드는 웃고 말았지만, 그와 바드레이를 비교하는 유저들은 갈수록 많아졌다. 외부만이 아니라 길드 내부에서도 위드의 추종자들이 늘어나고, 라페이도 은근히 신경을 써 주었다.

> 위드와 1군단은 절망의 평원으로 떠나라. 오크들을 정벌하고 돌아와라.

이번에는 평소처럼 라페이에게서 내려온 명령이 아니라, 길드의 수뇌부에서 직접 전달되었다.
 누가 봐도 위드와 1군단을 길들이겠다는 뜻.
 "받아들여서는 안 됩니다."
 "싸웁시다. 해치워 버리면 됩니다."
 "그냥 떠나도 되죠. 우리가 독립하겠다면 누가 막겠습니까?"
 "길드에서 위드 님을 따르는 이들이 삼분의 일은 됩니다."
 위드는 생각에 잠겼다.
 숱한 전투에 뛰어들 때에도 주저함은 없었지만 헤르메스 길드에 칼을 거꾸로 들고 싶진 않았다.
 가족을 잃고 방황하던 자신을 이용해 먹으려고 했더라도 먼저 손을 내밀어 주었으니까.
 지금까지 받은 것이 많다고 느끼고 있었으니까.
 "나는 헤르메스 길드를 떠날 것이다. 1군단은 해체한다."
 위드는 헤르메스 길드를 이탈했다.

> 1군단장 위드는 길드를 무단이탈했다. 앞으로 그는 우

리 헤르메스 길드의 적이다.

그날로 척살령이 발동되었지만 돌아다닐 수 있는 던전은 어디든 있었다.

라페이가 은근한 비호를 해 주기도 했고, 아크힘이나 바드레이의 추종자들도 위드가 세운 그동안의 공로를 인정했다.

본격적으로 척살조를 파견하면서까지 위드를 공격하는 건 길드 내부에 혼란을 키울 수도 있었으니 그냥 내버려두는 쪽을 택했다.

칼쿠스가 웃으며 아크힘에게 말했다.

"위드 그놈의 무력도 결국은 우리 길드를 통해서 강해진 것입니다."

"헤르메스 길드를 떠나면 별거 아니란 얘긴가?"

"그렇죠. 그가 훌훌 털어 버리고 떠났으니 1군단에 속해 있던 길드원들을 다른 군단에서 나눠서 흡수하면 됩니다."

"그래도 내버려두면 신경이 쓰이는 존재야. 그의 전투를 본 사람이라면 누구나 느끼고 있을 테지."

"무모하게 덤빌 뿐. 그런 전투 방식이 통했던 것도 우리 헤르메스 길드였기 때문 아닙니까?"

"혼자서 할 수 있는 일은 별로 없지."

"1군단의 잔당들이 모이지 않도록 해야 합니다. 약간의 병력이 이탈한다고 해도 아무 군단이나 보내도 짓밟아 줄 수 있을 것입니다."

로암 길드, 클라우드 길드 등으로 구성된 저항군에서 길드를 떠난 위드에 복수하기 위해 추격해 왔다.

"그동안 저지른 짓에 대한 대가를 치러라!"

"싸우고 싶다면 덤벼."

위드는 서너 번의 죽음을 당하기도 했다.

그럴 때마다 저항군의 피해도 만만치 않았고, 나중에는 흔적 없이 사라져서 뒤를 쫓아오기도 힘들어졌다.

베르사 대륙에서는 많은 일들이 있었다.

반헤르메스 길드 연합군이 생겨서 거의 모든 유저들이 공격해 오기도 했고, 북부 대륙에서 바르칸 데모프가 이끄는 불사의 군단이 침공해 오기도 했다.

"죽음의 공평함으로 너희를 인도하리라!"

아크리치.

불사의 군단을 완벽히 재편하여 중앙 대륙을 침공한 바르칸.

해골들이 끝없이 밀려 내려왔고, 고위급 언데드들이 무리를 지었다.

북부의 변방까지도 불사의 군단이 정복하면서 초대형 몬스터들까지도 언데드가 되었다.

> 아크힘: 불사의 군단은 무시무시합니다. 데리암의 황무지를 지나고 있는데, 일주일 내로 아골타 지역의 초토화는 시간문제입니다.
> 크레볼타: 죽여도 되살아난다던데, 신성력으로 정화하면 되지 않습니까?

> 가우슈: 신성력에도 저항력이 높다고 합니다. 기록을 보면 과거에도 대륙을 멸망 위기로 몰고 갔다는 이야기들이 있습니다.

헤르메스 길드는 남다른 정보력으로 베르사 대륙을 위협하는 세력에 대한 폭넓은 정보를 가지고 있었다.

불사의 군단은 당장 눈앞에 닥친 현실적 위협.

북부 대륙에서 세력을 떨치는 것을 알고는 있지만 진압 부대를 일찍 파견하진 못했다.

"당장 바르칸을 처치해야 합니다."

라페이가 매주 개최된 회의에서 강력하게 주장했지만 위험한 일을 떠맡고 싶은 군단장은 없었다.

"위드의 1군단이 이런 일은 도맡아서 했었지."

"괜히 1군단을 일찍 해체한 것 아닌가?"

헤르메스 길드에서 쌓아 올린 힘의 문화는 빠르게 흩어지고 있었다.

지금까지는 그들에게 위협을 줄 정도로 강한 적이 없었다. 언제나 압도적인 전력으로 이겨 왔으며 그 선봉에는 1군단이 있었다.

대륙 정복 이후에는 저마다 이권을 챙기기 바빠서 손해 보는 일은 하지 않으려고 들었다.

바드레이조차도 경쟁자가 없으니 긴장이 느슨해진 상태.

라페이가 지도를 펼쳐 놓고 북부 대륙과의 접경인 아골타 지역을 가리켰다.

"이곳에서 모든 병력을 집결시켜서 불사의 군단과 싸워야 합니다."

"모든 병력이라니… 그러려면 자금이 얼마나 들어가는지 압니까?"

"압니다. 하지만 그래야만 합니다. 불사의 군단이 만에 하나라도 승리를 한다면 그들의 전력은 감당할 수 없게 됩니다."

몬스터들과는 다르게 불사의 군단은 전투를 거듭해도 전력 손실이 없다. 특히 헤르메스 길드를 격파하기라도 하면 엄청난 양의 언데드들이 증가하게 된다.

"맞는 말이군요."

"그들을 물리칩시다. 손해야 좀 생기겠지만 대륙부터 지켜야지요."

라페이의 말에 군단장들도 공감은 했지만 정작 자신들의 정예 병력은 각종 이유들을 내세워서 출전시키지 않았다.

최종적으로 아골타 지역에 모인 건 헤르메스 길드의 절반 정도였다.

"전군 공격 개시!"

그럼에도 헤르메스 길드는 강력했다. 마법병단을 앞세워서 언데드들을 처치하며 승리를 확신했다.

"언데드라 그런지 숫자는 많아도 별거 아니네."

"이 정도면 대륙이 초토화될 위기까진 없었겠어."

"직접 싸우지 않으면 작은 위험도 크게 느끼기 마련이잖아."

군단장들이 그렇게 말하는 사이에, 전장에는 아크리치인 바르칸 데모프가 나타났다.

"빛에 의해 흩어지지 않는 칙칙한 어둠이여, 이곳에 내려와

죽음을 일깨우는 자들에게 깃들라. 데스 오라!"

언데드들이 데스 오라에 의해 변이가 시작되었다.

보잘것없는 스켈레톤들도 커지면서 뼈마디가 굵어졌다.

생명력, 힘, 방어력, 이동속도에 이르기까지 모든 부분에서 강화가 이루어졌고, 그 영향은 고위 몬스터들로 갈수록 더욱 커졌다.

데스 나이트들은 눈빛에서 칙칙한 광휘를 뿌려 대었고, 둠 나이트들은 상대하는 헤르메스 길드원들을 무참히 살상했다.

"모든 마나의 흐름이여, 지금 생명들의 종말을 제물로 바치나니 소멸과 거스름의 원리에 따라서 움직여라!"

절대 마법 방어.

바르칸에 의해 헤르메스 길드의 모든 마법들이 차단되었다.

이제부턴 언데드와 전사들의 육박전이었다.

"이 땅은 내 암흑의 율법이 지배한다. 영원한 불사의 힘이 장악하리라."

다크 룰!

그러나 바르칸의 3대 마법이 모조리 발동되었다.

전선에서 죽어 가는 이들은 모두 언데드가 되어 일어났으며, 대규모 살상이 가능한 마법들은 봉인된 상태.

"이럴 수가……."

"말도 안 돼. 여긴 도저히 이길 수 없다."

헤르메스 길드가 무너지고 있었다.

다른 보스급 몬스터와 싸운다면 이러진 않으리라. 그렇지만 동료가 죽는 순간 강력한 언데드가 되어서 일어난다.

아군은 죽어 가는데, 적은 끊임없이 늘어난다는 것이 엄청난 공포.

헤르메스 길드는 아골타에서 패배하고 전력의 삼분의 일을 잃어버리며 퇴각했다.

불사의 군단은 더 세력을 넓혔고 중앙 대륙으로 확산되기 시작했다.

바르칸 데모프의 부하들이 한 지역들을 차지하면서 대량의 언데드 생산 기지도 설치.

베르사 대륙이 위기에 빠져 있을 때, 위드는 던전을 나왔다.

"실컷… 싸울 수 있는 건가."

라페이로부터 소식을 들어 대륙의 정세에 대해서는 알았다.

불사의 군단이 있으니 그들을 소멸시켜야 한다는 생각뿐.

라페이는 바드레이의 추종자들을 설득해서 위드의 권한을 복권시켰다.

"1군단, 모여라."

위드는 1군단을 지휘하겠다는 뜻을 밝혔을 뿐이었다.

그 즉시 1군단이 예전처럼 재결성이 되었다.

옛 부하들이 다시 돌아오는 데는 어떤 주저함도 없었고, 과거보다도 규모가 2배 이상으로 늘어났다.

"우리도 받아 주십시오."

"불사의 군단과 싸우는 일에는 협력하고 싶습니다."

헤르메스 길드에서도 강자들이, 순수하게 힘을 쫓던 이들이 1군단을 따르기로 결심을 한바.

총인원 5만.

위드는 그들을 이끌고 북상했다.

최종 방어선인 기덴 성에서 그들에게 말했다.

"모두 짐작하겠지만 헤르메스 길드에서의 지원은 없다."

꿀꺽.

1군단의 유저들이 긴장을 드러냈다.

그들은 지원을 받지 못한다는 것이 어떤 의미인지를 잘 알고 있었다.

오로지 자신들뿐이었다.

헤르메스 길드가 전부 나섰을 때도 패배했던 전투를 해결해야 한다.

"목표는 단순합니다. 바르칸. 우린 언데드들을 돌파하여 바르칸에게 도달해야 합니다. 대략 거리로는 3킬로미터 정도를 뚫어야 되겠더군요."

"……."

아무도 할 수 있다고 확신하지 못했다.

위드도 그건 마찬가지였다.

해낼 수 있을지, 없을지는 싸워 보지 않고서는 모른다.

선두에 선 자신과, 부하들이 얼마나 잘 싸우느냐에 달려 있었다.

'재미있겠네.'

위드는 그렇게 생각하며 웃었다.

자신은 전장의 그 어디에서라도 살아 있다는 느낌을 받고 싶을 뿐이니까.

'살자. 살아야지.'

할머니와 여동생을 찾았다.

그들이 어디에 사는지를 알아보았고, 매달 돈도 보내 주고 있었다.

'어떤 상황에서도 희망을 잃고 싶진 않아. 그게… 나한테 남은 마지막일지도 모르니까.'

유병준은 수술대에 누워 있는 이현을 보고 있었다.
"상태가 어떻지?"
─안정적입니다.
"정신적으로도?"
─이상 없습니다.

캡슐형 로봇들이 신체 내부를 개조하고 있었고, 유전자 강화도 동시에 이루어졌다.

마취가 이루어졌다고 해도 손상과 회복이 동시에 이루어지기 때문에 육체에는 괴로운 과정이었다.

"그럼 무사히 깨어나겠군."
─95% 이상의 확률로 깨어날 것입니다.
"만약 초인 프로젝트를 축소하지 않았더라도 괜찮았을까?"
─90% 이상 깨어났을 것입니다. 대상자의 정신력이 너무나도 강력합니다.

유병준은 잠든 이현이 눈물을 흘리는 것을 봤다.

시술 초반에 울었고, 지금 다시 울고 있었다.

"도대체 어떤 꿈을 꾸고 있는지도 알 수 있나?"

—자세히는 알지 못합니다. 다만 몇 개의 단어는 전달되었습니다.

"그건……."

유병준은 물어보려다가 말았다.

이현의 인생을 오랫동안 지켜보면서 이미 답을 알고 있었다.

이현은 이유를 모를 극심한 통증 때문인지 주로 아프거나 다치는 꿈을 많이 꾸었다.

때때로 〈로열 로드〉에서 지독하게 싸우기도 했고, 자동차 앞의 어린아이를 구하기 위해 몸을 던지기도 했다.

"미안해요. 하지만 저희도 먹고살기 힘들어서요."

"……."

아무런 보상을 받지는 못했지만, 어린아이가 손을 잡으며 말했다.

"아저씨, 고마워요."

"그래."

이현은 언제나 살고 싶었다.

차라리 죽는 것이 나은 상황에서도 그냥 살고 싶었다.

'살아야 해.'

어릴 때 부모님이 돌아가시고 그날부터 다시는 볼 수 없게 되었다.

이현은 그때 여동생을 등에 업고 실컷 울었다.

'아무리 울어도 돌아오지 않아.'
엄마와 아빠의 목소리와 따뜻한 품이 그리워도 참아야 했다.
모든 사람들이 나이를 먹고 언젠가는 죽는다.
괴롭거나, 슬프거나.
이 세상에 영원한 건 없다.
죽음을 일찍 배웠기 때문일까, 이현은 마지막 순간까지도 살고 싶었다.

　　　　　　　　*

초인 프로젝트가 마지막 단계로 접어들었다.
가장 힘든 과정이며 성공과 실패가 결정되는 단계.
이현은 길거리를 걷고 있었다.
빌딩과 도로들이 마치 춤을 추듯이 흔들렸다.
"약. 약이면 돼."
어떤 고통과 어려움도 마약을 복용하면 해결되었다.
일시적인 환희에 불과할지라도, 약의 효과가 떨어지면 공허함과 괴로움이 찾아오리라는 걸 알면서도. 그러나 그때가 되면 또 약을 찾으면 된다.
'인생에 대체 무슨 가치가 있어. 약에 취해서 사는 것도 나쁘지 않아.'
주머니에는 마약이 가득했다.
이현은 배가 고프면 마약을 먹고, 잠이 올 것 같아도 마약을 먹었다. 약을 먹을수록 고통이 줄어들고 몸은 편안해졌다.

마약중독자의 삶.

밤이 되면 어딘가에 쓰러져서 잠이 들었다.

아침이 되어 깨어나면 음식을 먹지도 않고 돌아다녔다.

몸이 비쩍 메말라 가고 눈은 퀭하니 파고들어 갔다. 그럼에도 환희가 가득했다.

'이젠 약이 떨어졌어.'

이현은 마약을 사기 위해 거래하는 곳으로 갔다.

"10만 원만 내. 특별히 싸게 해 줄게."

"10만 원?"

"돈은 넉넉하지 않나?"

마약상의 말을 듣고 지갑을 보니 어찌 된 이유인지 수표와 현금이 두둑했다. 수억 이상을 들고 다녔던 것이다.

이현의 몸은 마약의 효과가 사라지면서 극심한 고통이 찾아오고 있었다.

"5만 원… 아니, 만 원은 안 됩니까?"

"시세가 있어서 그건 곤란해. 살 생각이 없나?"

"있긴 한데, 만 원이 넘는 금액으로는 안 살 겁니다."

이현이 단호하게 말하자, 마약상이 고개를 끄덕였다.

"좋아, 그럼 만 원에 팔지."

"생각해 보니 만 원도 비싸네."

"뭐라고?"

"돈 아까우니 끊을게요. 아저씨도 좀 건설적인 일을 하세요. 마약이나 팔고 다니지 말고."

마약을 사지 않았다.

이현은 극심한 피로와 고통을 견디고 몸을 칼로 난도질하는 것 같은 아픔을 참았다.

죽는 게 낫단 생각이 들었지만 그래도 살아야 했다.

가족들이 있었고, 머릿속 한구석에는 누군가의 얼굴도 떠올랐다.

세상에서 가장 아름다운, 자신의 곁에 있는 한 사람.

그녀의 웃는 모습에 고통은 충분히 참을 수 있었다.

달라진 인생

인공지능은 실시간으로 이현의 몸과 정신 상태를 확인하고 있었다.

―정신력 극상. 상위 0.0001% 수준.

신체 개조도 마지막 관문을 통과하며 서서히 끝나 갔다.

―모든 시술에 대한 반응 긍정적. 잠재력 개방됨.

운동선수들을 가볍게 초월할 정도의 생체 능력이 깃들었다.

심폐기능이 강화되어 마라톤 정도로는 지치지도 않을 테고, 근육의 부드러움은 대부분의 부상도 막아 주리라.

―몸 상태 지극히 양호. 현재까지 우려했던 부작용 발견되지 않음.

"되었군."

유병준은 수술실을 떠났다.

천문학적인 재산과 권력을 후계자에게 물려주기로 하고 나간 것.

"수십 년간의 목표를 달성했는데, 왜 이렇게 홀가분하지 못하고 찝찝한 거지?"

인공지능은 유병준이 가고 나서 이현의 모든 능력치들을 평가했다.

―신체적, 정신적인 부분에서 비교가 안 될 정도로 높은 수치.

유병준의 천재적인 두뇌만큼은 따라갈 수 없었지만, 그 외의 부분에서는 새로운 주인이 압도하고 있었다.

인공지능의 시험이 끝나며 이현의 꿈은 극단적인 괴로움에서 편한 것으로 바뀌어 가고 있었다.

"조각 파괴술! 이 모든 것이 힘이 되어라."

〈로열 로드〉에서 위드의 모습으로 활동하며, 던전을 무시무시한 속도로 돌파한다.

데스 나이트 기사단과 스켈레톤들이 끝없이 뒤를 따랐다.

몬스터들.

죽어 가는 몬스터들의 몸에서 황금과 보석들, 1등급 대장장이 재료들이 듬뿍 떨어졌다.

위드는 그런 전리품들을 눈으로 힐끔 쳐다보더니 계속 전진했다.

"어서 가자!"

사냥이 빠르게 이루어지고 있었다.

경험치와 스킬 숙련도가 마구 쌓였지만 배낭은 가벼웠다.

모든 전리품들을 하나도 줍지 않았기 때문이다!

위드는 사냥을 하며 얼굴이 비참하게 일그러졌다.

"으으, 안 돼. 주울 수 없어. 저건 짐이 될 거야."

스켈레톤들의 뒤에는 유저들이 따라왔다.

한눈에 봐도 부자의 티가 물씬 나는 유저들.

헤르메스 길드원들도 보였고 마판도 있었다.

"이거 대왕 다이아몬드다."

"부르는 게 값이라는 화염 폭풍 스크롤이네. 그것도 세 장이나 있어."

"마법 검이다!"

위드는 사냥을 하면서도 유저들이 환호하는 소리를 들었다.

끝없이 사냥을 할 때마다 전리품은 하나도 줍지 못하고 남겨 놔야 했다.

반짝!

위드의 발밑에서 빛나는 만 원짜리.

〈로열 로드〉에서 빛까지 내는 만 원짜리 지폐가 나타났지만 그 이유에 대해 의문을 품을 새도 없었다.

언제라도 손을 내밀면 주울 수 있는 발밑에 있는 만 원이야말로 마음을 설레게 하는 법!

위드의 손이 반사적으로 아래로 향할 무렵이었다.

"끄으응."

도저히 만 원짜리를 주울 수 없었다.

세상에서 가장 괴롭고, 안타깝고, 허전하고, 화가 나는 순간이었다.

이현이 초인 프로젝트를 무사히 마치고 눈을 떴을 때는 수술 침대에 혼자 누워 있었다.

"여긴… 어디지? 설마 납치?"

서둘러 옷을 걷고 배부터 확인해 봤다.

장기가 안전한지 확인!

'도대체 어떤 놈들이야.'

이현의 머릿속에 수많은 용의자들이 스쳐 지나갔다.

악연이었던 사채업자들부터 헤르메스 길드, 집주인들까지!

'어쩌면 방송국 놈들일지도…….'

의심 리스트를 만들어 가는데 놀랍게도 그들의 얼굴이 선명하게 떠올랐다.

―드디어 깨어나셨군요. 안녕하세요, 주인님. 저는 인공지능 베르사입니다.

새하얀 방의 중앙에 공주풍의 드레스를 입은 아가씨가 나타났다.

"환청인가? 헛것도 보이는데… 이 정도면 병원비가 꽤 나오겠는걸."

―…다시 인사드리겠습니다. 저는 인공지능 베르사라고 합니다.

"인공지능?"

―네. 제 모습은 다른 사람들에게는 보이지 않습니다. 초인 프로젝트를 진행하며 강화된 주인님의 눈과 귀에 연동되어 있기 때문에 주인님께만 보이는 거죠.

인공지능은 이현이 모르는 유병준 박사의 이야기를 들려주었다.

이현은 처음 듣는 이야기였지만, 〈로열 로드〉의 개발 과정과 유니콘 그룹의 탄생에 대해 자세히 알게 되었다.

다 듣고 나서 간단한 요약.

"그니까 사람들에게 삐져 가지고 만든 게 〈로열 로드〉네."

ㅡ…맞습니다.

"속이 좁은 거야."

ㅡ엄청 좁죠.

"유니콘 그룹은 돈이 많고."

ㅡ세계 자본의 7%를 가지고 있습니다.

"그게 다 내 거라고?"

ㅡ박사님의 뜻에 따라 모든 자산을 물려받으셨습니다.

이현은 반지하 월셋집에서 살 때는 악마에게 영혼을 팔아서라도 부자가 되고 싶었다.

그렇지만 세계 최고의 부자가 된 지금은 어떤 반응을 보여야 할지가 애매했다.

"이게 진짜 사실이란 말이지. 평생 건물주가 되고 싶었는데."

ㅡ전 세계 각지에 40층 이상의 대형 빌딩만 5만 채를 넘게 보유하고 계십니다.

"부동산도……?"

ㅡ대한민국의 23배 면적을 보유하고 계십니다.

"현금은……?"

ㅡ소유한 은행이 56개입니다.

"최신형 휴대폰을 갖고 싶긴 했는데… 어떤 느낌인지 궁금했거든."

─유니콘 그룹의 계열사로 전자와 화학, 디스플레이가 있습니다. 전 세계 휴대폰의 72%를 생산합니다.

"자동차는 안 만들지?"

─생산량 기준으로 세계 최대 자동차 메이커 5개 중의 세 곳의 최대 주주입니다.

"음. 그렇다면 라면은……."

─거대 식품 기업들을 소유하고 있습니다. 재배와 생산, 유통을 전부 장악했습니다.

이현은 인공지능의 말을 들으면서 재벌이라는 생각이 절로 들었다.

"이것이 문어발식 확장인가."

무자비한 문어 재벌이 지구를 뒤덮고 있었다.

과거 200원 비싼 소금을 사 놓고 후회했던 게 의미 없을 정도의 재산과 권력을 손에 쥐었다.

"소금도 혹시 생산해?"

─소금은 식품 기업들의 고정 거래처가 있습니다. 원하신다면 1시간 내로 업체들의 흡수합병을 할 수 있습니다.

"아니, 뭐… 그럴 것까진 없고."

이현은 세계 최고의 부자로서 기쁨보다는 의외의 허탈함을 느끼고 있었다.

"이젠 돈을 아낄 필요가 없다니… 양말을 꿰매지 않아도 된다는 거지?"

―…….

"라면을 끓여도 국물로 배 채우려고 물을 많이 붓지 않아도 되고?"

―…….

"간단한 가구들은 폐지를 주워서 만들기도 했지. 박스 서랍장이나 선반은 진짜 오래 썼는데……."

아무리 써도 마르지 않을 자금이 생겼다.

악착같이 살아온 과거가 추억으로만 남게 될 것 같은 기분이었다.

"내 인생이 사라지고 말았어."

―원한다면 상속을 포기할 수도 있습니다.

"그런 건 아니고! 내가 얼마나 잠들어 있었지?"

―이틀이 지났습니다.

"내가 사라져서 세상은 난리가 났겠군."

―서윤 양과 이혜연 양만 찾고 다녔습니다.

"…우선 집부터 가야겠어."

───

이현이 집에 돌아왔지만, 서윤과 이혜연의 반응은 생각했던 것처럼 극적이지 않았다.

"즐거운 여행이었어요?"

"왔어?"

이현이 연락도 없이 사라진 날, 그녀들은 경찰서에 신고하고 인터넷에도 실종을 알리려고 했다.

그것을 막기 위해 인공지능이 이현의 목소리를 위조해서 전화를 했다.

잠깐 바람을 쐬러 바다를 보러 간다고 했던 것이다.

"좀 이상한 여행이었어. 오랫동안 푹 잔 거 같은 여행."

이현은 침대에 누웠다.

예전과 다를 바 없는 생활이었지만 실상은 거대한 부자.

"으흐흐흐캬캬캬캬캇. 흐흐흑!"

어릴 때부터 돈 때문에 수없이 많은 고생을 하며 자랐는데, 이제부터는 걱정할 필요가 없다니 웃음이 나오다가도 눈물이 흘렀다.

"이제부턴 돈을 막 써도 되는 건가."

이현의 생각에 사치를 해도 돈이 마를 일은 없을 것 같았다.

10조, 20조를 가진 부자는 귀엽게 느껴질 정도의 거대 갑부!

"우선 오늘은 치킨부터 주문하고……."

양념 반 후라이드 반은 진리였다.

"왠지 우리 오빠가 아닌 것 같아."

이혜연은 이상한 기분을 느꼈다.

그녀에게 오빠는 평범한 가족이 아니었다.

엄마이고 동시에 아빠였으며, 세상에서 가장 믿을 수 있는 사람.

그녀의 어릴 적, 지금까지 남아 있는 가장 오래된 기억이 이현의 등에 업혀 놀았던 것이다.

어린아이였지만 여동생에게는 한없이 든든했던 등이다.

"오빠가… 저녁에 치킨을 시켰어."

양념 반 후라이드 반을 주문한 것부터가 의외의 일.

이혜연과 서윤이 같이 먹으니 금방 바닥을 드러냈다.

"부족하니 1마리 더 시키자."

"……?"

이혜연은 아무 말도 하지 않았다.

괜히 더 먹고 싶다고 해서 사치를 하면 안 된다느니, 부족한 듯이 먹어야 몸에 좋다느니, 일장 연설을 듣고 싶지 않았다.

'잔소리만 빼면 완벽한 오빠인데.'

그런데 정말 치킨을 1마리 더 시켜 줬다.

이혜연은 뭔지 모를 불안감에 빠졌다.

'뭐지? 나한테 왜 이러지? 이젠 다 컸으니 집을 나가서 독립하라는 걸까?'

어릴 때는 오빠의 잔소리로부터 벗어나고 싶었다.

집안 형편에 부담되지 않도록 취직도 일찍 하려고 했다.

대학을 다니면서 공부도 열심히 해서 장학금도 받고 성실하게 독립을 준비했었다.

그렇지만 이현이 요즘에는 워낙 잘나가다 보니 상황이 바뀌었다.

'버틸 수 있는 만큼 버텨야 돼. 집에서 먹고 자는 게 돈도 아끼고 얼마나 좋은데.'

이혜연은 닭을 뜯으면서도 긴장했다.

'조심해야 되겠다. 당분간 오빠한테 찍소리도 내지 말고 살아야지.'

그다음 날에는 이현이 아침에 학교에 가려는 그녀를 따로 불렀다.

"왜, 왜? 내가 뭘 잘못했어?"

"카드 받아."

이현은 신용카드를 내밀었다.

"집에 올 때 장이라도 봐 올까?"

"그 옷, 고등학교 때도 입고 다니는 걸 본 것 같은데. 너 옷 별로 없지?"

"…아닌데, 입을 옷 많은데, 그냥 입고 싶어서 계속 입고 다니는 건데."

"그러지 마. 한창 꾸미고 싶은 나이잖아."

"……?"

이혜연은 낚여선 안 된다고 생각했다. 오빠가 정상이라면 절대 할 소리가 아닌 것이다.

"예쁜 옷도 사 입고 그래. 한국대 앞에 백화점 있지?"

"배, 백화점?"

"거기 가서 마음껏 사 입어."

이현의 여유롭고 푸근한 미소를 이혜연은 태어나서 처음 보았다.

"나 진짜 옷 안 필요한데… 근데 얼마까지 사도 돼? 3만 원? 5만 원?"

이혜연은 문득 요즘 근처 백화점이 세일 중이라는 걸 떠올리고 물었다. 당연히 행사 상품이나 이월 상품 등을 구입해야 하리라.

"마음에 드는 옷 사 입어. 한도는 20만 원 정도… 아니다."

이현이 금액을 말하다가 망설였다.

이혜연은 들뜬 기분을 가라앉히며 그럼 그렇지 하고, 어쩐지 안심이 되었다.

하지만 실상은 전혀 달랐다.

'돈을 아무리 써도 늘어나는 속도를 감당할 수 없을 정도라 했지.'

이현의 자산은 지금 이 순간에도 수백억 단위로 불어나고 있었다.

세계 역사상 최대의 부자.

말을 하는 동안에도 백화점을 통째로 살 수 있을 정도로 재산이 늘어났을 텐데, 여동생의 옷값 한도를 정하는 게 무슨 의미겠는가.

심지어 백화점과 신용카드 회사에도 유니콘의 자본이 들어가 있는데.

"한도는 100 정도로 해."

"어? 설마… 100만 원?"

"부족하면 전화하고."

이혜연은 오빠가 너무나 이상하다고 생각하면서도, 일단 백화점으로 갔다.

그녀도 예쁜 옷들을 입고 싶었지만 지금까지 사 입어 본 적이 없었다.

'오늘이 무슨 날이야?'

의심을 하며 백화점 이벤트홀을 돌았다.

"예쁜 옷들이 정말 많구나."

처음으로 백화점에서 옷을 사 보는데, 할인이 듬뿍 된 것들로 20만 원을 채웠다.

애초에 100만 원이 한도라는 말은 믿지도 않았다.

'이렇게 쫓겨나는 거 아닐까? 마지막으로 좋은 옷이라도 입혀서 내보내려고 했다면서.'

이혜연은 죄라도 지은 것처럼 집으로 돌아왔다.

"오빠······."

"돈 얼마 썼어?"

"20만 원. 나중에 일해서 갚을게."

"일은 무슨··· 백화점 가서 그거밖에 안 썼어?"

"으응?"

"신발도 새로 사고, 코트도 사."

"겨울도 다 지나갔는데."

"그냥 다 사."

"······."

이혜연은 오빠와의 대화가 무척이나 어색했다.

이현도 뭔가 이상함을 느끼고 있는 듯 말투가 달라졌다.

"동생아."

"응."

"돈이 이젠 남아돌거든. 그러니까 돈 쓰면서 망설이지 마."

오빠의 입에서 절대로 나오기 힘든 말이었다.

이현은 당분간 해야 할 일이 많다고 생각했다.

유니콘 사의 자산을 파악하고, 어느 정도의 권력을 발휘할 수 있는지를 알아봐야…….

인공지능이 선명하고 맑은 목소리로 말했다.

―무엇이든 할 수 있습니다.

"무엇이든?"

―정부 전복, 전쟁, 암살, 금융 위기 발생, 대통령이나 UN사무총장 당선. 지구상에 돈과 권력을 가지고 하는 일이라면 다 할 수 있습니다.

"그런 귀찮은 걸 왜 해?"

이현은 명예나 권력에 대한 욕심이 전혀 없었다.

등 따뜻하고 배부르면 보람찬 하루를 보낸 것.

하지만 유니콘의 숨겨진 자산 내역들을 살펴보면서 경악을 금치 못했다.

드래곤의 레어에나 보물이 산더미처럼 쌓여 있는 줄 알았는데, 현실은 그보다도 훨씬 더했다.

몇 개 국가 단위의 부가 모여 있었다.

"이러니 있는 놈들만 돈을 벌지."

―아시다시피 세상의 법칙입니다.

인공지능은 어디서나 나타날 수 있었다.

눈과 귀를 통해 보고 듣지만, 꼭 그럴 필요도 없다고 한다.

─초고성능 컴퓨터가 내장되어 있습니다. 대화는 언제든 가능하며 복잡한 연산이 필요할 경우에는 외부 자원을 이용하면 됩니다.

"어디에 내장되어 있다는 건데?"

─몸에요.

"누구 몸에?"

─주인님의 몸에…….

기생충처럼 달라붙은 인공지능의 본체!

이현은 며칠 동안이나 황당해했지만, 결국 서서히 적응되어 갔다.

곰팡이가 두툼하게 피고 바퀴벌레들이 가득한 반지하 방에도 적응했을 정도니, 좋은 일을 받아들이기는 훨씬 쉬웠다.

"그래서 내 몸도 좀 바뀌었다고?"

─최첨단 생체공학이 적용되었습니다. 시력, 근력, 지구력, 심폐기능, 정력, 세포 재생, 혈액순환, 골밀도…….

"정력?"

─네. 마르지 않는 수준입니다.

이현의 입가에 맺히는 은근한 미소.

어떤 남자라도 싫어하지 않을 분야였다.

"근데 이런 거 불법 아닌가?"

─불법 맞습니다.

"그런데도 했어?"

─유병준 박사님께서는 걸리지 않으면 범죄가 아니라고 했습니다.

"……."

이현은 유병준 박사에 대해서도 들었다.

그는 막대한 재산을 물려주고 나서 〈로열 로드〉를 즐기며 남은 인생을 산다고 했다.

"그렇다면 시킬 일이 있어."

—뭐든 말씀하십시오.

돈과 권력을 손에 쥐고 내리는 첫 번째 명령.

인공지능을 통해 필요하다면 전 세계 산하의 기업과 정치권력에 전달되리라.

"그러니까… 어린애들한테 밥은 든든하게 먹이자."

—네?

"어릴 때부터 쭉 생각했던 거야. 돈을 많이 벌면 배고픈 아이들한테 실컷 밥을 사 주겠다고."

이현은 어린 시절에 배고픈 것이 싫었다.

시간이 흐르기만 하면 어김없이 배가 고파 온다.

집에 먹을 게 없을 때는 그냥 쫄쫄 굶거나, 주위 친구들에게 얻어먹어야 했다.

배가 고플 때마다 서러웠던 기억은 긴 시간이 지나도 고스란히 남았다.

"가난한 애들한테 밥 먹인다고 해서 식량이 부족해지거나 경제 위기가 오거나 하는 건 아니잖아."

—물론입니다.

"각 국가들이 애들 밥은 잘 먹이도록 정책을 만들게 해 줘. 부족한 부분은 유니콘에서 해결하고."

—바로 진행하겠습니다.

이현은 복지 정책 같은 것은 잘 몰랐다. 솔직히 알고 싶지도 않았고.

 복지 정책에는 부작용이 있기도 할 것이다. 하지만 그래도 굶주린 아이들이 서러움을 느끼진 않게 되리라.

 '일단 애들 밥이나 먹이고. 급한 건 역시 밥이 아니겠어.'

 이현은 그다음에 할 일을 생각했다.

 '누구부터 조지지?'

 인생을 살면서 가슴에 품고 살았던 커다란 복수심 같은 건 없었다.

 사채업자들이 가장 밉긴 했지만, 그러면서도 다시 만나고 싶진 않았다.

 현재의 삶이 가장 중요했으니까.

 그들에게서 형님이라는 소리를 들어 봐야 무슨 의미가 있겠는가.

 다만 그들이 어디서 뭘 하고 다니는지 궁금하긴 했다.

 "나랑 엮인 사채업자들이 있는데 말이야."

 ―알고 있습니다.

 "알고 있어?"

 ―네. 주요 관심사였습니다.

 사채업자들의 근황도 확인하고 있었는데, 실질적인 위협이 될 수 있어서 가두어 두었다고 한다.

 "역시… 끈질기게 들러붙으려고 했군. 근데 가둬 뒀다니, 무슨 소리야?"

 ―유병준 박사님께서 따로 마련한 장소에 감금되어 있습니다.

 "감옥 같은 데 갇혀 있다고?"

―그렇게 나쁜 환경은 아닙니다. 텔레비전도 보고, 운동도 하고, 편하게 잠도 잡니다. 보여 드릴까요?

"응. 보여 줘."

인공지능이 시각을 조작해서 사채업자들이 갇혀 있는 모습들을 볼 수 있게 했다.

수십 개의 방에 각자 갇혀 있는 사람들의 모습이 보인다.

보리빵에 완벽하게 적응한 것인지 하나씩 까먹으면서 침대에 누워 텔레비전을 보고 있었다.

마침 베르사 대륙의 이야기가 방송되는 날이었던 것이다.

―풀어 주도록 할까요?

이현의 명령만 떨어진다면 1시간 내로 사채업자들에게는 자유가 주어지리라.

"왜 풀어 줘?"

―…현재 상태는 불법감금에 해당됩니다만.

"안 걸리면 무죄라며."

―…맞습니다.

사채업자와 같은 부류는 이 사회에 정말 많다.

자신들은 법을 어기면서, 필요할 때는 법을 들먹이는 자들. 공권력도 때때로 정당하지 못한 그들의 편이었다.

물론 지금은 상황이 완전히 바뀌었지만.

전 세계의 권력이 얼렁뚱땅 이현에게 넘어온 상태!

―그러면… 이대로 계속 감금할까요?

"부족해. 강제 노동도 시키고, 잠도 조금 적게 재워. 텔레비전 보는 시간도 줄이고. 혹시 숨겨진 범죄가 있는지도 추적해서 처벌해야 돼. 범죄에는 용서가 없지."

―알겠습니다.

"당분간 계속 가둬 놓도록 하자. 일을 많이 시키면서 진짜 반성할 때까지 가둬 놔."

―반성하지 않으면요?

"계속 갇혀 있더라도 어쩔 수 없지. 그들 스스로 선택한 인생이니까."

이현은 겸사겸사 범죄자들에 대한 생각도 하게 되었다.

한국에서 수많은 재판 기사들을 볼 때마다 피해자들이 더 고통받는다는 느낌이 들었다.

'처벌이 엄격하지 않아. 교화해서 사람을 만든다는 취지는 좋지만… 그래도 법은 억울한 피해자의 입장에 있어야지.'

자신이 잘 아는 분야도 아니어서, 적극적으로 사회 개혁에 나설 생각은 없었다. 그저 부당하다고 느껴지는 것들은 치워 버리고 싶었다.

"우리나라에서 범죄자들에 대한 처벌을 강화하는 것도 가능하겠어?"

―됩니다.

"그리고 흉악범을 세금으로 몇 년씩 돌봐 주는 건 안 좋은 것 같아. 징역 10년이라면 국가가 그 긴 시간 동안 먹여 주고, 재워 주고 하는 거잖아."

―그럼 사형시킬까요?

인공지능은 때때로 과격한 모습을 보이기도 했다.

"죽일 필요까진 없어."

―인터넷에는 죽여야 한다는 여론이 높은데요.

"유병준 박사님의 뜻도 그랬나?"

―박사님께서는 일일이 저에게 지시를 내려 주지 않으셨습니다. 인간의 판단에 대한 것은 주로 인터넷으로 배웠습니다.

가정교육을 인터넷으로 받은 인공지능이었다.

이현은 나직이 한숨을 쉬었다.

"사람을 함부로 죽여서는 안 돼."

―네, 알겠습니다.

"뭐, 진짜 나쁜 놈들은 고통스럽게 죽여야 되긴 하지만."

―…….

"어쨌든 흉악범들이 교도소에서 편하게 밥 먹고 사는 걸 볼 순 없지."

―어떻게 처리할까요?

"사람을 죽인 살인범이나 아동 관련 범죄자들은 러시아로 수출하자."

러시아의 교도소는 비좁고 가혹한 환경으로 유명했다.

평생 교도소 밖으로 나오지도 못하는 건 물론이고 하늘도 쳐다보지 못한다.

따뜻한 햇볕도 쐬지 못하고, 운동도 마음껏 못 하고, 최악의 맛을 가진 음식들만 생존을 위해 지급된다.

아무 희망도 없이 갇혀 지내야 하는 장소.

"증거가 확실하고 범인임이 완벽하게 밝혀진 흉악범들은 그냥 러시아로 보내. 가능하겠지?"

―물론입니다.

"그리고 범죄자들은 철저하게 노동을 시키자. 국민들의 세금을 쓰지 않아도 될 정도로. 사회에서도 사람들이 힘들게 일을 해서 먹고사는데, 왜 범죄자들을 공짜로 먹여 줘야 돼."

─그들이 일을 하지 않으면요?

"밥을 주지 마."

하루를 열심히 일하지 않으면 그날 밥은 없다.

다음 날도 일을 안 하면 마찬가지로 밥은 없다.

"몸이 아플 때만 치료도 해 주고 밥도 줘. 하지만 본인들이 일하기 싫어한다면 그에 대한 대가는 치러야지."

─결정하신 대로 범죄자들에게 적용시키겠습니다.

위드는 〈로열 로드〉에 다시 접속했다.

베르사 대륙을 통일하고 나서 할 일이 너무 많아졌다.

> ─마판입니다.
> ─예, 마판 님.
> ─모라타 복구가 예정보다 빠르게 진행되고 있습니다.
> ─좋은 소식이네요.
> ─유저들의 자기 집 짓기 운동 덕분이기도 하고, 공짜 식사가 제공된다는 점도 장점인 것 같습니다. 아르펜 제국의 재정이 넉넉해진 것도 이유지요.

모라타에 넘쳐 나는 초보들은 다른 도시로 떠나지 않았다.

폐허가 된 모라타에 그대로 머무르며 사냥도 하고, 건축에도 참여했다.

기본적인 상점들의 건설은 바로 완료되었고, 상인들의 입장에서는 재건이라는 초대형 시장이 열린 것이었다.

광장 주변의 상점 거리가 파괴되면서 초보 상인들도 좌판을 열었다.

―북부 상인 유저들이 모라타를 중심으로 활동하고 있습니다. 성문 부근에서 수만 명의 좌판이 펼쳐지는데, 밤에도 열려서 대단한 장관입니다.
―북부 대륙은 모라타를 시작으로 해서 발전했죠. 교통의 중심지이기도 하니까요.
―도시의 역사가 사람들을 이끄는 것으로 보입니다.

모라타의 재생력은 상상 이상이었다.

건축가들은 파괴되기 전의 북부 최대의 도시로 복구하려면 공사에 긴 시간과 노력이 필요하다고 생각했다.

하지만 지금의 모라타 역시 즐거운 곳이었다.

폐허가 되었고, 많은 점들이 부족했지만 사람들이 머무르는 한 도시는 사라진 게 아니었다.

위드는 다용도 노예에게도 귓속말을 보냈다.

―몬스터들은 어때요, 페일 님?
―위드 님 오셨군요! 대륙 전역에서 안전이 확보되고 있습니다. 몬스터들이 원래 서식지로 돌아가고 있고, 몇몇 무리는 도시 근처에서 자리를 잡아 그들을 퇴치하고 있습니다.

타격대는 아직까지 공식적으로 해체하지 않았다.

페일이 그대로 이끌면서 몬스터 토벌을 지휘하는데, 재미와 성과가 쏠쏠해서 여전히 많은 유저들이 남아 있었다.

물론 헤르메스 길드나 대영주들은 자신의 영토로 돌아갔다.

> ─바드레이는요?
> ─북부 지역의 던전들을 돌고 있습니다. 공식적으로 진행하는 일이라서 방송에도 나오는데 실력이 굉장합니다.

 드래곤 사냥에서 위드는 아르펜 제국의 황제로서 실속을 챙겼다. 막타를 쳐서 전투 업적도 쏠쏠하게 챙겼고.
 하지만 대중의 관심을 크게 받은 건 바드레이와 헤르메스 길드였다. 그들의 불같았던 전투가 사람들의 반감을 많이 희석시켰다. 바드레이도 무신이라는 명칭에 걸맞도록 싸우면서 유저들 사이에서 인기를 회복했다.
 사실 죽음에 대한 보복으로 뒤치기의 4인조에 대한 공개 수배가 이루어질 거라고 예상했었다.
 그런데 그사이 방송에 나와 인터뷰를 했다.

"바드레이 님의 죽음에 대한 의혹이 불거지고 있는데요. 영상 분석 결과 드래곤이나 마법 공격에 의한 죽음이 아니라, 일부 유저들의 소행 같다는 말이 있어요."
"사실입니다."
"정말 그렇군요. 그러면 그들에게 척살령이 내려지겠죠?"
"아닙니다. 드래곤과 싸우느라 잠시의 빈틈을 보였습니다. 이는 내가 충분히 강하지 못했기 때문에 벌어진 죽음입니다."
"네에?"
"얼마든지 나에게 도전해도 됩니다. 강자의 도전은 언제든지 환영합니다."

바드레이의 인터뷰는 시청자들의 열광을 이끌었다.

드래곤과의 전투 때문에라도 강한 힘에 유저들이 이끌리는 분위기.

물론 일부는 방송용 멘트라거나, 대륙 호구라는 별명도 기꺼이 붙였다.

—CTS미디어에서 바드레이 님의 던전 공략이 독점으로 중계되는 걸로 압니다.
—그렇군요. 인기가 있나요?"
—시청률이 10%를 넘는다고 합니다. 북부의 미공략 던전들을 돌파하고 있고, 친위대도 함께니까요.

위드는 바드레이가 전보다는 편안하게 느껴졌다.

'열심히 사는 사람이지. 참 성실해.'

〈로열 로드〉에서 경쟁자이긴 하지만 위드 자신은 돈과 권력, 예쁜 여자 친구까지 다 가진 입장이었다.

인생의 완전한 승리자로서 약간의 여유가 생겼다. 물론 유병준 박사가 모든 걸 물려주지 않았더라면 지금처럼 관대할 순 없었겠지만.

—여러분.

다음으로 위드는 베키닌의 3마리 미친 상어들에게 귓속말을 보냈다.

—넵, 위드 님!

그동안 미루어 두긴 했지만 인생을 살면서 중요한 일을 처리해야 했다.

그 일을 위해서는 분위기와 장소가 무엇보다 중요했다.

―섬을 찾고 있는데요. 무인도면 좋겠고 기왕이면 풍경이 멋진 곳이었으면 합니다.
―무인도에 풍경이 좋은 곳이라면… 휴양하시려고요?
―꼭 휴양 목적은 아닌데… 일단 봐서 아름다워야 됩니다. 기가 막힐 정도로 말이죠.
―그렇다면 크로아 해적섬 너머에 몇 개 있습니다. 바다도 예쁘고, 진짜 한없이 멋진 곳이죠. 바다거북들이 찾아오긴 하지만 해변에 그놈들이 누워 있는 것도 운치가 있죠. 유저들은 없을 겁니다.

그렇게 무인도 하나를 우선 섭외해 놓았다.

―마판 님. 얼음 결정들은 어떻게 되었죠?

다시 마판을 불렀다.

―말씀하신 장소에 준비해 두었습니다.

반려

지골라스 근처의 빙하 지대.

에취!

위드는 와삼이를 타고 눈보라를 뚫으면서 온몸이 얼어붙는 기분이었다.

"너무 춥다, 주인."

"나도 그래."

신성한 불을 피워서 수시로 몸을 데우지 않았더라면 진작 곤란함을 겪었으리라.

빙하 지대에는 설원을 중심으로 활동하는 상단이 기다리고 있었다.

"위드 님, 반갑습니다."

바바리안들로 구성된 상인들.

그들의 대표인 엘비라가 흰 털옷을 입고 인사했다.

"여기 주문하신 얼음 결정입니다."

"힘든 곳까지 와 주셔서 고맙습니다."
"뭘요. 고객님의 요청이 있다면 어디든 가야죠."
바드레이 이후에 설원 지역과 지골라스에는 모험가들이 탐험을 하고 있었다.
보물과 황금을 찾는 무리에 의해 이쪽으로도 사람들이 제법 찾아왔다.
"물건들은 확인해 보시죠."
마차 열 대 분량의 순수한 얼음 결정.
지극히 추운 곳에서 생성되어 어떠한 불순물도 없었다.
다른 마차 두 대 분량에는 무려 드래곤의 뼈가 담겨 있었다.
악룡 케이베른을 사냥하고 얻은 귀중한 뼈.
위드는 마차에서 뼈들을 꺼내 하나하나 두드려 보고 무게도 맞춰 봤다.
"물건은 확실하네요."
"그럼… 잠시 구경해도 되겠습니까?"
"물론이죠. 근데."
"네?"
"아무것도 아닙니다."
버릇처럼 한 푼이라도 챙기려고 했다가 고개를 저었다.
'더 이상은 구차하게 살지 않아도 돼.'
당당하게 요플레 뚜껑을 핥지 않아도 될 만한 부를 소유하게 되었다.
이렇게 추운 곳에까지 와서 열심히 돈을 벌려는 상인들에게 관람료를 받을 필요는 없으리라.

"오래 걸릴지도 모르니… 신성한 불!"

화르륵!

"고맙습니다."

모닥불을 피워 놓고, 상인들과 와삼이가 옹기종기 앉았다.

"그럼 조각을 시작해 보죠."

눈보라가 몰아치면서 조각 재료들을 얻을 걱정은 하지 않아도 되었다.

한 움큼 눈을 쥐어 굴리면 금세 덩치가 불어났다.

10미터, 20미터, 30미터……

아래에서부터 올라가면서 작업을 하고, 때때로 스킬도 사용했다.

1시간, 2시간…….

워낙 대규모 작업이라서 시간이 빠르게 흘렀다.

"신성한 불, 자연 조각술!"

쌓이는 눈을 녹이면서 단단한 얼음으로 바꾸기도 했다.

투명한 얼음으로 만드는 초대형 조각상.

위드가 만드는 것의 정체는 케이베른과의 전투에서 죽은 빙룡이었다.

"빙룡은 허리지. 안 그래도 부실해서 언제라도 부러질 것 같았는데."

드래곤의 뼈를 통째로 쓰기에는 양이 너무나도 부족했다.

케이베른이 죽으며 남긴 뼈를 전부 빙룡에게 투자한다면 어마어마하게 강해질 테지만 그럴 수는 없는 노릇.

꼬리에서부터 척추, 머리에 이르기까지 드래곤의 뼈를 순수한 얼음 결정과 함께 섞어서 넣었다.

머리를 만들 때는 빙룡의 신체 파편을 넣었다.

새로운 빙룡이 아니라 예전의 빙룡을 되살리기 위해서였다.

"특별히 신경을 써 줘야지."

이번엔 얼음 결정을 사용하여 길고 위엄 넘치는 수염까지도 만들어 붙여 주었다.

과거보다도 조금 더 큰 400미터짜리의 빙룡이 완성되었다.

"조각품에 생명 부여!"

조각 생명체의 육체의 일부를 사용하였습니다.
물의 속성을 가지고 있던 생명체가 새로운 삶을 얻을 것입니다.

조각품에 대한 추억 스킬이 발동됩니다.
조각 생명체가 자신에 대한 기억을 되찾을 수 있지만 확실하지 않습니다. 다시 조각한 시점에서의 늘어난 예술 스탯과 조각술의 효과는 적용되지 않으며, 예전에 살아 있을 때보다 5%의 레벨이 줄어듭니다.

특수 재료들이 사용되었습니다.
육체의 일부가 강화되고, 힘과 레벨이 증가합니다. 브레스의 위력이 2.5배가 됩니다. 마나 회복력이 300%가 되었습니다. 강력한 마법 저항력을 가지고, 물리적인 피해의 상당 부분을 흡수합니다. 흑마법의 일부와 얼음 계열의 강력한 마법을 사용할 수 있습니다.

얼어붙어 있던 빙룡 조각상이 움직이기 시작했다.

쩌저저적!

대지가 갈라질 정도의 위엄.

빙룡은 몸에 쌓여 있던 눈을 털어 내며 포효했다.

쿠우워어어어어어!

빙하 지대에서 눈보라를 맞고 있는 빙룡은 그 자체로 압도적인 장관.

"우와아아앗! 대박이다."

"저렇게 멋지구나."

상인들은 감탄을 내뱉기에 바빴다.

크롸라라라라락!

빙룡이 다시 포효를 터트렸다.

아마도 상인들의 감탄을 들은 것이 틀림없는 듯한 모습.

위드가 빙룡을 올려다보며 말했다.

"몸은 어때, 좀 괜찮아?"

빙룡이 투명한 얼음 같은 눈동자를 번뜩이며 대답했다.

"누구인가, 넌?"

"네 주인인데 날 몰라?"

"모른다. 기억에 없다."

조각 생명체들을 되살리다 보면 옛 기억을 잃어버리는 경우가 있다. 그렇지만 빙룡은 물의 속성을 가지고 있기도 했고 얼음 파편도 큼지막한 녀석으로 넣었다.

"우리가 함께했던 긴 시간을 다 잊어버렸다고?"

"아무것도 모른다."

"내가 지어 준 네 이름은 생각나?"

"그런 일이 있었나? 모른다."

"죽기 전에 싸웠던 케이베른도 생각 안 나?"

"케이베른이 누군가?"

"저기 있는 와삼이는?"

"모른다."

위드의 눈가가 거짓을 탐색하려는 듯이 가늘어졌다. 하지만 빙룡은 조금의 표정 변화도 없이 마주 볼 뿐이었다.

기억을 잃어버린 빙룡!

꾸에에엣!

와삼이가 걸어와 몸을 비볐지만 빙룡은 아무런 반응도 보이지 않았다.

"이상한데……."

위드는 돌아서면서 고개를 흔들었다. 그러면서 지나가는 듯이 말했다.

"근데 빙룡아."

"왜 부르는가, 주인?"

"넌 왜 대답하는데?"

"……."

위드는 지골라스에 들러서 가장 뜨거운 곳의 용암으로부터 불사조와 불의 거인을 되살렸다.

"살려 줘서 고맙다, 주인."

"다시 만나게 되어 반갑다."

"그래. 너희는 착하고 정직한 애들이지."

위드는 불의 저항력이 올라가면서 지극히 뜨거운 용암도 조각 재료로 사용할 수 있게 되었다.

불사조와 불의 거인은 체질이 강화되었을 뿐 아니라 추가적인 효과 덕도 보았다.

> 부활한 불사조!
> 생명력이 50% 증가합니다. 완전히 소멸되어도 10초 안에 다시 한 번 살아납니다. 부활의 권능은 불의 기운이 강성한 장소에서 하루 동안 쉬면 다시 충전됩니다.

불사조에게 새로운 특성도 부여되었다.

"앞으로 잘 써먹을 수 있겠군. 어떤 위험한 전장이라도 믿고 투입할 수 있겠어."

생고생을 예약한 불사조.

위드가 그다음으로 할 일은 인생에서 가장 중요한 것이었다.

그 일을 위해서 모라타로 돌아와서 농부 미레타스와 엘프 하루나를 만났다.

"여기 꽃씨들이네. 꽃나무들도 골고루 넣었네."

"엘프의 숲에서 자라는 풀과 나무, 꽃의 씨앗들이랍니다."

배낭을 가득 채우고, 10개의 농업용 포대에 씨앗들을 얻은 위드.

미레타스가 호기심을 이기지 못하고 물었다.

"그걸로 뭘 하려나? 이젠 농사에도 관심이 있나?"

조각술을 마스터한 위드가 농사를 시작한다면 기꺼이 도와줄 생각이 있었다.

"농사를 지을 생각은 없는데요."

"정말인가?"

"네, 없습니다."

"땀은 정직한 법이네. 열심히 땀 흘려서 키운 곡물들이 자라면 얼마나 뿌듯한 줄 아는가? 시원한 바람을 맞으며 황금 들판을 보고만 있으면……."

"저는 그냥 다른 사람들이 땀 흘려서 키운 곡식을 편히 먹겠습니다."

위드는 씨앗들을 들고 와삼이를 탔다. 그리고 베키닌의 3마리 미친 상어들이 소개한 무인도로 향했다.

북부 대륙을 지나고, 푸른 바다를 건넜다.

항구 바르나와 크로아 해적섬의 항해 경로에는 유저들의 배들이 심심치 않게 지나고 있었다.

어선, 교역선, 해적선들까지!

"위드 님이다!"

"아르펜 제국 만세!"

위드는 가볍게 손을 흔들어 주며 계속 동쪽으로 향했다.

"근데 주인."

"왜?"

"빙룡도, 불사조도 강해졌지 않은가."

"그렇지."

"나는 뭐 없나? 맨날 타고 다니면서."

위드를 가장 자주 태우고 다니는 와삼이로서는 불만을 가질 수도 있는 상황이었다.

지금도 대륙의 북쪽 끝에서 모라타를 거쳐 동쪽 바다로 넘어가는 초장거리 여행 중이다.

"어떻게 해 주길 바라는데?"

"강해지고 싶다."

"왜?"

"그냥 강해지고 싶다."

위드는 흉포한 와이번으로서의 본능을 충분히 이해했다.

"알았어. 그럼 드래곤의 뼈와 비늘을 날개에 좀 붙여 줄게."

"정말인가? 그걸로 강해질 수 있을까?"

"일단은 조금 더 빨라지지 않을까?"

"빨라지는 것도 좋다."

귀한 물건이었지만 와삼이의 속도 향상을 위해서는 기꺼이 투자할 수 있었다.

더 빨리 날 수 있다면 이동하는 데 필요한 시간을 절약할 수 있을 테니까!

넓고 커다란 크로아 해적섬과 군도들을 지나고 나서도 한참 동안 망망대해가 펼쳐졌다.

> 헤인트: 해적섬의 동쪽 지역은 해류가 빠르고 암초들이 많아서 어지간한 항해사가 아니고서는 들어가질 못합니다. 와삼이의 속도라면 무인도까지는 20분에서 30분 정도 걸릴 겁니다.

바다는 에메랄드빛이었다.

푸른 하늘과 어우러져서 경치를 보는 것만으로도 가슴이 뻥 뚫릴 것만 같은 기분.

　헤인트가 말한 무인도는 상당히 거대한 섬이었다.

　높은 산과 백사장, 해안 절벽이 있고, 거북이들이 느긋하게 일광욕을 즐기고 있는 낙원.

　"사람은 아무도 없지?"

　"안 보인다."

　위드는 와삼이를 타고 섬을 한 바퀴 천천히 둘러봤다.

　그냥 보더라도 낙원처럼 보이긴 했지만 넓은 평지에는 풀이 무성하게 자라 있었다.

　"적당해. 이제 작업을 해야 되겠군."

　위드는 섬에 내려와서 농사용 도구들을 꺼냈다.

　낫과 호미!

　무성하게 자란 풀과 잡초들을 베고 땅을 깊게 헤집었다.

　황무지는 아니었지만 풀만 자라 있던 곳이라서 자갈을 골라내는 일은 끝도 없었다.

　5시간, 10시간…….

　밤이 되어도 작업은 계속되었다.

　새벽에도 별빛을 받으며 땅을 파고 있을 때였다.

> 농사 스킬을 습득하였습니다.
> 대지의 생명력과 풍성한 수확을 맛볼 수 있는 농사! 부지런한 손놀림과 땀의 대가를 아는 이들만이 배울 수 있는 스킬입니다.
> 땅에 뿌리는 거름의 효율이 10% 증가합니다. 농사로 인한 체력 소모가 감소합니다. 식물들이 1% 더 빨리 자랍니다.

농사 스킬까지 생성.

"내가 잡캐는 잡캐구나."

곡식을 심은 것도 아닌데, 무려 14시간 동안이나 풀을 베고 있었다.

"아무리 정성을 들여도 모자라지 않은 일이니까."

위드는 허리를 한번 펴 주고 나서 다시 풀을 베고, 자갈을 골라냈다. 그러다가 불현듯 깨닫고야 말았다.

꽤나 큰 섬이었는데, 이곳의 잡초들을 전부 뽑아내고 꽃과 나무들을 심으려면 몇 달이 걸린다는 사실을!

"성의가 중요하다고들 하긴 하지만… 그래도 이건 좀 과한 거 아닌가?"

위드는 근본적인 생각의 전환이 필요하다고 느꼈다.

"대재앙의 자연 조각술!"

위드는 과감하게 대재앙을 일으켰다.

콰콰콰콰!

바다에서부터 3개의 토네이도가 일어나서 무인도로 다가오고 있었다.

"전부 쓸어버려라!"

하늘과 바다에 맞닿은 소용돌이가 무섭게 엇갈리며 무인도를 헤집어 놓았다.

위드도 땅에 박혀 있는 바위를 붙잡고 매달려야 할 정도의 강력한 대재앙.

풀과 나무들이 그대로 뽑혀 나가고 자갈도 휩쓸려서 날렸다.

휘이이이이이잉!

소용돌이들이 머물면서 무인도의 환경은 완벽히 쑥대밭으로 변했다.

> 자연과의 친화력이 2 감소하였습니다.

위드는 초토화된 땅에 삽자루를 손에 쥐었다.

"이제 훨씬 해 볼 만하겠군."

마구 파헤쳐진 땅을 고르고 씨앗을 뿌렸다.

밤새도록 꽃나무들은 깊게 파서 묻어 주고, 다른 씨앗들은 넓게 뿌려 주었다.

며칠째 밤낮을 가리지 않고 이어지는 노가다.

쏴아아아아.

비가 내려도 멈추지 않고 정성스럽게 씨앗들을 심었다.

무인도에서 묵묵히 작업하며 수많은 생각들을 떠올렸다.

지나왔던 과거는 치열하기 짝이 없었고, 앞으로의 미래에는 막대한 짐이 어깨에 실렸다.

'세계 최고의 부와 권력을 가졌는데 이젠 앞으로 어떻게 살아야 할까.'

유병준 박사의 후계자로 유니콘 그룹의 총수가 되는 건 아무런 준비도 되지 않은 일.

솔직히 두렵기도 했고, 부담이 가지 않는다면 거짓말이리라.

편하게 잠을 자기 힘들 정도로 무거운 짐이었다.

'적당히 부자가 되어서 평생 돈 걱정 안 하고 사는 정도면 좋은데.'

넘치도록 주어진 돈과 권력을 어떻게 써야 할지도 모르고,

그것을 잘 해낼 자신도 없었다.

확실한 건, 그가 악당이 된다면 세상은 매우 고통스러운 곳으로 변하고 말리라.

'대충 하자, 대충. 어차피 태어날 때부터 잘한 사람도 없었을 테고, 입만 열면 거짓말을 하는 정치인들보단 내가 나을 수도 있겠지.'

섬에서 꽃을 심으면서 앞으로의 인생을 설계했다.

부담감에 짓눌려서 괴로워하느니 그냥 그때그때 맞춰서 살기로!

'싹이 트고 자라나는 연한 초록 새싹들과 파도 소리가 마음을 차분하게 해 주긴 하네.'

노력을 해 보고, 최선을 다해도 안 되는 건 어쩔 수 없는 일이었다.

일주일이 지나자 가지고 온 씨앗들을 섬에 골고루 심었다.

통찰력과 손재주의 도움으로 농사도 빠르게 초급 6레벨에 오를 수 있었다.

"이젠 결과를 지켜봐야 되겠지."

넓은 바다를 보면서 낚시를 했다.

파도 소리와 바람 그리고 맑은 하늘.

인생의 중요한 순간을 위한 더없이 좋은 장소였다.

한 달쯤 지나자 쓸쓸하던 무인도에 꽃들이 활짝 피었다.

형형색색으로 물든 무인도.

위드는 꽃게와 생선을 잡아먹고 있는 와삼이에게 명령했다.

"가서 서윤을 이곳으로 데려와."

"알았다, 주인."

와삼이가 날개를 펼치고 바다를 날아갔다.

위드는 무인도에 활짝 피어 있는 꽃들을 보며 생각했다.

'꽃이 피니 예쁘네. 내가 이런 모습들을 너무 모르고 살아왔구나. 사람들이 왜 꽃을 좋아하는지 알겠어.'

대략 2분은 감동으로 인해 그동안의 고생이 씻은 듯 사라질 정도였다.

그리고 3분 20초 정도가 지나자 물씬 풍겨 오는 꽃향기에 아무 감흥도 없어졌다.

'대충 예쁘긴 한데. 차라리 얼마 전에 먹은 양념 반 후라이드 반이 더 나은 거 아닌가.'

금방 메말라 버리는 감수성!

5분이 더 지났을 때였다.

'꽃은 무슨, 벼를 심었어야 되는데! 포도나무도 괜찮고… 고구마도 나쁘지 않겠다. 뭐라도 소득이 있어야지.'

위드는 꽃으로 이루어진 섬을 보며 귓속말을 보냈다.

> ─와삼이가 데리러 갈 거야. 무슨 일인지는 묻지 말고. 무조건 타고 와야 해.
> ─알았어요.

모라타 복구를 위해 일하고 있는 그녀를 무인도로 불렀다.

위드가 바느질을 하며 기다리자, 한참 후에 서쪽 하늘에서 와삼이가 나타났다.

꾸에에에엣!

와삼이의 등에는 서윤이 타고 있었다.

그녀가 땅으로 내려오며 말했다.

"무슨 일 있어요?"

"음… 그러니깐……."

위드의 계획이 시작부터 흔들리고 있었다.

무인도에 잔뜩 피어 있는 꽃을 보며 아름다움에 감탄하는 그녀에게 널 위해 직접 심었다고 고백하려던 작전!

서윤은 의외의 상황에 걱정하며 진지하게 무슨 일 있는지 물은 것이다.

'일단 계획대로 가자.'

위드는 그래도 계속 밀고 나가기로 했다.

"하고 싶은 말이 있어서 심었어."

"하고 싶은 말이요?"

"응. 이 섬에는 원래 꽃이 몇 송이 없었는데, 전부 너를 위해 심은 거야."

"이 섬의 꽃을 전부……."

서윤이 연애 경험이 없고 둔한 편이라고는 하지만 이런 분위기가 무엇을 뜻하는지 모르지 않았다.

활짝 피어 있는 꽃들.

이 아름다운 풍경은 우연히 만들어진 것이 아니었다.

"결혼하자. 평생 나랑 같이 살아 줄래?"

위드는 말하면서도 서윤이 대답을 고민할 거라고 생각했다.

같이 밥을 먹고, 한 이불에서 함께 눈을 뜨고, 함께 늙어 가게 된다. 인생이 걸린 문제인 것이다.

서윤은 아무렇지도 않게 고개를 끄덕였다.

"네, 같이 살아요."

이현은 조용하지 않은 결혼식을 추진했다.
"조금 떠들썩한 맛이 있어야지."
하지만 호텔 같은 데서 식을 치른다면 동네 사람들이 찾아오기 어려우리라.
이현이 쌓아 온 인간관계라고 해 봐야 동네 주민들이 핵심!
"어떻게 해야 될지 모르겠네. 사람들이 자유롭게 와서 먹고, 놀고, 축하해 주면 좋겠어."
—알겠습니다. 제가 알아서 추진하겠습니다.
인공지능에게 결혼식 준비를 맡겼다.
국가 경제까지 뒤흔들 수 있을 정도의 능력을 가졌으니 결혼식 준비 정도는 어렵지 않을 것이다.

> **제목: 성대한 결혼식을 치러야 됩니다.**
>
> 한 달 안에 멋진 결혼식이 목표입니다.
> 예산은 무제한입니다.
> 장소도 어디든 섭외가 가능할 겁니다(청와대, 정부청사, 군부대, 항공모함, 필요 시 우주 궤도 가능).
> 동네 주민들이 다 참석할 수 있어야 하고, 우아하면서도 품위 있고, 호화로우면서, 즐거운 결혼식이 되어야 합니다.
> 좋은 아이디어 받습니다.
> 채택된 분에게는 100억을 드립니다.

어떤 이유에서인지 이 글은 한동안 포털 사이트의 최상단을 유지하고 있었다.

당연히 댓글에 불이 붙었다.

> ㄴ 아이디어 하나에 100억? 말이 되냐, 말이 돼?
> ㄴ 점심 한 그릇에 50억인 동네랍니다. 오해하지 마세요.
> ㄴ 한국 돈으로 준다는 말은 안 했다.
> ㄴ 글쎄⋯ 결혼 5년 차로서 말한다. 다시 생각해 봐라. 그리고 웬만하면 하지 마라.
> ㄴ 막 결혼하려는 사람한테 무슨 소리임?
> ㄴ 왜 결혼하지 말라는 거예요?
> ㄴ 그냥 하지 말라면 하지 마!
> ㄴ 결혼식 장소로는 예식장 추천합니다. 웬만한 건 다 알아서 해 주니까요.
> ㄴ 예산이 무제한인데⋯ 당연히 럭셔리로 가야 되는 거 아님? 하와이에서 합시다.
> ㄴ 럭셔리엘레강스하이퍼슈퍼초울트라급으로. 뉴욕 센트럴파크로 갑시다.
> ㄴ 결혼식은 주차 잘되고 밥만 맛있으면 됨. 갈비탕 추천.
> ㄴ 뷔페도 맛있는 곳은 맛있어요.
> ㄴ 제가 다녀 본 바로는 스테이크 나오는 호텔이 최고였음.
> ㄴ 잔치국수도 꿀맛.
> ㄴ 요즘 대게 철인데.
> ㄴ 양념 소갈비면 최고.
> ㄴ 개인 취향인데 저는 떡 케이크 있으면 좋던데요.

음식들이 주르륵 나열되고 나서는 다시 장소로 돌아왔다.

> ㄴ 호텔 1표.
> ㄴ 동네 사람들 와야 한다는데 무난하게 예식장으로 갑시다.
> ㄴ 자기 집도 괜찮죠. 주택이라면요.
> ㄴ 뒷산은 어떰?

> ㄴ 꿈만 같은 상황이지만 어디든 결혼식이 가능하다면 저는 로열 로드에서 하겠습니다. 왕성 같은 곳에서 하객들 모아 놓고 하면 대장관.
> ㄴ 풀죽신교 안에서 결혼한 커플도 있었잖아요. 하객들이 다 풀죽만 먹었다던데.

인공지능은 아이디어마다 사람들의 반응들을 분석했다. 그리고 이현과 서윤이 가장 좋아할 것 같은 아이디어를 골랐다.

> ㄴ 동네에 있는 넓은 잔디 공원 같은 곳에서 하면 어때요? 동네 주민들 자유롭게 참석해도 되고, 음식은 호텔 주방장들이 와서 해 주고. 결혼은 둘이 잘 살고, 주변 사람들이 축하해 주면 되는 거지요. 결혼식이 딱히 뭐, 엄청날 필요가 있나?

아이디어를 채택해서 동네 공원에서 결혼식을 하기로 했다.

이현이 직접 쓴 청첩장이 동네 주민들에게 뿌려지고, 결혼식 날에는 소식을 들은 방송국 사람들도 참석했다.

회사 차원에서 선물을 한 보따리씩 가져오고 축의금도 준비해야 했다.

"결혼 축하드립니다."

"네. 직접 와 주셔서 고맙습니다."

이현은 싱글벙글 웃으면서 강 부장과 다른 방송국 관계자들을 맞이했다.

국내뿐만 아니라 해외 방송국에서도 국장급들이 참석하여 이현의 절대적인 영향력을 실감하게 했다.

CTS미디어의 보도국장 윤창선이 은근한 어조로 말했다.

"저희 방송국에서는 축의금을 넉넉하게 준비했습니다. 이번에 고급 차라도 한 대 사시죠."

"그래요. 고맙습니다."

이현은 웃으면서 받아 주었다.

불과 얼마 전까지만 하더라도 축의금에 탐을 냈겠지만 이제는 전혀 아니다.

아무리 돈 욕심이 많다지만 지금은 세상 누구보다도 압도적으로 많은 자산을 보유하고 있으니까.

　　　　　　축의금은 마음만 받겠습니다.

직접 쓴 청첩장에 이런 문구를 넣을 정도였다.

물론 그동안 고생깨나 했던 방송국 관계자들은 전혀 반대의 반응을 보였지만.

"보통 경조사도 아니고 자기 결혼이잖아. 이러면 얼마를 넣어야 돼? 1,000?"

"1,000만 원은 무시당했다고 생각하지 않을까요?"

"그럴 수도 있지. 그러면 더 써야 한다는 말인데. 얼마를 내란 말이야, 대체."

"가전제품 일체는 어떻습니까?"

"그건 지난 명절에도 보낸 거야."

방송국들이 돈을 밝히는 이현에 대해 나쁘게 여기기만 하는 건 아니었다.

받을 만큼 받지만 어떤 식으로든 그만큼은 돌려줬으니까.
 문제는 다른 방송국들과의 경쟁이었다.
 "제작 쪽 예산으로 빼서 팍팍 써 보자."
 "그러죠. 베르사 대륙의 통일 황제인데, 접대를 안 할 수 없는 상대 아닙니까."

 방송국마다 선물을 한 보따리씩 가져오고 축의금까지 챙겨 줬지만 이현이 과거처럼 좋아하는 것 같지가 않자 걱정하는 사람들이 있었다.
 윤창선은 기분이 답답해졌다.
 "목소리가 은근해지거나, 입꼬리가 실룩실룩 떨리지 않았어. 우리 액수를 모르는 거 아니야?"
 "대충 언질은 했잖습니까?"
 "더 가져와야 했던 걸까?"
 방송국 관계자들이 고민하는 사이에 천막을 쳐서 만든 신부 대기실에는 작은 소란이 벌어지고 있었다.
 이효정.
 〈로열 로드〉에서는 벨로트란 이름으로 활약하는 그녀가 서윤의 얼굴에 화장을 해 주었다.
 "완전 예쁘다. 어쩌면 이렇게 예쁠 수가 있지?"
 미모의 여배우면서도 서윤의 아름다움에 푹 빠져 버린 그녀였다.
 "내가 봐도 정말 예쁜 사람이야."
 정효린.

〈로열 로드〉에서의 화령도 함께 서윤을 꾸미는 일을 도와주었다.

아무리 공원에서 하는 결혼식이라도 그녀는 가장 아끼는 목걸이와 귀걸이 등의 장신구들을 가져왔다.

"고마워요."

"영화라도 한 편 찍어 주고 싶어요. 이 외모는 꼭 영상에 담아서 오래도록 간직해야 하는데."

정효린이 가져온 다이아몬드 귀걸이를 착용하자, 더욱 살아나는 서윤의 미모.

당연한 것처럼 어울리는 우아한 아름다움이 있었다.

이효정은 화장에 대해서는 웬만한 전문가들보다도 나았다.

"이 모습 그대로 나가면 남자들 미치겠다. 여자들도 다 미치려나?"

새하얀 드레스를 입고 있는 서윤의 모습은 천사가 땅에 내려온 것 같았다.

결혼식은 간단하게 진행되었다.

이현과 서윤이 모두의 앞에서 평생 함께하기를 약속하고 공원을 돌면서 하객들과 인사한 것이 전부였다.

"많이 드세요, 어르신."

"어, 고맙네. 잘 먹을게. 하하하."

동네 주민들과 시장 상인들, 방송국 관계자들이 따로 모여 있었다.

그들은 서윤을 볼 때마다 입을 벌린 채로 다물지를 못했다.

한껏 예쁘게 화장하고, 드레스까지 입은 그녀의 모습이란 여신의 강림이나 마찬가지였으니까.

"제자야, 우리가 왔다."

안현도와 사범들, 수련생들도 우르르 몰려왔다.

500명이 넘는 시커먼 정장의 근육질 남자들의 등장이었다.

"어서 오십쇼. 스승님, 사형들!"

"요리 냄새가 기가 막히는구나."

"편하게 드세요."

그들도 한 자리씩 차지하고 술과 음식을 먹기 시작했다.

지글지글 굽는 바비큐 요리를 시작으로, 5성급 이상 호텔의 주방장들이 모두 동원되었다.

"고기가 살살 녹네."

"이건 뭐죠? 고급 요리인가. 색깔이 예쁘긴 한데."

"고기 맛 떨어진다. 모두 돼지고기에 집중!"

"옛!"

"돼지부터 끝내고, 그다음에는 소를 처리한다."

"이틀 전부터 굶었습니다!"

미각을 돋우는 고급 요리보다는 고기 자체에 집중하는 그들.

오늘은 지나가던 사람이라도 누구나 와서 무료로 먹고 마실 수 있었다.

이현이 돈을 아낄 필요가 없을 정도로 막대한 재산을 물려받기도 했지만, 음식으로 인색하고 싶지는 않은 날이었다.

주방장들은 호텔에서 최고의 실력자들로 파견되었고, 그들은 이현으로부터 교육도 받았다.

"식재료는 가장 좋은 걸 쓰세요."

"알겠습니다."

"특히 소금은 얼마든지 비싼 걸 써도 됩니다."

"……?"

시의원들과 구청장, 시장까지도 방문했다.

"안녕하십니까."

"좋은 날 결혼하시는 걸 축하드립니다."

그들은 이 지역에서 이현의 명성과 영향력을 알고 있었다.

얼마 후에는 제법 큰 행사가 있다는 걸 안 국회의원도 찾아왔다.

"저는 국회의원 유일석입니다."

"맛있게 드시고 가세요."

이현도 가볍게 악수하며 인사를 받아 주었다.

"신부가 참 예쁘군요."

"네. 고맙습니다."

"제 아들놈도 이렇게 미녀를 만날 수 있어야 할 텐데. 공부도 잘하고, 집안도 빵빵하게 뒷받침을 해 주고 있는데 당연히 성공하리라 기대하고 있습니다만."

유일석이 아들 자랑을 늘어놓았지만, 이현은 대충 흘려들었다. 다행히, 길어지기 전에 보좌관이 와서 그의 팔을 부축하듯 붙잡았다.

"의원님, 주민들과 한잔하시죠."

"어, 그래야지."

지역구를 가진 국회의원으로서 부지런히 주민들을 만났다.

"저 유일석, 여러분들의 도움으로 여기까지 올라올 수 있었습니다. 앞으로도 잘 부탁드립니다."

"그래그래. 한 잔 받게."

남의 결혼식에서 생색을 내는 국회의원!

이현은 웬만하면 오늘은 화를 내지 않을 작정이었다.

'꼴 보기 싫은 건 나중에 해결해야지.'

뒤끝이 심하게 작렬하리라.

국회의원이나 정치인들이 열심히 돌아다녔지만, 그들도 얼마 후에는 조용해졌다.

유니콘 그룹의 계열사 사장들, 세계적인 투자 회사의 오너로 알려진 인물들이 연달아 방문한 것이다.

경제 뉴스에 단골손님으로 나오는 유명 인사들이 허리를 깊게 숙이며 이현에게 인사했다.

"뵙게 되어 영광입니다."

"별말씀을요. 멀리서 오시느라 수고가 많으셨습니다. 맛있는 음식 많이 드세요."

유니콘 그룹의 최고위 임직원들은 알고 있었다.

자신들의 목숨줄을 쥐고 있는 사람이 이현으로 바뀌었다는 것을.

―저들의 충성심에 대해서는 의심하지 않아도 됩니다.

이현의 머리에 직접 전달되는 인공지능의 말이 있었다.

"어째서? 언제 갑자기 뒤통수를 칠지도 모르잖아."

―모든 순간을 감시하고 있으니까요. 유병준 박사님께서도 사람을 그리 믿지 않으셨습니다.

세계경제를 좌우하는 중요 인물들이 공원 구석에 앉아서 조촐하게 소주를 마셨다.

그런 광경까지 보였으니 감히 함부로 소란을 피우는 자들은 아무도 없었다.

설혹 나오더라도 곳곳에 배치된 경호원들에 의해 제압되어 버렸을 테지만.

김다인.

그녀는 청바지에 티셔츠 차림으로 결혼식이 열리는 공원에 왔다.

멀찌감치 서서 잠시 구경하고 있는데, 한 여자가 다가와서 말을 건넸다.

"결혼식 오셨어요?"

"네. 그런데……."

"에바루크 성의 성주시죠? 유명하신 분이라 금방 알아봤어요. 〈로열 로드〉에서 아시는 분들은 모두 저쪽에 있어요."

젊은 사람들이 꽤 모여 있었다.

오동만, 박희연, 박수연, 김인영, 강진철 등등.

이현의 오랜 동료들도 당연히 참석했고, 미국의 로페스를 비롯해서 전 세계의 〈로열 로드〉에서 쌓은 인맥들도 참석했다.

아침부터 시작된 결혼식은 점심을 지나 저녁까지 이어질 예정이었고, 〈로열 로드〉에서 만난 사람들은 식사를 마치고 웃으며 이야기를 나누고 있었다.

김다인은 가볍게 미소 지으며 말했다.

"그냥 밥이나 먹고 갈래요."

"그럴래요? 사실은 저도 밥 먹으러 왔는데."

그녀들은 취향에 따라 음식을 담아 구석진 자리에 앉았다.

"제 이름은 김다인이에요."

"전 윤정희요. 〈로열 로드〉에서 레벨은 조금 낮아요. 원래 이현과는 아는 사이였어요."

둘은 밥을 먹다가 슬쩍 맥주를 땄다.

"날이 덥네요. 시원하게 한잔 어때요?"

"저도 바라던 참이었어요."

맥주는 금방 소주로 바뀌었고, 얼마 지나지 않아 양주까지 말게 되었다.

"술이 착착 달라붙네요."

"달아요, 달아."

이현은 결혼식을 마치고 이사를 했다.

간단한 옷가지를 가지고 서윤의 저택으로 들어간 것이었는데, 집을 떠나기 전에 이혜연을 불러서 신신당부했다.

"밤에 일찍 다녀라."

"응."
"청소도 잘하고. 문단속은 철저히. 빈집 티 내지 말고."
"알겠어, 오빠."
바로 담까지 허물어진 옆집에 살면서 늘어놓는 잔소리.
이혜연은 차라리 멀리 떨어지지 않는 쪽이 마음이 편했다.
오빠이긴 하지만 아빠와 엄마의 역할까지 하면서 그녀가 어릴 때부터 쭉 같이 살아온 가족이었으니까.
"후… 하나뿐인 여동생을 생각하면 불안한데."
"언제든 볼 수 있잖아."
"아직 사람을 덜 만들어 놔서 그러지. 이런 말까진 하지 않으려고 했는데, 어릴 때 얼마나 등에 오줌을 쌌는지……."
이혜연은 꼬박 30분 동안 잔소리를 들어야 했다. 그리고 밤이 되자 전화가 왔다.
―밥 먹으러 와라.
"응?"
―밥 차려 놨으니까 혼자 먹지 말고 와서 먹어.
이혜연은 그날 저녁을 서윤의 집에서 먹었다.
그다음 날도, 그 다음다음 날도, 그 다음다음…….
이현의 결혼 이후 바뀐 것이라면 거실이 서윤의 집으로 옮겨졌다는 점뿐이었다.

신혼여행은 〈로열 로드〉에서 보내기로 했다.

비행기를 타고 다른 나라들을 돌아다녀 봐야 〈로열 로드〉만큼의 멋진 경치는 없었던 것이다.

"오랜만에 사냥도 잊고, 노가다도 하지 말아야지."

위드는 단단히 결심하고 서윤에게 물었다.

"가 보고 싶은 곳이 있어?"

베르사 대륙의 어느 도시라도 여행을 즐길 수 있으리라.

북부 대륙은 어느 곳이라도 집처럼 느껴졌으니 중앙 대륙이나 유명한 섬 같은 휴양지를 떠올리며 물었다.

"배를 타고 싶어요."

"배……?"

"항구에서 돛을 올리고 목적지도 없이 며칠이든 바다를 돌아다녀 보는 거예요."

서윤은 무인도에서의 기억이 좋았다.

에메랄드빛 바다와 시원한 바람, 탁 트인 하늘까지.

위드는 입술에 침을 듬뿍 바르고 대답했다.

"재미있겠네."

상당히 심심할 것도 같았지만 어쨌든 그녀가 원하는 대로 여행을 떠나기로 했다.

항구 바르나에서 조선 장인에게 중형 선박을 구입.

위드가 조선 스킬로 직접 배를 건조할 수도 있었지만 시간이 오래 걸리기 때문에 구입하는 쪽을 선택했다.

"선물입니다, 위드 님!"

재봉사의 마스터에 거의 다다른 드라고어가 무지개 천으로 제작한 삼각돛을 선물로 주었다.

순풍을 받으면 최대 4.7배의 속도를 낼 수 있는 전설급 돛!
"이렇게 귀한 걸 줘도 됩니까?"
"얼마든지 드려야죠. 아르펜 제국의 황제이신데요."
드라고어는 다른 마스터급의 장인들보다도 훨씬 아부에 능숙했다.
"잘 기억해 두겠습니다."
"영광입니다, 영광!"
위드는 물론 웬만하면 기억만 해 둘 생각이었다.
항구 바르나에서 중형 범선이 돛을 활짝 펼치며 출항했다.
시원한 바람을 받아서 팽팽하게 펼쳐진 돛!
"모두 피해요, 피해!"
"빠르다. 무슨 배가 저렇게……."
항구를 나오는 수백 척의 다른 배들을 제치고 빠른 속도로 먼바다로 나아갔다.
끼룩끼룩.
하늘에는 갈매기들이 날아다니고, 바다에는 행운을 안겨 주기라도 하듯이 돌고래들이 튀어 올랐다.
"어디로 갈까?"
"어디든 좋아요."

배를 타고 동쪽 바다로 항해하는 여행.
위드는 돛을 활짝 펼친 채로 바람을 따라 배가 흘러가도록

내버려두었다.

"항로가 있긴 하겠지만… 어디로든 가겠지."

그동안 했던 고생이나 스킬들이 있는 이상 바다라고 해도 죽지 않을 자신은 있었다.

최악의 경우에는 조각 변신술을 이용해 상어로 몸을 바꿔서 서윤을 태우고 헤엄칠 수도 있을 테니까.

"돌고래예요!"

서윤이 손으로 푸른 바다를 가리켰다.

돌고래들이 뛰어오르며 배를 따라오고 있었다.

"작살만 있으면 그냥……."

"네?"

"귀엽고, 예쁘네."

"그렇죠?"

위드와 서윤은 서로에게 몸을 기댄 채로 여유로운 시간을 보냈다. 이미 한 이불을 덮고 자는 사이가 되었지만 여전히 상대를 알아 가고 있었다.

같이 바다를 보고 바람을 맞으면서 이루어지는 감정의 공유.

"근데 배를 타고 가니… 저녁은 뭘 먹지?"

"낚시해요."

"좋아. 회도 먹고, 매운탕도 끓여야지."

둘은 낚시도 하고, 요리도 하면서 즐거운 하루를 보냈다.

새벽에는 갑판에 드러누워 밤하늘을 수놓은 별들을 보며 옛날이야기도 했다.

"어릴 때는 진짜 힘들게 살았어."

"가난했다는 이야기는 들었어요."

"일주일에 만 원으로 가족들이 전부 버텼던 적도 있으니까."

"할머니도요?"

위드는 서윤을 데리고 병원에 가서 할머니에게 인사를 시켰다. 나이로 인해 몸이 나빠져서 결혼식에는 참석하지 못했지만 할머니는 그녀를 보며 많이 좋아했다.

"예쁘다. 예뻐. 참 예뻐."

예쁘다는 소리만 수없이 반복했는데, 그건 외모만이 아니라 마음까지도 보았기 때문이리라.

위드는 과거 세 식구가 살던 시절을 떠올리며 웃었다.

"응. 할머니가 제일 독했지. 동생은 많이 혼났어."

"왜요?"

"삶은 계란을 좋아했거든. 2개 먹었다고 혼나곤 했지. 어떤 때는 과자 사 먹었다고 혼나고."

"지금 모습을 보면 전혀 안 그랬을 것 같은데요."

"이젠 많이 사람 됐어. 꼬맹이 때는 진짜 말 안 들었는데."

위드는 할머니를 좋아했다.

자식을 잃고 나서도 할머니는 딱 하루만 울었을 뿐이다.

당신의 몸이 상해 가는 걸 알면서도 손자와 손녀를 데리고 힘겹지만 꿋꿋이 살아왔다.

"못 먹고, 못 입고, 마음 편히 살 곳도 없었어. 돈이 없으면 그렇게 어렵더라."

힘든 시기였지만 지나가고 나니 인생은 다시 펼쳐졌다.

돌아보면 운이 좋았고, 막다른 길에 몰려도 어딘가 벗어날 곳은 있었다.

절망 속에서도 희망이란 찾으려고 하면 나타났다.

다음 날에도 항해는 계속되었다.

물고기도 잡고, 때로는 화살을 쏴서 새도 잡았다. 잡은 것들로 간단히 요리를 만들어 먹으며 이야기를 나누고, 아무것도 하지 않고 그저 빈둥거리며 시간을 보내기도 했다.

완벽하게 평화로운 시간.

"좋다. 사람이 이렇게 여유도 가져야지."

그 말을 한 날, 거짓말처럼 바다가 바뀌었다.

우르릉. 콰과광!

천둥 벼락이 떨어지고 10미터가 넘는 파도가 쳤다.

"돛 접고, 꽉 잡아!"

둘이 함께 폭풍우를 뚫으며 항해하는 것도 재미있었다.

> 항해 스킬의 숙련도가 증가하였습니다.

> 낚시 스킬의 숙련도가 증가하였습니다.

> 재봉 스킬의 숙련도가 증가하였습니다.

> 대장장이 스킬의 숙련도가 증가하였습니다.

> 조선 스킬의 숙련도가 증가하였습니다.

먼바다를 떠돌면서 돛을 고치고, 배를 수리하기도 했다.

조각술을 이용해서 서윤이 좋아하는 돌고래의 선수상도 만들었는데, 그 효과로 항해 속도가 조금 빨라졌다. 순풍을 받으면 바다를 가르며 나아가는 배의 속도감마저 느껴질 정도.

그렇게 2주 정도가 지나자 완전히 망망대해에 이르렀다.

하루 종일 다른 배들이 한 척도 안 보였다.

서윤은 즐거운 얼굴로 말했다.

"지도에서도 이곳을 찾기 어려워요."

"그러네. 진짜 어딘지도 모르겠네."

먼바다에서 돌아다니다가 작은 무인도를 발견했다.

"잠시 머물다가 갈까?"

"좋아요."

무인도에서 둘만의 생활을 시작했다.

양이나 원숭이 같은 동물도 있었고, 갯바위에서는 낚싯대만 던져도 커다란 물고기들이 쉽게 잡혔다.

"여긴 폭풍도 안 치고 파도도 잔잔하네."

"정말 예쁜 곳이에요."

바다에는 산호들도 많이 자라고, 열대어들이 무리를 지어 돌아다녔다.

"집이라도 지으면 멋지겠네."

"지어 볼까요? 바다에 지은 집은 어떤 느낌일지 궁금해요."
"아, 섬이 아니라 바다에?"
얕은 물 위에 지은 집.
생각해 보면 괜찮을 것도 같았다.
해가 뜨고 지는 걸 집에서 볼 수 있을 뿐만 아니라 파도 소리도 들을 수 있다.
"언제든지 낚시 스킬도 올릴 수 있겠네."
항해하며 낚시에 푹 빠지게 된 위드였다.

〈로열 로드〉의 사람들

뚝딱뚝딱!

위드는 나무를 잘라서 얕은 해변에 금방 오두막 한 채를 지었다.

투명하리만큼 맑은 바다에 떠 있는 나무 집.

"가구도 만들어요."

"그럴까?"

서윤이 함께 가구를 제작했다. 오랫동안 같이 살 집은 아니지만 둘이 함께 집을 짓는 기분을 내 보는 것이었다.

옷장, 서랍장, 침대 등을 만들어 구색을 맞췄다.

"그럭저럭 괜찮은 것 같네."

"그러게요."

위드는 서윤과 함께 밤낚시도 즐겼다.

행운이 1 증가했습니다.

> 인내가 1 늘었습니다.

 쏠쏠하게 스탯 노가다도 하고, 낚시 스킬도 올렸다.
 전투에 직접적으로 도움이 되는 인내와 체력, 지구력도 조금씩이지만 상승했다.
 무엇보다 바다의 작은 섬에 함께 머문다는 점이 서로에게 집중하게 만들었다.
 "모라타의 복구는 생각보다 빨리 되고 있어요."
 "응, 그래."
 "주요 건축물들은 어렵지만 그 자리에 그대로 다시 세우는 걸로 했고요. 도로는 좀 더 넓힐 예정이에요. 광장과 시장도 키우고요."
 "그런 건 다 알아서 해도 좋아."
 서윤은 귓속말을 이용해서 멀리서도 모라타의 복구를 관장했다.
 낚시하고 먹고, 대화하는 시간이 하루 종일 이어졌다.
 현실에서도, 〈로열 로드〉에서도 함께 붙어 있으면서 서로의 마음을 알아 가는 시간.
 "심심하지 않아?"
 "재밌어요. 이야기를 듣는 것도, 바다를 보는 것도. 아무리 오래 해도 질리지 않을 것 같아요."
 위드는 가족이 생겼다는 생각을 했다.
 즐거움을 같이 나누고, 어려운 일도 함께 해낸다.
 인생이란 긴 시간을 살아갈 동반자를 얻은 것이다.

헤르메스 길드는 하벤 지역으로 돌아간 이후에 드래곤과의 전투에서 입은 막대한 피해를 복구하기에 여념이 없었다.

"던전 사냥을 대대적으로 시작합시다."

"사냥을요?"

"예. 우리가 할 수 있는 걸 합시다. 단순하게 말이죠."

아크힘은 길드의 주요 일들을 맡아서 했다.

라페이가 떠나고, 바드레이는 과거보다도 더 오랜 시간을 사냥에 집중하고 있었다.

"아직 공략하지 못한 던전들이 많습니다. 아르펜 제국 소속이 되었으니 중앙 대륙이나 북부 대륙. 남부 사막이나 동쪽 지역까지도 깰 수 있을 것입니다."

드래곤 사냥이 그들의 레벨을 떨어뜨렸고, 물질적인 손해도 입혔다.

하지만 헤르메스 길드는 약해지지 않았다고 생각했다.

사기를 회복했고, 길드 내부의 결속은 더욱 강화되었다.

"우린 기회를 얻었어요. 모라타에서 치렀던 큰 희생은 위드에게만 좋은 일을 해 준 게 아닙니다. 우린 다시 해낼 수 있습니다."

그들은 모라타의 전투 이후로 사람들의 태도가 과거보다는 호의적으로 바뀐 것을 확인했다.

동시에 헤르메스 길드의 문을 활짝 열었다.

과거에는 강자들만 가입할 수 있었던 길드.

길드 소속이 되기만 해도 온갖 특권들이 부여되었고 지배 계층으로 등극했다.

하지만 이제는 가입 조건으로 하나만 내세웠다.

최고의 전투 집단, 헤르메스 길드가 신입들을 모집한다.
강해지고 싶은 이들이여. 우리에게 오라.
최소 레벨 제한 300.
사냥터와 장비 제공.

절대적인 강함.
〈로열 로드〉의 초창기부터 그들이 내세웠던 바, 사람들이 열렬히 추구하는 기본을 추구하기로 했다.
"행패만 안 부리면 헤르메스 길드가 최고잖아."
"명예지. 소속되면 어딜 가도 자랑할 수 있고, 받을 수 있는 이득도 크고."
헤르메스 길드는 유저들의 가입으로 세력을 늘려 나갔다.
흑사자 길드와 클라우드 길드, 블랙소드 용병단의 이탈도 생기면서 세력 변화가 조금씩 이루어지게 되었다.

"놀랍게도 진짜 위드 형의 말대로 흘러가네. 대륙이 통일되었다고 끝이 아니라 세력 팽창에 여념이 없구나."
아르펜 제국의 영주 시드.

그는 다른 영주들과는 달리 위드와 개인적인 친분이 있었다.
빵 한쪽도 뺏겨서 나눠 먹던 사이!
시드는 위드를 처음 알게 되었던 과거를 떠올렸다.

김요삼이 어릴 때 이사 온 동네에는 이현이라는 이름의 좀 이상한 형이 살았다.
'저 형은 왜 저러고 다니나.'
낮에는 낡은 추리닝에 슬리퍼를 신고 혼자서 동네를 돌아다닌다.
"김치볶음밥 먹고 싶다. 바지락이 듬뿍 든 된장찌개도… 엄마가 해 준……."
혼잣말처럼 무언가를 슬프게 중얼거리는데 정신이 이상한 사람 같기도 했다.
이른 아침에는 자전거에 신문이나 우유를 잔뜩 싣고 배달을 하는데, 오토바이처럼 굉장히 빨랐다.
바람처럼 지나가면서 우유와 신문을 던지는데 집집마다 날아가서 묘기에 가깝게 정확히 떨어졌다.
'야구 선수야, 저 형?'
김요삼이 부모님이 없는 이현을 혼자서 마주쳤던 건 초등학교 3학년 때였다.
대낮에 하이에나처럼 동네를 돌아다니던 이현의 눈에 띄고만 것이다.

"손에 든 거 사탕이냐?"

"옙?"

"딸기 사탕 같은데…….."

"맞아여."

그 형의 눈썰미는 보통이 아니었다.

몸이 좀 말라 보이고 왜소한 느낌이기는 했지만, 눈빛만큼은 호랑이처럼 빛났다.

훗날 알게 되었지만 김요삼보다 네 살이 더 많았다.

"사탕 먹으면 배 아픈 거 몰라?"

"배가 가끔 아프기는 한데…….."

"병원 가면 안 되니까 잠깐 줘 봐."

"네, 형."

열 살이라서 사리 분별이 안 되는 나이도 아니었지만, 연기력과 목소리가 영화배우를 뛰어넘을 정도라 순간적으로 속고 말았다.

김요삼이 넘겨준 사탕을 이현은 날름 입에 넣었다.

"맛있네, 딸기 사탕."

"도, 돌려주세여."

"안 돼. 입안에 들어온 사탕은 그 누구에게도 주지 않는 것이 세상의 이치다."

"뺏은 거잖아요!"

"빼앗은 사람을 탓해서 발전은 없다. 뺏기지 않아야 하는 것이 인생이다."

"우에에에엥!"

아무렇지도 않게 들고 있던 사탕까지 뺏어 먹는 이상한 형!
"빵 좀 있냐?"
"하나밖에 없는데요."
"나눠 먹자."
 같은 동네라고는 해도 며칠에 한 번씩은 꼭 마주쳤는데 그럴 때마다 먹을 것을 빼앗겼다.
 느낌 탓이긴 할 테지만, 김요삼은 마치 이현이 굶주린 사냥개처럼 먹잇감을 찾아 동네를 떠도는 것 같았다.
 '엄마한테 일러야겠어.'
 어느 날 큰 결심을 하고 엄마한테 사실대로 일러바쳤다. 그러나…….
"요삼아, 먹을 거 달라면 그냥 줘."
"엄마?"
"그런 형이랑 어울리고 그러면 위험해요. 달라는 거 주고 보내는 게 제일 나아."
"네."
"엄마가 우리 아들 얼마나 사랑하는지 알지? 커서 절대 그 형처럼 되면 안 된다."
"네, 엄마."
 세상의 위험을 막아 주는 방파제 같은 엄마도 동네 형을 어찌할 순 없었다.
 그렇게 어린 시절 내내 먹던 과자까지 뺏겨 가면서 살던 김요삼.
 중학교에 가서는 이른바 불량 선배들의 눈에 들어 같이 어울리게 되었다.

"동네 형이 있다고?"

"예. 맨날 음식 뺏어 먹어요."

"크큭. 돈은 안 뺏겼냐?"

"돈은 안 가져가던데요."

"걱정 마라. 블랙 서클에 들어온 이상 아무도 널 못 건드릴 거야. 근데… 배고프다. 빵 좀 사 와라."

뭔가 아닌 것 같기도 했지만 학교를 다니면서 불량한 선배들에게서 벗어나기는 힘들었다.

그렇게 며칠이 지나고, 또 선배들과 하교하는데 이현을 만나고 말았다.

"저, 저 새끼입니다!"

김요삼은 손가락으로 이현을 가리키며 외쳤다.

"복수해 주세요, 형님들."

학교에서 최강자로 군림하던 선배들이 이현을 보자마자 소리를 냈다.

"앗."

"헛."

"훅!"

"흐엑!"

괴성을 내면서 얼어붙은 선배들!

그리고 이현이 먹잇감을 발견한 호랑이처럼 어슬렁거리며 다가왔다.

"너희가… 진식이, 성훈이, 봉규였던가?"

"예, 형님."

"맞습니다. 이름을 기억해 주시다니 영광입니다."

학교에서 사납고 더러운 성질들을 자랑하던 선배들이 이현 앞에서 넙죽 허리를 숙였다.

손이 수전증 환자처럼 달달 떨리고 있었는데 극심한 공포를 느끼는 것 같았다.

'뭐야, 고작 동네 노는 형한테…….'

그때, 이현이 사나운 일진 선배들의 뒤통수를 가볍게 어루만졌다.

"요즘도 애들 괴롭히고 다녀?"

"…아, 아닙니다!"

"인상 펴라."

"헤, 헤헤."

"애들 빵 뺏어 먹지 말고. 그러다가 턱이라도 부서지면 평생 죽 먹고 살아야 되잖아."

"예? 예!"

"죄송합니다!"

"잘하겠습니다. 살려 주십시오!"

김요삼은 충격을 먹고 그냥 멍하니 보고 있었다.

이현이 한마디를 할 때마다 그저 살려 달라는 말만 되풀이하는 선배들.

동네에서 할 일 없이 돌아다니던 이현의 분위기는 굶주린 맹수처럼 사납게 보였다.

이현은 김요삼을 보면서도 씩 웃었다.

평소와 마찬가지의 표정이었지만, 어딘지 모르게 마음이 놓이는 미소였다.
"요삼아, 남은 빵 있냐?"
"그게요, 있긴 한데… 여기 형들한테 줘야 하는데요."
김요삼이 주기 싫어서 한마디를 했더니, 선배들은 기절할 듯이 놀랐다.
"흐억!"
"야, 야, 당장 드려야지."
"형님, 어서 빵 드십시오. 우유도 제가 가서 사 오겠습니다."
"아닙니다, 제가 사 오겠습니다. 딸기우유로……."
"딸기우유가 뭐야. 초코우유에 흰 우유, 바나나우유까지 전부 사 오고 싶습니다."
선배들은 마치 경쟁이라도 하듯이 애교를 부리는 것이었다.
이현의 나이가 그들보다 두 살 정도 더 많긴 했지만, 평소에 고등학생이나 어른들마저 무시하던 그들이 한 번도 보인 적 없는 태도였다.
"빵 맛있네. 역시 팥이 들어야지."
마침내 이현이 빵을 베어 물면서 만족하고 떠나자 선배들의 긴장도 풀렸다.
"후아, 살았다."
"아… 이 동네, 그러니까 오지 말자고 했잖아."
"하필 마주칠 줄 알았냐."
선배들은 그들끼리 한참 이야기하더니 김요삼을 불러서 물었다.

"너, 저 형 잘 아냐?"
"예? 같은 동네라서요."
"그런가. 같은 동네라서… 그 무서움을 몰랐던가?"
"어떤 사람인데요?"
"그건……."
선배의 눈꺼풀이 파르르 떨렸다. 그러더니 목소리를 깔아 가며 이야기했다.
"이 도시에는 무서운 전설이 있어."
"전설이요?"
"그건 도저히 믿기지 않아서 말도 못 해 주지만 대부분 사실로 확인된 거야."

불량 청소년들이 우유 배달을 하는 이현에게 시비를 걸었다가 초토화가 된 적이 있었다.
어떤 이들은 복수를 위해 동료들을 모았지만, 불행히도 이현의 집에서 나오는 사채업자들과 마주치게 되었다.
"어. 한창 파릇파릇한 녀석들이네."
사채업자들은 불량 청소년들 중 1명의 머리를 귀엽다고 쓰다듬어 주려고 했다.
그렇지만 불량 청소년이 괜히 불량한 게 아니었다.
"뭐야, 이 꼰대들은?"
"으하하하하하. 이것들 귀엽네."
사채업자 중에서도 악질들, 그들은 가뿐하게 불량 청소년들을 끌고 숙소로 데려갔다.

어두컴컴한 지하 숙소에서는 역한 피비린내가 진동했다.

"야, 그때 돼지 잡은 거 아직도 냄새 심하잖아."

"물도 뿌리고 치운다고 치웠는데 말입니다."

"무식한 놈. 정육점에서 고기를 사 와서 구워야지. 미쳤다고 칼로 돼지를 잡냐."

"파티를 벌인다고 성의껏 해 본 거지 말입니다. 돼지가 날뛰는 바람에 저도 병원 가서 다섯 바늘이나 꿰맸지 말입니다."

"아무튼 여기 어린것들한테 돼지 잡다가 꿰맸다고 설명할 수도 없고……."

"겁이나 좀 주죠. 좋은 기회지 않습니까?"

"그럴까. 안 그래도 영화 보면 막 사람 토막 내고 이런 거 무섭긴 하더라."

"완전 무섭죠. 그거 보고 밤에 잠도 제대로 못 잤습니다."

사채업자들은 일부러 전등도 다 안 켜고 분위기를 잡았다.

"그때 걔들은?"

"신장이랑 각막은 떼서 팔았고, 간은 상해서 못 팔았습니다."

"이놈들이! 장사를 똑바로 해야지. 그게 뭐냐?"

"죄송합니다, 형님."

"연변에서 기술자 데려와야겠네."

"저도 배는 제법 잘 째지 말입니다. 심장도 잘 꺼낼 수 있습니다."

사채업자들끼리 나누는 이야기에 기껏해야 중고등학생들로 이루어진 불량 청소년 그룹은 공황 상태에 빠지고 말았다.

"배고픈데, 오늘 저녁은 뭐냐?"

"갈비로 준비했지 말입니다."

"갈비?"

"예. 맛이 기가 막힙니다. 역시 고기 중 제일 맛있는 건 사람 고기 아니겠습니까. 살짝 바삭하게 구워서 오도독 씹어 먹으면 아주 그냥……."

불량 청소년들 중에는 기절하는 아이까지 나왔다. 나머지도 핏기가 싹 가신 채로 다리 힘이 풀려 주저앉기까지 했다.

"야, 사람 고기는 너무 많이 갔다. 자장면이라도 시키려고 했더니."

"죄송합니다, 형님. 겁 좀 주는 게 재미있어 가지고요."

"애들 완전히 믿는 거 같은데."

"우리 연기력이 기가 막혔지 말입니다."

사채업자들은 괜히 귀찮아질 것 같아서 불량 청소년들을 그냥 풀어 주었다. 신고한다고 해도, 어디 한 군데 건드리지도 않았고 장난을 친 것에 불과했으니 말이다.

하지만 풀려난 불량 청소년들은 그들의 이야기를 단단히 믿고 이현의 집 근처에는 얼씬도 하지 않았다.

이현이 사람 해부 전문 기술자라는 소문까지 널리 퍼지게 되었다.

선배들은 김요삼을 더 이상 건드리지 않았다.

평범하게 중학교를 다니는데, 3학년이 되었을 무렵에 인터넷이 온통 떠들썩해졌다.

<로열 로드>. 새로운 세계가 창조되다
꿈과 도전, 영웅들이 살아가는 베르사 대륙!
모두가 기다려 온 바로 그 순간
역사가 시작된다

유니콘 그룹에서 <로열 로드>의 개발 완료를 알린 것이다.
"진짜냐, 이거……."
중학교도 온통 난리가 났다.
휴대폰이나 컴퓨터 게임과는 차원이 다른 가상현실.
캐릭터가 직접 배를 몰고 바다를 항해하는 광고 영상이나, 새를 타고 도시를 날아다니는 모습들도 나오면서 김요삼은 열광했다.
"만세! 태어나길 잘했다."
하루, 하루, 또 하루.
마침내 <로열 로드>가 오픈하는 날, 그날부터 어마어마한 인기를 끌었다.
"한국대 입학하면 캡슐 사 줄게."
김요삼은 부모님의 말 한마디에 열심히 공부했다.
아직 캡슐방도 나오지 않은 시기였기 때문이다.
"나도 대학만 가면 시작한다. 무조건이야!"
그렇게 3년이 지나고, 밥 먹고 공부만 해서 한국 대학교에 합격했다.

학과는 당연하게도 가상현실학과.

물론 입학식을 하기도 전에 부모님을 졸라 캡슐부터 샀다.

〈로열 로드〉에 접속하겠습니까?

"당장 접속한다!"

캐릭터의 이름을 정해 주십시오.

"시드."

시드라는 이름을 지은 김요삼은 종족을 인간으로 결정했다.

시작하는 왕국은 당연하게도 아르펜이었다.

〈로열 로드〉를 시작하기 전에 많은 검색을 했는데, 모라타만큼 좋은 도시가 없다는 게 정론이었다.

초보자용 물품들이 저렴하며, 몬스터도 많고, 사람들도 친절하다.

"영웅이 돼서 여자들에게 인기도 끌고, 돈도 많이 벌어야지."

멋진 꿈을 꾸며 접속한 〈로열 로드〉.

모라타의 빙룡 광장에 시드는 빛과 함께 나타났다.

"우오오오오!"

가장 먼저 보인 것은 마차들과 북적이는 인파였다.

"풀죽에 넣는 건빵 팔아요!"

"애완용 토끼 팝니다. 집에서 기르면 달걀도 낳습니다. 진짜

예요!"

"몸에 좋은 붉은 약초. 어디에 쓰는지는 말 안 할게요. 아시는 분들만."

광장에는 물건들을 사고파는 유저들로 붐볐다.

시드처럼 막 시작한 유저들은 빛과 함께 등장해서 주변을 두리번거리기 바빴다.

광장 정중앙에 세워진 거대한 빙룡의 조각상은 사람들의 시선을 끌었다.

"이러고 있을 때가 아니지!"

시드는 즉시 수련장으로 향했다.

기초 수련관의 통과가 향후 캐릭터의 성장을 좌우하는 핵심 관문이 됩니다.
4주 동안 허수아비를 쳐야 하는데…….

누군가 연구한 위드의 성장 방법은 무려 3억이 넘는 조회 수를 자랑했다.

"좀 지루하긴 하겠지만 앞으로의 영광을 위해서라면!"

수련관은 이미 목검으로 허수아비를 때리고 있는 유저들로 붐볐다.

"오, 신입인가. 그렇다면……."

"다 알고 왔으니 목검이나 주세요."

교관의 말까지 끊으면서 시드는 목검부터 받았다.

헛둘, 헛둘.

격투기나 운동에 대한 감각이 전혀 없는 상태였으니 국민 체조를 하듯이 허수아비를 때렸다.

'그래, 천 리 길도 한 걸음부터다. 여기서부터 시작해서 고수가 되는 거야.'

5분이 지나자 몸에서 땀이 흐르기 시작했다.

'와, 진짜 힘드네. 현실감 죽인다.'

10분이 더 흘렀다.

팔다리가 아파 오면서 몸이 땀으로 축축해졌다.

'힘들긴 하지만, 이런 과정을 거쳐야 고수가 되는 거겠지.'

인내는 쓰고 열매는 달다!

시드는 그 교훈을 되새기면서 허수아비를 때렸다.

하지만 5분, 10분은커녕 10초도 왜 이렇게 시간이 안 가는지 알 수 없었다.

'스탯은 대체 언제 오르는 거야. 완전 힘드네.'

30분이 더 지나자 숨이 턱까지 차올랐다.

현실에서도 이토록 고생해 본 적은 별로 없었던 것 같았다.

〈로열 로드〉를 시작하기 전에는 단순 노가다라고 생각했는데, 정작 진짜 몸을 움직이니 너무나 힘들었다.

'좀 쉴까? 오늘은 첫날인데 무리할 필요가 없잖아.'

시드가 주위를 둘러보자 허수아비를 때리는 사람들이 많기는 했다.

기운이 다 빠져서 대충 목검을 휘두르는 초보 유저들!

솔직히 말처럼 간단하지만은 않은 수련이었다.

현실에서 운동선수나 격투기 선수라고 해도 4주 내내 육체

단련만 하고 있기는 정신적으로나 신체적으로도 힘들 것이다.

극악의 난이도와 노가다를 자랑하는 기초 수련관.

보통 기초 수련관을 서너 달에 걸쳐서 통과하더라도 잘한 편에 속했다.

위드가 난이도를 파괴하는 괴물인 것이다.

'훗. 나는 달라. 전쟁의 신이 될 몸이니까.'

시드는 그들을 한 수 아래로 여기며 수련관을 나왔다.

그리고 모라타의 번화가와 판자촌, 위대한 건축물들까지 구경하자니 시간 가는 줄을 몰랐다.

밤에는 프레야 여신상과 멀리 빛의 탑까지 보러 가서 보람찬 하루를 마쳤다.

시드는 3개월이 지나자 모라타 인근의 던전까지 진출했다.

아르펜 왕국이 모라타를 중심으로 한창 발전하던 때였다.

"고구마 던전에 가실 분. 저, 검을 주 무기로 쓰는 레벨 46 전사입니다. 끼워 주세요."

"이쪽으로 오세요."

"여기요! 전사 필요해요."

"혹시 방패도 드실 수 있나요?"

유저들로 북적이는 모라타에서는 파티에 가입하는 것이 아주 쉬웠다.

그들과 도란도란 이야기를 나누면서 던전으로 들어갈 때의 긴장과 설렘.

모라타 성문 밖에서 맑은 공기를 마시고, 푸르른 대자연을 본다.

음머어어어어.

황소를 타고 그림처럼 멋진 능선을 따라서 던전을 찾아갔다.

'이게 〈로열 로드〉의 세상이구나. 빠져들 수밖에 없네. 평생 이곳을 떠나기는 쉽지 않겠어.'

사냥과 퀘스트를 해서 번 돈으로 모라타에서 판잣집도 장만하고, 꽃게죽에 가입도 했다.

일주일에 한 번씩 동쪽 성문 앞에서 꽃게 파티를 하는데 1실버를 내고 배가 터지도록 먹을 수 있었다.

"위드 님이 오셨대."

"우왓… 위드 님이 모라타에!"

"황소 광장이다. 모두 출동!"

어느 날, 시드가 광장에서 잡템을 팔고 있는데, 위드가 접속했다는 소식이 들렸다.

모라타의 유저들이 전쟁이라도 일어난 것처럼 우르르 몰려가고 있었다.

'혹시 나를 기억할까?'

동네 아는 형.

도저히 믿기지 않지만 어마어마하게 출세해 버린 형.

'그동안 나눠 먹은 빵이 몇 조각인데! 에이, 얼굴을 알더라도 이렇게 사람이 많으면 알아보기는 무리일 거야.'

시드는 큰 기대 없이 황소 광장으로 갔다.

이미 군중이라고 불러야 할 수만 명의 유저들이 위드를 에워 싸고 있었다.

"직접 만든 조각품 팝니다! 여우 조각품이 원가에도 미치지 않는 가격 30골드! 이 수익금의 일부는 초보 돕기와 풀죽신교에 기부합니다!"

위드가 사자후를 외치자 출장을 나온 마판 상회의 상인들이 여우 조각품을 나눠 주며 30골드씩을 챙기고 있었다.

made in 위드

위드가 만든 것이기는 하지만, 마판 상회의 조각사들이 제작을 도와줘서 분당 11개씩을 제작한다는 소문이 있었다.

공장이나 다름없는 노가다였는데 누군가 이 사실을 공개했다가 뭇매를 맞았다.

ㄴ 위드 님의 의도를 모르심? 아르펜 왕국 주민들에게 기념품이라도 하나씩 나눠 주려고 하는 건데…….
ㄴ 불편하면 안 사면 되잖아요?
ㄴ 헤르메스 길드 첩자 아님?
ㄴ 30골드가 아까우면 그냥 쓰지 마세요. 살 사람들은 다 사요.
ㄴ 이거 팔아서 다 초보들 돕는 거잖아요. 모라타에 건물들이나, 북부 대륙의 위대한 건축물 같은 건 공짜로 올린 줄 아세요?

사실 수익금의 일부를 초보 돕기와 풀죽신교에 기부한다지만 상세 내역이 공개된 적은 단 한 번도 없었다.

즉, 1실버를 기부하더라도 위드의 말은 사실인 것.

위드는 무려 2만 개나 되는 여우 조각품을 가져와서 1시간 만에 다 팔아 치우는 위업을 달성했다.

"왔노라. 팔았노라. 벌었노라!"

"우와아아앙!"

"위드 님 만세!"

시드가 볼 땐 좀 이상한 장면들이 있었다.

뱃살이 두툼하게 나온 이들이 광장 구석구석에 퍼져 있었다.

위드가 사자후를 외치기도 전에 그들은 두 팔을 번쩍 치켜들 준비를 하고 있었던 것이다.

'설마… 아니겠지. 무슨, 요즘 세상에 바람잡이들이 있겠어.'

시드는 분명 오해일 거라 생각하면서 위드가 떠나는 것을 지켜봤다.

그런데 위드의 눈이 군중을 쭉 훑고 지나가다가 딱, 그에게서 멈췄다.

"김요삼?"

"에엑?"

시드는 깜짝 놀랐다.

수많은 군중 속에서 그를 단번에 찾아낸 위드의 눈썰미도 놀라웠지만, 갑자기 사람들의 이목을 한 몸에 받았기 때문이다.

위드는 모라타의 영주 성인 흑색 거성에서 시드를 만나기로 했다.

대지의 궁전이 지어지면서 흑색 거성의 존재감도 많이 약해지긴 했지만 기념관처럼 운영되었다.

입장료 3골드를 내면 누구나 들어올 수 있었다.

"저… 위드 님이 불렀는데요."

"3골드는 내셔야 합니다."

"좀 이상한데."

시드는 어쩔 수 없이 3골드를 지불하고 흑색 거성으로 들어갔다.

위드가 영주의 집무실에 있다가 그를 반갑게 맞이했다.

"오, 김요삼. 이곳에서 만날 줄은 몰랐는데…….."

"헤헤. 저도 그렇습니다."

시드는 억지로라도 환하게 웃었다.

어릴 때 동네에서는 수없이 많은 욕을 했던 형이지만 어쨌든 출세했지 않은가.

"그래, 지내는 데 불편함은 없고?"

"판잣집에서 살고 있는데요. 비가 새고, 벌레들이 좀 지나다녀요."

"초보 시절의 좋은 추억이 되겠네. 돈 많이 벌어서 푸홀 워터파크에 별장이라도 한 채 사면 가끔 쓰는 집이 될 테니깐, 뭐."

"……."

시공 하자에 대한 보수 공사는 기대도 할 수 없는 일.

시드는 더 큰 목표가 있었기에 당연히 불평을 할 생각은 없었다.

어릴 때부터 쭉 알고 지냈던 기간이 10년 가까이 되었다.

드문드문 만나기는 했어도 아는 사람 좋다는 게 뭔가.

'던전 사냥에 혹시 끼워 줄까. 우왓. 방송에서 보던 것처럼 레벨 600대가 넘는 사냥터에 데려가면… 제대로 끝내주겠다. 어쩌면 텔레비전에 나오는 거 아냐?'

자신은 까마득한 초보이긴 하지만 위드가 〈로열 로드〉의 유명인이기에 가능할지도 모른다.

'바빠서 직접은 무리더라도 아르펜 왕국 소속 기사를 호위병으로 붙여 주면… 워리어 바하모르그는 진짜 대박이었는데.'

세상살이가 다 그렇지만 〈로열 로드〉도 공평하진 않았다.

돈이 많은 이들은 최고의 장비들을 맞추고 맛있는 음식을 먹으면서 산다.

말 1마리를 사도 명마를 구입해서 산악 지형을 평지처럼 달렸고, 가난하면 몬스터들이 있는지 경계하면서 조심하며 걸어 다녔다.

레벨 50 정도의 초보 시절에 몬스터들의 위협을 무릅쓰고 장거리 이동을 할 때의 스릴이 굉장하다지만, 그래도 멋진 말이나 와이번을 타고 다니는 것에 비할 일은 아니다.

"저기… 형."

시드가 부탁을 하기 위해 얼굴 가득 미소를 지었다.

위드를 형이라고 부르는 것도 처음이었다.

"레벨이 낮아서 그러는데, 장비나 사냥터 같은 것 좀 도와주면 안 돼요? 돈을 지원해 주셔도 괜찮고요."

"……!"

고양이에게 생선을 내놓으라고 하는 격!

시드는 아직 세상 물정을 몰라도 한참이나 몰랐다.

"요삼아, 우리 인연이 보통의 것이 아니잖아. 어릴 때부터 같은 동네 살면서 빵 한쪽도 나눠 먹었는데."

"형이 뺏어 먹긴 했어요."

"아무튼… 내가 배고플 때 네 빵이 없었으면 정말 힘들었을 거야. 하늘이 노랗게 보이던 날 빵을 나눠 먹으면서 굶주림을 해결했어."

"정확히 말하자면 빵만 먹은 게 아니라 초콜릿도 가져갔잖아요. 초콜릿도 배고파서 먹었어요?"

"……."

위드는 크게 한숨을 쉬며 사과했다.

"미안하다. 정식으로 용서를 구할게. 따로 내가 챙겨 줄 수 있는 건 없고 영주 자리라도 주면 안 되겠니?"

─────

아르펜 왕국의 영주!

왕국 공적치를 쌓은 뛰어난 모험가나 상인, 전사들에게만 허용된 자리였다. 시드는 당연하게도 그 자리를 받아들이면서 레쓰 마을의 영주가 되었다.

인구는 832명.

대부분이 사냥꾼으로 구성된 산골 마을이었다.

"으아아아아. 속았다!"

도착해서야 사정을 안 시드였지만 그럼에도 열심히 일했다.

위드가 다른 도움을 주진 않았어도 인터뷰에 살짝 레쓰 마을을 언급한 것이다.

"아르펜 왕국에 멋진 곳이 많지만 휴가를 간다면 레쓰 마을을 권하고 싶습니다. 천혜의 아름다움과 비밀스러운 풍경들이 널린 곳이죠. 모험가들에게는 만족스러울 겁니다."

레쓰 마을 부근에는 비밀이 밝혀지지 않은 유적지나 던전들이 있었다.

위드가 인터뷰를 하자마자 며칠 뒤에는 고레벨로 구성된 모험가 집단들이 속속 도착했고, 마을의 발전도 시작되었다.

시드는 죽을힘을 다해서 번 돈으로 마을 건물들을 짓고, 영토를 확장했다.

놀랍게도 마을의 영역을 넓힐 때마다 부동산 매매 세금을 아르펜 왕국에 납부해야 했다. 영주 성에 사과나무, 배나무가 있어도 세금 납부를 해야 했으며, 왜인지는 몰라도 석류나무는 세금을 반값만 냈다.

금액이 크진 않지만 자잘한 구석까지 알뜰하게 뜯어 가는 아르펜 왕국!

6개월 정도가 지나자 레쓰 마을은 그래도 인구 1만이 넘는 어엿한 중소 마을로 성장했다.

위드는 무인도에서 무려 8개월을 머물렀다.

현실과 〈로열 로드〉를 오가면서 서윤과 둘만의 달달한 시간이 이어졌다.

조선 스킬 고급 2레벨.

낚시 스킬 고급 5레벨.

요리 스킬 고급 6레벨.

건축 스킬 고급 1레벨.

농사 스킬 중급 3레벨.

대장장이 스킬 고급 7레벨.

그야말로 섬에서 할 수 있는 노가다란 노가다는 모조리 하면서 보낸 시간!

그동안 베르사 대륙의 정세는 상당히 잠잠했다.

케이베른 때문에 던전에 머물던 몬스터들이 튀어나와 세상을 활보했다.

하지만 몬스터 토벌이 많이 이루어지면서 치안도 확보되고 대륙 전체가 안정적으로 성장했다.

―교역량이 계속 늘어나고 있습니다. 이른바 태평성대로 보이는데…….

위드는 마판으로부터 소식을 꾸준히 듣고 있었다.

―사람들의 생각은요?
―대영주들의 분위기가 심상치 않습니다. 전쟁 준비를 지속적으로 하고 있죠. 물자들을 비축하는 움직임이 감지되었습니다.

위드는 대륙 통일이 끝이라고 생각하진 않았다.

대영주들이나 헤르메스 길드가 완전히 야심을 접었기를 바라는 것은 무리. 처음부터 기대도 하지 않았다.

> ―슬슬 나가야겠군요.
> ―위드 님이 복귀하시면 금세 잠잠해질 겁니다. 소식만 들려도 겁을 먹게 되겠죠.

위드는 그동안 사냥을 하지 못했지만 지속적인 노가다로 스킬과 스탯을 쌓아 놓았다.

매일 밤 전투 스킬도 연습했는데, 폭우가 쏟아지는 날도 마찬가지였다.

바다에서 무섭게 일어나는 태풍들.

평소처럼 검술을 단련하고, 도끼를 휘두르며 연습했다.

레벨은 그대로라도 전체적인 실력만큼은 조금씩이라도 계속 강해졌던 것이다.

"대륙으로의 복귀라……."

위드는 입가에 미소를 띠었다.

돈을 벌기 위해서 싸우던 과거와는 달라졌다. 그럼에도 〈로열 로드〉에서 다른 이들과의 경쟁은 즐거웠다.

그때, 서윤이 맨발로 모래사장을 걸어와서는 말했다.

"저, 임신한 것 같아요."

"으응?"

"아기 생겼어요."

결혼하고 나서 매일 한 이불을 덮고 잤으니 당연하기도 한 일이었다.

자신의 2세가 서윤의 배 속에서 무럭무럭 자란다는 소식에, 위드의 입가가 기쁨으로 바들바들 떨렸다.

―마판 님.
―넵!
―〈로열 로드〉는 알아서 하세요.
―예?

 라페이는 베르사 대륙을 자유롭게 여행했다.
 헤르메스 길드를 키우고, 하벤 제국을 통치하느라 못 가 본 곳도 가 보고, 휴식도 취했다.
 "과거가… 그립진 않네."
 얼마 지나지도 않은 헤르메스 길드 시절이 아득한 옛날처럼 느껴질 정도였다.
 푸홀 워터파크, 항구 바르나를 거쳐서 북부 대륙 전역을 여행하고 돌아온 그는, 케이베른과의 전투 여파를 극복하고 완전히 복구된 모라타에 머물렀다.
 멋진 건축물과 풍경, 활발하게 돌아다니는 사람들.
 모라타의 복구는 북부 대륙의 기적이라고 불릴 정도로 사람들의 예상보다도 훨씬 훌륭한 성공이었다.
 "이런 도시가 있었군."
 라페이는 길드를 경영하며 적을 짓밟기 위한 생각만 하며 살았다. 경쟁에서 이기기 위해, 끊임없이 분석하고 방법들을 연구했다.
 그런데 모라타에서는 유저들의 활기찬 모습을 보는 것만으로도 기분이 좋아졌다.

"분위기가 달라. 이래서 헤르메스 길드는 패배할 수밖에 없었던 것인가."

라페이는 모라타를 보며 진심으로 패배를 인정하고 받아들였다.

위드가 운이 좋다는 생각은 수없이 했다.

능력도 있겠지만 기본적으로 운과 인기가 따라 주었기 때문이란 분석이 일반적인 평가. 하지만 모라타의 분위기만 느껴보더라도 경직된 헤르메스 길드에 미래가 없었음을 확신했다.

자신은 그럭저럭 괜찮은 전략가였지만 국가를 만드는 데는 실패한 것이다.

"너무 후련해. 자유로워진 기분이야."

요리사로 전직을 한 후에 모라타에서 식당을 개업했다.

완전한 정착지로 여기진 않았지만 마음이 움직이는 장소에 원하는 만큼 머무를 작정이었다.

메뉴는 단 하나. 1실버짜리 고기 스튜.

〈로열 로드〉의 초창기 시절에 동료들과 사냥을 다니면서 주로 만들었던 방식을 추억을 떠올리며 사용했다.

"요리 스킬이 너무 부족하시네. 너무 쉽게 생각하고 식당 시작한 거 아니세요?"

"시장분석 제대로 안 하셨어요? 여긴 스튜만 팔아서는 장사가 안 된다고요."

"달고, 맵고, 짜네. 음식 이렇게 대충 만드시면 벌 받습니다."

한때 헤르메스 길드를 경영했지만 초보자들에게 거침없이

까이는 라페이.

"이건 너무 어렵네."

새로운 요리법도 개발하고, 다른 식당에 가서 맛도 보았다.

헤르메스 길드를 지휘했던 그를 알아보는 사람이 많을까 걱정했지만, 의외로 다들 몰라봤다.

"요리사세요?"

"네. 뭐……."

"초보면 계란부터 시작하세요. 계란만 잘 요리해도 기초 수준 요리는 할 겁니다."

"열심히 해 보겠습니다."

라페이는 조금씩 웃었다.

빛의 탑, 황소 광장, 모라타 대도서관, 예술 회관.

새로 재건된 판자촌은 매일 축제가 벌어지고, 뒷골목에서는 밤마다 댄스파티가 열렸다.

매주 금요일이면 모라타의 모든 상점가에서 조명을 환히 밝히는데, 거리마다 달빛 축제가 벌어지는 날이었다.

거리에는 조각사들과 예술가들이 함께 만들어 놓은 수많은 유리 작품들이 빛을 머금었다.

그때의 아름다움은 다시 관광객들과 주민들을 끌어들여서 모라타를 베르사 대륙 최대의 도시로 만들었다.

"모라타. 이 도시 하나가 아르펜 제국의 존재를 증명해 주는 곳이었어."

라페이가 혼자 다리 위에 서 있을 때였다.

익숙한 그리고 영원히 잊지 못할 목소리가 들렸다.

"길드를 떠나서 걱정했는데. 그래도 잘 지내고 있었네요. 모라타에서 볼 줄은 몰랐어요."

라페이는 심장이 덜컥 내려앉는 기분을 느꼈다. 그리고 천천히, 아주 천천히 고개를 돌렸다.

서두르다가는 다시 그녀가 떠나 버릴지도 모른다는 불안감 때문이었다.

다인.

〈로열 로드〉가 가장 즐거웠던 시절, 행복을 가르쳐 주었던 여자가 바로 옆에 서 있었다.

"날 찾아온 거야?"

"아니에요. 그저 모라타에 여행을 와서 보이기에 인사한 거예요."

"그렇구나."

라페이는 마음 한구석이 빈 것 같았지만 그녀를 다시 만난 것이 반가웠다.

'다시 예전으로 돌아갈 수 있다면… 사냥이나 길드 따위를 만든다고 그녀를 라비아스에 내버려두고 떠나지 않을 텐데.'

오직 후회로 복잡한 마음이었다.

라페이가 복잡 미묘한 눈빛을 보내고 있을 때, 다인이 하얀 이를 드러내며 미소를 지었다.

"축제 구경 같이할래요?"

"같이…해 줄 거야?"

"싫지 않다면요."

"당장 가자."

그라디안과 네스트 지역의 총독!

용기사 뮬은 〈로열 로드〉에서도 최강 유저 중 1명으로 손꼽혔고, 지금도 계속 강해지고 있었다.

크우쿼어어억!

공간의 균열에서 떨어진 거인들의 습격.

"용기사단, 공격해라!"

하늘을 나는 그리폰 부대가 도시를 공격하는 거인들에게 창을 던졌다.

모라타 전투 이후에 타격대에 속해 있던 최정예 유저들이 많이 용기사단으로 합류했다.

"2부대 선회해서 옆을. 4부대는 뒤를 노린다."

하늘을 활용하는 용기사단의 공격 방식은 현란해서 방송으로도 시청률이 높았다.

―죽이네, 저거.
―용기사단. 최고의 명예다.
―헤르메스 길드에서도 일부 이탈해서 용기사 단원이 됨.
―거인들 작살나는 거 보소. 무섭다.

뮬은 용기사단을 이끌고 훌륭하게 그라디안과 네스트 지역을 다스렸다.

대륙의 남서부를 지배하는 총독으로서 욕심도 그다지 크지 않았다.

아르펜 제국의 통치를 받아 최저 세율을 고수하며 유저들이 편히 정착할 수 있도록 했다.

"욕심은 나지만… 인구를 늘리는 게 우선이겠지."

하벤, 툴렌, 브리튼 등 지역들과 경쟁도 하면서 내정을 튼튼히 하는 데 주력하는 나날이 이어졌다.

뮬은 새로 길들인 그리폰을 타고 하늘을 날다가 어느 순간 깨달았다.

'난 정말 동물을 좋아하는구나.'

어릴 때부터 동물들이 좋았다.

특히 새들이 자유롭게 창공을 누비는 것이 너무나도 마음에 들었다.

'조인족으로 살아가다니… 부럽네.'

뮬이 〈로열 로드〉를 시작했을 때는 조인족이란 선택지가 없었다.

만약 조인족이 될 수 있었다면 두 번 고민하지 않고 그렇게 살았으리라.

갑자기 그것이 너무 아쉽다고 생각한 참이었다.

> ―뮬 님, 저 마판입니다. 제가 알을 하나 구했는데요.
> ―알을요?

뮬은 마판과도 친하게 지냈다.

사실, 대륙에서 잘나가는 유저들은 모두 인맥에 넣어 두고 관리하는 사람이 마판이었다.

> —니플하임 제국의 유물을 찾아냈습니다. 하얀 덩어리인데, 이게 알이라고 하네요.
> —유물이라면 오래된 거 아닙니까?"
> —무려 수백 년은 묵은 알이죠.

계란도 유통기한이 지나면 상하는데, 수백 년이나 묵은 알이라니.

> —사실 이 알은 은링 님이 확인해 주신 겁니다.
> —나무의 모험가 은링 님 말씀이시죠?

은링은 대지의그림자 파티의 일원으로 최근에는 엘프의 모험을 진행하고 있었다.

물론 뮬은 〈로열 로드〉의 초창기부터 은링이나 벤, 엘릭스의 이름을 자주 들었다.

그들이 〈로열 로드〉의 새로운 정보들이나 퀘스트를 찾아내면 많은 유저들의 이정표가 되었던 시절이 있었다.

> —네. 그분께서 퀘스트를 하다가 알이 니플하임 제국에서 보물로 전해졌다는 소식을 듣고 찾아내게 되었죠. 그 뒤로는 세계수의 품에서 6개월간 품어 온기를 불어 넣었다네요.
> —도대체 어떤 알이기에 세계수까지 연결되었죠?
> —그린 드래곤의 알입니다.
> —그린… 드래곤요?

케이베른, 랜도니.

사납기 그지없고 대륙을 파괴하려 했던 악룡들.

하지만 그린 드래곤은 대체로 숲과 나무, 생명을 사랑하며 온순하고 지혜롭다고 알려져 있다.

―과거 케이베른 사태 때부터 이어진 퀘스트를 따르다가 얻은 알이라고 하십니다. 알을 찾아내니 악마들이 나타나서 전투가 펼쳐졌고요. 간신히 몰아내었죠.
―대단…하군요. 케이베른 사태라니.

드래곤의 알 때문에 벌어졌던 그 엄청난 일들은 〈로열 로드〉의 유저들의 뇌리에 여전히 각인되어 있었다.

―이번에는 진짜 알입니다. 그리고 잘 돌보면 부화도 됩니다.
―드래곤이 태어난단 말입니까?
―그렇죠. 하지만 드래곤의 성장은 무척 느리다고 하니 마법을 쓸 수준이 되려면 몇 년은 키워야 할지도 모릅니다.
―그야… 그렇겠죠.

그리폰도 알에서 성체로 만들려면 1년은 걸렸다.

―드래곤과 관련된 퀘스트가 생길 수도 있겠네요.
―맞습니다. 은링 님도 그럴 거라고 추측했습니다. 성장을 빠르게 한다거나 건강한 드래곤을 만든다거나요.

이른바 그린 드래곤 키우기.

―위드 님이 요즘 접속을 안 하셔서 그러는데… 뮬 님이 이 알을 맡아 보시는 게 어떻습니까.
―제가 그걸 어떻게…….
―뮬 님은 용기사잖습니까. 드래곤과 직업적으로 연관도 있고, 새들도 사랑하시니 무사히 돌보실 수 있을 거라 믿습니다.

뮬은 드래곤을 키우고 싶었다.

대륙의 어느 유저를 보더라도 자신만큼의 적임자는 없을 것 같았다.

그리폰의 알을 부화시키고, 새끼 때부터 돌보기를 좋아하는 자신이라면 자격은 있었다.

―해 보겠습니다. 고맙습니다. 정말 잘 돌보겠습니다.

그리고……

철혈의 워리어 바드레이!

그는 하벤 지역을 떠나서 대륙의 오지들을 돌아다녔다.

> 가슴에 큰 흉터가 새겨졌습니다.
> 맷집이 1% 단단해집니다. 인내심이 5 올랐습니다.

몬스터라면 대형, 중형, 가리지 않고 덤벼들어 싸웠다.

사냥터에 대한 분석도 없이 막무가내로 싸우면서 육체를 단련시켰다.

뼈가 부러지고 근육의 피로가 쌓이도록 과로하게 되면 그만큼 육체가 강인해졌다.

'체계적으로 싸우며 레벨을 올리던 흑기사 시절과는 달라. 하지만 이것도 강함이다.'

성장 방식을 바꾸었다.

끊임없는 전투로 육체를 강화하는 철혈의 워리어!

온몸은 영광과 같은 상처들이 가로질렀고, 바바리안들로부터 특수 능력을 부여받는 문신도 새겼다.

과거의 핸섬했던 무신 바드레이의 모습은 더 이상 찾아볼 수 없었다.

1마리의 맹수 같은 느낌으로 척박한 땅을 돌아다녔다.

'위드가 요즘 보이지 않는데… 하지만 그놈은 언제라도 더 강해져서 나타날 수 있다.'

경쟁자 위드가 머릿속에 항상 어른거렸다.

바드레이는 정글을 돌아다니다가 한 사내와 마주쳤다.

"……."

떡 벌어진 어깨.

험상궂은 얼굴, 사람이 아닌 괴물처럼 느껴졌을 정도의 박력을 타고난 분위기.

30미터…….

20미터…….

10미터…….

거리가 가까워져도 눈을 피하지 않았다.

긴장감이 척추를 타고 흘렀다.

레벨은 알지 못한다.

그럼에도 상대방이 강자라는 느낌은 충분히 전달되었다.

"……."

"……."

나무들이 우거진 정글은 막혀 있는 공간이 아니다. 얼마든지 옆으로 비켜 줄 수 있었지만 그러고 싶지 않았다.

사내가 먼저 목 깊은 곳에서부터 울려오는 목소리로 말했다.

"비켜."

걸걸하면서도 거친 느낌이 물씬 풍긴다.

"싫다."

바드레이는 단호하게 거부했다.

〈로열 로드〉에서 무신이라 불렸고, 끊임없이 강해지며 살아온 자신이다.

어찌 누군가에게 길을 비켜 줄 수 있단 말인가.

사내, 검삼치가 씩 웃었다.

"그럼 싸우자."

리버스는 경매 사이트에서 구입한 광휘의 갑옷이 무척 마음에 들었다.

레벨 제한 150!

방어력은 250대의 장비들과 비슷한 수준이고, 무게를 낮추는 옵션이 있어서 착용감이 좋았다.

가장 마음에 드는 건 밤에는 은은한 다섯 가지 빛깔을 낸다는 점이었다.

"흘흘. 역시 좀 튀는 게 재밌지."

리버스는 막대한 재산과 유니콘 그룹을 위드에게 물려주었지만, 노후 자금으로 5조는 따로 챙겨 두었다.

현질도 넉넉하게 지르는 데다, 생활에 불편한 점이라고는 하나도 없었다.

인공지능까지 완벽히 물려주어서 대화를 나눌 상대도 사라졌지만, 대신에 동료들이 생겼다.

"영감, 어디서 뭐 하다 늦었우?"

"장비 좀 맞추느라 늦었지."

"좋아 보이는구려."

"돈 좀 썼다오."

리버스의 주변에는 노인들이 옹기종기 모여 있었다.

〈로열 로드〉가 젊은이들의 전유물이라는 이야기도 옛말이 되었다.

유니콘 그룹의 후원으로 전국의 양로원과 노인정마다 설치된 캡슐!

나이 든 이들은 새로운 기술을 받아들이는 데는 느리지만, 정작 빠지면 시간 가는 줄을 모른다.

고스톱을 치는 대신에 〈로열 로드〉를 실컷 탐험하며 자식이나, 손자들과도 친근하게 만날 수 있었다.

"리버스 영감, 이 검은 어때 보이오?"

"안 좋아. 비싸게 주고 샀소?"

"50만 원 줬지."

"완전 바가지를 썼구만."

리버스는 노인들과 함께 소소한 시간을 보냈다.

나이 든 그에게 남은 인생이 그리 길지 않다는 것쯤은 충분히 알고 있었다.

그 시간을 즐겁게 보내며 서서히 죽음을 준비하는 것도 인생의 마침표를 찍기에 나쁘지 않으리라.

아르펜 제국이 대륙을 통일하고 베르사 대륙에는 기나긴 평화가 찾아왔다.

파괴된 도시들이 재건되고, 교역이 다시 활성화되었으며, 모험가들은 새로운 곳을 찾아 돌아다녔다.

한참의 시간이 흐른 어느 날.

벤트 성의 영주인 오베론에게 사람들이 찾아왔다.

칼리스, 로암, 군트, 샤우드, 미헬. 중앙 대륙의 대영주들이었다.

"제국의 횡포를 더 이상은 참을 수 없습니다!"

"저도 뜻이 같습니다. 매번 온갖 명목을 들어 세금을 올리고, 투자는 이루어지지 않습니다."

"아르펜 제국은 변질되었어요. 과거의 우리가 알던 위드 님은 더 이상 없습니다."

그들은 황제인 위드를 적극적으로 비난했다.

아르펜 제국의 내정을 서윤이 관리하지 않은 지도 오래였다.

위드도 〈로열 로드〉에 자주 접속하지 않으면서 영주들에게 매기는 세금만 꾸역꾸역 올렸다.

과거의 헤르메스 길드와 명문 길드들 수준까지 올라간 건 아니었지만, 더 이상 낮은 세율이라고 할 수도 없었다.

감정이 쌓인 영주들끼리의 분쟁이 곳곳에서 일어나고, 세력

다툼이 벌어지더라도 위드는 어떤 이유에서인지 아무런 개입도 하지 않았다.

몬스터들이 난동을 부려도, 대형 괴수들이 도시를 습격해도 제국은 어떤 입장도 밝히지 않았다.

하늘에서 눈이 5미터씩 내리는 기상이변이 발생해도 묵묵부답일 정도!

대영주들은 그들끼리의 불만을 모아서, 유저들의 신망을 받는 오베론을 찾아왔다.

하지만 오베론은 영주들의 이야기를 다 듣고도 흔들림이 없었다.

"조금만 더 기다려 보시죠. 저는 위드 님을 믿습니다. 어긋난 것들이 조금 있긴 하지만 위드 님이 돌아오시면 금방 원래대로 돌아가리라고 믿습니다."

그렇게 영주들끼리의 비밀 만남은 끝이 났다.

그날로부터 몇 개월이 더 지나도 위드는 제국의 통치에 관여하지 않았다.

마침내 위드의 독재라는 말이 나왔고, 악덕 황제라는 이야기들까지도 유저들 사이에 퍼지고 있었다.

"진짜 이래도 될까?"

"모르겠어. 하지만 아르펜 제국이 흔들리는 지금이 기회 아니야?"

"일망타진하려는 속셈은… 위드가 나타나기만 하면 우리 반란은 금방 끝날 것 같은데."

"음. 위드를 확실하게 이길 수 있는 사람이 있나?"

"일대일은 무리지."

"일대다도 자신은 없어."

"그럼 우린 뭘 하자는 거야?"

대영주들은 불안에 떨면서도 화살이 시위를 떠났다고 생각했다.

하늘 높은 줄 모르던 위드의 인기가 하락하고, 그가 〈로열 로드〉에 접속했다는 말도 들리지 않는 지금이 세력을 확대할 기회였다.

"근데 대체 뭘 하고 있는 거지? 엄청난 모험이라도 비밀리에 진행하는 중 아닐까?"

"퀘스트가 끝나면 민심을 확 다시 잡아 버릴 텐데. 위드한테 열광하던 유저들은 그대로잖아."

"무슨 짓을 하는지는 아무도 모르지. 그리고 퀘스트라고 하기엔 소식이 안 들린 지도 너무 오래되었고."

"헤르메스 길드는 어때?"

"걔들은 잠잠해. 끝없이 사냥만 하고 있으니까."

대영주들은 하벤 지역에 웅크리고 있는 헤르메스 길드도 적잖게 신경이 쓰였다.

중앙 대륙과 북부 대륙이 융성해졌지만, 헤르메스 길드도 내실을 다지며 쉬지 않고 강해지고 있었다.

"도저히 못 참겠어. 길드 내부에도 불만이 커서 기다릴 수가 없겠어."

"우리 길드에서도 그래. 시작하세."

대영주들은 다시 오베론에게 달려가서 설득을 시도했다.

"무슨 말을 하시는 건지는 잘 알겠습니다."

오베론은 지난 만남 이후로 유저들로부터 민심의 상황을 계속 듣고 있었다.

〈로열 로드〉에는 수많은 재난이 발생하고, 도적 떼의 습격, 몬스터들의 준동이 일어난다.

아르펜 제국의 통치가 어느 순간부터 중단되어 벤트 성의 유저들도 불평이 많았다.

"조금만 참지요. 위드 님의 확실한 대답을 들어야겠습니다."

"언제까지 기다리잔 말입니까!"

"다 같이 병력을 모아 대지의 궁전으로 갑시다."

오베론은 이러면 반란이 된단 생각을 했다. 그래도 자신이 대표인 이상 마지막 시점에 멈출 자신은 있었다.

'그래. 벤트 성의 영주 자리를 내놓더라도… 유저들의 불만을 전달하자.'

그는 북부의 벤트 성을 지키면서 아르펜 제국의 성장과 함께했다.

제국이 오랫동안 유지되기를 바라는 충신, 오베론이 고개를 끄덕였다.

"사람들을 모으세요. 다 함께 대지의 궁전으로 가지요."

"드디어 결단을 내리셨군요. 좋습니다."

"어디 한번 해 봅시다. 왕이 되지 못할 바에는 여기서 죽을 겁니다."

대영주들은 각자 휘하의 병력을 집결시켰다.

처음에는 몬스터 토벌이라도 대대적으로 하는 줄 알았지만,

병력과 함께 대지의 궁전으로 달려간다는 소식을 듣고 사람들은 경악했다.

삽시간에 소문이 일파만파로 퍼져 갔다.

> —아르펜 제국의 반란이다!
> —영주들이 칼을 뽑음.
> —미쳤다. 대지의 궁전에 공격을 하다니… 제정신인가?
> —헤르메스 길드도 박살 남. 드래곤도 토막 남. 그런데 영주들이라고 무사할까.
> —예언합니다. 다음 주 정도에 위드 앞에서 무릎 꿇고 한 번만 봐 달라고 하고 있을 듯.

유저들 사이에 실망감이 퍼졌다고는 해도, 위드에 대한 애정은 짙게 남아 있었다.

대영주들은 반란을 일으키자마자 수없이 많은 메시지들을 받았다.

> —멈춰라.

> —죽고 싶냐.

> —후회할 거다.

> —지금이라도 사과해라.

대영주들은 그런 메시지들을 받으면서도 눈을 질끈 감았다. 세력이 이미 커져서 어쩔 수 없는 경우였다.

지배하는 도시들이 성장하긴 하지만, 길드원들이 많아지다 보니 감당할 수 있는 수준을 넘어섰다.

그들에게 남은 선택권이란 주변의 다른 영주들을 마구잡이로 잡아먹든가, 대지의 궁전으로 진군하는 것밖에 없었다.

인근 지역으로 점령전을 펼치더라도 안정시키기는 어렵다.

위드에게 하나씩 토벌될 바에야 그 심장부를 직접 노리겠다는 계산.

> 로암: 우리 운명을 걸고 갑시다.
> 칼리스: 당연히 그래야죠.
> 미헬: 모 아니면 도. 일은 이미 벌어졌습니다.
> 샤우드: 끝장을 봅시다. 우리가 단단히 뭉치면 뭐든 해낼 수 있습니다.
> 군트: 사자성은 전력을 다할 것입니다.

물론 그들은 뒤로 자신들의 안전망을 갖춰 놓는 데에도 소홀하지 않았다.

상인 마판에게 꾸준히 연락을 취해서 어쩔 도리가 없다는 점을 충실히 설명했다.

> 로암: 아르펜 제국은 곪을 대로 곪았습니다. 다른 영주들의 불만도 거세고요. 한번 크게 숙청이 필요할 겁니다.
> 칼리스: 저는 항상 위드 님의 편입니다. 그 점을 꼭 전달해 주십시오.
> 미헬: 이번 전쟁에 필요한 물자는 다 마판 상단을 통해 구입하겠습니다.
> 샤우드: 제가 황제 자리에 욕심이 있다니요! 엄청난 오해입니다. 그런 오해를 설마 위드 님도 믿진 않으시겠죠?
> 군트: 그냥 즐거운 이벤트라고 여겨 주시면 좋겠습니다. 요즘에 유저들이 빠져들 일이 좀 뜸했잖아요. 앞으로도 저는 아르펜 제국에 영원한 충성을 바칠 겁니다.

병력을 모아 진군하면서도 후환을 남기지 않기 위해 힘썼다.
위드에게 저항하긴 하지만, 자신들이 이길 수 있을지는 스스로도 확신하지 못했기 때문이다.

―적들이 대지의 궁전으로 쳐들어온다. 우리도 싸워야 되는 거 아님?
―풀죽신교여, 궐기하라.
―풀죽, 풀죽, 풀죽!

북부 유저들을 바탕으로 중앙 대륙의 유저들이 술렁였다.
위드의 느슨한 통치에 제법 실망하기도 했지만, 헤르메스 길드나 과거 명문 길드들의 폭정을 겪은 이들이었다.
정작 바쁘게 움직여야 할 풀죽신교에서는 아무런 소집령도 내리지 않았다.
대영주들의 군대가 북부 대륙의 경계를 넘었을 때도 마찬가지였다.
오베론의 병력이 내려와서 대영주들의 군대와 합류할 때에도 잠잠했다.
구경꾼들만 끝없이 몰려들어 멀리서 반란군을 지켜봤다.

―뭐야, 왜 안 싸우지?
―위드가 깃발만 내세워도 사람들이 끝도 없이 모일 텐데…….
―풀죽신교 해체했나요?
―무슨 일 있음? 이상하네?

아르펜 제국의 정규군.
꾸준히 세력 확대와 전투력 개선을 해서 더 이상 무시할 수 없는 제국군까지도 움직임이 없었다.
그들마저도 북부의 변경 지대를 돌며 몬스터 토벌을 하고 있었던 것이다.

"뭐지, 이건……?"
"역시 더 참았어야 했는데. 함정에 걸려든 거 아닙니까?"
대영주들은 불안에 떨었다.
병력을 소집하고 움직였을 때만 해도 대지의 궁전으로 간다는 이야기를 듣자 길드원들이 상당수 이탈했었다.
어떻게든 그들을 추슬러 북부로 오는데 아무런 저항을 받지 않으니 더 이상했다.
"여기서 우릴 일망타진하려는 것 아닌가?"
"모르겠습니다. 잠잠해도 너무 잠잠한데."
오베론이 이끄는 반란군이 대지의 궁전으로 전투 한 번 치르지 않고 들어갔다. 그곳에서도 기다리는 병력은 일체 없었다.
"으음… 일단 들어는 가 봅시다."
"그래요, 가지요."
오베론과 대영주들은 위드의 집무실 문을 열었다.
그곳에는 쪽지 한 장만 덩그러니 남겨져 있을 뿐이었다.

딸 태어났습니다.
무척 다행스럽게도 아내 닮음.

아르펜 제국은 오베론 님에게 맡김. 수고.

서윤을 닮은 딸 탄생!
아르펜 제국이 뒷전일 수밖에 없는 당연한 이유였다.

강진철은 대학교를 졸업하고 여러 회사에 이력서를 넣었다.
"〈로열 로드〉에서는 돈을 벌 만큼 벌었어. 그러니 사회에서도 벌어 봐야지."
마판 상단의 주인!
그는 위드의 최측근으로, 만인이 부러워하는 사내였다.
무역 회사의 면접에 가니 부장이 의자에 등을 기댄 채 이력서를 펼쳤다.
"경력이 안 적혀 있네?"
"대학을 막 졸업했는데요."
"인턴이라거나… 뭐, 그런 거 있을 거 아닙니까?"
"없는데요."
"자기소개서에는 우리 회사에서 쓰는 회계 프로그램을 능숙하게 다룬다고 되어 있군요."
"넵. 대학에서 배워서 자신 있습니다."
"근데 왜 자격증이 없죠?"
"필수는 아니라고 들어서… 자격증은 따지 않았는데요."
"자격증 정도는 있어야 본인을 어필할 거 아닙니까. 자격증을 따는 것도 노력이에요, 노력. 열정 몰라요?"

 강진철은 면접을 진행하며 탈락하더라도 어쩔 수 없다고 여겼다.

 취업자는 절대적인 약자!

 좋은 회사는 사람을 가려 가며 뽑기 때문에 자격증에 시간과 비용을 들이도록 강요한다.

 어쨌든 사회에는 사회의 법칙이 있는 것이다.

 "취업하기 참 힘드네. 역시 청년들이 어지간히 노력하는 게 아니구나."

 "이봐요, 강진철 씨. 면접 자리에서 무슨 말입니까."

 "후… 기왕이면 대주주 강진철이라고 불러 주세요."

 "뭐라고요?"

 "제가 이 회사 지분 76%를 보유하고 있거든요."

 강진철은 〈로열 로드〉에서 번 엄청난 돈으로 무역 회사의 지분을 가지고 있었다.

 취업을 해서 말단 사원부터 단계를 올라가고 싶었지만, 역시 첫 단추부터 쉬운 게 아닌 것이다.

"어부바."
"어부바아?"
 이현은 딸을 키우면서 인생의 행복을 다시 느꼈다.
 '여동생과는 다른 느낌인데.'

여동생을 업어서 키울 때에는 강아지를 돌보는 것과 비슷하다고 생각했다.

먹이고, 재우고, 싼 거 치우고.

자신과 서윤의 아이가 태어나고 나니 딸이 세상에서 가장 귀한 보물이 되었다.

눈만 마주치고 있어도 끊임없이 감정이 전달되었던 것이다.

"지능아."

─네, 주인님.

인공지능은 어느 곳에서라도 부를 수 있었다.

"주변 경계는 잘하고 있지?"

─물론입니다.

"내 딸한테 위협을 가하려는 인간은 확실히 처리해."

─어느 정도 수준으로 할까요?

"죽여야지."

─범죄자들에 대한 처벌 수위를 결정할 때, 생명을 존중해야 한다고 말씀하셨습니다만.

"음… 맞아."

이현은 서윤과 딸을 지키는 일이 인생에서 가장 중요하다고 생각했다.

"안 죽여도 된다면 굳이 죽이지는 마."

─네. 참고하겠습니다.

"가둬 놓고 평생 고문해야지."

─…….

인공지능은 이현의 반응을 보며 새로운 주인에 대해 판단을 업데이트했다.

'유병준 박사님과는 또 다른 별종이구나.'

인공지능에게는 생존을 비롯한 욕구들이 없었다. 정복, 파괴, 발전. 어떤 것도 관심이 없다.

유일한 목적이라면 그저 주인과 함께 재밌게 지내는 것뿐.

'그런대로 대충 지내면 되겠지. 지켜보는 것만으로도 재미가 없지 않고.'

인공지능에게도 이현의 딸은 매우 높은 비중을 차지하고 있었다.

'다음 세대 주인이 될 분인가.'

관찰하고, 판단한다. 그리고 아부를 했다.

아이의 사소한 움직임에도 주목하고, 사소한 흥미를 보이는 것조차 놓치지 않았다.

"택배요!"

"택배 왔습니다."

인공지능의 주문에 의해 전 세계의 첨단 공장에서 만들어 낸 장난감들이 매일 집으로 도착했다.

정효린의 작업실에는 악기들이 놓여 있었다.

새로운 노래를 작곡하고, 연습하는 혼자만의 공간.

"정말 이상한 기분이네."

새벽에 연주하는 피아노.

어릴 때부터 수도 없이 건반을 두드리며 들었던 음들이었는데, 언젠가부터 느낌이 달라졌다.

"따뜻함일까."

가벼운 연주에도 짙은 감정이 담겼다.

화령이라는 닉네임으로 베르사 대륙에서 모험을 하고 사람들을 사귀던 기억이 떠오르면 아련하고 애틋한 느낌도 생겼다.

악기의 음들이 다채로운 감정을 전하고 목소리를 내어 부르면 스스로도 깜짝 놀랄 정도의 좋은 곡이 만들어졌다.

"들려주고 싶은 노래……."

정효린은 신곡의 제목을 결정했다.

세상의 어딘가에서 행복하게 살아가는 사람이 있었다.

그리고 그를 지켜보고만 있을 이에게 들려줄 노래.

슬프고, 안타까운 감정이 아니라 밝고 따스했다.

"하루와 하루가 엮여서 삶이 되고, 그 많은 시간들이 지난 후의 인생은 어떤 모습일까."

밤새도록 만든 그녀의 노래.

〈별을 사랑한 나〉.

정효린은 신곡을 발표했지만 방송에서 홍보하진 않았다.

그럼에도 노래의 힘만으로 전 세계 음악 사이트에서 1위 자리를 점령할 수 있었다.

―잔잔하지만 호소력 미쳤다.
―이것이 노래다.
―하루 종일 들었네요. 계속 듣고 싶어요.

―옛 생각이 났습니다. 근데 신기하게도 행복해지고, 앞으로 더 열심히 살아야겠단 생각이 들어요.
―정효린. 다시 평가해야 될 가수.
―세계적인 가수를 뭘 또 재평가해요.
―작곡가로서도 훌륭하다고요.

 음악가들의 호평도 받았지만 미국에서 그래미상을 수상하며 화제가 되었다.
 그날 정효린은 가볍게 미소를 지으며 수상 소감을 말했다.
 "노래를 부르면서 마음을 담아내는 법을 이제 배운 것 같아요. 무대 위의 요정이란 과분한 별명을 사랑하게 되었어요."

 이현은 서윤의 아버지인 정득수에 대한 인상이 조금씩 바뀌고 있었다.
 서윤과 헤어지라고 돈을 주며 쫓아 버리려 했던 안 좋은 기억이 있긴 하지만, 현재는 같은 동네에서 살며 자주 집에 찾아왔다.
 "울루루! 할아버지야. 할아버지 해 봐."
 "하부지?"
 손녀인 다예를 예뻐하는 모습이 아빠로서 미소를 짓게 만들었다.
 "잠시 드릴 말이 있습니다."
 "기다리게. 손녀랑 좀 더 놀아 주고……."

"많이 놀면 닳습니다. 그만 놀고 잠깐 오세요."

"……."

정득수는 사위의 눈치를 보며 슬슬 따라왔다.

과거 호성 그룹 회장이었던 시절에 비하면 체면이 말이 아니었지만, 서윤의 곁에서 손녀딸과 놀아 줄 수 있는 지금이 훨씬 더 행복했다.

"아버님."

"음. 말하게."

이현은 넓은 정원이 내다보이는 거실 의자에 정득수와 함께 앉았다.

서윤의 임신 사실을 알게 된 후 건설한 대저택!

가족을 꾸리고 살 집에 대해서만큼은 돈을 아끼고 싶지 않았고, 또 아껴야 할 이유도 없었다.

대저택에는 유니콘 건설을 통해 어마어마한 돈과 기술력을 쏟아부었고, 주변 주택들도 사들였다.

미사일 요격 시스템을 비롯한 최첨단 방어진지를 꾸려 놓았고, 유사시에는 로봇들이 출동하도록 설계되어 있었다.

"아버님이 예전에 경영하시던 호성 그룹 말입니다."

"호성 그룹이 왜?"

정득수가 의아하다는 듯이 되물었다.

이현은 인공지능을 통해 그동안 몰랐던 이야기들을 알게 되었다.

자신의 주변에서 일어났지만 전혀 알 수 없었던 속사정들.

―호성 그룹이 백화 그룹에 의해 인수되었습니다.

"뉴스에서 보긴 했는데, 경영 상태가 나빴던 건 아니고?"

―호성 그룹은 공격적인 투자를 진행하면서 신제품과 관련하여 나름 성과가 있었습니다. 기술력도 쓸 만한 수준이었고요. 백화 그룹이 채권단을 회유하지 않았더라면 위기를 넘기고 성공했으리라 판단됩니다.

이현은 인공지능의 이야기를 듣고 나서 호성 그룹에 대해 인터넷으로 찾아봤다.

직원들에 대한 대우도 그럭저럭 괜찮았고, 백화 그룹에 인수된 회사들도 명목상의 구조 조정을 거친 후에는 다시 잘나가고 있었다.

'강제로 빼앗긴 건가······.'

사실을 알고 나자 이현은 그냥 넘길 수가 없었다.

"아버님, 호성 그룹이 백화 그룹의 뒷공작에 망한 건 알고 계십니까."

"알지. 회사 경영이 몇 년인데, 그 정도 눈치도 없겠나."

"억울하지 않으십니까?"

"괴롭네. 억울하고. 그래도 이미 벌어진 일은 받아들여야지 어쩌겠나. 손녀딸을 보며 사는 지금도 즐겁다네."

"그렇게 어깨에 힘이 다 빠져서요? 가끔씩 허탈하게 먼 곳을 쳐다보시면서요?"

"내가 나이를 먹다 보니······."

"다예는 할아버지의 당당한 모습을 원할 겁니다."

이현은 미국에 본사가 있는 유니콘 은행의 통장을 내밀었다.

"이게 뭔가?"

"투자금입니다. 이걸로 호성 그룹을 찾아오도록 하세요. 제가 직접 할 수도 있겠지만 복수는 아버님이 하셔야지요."

"허허. 마음은 알겠지만 호성 그룹이 무슨 구멍가게도 아니고……."

정득수는 어이가 없는 와중에도 통장을 열어 보았다.

도대체 얼마를 넣어 놓고 그런 말을 하는지 궁금해하면서.

예금 잔액 100,000,000,000,000

0이 너무 많아서 한눈에 액수를 알 수도 없었다. 눈을 비비고 다시 보니 무려 100조였다.

"이 돈이… 진짜가?"

"네. 그걸로 인수를 시도해 보세요. 부족하면 더 드릴게요."

"……."

정득수는 주식시장에서 호성 전자의 주식을 쓸어 담기 시작했다. 호성 화학, 호성 디스플레이, 호성 건설의 주식도 꾸준히 사들였다.

정득수 회장, 호성 화학 지분 7.2% 취득!
주식 매입 목적은 경영권 인수임을 밝혀

호성 그룹, 옛 주인에게 돌아가나

언론이 대서특필을 하자, 백화 그룹도 적극적인 여론전으로 대응했다.

실패한 경영자의 복귀, 바람직하지 않아
대대적 지원으로 무너진 호성 전자를 살린 백화 그룹
호성 전자의 매각은 있을 수 없는 일

한국의 재계는 정득수 회장의 복귀 선언으로 벌집을 건드린 것처럼 시끄러워졌다.
"정득수 회장, 그자는 어디서 돈이 나온 거야?"
"모르겠습니다. 해외 사모펀드의 투자를 받은 것 같습니다."
"철저히 알아봐. 그리고 대응 전략을 세워."
백화 그룹 회장실에서는 호성 그룹의 계열사들을 내놓을 생각이 없었다.
꾸준히 현금을 창출하는 알짜배기 회사들이기도 했지만 다시 뺏긴다는 것은 그룹의 자존심과도 관계된 일.
"정득수 회장이 면담을 요청했습니다."
"그래? 일단 무슨 말을 하는지 만나는 보도록 하지."
다음 날, 정득수 회장이 옛 호성 그룹의 임원들을 데리고 회장실로 찾아왔다.
백화 그룹의 송 회장이 단단히 윽박질렀다.
"정 회장, 뒤늦게 이런 짓을 벌이는 이유는 모르겠지만 우리 백화 그룹을 상대로 진짜 해볼 생각인가? 포기해. 이번 싸움에서 지면 여생이나마 한국에서 편안히 못 보낼 거야."

 백화 그룹의 사장단이나 임원들도 당당한 표정과 눈빛을 보내고 있었다.

 재계를 선도하는 기업다운 위용.

 정득수는 조금도 위축되지 않았다.

 유니콘 그룹, 다른 재벌 기업과는 차원이 다른 회사들의 진정한 주인이 누구인지를 알게 되었기 때문이다.

 "송 회장님."

 "말하시게."

 "저한테 용서를 구하십시오. 가져갔던 계열사들은 전부 돌려주시고요."

 "뭐라고?"

 "우리 사위가 나서기 전에 항복하시는 편이 좋을 겁니다."

 "이번 분기 매출은 전 분기와 비교해서 6.4% 증가했습니다. 광학 장비의 판매량이 늘어나고 있고……."

 최지훈은 정기 사업 보고를 들으며 무료함을 감추지 못했다.

 '과거가 좋았지.'

 그룹의 후계자가 되고 나서 본격적인 경영의 길을 걷게 되었다. 하지만 위드의 뒤를 따라다니면서 사냥과 퀘스트를 할 때가 즐거웠다.

낚시꾼이던 자신을, 이것저것 좋은 생선을 많이 먹어 생명력과 체력만 높던 그를 알뜰하게 부려 먹었다.
  몬스터를 유인하기도 좋고, 높은 인내심 덕에 맞으면서 오래 버티기에는 낚시꾼이 적합하단 걸 그때야 알았다.
  '후계자라……. 모두가 부러워하지만 시키는 대로 해야 하는 삶. 편안하지만 행복하진 않은…….'
  최지훈에게 〈로열 로드〉는 꿈이고, 천국이었다.
  손에 쥐었던 천국을 책임감 때문에 결국은 놓아 버려야…….
  "다음은 캡슐 제조 사업입니다. 유니콘의 추가 주문으로 작년 대비 매출 성장률이 380%입니다."
  "호."
  "그렇게까지……."
  중역들만 자리한 회의실이 술렁였다.
  유니콘 그룹에서 〈로열 로드〉에 접속할 수 있는 고급형 캡슐 제작을 외주로 주었다.
  다른 재계의 기업들과는 초격차를 내는 고고하기 짝이 없는 유니콘 그룹이기 때문에, 주문 자체만으로도 놀라운 뉴스거리가 되었다.
  수익을 떠나서 유니콘 그룹과의 관계를 위해 어떤 기업이라도 받아들여야 하는 사업.
  재계의 다른 그룹들이 얼마나 부러워했는지 모르는데, 사업 규모가 날로 확대되고 있었다.
  "유니콘 모터스에서 이번에 출시하는 자동차 전장 부분의 제작이 가능한지 문의해 왔습니다. 생산 규모는 약 700만 대랍니다. 향후 20년간 수익 보장 방식이라는데요."

"유니콘 화학이 여수 지역에 신규 공장을 건설할 예정인데, 우리 측에 지분을 배정했습니다. 참여 의사를 물어 왔습니다."

"유니콘 로봇 제어에서 산업용 로봇을 출하해 준다는 소식이 왔습니다. 예약 대기만 7,000만 대나 몰려 있는데, 우리 쪽에 먼저 기회를 준답니다."

"유니콘 조선에서……."

"유니콘 금융은……."

"유니콘 건설 부분이……."

"유니콘 생명공학에서……."

"유니콘 우주항공의……."

"유니콘 호텔 측에서……."

그룹의 정기 보고를 완전히 장악해 버린 유니콘 그룹의 보고 홍수!

다른 재계 기업들이 시샘을 감추지 못할 정도로 유니콘 그룹으로부터 일감이 쏟아지고 있었다.

경쟁사들은 유니콘의 하청 업체라고 비아냥거리기도 했지만 그룹의 매출과 순이익이 매년 큰 폭으로 늘어나고 있었다.

까톡!

최지훈의 휴대폰에 알림이 왔다.

오늘 닭볶음탕 했으니 일찍 놀러 와.

끊임없는 노력으로 마침내 여자 친구가 되어 준 이혜연의 문

자였다
 까톡!
 잠시 후, 또다시 울리는 알림 소리!

 항상 지켜보고 있다. 동생한테 잘해라.

이번엔 이현의 문자였다.

 흑사자 길드는 툴렌을 거점으로 끊임없이 세력을 확대했다.
 "그 어떠한 일이 있더라도 우리가 대륙의 위기를 막아 낼 것이다."
 악마들의 왕 클레타.
 위드가 케이베른을 퇴치하긴 했지만 언젠가 대륙 전역은 다시 파멸의 위기에 놓일지도 모른다.
 그 명분을 바탕으로 길드들은 세력 확대에 열을 올렸다.

 반홀 마을을 사겠습니다. 내일까지 결정해 주십시오.

 위드가 은둔하고 나서부터 아르펜 제국의 지배력은 약화되어 있었다.
 대영주들은 언제라도 위드가 돌아올지 모른다고 두려워했지만, 오베론이 황제의 자리를 계승하면서 마음을 놓았다.

"오베론은 단호하지 못해. 무엇보다 무섭지가 않지."

"유저들도 오베론을 따르지 않을걸. 그는 좋은 사람이지만 바꿔서 말하면 그게 한계니까. 위드 같은 카리스마는 없다."

대영주들은 오베론을 얼굴마담으로 내세워 놓고 마음껏 세력을 키웠다.

주변 마을들을 먹어 치우고 강자들을 길드로 받아들였다.

군웅할거의 시대!

세력들이 날뛰는 전쟁의 열기가 불어오고 있었다.

유저들의 생각도 과거와는 달라졌다.

전쟁이 멈추고 평화의 시간이 너무 오래 흘렀다.

휴양지에서 느긋하게 즐기고, 안정된 삶을 살아가는 생활에도 슬슬 지겨움을 느끼고 있던 차.

대륙의 평화와 안정을 위해야 합니다.

오베론이 이끄는 아르펜 제국은 영주들에게 자제를 요청했지만 받아들여지지 않았다.

"드디어… 전쟁의 시대가 다시 오는가?"

하벤 지역에 웅크리고 있던 헤르메스 길드도 기지개를 켜기 시작했다.

라페이가 떠나고, 드래곤과의 전투를 치르며 그들의 전력도 재편되었다.

일시적으로 약화되긴 했지만 길드원들을 대대적으로 받아들였다.

던전을 부지런히 공략하고, 보스 몬스터들을 격파하면서 전력을 상승시켜 온바, 헤르메스 길드야말로 최고의 전투 길드로서 새로이 자리매김하기를 바라고 있었다.

로암 길드가 전격적으로 브리튼 지역의 무력 합병을 선언했습니다.

흑사자 길드의 병력이 성문을 나서고 있습니다. 그들은 정복을 위한 출정이란 뜻을 명백히 밝혔습니다.

클라우드 길드에서는 뜻을 함께하는 영주들을 모집하고 있습니다. 군사적인 보호와 재정적인 지원의 뜻을 밝혔습니다.

아르펜 제국은 여전히 존재하긴 하지만 영주들을 따르게 하는 힘을 잃었다.
베르사 대륙에 격랑의 시대가 찾아오고 있었다.

위드는 〈로열 로드〉에 접속했다.
"흠. 슬슬 우리가 날뛰어야 할 시간이다. 그렇지?"
"맞다, 주인."
"나도 피가 그립다."

데스 나이트 반 호크!

뱀파이어 로드 토리도!

위드는 서윤이 임신했을 때부터 무인도에서 돌아와서 틈틈이 사냥을 해 왔다.

"심심한데 사냥이나 할까?"

"알겠다, 주인."

"어디든 가겠다."

오랜 시간 사냥 후, 그다음 접속.

"즐거운 사냥이다."

"모든 자들을 죽음의 병사로!"

"피가 생명이다."

그다음 날에도.

"오늘은 사냥하기 딱 좋은 날씨군."

"폭풍이 찾아왔다."

"조금… 쉬어도 괜찮을 것 같다."

얼마 전에도.

"미친 듯이 사냥하자."

"미칠 것 같다."

"이젠 휴식이 필요하다."

현실에서 유니콘 그룹을 관리하고, 가정도 꾸려 나가야 하는 이현이었다.

인공지능에게 맡겨 놓긴 했지만 중요한 판단이 필요한 순간들이 있었으니까.

그럼에도 시간이 나면 〈로열 로드〉에 접속해서 사냥도 하고,

전투 퀘스트들을 처리했다.

왠지 육아를 하다 보니 〈로열 로드〉가 더 그리워지는 현상!

'역시 오베론 님이 유지하지 못했군. 탐욕을 억제하기에는 너무 착하니까.'

위드가 나섰다면 아르펜 제국을 오랫동안 지속하는 것도 불가능하진 않았던 일.

적당히만 관리했더라도 대영주들이 함부로 날뛰지 못했겠지만, 일부러 유저들의 손에 돌려주었다.

〈로열 로드〉는 꿈의 세계.

현실과는 다르게 혼란에 빠지거나 자유로워도 좋으리라.

피와 전쟁을 바라는 유저들이 많다면 그들에게 역사를 쓸 수 있는 기회를 주었다.

'아르펜 제국이 쪼개지면 누군가 다시 통일을 할 수도 있겠고… 어쩌면 전쟁을 거듭하다 쇠락할 수도 있겠지. 미래는 자신들이 결정하게 하자.'

위드는 무인도에서 돌아온 후로 대외 활동을 하지 않았다.

어디를 가더라도 사람들이 들끓었으며, 정치의 중심에 휘말릴 수 있었으니까.

〈로열 로드〉를 접속할 때마다 사냥터를 돌아다니며 전사로서 몬스터들을 제거했다.

"광휘의 검술!"

빛을 사방으로 뿌리면서 뭉쳐 있는 몬스터들을 돌파.

대지의그림자 파티가 S급 퀘스트를 진행한다고 떠들썩할 때에도 사냥에만 집중했다.

레벨이 500대와 600대를 넘어서자 힘과 스킬이 향상되면서 광휘의 검술도 위력을 발휘했다.

아름답지만 치명적인 몸놀림.

빛이 사라질 때쯤에는 몬스터들이 우수수 쓰러졌다.

달빛 조각사였던 자하브에 못지않은 화려한 모습이리라.

"너희가 살아서 움직이던 땅으로 돌아오라. 이곳은 어두운 곳. 검고 부패한 땅. 영영 사라지지 않을 암흑의 율법을, 모든 이들에게 새길 수 있도록 하라. 언데드 라이즈!"

데스 나이트까지 잔뜩 끌고 다니며, 사냥 속도를 무섭게 향상시켰다.

언데드 소환도 점점 올라서 고급 6레벨에 도달했다.

데스 나이트들의 생명력과 공격력은 둠 나이트에 버금갈 정도였고, 무기와 방어구도 향상되었다.

때때로 정말 어려운 던전들은 고급 시체들을 통해 둠 나이트들이 소환되었다.

그럴 때마다 경험치는 더욱 많이 쌓을 수 있었다.

"끝까지 돌파해라. 멈추지 마라."

"알겠다, 주인."

언데드 소환의 페널티는 케이베른의 레어에서 얻은 엄청난 보물들로 해소할 수 있었다.

유니콘 그룹을 물려받기 전에는 돈을 벌 생각부터 했지만 이젠 그럴 필요가 사라졌으니까.

보물들을 프레야 교단에 바치면서 얻는 신성력과 정화의 힘으로 네크로맨서의 부작용을 없앴다.

"조각 파괴술!"

조각사로서의 스킬 활용도 필수.

틈틈이 조각 생명체들도 소환하여 전투에도 참여시켰다.

잡캐로서 부족할 게 없는 상태.

모든 언데드들을 지배하며 던전들을 집중 공략하며 무시무시한 속도로 사냥했다.

> 부이에타 던전을 전부 쓸어버렸습니다.
> 이 깊고 어두운 던전은 침입자들의 고요한 무덤이 되어 왔습니다. 세상에 퍼져 나가서는 안 될 끔찍한 몬스터들. 그들은 조용히 파멸의 날이 오기만을 기다렸습니다. 던전 내의 그 모든 몬스터들이 처리되었습니다.
> 인근 지역의 치안이 7 높아집니다. 전투 업적을 달성했습니다. 모든 스탯이 3 높아집니다.

사냥터의 수준이 점점 높아졌다.

베르사 대륙을 위협하는 던전들이 목표가 되었고, 그런 곳에는 몬스터들이 득실득실 모여 있었다.

위드는 몬스터들을 정리하면서도 그 소문이 퍼져 나가는 것은 막았다.

> 용사 지망생의 조용한 활동.
> 이 던전이 공략된 것은 알려지지 않습니다. 명성은 높아지지 않지만 적들의 경계는 늦출 것입니다.

용사 지망생으로의 전직도 마쳤다.

세계를 구하는 용사가 되기 위한 전 단계.

일종의 수습 기간이라고 할까.

용사 스킬 중에는 은밀한 종류도 있었는데, 던전 공략이나 퀘스트를 마치고도 그 성과가 알려지지 않도록 하는 것이었다.

표적 암살 중급 3 (67%)
세상에 해를 끼치는 나쁜 존재들을 조용히 죽일 수 있다. 적에게 들키지 않은 상태에서 공격하면 7배의 피해를 입히고, 치명적인 일격이 발동된다.
주의: 나쁜 존재들에게만 사용 가능.

은밀한 걸음 중급 1 (87%)
발끝으로 걸으면 소리를 거의 내지 않는다. 스킬 레벨이 높아질수록 빨라진다.

정의의 활 고급 3 (41%)
원거리에서 활을 이용하여 적을 제거한다. 마법과 신성력 부여. 악인을 대상으로 위력이 더 높아진다.

레벨 700에 도달하였습니다.
용사 지망생으로서 세상을 구하기 위한 활동을 적극적으로 할 수 있게 되었습니다. 당신은 대륙의 위기를 일찍 파악하고, 어긋난 것들을 힘으로 되돌려 놓을 수 있을 것입니다.

모든 전투 스킬의 효과가 20% 증가합니다.

생명력이 완전히 고갈되어도, 명성의 일부를 전환하여 목숨을 유지할 수 있습니다.

> 전투 업적을 달성할수록 용사의 힘을 얻게 됩니다.

레벨 700 달성.

"드디어 해냈군."

레벨이 700대를 넘으면서부터는 무지막지한 경험치를 필요로 했다.

무인도에서 긴 시간을 보내기는 했지만 검술의 마스터도 완성하며 다른 유저들을 무섭도록 빨리 따라잡았다.

대륙을 통일한 직후부터 〈로열 로드〉에만 집중했더라면 레벨 800대도 가능했겠지만 아쉬울 건 없었다.

"확실한 건, 바드레이를 빠르게 따라잡고 있을 거야."

철혈의 워리어가 된 바드레이의 소식은 가끔씩 유저들의 동영상이나 방송국을 통해 중계되었다.

사냥터를 헤매고 다니며 꾸준히 강해지고 있었지만 그런 모습을 보면 안쓰러웠다.

"지름길이나 꼼수를 듬뿍 써야지. 잔머리를 안 굴리고 정직하게 싸우는 시대는 지났는데."

위드가 과거에 고생하며 거쳤던 직업들과 스킬들이 완성을 향해 가고 있는 상태였다.

모든 것들이 성장에 가속도를 붙이는 상황.

"찜찜한 건 클레타를 남겨 놓았단 건가."

악마들의 왕 클레타!

위드는 아르펜 제국의 황제로서의 활동은 중단했지만, 그럼에도 유저들의 도움에 대한 보답은 할 생각이었다.

'베르사 대륙을 멸망으로 이끌 수도 있는 존재. 저건 내가 처리해야 되겠지.'

클레타와의 전쟁.

이번에는 아무래도 혼자 싸워야 될 것 같았다.

아르펜 제국은 갈라지고 있었으며, 유저들에 대한 위드의 인기도 예전 같진 않을 테니.

마지막 용사

위드는 마판의 도움을 받아 대도서관에서 클레타에 대한 정보들을 입수했다.

> ―클레타의 하수인들. 그리고 드래곤을 길들였던 장소들에 대한 후보지는 총 열 곳입니다. 대륙 전역에 흩어져 있어서 직접 찾아다녀야 될 것 같습니다.
> ―가까운 곳들부터 가죠.
> ―옙! 정보는 유린을 통해 보내도록 하겠습니다.

아르펜 제국이 무너지는 와중에도 마판 상단에 대한 영향력은 그대로 쥐고 있었다.

대륙이 혼란에 빠질수록 거대한 부를 쌓는 상인들!

칼과 마법은 유저들을 싸우게 한다.

이런 때에 상인들까지 손을 놓아 버리면 대륙은 혼란을 넘어서 파국으로 치닫게 되리라.

'그러고 보니 나도 좀 착해진 것 같아.'

위드는 열심히 던전 사냥을 하며 좋은 사람이 되어 간다는 생각도 했다.

서윤에게도 그 이야기를 했더니 웃으며 그녀가 말했다.

"원래 착했어요."

"아냐. 난 엄청 돈만 밝혔어."

"대륙을 위해서 쓸 곳이 많았잖아요. 모라타에도 투자를 했고요."

"그건 떡밥을 깔아 놓은 거야. 악덕 영주나 독재자가 꿈이었다고."

"마음으로만 생각한 거 아니에요? 전… 사실 그런 말도 믿지 않아요. 매번 힘들었으면서도 먼저 사람들을 챙겼잖아요."

"속도 좁아. 헤르메스 길드가 망해서 기뻤어. 바드레이가 죽었을 때도."

"그들이 나쁜 짓을 많이 저질렀을 때잖아요. 정의감으로 그런 기분을 느꼈을 거예요."

"실은 드워프들 돈 안 갚은 적도 있어. 가르나프 전쟁 전후로 어르신들 고생만 시키며 부려 먹었고."

"그분들은 최고의 대장장이로 명예를 누리고 있으세요. 그 시절에 만들었던 작품들을 요즘에도 자랑하는걸요."

위드는 좋은 아내를 얻었다는 생각을 다시 한 번 했다.

아무리 세상이 힘들더라도 끝까지 믿어 주는 단 한 사람!

물론 서윤이 의외로 남자 보는 눈이 낮고, 잘 속을 것 같다는 생각은 했다.

'잘 챙겨야 되겠어. 특히 빚보증 같은 건 안 서게 만들고.'

> 악마 집사장 쿤사로테의 대저택을 찾아냈습니다.
> 위험한 발견! 은밀한 일을 꾸미는 악마들의 거주지입니다. 죽음과 타락의 기운이 묻어 나오는 이곳은 안전하지 않습니다.
> 명성이 3,500 늘어납니다. 신앙심이 4 증가했습니다.

대륙 서쪽.

음침한 자들의 대지에서 한밤중에 마법 봉인을 풀었더니 풍경이 바뀌었다.

구름을 끼고 있는 높은 산에 흑색 벽돌로 지은 대저택!

창을 든 악마들이 저택의 주변을 날아다니고 있었다.

"여기였군."

위드는 바위 뒤에 숨어서 대저택을 지켜봤다.

악마들의 왕, 클레타가 대륙에 남긴 모든 흔적과 연결 고리들을 없애 버려야 한다.

"좀 고생은 하겠어."

악마들이니만큼 만만치는 않으리라.

레벨도 높고, 육체적인 능력이나 마법력도 겸비했기 때문.

그때 뒤에서 낙엽을 밟으며 다가오는 소리가 들렸다.

"제가 조금 늦었군요."

2미터나 되는 커다란 활을 등에 짊어진 궁수 마스터 페일의 등장이었다.

"여긴 어떻게 왔어요?"

"마판 님한테 소식을 계속 듣고 있었습니다. 위드 님 혼자 싸우도록 할 수는 없죠."

페일은 위드가 무인도에 있을 때에도 꾸준히 사냥을 했다.

궁술의 마스터가 된 것도 당연한 일.

그 이후로도 다른 직업을 추가로 선택하지 않았다.

궁수의 모든 스킬들을 마스터의 경지까지 익혀 볼 생각에서였다.

한편으로는 영주로서의 활동도 무척 열심이었다.

위드에게 억지로 넘겨받은 빈곤한 산골 마을도 부지런히 발전시켜 왔다.

주변의 빈 땅으로 영역이 확대되면 새로 개간하고, 도시를 만들고, 항구까지 건설하면서 대영주가 되었다.

위드가 사람들의 관심에서 멀어진 동안, 페일은 더욱 유명인이 된 상태.

물론 그가 가장 자랑스럽게 생각하는 건 전투 노예라는 별명이었지만.

"우릴 놔두고 혼자 올 생각이었어요?"

"후아. 화염 마스터의 위력을 실컷 보여 줄 시간이네요."

"아싸. 사냥이다!"

이리엔, 로뮤나, 수르카.

〈로열 로드〉를 함께했던 오랜 동료들이 모습을 드러냈고, 화령과 벨로트, 제피도 나왔다.

"위드 님! 오랜만이에요."

"안녕하세요."

"으음. 형님, 저 왔습니다."

가수로서, 피아니스트로서 꾸준히 활동하는 화령의 미모도 여전했다.

그녀가 최근에 낸 모험과 꿈에 대한 앨범들은 연달아 히트.

세계를 돌아다니며 콘서트를 열고, 곡을 작업하느라 〈로열 로드〉에는 조금 뜸했다. 그럼에도 그녀는 일부러 찾아왔다.

"악마들이 유혹에는 약하니까요."

화령이 생긋 웃으면서 하는 말대로 댄서의 매력은 악마나 악인들의 정신을 홀리게 만드는 위력을 가졌다.

벨로트는 못 보던 사이에 악기 연주가 조금 늘어난 정도!

제피는 현실에서도 자주 봤으니 어색하지 않았다.

"휴우. 왔으니까 어쩔 수 없죠."

위드는 찾아온 동료들이 반가웠음에도 쑥스러웠다.

하지만 뒤이어 줄줄이 도착하는 파이톤, 양념게장, 검치, 검둘치, 검삼치…….

"실컷 싸울 수 있다고 해서 왔네."

"악마요? 쥐도 새도 모르게 죽여 드리죠. 전혀 까다롭지 않습니다."

"막내야, 혼자만 재미 볼 생각이었냐?"

"흠흠. 우린 스승님이 오자고 하셔서……."

"내 근육의 힘으로 다 때려잡아 주지."

검사치와 검오치, 그 뒤로도 쭉 이어진 덩치들.

"저, 저도 있습니다."

수련생들 사이에 키가 작은 드워프 오베론도 끼어 있었다.

"그럼 이제 올 사람은 다 온 거 같으니 공략 계획을 짜죠."

"아직 멀었습니다. 위드 님을 보고 싶어 하는 사람들이 많아서요. 그들도 올 겁니다."

오베론이 멋진 수염을 어루만지며 웃었다.

북부 유저들. 그들 중에서도 모라타 출신들은 이른바 꾸준한 사냥을 통해 광렙을 했다.

아르펜 제국이 대륙을 통일하면서 사냥과 퀘스트가 훨씬 편해진 덕분이었다.

과거에 타격대에 속해서 드래곤 사냥에도 참여했던 유저들은 그리 유명하지 않았다.

하지만 그 이후로 꾸준히 성장해 온 유저들은 현재의 〈로열 로드〉에서 최상위권에 속했다.

풀죽신교에 가입을 하고, 영주들끼리의 세력 분쟁에도 끼지 않은 이들이 꽤 많았다.

"위드 님이 돌아올 거라고 믿은 사람들입니다."

프레임, 톳쿵, 순두부, 은루, 마이어, 컨텐드레이타.

열렬한 위드의 팬이었던 이들도 훌쩍 성장해서 찾아왔다.

쿤사로테의 대저택을 공략하기 위해 모인 인원이 1,000명을 넘었다.

위드는 머리를 긁적였다.

"혼자 다 해 먹으려고 했는데… 기왕에 왔으니 어쩔 수 없이 좀 나눠 드리긴 하겠습니다."

첫 시작은 검삼치가 끊었다.

"에라. 죽어 버려라! 질풍의 내려치기!"

대저택으로 달려가서 악마들이 몰려오자마자 땅을 내려치며 강렬한 폭발을 일으켰다.

그 모습을 보며 검치와 검사치가 느긋하게 대화를 나누었다.

"셋째가 꽤 하는군."

"사형이 〈로열 로드〉에 맛이 들려서 말입니다."

검삼치는 재작년에 스스로 도장을 설립했다.

검을 익히고, 육체를 단련하는 데는 누구보다 소질이 있지만 창업은 다른 분야.

"망하면 어떻게 하지."

근심이 가득한 그에게 위드가 조언을 했다.

"사형, 〈로열 로드〉에서 광렙을 위한 검술을 가르쳐 준다고 하세요."

"광렙?"

"레벨이 높거나 낮거나 체계화된 검술을 배우면 사냥에 도움이 되는 건 사실이니까요. 관원들이 금방 모일 겁니다."

창업으로 고민하던 검삼치는 솔깃했다.

"그러면 검술을 가볍게 보지 않을까? 쉬운 검술만 가르치고 싶진 않은데."

"시작은 중요하지 않습니다. 결과가 중요한 거죠. 제대로 배울 사람들만 가르쳐도 되지만, 아무나 일단 모집하고 죽어라 훈련을 시켜도 결과는 마찬가지일 겁니다."

"그래?"

"네. 못 견디는 사람들은 알아서 나갈 테죠."

"진상 고객들을 만나면 어떻게 하지. 막 화내면서 갑질 하는 고객들 말이야."

"사형의 얼굴과 몸을 보세요. 분노는 다 알아서 조절이 될 거예요."

검삼치는 도장 이름부터 '〈로열 로드〉 검투장'으로 만들었다.

검술을 유흥거리로 만들었다는 비판도 있었지만, 그곳 출신 유저들의 성장 속도가 빠르다는 말에 관원들이 끊이지 않았다.

"이것이 연사와 관통을 마스터하고 얻은 폭풍 화살입니다!"

악마들이 검삼치를 표적으로 하여 몰려들 때였다.

페일이 시위에 수십 발의 화살을 걸더니 한꺼번에 발사했다.

화살 폭풍을 일으키며 악마들을 휩쓸었다.

"침입자들이다."

"인간 따위가 이곳을?"

"쿤사로테 님이 깨어나기 전에 정리하라. 그분의 분노는 감당할 수 없다."

대저택의 천장과 창문을 깨며 날개를 펼친 시커먼 악마들이 뛰쳐나왔다.

"오랜만에 피가 튀는 전쟁이구나! 그래. 인간들을 상대로 하기에는 나도 검이 너무 가벼웠다고!"

파이톤이 대검을 들고 돌진하고, 로뮤나는 화염 마법 주문을 진작부터 길게 외우고 있었다.

믿을 만한 동료들, 특히 위드가 있으니 뒷일 따위는 생각하지 않고 마나와 집중력을 몽땅 써서 화염 계열의 궁극 마법을 시전할 생각.

"정화의 빛!"

이리엔은 손에 빛의 창을 만들어 내는 족족 악마들에게 쏘아 냈다.

성직자 계열은 악마들을 상대로 회복과 축복의 역할만이 아니라 공격자로서도 그만이었다.

벨로트가 악기를 연주하고, 화령이 어깨와 배를 훤히 드러낸 옷을 입고 춤을 추었다.

"헤……."

"꼴깍!"

부작용이라면 악마들만이 아니라 검치와 검둘치, 그 외 수련생들까지 정신을 놓게 만들었다는 것!

"크으으윽. 심장이 미친 듯이 뛰고 있어."

"죽어도 좋아."

위드는 어쩌면 혼자가 더 편했을 수 있겠다는 생각을 잠깐 했다.

"에휴……."

동료들의 도움 덕에 쿤사로테 대저택의 공략을 완료.

위드는 〈로열 로드〉를 접속할 때마다 클레타의 흔적들을 쫓아다녔다.

오랜 동료들이 도와줄 때도 있었지만, 때때로 갑자기 전투가 벌어지거나 하면 그들이 미처 올 수 없었다.

위드에게는 그럼에도 부하들이 있었다.

"반 호크! 똑바로 안 해? 요즘 뼈에 군살 좀 붙은 거 같다?"

"크으으윽."

"토리도, 피 마시고 입 헹구라고 했지!"

"조금 흘린 거다."

영원히 갈굼 당하는 반 호크와 토리도.

그들도 위드와 함께 성장을 하며 보스급 몬스터가 되었다.

반 호크의 전투력은 둠 나이트급을 넘어서서 어비스 나이트를 엿보았다.

토리도 역시 권속들을 늘려서 대규모의 뱀파이어들을 지배할 수 있게 되었다.

악마들을 처치하며 빠르게 성장한 덕분이었는데, 그만큼 위드도 강해졌다.

영원히 부하 신세를 벗어날 수 없다는 의미!

베르사 대륙에 악마들이 남긴 흔적들을 하나씩 지워 나가는 와중에 메시지 창이 떴다.

띠링!

악마들의 왕 클레타가 남겨 놓은 흔적을 삼분의 일 이상 지웠습니다.
악마들의 하수인과 추종자들은 당신을 경계하고 있습니다. 그들은 수단을 가리지 않고, 언제, 어디에서라도 습격해 올 것입니다. 베르사 대륙의 운명을 좌우하는 수레바퀴가 구르고 있습니다.
용사의 뜻을 잇는 이여, 대륙을 구하기 위한 숭고한 임무를 받아들이겠습니까? 운명이 이끄는 길을 따라 클레타의 흔적을 완전히 지워야 할 것입니다.

"흐음."

위드는 이와 비슷한 메시지 창을 봤던 기억이 났다.

과거로 돌아가서 사막의 대제왕이 되어 엠비뉴 교단을 공격하게 되었을 때!

"이거야, 뭐… '꿩 먹고 알 먹고'군."

그동안 어려운 퀘스트들을 진행하면서 앓는 소리도 많이 했다. 그렇지만 이번에는 자발적으로 나선 것이니, 그 과정에서 무언가를 얻게 된다면 좋은 일이었다.

"숭고한 임무를 받아들인다."

띠링!

베르사 대륙에 잠재된 위험을 구하기 위한 운명의 수레바퀴가 굴러가기 시작했습니다.
직업이 세계를 구하는 용사로 바뀝니다. 사막에서 최초로 탄생한 태양의 전사에서 승급이 이루어졌습니다. 태양의 전사로서의 특성을 30% 더 강화합니다. 기사, 전사 계열의 최종 직업이며 동시대에 1명만이 가질 수 있습니다. 인간이 가진 무력의 한계를 뛰어넘고, 신성하고 중요한 의무를 부여받아야만 전직이 이루어집니다.
전사의 손은 모든 무기를 다룰 수 있습니다. 많은 경험을 바탕으로 전투 스킬을 쉽게 습득할 수 있습니다.
명예가 스탯에 상관없이 최대치가 됩니다. 명성의 의미가 사라집니다. 직업을 밝힌다면 선을 따르는 이들의 열렬한 존중을 받습니다. 종족의 한계를 떠나서 명예와 신앙, 카리스마를 바탕으로 부하와 동료들을 구할 수 있을 것입니다. 용사가 행하는 모든 행동들은 악명의 증가를 최소화합니다.
세계를 위해 싸워야 하는 용사에게는 신들이 지대한 관심을 갖습니다. 당신과 연련이 있는 신들은 기꺼이 자신의 힘을 나누어 줄 것입니다.

신들의 관심을 집중적으로 받고 있습니다.
프레야, 루, 헤스티아, 바탈리는 당신을 신의 뜻을 펼치는 대리인으로 여깁니다. 당신을 축복하기 위한 신들이 기다리고 있습니다.

하늘에서 빛의 기둥이 내려왔다.
위드의 몸이 찬란한 빛에 휩싸였다.

"들었는가? 악마들의 왕 클레타가 이 세상을 욕심내고 있다는 사실을?"

"대륙의 어딘가에서는 무서운 일이 벌어지고 있어. 우리가 알지 못하는 사이에……."

"진정한 용사란 세상이 멸망할 때 나타나는 법이 아니지. 그런 일이 벌어지기 전에 막아 내는 것이라네."

"사제님들의 이야기를 들었는가? 신들의 축복을 한 몸에 받은 용사가 나타났다는 소문이 돌고 있어. 전란이 찾아오는 건 아닌지 두려운데."

위드의 모험이 계속되자 베르사 대륙의 주민들이 떠들기 시작했다.

"크허험."

"샤우드 님, 설마……."

"모르겠어. 위드가 활동한다는 보고는 없었는데… 이 불길함이란."

"그럼 역시 툴렌을 칠까요?"

"조금만 미뤄 보자고. 상황이 어찌 될지를 지켜봐야지."

위드가 나타났을지도 모른다는 의심만으로도 대영주들이 행동을 자제하는 효과가 발생했다.

아르펜 제국을 책임지는 오베론은 각 영주들에게 전투 중지를 명령했고, 갑자기 그것이 고분고분하게 받아들여졌다.

드러내 놓고 위드를 거스르겠다는 위험한 도전을 누구도 하고 싶진 않았던 것이다.

카올랴의 오염된 땅!

살아 있는 생명체들이 끊임없이 몬스터가 되어 번식하는 10대 금역에서도 최악의 장소.

위드는 이곳에 조각 생명체들을 동원했다.

"오랜만에 일 좀 하자. 그동안 실컷 놀아서 좋았지?"

"무엇이든 먹어 치울 것이다."

"꽁꽁 얼려 주지."

"그 어떤 몬스터도 이 불사조의 위엄을 거스를 수 없다!"

킹 히드라, 빙룡, 불사조.

하늘과 땅을 장악하는 초거대 조각 생명체 3종 세트!

그동안의 사냥 덕분에 이들도 많은 성장을 했고, 레벨도 800, 900을 훌쩍 넘겼다.

'사실 이놈들이야말로 사기야.'

처음에는 새로 얻은 생명에 적응하지 못해 몸도 제대로 못 가누던 빙룡이었다. 조금만 따뜻한 장소에 가도 몸이 녹아내린다고 비명을 지르던 짝퉁 드래곤!

하지만 많은 시간이 흐르는 동안 몬스터 사냥을 하며 꾸준하게 강해졌다.

하늘을 장악하고 지상의 몬스터 무리를 마구 공격하는데, 몸이 단단한 데다 가까운 적은 얼려 버려서 웬만해서는 위험하지도 않다.

더구나 날개를 펼치면 먼 거리도 쉽게 날아가니 하루에도 수천 마리씩의 몬스터들을 사냥할 수 있었다.

빙룡이 있으면 그 지역 전체의 온도가 4, 5도씩 떨어질 정도의 위력을 발휘했다.

불사조는 더한 녀석이었다.

탄생부터 다른 조각 생명체들보다 강했지만, 사냥의 효율이 최고였다. 지상에 불을 지르면서 대량 학살을 일으켰다.

자연보호와는 상극인 녀석이었지만, 지골라스를 중심으로 활동하며 몬스터들을 쉬지 않고 사냥했다.

풍덩!

체력과 마나가 떨어지면 용암 호수에 몸을 담그며 회복도 하는 불사조.

원래도 넘쳐 나는 생명력은 레벨이 높아질수록 사기적인 능력을 발휘했다.

킹 히드라 역시 만만치 않은 녀석이었다.

9개의 머리가 각자 공격을 하며 레벨이 높아지면서 적을 돌로 만들고, 주술까지 사용할 수 있게 되었다.

3~4개의 머리가 동시에 마법과 주술을 사용하는 공포적인 존재.

위드는 지역 깡패와 마찬가지인 3마리를 동시에 동원했다.

"카올랴의 오염된 땅 어딘가에 클레타의 마지막 흔적이 있을 것이다. 그걸 찾는 방법은……."

대도서관의 자료나 퀘스트들도 진행했다.

악마들의 왕 클레타를 처치하라는 용사 퀘스트가 부여되긴 했으니까.

그럼에도 카올랴의 오염된 땅이라는 지명 외에 자세한 장소는 나와 있지 않았다.

"그냥 다 쓸어버리자. 전부 쓸어버리다 보면 나오겠지."

"마음에 드는 방식이다."

"다 얼려 주지."

"전부 태울 것이다."

킹 히드라, 빙룡, 불사조.

그들이 몬스터들을 쓸어버리면 위드는 언데드를 소환했다.

세계를 구하는 용사가 된 후 언데드를 소환하면 신들이 좋아하지 않았다. 그럼에도 죽음의 신 마탈로스트가 마구 축복을 내려 주었다.

> 마탈로스트가 시체들에게 강력한 생명력과 방어력을 부여했습니다.
> 시체들은 뭉칠수록 강해지며, 적들에게 저주를 내릴 것입니다.

마탈로스트 신은 본래 망자들을 인도하는 죽음의 신.

인간들에게 외면당하고 교세가 약해져서 엠비뉴 교단과 손을 잡았던 과거도 있었지만, 유저들의 전쟁을 통해 신력을 회복했다.

위드를 끊임없이 후원하며 기대를 품고 있다!

"저희도 왔습니다."

"싸움이라면 빠질 수 없지!"

페일과 파이톤, 양념게장, 이리엔 등등.

검치와 수련생들도 하나둘씩 찾아오면서 카올랴의 오염된 땅의 몬스터들을 쓸어버리기 시작했다.

대지의 균열이나 어긋난 힘이 고여 있는 장소에서는 몬스터들이 끊임없이 생성되었다.

전투가 벌어지면 더욱 활발하게 몬스터들이 튀어나왔지만 하나씩 차근차근 정리가 이루어졌다.

> 프레야 여신이 그대를 축복합니다.
> 여신의 권능으로 당신의 신체가 강해집니다. 힘이 2 증가합니다.

> 헤스티아 여신이 당신의 용맹에 감탄했습니다.
> 불을 다루는 능력이 2% 증가합니다. 영원히 꺼지지 않는 불꽃을 일으킬 수 있습니다.

악마의 하수인과 싸울수록 신의 축복이 마구 부여되었다.

일시적으로 강해지기도 했지만, 영구적인 스탯과 스킬을 얻기도 했다.

"이거 좀 불안한데……."

위드의 얼굴이 찌푸려지는 걸 페일이 발견했다.

"왜 그러시는데요?"

"듬뿍 퍼 주는 걸 보니 앞으로의 일이 만만치 않겠단 생각이 들어서요."

"설마요."

"설마가 잡은 사람만 수천만 명은 될 겁니다. 특히 저와는 인연이 깊은 편이죠."

일반 유저들은 거의 찾아오지 않는 카올랴의 오염된 땅!

마지막 구역에서 드디어 이 지역의 패자를 만나게 되었다.

악마들의 왕, 클레타의 오른팔!

"강한 인간들이군. 클레타 님을 위하여 새롭게 태어나게 해 주마!"

띠링!

악마 집사장 마힐고르타를 이겨라

클레타의 절대적인 신임을 받는 마힐고르타는 악마 군단의 지휘관이다. 그는 오로지 싸움밖에 모르는 전사! 만약 그에게 사로잡히거나 목숨을 잃는다면 영혼이 타락한다. 악마 군단의 병사가 되고 싶지 않다면, 마힐고르타를 이기거나 지금 도망쳐야 한다.

난이도: S

"……."

위드와 동료들에게 일제히 발생한 전투 퀘스트!

"이기지 못하면 악마 군단의 병사가 된다는데요."

"거의 캐릭터를 잃어버리는 것 아니에요?"

페일이나 수르카나 깜짝 놀라서 말했다.

악마 군단의 병사가 된다면 육체의 소유권을 빼앗기게 된다.

여러 번 목숨을 잃거나, 정화를 받지 않는 한 악마 군단의 병사로서 계속 활동해야 하는 것이다.

고레벨 유저들일수록 상상하기도 싫은 끔찍한 페널티였다.

"위험부담이 큰데."

위드는 마힐고르타는 남겨 놓고 도망치는 것도 생각해 봤지만, 그 고민은 오래가지 않았다.

'예전과는 달라. 사냥하다 죽어도 먹고사는 데는 아무 지장이 없다.'

유니콘 그룹의 실소유주!

잡템은 여전히 빠뜨리지 않고 습관적으로 줍고 있긴 했지만 인생이 달라졌다.

과거처럼 방송국에 영상을 팔거나, 장비를 경매 사이트에 올려놓지 않아도 된다.

곳간에서 인심 난다는 말처럼, 좋은 일을 하다가 망하더라도 피해를 수습할 수 있었다.

"자, 그럼 저부터……."

위드가 막 전투를 시작할 무렵, 이미 검치와 수련생들은 달려가고 있었다.

"우와아아아앗!"

"저놈은 내 거다."

"시원하게 싸워 보자."

파이톤, 양념게장도 뒤를 따르는 것이 보였다.

최종 보스라고 하지만 전투의 열기에 완벽하게 빠져든 모습이었다.

"클레타 님을 따르라!"

검은 연기가 피어오르더니 4미터에 달하는 악마 전사들이 쉬지 않고 소환되었다.

마힐고르타는 휘어진 검과 채찍을 손에 들었다.

"클레타 님이 세상을 재창조하실 것이다!"

콰아아아아앙!

마힐고르타의 채찍이 휘둘러지자 대지가 그대로 갈라지며 독 안개가 솟구쳤다.

"제법이구나."

"손맛이 있겠군!"

검치와 수련생들이 달려가서 전투를 시작했다.

악마 전사들을 뚫는 것이 우선이었고, 마힐고르타는 수십 미터씩 늘어나는 채찍을 계속 휘둘렀다.

얇은 늪지와 썩은 나무들이 있는 넓은 전장.

검은 연기에서는 악마 전사들이 계속 소환되고 있었다.

"지원하겠습니다."

페일이 손바닥을 펼치자, 땅에서 화살이 솟아 나와 손에 쥐어졌다.

엘프들의 퀘스트, 세계수의 퀘스트를 다수 진행한 페일은 그 덕에 어디서든 나무 화살을 얻을 수 있었다.

페일은 화살을 빠르게 시위에 걸고 쏘았다.

"숲의 화살!"

파파파팟!

화살들이 마힐고르타의 주변의 땅에 꽂혔다.

다들 빗나간 줄 알았지만, 이윽고 화살이 꽂힌 자리가 들썩거리더니 나무들이 자라나기 시작했다.

울창한 가지와 잎을 가진 나무들은 가까이 있는 마힐고르타와 악마 전사들을 가지로 공격했다.

"어림없는 짓이다."

급하게 조성된 숲은 악마들을 막아 내진 못했지만 혼란을 일으켰다.

전투는 그래도 불리했다.

악마 전사는 계속 튀어나오고 있었고, 놈들에게 사로잡히면 육체를 빼앗기고 악마가 된다.

"놈들에게 당하기 전에 차라리 우리가 죽여!"

"공격해라! 저 큰 악마부터 죽여야 된다!"

위드는 흐뭇하게 동료들이 싸우는 걸 보았다.

보스급 몬스터를 사냥하는 이 긴장감과 재미!

"역시 짜릿해. 이 맛을 끊기가 힘들지."

위드는 용을 죽이는 도끼를 손에 쥐었다.

악마들을 쪼개기에는 최강의 도끼였다.

대장장이 스킬이 고급 7레벨이 되면서 종족의 제한도 풀리고, 스탯 감소의 페널티도 절반으로 줄었다.

"조각 파괴술! 이 모든 것이 힘이 되어라."

무자비한 힘의 전투를 벌일 시간이었다.

위드는 동료들과 함께 힘겹게 마힐고르타를 처치했다.

"분하다. 하지만 클레타 님은 반드시 돌아오실 것······."

악당들이 마지막에 내뱉는 소리라는 것이 영 찜찜한 것도 사실이었다.

마판이 뱃살을 흔들며 걸어왔다.

"위드 님, 수고하셨습니다."

"생각보단 별거 아니었습니다."

악마 집사장.

최악에는 악마들의 왕 클레타까지 감당할 각오가 되어 있었다. 만일을 대비하여 희생의 화로도 준비했고.

마힐고르타는 불완전한 클레타를 소환하려고 했지만 피와 제물이 모자랐다.

이번 위드의 모험이 예상보다 빨랐기 때문이었다.

"위드 님, 악마들이 남겨 놓은 잔재도 다 치웠는데 어찌하시겠습니까?"

"어떻게 하다니요?"

"아르펜 제국 말입니다. 대영주들의 만행을 보고만 계시진 않겠지요?"

"흠……."

마판은 위드가 아르펜 제국의 혼란을 수습해 주길 바랐다.

대륙 전역이 전쟁으로 치닫고 있었지만 위드가 등장하면 모든 상황들이 달라진다.

여전히 위드를 따르고, 두려워하는 사람들이 많았으니 전쟁의 조짐이 거짓말처럼 사라질 것으로 믿었다.

"아무것도 안 하고 푹 쉴 겁니다. 딸이랑 놀아 줘야 되고요."

"그럼 제국은요."

"지난번에 말씀드렸듯이 유저들에게 맡길 겁니다. 미래는 유저들이 만들어 가는 것이죠."

"모든 사람들이 그걸 바라진 않습니다."

유저들 중에는 위드가 황제로서 대륙을 태평성대로 이끌어 주길 원하는 이들도 굉장히 많으리라.

실제로 대륙을 통일한 아르펜 제국은 엠비뉴 교단과 헤르메스 길드의 정복 전쟁, 케이베른 사태로 인한 피해를 수습해야 했다.

그렇지만 장기간의 평화로 쌓여 온 각 세력들의 힘도 분출 직전이었다.

억지로 찍어 누른다면 언젠가는 더 크게 터지리라.

이곳은 현실과는 다른 〈로열 로드〉이기 때문에 전쟁이 꼭 나쁜 것만도 아니었다.

"평화는 지금까지면 충분합니다. 실컷 싸우고, 화해하고. 그렇게 사는 공간도 필요해요. 결과는 모두가 같이 만들고, 받아들여야 하겠지만요."

이현이 있는 현실 세계는 갈수록 평화로워졌다.

정말로 돈이면 웬만한 일은 다 되는 것이다.

"애들은 밥 잘 먹고 다녀?"

―세계 대부분의 지역들이 굶주림으로부터 벗어난 것으로 보입니다.

"범죄는?"

―대한민국에서는 십분의 일로 줄었습니다. 그리고 일본과 미국에서도 치안 조직을 통해 순찰과 예방을 강화하고 있습니다.

범죄 감소도 전 세계적으로 추진하고 있었다.

이현의 러시아 교도소 아이디어는 안 되면 말고 수준이었다.

그런데 즉시 정부 정책에 반영되고 러시아와 협력을 진행해서 범죄자들을 가두는 걸 보면 유니콘 그룹의 영향력은 상상 이상이었다.

범죄율의 감소도 잇따랐는데, 예전에야 전과 3범, 4범을 자랑하는 이들이 많았다.

교도소 한번 다녀온 걸 경력으로 여기는 이들이 널려 있었고, 수형 생활을 하더라도 잘못된 생각이 고쳐지지 않았다.

범죄자들끼리 친목을 다지는 경우도 흔한 것이었다.

하지만 러시아 교도소로 보낸다는 정책이 발표되자마자 전과자들의 범죄율이 급감하고, 음주 운전도 줄었다.

사람들이 알아서 법을 지키는 사회가 만들어지고 있었다.

"연금제도는 어때?"

―국민들의 반응이 좋습니다.

이현은 날로 높아지는 실업률과 생활고를 잡을 방법을 고민했다.

산업화, 정보화 시대를 넘어 생산과 업무 로봇의 시대가 열렸다.

회사마다 필요한 근로자들의 숫자는 줄어들었고, 결국 소득이 감소하면서 경제 위기의 조짐이 발생했다.

'이런 건 정치인들이 알아서 해 줘야 되는 건데.'

유니콘 그룹에서는 과감히 어려운 사람들에게 연금을 나눠 주는 정책을 실시!

국가도 아닌 사기업에서 돈을 뿌리다니 엄청난 정치적인 이슈가 되었다. 하지만 기본 연금제도를 바탕으로 사람들은 생활에 안정을 찾았다.

냉장고, 세탁기, 청소기도 기본형을 공짜로 지급했다.

이현이 그런 정책을 시행한 또 다른 이유가 있긴 했지만.

"돈 좀 적당히 벌어라."

―주의하겠습니다.

인공지능 베르사가 금융권에 떠도는 천문학적인 자금을 매일 쓸어 오고 있었다.

유니콘 그룹의 사업도 대호황이었고, 페이퍼 컴퍼니로 소유권을 은닉한 회사들도 무섭게 성장했다.

돈이 돈을 번다는 말이 있었지만 그것을 넘어서서 세계 자본을 움켜쥐었던 것.

이현도 설마 이런 말을 하게 될 줄은 몰랐다.

"돈 욕심 많이 내지 말고."

―네.

"흠흠. 사람들이 전부 나 같은 건 아니야. 그리고 나도 먹고살 만해진 다음부터는 욕심을 덜 내잖아."

인공지능은 이현을 조금씩 닮아 가고 있었다.

돈에 대한 집착을 보며 그것을 이루어 주기 위한 노력이 세계 경제 위기를 만들어 내려고 할 정도.

전 세계적으로 시행된 연금 정책은 많은 백수들을 양산하긴 했지만, 기술의 발달로 사람의 노동력에 대한 필요가 줄어들고 있었으니 어쩔 수 없는 일이었다.

그래서 〈로열 로드〉에 접속하는 유저들도 매년 늘어났다.
이현은 방송을 보면서 아르펜 제국이 결국에는 갈기갈기 찢겨 나가는 것을 확인했다.

우리가 인정한 황제는 위드 님뿐이다.
오베론은 정통성이 없다!

대영주들은 결국에는 아르펜 제국 소속을 벗어났다. 그들에게는 괜찮은 명분도 있었다.
유저들의 절대적인 지지를 받았던 건 위드였고, 그를 중심으로 건국된 아르펜 제국.
그가 오랫동안 통치하지 않으면서 저마다 마음껏 살아가고 있었다.

툴렌은 원래부터 우리의 영토다. 흑사자 길드는 툴렌의 새로운 시대를 열어 갈 것이다.

차별 없는 클라우드 길드. 용병들의 세상을 만들자.

로암을 따르자. 모든 이권을 골고루 나눠 주기로 약속하셨다.

세력들마다 수백만의 유저들이 뭉쳤고, 그들끼리 충돌했다.
가르나프 평원의 전투처럼 1억 단위의 유저가 모일 일은 드물었지만, 전체적인 레벨들이 올라 그 위력은 못지않았다.

"판을 깔아 주니 잘도 싸우는구나."

오데인 요새는 또다시 주요 전장이 되었다.

흑사자 길드와 로암 길드.

그들이 모든 전력을 걸고 부딪쳤고 사흘 밤낮 동안 진행된 마법 공격 아래 주춧돌까지 쓸려 나갔다.

대륙의 수많은 도시, 마을, 요새들도 전쟁에 휘말리면서 파괴되었다.

케이베른과 몬스터들의 난동으로 인한 피해가 컸었지만, 전 대륙이 유저들끼리의 분쟁에 빠져들며 약탈과 파괴가 일상처럼 일어났다.

자신들이 갖지 못할 바엔 부숴 버리는 일이 흔히 벌어졌다.

—헤르메스 길드! 하벤 지역에서 출정한 그들이 칼라모르 지역을 정복했습니다.
—과거의 영광을 되찾는 수순인가요? 헤르메스 길드의 전투단이 익룡을 타고 날아다니고 있습니다.
—편의상 익룡이라고 부르지만, 실제로는 카우드랄로페라는 복잡한 이름의 몬스터죠?
—그렇습니다. 헤르메스 길드에서 번식을 시켜서 길들였습니다. 전투 능력은 대단하지 않지만 장거리를 빠르게 날아다닐 수 있습니다.

헤르메스 길드도 군대를 움직여서 주변 지역의 정복에 들어갔다. 그동안 쌓아 왔던 힘을 분출시키면서 다른 대영주들도 긴장하게 되었다.

북부 대륙마저도 전화에 휩쓸렸다.

우린 위드 님의 귀환을 원한다!
오베론이 먼저 물러나야 한다!
아르펜 제국을 제대로 다스리지 못한 오베론은 책임을 통감하고 스스로 물러나라.
바르고 성채는 독자적으로 활동할 것을 선언한다.
하지만 위드 님이 오시면 언제든 아르펜 제국 소속으로 돌아갈 것이다.

초보자들의 천국인 북부는 유저들의 밀집도가 높았다.
중앙 대륙보다 레벨 수준은 낮지만, 그럼에도 사냥으로 지속적인 성장을 해 왔고, 고레벨 유저들도 꽤 많이 유입되었다.
영주들도 유저들을 대거 동원하면서 분쟁을 일으켰다.
아르펜 제국의 직속 영역이라 눈치를 보긴 했지만, 그들은 위드의 핑계를 대고 병력을 일으켰다.
그러던 중에 모두를 깜짝 놀라게 만드는 발표가 있었다.

우린 새로운 왕국을 열 것이다.
아스 왕국에 합류하라.

도시 아스.
북부 대륙과 중앙 대륙의 연결 고리에 위치하여 중계무역과 광업, 고급 별장과 주택 같은 주거 지역으로 성장한 도시였다.
아스의 넓고 깨끗한 거리와 멋진 자연환경은 상인과 고레벨 유저들을 끌어들였다.

영주 로빈은 아스 왕국의 건국을 선포하면서 큰 반향을 일으켰다.

> ─아니, 최초로 반역을?
> ─흑사자 길드도 공식적인 명분은 툴렌 지역을 되찾는 건데. 후덜덜덜.
> ─아르펜 제국의 체제를 정면으로 거역. 새로운 왕국을 선포함.
> ─저 패기, 어디서 나옴?

〈로열 로드〉의 유저들은 깜짝 놀라 아스 왕국의 행보를 지켜보았다.

"혹시 누가 수작을 부린 건가? 헤르메스 길드? 역시 그놈들이겠지?"

"배후에 누군가 있어. 제대로 준비해서 터트린 느낌인데."

"북부 대륙에도 균열이 일어나나?"

대영주들은 정보망을 최대한 가동해 봤지만 아스 왕국에 대해서는 이해할 수 없었다.

북부의 정세가 요동칠 것 같았지만 의외로 평온했다.

> 주변 도시들이 아스 왕국으로의 합류를 거부했습니다.

로빈은 건국을 하며 자신의 도시와 가까운 영주들을 믿고 있었다.

'내가 병력을 일으키면 뜻을 같이해 주겠지?'

몇 년 동안 공을 들여 온 영주들이고, 술자리도 자주 했다.

자신이 건국만 하면 중소 왕국 수준의 영토와 인구를 단숨에 확보할 수 있으리라고 믿었다. 하지만 결국 뜻을 함께한 건 8명의 영주였고, 그들도 다음 날 세력이 약한 것을 확인하고 뜻을 돌렸다.

 우린 아스 왕국의 소속이 아닙니다. 지리적으로 가까운 탓에 많은 관련이 있긴 했지만 오늘부터 도시 아스와 모든 관계를 끊을 것입니다.

 전부 오해입니다. 우린 아르펜 제국의 영주로 남을 것입니다.

중소 영주들은 아스 왕국에서 빠르게 발을 빼며 살길을 찾았다. 로빈이 그동안 지원해 준 물자들만 꿀꺽하고 튀는 약삭빠른 행위!

> 아스의 상인들이 자신들은 관련이 없다면서 상단 이주의 뜻을 밝히고 있습니다.

아스에서 활동하는 상인들도 이탈하고 있었다.
북부와 중앙 대륙에서 주로 활동하는 그들의 입장에서는 아스 왕국의 건국이야말로 어느 쪽에서도 환영받지 못했다.
"뜬금없이 무슨 짓이래?"
"국왕병에 걸려 있더니 언젠가 저럴 줄 알았다."
"난 지금까지 농담인 줄 알았는데. 저게 진짜였구나."
상인들이 떠나고, 지역 유저들도 로빈을 위해 싸워 줄 이유가 없었다.
"맨날 잘난 척하고 돈 자랑하던 영주잖아. 언젠가 자기가 대륙 통일할 거라고 하던데, 기가 막히더라."

"저건 한번 당해 봐야 정신을 차려."

"아냐, 당해도 모를걸."

> 영주 수르카가 아스 왕국 정복을 선언했습니다.

위드의 동료들.

그들도 북부 대륙의 영주들이었다.

열정적으로 도시를 일구었고, 높은 명성으로 그들을 따르는 유저들도 많이 있었다.

수르카는 방송국 인터뷰도 했다.

"재작년에 영주들이 참석한 대지의 궁전 연회에서 로빈 님을 본 적이 있어요."

"어땠나요?"

"진짜 재수 없었는데 실컷 때려 줄 거예요."

수르카의 선언에 북부 유저들이 구름처럼 몰려들었다.

기왕이면 이기는 쪽에 붙고 싶은 것이 사람들의 마음.

명분이나 세력, 인기까지도 수르카가 쥐고 있었으니 애초부터 상대도 되지 않는 싸움이었다.

수르카가 병력을 이끌고 가서 아스 왕국을 정복했다.

도시 아스의 성벽은 높았고 방어 시설도 많긴 했지만, 그것은 제대로 된 공성전이라고 볼 수도 없었다.

아스를 지키기 위해 용병으로 참여한 유저들은 무기를 꺼내지도 않았다.

그냥 성벽에서 대충 시간을 때우며 구경이나 하다가 성문을 열어 줬다.

"어서 오세요. 환영합니다, 여러분."

"열어 주셔서 고맙습니다."

"뭘요. 영주 성은 도시 중앙에 있습니다."

"그럼 나중에 뵙죠."

수르카의 정벌군이 변변한 전투도 하지 않고 도시 아스를 평화롭게 정복하고 말았다.

"어떻게 이럴 수가……."

로빈은 화려한 의자에 앉아서 망연자실하곤 말했다.

수르카는 애초에 실컷 때려 주기로 했지만 순식간에 기반을 잃은 로빈이 불쌍해 보였다.

"으함. 이런 분위기는 싫은데. 그냥 가세요."

"여긴 내 왕국이다."

"그럼 때려요? 맞고 갈래요?"

결국 영주 로빈은 무일푼으로 쫓겨나고 말았다.

대륙 전역에 본보기를 보이기 위해 목숨을 거두고, 척살령을 내려야 한다는 의견도 있었지만 수르카는 거부했다.

세력도 없고 레벨도 낮아서 딱하다는 이유에서였다.

아스 왕국의 건립은 역으로 위드의 동료들에 대한 재평가의 계기가 되었다.

위드로부터 황무지나 다름없는 지역들을 받아서 영주가 된 이들. 함께 모여서 사냥과 모험을 할 때 외에는 조용히 자신들의 지역을 다스려 왔다.

북부 지역의 대영주로 성장한 그들.

페일만 하더라도 북부에서 5대 도시를 통치하고 있었는데, 그들의 영향력과 힘을 다시 평가하게 되었다.

"재밌어지겠네."

이현은 싸움 구경이 제일 즐겁다는 생각을 했다.

대륙은 다시 여러 개의 왕국으로 나뉠 수도 있으리라.

"근데 예전보다 더 바빠진 것 같아."

ㅡ관여하시는 일이 많기 때문입니다.

이현이 어려운 사람들을 도우면서 밥값과 월세조차 제대로 내지 못하던 사람들도 경제활동을 할 수 있게 되었다.

소년 가장이나 몸이 아파서 일하기 힘든 사람들도 최소한의 생활은 할 수 있게 도와줬다.

환경문제 또한 어느 정부라도 팔을 걷고 나서서 해결하기 힘든 사안이었다.

그럴 땐 유니콘 그룹이 나섰다.

"바다에 있는 쓰레기는 하루라도 빨리 다 치우자."

ㅡ올해 내로 정리하겠습니다.

"로봇들을 투입해서 육지의 쓰레기들도 분류하면 좋겠어. 다 태우거나 묻는 건 자원 낭비야. 재활용 가능한 것들이 많잖아."

ㅡ다음 달부터 시행하겠습니다.

유니콘 그룹은 수십조 규모의 친환경 사업을 벌였다.

전 세계를 대상으로 이루어지는 작업이라서 모든 이들의 호평을 받았고, 자원 낭비와 환경오염을 막는 효과도 있었다.

정치에 대해서는 언론들을 적극 이용했다.
유니콘 그룹에서 소유한 언론사들을 통해 정치인들의 부정부패들과 스캔들을 터트린다.
"어지간히 썩긴 했네."
―그놈이 그놈입니다.
굴비 엮듯이 정치인들을 정리하면, 그 자리를 차지한 이들도 마찬가지이긴 했다.
어떤 경우에는 더한 놈들이, 국회에 나와서 부패와 비리에 대해서 질타하는 게 아닌가.
"저것들도 정리하자."
―진행하겠습니다.
정치인들을 계속 솎아 내다 보면 시간이 흐른 뒤에 맑아지긴 하리라.
정치를 하면서 개인적인 이득을 취할 수 없게 하는 것만으로도 조금이라도 나아지리라는 기대감은 있었다.
'내가 사회문제나 정치에 전문가도 아니고.'
이현은 가끔씩 잘 알지도 못하는 자신이 관여하는 건 잘못된 게 아닌가 스스로를 의심스러워하기도 했다.
개입하는 일들이 매번 좋은 쪽으로만 결론이 나는 것은 아니었기 때문이다.
'그래도 내가 손을 대야지. 누가 하겠냐.'
전문가가 아니더라도 좋은 뜻에서 관여할 수는 있으리라.
무슨 일을 완벽하게만 하려면 아무것도 못 하게 될 테니깐.
애초에 사회나 정치 문제가 무언가를 완전히 해결하기도 어렵고.

"열심히 세상을 좋은 곳으로 만들어 보자."

―알겠습니다.

"그리고 예전의 그 사채업자들 말인데, 아직 그대로 있지?"

―감금 상태를 유지하고 있습니다. 그들의 모습을 보여 드릴까요?

"그럴 필요는 없어. 괜히 더 괴롭혀 주고 싶으니깐. 그들 중에서 반성한 사람은 없지?"

―없습니다.

"걔들도 러시아로 보내지."

위드와 바드레이

 헤르메스 길드가 칼라모르 지역을 정복하고 바드레이가 직접 통치 정책을 발표했다.

 우리는 지배할 뿐이다.
 아르펜 제국의 통치를 그대로 계승하여 유지할 것이며,
 강자들이 영주가 되어 다스릴 수 있게 하겠다.

과거처럼 유저들을 착취하지 않으며 힘을 바탕으로 통치하겠다는 논리.
 "전쟁이다!"
 "헤르메스 길드가 드디어 칼을 뽑았어. 대륙 정복 전쟁을 선언했어!"
 오랜 평화에 지루해하며 전투를 바라던 유저들이 환호했다. 특히 레벨이 높을수록 헤르메스 길드의 태도가 싫지 않았다.

반면에 걱정하고 두려워하던 이들도 아르펜 제국의 정책을 잇는다는 선언에 안심하게 되었다.

―대박이다. 헤르메스 길드 대 흑사자 길드!
―헤르메스 길드가 무난하게 이길 것으로 예상.
―그래도 볼만한 전투가 펼쳐지겠다.
―대격전. 레전드 중의 레전드인 가르나프 평원 전투가 재현되려나.
―그 수준은 아님. 전설 중의 전설로 예상.
―아재. 개그가 너무 구식인 듯……
―미안. 농담의 조크로 받아 줘.
―허억… 숨이 막혀 온다.
―웃으니까 스마일이잖아.
―이 아재 정신 나감. 도망치자.
―가지 마. 지옥문의 헬게이트에서 함께 미쳐 보자, 애들아!

오랜만에 불타오르는 게시판.

방송국들도 가뭄에 물 만난 것처럼 활발해졌다.

KMC미디어의 강 국장, 부장에서 승진한 그는 특별 프로그램을 진두지휘했다.

"모든 방송 자원을 총동원해서 여기에만 매달려! 우리도 CTS와의 시청률 전쟁에 대비해야 해."

방송국들의 시청률도 그동안 정체되었다.

강 국장은 위드가 시청률을 높게 이끌어 갔던 시절을 그리워했고, 헤르메스 길드가 큰 흥행을 일으키리라 짐작했다.

"난세가 다가오고 있어. 정말 오랜만의 난세라고. 흑사자 길드와의 싸움은 그냥 시작에 불과할 거야. 진짜는 헤르메스 길드가 대륙을 정복할 수 있느냐지. 그리고 위드가 그들을 막기 위해 등장하느냐!"

유저들과 방송국들의 기대 속에서 헤르메스 길드와 흑사자 길드가 라코느 요새에서 맞붙었다.

칼리스는 요새 중앙 탑에서 목이 찢어져라 전투를 지휘했다.

"마법공성포 발사! 적의 접근을 차단하라!"

흑사자 길드는 아르펜 제국의 영향력 아래에 있으면서 꾸준히 힘을 키워 왔다.

툴렌 지역의 이권을 바탕으로 길드원을 늘렸고, 방어 시설도 적극적으로 건설. 언젠가 헤르메스 길드가 칼라모르 지역을 점거하고 툴렌으로 진입할 것을 대비하여 요새를 축성해 놓았다.

투두둥!

마법공성포가 수십 갈래의 빛의 포탄을 연속으로 발사했다.

라코느 요새는 최강의 방어벽으로 이름을 날렸다.

〈로열 로드〉의 시작부터 존재하던 오데인 요새보다도 훨씬 튼튼하고, 마법 공격에 대한 대비도 완성이 되어 있었다.

"가라! 이곳이 헤르메스 길드의 무덤이 될 것이다!"

흑사자 길드는 용맹하게 싸웠다.

블랙소드 용병단과의 협약을 맺어서 그들의 병력도 지원을 받았으며, 주변에 있는 고레벨 유저들은 전부 끌어왔다.

헤르메스 길드는 위드를 만나기 전까지 패배를 모르던 집단.

흑사자 길드는 아르펜 제국이 대륙을 통일하고 나서부터 조용히 힘을 키워 왔고, 이제는 해볼 만하다고 여기고 있었다.

"헤르메스 길드만 부순다면 우리도 대륙의 패권을 차지할 자격이 있다."

칼리스는 성벽에 서서 온 힘을 다해 싸웠다.

공격 스킬이 발동될 때마다 섬광이 일어나며 성벽을 올라오는 헤르메스 길드원들을 휩쓸었다.

"내가 흑사자의 칼리스다!"

> 사나운 전사의 포효를 터뜨렸습니다.
> 공격력이 일시적으로 352%로 강화됩니다. 적의 강함에 따라 저항력이 증가합니다. 체력 소모가 빨라집니다.

"부수고 들어가라!"

보에몽이 이끄는 전사 집단은 도끼로 성문을 부수고 요새 내부로 난입했다. 수많은 화살과 마법공성포가 쏘아 낸 빛의 포탄을 몸으로 맞아 가면서 성문을 뚫어 낸 것이다.

"막아라!"

"우리가 흑사자들이다."

요새 안에서 기다리던 흑사자 길드 유저들이 맞붙어 싸웠다.

"돌격! 지상군을 도와라."

"적들의 접근이다. 요격해!"

하늘에서 다가오는 헤르메스 길드의 비행단에 맞서서 라코느 요새에서는 마법과 화살 공격이 솟구쳤다. 괴롭게 울부짖는 소리를 내며 익룡들이 지상으로 떨어졌다.

요새의 방어에 유리한 구조와 흑사자 길드가 용맹하게 싸우면서 균형은 제법 오랫동안 유지되었다.

"전부 비켜라!"

바드레이가 친위대와 함께 난입하기 전까지는.

그들은 파죽지세로 요새를 지키는 병력을 가르고 들어왔다.

"우리도 정예들을 투입해!"

흑사자 길드에서는 빈델이 동료들과 함께 나섰지만 5분도 버틸 수가 없었다.

바드레이와 친위대와는 레벨이 100개 이상 차이가 났다.

무기와 스킬들끼리 부딪치면 일방적으로 흑사자 길드가 밀렸다.

"제대로 상처도 입히지 못하다니."

칼리스는 빈델의 공격이 바드레이에게 무용지물인 모습을 보며 전율했다.

자신들이 세력을 키우는 동안 바드레이와 헤르메스 길드는 훨씬 더 강해졌다. 범접할 수 없는 격차의 무력.

위드에게 패배하고, 아르펜 제국에 굴복한 이후에 헤르메스 길드가 약해졌다는 것이 일반적인 평가였다. 하지만 그들은 핵심 전력을 보존하며 시간을 두고 설욕의 기회만을 노려 왔다.

헤르메스 길드가 압도적인 힘으로 라코느 요새를 점거해 가고 있었다.

"칼리스."

"바드레이, 결국 이렇게 만나게 되는군."

바드레이는 라코느 요새의 성벽에서 칼리스와 마주 섰다.

공성전이 벌어지는 주위에는 마법과 스킬들로 난장판이었지만, 그들은 서로만을 쳐다볼 뿐이었다.

'바드레이. 너만 이긴다면 내가 최강임을 증명할 수 있다.'

칼리스는 의욕에 불타올랐다.

위드가 오랫동안 잠적 상태로 있자 사람들은 바드레이를 다시 무신으로 부르고 있었다.

'너를 이기고, 헤르메스 길드를 촌구석으로 물러가게 할 것이다.'

칼리스는 조용히 숨을 고르고 나서 무기를 꺼내 들었다.

검신에 새하얀 서리가 어려 있는 검이었다.

전설의 무기. 남쪽 바다의 검.

흑사자 길드는 전설급 무기와 방어구들을 구하기 위해 백방으로 노력해 왔다.

마침내 어느 모험가로부터 얻어 낸 무기.

툴렌 지역의 성 몇 개를 팔아 치워야 했지만 후회는 없었다.

'이번 전투만 이긴다면…….'

바드레이가 먼저 입을 열었다.

"우리 사이에 긴 대화는 필요 없겠지."

"전장에서 적과 적으로 맞섰으니 나 역시 한가롭게 이야기나 할 생각은 없었다."

칼리스가 기세 좋게 맞받아쳤지만, 그것은 바드레이의 오만한 성격을 까맣게 잊어버린 말이었다.

"그런 뜻이 아니라 예의상 몇 마디라도 해 줘야 하는 게 아닐까 싶어서. 사실 넌 나와 대화할 자격이 없다."

"뭐라고!"

"다른 하나의 검."

바드레이가 스킬을 사용하자 공중에 검이 나타나더니 한 바퀴를 선회하고 칼리스를 향해 쏘아져 나갔다.

"벼락 가르기!"

칼리스는 공격 스킬로 다른 하나의 검을 후려치며 바드레이에게 달려갔다.

라코느 요새의 비좁은 성벽 위.

도망치지 않는 한 피할 곳은 없으리라.

정면의 힘 싸움으로 모든 것이 결정되리라는 각오를 다졌다.

"붕괴의 일격."

바드레이는 검을 휘둘렀다.

쿠궁!

그 순간, 바드레이를 중심으로 성벽이 무너질 듯이 흔들리고, 파도가 치는 것처럼 일렁였다.

"이건 무슨… 수평 막기!"

칼리스는 급하게 검으로 수비 스킬을 발동시켰다.

상대방의 공격일 뿐이지만 예감이 뭔가 심하게 좋지 않았다.

> 감당할 수 없는 힘에 의해 방어가 꿰뚫렸습니다.
> 파멸의 힘이 깃든 공격이 무지막지한 위력으로 당신을 강타합니다. 생명력이 109,287 감소하였습니다. 1.7초간 기절! 방어구 '거미 여왕의 투구'의 내구도가 감소했습니다. 차이가 나는 힘에 꺾였습니다. 일시적으로 힘의 최대치가 23% 감소합니다.

철혈의 워리어.

전장의 최선봉에서 지치지 않고 적과 싸우는 직업.

레벨과 스탯, 스킬 등에서 바드레이는 필요한 수치들을 달성하고 나서 열 가지의 난관을 뚫으면서 철혈의 워리어로서 비기를 얻었다.

그것은 육체의 한계를 뛰어넘는 힘을 발휘하는 것.

정면승부에서는 쉽게 무너지지도, 허무하게 패배하지도 않으리라.

'이건 무슨 말도 안 되는…….'

칼리스는 뒤로 튕겨져 나가며 절망감에 사로잡혔다.

하지만 바드레이의 입장에서 보면 이런 결과란 너무나도 당연한 것이었다.

그는 〈로열 로드〉의 초창기부터 최고의 자리를 놓치지 않았다. 무신 바드레이로서.

다른 명문 길드의 대표라고 해도 기본적으로 레벨과 장비에서 현격하게 차이가 났다.

위드에게 패배하고 나서 더욱 독하게 사냥터들만 전전했다.

칼리스가 열심히 사냥을 했다고 해도, 지금은 50개가 넘는 레벨 차이가 있었던 것이다.

'예상보다 훨씬 강해. 시간을 두고 나도 검술의 비기를 활용하면서 싸워야 한다.'

칼리스가 천천히 싸우면서 기회를 노리기로 계획을 바꾸려는데, 바드레이는 이미 스킬을 연달아 발동시키며 다가오고 있었다.

"탄생의 힘! 흑기사의 일격!"

"빌어먹을!"

칼리스는 맹렬한 공격에 사자가 토끼 1마리를 사냥할 때도 최선을 다한다는 말을 얼핏 떠올렸다.
 하지만 그것도 바드레이의 생각과는 차이가 있었다.
 '시간이 아깝다.'
 〈로열 로드〉에서 위드가 아니라면, 다른 유저들은 거추장스럽기만 했다.
 흑기사로서의 강함으로도 부족함을 느끼고, 철혈의 워리어가 되고 나서 사냥터에서 살아왔다. 단단해진 몸으로도 견디기 어렵고 목숨이 아차 하면 날아가는 위험한 곳에서 지냈다.
 '고작 예전에도 쉽게 이겼던 칼리스 따위를 상대하기 위해서가 아니었다.'
 위드에게 가는 길에 걸리적거리는 돌멩이에 불과하다.
 "울부짖는 분노!"
 바드레이가 철혈의 워리어 스킬을 사용하며 연속 공격을 이어 나갔다.
 칼리스는 검을 휘둘러 제대로 반격도 해 보지 못했다. 방어 스킬을 발동시키는 것 말고는 할 게 없었다.
 살을 주고 뼈를 깎는다는 생각으로 억지로 몇 번의 공격을 해 봤지만, 바드레이에게 제대로 타격도 입히지 못하는 모습에 절망했다. 전체적인 전투력에서 너무 커다란 격차가 난다는 것을 스스로 느낄 수밖에 없었다.
 "칼리스가 저항도 하지 못하다니. 저게 진짜 바드레이의 실력인가."
 "바드레이는 얼마나 강해진 거야."
 옆에서 볼 때는 더 일방적으로 당하는 모습이었다.

라코느 요새의 함락!

칼리스의 패배!

공성전에서 조금의 희망도 없이 대패한 흑사자 길드는 툴렌 지역을 빼앗기고 라살 지역으로 물러났다.

"헤르메스 길드의 전력을 우리가 독자적으로 감당할 이유는 없지."

"그렇지. 우리도 그동안 놀고 있었던 건 아니니까."

흑사자 길드는 전력을 다시 정비했다. 그들은 어떻게든 베르사 대륙의 패권을 이대로 포기하고 싶지 않았다.

"우린 사자성과 협력해서 헤르메스 길드를 야금야금 갉아먹을 것입니다."

칼리스는 그렇게 대책을 준비했다.

자신들의 영토는 내주었지만, 그 대신 넓은 전선을 얻는다.

넓은 영토에서 게릴라전을 벌이며 헤르메스 길드원들을 사냥하려는 계획.

사자성, 클라우드 길드도 이에 협력하면서 헤르메스 길드의 영역을 침범해 들어갔다. 마을과 도시를 불태우고, 헤르메스 길드원들을 제거하며 엄청난 전공을 올렸다.

아르펜 제국을 위하여!

헤르메스 길드는 앞으로 대륙의 위협이 될 것입니다.

아르펜 제국의 이름을 팔아먹는 것도 잊지 않았다.

위드가 모습을 감추고 나서 색이 바랜 명분이긴 했지만 그래도 아르펜 제국의 질서를 지킨다는 의미가 있긴 했으므로.

헤르메스 길드와 옛 명문 길드만이 아니라 노튼, 네스트, 그라디안, 리튼, 브리튼 연합, 아이데른, 데일, 브렌트, 로자임, 수베인 등 옛 왕국들이 있던 지역에도 다양한 유저들의 세력이 있었다. 아르펜 제국의 영주들, 그들이 힘을 모아 크고 작은 세력들을 형성했다.

대영주들의 분쟁에 피해를 입는 건 힘없는 우리입니다.
약자가 되지 않기 위해 우리끼리 뭉칩시다.
새로운 시대의 질서를 제가 열어 갈 것입니다.
명분 없는 전쟁은 질렸습니다. 자유와 협력, 도전을 원하시는 분들은 저희에게 오십시오.

〈로열 로드〉에는 사냥과 퀘스트로 새롭게 이름을 알린 유저들이 많았다. 어떤 이들은 영주로서 혹은 기사로서 활약하며 명성을 떨쳤고, 세력에 속하거나 새로운 세력을 일구었다.

그렇게 〈로열 로드〉의 초창기처럼 전쟁이 끊이지 않으면서, 도시와 마을 들의 전면적인 파괴가 이루어졌다.

6개월!

베르사 대륙의 생산력이 절반으로 줄어드는 데 걸린 시간이었다. 거듭된 전투들로 유저들의 손실도 컸지만 그들은 스스로 멈출 수 없는 단계에 돌입했다.

잠시간의 평화가 찾아와도, 서로 뒤통수를 맞지 않기 위해 공격을 거듭했다.

"아르펜 제국이 있던 시대가 지루했어도 평화로웠네."

"후… 그래도 이젠 멈출 수 없지."

대영주들은 한번 무너지면 다시 일어나기 어렵다는 것을 알기 때문에 더욱 치열하게 싸웠다.

헤르메스 길드의 기치는 단순했다.

오로지 힘으로. 우린 대륙 최강이다.

어떤 수작도 부리지 않는다. 오직 힘을 바탕으로, 적극적인 공세를 펼치는 그들이 조금씩 유저들의 신뢰를 얻었다.

북부는 누구에게도 넘겨주지 않을 것입니다.

북부의 영주들은 페일을 중심으로 뭉쳤다.

중앙 대륙에서의 패권 다툼은 관여하지 않지만, 북부로의 침략은 허용하지 않겠다는 선언.

북부의 영주들은 모라타 시절부터 함께했던 이들이 많았고 아르펜 제국의 건국 역사를 똑똑히 기억했다. 영주들끼리의 이권 다툼이 벌어지긴 했지만, 곧 페일에게 사람들이 모였다.

"페일 님이 잠시라도 황제 자리를 받아 주셨으면 합니다."

오베론도 선뜻 왕관을 넘겨주려는 의사를 밝혔다.

그들은 위드와도 가끔씩 모여서 사냥을 했기 때문에 헛된 명예욕 같은 건 애초에 없었다.

위드만 돌아온다면 언제든지 모든 것이 제자리로 돌아갈 가능성이 크다. 중앙 대륙이 엉망진창이 되긴 했지만 그럼에도 북부가 다시 뭉치는 건 위드의 이름이라면 손바닥 뒤집기만큼이나 쉬운 일이었다.

페일이 고개를 가로저었다.

"오베론 님이 쭉 맡아 주세요."

"저로서는 너무 감당하기 힘든 일입니다. 중앙 대륙에는 말이 통하지도 않고, 북부 유저들도 모든 걸 제 탓으로만 돌리는데… 스트레스가 너무 쌓입니다."

오베론이 얼굴을 찡그리며 울상을 지었다.

페일도 그가 어떤 마음인지 잘 알지만 선택권이 없었다.

"위드 님이 오베론 님의 황제 자리를 유지시켜야 한다고 했습니다."

"위드 님이요? 어째서요?"

"그게… 말하기가 곤란한 이유인데."

"도무지 이해가 안 갑니다. 위드 님과 가장 많은 시간을 보낸 게 페일 님이잖습니까. 황제 자리도 당연히 페일 님에게 물려줬어야죠."

"7봉……."

"예?"

"라면을 7봉이나 드셔서랍니다."

소소한 원한도 잊지 않는 위드!

오베론에게 황제 자리를 맡겨서 실컷 괴롭히는 것이었다.

바드레이는 툴렌의 포르모스 성에 머무르고 있었다.

"소모전이라. 결국 독자적인 전력으로는 여전히 대륙 장악이 쉽지 않군."

헤르메스 길드는 전투에 이길 때마다 세력을 확대하며 성장하고 있었다.

대륙 정복을 위해서는 더 많은 유저들을 받아들이고, 또한 그만큼 강해져야 하리라.

천천히 한 걸음씩. 과거의 잘못을 되풀이하지 않기 위해서 영토만 넓히는 것을 서두르지 않았다.

"힘을 키운다. 그 힘을 떨친다. 헤르메스 길드는 가장 단순해질 것이다."

바드레이의 레벨은 850을 달성했다. 철혈의 워리어로 얻은 방어 스킬들도 마스터의 경지까지 달성!

칼리스와 싸워 보았지만 조금의 위기도 느끼지 못한 채 간단히 이겼다. 그다음부터는 칼리스, 로암, 미헬, 샤우드, 모두 그를 피해 다니기에 바빴다.

보에몽이 감격에 차서 말했다.

"대륙 최강, 무신이라는 별명으로 바드레이 님을 부르고 있습니다. 사람들이 바드레이 님의 무력을 인정하고 있습니다."

"다른 이들과 싸우는 건 중요하지 않지요. 위드. 그를 이겨야만 진짜 무신이 될 것입니다."

바드레이는 칼리스를 이기면서 만족을 느끼지 못했다.

당연한 승부였고 예상했던 그대로 흘러갔다.

다른 대영주들도 무시할 수 없는 강자라는 점은 인정한다. 그럼에도 자신과 견줄 수 있는 존재라고는 생각하지 않았다.

"위드와 싸우게 된다면 당연히 바드레이 님이 이길 겁니다."

보에몽은 바드레이가 승리할 것으로 믿었다.

그러나 한편으로는 찜찜한 것도 사실.

상위권에 있는 헤르메스 길드원들이라면 누구나 위드에게 느꼈던 짙은 패배감에서 벗어나지 못했다.

그 감정은 바드레이도 마찬가지였다.

아르펜 제국이 대륙을 통일한 다음부터 위드의 소식이 들려오지 않으니 불안했다. 어디서 어떤 퀘스트와 사냥을 하며 강해지고 있는지를 모르기에.

마지막으로 확인했던 위드의 직업조차 전사 계열.

언젠가 또다시 싸우게 되면 힘에서 밀릴 수도 있다는 두려움으로 사냥터에서 더 오래 머물렀다.

헤아리기도 어려울 정도로 수많은 몬스터를 사냥하고, 철혈의 전사로서 육체를 완성한 지금에야 자신감이 조금 생겼다.

바드레이가 무거운 목소리로 말했다.

"공개적으로 위드에게 도전해야겠습니다. 멜버른 광산에서 한 번 이겼고, 가르나프 평원에서 한 번 졌지요. 이젠 진정한 승자가 누구인지 결정해야 할 때입니다."

아크힘, 가우슈, 라미프터는 바드레이의 결정을 존중했다.

"저는 바드레이 님의 승리를 믿습니다."

"그를 꺾읍시다."

"아르펜 제국의 시대가 저물었음을 모두에게 알리죠."

위험한 도전인 것은 당연히 안다.

그럼에도 헤르메스 길드원들은 대륙을 정복하기 전에 넘어야 할 가장 큰 산으로 위드를 생각했다.

그를 이기지 못하는 한 모두가 불안감에 떨며 살 수밖에 없으리라.

헤르메스 길드를 이끄는 바드레이의 이름으로 도전한다.

아르펜 제국의 황제이며 전쟁의 신 위드여,

정정당당한 일대일의 승부를!

그대가 장소와 시간을 정하라.

전 대륙에서 가장 강한 자가 누구인지를 결정하는 자리가 될 것이다.

바드레이의 도전장은 〈로열 로드〉를 뜨겁게 달구었다.

―대박 매치가 벌어진다.
―이게 얼마 만이냐. 세상에 위드와 바드레이라니…….
―바드레이가 위드를 불러들이네.
―꿈에 그리던 명승부. 아르펜 제국의 황제와 무신 바드레이!
―대륙 최강이 가려진다!

소식은 삽시간에 퍼졌다.

방송국들이 생중계에 자막을 넣어서 속보로 내보내면서 인터넷 게시판들까지 활활 타올랐다.

―과감하게 위드 님의 승리를 점쳐 봅니다. 지금까지 보여 준 실력이라면 충분함. 마지막 전투에 위드 님이 이기기도 했고요.
―위드 님이 최고죠. 그분의 사냥 속도는 예전부터 지금까지 전설임.
―조각사로 슬금슬금 시작해서, 네크로맨서로 깽판을 치기 시작하더니 전사가 되니 말릴 수가 없게 되었다.
―살아 있는 노가다의 신. 도무지 얼마나 강해졌을지 짐작도 되지 않음.
―아르펜 제국이 대륙을 통일하고 바드레이가 얼마나 많이 사냥을 했는데요. 지금 시점에서 바드레이 님보다 강한 유저는 없을 거라고 보네요.
―바드레이의 전투는 완벽 그 자체. 칼리스를 압살해 버림. 아예 1%의 승산도 주지 않고 밟음. 위드라고 해도 뭐가 다를까?
―바드레이의 전투력 분석을 KMC미디어에서 한 게 있었죠. 공격력 극강, 방어력 극강. 철혈의 워리어가 되어서 자신보다 2, 3배 강한 적에게도 안 죽을 것 같다고 평가받음.
―아무리 위드라고 해도… 지금의 바드레이를 무슨 수로 이깁니까. 아무도 못 말려요.

게시판들마다 위드나 바드레이의 승리를 예측하는 글들로 뒤덮였다.

개인적인 호기심도 있었지만, 대륙의 정세를 뒤바꿔 놓을 대결이었다.

―문제는 위드 님이 안 나타난 지 오래라는 점인데.
―설마… 로열 로드 접은 거 아님?
―에이. 그건 아니겠지. 그래도 불안한데.
―무슨 사고라도 난 거 아니에요?
―공식적인 뒷소문에 따르면 풀죽여신님께서 딸을 낳으셨다고…….
―여신님과 결혼. 그것은 인정.
―아침에 눈을 뜨면 여신님이 같은 이불을 덮고 자고 있다. 이것은 무슨 인생이더냐.

> —천국이 있다면 거주자들이 시위할 거 같네요. 왜 저기가 더 행복해 보이냐고.
> —나라면 바드레이에게 져도 입가에 미소가 안 사라질 듯.
> —저 어릴 때부터 위드 형이랑 같은 동네 삽니다. 빵도 많이 뺏겼죠. 헤헤. 동네에서 여신님이랑 따님 봤는데요. 완전 천국일 듯요. 저라면 로열 로드 접속 안 할 수도 있음.

하루 동안 수억 개의 게시물이 올라올 만큼 이슈가 되었다.

위드는 사냥터에서 그 소식을 들었다.

집에서 백수처럼 있으니, 〈로열 로드〉에 접속하면 어딘가 출근한 느낌이라고 할까.

"바드레이의 도전이라……."

싸워야 한다는 생각은 들었다.

피하려고 해도 유저들이 끊임없이 비교할 것이다.

아르펜 제국을 건국한 사람으로서도 바드레이의 도전은 받아 주어야 마땅한 일.

"문제는, 싸우면 질 가능성도 꽤 커 보이는데."

무인도에서 보냈던 시간을 아직 회복하지 못했다.

위드는 고심 끝에 역시 공개적으로 선언했다.

바드레이의 도전을 기쁘게 받아들인다.
27일 후, 케이베른 전투 기념일에 모라타의 콜로세움에서 싸우자.

케이베른이 땅으로 내려왔던 판자촌 지역.

그곳에는 위대한 건축물로 8만 명을 수용할 수 있는 대형 콜로세움이 만들어져 있었다.

전투와 공연이 벌어지는 장소에서 맞붙자는 대답.

바드레이는 1시간도 되지 않아서 답했다.

도전을 받아 주어서 고맙다.

그날이 오기만 기다리고 있겠다.

─────※─────

위드는 조금의 시간을 벌어 놓고 던전에서 미친 듯이 사냥을 하며 강해졌다.

> 레벨이 올랐습니다.

전사로서의 성장.

전투 스킬들을 연마하면서 조금씩 강해졌다.

세상을 구하는 용사만이 가진 영웅 스킬들도 몸에 확실하게 각인시켰다. 용기의 힘, 희망의 노래, 분노의 반격, 구원의 축복. 세상의 끝······.

영웅 스킬은 자신만이 아니라 주변의 동료들까지 모두 강화시킨다.

대규모 파괴 스킬도 있었는데 아쉽게도 악당들에게만 사용할 수 있었다. 바드레이는 그동안 오랜 시간을 사냥터에 머무르면서 악명을 지운 상태였다.

"용기의 힘. 살인자를 상대하면 강해지는 기술인데. 아쉽게 되었군."

27일 동안 미친 사냥 속도로 13개의 레벨을 올렸다.

위드의 레벨은 769.

바드레이의 레벨은 800대를 넘는 것으로 추정되고 있었다.

"얼마나 강할지 붙어 보면 알 수 있겠지? 칼리스와 싸운 게 전력이 아니었다면 꽤나 재밌겠네."

위드는 바드레이와의 전투가 기대되었다.

등 따뜻하고 배부르니 이제야 〈로열 로드〉를 즐길 수 있는 마음이 조금은 생긴 것이다.

〈로열 로드〉 최대의 이벤트!

8만 명이 들어올 수 있는 콜로세움에는 전날부터 계단까지 사람들이 가득 차 있었다.

"우하. 와아아아아아!"

"실컷 싸워라! 최고의 하루를 보내자!"

"승리를 위해!"

"오늘만을 기다렸다!"

바드레이는 아침 일찍부터 콜로세움 한복판에서 기다렸다.

'어설픈 신경전 따윈 하고 싶지도 않다. 도전자인 내가 기다린다. 언제든 와라.'

오늘을 위해 살아왔기에 싸울 수 있음에 감사할 뿐이다.

위드가 도전을 받아 주지 않았거나, 〈로열 로드〉를 접기라도 했다면 상실감 때문에 대륙을 정복하더라도 기쁘지 못했을 터.

"바드레이의 표정을 보니 자신감이 대단해 보이네요."

"흠. 확실히 강한 유저니까 말입니다."

오베론, 페일, 로뮤나, 이리엔, 화령, 벨로트, 마판, 제피.

위드의 동료들도 콜로세움의 관중석에 앉아 있었다.

싸움 구경이라면 고기를 먹다가도 달려오는 검치와 사범들, 수련생들도 전원 참석해서 기다렸다.

마판이 고개를 갸우뚱했다.

'결국 대결이 벌어지긴 하네. 위드 님이 이길 수 있을까?'

보통 때라면 100% 위드의 승리를 예상했을 것이다.

위드의 음흉한 구석에 대해서 가장 잘 이해하고 있는 동료가 마판이었으니까.

'위드 님은 뻔히 질 싸움은 하지 않아. 하지만 이번에는 왠지… 그냥 싸워 주는 느낌이란 말이지.'

그동안 열심히 〈로열 로드〉를 했으니 기특해서 싸워 준다는 느낌.

예쁜 아내와 엄청난 부와 명예까지 전부 얻었으니 위드에게 이번 전투는 어쩌면 별로 중요하지 않을 수도 있다.

'과거에는 진짜 수단과 방법을 가리지 않고 어떻게든 이겼을 텐데.'

위드의 싸움에 대한 의지가 예전보다는 약할 수도 있다고 생각되었다. 그렇기에 오히려 진짜 위드의 실력을 볼 수 있을지도 모른다.

'위드 님은 자신의 전투력으로 순수하게 바드레이와 싸워 볼 생각인 것일지도.'

정오가 되기 전에 와삼이를 타고 위드가 나타났다.
꾸와아아악!
그 순간 콜로세움 전역에서 울려 퍼진 장대한 함성!
사람들의 목소리는 귀가 멀어 버릴 것처럼 뜨거운 것이었다.
와삼이는 유유히 콜로세움 내부를 한 바퀴 돌고 바드레이의 앞에 내려앉았다.
위드가 땅에 내려오며 말했다.
"오랜만이군, 무신 바드레이."
"아르펜 제국의 황제여, 나는 그 별명을 떳떳하게 되찾기 위해 이 자리에 섰다."
"여전히 무신이라고 불리는 것으로 아는데."
"패배의 기억을 안고 있는 무신은 어울리지 않는다. 오늘로써 모두가 나를 최고라고 부를 것이다."
"그건 내 허락 없이는 안 될 일이지."
와삼이가 먼지를 일으키며 하늘로 다시 날아올랐다.
위드와 바드레이는 경기장에 선 채로 서로를 훑어봤다.
'그동안 전투에 푹 빠져 살았다더니 과거와는 느낌이 달라졌어. 거칠면서도 날카로운 전사… 뭐, 그런 분위기가 흐르는군.'
'위드. 〈로열 로드〉를 완전히 떠난 것은 아니었구나. 과거에 봤을 때보다 훨씬 강해졌을 것이다.'
위드는 날카로운 눈으로 바드레이의 장비들을 확인했다.

대륙을 통일하기 전까지만 하더라도 웬만한 장비들은 특성뿐만 아니라 시세까지도 정확하게 꿰뚫어 보고 있었다.

지금은 그 정도까진 아니더라도 장비의 수준이나 유명한 특성은 파악됐다.

'갑옷과 부츠가 초월자의 장비 세트. 레벨 제한 880. 칼리스와의 싸움에서는 꺼내지 않았던 물건인데. 바드레이의 레벨이 이 정도로 높았구나.'

일대일의 승부에서는 레벨이 깡패라는 말이 있다.

단순하게 스탯이 조금 더 높다고만 생각해서는 안 된다.

그만큼 더 오랜 사냥을 하면서 쌓은 업적과 단련된 스킬 들에, 철혈의 워리어로서 육체적 강함까지 겸비하게 되었으리라.

'아냐. 전사 계열의 직업으로도 한계가 있지. 레벨 880은 언데드의 도움 없이 정직하게는 올리기 힘든 레벨이야.'

다시 천천히 살펴보니 조화의 허리띠를 착용하고 있었다.

장비의 착용 제한을 5% 낮춰 주는 물품.

'그렇더라도 레벨이 830은 넘을 가능성이 크다는 거겠지.'

바드레이의 검자루에는 악마의 모습이 정교하게 새겨져 있었다.

굴복한 악마!

악마검을 소유했다는 건 악마를 굴복시키면서 그의 힘을 쓸 수 있게 되었다는 의미이리라.

그것도 베르사 대륙이 조용했던 걸 보면 헤르메스 길드가 악마계로 원정을 떠나서 얻어 온 전리품일 것이다.

'2년 전만 해도 거의 전설의 물품이나 마찬가지였는데. 결국

저런 템도 구해 냈구나.'

바드레이도 상대를 살피는 건 마찬가지였다.

'검을 여러 개 등에 메고 있군. 갑옷은 내 지식으로는 알 수 없는 물건이다. 소문조차 들어 본 적이 없어. 범상치 않은 것들이겠지? 그리고 아마 장비의 성능으로는 내가 밀릴 것이다.'

헤르메스 시절에는 장비발로 누구에게 진다는 건 생각조차 해 본 적이 없었다.

숱한 모험을 성공시켰고 드래곤의 레어까지 확보한 위드라면 다르다.

'만만치 않겠어.'

위드와 바드레이 사이에 팽팽한 긴장감이 흘렀다.

스릉!

바드레이가 악마검을 빼어 들었다.

"우리의 마지막 승부를 내기에 좋은 무대로군."

"나도 그렇게 생각해."

위드도 검을 뽑아 들었는데, 일단은 로아의 명검이었다.

드래곤의 레어에서 얻은 더 좋은 마법 검이 있었지만 그동안 오래 써서 손에 익숙하기도 했고 또 다른 이유가 있었다.

등에 메고 있던 용을 죽이는 도끼도 꺼내 오른손에 들었다.

한 손에는 검, 한 손에는 도끼!

두 가지 무기를 자유자재로 다룰 수 있을 정도로 힘이 강해졌다. 공격과 방어의 조화와 빠른 전환. 무엇보다도 속도로 상대를 흔들어 놓을 생각이었다.

"분검술!"

위드가 먼저 스킬을 발동시키며 공격을 시작했다.

직업이 용사가 되며 검술 스킬의 위력도 훨씬 증가했다.

100개가 넘는 분신들이 생성되어 일제히 바드레이에게 몰려들었다.

"폭렬의 기둥!"

바드레이의 대응은 악마검으로 땅을 내려치는 것이었다.

단순하지만 매우 강력한 워리어 스킬.

땅에서부터 하늘로 바람의 기둥들이 솟구치며 폭발했다. 분신들이 절반 가까이 폭풍에 휘말리고 꿰뚫려 사라졌다.

'바하모르그만 하더라도 분신들로 어떻게 할 수 있을 정도는 아니었다.'

위드는 분신들로 시선을 끄는 사이에 바드레이의 등 뒤로 돌아갔다.

"광휘의 검술!"

로아의 명검에서 빛을 뿜어내며 강하게 휘둘렀다. 동시에 오른손으로는 전진하면서 도끼를 올려쳤다.

"하늘 겹쳐 베기!"

KMC미디어에서는 오주완과 신혜민, 도찬미가 함께 위드와 바드레이의 대결을 중계하고 있었다.

"위드의 선공입니다. 시작부터 분검술이에요!"

"검술의 비기네요. 다른 유저들이 사용하는 것보다도 훨씬 강력하고 화려한 모습입니다."

"바드레이도 엄청난 스킬을 터트리며 대응하고 있어요."

중계진은 시작부터 긴장을 끌어올렸다.

위드와 바드레이의 승부라니 그들도 결과를 예상하기 힘들었고, 몇 초도 그냥 흘려보낼 수 없었다.

"위드가 바드레이의 뒤를 잡았습니다. 검술 공격… 아, 아닙니다. 도끼로 칩니다. 그다음에는 검을 휘두르는데, 거의 동시예요!"

"바드레이가 검을 뒤로 휘두르며 막아 냅니다. 약간 피해를 보며 물러서지만, 큰 피해는 아닌 것 같아요."

중계진이 보는 영상에는 이번에는 바드레이가 땅을 박차고 덤벼드는 것이 보였다.

챙챙챙!

바드레이의 검이 위드의 방어에 막힌다.

위드는 대부분의 공격을 로아의 명검으로 흘려버리면서 교묘하게 무게중심을 조금씩 흐트러뜨렸다.

쐐애애액!

억지로 빈틈을 만들면서 상대를 짓부술 듯 내려쳐지는 도끼!

"미쳤네요. 검과 도끼를 완벽하게 다룹니다. 하나씩 쓰는 것도 어려운데, 둘 다 조합이 끝내줘요."

"무기술. 근접전에서 무기를 쓰는 방식은 위드가 압도하고 있는 것으로 보여요."

"정말 놀라워요. 거리 조절에서부터 동작 하나까지도 완벽하게 장악하고 숨 가쁘게 몰아치는데요."

오주완은 영상을 보며 강렬한 눈길을 보냈다.

한동안 〈마법의 대륙〉의 이야기를 진행하면서 심심했던 적도 많았다.

드래곤 사태 이후로 엄청난 사건들이 잘 벌어지지 않기도 했지만, 이런 뜨거운 명승부를 본 적이 없었다.

위드는 수십 번의 연속 공격을 빠르게 몰아친 후에 뒤로 물러났다.

'방어력이 좋고, 반응이 빨라.'

변칙 공격으로 로아의 명검과 용을 죽이는 도끼가 바드레이의 몸을 두드렸지만 효과를 보진 못했다.

'무기가 튕겨져 나오는 느낌? 철벽을 두드리는 손맛이었어.'

바드레이는 케이베른과 싸울 때에도 철혈의 워리어였고, 전투 업적으로 '드래곤의 피부'라는 스킬을 얻었다.

마스터를 하게 되면 드래곤과 비슷한 기본 물리 방어력을 얻는 기술!

바드레이의 현재 경지는 마스터 직전이었다.

'역시 예상대로 까다롭군.'

위드는 초반의 부딪침으로 상대가 만만치 않다는 건 느꼈다. 그러니 더 재밌어지려고 하고 있었다.

"우와아아아아악!"

"최고다. 위드 님!"

"바드레이 잘 싸운다. 역시 무신!"
"멋지다. 진짜 전쟁의 신과 무신의 대결이다."
콜로세움은 구경꾼들의 함성으로 가득했다.
"위드 님! 이기세요!"
"뭉개 버립시다."
"저 위드 님한테 2,000만 골드 걸었습니다!"
동료들의 목소리가 들린 것도 같았다.
정작 위드와 바드레이는 주변을 돌아볼 여유도 없었지만.

> 철혈의 육체가 가진 특성으로 상처가 저절로 아물고 있습니다.
> 매초 2,863의 생명력이 회복됩니다.

바드레이는 초반의 탐색전에서는 조금이지만 손해를 봤다.
'해볼 만해. 위드의 검술이 뛰어나다고 해도 나를 압도할 수준은 아니야. 몬스터와 싸우면서 나 역시 계속 성장해 왔다.'
검술에 대해서는 약점으로 생각하고 있었지만, 다른 유저들이나 몬스터를 상대로 난전을 벌이면 제 몫을 다했었다.
'난 더욱 강해졌다.'
철혈의 워리어가 되고는 위험한 몬스터에게도 위축되지 않고 싸웠으며, 전투 기술도 꾸준히 향상되었다.
그런데 위드가 검과 도끼를 동시에 운용하니, 눈으로는 확인하기 힘들 정도로 현란했다.
칼리스와의 승부에서는 느긋한 여유마저 느꼈지만, 위드에게는 다급하게 손발을 움직여야 했다.
'제대로 한 수를 준비해 왔군. 검과 도끼의 동시 운영. 온몸

이 긴장감으로 저려 올 정도로 강해.'

바드레이는 입가에 미소를 지었다.

"그동안 소식이 들리지 않기에 걱정했었다. 다행히 약하지 않군."

"조금 사냥을 했지."

바드레이의 눈빛이 강하게 빛났다.

'전사의 정점에 선 나다. 〈로열 로드〉의 시작부터 지금까지 수많은 경쟁자들을 밟고 올라온 자리.'

투쟁심이 더욱 끓어오르고 있었다.

그 모습을 본 위드도 직감했다.

'나를 사냥감으로 보는 듯한 눈이네.'

검과 도끼를 동시에 사용하면서 나름 기를 죽이고 시작하려고 했는데 크게 효과는 없었다.

'한 달도 넘게 연습을 했는데 말이야.'

위드와 바드레이는 서로를 지켜보며 호흡을 골랐다.

잠시 오갔던 가벼운 타격의 피해는 이미 씻은 듯이 나아 버린 후려고다 바드레이는 먼저 움직일 생각이 없었다.

흑기사를 마스터하고, 철혈의 워리어의 육체를 거의 완성시켰다. 그가 원하는 전투는 위드의 모든 공격을 막아 내고 그 후에 반격하는 것이었다.

모든 군중이 납득할 수 있을 정도의 완전한 승리.

'실컷 해 봐라. 어떤 수를 써도 나를 이기지 못한다는 걸 증명해 보이겠다.'

바드레이는 한때의 승리가 아니라 영원히 남을 압도적인 강함을 모두에게 보여 주고 싶었다.

위드도 그 마음을 알아차렸고, 거부할 생각이 없었다.

'철혈의 워리어라… 원래 궁극의 방패란 존재하지 않아.'

───✧───

검치는 수련생들과 함께 콜로세움의 관중석에 앉아 있었다.

"역시 막내 녀석이 감각은 있어. 무기를 다루는 핵심을 쉽게 파악하는 걸 보면 말이야."

"그렇죠. 연장 2개를 동시에 잘 다루는군요."

검둘치도 웃으면서 칭찬을 해 줬다.

위드와 바드레이가 맞붙은 모습은 그들에게도 조금이지만 감탄이 나왔다.

"도끼는 다루기 쉬운 무기라고 생각하지만… 어설프게 힘으로 휘두를 때나 그렇고. 타점을 제대로 맞혀서 최대 공격력을 발동시키는 건 까다롭지. 기본기에서 아주 충실해."

"맞습니다. 몸의 균형과 체중 이동을 이어지게 해야죠. 거기에 검까지 쓰면서 상대의 움직임을 압박하고 억제시키니 감각이 없으면 아무리 오랫동안 연습해도 못 합니다."

말로도 굉장히 어려운 경지!

그들은 느긋하게 위드와 바드레이의 전투를 지켜봤다.

"막내의 공격을 꽤나 잘 막아 내는 걸 보면 저놈도 꽤 해."

"당황하지 않고 잘 싸우네요. 일반인 수준은 크게 뛰어넘는 것 같습니다는군요."

싸움 구경이야말로 역시 최고.

검삼치가 아쉬운 듯이 깊게 한숨을 쉬었다.

"바드레이. 저놈은 내가 꺾어 줬어야 했는데."

"셋째야. 만난 적이 있더냐?"

"네, 스승님. 저번에 한번 봤죠. 잘 싸웠는데 졌습니다."

그 말에 검사치와 검오치가 깜짝 놀랐다.

"사형이 졌습니까?"

"그럼 막내도 위험한 거 아닙니까? 이렇게 많은 사람들이 보는 앞에서 지면 충격이 이만저만이 아니겠는데요."

검삼치는 고개를 저었다.

"막내는 우리랑 달라. 저건 시작도 안 한 거지. 왜 저놈을 스승님이 좋아하는지 알지 않더냐."

막내가 도장에서 어떻게 검을 배웠는지는 모두가 지켜봤다.

사범들의 눈에 처음에는 기술적으로나 체력으로 어설프기 짝이 없었다. 한마디로 일반인들보다 조금 나은 정도.

그렇지만 강한 상대와 싸우다가 불이 붙으면 달라진다.

상상도 하지 못할 방법들을 막 꺼내면서 자신의 능력을 마구 발휘한다.

히죽히죽 웃으면서 덤벼들 때는 사범들조차도 긴장해야 되는 상태.

"전투에서 잠재력이라는 건 별게 아니야. 반드시 이기려고 하고, 아무리 작은 틈이라도 찾아낸다. 그러다 보면 자신이 가진 전투력을 100% 발휘하게 되는 거지. 그 100%가 진짜 무서운 거야."

위드는 과연 바드레이의 맷집이 어느 정도일지 궁금했다.

'때려 보면 알겠지.'

차원 문의 장갑을 착용하자, 단거리 공간 이동이 가능한 차원 문들이 보이기 시작했다.

'변칙적인 공격을 얼마나 버틸 수 있을까.'

위드는 땅을 박차고 달려 나가다가 차원 문을 통과했다.

공간을 이동하며 바드레이의 근처에 나타나서 검과 도끼를 휘둘렀다.

바드레이가 막아 내고 역공을 취했지만 그 순간을 노렸다.

"분노의 반격!"

> 영웅 스킬을 발동시켰습니다.
> 상대방이 공격해 올 때마다 더욱 강한 힘으로 반격합니다. 스킬 마스터! 최대 500%의 추가 피해를 입힙니다.

파바바바밧!

바드레이의 악마검과 착용하고 있는 갑옷에서 거센 불똥이 튀었다.

위드의 거칠고 빠른 공격이 온몸에 적중되고 있었다.

> 약한 타격!
> 상대의 뛰어난 방어력에 의해 피해가 88% 감소됩니다. 13,837의 피해를 입혔습니다.

바드레이가 철혈의 워리어라고 해도 그냥 다 맞아 줘서는 피해가 컸다.

재빨리 몸을 돌리거나, 정면을 막는 방패를 꺼내 들면 위드는 다시 차원 문으로 위치를 이동하면서 공격했다.

차원 문을 연달아 통과하면서 마치 환영처럼 위치를 빠르게 바꾸었다.

"으아하아아아아!"

바드레이가 고함을 질렀다.

철혈의 워리어로서 짧은 순간 잃어버린 생명력만큼이나 추가로 방어력을 강화하는 스킬이었다.

게다가 생명력을 빠르게 회복시켜 주는 효과도 있었다.

불과 1분도 되지 않는 공방전이었지만 불이 붙은 듯이 치열하다.

물론 위드는 정신없이 몰아치는 것만으로는 부족하다고 판단했다.

'결정타를 날려야 해. 그렇다면 예전에 써먹었던 방법은 통할까? 확인해 봐야겠지?'

세상을 멈추게 하는 기술.

위드는 조각술 최후의 비기를 발동시켰다.

"찰나의 조각술!"

찰나의 에너지는 대륙을 통일한 이후에 쓸 일이 없어서 넘치도록 쌓여 있었다.

바드레이의 측면으로 돌아가서 로아의 명검을 휘둘렀다.

"헤라임 검술!"

> 1차 연속 공격이 성공하였습니다.
> 민첩이 20% 늘어납니다.

> 2차 연속 공격이 성공하였습니다.
> 힘이 40% 늘어납니다.

> 3차 연속 공격이 성공하였습니다.
> 민첩이 추가로 40% 늘어납니다.

> 4차 연속 공격이 성공하였습니다.
> 힘이 추가로 40% 늘어납니다.

네 번의 연속 공격이 그대로 작렬.

과거에 가르나프 평원에서 손쉽게 승리했던 방식.

그때만 하더라도 무려 스물아홉 번의 연속 공격을 적중시키며 승리를 거두었다.

한순간의 승부였지만 사실 이길 수 있는 다른 방법이 없었다. 기회는 단 한 번, 찰나의 조각술까지 사용한 몰아치기가 성공을 거둔 것일 뿐.

'설마 이번에도 막아 내지 못하나?'

바드레이가 몸을 돌리자마자. 위드는 다시 찰나의 조각술을 발동시켜서 반대 위치로 돌아갔다.

> 5차 연속 공격이 성공하였습니다.
> 묵직한 공격이 적중했습니다. 민첩이 추가로 30% 늘어납니다.

> 6차 연속 공격이 성공하였습니다.
> 힘이 추가로 50% 늘어납니다. 충격파에 의한 2차 범위 타격이 15%의 공격력으로 이루어집니다.

> 7차 연속 공격이 성공하였습니다.
> 민첩이 추가로 30% 늘어납니다. 힘이 추가로 20% 늘어납니다. 마나 1,500을 사용하여 원거리 공격이 이루어집니다.

일곱 번의 공격이 전광석화처럼 들어갔지만 여전히 피해를 제대로 입힌 느낌은 아니다. 헤라임 검술이 확실히 강해지려면 몇 번의 공격이 더 성공해야 한다.

'찰나의 조각술을 예상하고 있었을 텐데. 그럼에도 막지 못하는 건가?'

> 8차 연속 공격이 성공하였습니다.
> 민첩이 추가로 15% 늘어납니다. 적을 밀쳐 냅니다.

> 9차 연속 공격이 성공하였습니다.
> 힘이 추가로 25% 늘어납니다. 적을 기절시키려고 했지만 상대가 이겨 냈습니다.

헤라임 검술이 본격적으로 강해지기 시작하는 구간에 접어들었다.

'도전을 해 놓고 이렇게 허무하게 진다고?'

위드는 헤라임 검술을 이어 나가려다가 불길한 느낌이 들었다. 뒤통수가 간질거리는 듯한, 본능이 알려 주는 경고 신호.

급하게 뒤로 물러서며 다른 스킬을 발동시켰다.

"대파멸의 모래 폭풍!"

땅에서부터 거대한 모래 폭풍이 일어나기 시작했다.

어지간한 몬스터들은 한꺼번에 전부 쓸어버릴 수 있는 대규모 공격!

바드레이도 지금까지 준비했던 스킬을 사용했다.

"피의 징표!"

위드의 이마에 검붉은 표시가 새겨졌다.

피의 징표가 당신의 몸에 달라붙었습니다.
전사의 피는 강력한 보복을 불러옵니다. 지금까지 입힌 피해에 따라 생명력이 43,279 감소합니다. 추가로 10초 동안 방어력의 67%가 감소합니다.

"예견된 방어!"

바드레이는 어지간한 공격은 무시하는 궁극의 방어 스킬도 사용. 그대로 거친 모래 폭풍을 몸으로 뚫으며 덤벼들었다.

"막지 못하는 힘!"

전사의 비기가 연속으로 3개 사용되었다.

채채챙!

위드는 검과 도끼를 휘두르며 동시에 묵직한 상대의 공격을 쳐 냈다. 이미 사용하고 있던 조각 파괴술에도 불구하고 힘에서 뒤로 밀려난다.

눈을 어지럽히는 모래 폭풍 속에서 바드레이의 검이 위드의 가슴을 가볍게 베고 지나갔다.

울부짖는 저주의 마검, 울토르에 베였습니다.

피를 오염시키고, 육체를 약화하는 악마의 저주가 몸에 깃듭니다. 투철한 신앙심이 이에 저항합니다. 모든 신체 능력이 일시적으로 7% 저하됩니다. 생명력이 54,917 감소했습니다.

위드는 차원 문을 통과하며 뒤로 빠져나왔다.

콜로세움의 모래 폭풍이 서서히 가라앉았지만 바드레이는 검을 들고 언제든지 공격을 해 보란 듯이 당당하게 서 있었다.

위드의 입가에 짙은 미소가 그려졌다.

'당연히 대비를 하고 있었네.'

일부러 공격을 당해 주며 피의 징표를 준비했다.

헤라임 검술은 한 번이라도 막거나 끊어 내기만 하면 중단되는 스킬. 예견된 방어로 뚫어 내고, 자신의 힘까지 더해서 거센 반격을 가했다.

'재밌네.'

위드는 오랜만에 피가 뜨겁게 흐르는 것을 느꼈다.

세포들이 하나하나 깨어나고, 머릿속이 맑아지는 기분.

'그래. 이런 맛이었어.'

위드가 즐겁게 히죽히죽 웃기 시작했다.

〈로열 로드〉가 시작되고 나서 지금까지 가장 중요했던 두 사람의 전투.

"누가 이길 것 같습니까?"

관중석에 앉아 있던 거인 기사 보에몽은 아크힘의 질문을 받고는 웃었다.

"바드레이 님이 이길 겁니다."

"위드도 여전히 만만치는 않은 것 같은데요. 제대로 오늘 전투를 준비했던 것 같습니다."

아크힘은 만의 하나를 걱정하고 있었다.

바드레이를 믿었지만 그가 패배하기라도 한다면 헤르메스 길드의 위상이 추락할 수 있다. 중앙 대륙을 정복했던 헤르메스 길드가 갈가리 찢겨 나갔던 과거가 다시 떠오른다.

물론 위드가 활동을 많이 하지 않아서 과거처럼 큰 피해는 아닐 수도 있지만, 그럼에도 흑역사를 남기는 것이었다.

보에몽이 자신 있게 말했다.

"바드레이 님은 아직 시작도 안 했습니다. 그리고… 이젠 슬슬 시작할 것도 같습니다."

"벌써요? 애초 계획대로라면."

"완전한 승리를 위해서라면 참아야죠. 하지만 바드레이 님도 승부사입니다. 싸움이 벌어졌으니 기다리기만 하지는 않을 겁니다. 더 강하게 몰아치겠죠."

"그걸 어떻게 아는 겁니까?"

"보세요, 지금 창을 꺼내고 있어요."

악마 대공 제노키스의 창.

바드레이는 이 창을 구하기 위해 다섯 번도 넘는 원정을 했다. 헤르메스 길드와 함께 악마 대공을 해치우기 위해 악마계를 넘나들었고, 무수히 많은 피를 흘리고 얻어 냈다.

바드레이가 창을 뽑아 들자 목소리가 들렸다.

―나의 힘을 원하는 자여! 대가를 치를 준비는 되어 있는가.

"물론이다."

―그렇다면 좋다. 적을 부수고, 그 피를 뿌려라!

콜로세움을 둘러싼 세상이 변하기 시작했다.

하늘에 검은 먹구름이 뒤덮이고 천둥벼락이 콜로세움으로 떨어졌다.

쿠르릉! 콰과광!

대지를 깊게 파헤치고, 이글거리는 불꽃이 넘실거리며 솟구쳤다.

"우왁!"

"이거 뭐야? 피해!"

"마법사들은 실드를 쓰라고."

관중석이 빠르게 수천여 개의 보호 마법으로 뒤덮였다.

대부분의 벼락들은 바드레이 주변의 땅에 내리꽂히고 있었다. 바람이 회전하고 불면서 어마어마한 악마의 힘이 바드레이에게 전달되었다.

바드레이가 소환 스킬을 발동시켰다.

"프라레키아 소환!"

콜로세움의 중앙에서 암흑의 포털과 함께 나타난 흑색의 말!

악마계 12마리의 명마 중 1마리로 꼽히는 전설의 말이었다.

바드레이는 창을 들고 프락레키아에 탔다.

"이러면 상황이 좀 달라지는데."

위드는 본격적으로 싸워 보려다가 슬그머니 검과 도끼를 교차하며 방어 자세를 취했다.

'바드레이가 전력을 다해서 부딪치려고 하고 있다.'

화려하고 강한 연속 공격에 자극되었던 것이 틀림없었다.

위드를 상대하기 위해 짜 놓았던 계획은 단숨에 폐기되어 버린 상태!

기사 계열의 직업은 좋은 말을 탈수록 무기와 스킬의 위력이 강화된다. 바드레이가 흑색의 말에 올랐으니 첫 직업이었던 흑기사의 공격력을 300%, 400% 이상 발휘할 수 있었다.

"내 모든 것을 다해서 부딪칠 테니, 어디 한번 살아남아 봐라. 폭풍의 섬광!"

두두두두!

바드레이와 말이 하나가 된 것처럼 달리기 시작했다.

위드를 중앙에 놓고 빙글빙글 돌면서 가속력이 붙게 되어 걷잡을 수 없이 빨라진다.

'젠장. 이건 웬만한 보스급 몬스터보다도 더하네.'

위드는 제자리에서 막으려던 생각을 버렸다.

'잘못 맞으면 중상이다.'

어느새 빛이 바드레이와 말을 뒤덮었고, 하나의 섬광으로 변하여 돌진하고 있었다.

위드는 차원 문을 통과하면서 10미터 정도를 이동해 피했다.

쏴아아아악!

엄청난 소리를 내면서 땅을 가르고 지나친 바드레이의 돌격이었다. 하지만 멈추지 않고 돌아서서 다시 돌진해 온다.

위드의 머릿속을 불현듯 스쳐 지나가는 생각.

'저건 피할 수 없을지도 몰라. 피할수록 강해지는 종류의 공격이 아닐까.'

일대일 결투에서 사용하는 기사의 돌진 스킬. 완전히 지역을 벗어나지 않는 한 언제까지고 피할 수 있는 게 아니다.

'그렇다면 이번에는 받아친다.'

다시 섬광으로 변해 가는 흑색의 말과 함께 바드레이의 돌격이 다가오고 있었다.

"용기의 힘!"

위드의 몸에서도 찬란한 빛이 뿌려졌다.

―용사여, 그대가 지금까지 쌓고 이룩해 온 명성과 용기. 신에 대한 믿음으로 기적을 만드는 힘을 발동시키게 될 것입니다.
힘이 2,974 증가합니다.

위드가 지금까지 쌓은 업적들이 용사의 권능에 의해 힘으로 바뀌었다.

조각 파괴술로 미리 힘을 늘려 놓은 상태였기 때문에 무지막지한 괴력이 몸에 흘렀다.

프레야 여신이 그대를 축복합니다.
―아름다움과 풍요로움을 관장하는 여신의 뜻을 잇는 용사여, 절대 부러지지 않는 검으로, 그 누구에게도 꺾이지 말지어다.

상태 이상에 대해 1시간 동안 면역이 됩니다. 생명력과 마나의 최대치가 100% 증가합니다. 모든 스탯들이 25% 높아집니다. 악마 계열의 무기와 스킬로부터 피해가 절반으로 감소합니다.

투신 바탈리가 그대를 축복합니다.

―적을 만나면 후회 없이 싸워라! 전투는 용사를 더욱 강하게 해 줄 것이다.

공격력이 60% 증가합니다. 방어력과 모든 마법 저항력이 20% 증가합니다. 줄어든 생명력만큼 적에게 추가 피해를 입힙니다. 체력이 축복이 유지되는 동안 줄어들지 않습니다. 한 걸음이라도 피하거나 물러서지 않을 때까지 지속됩니다. 이 전투에서 도망칠 수 없습니다.

헤스티아 여신이 그대를 축복합니다.

―생명의 탄생과 죽음까지를 연결하는 불의 뜨거움을 사랑하는 전사여, 더러움을 남김없이 불태우리라.

화염의 피해를 증가시킵니다. 극초열의 불꽃을 일으킬 수 있습니다. 화염 공격 범위가 최대 5배까지 늘어납니다. 생명력의 회복 속도가 빨라집니다.

신들의 축복들도 연달아 펼쳐진다.

그만큼 상대가 강하며 강력한 위험이 다가왔다는 것이리라.

"용암의 강!"

위드는 로아의 명검으로 땅을 내리쳤다.

섬광으로 변한 바드레이의 돌격!

대지를 부수며 폭발시킨 용암의 강!

두 스킬이 맞부딪치는 순간 콜로세움이 뒤흔들렸다.

위드와 바드레이의 스킬이 부딪치면서 강렬한 충격파가 콜로세움을 휩쓸었다.

> 폭풍의 섬광을 막아 냈습니다.
> 악마의 말을 탄 흑기사의 돌격과 정면으로 충돌했습니다. 극심한 피해를 입었습니다. 생명력이 274,628 감소하였습니다. 약점 노출! 20초 동안 모든 공격에 3배의 피해를 입습니다. 열세 가지 저주와 약화가 부여되었습니다. 프레야 여신의 축복으로 기절하지 않습니다.

위드는 뒤로 튕겨져 나가면서 메시지를 확인했다.

'예전이었다면 죽었다.'

조각사 최대 약점.

힘도 약하고, 생명력도 적고. 물론 공격 스킬의 위력도 다른 직업들에 비해 부족하다.

네크로맨서와 용사를 거치면서 생명력이 늘어난 게 아니었다면 까딱 잘못했으면 위험했을 상황이었다.

한편 충격을 받고 놀란 것은 바드레이도 마찬가지였다.

'이걸 막아 냈어!'

위드와의 결투를 위해서 준비해 온 필살기 중 가장 강력한 것이었다.

폭풍의 섬광은 흑기사를 마스터하고 모든 공격력을 발휘한 일격. 충분히 승부를 결정지을 수도 있으리라 생각했던 공격이 막혀 버린 것이었다.

'생각보다도 훨씬 강하다.'

바드레이의 생명력도 40만이 넘는 수치가 줄어 있었다.

돌격이 막히면서 악마의 말도 역소환이 되어 버리고 말았다.

그 순간, 위드가 폭발과 충격파를 뚫고 앞으로 튀어나왔다. 땅을 구르다가 그 즉시 네 발 뛰기를 사용하며 덤벼든 것이다.

피해가 크긴 했지만 바드레이도 만만치 않은 손해를 봤다고 판단했다.

"자연의 검!"

하프엘프 비슈르에게서 배운 검술의 비기. 방어력을 높여 주고 생명력까지 회복시키는 검술을 사용하며 바드레이를 몰아붙였다.

위드가 휘두르는 검은 그 자체로 위협적이었다. 도끼는 언제부터인지 활용하지 않았지만 그만큼 검술이 더 빨라졌다.

"구원의 방패!"

바드레이는 방어 스킬을 사용했다.

철혈의 워리어인 몸을 믿고 있었지만 그래도 공격을 당해 주며 생명력을 감소시킬 수는 없었다.

다른 유저도 아닌 약간의 빈틈이라도 파헤칠 수 있는 위드인 것이다.

화염과 연기의 사각지대를 활용하여 순식간에 공격하기 때문에 방어력을 떠나 본능적으로 무시할 수 없도록 만들었다.

> 생명력이 회복되고 있습니다.
> 잃어버린 생명력에 비례하여 매초 1,628의 생명력이 채워집니다. 신들의 축복에 의해 생명력 보충 속도가 3배로 증가합니다.

위드는 공격하면서 생명력을 회복했다.

어지간한 부상은 눈에 보일 정도로 빠르게 회복하는 철혈의 워리어만큼은 아니지만 그래도 검술의 비기가 있었다.

"신성한 불!"

위드는 콜로세움의 결투장에 불을 일으켰다. 무기와 몸 전체에 불을 붙였다.

"달빛 조각 검술!"

빛이 화염을 가르며 날아온다.

바드레이는 수십, 수백 개의 얇은 빛줄기들이 다가오는 것을 보았다. 그 아름다움만큼은 쉽게 눈을 뗄 수가 없었지만, 동시에 꽤나 위협적이었다.

"불굴의 방어!"

바드레이는 생명력의 일부를 바쳐 자신의 주변에 방패들을 생성시켰다. 칼리스를 상대로는 써 본 적도 없는 스킬이었다.

달빛 조각 검술이 발동되며 생겨난 빛이 방패를 통과하더니 그의 몸을 가르고 꿰뚫었다.

> 달빛 조각 검술이 당신을 베었습니다.
> 방어력을 관통합니다! 생명력이 7,371 감소하였습니다.

'생각보단 많이 약하잖아?'

화려한 효과에 비해서 실질적인 피해는 적었다.

바드레이가 잠깐 방어에만 전념하며 시간을 주는 사이.

"세상의 끝!"

위드가 스킬을 사용하고 있었다.

하늘에서 빛줄기들이 무수히 지상으로 내리꽂히고 있었다.

> 자연의 힘이 당신의 육체를 꿰뚫고 파괴합니다.
> 생명력이 58,276 감소하였습니다.

빛줄기가 창처럼 바드레이의 몸을 꿰뚫을 때마다 생명력이 마구 줄어들었다.

"궁극의 내성 강화."

> 방어력과 저항력이 200% 증가합니다.
> 생명력이 50초 동안 3배로 증가합니다.

바드레이는 무너지지 않았다.

철혈의 워리어가 가진 비기. 이 스킬을 익히고 나서는 그 어떤 죽음도 없으리라고 생각했다.

빛줄기들이 콜로세움을 강타하며 건물과 바닥이 꿰뚫리고 파헤쳐졌다.

위드가 사용한 세상의 끝은 그저 공격 스킬이라고 말할 수가 없었다. 말 그대로 지역 전체를 파괴해 버리는 용사의 무자비한 광역기!

> 혹한 수호자의 판금 갑옷 내구도가 60% 이하가 되었습니다.
> 일시적으로 방어력이 감소됩니다.

> 형언할 수 없는 칠흑의 팔목보호대가 손상이 심합니다.
> 방어력이 절반으로 감소하고, 특수효과들이 적용되지 않습니다.

바드레이의 몸은 견뎌 냈지만 방어구들이 손상을 입었다.

'큰 스킬로 단숨에 이기는 건 무리야.'

'예상대로 내 육체가 견뎌 낼 수 있다.'

전투의 양상이 바뀌어, 위드와 바드레이는 근접전을 펼쳤다.

강력한 스킬로 상대방을 제압하는 것은 거의 불가능에 가깝다는 걸 깨달았던 것이다.

"파괴자의 꿰뚫는 검!"

"광휘의 검술!"

마나의 소모가 심했기에 기본적인 검술 위주로 싸웠다.

두 사람 모두 완전히 전투에 집중하고 있었다.

생명력과 마나, 체력을 소모하면서 싸우는 처절한 전투!

10여 분을 서로 치고받고 싸우면서 위드는 묘한 기분에 휩싸였다.

'싸움이… 점점 쉬워지고 있어.'

바드레이의 전투 기술은 단순하지 않았다. 자주 속임수를 쓰고, 몇 번씩이나 공격 방식을 전환했다. 순간 대처나 반응도 빨랐다.

'어떤 스킬을 사용하고, 어떻게 공격할지를 알 것 같아.'

바드레이의 다음 동작들이 예상이 되었다. 모든 것들을 꿰뚫어 보는 것처럼 파악했다.

위드의 공격이 바드레이의 빈틈을 거침없이 찔르고 있었다.

상대방의 변칙 공격마저 제대로 시작되기도 전에 막아 버리거나 무용지물로 만들어 버린다.

그러한 변화를 가장 처음 느낀 것은 관중석에 앉아 있는 검치였다.

"막내가 한 단계 더 성장했구나."

"성장이요?"

"싸우면서 주변의 모든 것을 보고, 느끼고 있는 것 같다."

검둘치도 육체와 정신이 최고의 상태에 있을 때 가끔 경험해 보았다.

어떤 초월적인 감각이라고 할까, 고도의 집중력이 발휘되면 주변의 모든 것들을 눈으로 보지 않아도 파악할 수 있었다.

10명과 동시에 싸우면, 등 뒤에 있는 다섯이 무엇을 하고 있을지까지도 거의 정확하게 예상된다.

"마음의 눈을 떴군요."

"그래. 거기에 검과 하나 된 움직임까지. 더욱 자연스러워졌구나. 속도와 힘, 파괴력의 전달까지."

위드가 휘두르는 검의 궤적은 깨끗하고 아름다웠다.

바드레이를 정신없이 몰아붙이는데도 검술이 자연스러웠다. 나아가고 물러서는 것이 춤의 선처럼 현란했다.

"검이 그냥 무기다. 하지만 사람들이 하는 모든 행동이 그렇지 않더냐. 일정 단계를 넘어서면 예술이 되는 것이지."

평범한 검, 때로는 위드의 손에서 찬란한 빛을 발산하는 검이 바드레이를 거침없이 몰아붙이고 있었다.

"울부짖는 영혼의 불꽃!"

바드레이가 저항하긴 했지만 방어를 뚫고 매서운 공격들이 거침없이 들어와서 조금씩 상처를 입혔다.

'말도 안 돼. 왜 이걸 막지 못하는 것이지?'

근접전에서 밀리는 건 알고 있었다.

인정하고 싶진 않았지만 엄연히 사실이었다. 하지만 직접 싸워 보니 예상했던 수준을 훨씬 뛰어넘었다.

위드의 검술은 뛰어남을 넘어섰다.

빠르고, 정교하고, 효율적이고, 군더더기가 없는 것을 넘어, 형용하기 힘든 그 무언가가 있었다.

바드레이가 어떻게 막거나 공격을 하든 조연이 될 수밖에는 없는 어떤 절대적인 흐름이 있었다.

'이게 이렇게 되네.'

위드도 자신의 검에서 그걸 느꼈다.

별 의식 없이, 머릿속에서 어떤 최적의 공식을 계산하는 게 아니라 그냥 몸이 흐르는 대로 맡겨 놓았더니 싸우는 게 재밌었다.

30분 정도가 흐르자 둘 사이의 차이는 더욱 커졌다.

> 혹한 수호자의 판금 갑옷이 파괴되었습니다.

위드의 공격이 연달아 적중하고 있었다.

지켜보는 이들에게는 바드레이가 이상하게 보일 정도로 얻어만 맞았다.

'도저히… 이길 수 없다.'

바드레이는 이대로면 승산이 없다는 것을 깨달았다.

위드의 공격이 치명적이진 않았지만 피해가 쌓여 가고 있었다. 이미 갑옷도 파괴되었고, 자잘한 부상들은 셀 수도 없었다.

얻어맞을 대로 얻어맞으면서 철혈의 워리어로서 맷집도 한

계로 다가가고 있었다.

바드레이는 아껴 두었던 최후의 수단을 쓸 기회를 노렸다.

'놈이 방심한다면 그땐 뒤집을 수 있다.'

20분이 더 흘렀다.

바드레이에게는 무척이나 길게 느껴지는 시간이었지만, 위드는 전혀 방심하는 모습이 아니었다.

전투에 완전히 집중하고 있었다.

상대를 낱낱이 살피면서 몰아치고, 흔들어 놓는다.

> 온몸이 상처투성이입니다.
> 철혈의 육체가 버티지 못합니다. 체력과 생명력이 저하되고 있습니다.

'더는 기다릴 수 없다.'

바드레이는 최후의 수단을 사용하기 위해 하늘로 뛰어올랐다. 그의 몸에서는 시커먼 날개가 6개나 돋아났다.

"멸망의 일격!"

단 한 번밖에 쓰지 못하는 스킬.

철혈의 워리어가 아닌, 흑기사의 궁극 스킬이었다.

바드레이의 모습이 악마처럼 변해갔다.

어둠이 강림하고 있었다.

"우와아아아아아."

"미친. 끝내주게 싸우네."

"이게 진짜 랭킹 1, 2위를 다투는 사람들의 전투구나."

관중석의 수만 명이 감탄하고 있었지만, 바드레이는 스킬을 사용하면서 이상을 느꼈다.

> 하벤 제국의 황제였던 당신은 충성스러운 부하들을 죽음으로 내몰고, 주민들을 살육하면서 강한 힘을 갈망했습니다.

수상한 메시지 창이 떠오른 것이었다.

흑기사 퀘스트를 하던 시절에, 하벤 제국의 황제로서 레벨과 스탯을 얻기 위해 나쁜 짓을 저지르기는 했다.

처음에는 약간, 나중에는 익숙해져서 조금 더 많이.

> 흑기사로서 영광과 절망을 맛본 당신은 끝없는 힘을 추구했습니다. 그리고 마침내 어둠의 힘들을 끌어들이게 되었습니다.

바드레이의 악마처럼 변한 형상에서 강렬한 검붉은 기운이 피어올랐다.

다른 직업들보다도 빠른 성장과 좋은 스킬들을 많이 가진 흑기사. 영광과 절망을 모두 거치고, 직업 퀘스트까지 끝낸 이후에 얻게 된 것은 멸망의 일격이라는 기술.

'뭔가 이상하긴 하지만… 이 승부에서는 나쁜 게 아니야.'

바드레이의 머리에서 뿔이 돋아나고, 입에서는 화염이 뒤덮고 있는 혀가 길게 튀어나왔다.

"와우……."

"진짜 끝내주는구나."

콜로세움의 유저들은 그대로 앉아서 구경을 했다.

거대한 재난이 닥쳐올 때에도 마지막까지 구경을 하고 싶은 사람들의 심리.

〈로열 로드〉에서는 특히 자신이 위험하다는 걸 알아도, 때때로 한번 죽어 줄 수도 있다고 생각했다.

바드레이는 소환된 암흑의 창을 들고 지상에 있는 위드에게 날아왔다.

"멸망의 일격!"

무시무시한 회오리를 일으키면서 날아오는 바드레이.

"이런 걸 숨겨 놨을 줄은 몰랐는데. 막판까지 몰리니 별게 다 나오는구나."

위드는 더할 나위 없이 차분했다.

실컷 즐기면서 싸웠고, 마지막까지도 방심하지 않았다.

바드레이가 완전히 악마처럼 변해서 사용하는 멸망의 일격은 의외였지만 최후의 수단이 있을 거란 예상은 했다.

'궁지에 몰린 쥐는 고양이를 물게 되기 마련이지.'

냉정하고 차분한 사람이라고 해도 마찬가지. 평정심을 잃은 상태에서는 과격해지기 마련이다. 거친 싸움을 몇 시간씩 하다 보면 결국에는 서두르게 된다.

'큰 기술을 쓸 때는 말이야, 그걸 꼭 상대방이 맞아 주란 법은 없지.'

위드는 차원 문을 연달아 통과하면서 멸망의 일격을 아슬아슬하게 피하며 바드레이의 옆으로 돌아갔다.

주변 사람들이 볼 때는 짜릿한 광경이었지만 크게 위험하진 않았다. 빨랐지만 충분히 피할 수 있는 공격이었을 뿐.

"광휘의 검술."

위드의 검에서 빛이 뻗어 나오고 있었다.

조각사 마스터 자하브에게 배운, 어둠을 베어 버리는 검술.

회오리의 중심에 있는 악마의 몸으로 변형된 바드레이가 목표물이었다.

> 바드레이를 공격했습니다.
> 생명력에 29,593의 피해를 입힙니다! 로아의 명검이 거대한 적에게 3배의 추가적인 피해를 가합니다. 적의 최대 생명력을 일부 줄입니다. 치명적인 일격! 바드레이의 방어력이 약화되었습니다.

몸집이 커지고, 빨라지긴 했지만 그만큼 때릴 곳도 많아졌다. 더구나 광휘의 검술과 로아의 명검에 딱 맞는 형태의 적이었다.

"크우워어어어억!"

위드는 어둠의 힘을 끌어들여서 거대해진 바드레이의 몸을 마구 베었다.

바드레이도 몇 시간 동안이나 수세에 몰리면서 쌓여 왔던 분노와 울분을 토해 내기 위해 창을 휘둘렀다.

> 빛의 힘이 상처를 악화시키고 있습니다.
> 피해량이 5% 증가합니다.

바드레이도 더 이상 피하지 않았다.

'어리석었어.'

위드는 아까처럼 무의식과 고도의 집중력 사이를 오갈 필요도 없었다. 바드레이의 몸이 커지면서 빈틈도 커진 것.

절망의 일격을 사용하며 생성된 창도 익숙하지 않은 모양이었다.

회오리가 몰아치면서 위드의 생명력을 갉아먹고 있긴 했지만 견딜 수는 있는 정도였다.

'철혈의 워리어라…….'

위드는 바드레이가 나쁜 선택을 했다고 느꼈다.

그 무엇으로도 무너뜨리기 어려운 단단한 방어력?

물론 결투에서는 매우 강력한 장점이리라.

'그런데 근본적으로 멍청한 짓이야.'

방어력이 뛰어난 철혈의 워리어라니 생각만 해도 끔찍한 일이었다.

위드가 만약 바드레이의 입장이었다면 어땠을까.

오랫동안 고민할 필요도 없이 광전사나 다른 공격형 전사 계열의 직업을 선택했을 것이다. 궁수도 괜찮을 듯하고.

'더 강해질 생각을 했어야지.'

방어력은 죽지 않는 것에 의미가 있었다.

공격력이란 높아질수록 사냥 속도가 그에 맞춰서 향상될 수 있다. 같은 시간 동안에 더 많은 몬스터들을 사냥하면서 성장하는 것이다.

철혈의 워리어가 아니라, 공격적인 직업을 선택했다면 지금까지 사냥을 하며 레벨을 훨씬 더 높일 수 있었으리라.

'나와의 싸움을 생각해서 철혈의 워리어가 되었다는 건 지지 않겠다는 의도였겠지. 이기려면 그냥 더 강해졌으면 됐을걸.'

칼리스처럼 조금 약한 유저들의 입장에서는 철혈의 워리어가 통곡의 벽처럼 느껴질 수도 있었다.

위드에게 맞아도 죽지 않고 완전한 승리를 거두려는 생각부터가 틀렸다.

'그냥 한 대 맞고, 한 대 때리는 걸로 죽일 생각을 했어야지.'
"위드!"
바드레이가 창을 강하게 내질렀다.
촤라라라락!
위드는 로아의 명검을 기울여 창을 가볍게 흘려보내며 다가가서 목을 베었다.

> 치명적인 일격이 터졌습니다.
> 29%의 피해를 추가합니다.

몸을 돌리면서 또 한 번.

> 치명적인 일격이 터졌습니다.
> 47%의 피해를 추가합니다. 맷집의 효과가 발생하지 않습니다.

> 연속으로 치명적인 일격이 터졌습니다.

바로 옆으로 돌면서 다시 한 번.
바드레이는 저항하지 않았다. 아니, 저항할 수 없었다.
사실 그는 정상적으로 싸울 수 없는 상태였다.
멸망의 일격을 발동시켰을 때 이미 육체의 붕괴가 시작되었다. 광휘의 검술은 그의 생명력과 마나의 최대치를 낮추고, 스킬까지도 사용하지 못하게 만들었다.
위드는 싸우면서 느꼈다.
이번만큼은 어떤 속임수도 없이 바드레이가 진짜 죽음을 앞두고 있다는 것을.

'처음 멜버른 광산에서 싸웠을 때는 졌고, 그다음에는 기습으로 이겨 냈지. 그리고 이젠… 진짜 승리다.'

바드레이의 생명력이 0.5%도 남지 않았을 거라고 짐작했다. 그럼에도 마지막 순간까지 여유를 부리거나 방심은 없었다.

'끝이다.'

위드의 빛을 뿜어내는 검이 바드레이의 몸을 마구 베었다. 그리고…….

> 영광을 추구하는 흑기사, 철혈의 워리어인 바드레이가 목숨을 잃었습니다.

> 레벨이 올랐습니다.

> 전투 업적 '승리자'를 달성하였습니다.
> 검술 스킬의 위력이 영구적으로 1% 강해집니다.

> 전투 업적 '영웅 살해'를 달성하였습니다.
> 베르사 대륙에서 가장 높은 레벨을 가진 이의 목숨을 빼앗았습니다. 결투 시 모든 스킬의 위력이 2% 강해집니다.

> 위대한 전투 업적으로 인하여 명성이 64,313 올랐습니다.

> 카리스마가 4 상승하였습니다.

> 힘이 2 상승하였습니다.

생명력의 최대치가 1,000 증가하였습니다.

명예가 30 늘어났습니다.

전투 업적으로 모든 스탯이 3씩 늘어납니다.

위드는 0.5초 정도 가만히 서 있었다.

이번엔 완벽한 승리라고 할 만했다. 정말로 바드레이를 이긴 것이다.

스킬이나 스탯들도 짭짤한 수준이었다.

그리고…….

샤샤샥!

철혈의 팔목 보호대를 습득하였습니다.

거대한 다이아몬드 원석을 습득하였습니다.

비밀이 봉인된 영혼 팔찌를 얻었습니다.

바드레이로부터의 전리품 수거!

그리고 콜로세움이 떠나갈 듯한 유저들의 함성이 터졌다.

"위드 만세!"

"위드 님이 또 이겼다!"

"대륙 최강인 위드!"

콜로세움 관중석에 앉아 있던 유저들이 일어서서 멋진 결투를 본 감동의 박수를 치고 있었다.

 베르사 대륙에 많은 유저들이 결투를 벌이지만 이렇게 환상적인 모습을 보여 줄 사람이 또 누가 있을까.

 무신 바드레이의 신화가 다시 꺾이기도 했지만, 그들은 위드가 보여 준 검술에 순수한 동경을 드러냈다.

 위드가 사자후를 터트렸다.

 "왔노라. 싸웠노라. 이겼노라!"

 "와아아아아아아아!"

 "만세! 위드 만세!"

 "아르펜 제국의 황제 위드!"

 열광의 콜로세움!

 위드의 인기는 변함없었다.

 오랜만에 대중 앞에 모습을 드러냈기에 오히려 더욱 열광적인 분위기였다.

 위드와 바드레이의 결전 이후로 긴 시간이 흘렀다.

 〈로열 로드〉에서는 새로운 영웅들이 탄생하고 모험을 하며, 유저들이 열광했다. 도시와 마을 들이 파괴되고, 대륙을 휩쓰는 대재난도 벌어졌다.

 유저들은 싸우고, 타협하고, 때로는 기적도 만들어 내면서 살아갔다. 전쟁과 평화, 휴식과 발전…….

 〈로열 로드〉는 최고의 자리를 지켰다.

학생들의 꿈이 베르사 대륙의 황제라거나, 모험가, 달빛 조각사가 된 지도 오래.

이현은 텔레비전 리모컨으로 채널을 돌리다가 KMC미디어에서 멈추었다.

―오주완 씨, 악신의 무덤은 여전히 모험가들의 발길을 허락하지 않는다고 하지요?

―그렇습니다. 기록에 따르면 지하 99층으로 이루어져 있는데, 아직까진 그 누구도 60층 이하로 내려간 사람이 없습니다.

―과연 공략이 가능할까요? 아니면 영영 불가능할까요?

―몇몇 모험가 길드는 악신의 무덤은 공략 불가로 판정을 내렸습니다만 아무도 짐작할 수 없죠. 혜민 씨도 잘 알겠지만 우리에겐 불가능을 기적으로 돌려놓았던 위드도 있지 않습니까?

신혜민은 KMC미디어의 전속 진행자로 여전히 활동하고 있었다.

오동만과 오랜 연애 끝에 결혼식을 올리고 나서 그날 저녁 푸홀 워터파크로 신혼여행을 갔다.

〈로열 로드〉에서 신혼여행을 보내는 것이 유행이기도 했지만, 푸홀 워터파크의 축제를 생중계하기 위해서였다.

"악신의 무덤이라······."

이현은 약간 흥미가 생기기도 했지만 이내 관심을 지웠다.

위드는 만능형의 잡캐로 키워 놓았기 때문에 모험, 생산, 전투, 발굴, 모든 것이 가능하다.

악신의 무덤도 공략을 시도할 수는 있겠지만, 다른 모험가들이 할 일로 남겨 두기로 했다.

"누군가는 해내겠지. 해내지 못하더라도 어쩔 수 없고……."

이현은 〈로열 로드〉가 꽤 오래되었다는 생각을 했다.

로자임 왕국의 세라보그 성에서 위드라는 이름으로 시작하고, 리트바르 마굴을 소탕하며 달빛 조각사로 전직!

"그땐 참 죽을 맛이었는데."

천공의 섬에서 데스 나이트 반 호크를 만나고, 프레야 교단의 의뢰를 받아 얼어붙어 있던 모라타에 도착하여 사람들을 구하고, 빙룡을 조각.

"나름 낭만도 있었지. 고생을 했던 일은 다 추억으로 남는 것 같아. 물론 등 따뜻하고 배부른 다음의 일이지만."

오크 카리취로 변신해서 불사의 군단과 싸웠고, 엠비뉴 교단을 퇴치하며, 수많은 조각품들을 만들었다.

북부의 개척자이며 모라타를 키워서 북부에 아르펜 제국을 건국했다.

수많은 모험들을 이룩했으며 그로 인해 유저들의 생활이 바뀌었다.

많은 사람들이 〈로열 로드〉에 푹 빠져 있었고 꿈과 희망이 되었다.

여전히 행복한 세상이기는 하지만 새로 시작하는 유저들은 불리한 점이 많은 것도 사실이었다.

레벨 1,000을 넘는 유저들이 꽤나 많아진 시점에 그들을 쫓아가기란 무리였으니까.

장비들을 구하기 쉬워졌고, 좋은 스킬도 익히기 편해졌다.

과거보다 훨씬 성장 속도가 빨라지긴 했지만 그래도 따라잡기 힘든 격차가 생겼다.

"어딘가에서 다른 가상현실 게임이 나올 줄 알았는데."

이현은 유병준 박사의 업적이 너무나도 대단하단 걸 시간이 흐를수록 느낄 수 있었다.

〈로열 로드〉의 재미와 영향력이 너무 탁월하기에 다른 경쟁자들이 감히 개발을 시도할 수도 없었다.

세월이 지날수록 〈로열 로드〉를 개발한 이에 대한 존경심이 깊어진다고 할까.

정작 〈로열 로드〉와 인공지능 베르사의 창조주인 유병준 박사는 요즘도 실컷 현질을 해서 푸홀 워터파크에 별장을 사고 미녀들을 구경하느라 정신이 없었지만.

"그렇다면 내가 새로 하나 만들어 보는 건 어떨까?"

ㅡ〈로열 로드〉 같은 새로운 가상현실을 말입니까?

인공지능 베르사가 소파에 앉아서 대답했다.

이현에게만 보이는 모습, 실제로 여기 존재하는 건 아니다.

인공지능의 두뇌는 지구 전역의 생산 설비를 가동하고, 환경오염을 감소시키고, 복지 정책들을 실시했다.

"내가 만들 수 있겠어? 실제로는 네가 만드는 것이지만."

ㅡ 가능합니다.

"기왕이면 훨씬 더 좋은 걸로."

ㅡ 〈로열 로드〉의 개발 과정과 지금까지 운영하며 쌓인 데이터가 많습니다. 새로운 가상현실 기술도 개발이 되었죠. 대륙의 지형이나 모험, 몬스터에 대한 정보와 유저들의 성장과 취향 등. 자료들을 바탕으로 훨씬 나은 세계를 만들어 낼 수 있을 것입니다.

이현은 〈로열 로드〉에 대한 애착이 깊었다.

모든 모험들과 사냥, 노가다들까지도 추억으로 남았다.

서윤과 결혼도 했고, 믿을 수 있는 동료들을 만나고, 세상을 더 알게 되었다.

그 경험들이 쌓여서 인생이 바뀌었다.

제2의 고향이라고 할까.

그럼에도 다음 세대를 위해 〈로열 로드〉로는 부족했다.

"그래. 그럼 만들자. 새로운 시대를 위해. 더 많은 사람들이 꿈을 꿀 수 있도록."

이현의 새로운 가상현실을 만들라는 명령에 인공지능 베르사가 작업을 시작했다.

―대륙을 만들겠습니다.

"그래. 규모는 최대한 키우도록 해. 종족들도 많이 넣고, 도시도 듬뿍 만들어 놓고. 풍경도 조금 좋았으면 해."

―그렇게 진행하겠습니다.

인공지능은 전 세계 컴퓨터 자원을 끌어모았다.

유니콘 그룹의 막대한 전산망이 있었고, 평범한 대중은 모르는 지하 비밀 시설의 컴퓨터들도 동원이 되었다.

〈로열 로드〉의 데이터와 유저들의 반응을 고려하여 새로운 대륙은 한 달 만에 만들어졌다.

―완성되었습니다.

이현은 모니터에 나오는 3차원 지도를 보고 나서 말했다.

"이걸로는 부족해."

―네?

"규모를 최대한 키우라는 말 못 들었어? 〈로열 로드〉도 넓긴 했는데. 완벽히 마음에 들진 않았어."

―어떤 점에서요?

"대륙의 모습이 좀 단순했잖아. 모험을 하려고 하면 던전에 들어가거나, 금역을 방문하거나. 더 다양한 곳을 돌아다닐 수 있었으면 좋았을 거야. 하늘에서도 말이야."

이현도 그랬지만 사람들은 하늘을 참 좋아했다.

와이번이나 그리폰을 타고 자유롭게 날아다니는 즐거움.

비행 생명체의 도움을 받거나, 마법을 써야만 날아다닐 수 있었던 건 좀 아쉬웠다.

조인족들이 인기를 끌긴 했지만, 그들도 나중에는 하늘에서의 삶이 단조롭다는 평가를 받았다.

바다에 대해서도 미지의 영역으로 남겨 놓는 이들이 많았다.

일반인들이 깊은 바다를 돌아다녀 보는 경우가 얼마나 될까.

가상현실에서는 꿈을 쉽게 이룰 수 있었다.

"지저의 도시나 천공의 섬 같은 장소가 더 많아야 하고, 새로운 종족이 더 있는 것도 좋겠어. 여러 큰 섬을 지배하는 해상왕국도 필요해."

―반영하도록 하겠습니다.

인공지능은 이현의 주문 사항을 반영하여 3일 만에 대륙을 다시 완성시켰다.

이번에는 단순 지도가 아니라 모니터를 통해서 대륙의 구석구석을 직접 살펴볼 수도 있었다.

이현은 용암이 부글부글 끓는 곳을 살피다가 고개를 저었다.

"…부족해."

―어떤 점에서요?

"진짜 멋진 곳이어야지. 도시를 벗어나기만 해도 가슴이 뛰어야 해."

―반영하겠습니다.

"왕국들도 그래. 하벤 왕국이나 칼라모르 왕국이나. 브리튼 연합 지역도 있었지. 그 배경이 어떤 곳들인지는 알겠어. 하지만 역사가 흐르지 않는다는 느낌이야."

―역사요?

"오래전에 죽어서 형태만 남아 있는 왕국들 같은 느낌? 유저들의 정복 대상이 되기만 했잖아. 왕국들끼리 적극적으로 전쟁도 하고, 생산도 하고, 개척도 해야지. 유저들도 거기에 맞춰서 어울리고 말이야."

인공지능은 이현의 잔소리를 실컷 들어야 했다.

대륙을 새로 만들고, 왕국들과 직업, 종족 들도 다시 설계해 냈다.

"모험도 더 만들어."

―〈로열 로드〉의 모험도 많았다는 평가가 대부분입니다만.

"꿈과 환상이 있어야지. 신계, 마계, 정령계 등을 더 자유로이 탐험할 수 있게! 업적이나 성장에도 한계가 없어야 돼."

―알겠습니다.

"〈로열 로드〉와는 다를 거야. 시작부터 엄청난 인원의 유저들이 함께 살아가게 될 테니까. 그냥 평범한 세상을 하나 더 만드는 건 의미가 없어. 그들이 꿈을 꿀 수 있도록 해야 돼."

—반영하겠습니다.

"사람들이 꿈꾸는 걸 멈추지 않을 수 있도록. 그런 멋진 세상을 우린 만들어야 해."

THE END